М. ГОРЬКИЙ

高尔基文集

12

没用人的一生

忏悔

奥库罗夫镇

1907
—
1910

人民文学出版社

М. Горький

马克西姆·高尔基

目　次

没用人的一生 …………………………………… 1
忏悔 …………………………………………… 235
奥库罗夫镇 …………………………………… 439

没用人的一生

夏　衍　译

《没用人的一生》写于一九〇七至一九〇八年之间,最初于一九〇八年六月在柏林以《多余人的一生》为书名出版单行本。同年在彼得堡出版的《"知识"社一九〇八年文集》第二十四辑中刊载小说的前面一部分(约三分之一)后,即遭到沙皇书报检查机关的阻挠而被腰斩,直到十月革命取得胜利,在近十年期间,均未能在俄国出版单行本。

高尔基写这部作品的时候,俄国革命正处于低潮时期,盛行一时的颓废派文学歌颂变节行为,赞美死亡,影响恶劣。作者以巨大的艺术力量回击他们,通过这部作品的人物形象——叛徒和自杀者——来揭穿他们这种"崇拜"的本质。

本书是译者一九三五年根据日本改造社出版的上胁进日译本《高尔基全集》第八卷翻译的,译出后,又根据东京共生阁出版的松崎启次日译本及英译本校订过,一九三六年由上海生活书店出版,初版书名是《奸细》,译者署名"秦炳著"。解放后,曾由上海新文艺出版社根据俄文版《高尔基三十卷集》第八卷校订后出版,书名是《没用人的一生》。

我社于一九五九年收入《高尔基选集》和这次收入《高尔基文集》,均又根据俄文版《高尔基三十卷集》第八卷作了一些修改。

一

叶夫赛·克林科夫四岁的时候,他父亲就被山林管理人用枪打死了。满七岁的时候,他母亲死了。他的母亲是正在收割的时候,在田里突然死掉的。因为这种死法太奇突,所以叶夫赛看见她的尸体,也不觉得害怕。

铁匠彼得伯父将手放在孩子的头上,说:

"怎么办?"

叶夫赛的妈妈躺在长凳上,叶夫赛向放着长凳的那个角落瞥了一眼,低声回答说:

"我不知道……"

铁匠用衬衫袖子揩干脸上的汗,沉默了好久,然后将侄儿轻轻推开。

"唉,你,这个小老头……"

从此之后,大家就管这孩子叫做"小老头"。这个称呼是和他相称的,因为他的个子比一般同样年纪的孩子矮小,他的行动迟缓,嗓音尖细。在他瘦瘦的脸上,无精打采地竖立着鸟嘴一样的鼻子,毫无神采的圆眼睛胆怯地眨动,稀稀的黄头发长成绺儿。在学校里,同学们取笑他,打他,因为他那副猫头鹰般的脸孔,不知道为什么使健康而活泼的孩子们看了生气。他躲开孩子们,总是孤独无伴地坐在阴暗的地方、墙角下或洼坑里。藏在这些地方,使别人不注意他,他小心翼翼地蜷缩着,睁大圆眼睛,一眨也不眨地望着人们。当眼睛疲倦的时候,他闭上眼睛,像瞎子似的久久地坐着,轻轻摇晃瘦弱的身体。在伯父家里,他也极力使别人不注意他,但在这儿,这是很难办到的,因为每逢中饭和晚饭的时候,他不得不和大家在一起。他伯父的小儿子亚科夫,长得胖胖的,气色很好,每当他坐上食桌的时候,亚科夫总是想方设法欺负他或者使他发笑,装鬼脸,伸舌头,在桌子下面踢他或捏他。

要使叶夫赛发笑的企图没有得到成功。但是,他常常疼得发抖,黄的脸变青,两眼瞪大,手里的调羹也抖动起来。

"你怎么啦,小老头?"彼得伯父问。

"亚什卡①捏我,"这个孩子以平稳的声音,毫无怨意地说明理由。

如果彼得伯父打亚什卡的后脑勺或者揪他的头发,阿加菲娅伯母便噘起嘴巴,气愤愤地嚷:

"啐!说谎……"

事后,亚什卡在什么地方找到他,长时间地、拼命地打他一顿。叶夫赛认为挨打是不可避免的,也知道告亚什卡的状是不合算的,因为假使彼得伯父打了儿子,那么阿加菲娅伯母一定会加倍地在侄儿身上报复,而她比亚什卡打得更疼。所以每逢叶夫赛看出亚什卡要开始打他的时候,这个"小老头"便倒在地上,尽可能将身体紧紧地缩成一团,将膝盖蜷到肚子上,用两手抱住脸和头,默不作声地用身体侧面和背脊去承受堂弟的拳头。但每次,他愈是忍耐地忍受殴打,亚什卡就愈是生气,有时候,亚什卡甚至会哭出来,一面踢着堂兄的身体,一面喊:

"可恶的木虱子!喊呀!"

有一次,叶夫赛拾了一块马蹄铁,将它送给亚什卡,因为即使不送给他,他也会夺走它的。亚什卡得了礼物之后,心软起来,问:

"方才我打你打痛了吧?"

"痛!"叶夫赛回答。

亚什卡想了一想,搔搔头,说:

"嗯,不要紧,会好的。"

他走开了,但是,他的这一句话使叶夫赛有点感动,他抱着希望,低声重复了一句:

"慢慢会好的……"

叶夫赛曾经看见过女香客用荨麻揉擦她走累了的脚,有一次他也

---

① 亚科夫的小称。

用荨麻擦了一下被亚什卡痛殴的腰部,果然觉得荨麻大大减轻了腰部疼痛。从此,每逢被打以后,他便用任何人都不喜欢的这种刺人的植物的毛茸茸的叶子认真地揉擦被打伤的地方。

他的功课很坏,因为他总是满怀着被殴打的恐惧心来上学,备受欺负后回家。他掩饰不了唯恐被欺负的神气,这又引起大家想多打"小老头"几拳的不可克制的念头。

叶夫赛有一副中音的嗓子,老师将他编入教堂合唱队里。他在家里的时间减少了一些,但是,由于练习合唱,和同学们接触的机会却增加了,这些同学打他也不亚于亚什卡。

他喜欢那古老的木造教堂,教堂里有许多阴暗的小屋,他非常想进去看看这些舒适、温暖、安静的小屋。他暗暗地期待着:在一个小屋里能有一种异常的、美好的东西,它拥抱他,亲热地抚爱他,讲些故事给他听,正像他母亲所做过的那样。圣像由于长年受到烟熏而变成黑色,但是,所有圣徒的仁慈而严肃的容貌都像他彼得伯父的大胡子的黑脸一样。

在教堂的门廊里,有一幅描绘一个圣徒抓住一个恶魔在殴打的图画。圣徒的皮色油黑,身材很高,浑身青筋,胳臂很长,恶魔是红脸,身材瘦小,像一只小山羊。起初,叶夫赛没有看恶魔,甚至想要吐他一口唾沫,但是后来觉得这个不幸的小恶魔很可怜,在身边没人的时候,他用手轻轻地抚弄那小恶魔的由于恐惧和疼痛而变歪了的山羊嘴脸。

这样,在孩子的心里第一次产生了同情心。

他喜欢教堂的另一个理由,就是因为无论怎样的人,甚至出名的爱吵爱闹的人,一到这里来,都变得肃静和老实。

叶夫赛害怕响亮的说话声,一看见激怒的面孔,一听见叫嚷的声音,他便逃跑并躲藏起来,他之所以这样,是因为有过这么一回事:有一天——赶集的日子——他看见几个农夫起初高声地讲话,后来开始吵嚷起来,互相扭打,再过一会儿,其中一个拿起一根木桩,举起来打别人。那时候,只听得有可怕的怒吼和尖叫的声音,许多人都跑开了,

"小老头"被人一推,脸朝下地摔在水洼里面。当他爬起来的时候,他看见一个脸上淌着鲜血的大个子农夫挥着两手向他赶来,模样可怕极了,叶夫赛尖叫了一声,就像跌进黑坑里去似的晕过去了。得往他的脸上泼些冷水,他才能苏醒过来。

他还怕酒鬼。这是因为母亲对他说过,恶魔住在酒鬼肚子里的缘故。"小老头"觉得这恶魔身上有刺猬一样的尖刺,身上像蛤蟆似的湿滑,身体是棕红色的,眼睛是绿色的。它会钻进人们的肚子,在那里乱闹,因而使人们发疯发狂。

教堂里面还有许多合意的事情。除了和平、安静和温柔的朦胧昏暗而外,歌唱也使叶夫赛欢喜。当他不用乐谱唱歌的时候,他总是紧紧地闭着眼睛,把自己的歌声融合在整个声浪里面,一点也听不出自己的歌声,他便觉得把自己很愉快地完全隐藏到某个地方,好像进入香甜的梦乡一样。在这种似睡非睡的状态里,他总是感觉他已经脱离现实生活,接近了亲切而和平的另一个世界。

他心里产生一种梦想,有一次,他对伯父说过这样的话:

"人能不能什么地方都可以去,而且自己能看见别人,别人却看不见自己?"

"像隐身人那样?"铁匠问。

想了一下后,他答道:

"应该说,这件事办不到。"

自从全村庄的人们将叶夫赛叫做"小老头"之后,彼得伯父便将他叫做"没爷娘的"了。这位铁匠完全是一位与众不同的人物,他喝醉了也不令人感到可怕,他只是把帽子从头上摘下来,在街头闲走,并挥动着帽子,用响亮而凄凉的嗓音唱着歌,微笑着,摇着头,眼睛里流着比清醒时更多的眼泪。叶夫赛觉得伯父是村里最聪明和最善良的人,无论什么事情都可以同他谈;他常常含着微笑,但是几乎从来没有大笑过,他说话不忙不急,镇静而严肃。在铁匠作坊里的时候,他有时仿佛不注意或忘记了侄儿的存在,而自言自语起来,叶夫赛特别喜欢他这样做。当他自言自语的时候,他总像在和一个人争论、或训诫一个人。

"你这讨厌的,"他既不像生气、又不高声地说,"贪吃的狗嘴!难道我不干活吗?你看,眼睛都干了,快要瞎了,还要怎么样?你这倒霉的苦命生活,没有光彩,没有快乐……"

伯父好像在编歌似的。叶夫赛以为铁匠看得见同他说话的人。

有一次他问:

"您和谁说话呀?"

"我和谁说话?"铁匠连看也不看他一眼地重复了一句,然后微笑着回答:"和我自己瞎说呗……"

但是,叶夫赛很少有机会同伯父谈话,作坊里面总有外来的闲人,而且,像陀螺一样圆的亚什卡常在这里面转来转去,他的响亮喊叫声压倒铁锤的打铁声和火炉里煤块的爆裂声。每逢亚什卡在里面的时候,叶夫赛是不敢去找伯父的。

作坊在一处不深的溪谷的尽头。每逢春夏或秋天,叶夫赛总是在这个溪谷间的杨柳林里面消闲。溪谷像教堂一样宁静,小鸟叽叽喳喳地啁啾着,蜜蜂和野蜂发出嗡嗡的声音。他坐在那里,紧闭着眼睛,摇着身体,想这个想那个,或者一边倾听着作坊里的声音,一边在树林里面散步,当他觉得伯父一个人在那里的时候,他便跑了进去。

"没爷娘的,怎么了?"铁匠眯着他那被眼泪所湿润的眼睛,招呼他。

有一次,叶夫赛问铁匠说:

"魔鬼在夜里常进教堂吗?"

铁匠想了一下之后回答:

"他为什么不进去呢?不论什么地方,他都能爬进去——他很容易……"

孩子略微耸起肩膀,用睁圆了的眼睛好奇地望了一下作坊里的阴暗角落。

"用不着怕魔鬼,魔鬼算得什么!"伯父说。

叶夫赛吁了一口气,低声回答说:

"我不害怕……"

"他们不会害你的!"铁匠用他黑黑的手指揩了揩两只眼睛,自信地这样解释。于是叶夫赛问:

"上帝怎么样?"

"上帝怎么?"

"上帝为什么让魔鬼进教堂里去呢?"

"这和上帝有什么关系?上帝又不是给教堂看门的……"

"他不是住在教堂里吗?"

"你是说上帝吗?跟他有什么关系!没爷娘的,上帝是无所不在的。教堂是为人而造的……"

"可是人为什么活着呢?"

"人,他们也许是……总而言之,为了做各种各样的事啊!没有人是什么都办不成的,对不对……"

"人是为上帝而活着的吗?"

铁匠斜着眼看他的侄儿,过了一会儿,才回答说:

"当然……"

说完这句话之后,他在围裙上揩了揩手,望着炉火,又说:

"没爷娘的,这些事情我不大懂……你去问问先生好了。要不然,问神父……"

叶夫赛用衬衫袖子揩了揩鼻子,回答:

"我怕他们!……"

"你最好不要谈这些!"彼得伯父严肃地劝他,"你还小。你要好好地玩,弄得肥胖胖地……要生活一定要健康,假使身体不壮,那就不能做工,那就根本不能活下去,这才是要懂得的道理……至于上帝需要什么,我们不得而知。"

他沉默了,眼睛还看着炉火,想了一下后,以严肃的态度,断断续续地说:

"从一方面说来,我什么都不知道,从另一方面说来,我什么都不了解!俗语说得好:'什么都是聪明创造出来的'……"

他四面望了一下作坊里面,对站在墙角的侄儿说:

"还缩在那里干什么?跟你说,去玩吧……"

当叶夫赛怯生生地出去时,铁匠在他背后补充一句说:

"火花飞进眼里,你就会变成独眼龙。谁要独眼龙呢?"

母亲活着的时候,曾向叶夫赛讲过几个故事。她在隆冬的晚上讲这些故事的时候,暴风雪吹击茅屋的墙壁,掠过屋顶,好像寻找什么东西似的摸索着一切,吹进烟囱,在那里发出了各种各样悲凄的怒号声。母亲用微弱而催人入睡的声调讲故事,她的声音有时中断,有时混乱,她常将同样的话重复好几遍,孩子觉得她所讲的这些东西,是她在黑暗里面都看得见的——只不过看得不很清楚。

彼得伯父的话使叶夫赛想起了母亲所讲的故事;这位铁匠也一定是在炉火里面看见魔鬼、上帝和一切可怕的人间生活吧,他常常流泪,大约就是这个缘故吧。叶夫赛听了他所说的话,很容易把它记住。这些话使他的心由于期待而十分激动,他心里的希望越来越坚定:能有一天看到不像村里的酒鬼、泼妇、爱喧嚷的孩子们的生活,而看到像教堂里举行祈祷仪式时那种和善而严肃的生活。

铁匠作坊隔壁,有一个叫做丹娘的瞎眼小姑娘。叶夫赛和她很要好,常领着她在村中散步,小心地扶她下溪谷里去,他不安地瞪着水汪汪的眼睛,用极低的声音谈话。这两个孩子的友好,全村人都知道,大家都感到高兴。但是,有一天,瞎姑娘的母亲跑到彼得伯父那里来告状说:叶夫赛向丹娘说了许多吓人的话,因此这个小姑娘现在吓得不敢独自待在一个地方,总是哭,不能好好地睡,睡下去就着魔,跳起身来大喊大叫。

"他对她说了些什么,我弄不清楚,但是她总是说关于魔鬼的话,并且说天空是黑的,有些小孔,从小孔看得见火焰,许多妖怪在火里翻筋斗,跟人开玩笑。怎么可以对小孩子讲这些话呢?"

"过来!"彼得伯父喊侄儿。

当叶夫赛从墙角里面悄悄地出来以后,伯父将重而硬的手放在他的头上,问:

"你说了那些话么?"

"我说了。"

"为什么?"

"我不知道……"

铁匠把孩子的头推了一下,不放开手,注视着他的眼睛,严肃地说:

"难道天空是黑的吗?"

叶夫赛低声说:

"她是看不见天空的,那么天空会是什么颜色呢?……"

"谁看不见?"

"丹娘……"

"对啦!"铁匠说,想了一下之后又问:"那么黑的火呢?你为什么这样瞎编?"

孩子垂下眼皮,不吱声了。

"孩子,说吧,人家不会打你的!你为什么和她说这些,嗯?"

"我可怜她。"叶夫赛用耳语般的低声回答。

铁匠将他轻轻地推开,说:

"你从此之后不准再和她讲话,听见了吗？永远不准。布拉斯科维娅大婶,您别生气了!我们不让他们交朋友吧!"

"应该揍他几下!"瞎姑娘的母亲说。"我的孩子很老实,从来不麻烦人,现在呢,我们一刻也不能离开她……"

布拉斯科维娅回去之后,铁匠默默地抓住叶夫赛的手,把他带到院子里去,问:

"现在你好好地说出来,你为什么要恐吓那个小姑娘?"

伯父的声音虽然不高,但是严厉。叶夫赛害怕起来,他赶快结结巴巴地开始替自己辩护：

"我并没有吓唬她,事情很简单:她总是向我诉苦,说:'我看见的全是黑的,可你什么都看得见……'为了使她不要羡慕我,我就对她说一切都是黑的……我根本没有吓唬她……"

他觉得自己委屈,呜咽起来,彼得伯父轻声笑了。

"傻瓜！你想一想,她是三年之前才瞎的,她不是天生的瞎子,是出痘子后才瞎的。所以,她能够想起还没有瞎的时候见到的一切东西。你真傻！"

"我不傻,她很相信我的话呢！"叶夫赛一面揩着眼泪,一面这样反驳。

"好了。可是以后不要再和她玩。……听明白了吗？"

"不玩了……"

"你为什么哭？不过,这也倒不错,让别人以为我打了你。"

铁匠碰了一下叶夫赛的肩膀,带笑地加上一句：

"我和你都是骗子手……"

这时孩子将头顶住了伯父的腰部,用颤抖的声音问：

"为什么大家都欺负我？"

"我也不知道,没爷娘的！"伯父想了一下,这样回答。

总受欺负,使这个孩子产生了一种辛酸的自慰感,他心里已经有一种模糊的想法：他和大家不是同样的人,所以大家欺负他。

村庄坐落在小丘上面。河对岸有一块泥沼地。在炎热的夏季里,一到傍晚,从那些腐泥里面便升起一种闷热的紫雾,一轮红色的月亮从小林后面升向天空。沼泽向着村庄喷出恶臭,并不断地向人们送出成群的蚊子,由于蚊群贪婪地东奔西飞和发出凄凉的歌声,空气就像是在呻吟、哭泣,而可怜的、生气的人们却把被咬了的地方搔到出血。

晚上,在沼泽上出现抖动着的青色磷火,据说这是罪人们无处投身的游魂。人们因为可怜这些游魂而沉痛地叹气,但是他们互相之间却一点都没有同情。

不过，他们还能够相安无事和愉快地过生活，叶夫赛有一次看到过这样的事情。

富裕农民韦列坚尼科夫的谷物干燥室晚上起了火。叶夫赛跑到菜园里，爬到白柳树上去看火景。

他看到好像一只张着火嘴的、可怕的冒着烟的黑鸟的柔软的巨体，摇曳着许多翼翅，在空中蜿蜒蠕动着。这只巨鸟把它红红的、亮亮的头垂下来，用灼热的尖锐的牙齿，贪婪地咬碎谷草，嚼断树木。它的黑烟蒙蒙的巨体，在黑暗的空中摇摇摆摆地盘旋，它罩住了整个村落，爬遍了所有茅屋的屋顶之后，再软绵绵地、轻快地向上蹿去，可是它的烧红的头，却还是不离开地面，它的那张狂怒的嘴巴，也在愈加扩大。

在大火面前，人们都变成了小小的黑点。他们或者向火上浇水，或者把长杆戳进火焰中，从火口里救出已经着火的麦捆，用脚踏灭火焰，并且被浓烟呛得喘不过气来，他们咳嗽，发出喷鼻声，打喷嚏。他们叫喊，怒号，他们的喊声和火的呼啸声混在一起，人们愈来愈接近了火，活人的黑色圈子围住了火的红色的头，好像勒紧它脖子上的绞索一样。绞索这儿那儿地断了，但是立刻又连起来，勒得愈来愈结实、愈紧。火焰凶猛地奔窜，跳跃，它的身体膨胀起来，鼓满了风，好像蛇一般地蠕动，想要把被人们捉住了的头从地上抬起来，但是它的力量已经完了，疲倦地、怏怏不乐地倒在谷物干燥室的附近，爬过菜园，分散开来，衰弱下去，终于消灭。

"齐心干吧！"人们互相鼓励着，喊叫着。

"水！"这是女人们的喊声。

女人们，不问陌生的和有亲戚关系的、朋友和敌人，从火烧场到河边排成了一条锁链，在她们手里，盛满了水的水桶不断地传递着。

"快些，妇女们！亲爱的，快些！"

看到人们救火时所发挥的这种很好的友爱精神，确是愉快而值得高兴的事情。大家互相鼓励，彼此称赞着灵巧和力量，即使骂人，也是和善的，即使高声喊叫，也绝没有恶意，好像在火灾面前，大家只能看到别人的长处,每个人只会使别人高兴。当他们终于战胜火灾的时候,他们都很快乐。他们唱歌,大笑,自夸一番自己的功劳,开始开玩笑,上年纪的人弄来了伏特加解乏。青年们在街上跑来跑去,差不多忙到天亮,一切都好像在梦里一样好。

叶夫赛不曾听到一句含有恶意的叫喊,也不曾看到一副含有怒意的面孔;火还在烧的时候,没有一个人因为痛苦和委屈而哭泣,没有一个人发出马上就要去杀人似的野兽般的吼声。

第二天,叶夫赛对彼得伯父说:

"昨天多么好啊……"

"哼,你这个没爷娘的,还说好呢!差一点,半个村庄都烧完了。"

"我说的是人!"孩子解释道。"我是说他们彼此都很和睦。为着使他们总是这样和睦相处,最好常常失火!"

铁匠想了一下,惊奇地问:

"就是说,你得的结论是,常常有火灾才好?"

说罢,他用严厉的眼光望着叶夫赛,用指头威吓着说:

"你这小家伙,要当心,快把这种有罪的想头丢了吧!你看,竟有欢喜火灾的人!"

二

叶夫赛在小学毕业的时候,铁匠说:

"现在把你安置到什么地方呢?你在这里没有什么用处。过几天我要去买风箱,那时候,将你送到城里去吧,没爷娘的!"

"伯伯自己带我去?"叶夫赛问。

"自己带你去。离开家乡觉得难过吗?"

"不难过。只是舍不得伯伯……"

铁匠将一块铁塞进炉子里,用火钳子摆弄煤块,沉思地回答:

"不要担心我,我是大人……和别人一样,我是一个老百姓。"

"伯伯你比谁都好!"叶夫赛低声说。

彼得伯父也许没有听见他的话,没有回答,从火里面拿出一块烧红了的铁,眯着眼睛开始锤炼,红红的火星向四面八方飞散。过了一会儿,他忽然停下来,慢慢地放下拿着铁锤的那只手,带笑地说:

"我得告诉你些要紧的事情……"

叶夫赛等待着伯父的训话,耸起了耳朵。但是,铁匠又把那块铁丢进火里,一边望着炉子里,一边揩拭流到两颊的眼泪,忘记了侄儿。一个农夫拿了一个破轮圈走进来。这时叶夫赛就跑到溪谷里去,坐在丛林里面,等待作坊里面只有伯父一个人的时候,一直等到日暮。但是作坊里老是有人。

离开村庄那天的情形,叶夫赛记不大清楚了,他只记得他们乘着马车走过田野的时候,天还很黑,路又非常狭窄,车子震得非常厉害,车子两旁排着一动也不动的、黑黝黝的树木。但是,往前走去,地面越来越广阔、明亮。伯父在路上一直不高兴,对叶夫赛的各种提问也无心回答,即使回答也是非常简短,含糊不清的。

走了整整一天,他们在一个小村庄里休息。晚上,有人长时间的奏着很好听的手风琴,一个女人在哭,一个生气的声音有时大叫着:

"住口!"

还听到难听的骂声。

夜里,他们也继续赶路。两只狗在黑暗里一面吠着,一面绕着马车送他们走。在他们出村时,左边路旁的树林里面有一只鹭鸶在如怨如诉地悲哀地啼叫。

"愿上帝赐福!"铁匠喃喃地说。

叶夫赛睡着了,一直等到伯父用鞭子柄轻轻地打他的脚的时候才醒来。

"你看吧,没爷娘的! 喂!"

在这孩子的睡眼里面,城市好像是一大片荞麦田:它是密密的、五颜六色的,连绵得没有尽头,城中教堂的金色圆顶,好像是许多黄色花朵,弯弯曲曲的黑暗的街道就像田畦。

"哎唷!"叶夫赛仔细地看了看之后,这样喊了出来。

城市的全景展开着,各种色彩愈益明显起来。当无数的窗户玻璃和教堂的金圆顶反射着阳光的时候,整个城市闪耀着绿、红、灰、金各种颜色。他心里燃起了一种异常的期望。叶夫赛跪在车垫上,一手抱住了伯父的肩膀,目不转睛地望着前面。铁匠对他说:

"从此之后,你要听着吩咐做事,休管闲事。对于机灵鬼要敬而远之,十个机灵鬼里面,成功的只有一个,九个是要完蛋的。"

他的语气不大坚决,好像怀疑着说这些话有没有必要。叶夫赛却是很关心地、认真地听着他的话,他想听些可以对付新生活中的危险的特别教训。

铁匠透了一口气,继续说,这一次语气比较坚决些,自信些:

"没爷娘的,我告诉你,从前有一次,我在乡里,险些儿被人用树枝抽死。那时候我是已经订了婚的人,我得结婚,然而他们还是打我!他们是什么都不管的,他们绝对不替别人着想。我到省长那里告状,结果,我在那里不仅挨打,而且坐了三个半月的牢。打得太厉害了,甚至吐了血,从此之后,我的眼睛老是淌眼泪。那时候,有一个身材不大的红发的警察,老是拿各种东西打我的脑门。"

"好啦!"叶夫赛轻轻地说:"不要说这些吧……"

"还有什么好说呢?"彼得伯父带笑地说。"没爷娘的!除此之外,没有什么可讲的了。"

叶夫赛悲伤地低了头。

污秽而有恶臭的房屋,一所一所地向他们迎面而来,把马、马车和车里的人越来越深地吸进自己的复杂的罗网里面去。红色和绿色的屋顶上面,像赘瘤似的杵着许多烟囱,喷出青色和灰色的烟。另一些烟囱则是拔地而起,它们特别高,特别脏,吐出浓浓的黑烟。结实地踏平了的土地好像浸透了浓烟,这里那里发出一种震动空气的、钝重而吓人的声音——轰隆声、嗡嗡声、呼啸声、铁类发出的辘辘的杂声……

伯伯说：

"这还不是城里，这是工厂。"

他们渐渐走进一条宽阔的大街，两旁都是木造房屋。它们都是用各种颜色油漆的、古旧的、结实的房屋，外观令人感到平和而舒适。尤其是有小花园的房屋，更加好看，好像围着清洁而幽雅的绿色围裙一样。

"快到了！"当马拐进一条小巷的时候，铁匠说。"没爷娘的，你别害怕……"

他把车子停在一家开着大门的大房子前面，跳了下来，走进院子。房子已经很旧，整个地歪斜了，各个窗子下面的圆木都凸出来了，窗户又小又暗。在宽阔而肮脏的院子里面排着许多四轮轻便马车。四个农夫，围着一匹白马，正用手掌拍着马，大声地嚷嚷着。其中一个肥胖、秃顶、红脸上长着一部黄色络腮胡子的人，看见彼得伯父，立刻大张开胳臂招呼：

"啊！"

……他们在狭小阴暗的屋子里喝茶，秃头又是打哈哈，又是大声喊叫，因为声音太大，桌上的碗盏也震响起来。室内闷热，有一股焦面包的浓烈气味。叶夫赛觉得非常困，所以他的眼睛老是望着那在污秽的帐子后面摆着许多枕头的床铺。许多大黑苍蝇飞来飞去，它们停在额上，在脸上爬来爬去，使出了汗的皮肤痒得难受。叶夫赛不好意思驱逐它们。

"你的事情我们给找！"秃头对他说，非常高兴地点了点头："纳塔利娅！马特维伊奇那里差人去了吗？"

一个浓眉小嘴、胸部高耸的胖女人，用响亮的声音回答：

"你问了多少遍了……"

"彼得老兄，纳塔利娅怎样！正像蜂蜜一样！"秃头用震耳的声音这样喊。

彼得伯父静静地微笑着，好像不敢看这个女人，但是她却拿了一

个热腾腾的乳渣裸麦饼给叶夫赛,对他说:

"多吃一点!……在城里非多吃一点不行……"

叶夫赛在一种饱满感的压迫之下,已经弄得很疲倦了,但是不敢拒绝,只好恭顺地把给他的东西全部吃掉。

"吃!"秃头高声喊道,然后对彼得伯父说:"我告诉你,这算好运气。七天之前,马踏死了一个孩子。那个孩子到饭馆去打开水的时候,突然……"

这时又有一个人趁大家没有注意,悄然走了进来,他也是个秃子,但是身材瘦小,大鼻子上面架一副黑眼镜,下颚上面留一小撮斑白的山羊胡子。

"你们这些人在干吗?"他用不高的声音问。主人从椅子上跳起身来,又是叫喊,又是哈哈大笑,叶夫赛开始害怕了。

那人将主人和彼得伯父称作"你们这些人",似乎想要这样来表示自己和他们不同。他坐在离桌子不远的地方,后来,再向离铁匠更远的地方移动,悠然地摇摆着他细瘦的头颈,向周围望了一遍。在他右眼上面,离额角不远的地方长着一个大瘤子,小小的尖耳朵紧紧地贴着脑袋,好像想要躲藏到剩不多少的一圈白头发里去。他的脸色发灰,也带着灰尘。叶夫赛用尽心机,想要偷偷地观察一下眼镜里面的眼睛,但是看不到,这使他觉得不安起来。

秃头主人大声地说:

"你瞧,这是个孤儿!"

"这好极啦!"生瘤子的人说。他坐在那里,将黑黑的两只小手按在尖瘦的膝头上,他说话很少,叶夫赛偶尔听到几句特别的话语。

最后,他说:

"就这样说定了……"

彼得伯父在椅子上费劲地动了动。

"没爷娘的!你的事情已经有了……这一位,就是你的东家……"

头上生瘤子的人隔着黑眼镜望着叶夫赛说:

"我叫马特维·马特维伊奇……"

他转过身,拿起茶碗,不发声音地喝完了茶,站起来,默默地点点头,就走了出去。

过了一会儿,叶夫赛和伯父走到院子里,在马厩旁边的阴凉地方坐下来。铁匠说话小心,好像用话语来探索他所不懂的东西:

"跟着他,你一定会有好处……那个老头子经历了命中注定的一生,经历了种种的罪恶,现在只为着一小块面包活着,好像吃饱了的雄猫似的哼哼着……"

"他不是巫师吗?"孩子问。

"为什么?应当这样想:巫师这种人,在城里是没有的。"

但是,铁匠想了一想,又补充说:

"不管他是什么人,对你反正都是一样。巫师也是人啊。你要懂得,城里是很危险的,城里会使人习惯于这种情况:老婆出门去进香,丈夫代替女人做饭,并且在那里胡闹。那个老人是不会有这种情况的……我说,你跟着他是很好的,应当这样想。你在他的手下,一定像在家里一样过好日子,坐享清福。"

"假使他死了呢?"叶夫赛胆怯地问。

"也许不会很快……你把头上搽一点油吧!不要让鬈发竖起来……"

伯父让叶夫赛向主人告辞之后,带他到了街上。叶夫赛用猫头鹰般的眼睛,张望街上的一切东西,总是紧紧地靠在伯父的身边。店铺的门不断地响着,滑车发出尖叫声,马车的噼啪声、货车的笨重的辘辘声、商人的尖喊声、行人的拖足和踏步的声音——所有这些声音汇合到一起,混杂到闷热的烟尘里。人们走得很快,好像怕迟到似的往预定地点赶去,有的人从马头下钻过去跑过街道。这种没完没了的忙乱光景,使孩子的眼睛疲倦起来,他有时将眼睛闭了闭,因而在路上绊了一跤,他对伯父说:

"走快些吧……"

他很想走到不像这样喧扰、热闹和炎热的地方或街角。终于,他们走到了一处被旧房子紧紧地围住的小小的圆形广场,看来,这些房子是由于互相结结实实地倚靠着才没有倒下来。广场当中有一个喷水池,地上有几处潮湿的阴地,在那里,喧嚷声比较小些。

"你看,"叶夫赛说,"这些房子全没有篱笆……"

铁匠叹了一口气,回答说:

"你看一看招牌吧!拉斯波波夫的铺子在哪里?"

他们走到广场当中,在喷水池旁边站住,叶夫赛微动着嘴唇向四面望了望。招牌非常多,这些招牌和乞丐衣服上的各种颜色的补丁一样地挂在每一所房子上面。当这孩子在一个招牌上寻到了他们所要寻找的姓氏的时候,他不由地打了个冷战,什么都不对伯父说,独自开始仔细地观看了那个招牌。那块招牌很小,已经腐烂、生锈,横在门顶上,而这个门里面好像向下通达到一处阴暗的洞穴。在门前人行道上,有一条洼沟,两边围着不高的铁栅。开店的房屋是三层楼,是肮脏的黄色,灰泥的外皮已有多处脱落。房屋的外貌,就给人一种阴暗、狡猾、不亲切的感觉。

他们走下石阶——一共五级——到了正门口。铁匠脱了帽,小心地望店里看了看。

"请进来!"传出了很清楚的声音。

老板坐在窗边桌子前喝茶。他头上戴着黑丝绒的无檐帽。

"坐,老乡,坐下喝茶吧!徒弟!拿茶碗来,在搁板上……"

老板伸手向阴暗的店堂里面指了一下。叶夫赛向他所指的地方望过去,但是一个人也没看见。这时老板转身向他说:

"喂,你怎么啦?你不就是徒弟吗?"

"还没有习惯呢!"彼得伯父轻轻地说。老头儿又挥一下手。

"在右边的第二个搁板上。主人的话,是应该听了半句就能理解全句的意思的,——是这样的规矩。"

铁匠叹了口气。叶夫赛在黑暗里摸着了茶碗,在地板上的书堆上面绊了一下走回来,赶快把它递给老板。

19

"放在桌子上！茶盘呢？"

"你真是的！"彼得伯父高声地说。"你怎么啦，茶盘呢？"

"教会他，得要很长的时间啊！"老板很威严地看了看铁匠之后说："徒弟！你这就进店堂里面去，好好地看一遍，记住什么东西放在什么地方……"

叶夫赛觉得，好像有一种具有命令作用的力量钻入他的身体里，用力地推他，要使他到哪里，他就得到哪里去。他将全身缩了缩，将头颈缩在两肩里，一边倾听着老板说话，一边集中视力仔细地把店铺观察了一番。店里又冷又暗。是一间好像墓穴一样狭长的屋子，挤满了书架，书架上面摆满了书。地板上也乱堆着一捆一捆的书籍，在尽后面，靠着后墙，书几乎堆到了天花板下面。除了书籍之外，叶夫赛只看到了梯子、雨伞、套鞋和插有破笔杆的白色小瓶。灰尘非常多，屋里的恶臭一定是这些灰尘发出来的。

"我是个孤独、爱静的人，只要他肯好好给我干，我就叫他过非常幸福的日子。我是老实正直地过了半世的人，假使有不老实的行为，我是不饶恕的，并且，假使发现这种行为，我就要把他送到法院去。因为现在未成年的小孩也要受审判，设立了专门管理未成年小偷的监狱，叫做少年罪犯感化院……"

他这些枯燥而冗长的话，使叶夫赛很难受，同时在他的心里唤起了一种胆怯的愿望：得赶快学会服侍老头子，讨他的欢喜。

"我告辞了，孩子应该干活了。"

彼得伯父立起身来，叹了口气。

"哦，没爷娘的！……我说，好好地在这里吧！要听东家的话……他决不会难为你，他没有那样的必要呀！不要想家……"

"行！"叶夫赛说。

"应该说'好'！不应该说'行'！"老板纠正他。

"好！"叶夫赛立刻学着说了一遍。

"好，我走了！"铁匠将一只粗硬的手按在侄儿的肩上，这样说了一句,摇了他一下,就好像突然吃了一惊似的走了出去。

叶夫赛哆嗦一下,感到冰冷的悲哀,走到门口,然后,用他圆圆的眼睛,像询问一样和望了一望老板的黄脸。老头子用指头捻着下颚上的一小绺花白胡须,从上而下地打量他,这时候孩子仿佛看到了一双巨大而阴暗的黑眼睛。两个人好像互相等待着什么似的站了一会儿,这孩子的心口因为莫名其妙的恐惧而扑咚扑咚地跳了起来。但是,老人从书架上拿了一本书,用指头指着书的封面问:

"这个数目字是多少?"

"一八七三,"叶夫赛低下头回答。

"对。"

老板用他干瘦的指头摸着叶夫赛的下颚说:

"看着我!"

孩子伸直头颈,闭上眼睛,急忙地嘟囔说:

"伯伯!我永远听您的话……"说到这里就停下了,眼前发黑,什么也看不见。

"到这里来……"

老人坐在椅子上,将两肘支在膝上。他脱了帽子,用手帕揩了揩秃顶。他的眼镜滑到鼻尖上,他从眼镜上面望着叶夫赛的面孔。于是,他有了两双眼睛,真的眼睛是很小、一点不动、暗灰色的,眼睑是红的。

"你常常挨打吗?"

"常常!"叶夫赛低声说。

"谁打你?"

"孩子们……"

老板把眼镜提高到眼睛前面,吧嗒着暗黑的嘴唇说:

"这里的孩子们也喜欢打架,你不要和他们玩,听见了吗?"

"听见了。"

"要当心他们!他们都是些调皮鬼,小偷。要记住,我决不会教你学坏。我是个好人,应该喜欢我。只要喜欢我,你跟着我,是对你有好处的。懂吗?"

"懂。"

老板的面容恢复了本来的样子。他牵了叶夫赛的手走进店堂的尽后面说:

"你看这些书。不论哪一本上都有年号,每一个年号都有十二本,将这些书照次序整理出来!你说说看,怎样整理法?"

叶夫赛想了一下,胆怯地回答说:

"我不知道……"

"我不教你。你识字,你应当自己去想办法……"

那种枯燥而无感情的声音,好像鞭打着这孩子一样。他噙着眼泪,开始解开捆书的绳子,而每当书籍落到地板上发出响声的时候,他就哆嗦起来,向周围观望。老板坐在桌子前面写什么东西。笔尖发出嚓嚓的声音。门口闪现着很快地走过的行人的脚,它们的影子落在小铺上,在小铺上晃动。从叶夫赛的两只眼睛里滚下了眼泪,他害怕起来,很快地用沾满灰尘的手揩干了脸,心里满怀着阴暗的恐怖,开始紧张地整理书籍。起初,他觉得困难,但是过了一会儿,就陷在他所常有的那种无思无虑的状态,他所习惯的那种空虚境界里,他以前每逢挨打受欺负之后,独自静坐在墙角之类地方的时候,这种空虚就常常强有力地笼罩着他。他的眼睛寻找书上的年份和月份名称,两手机械地将它们排起来;他坐在地板上,以均匀的速度摇晃身子,他的精神愈来愈深地陷到一种离开现实的、朦胧的安静的深渊里。这时候,和以前的这种情况一样,在他内心的深处,漠然地涌上了一种朦胧的期望,燃烧起了一种对于和周围一切完全两样的、另一种生活的期望。有时,他清楚地想起那句富有刺激性的话:

"慢慢会好的……"

这句话好像是对某件特殊事情的诺言一样温暖地拥抱着他的心,因此这孩子的两手的动作就不知不觉地迅速起来,再也感觉不出时间是怎样过去的了。

"你看,你已经懂得该怎样做了!"

叶夫赛哆嗦一下,他没有听到老人是什么时候进来的,他看了看由他摆好的书,问道:

"这样行吗?"

"没问题。你想喝茶吗?"

"不想。"

"应该说'谢谢',或者说'谢谢您,我不想!'"老板说。"继续干吧……"

老板出去了。叶夫赛望望他的背影。他发现店堂里有一个上了点年纪的、没有口髭和络腮胡子的人,他在脑后斜戴着一顶圆帽,手里拿着一根手杖。他坐到桌子前面,把许多黑色和白色的东西摆到桌子上。当叶夫赛重新开始工作的时候,传来了客人和老板断断续续的谈话:

"城……"

"王……"

街上的噪音也微弱地传到店堂里来。在噪音之中,一些奇怪的对话就像沼泽里的蛤蟆咯咯叫一样。

"他们要干什么呢?"这孩子提心吊胆地想道,他觉得四面八方都有一种特别的东西向他移动,但是,都不是他曾经胆怯地期待过的事情。灰尘使他的鼻子和眼睛发起痒来,在他的牙上发出沙沙的声音。他想起了伯父所说的关于老人的话:

"你在他手下,要像在家里一样……"

天色晚了。

"一将就将死了!"客人用低重的声音喊,老板却咂了一下舌头,高声命令道:

"徒弟,关门!"

老人在铺子的三楼上占有两小间住室。在只有一扇窗子的第一间住室里，摆着一口大箱子和一个衣柜。

"以后，你睡在这里！"老板说。

第二个房间有两扇临街的窗子，从这里可以看见高高低低的无数屋顶和蔷薇色的天空。在一个屋角的圣像前面，一盏蓝玻璃洋灯上的灯火摇晃不停，在另一屋角里摆着一张床，床上铺着一条红被子。壁上挂着画得生动的沙皇和将军们的肖像。房间很狭小，但是很干净，而且有一种像教堂里那样的气味。

叶夫赛站在门口，望了一下老板的寝室。老人站在他身旁说：

"房间里的所有东西，你要仔细地看一下，不论什么时候，你得照这样收拾！"

靠墙摆着一张很宽的黑沙发和一张圆桌子，桌子周围有三把椅子，也是黑色的。房间里这只角落显出一种阴郁和不吉祥的样子。

一个身高脸白、有一双绵羊眼睛的女人走了进来，用静静的、好听的声音问：

"可以开晚饭了吗？"

"好吧……请开饭，拉伊萨·彼得罗芙娜……"

"这是新来的徒弟？"

"对。他叫叶夫赛……"

那个女人走出去了。

"关上门！"老人说。等叶夫赛将门关好之后，他放低了声音继续说：

"她是这栋房子的女房东，我是向她租了房间，并且包了中饭和晚饭的。懂了吗？"

"懂了……"

"你的主人只是我一个人，懂吗？"

"是，"叶夫赛回答。

"所以，你只要听我的话就行了……你到厨房里去洗个脸吧！"

叶夫赛洗脸的时候，偷偷地设法看了看女房东，这女人正在准备晚饭,在一个大托盘上摆碟子、刀子和面包。她那圆圆的大脸庞和细细的眉毛,显得她很和善。梳得溜光水滑的黑头发,不爱眨的双眼和不很高的鼻子,使这孩子猜想:

"是个温顺的女人……"

当他看到女房东紧闭着那薄薄的、红红的嘴唇,也在打量他的时候,他觉得不好意思起来,不由地将水泼在地板上了。

"揩干吧!"她一点也不生气地说。"抹布在椅子下面。"

他回到屋里的时候,老头子望了望他,问:

"她对你说了些什么?"

但是,叶夫赛没来得及回答,那个女人就已经端着托盘进来了,她把托盘放到桌子上说:

"好了,我可以出去了……"

"请便!"老板回答。

她举起手来,将鬓角上的头发理了一下(她的指头非常纤秀),就退出去了。

他们坐下吃饭。老板吃得不快,嘴里发出很大的响声,有时很疲倦地叹一口气。当他们开始吃切细的炸牛肉的时候,他对叶夫赛说:

"你瞧,多么好吃的菜!我一向吃好的……"

吃完饭之后,他叫叶夫赛将食具搬到厨房里去,他教他怎样点灯,然后说:

"这就睡吧!衣柜里面有毛毡、枕头和被子。这些是归你用的。明天我给你买一件好看的衣服穿。去睡吧!"

这孩子感到辛苦,已经瞌睡了,当他躺到床上的时候,老板走了进来,问:

"好吗?"

虽然躺在木箱子上觉得很硬,叶夫赛还是回答说:

"很好……"

"假使嫌热,你可以打开那扇窗子。"

叶夫赛立刻去开了。那扇窗子正对着邻家的屋顶。那家屋顶有四根黑黑的烟囱，都是同样的形状。他用关在兽槛里面胆怯的野兽般的忧郁眼光看一看星星，但是星星对他的心灵并没有诉说什么。他倒在木箱上面，用被子蒙着头，紧紧地闭上眼睛。感到闷热，他将头伸出，没有睁开眼睛，倾听着，因为从老板屋里传来了可以听清的一种枯燥声音：

"主啊，你世世代代作我们的居所……"①

叶夫赛知道主人在读圣诗……敏感地听着那些熟悉但不能理解的大卫王的诗句，渐渐入睡了。

三

叶夫赛的生活过得平平安安。他想要博得老板的欢心，因为他感到、理解到这对他有好处，但是，对于老人，他只是慎重行事，而在心中毫无亲热的感情。他对任何人都觉得害怕，为了对付可能发生的袭击，进行自卫，他愿意巴结别人，甘心事事替他们效劳。对危险的不断的等待，发展了他敏锐的观察能力，而这种性格进一步加深了他对人们的不信任。

他非常用心地观察了这所房子里面的奇异生活，还是不能够了解——从地下室到屋顶挤满了人，每天从朝到晚，他们像鱼笼里的虾群一样地在那里忙活。和村庄里比较起来，还是这里的人们事情多，他们的脾气也更加大些、厉害些。生活里充满了不安、喧闹和忙碌，有时候，似乎人们都在期待早些做完所有的工作，他们都在等待一个节日，希望干干净净地洗个澡，自由地、和平地、以安静的快乐的心情去迎接这个节日。但是，这孩子的心却麻痹了，发出了一种漠然的疑问：

"这种节日会到来吗？……"

---

① 引自《旧约·诗篇》第九十篇第一节。

但是，并没有这样的节日。人们互相逼迫，互相辱骂，有时大打出手，而且差不多每天彼此说别人的坏话。

每天早上，老板先到店里去，叶夫赛留在家里，收拾屋子。他收拾好了一切之后，洗脸，到饭馆去打开水，然后才到店里来，和老板一起喝早茶。这种时候，老人差不多总是问他：

"嗳，有什么事吗？……"

"没有什么事……"

"你讲话太少！"老板说。

但是，有一次叶夫赛换了一句话回答说：

"今天钟表匠告诉皮货匠的厨娘，说您收买赃物……"

他不知不觉地说了这句话，但是立刻因为心里充满了恐怖而全身抖动起来，低下了头。

老人静静地笑了笑。过了一会儿，一点也不生气地拉长了声音说：

"混——蛋……"

他的干燥的黑嘴唇痉挛了一下。

"谢谢你把这事告诉我，谢谢！"

从此之后，叶夫赛便留心细听别人的谈话，将所听到的一切立刻报告老板，这时，他总是直勾勾地望着老板的脸，低声讲话。

几天之后，在打扫屋子的时候，他在地板上拾到一张揉成一团的钞票。在喝茶的当儿老头子照例地问：

"嗳，有什么事吗？"

"这个，我捡到了一张卢布……"

"对！你捡到了卢布，我捡到了金子呢！"老板带笑地说。

还有一次，在店铺的门口，他拾到了一个二十戈比的铜币，将这个钱也交给了老板。老人将眼镜架在鼻尖上，用指头揩着这个二十戈比的铜币，一声不响地向这孩子脸上望了一会儿。

"根据法律，"他沉思地说："拾得物的三分之一，就是六戈比，是归你的……"

他沉默一会儿,吁了一口气,然后一边把铜币塞进背心口袋里,一边说:

"可是,你真是个奇怪的孩子……"

不过,他并没有将六戈比分给他。

不多说话、尽力不让人发现、但是一被人发现便巴结人的叶夫赛,差不多没有引起别人对他的注意,而他自己却是用着猫头鹰般的暧昧眼光,执拗地注视着人们的一言一行,但是遇到他的人们,却是谁也不留心他的这种眼光。

从最初的一些日子起,他就对寡言而温顺的拉伊萨·彼得罗芙娜感到了强烈的兴趣。每天晚上,她总是穿着黑色的、发出一种綷縩声音的衣服,戴着一顶黑色的帽子,到什么地方去;早上,当他收拾屋子的时候,她还睡着没起床。只有在晚饭之前,他才能见到她,但是,这也不是每天如此。他觉得她的生活有些神秘,她那白色的脸庞和凝思的眸子,她那寡言的性格,都给他一种奇异的暗示。在他心里不知不觉地产生了这么一种信念:她的生活比大家都好,她的见识也比大家都多。在这种信念的基础上形成了他对这个女人的、连自己都不甚了了的好感。他觉得她一天比一天更加漂亮了。

有一天,天快亮的时候,他从梦中醒来,到厨房里去喝水,突然听见有人开动过道的门。他吃了一惊,跑回自己屋里,躺下,蒙上被窝,竭力紧紧地向木箱上面缩拢身体。过了一会儿,他伸出一只耳朵,听到了厨房里传来很重的足音、衣服綷縩声和拉伊萨·彼得罗芙娜的说话声音:

"嗳,你这个东西!……"她说。

他爬起身来,很小心地走到门口,向厨房里面窥视。

那个温顺的女人坐在窗下,正在除下帽子。她的脸色好像比平常更加显得苍白,眼睛流着大量的眼泪。她的大身躯摇晃着,两手慢慢摆动着。

"我知道你,"她摇摇头说,将身子靠着窗台,立起身来。

老板屋里发出了床铺轧响的声音。叶夫赛很快地跑回木箱上,躺下,躲进被窝里。

"人家欺负她了!"他这样想。他喜欢她的眼泪,这些眼泪使他和这位过着秘密的夜生活的温顺女人接近。

有人偷偷摸摸地走过他的身边。他抬起头来,突然好像被火烫了一般地跳起身来:他听见了一个尖锐的高声狠狠地喊了一句:

"滚出去!"

老板穿着睡衣,弯着腰,很快地从厨房里出来,停住脚步,像吹口哨似的向叶夫赛说:

"睡,睡!你干吗?睡……"

第二天早上,老人在店里问:

"昨天晚上,吓了吗?"

"是的……"

"她喝醉了酒,她常常这样……"

然后,又用严肃的语调说:

"但是,你应该知道,那女人是非常狡猾的。她不讲话,但是毒辣。她是不正经的,她会弹钢琴。这种弹琴的女人叫做伴奏女郎。你知道妓院是什么地方吗?"

关于妓院,叶夫赛在院子里从皮货匠和玻璃匠的谈话中知道一点,但是他想要知道得更多一些,所以回答说:

"不知道……"

老头子热心地、很详细地和他说明。他有时吐着口沫,皱着面孔,对于这些下流事情表示嫌恶。叶夫赛望着老人的脸,不知为什么并不相信他的嫌恶,而对于老板所说的关于妓院的一切他却觉得可以相信。但是,老人谈论那个女人的一切话,只有使他更加不相信老板。

除了拉伊萨之外,引起叶夫赛的好奇心的,还有玻璃匠的学徒阿纳托利,他是个清瘦的少年,有着蓬乱的头发,翘鼻子,浑身带着油泥

29

臭,一天到晚乐呵呵的。他的声音很响,叶夫赛喜欢听他那明朗的唱歌似的叫卖声:

"配玻——璃!"

是他第一个和叶夫赛说话的。当叶夫赛扫楼梯的时候,忽然听到下面有人大声地问:

"喂,鬈发的!你是哪一省的人?"

"本省人!"叶夫赛回答。

"我是科斯特罗姆省人。你几岁?"

"十三……"

"和我同岁。和我一起去玩好吗?"

"哪儿去玩?"

"到河里去洗澡……"

"我要到店里去……"

"今天是礼拜啊……"

"礼拜不礼拜,对我都一样……"

"嘿,你他妈的!"

玻璃店学徒去了,叶夫赛对他的辱骂并不生气。

他整天背着玻璃箱子在城里转,每天差不多到了关店门的时候才回来。到了晚上,总是从院子里传来他那不倦的谈笑、吹口哨、唱歌的声音。谁都骂他,谁都喜欢和他来往,被他逗得捧腹大笑。这个翘鼻子、乱头发的孩子对待大人的那种大胆,使叶夫赛惊讶不已,当他看到那些镀金匠在院子里追赶这个快活的顽童跑来跑去的时候,他竟觉得有些羡慕他,到了后来,他竟强烈地引起了崇拜这个小玻璃匠的感情。当他沉浸在渴望安静和干净生活的朦胧幻想的时候,他现在发现其中也有这个天不怕地不怕、头发蓬乱的孩子的位子。吃过晚饭之后,叶夫赛向老板问:

"我可以到院子里去吗?"

老人勉强地允许了。

叶夫赛很快地跑下楼去,坐在一处阴暗的地方,从那里观看阿纳托利的举动。院子很小,四面都被人家的高墙包围住,墙壁旁边都堆着各种破烂东西,男女工匠们坐在上面休息,阿纳托利在院子当中作表演。

"皮货匠兹沃雷金到教堂来了!"他喊着。

叶夫赛看见那垂着下唇、悲哀地眯着眼睛、身材矮胖的皮货匠,感到很惊奇。阿纳托利把肚子向前突出,将头歪在一边,显着极不愿意的样子,碎步走到了门口。于是观众望着他的后影大笑了起来,发出了喝彩的喧嚷。

"兹沃雷金从酒店里出来了!"那孩子大声介绍了之后,便在院子里面慢慢行走,好像没有力气似的摆动四肢,睁圆惺忪的眼睛,将上下嘴唇张开,做出令人讨厌和可笑的样子。他站住,两手用力地捶着自己的胸脯,用笛子般的声音说:

"主啊!我是如何心满意足啊!我的上帝!在你的仆人亚科夫·伊凡涅奇眼里,世上一切是如何的美好、如何的愉快啊!主啊!玻璃匠库津,在我的上帝和一切凡人看来,是一个坏蛋,也就是一个畜生……主啊!"

观众又哄然大笑起来,只有叶夫赛没有笑。半惊半羡的复杂感情压住了他。他心里一方面想要看看阿纳托利的新奇表演,一方面希望看到这个孩子担惊受怕和心怀委屈的样子,可是因为小玻璃匠只把人模仿成可笑的,而没有把人模仿成危险的,叶夫赛觉得十分遗憾和不快。

"玻璃匠库津来了!"阿纳托利喊道。

在叶夫赛的面前,出现了一个红面孔的、瘦瘦的、半醉半醒的汉子,他的红胡子是左右对分的,很脏的衬衫袖子卷了起来。他右手插在围裙的胸带下面,左手慢慢地抚摩着胡须,无精打采地缓缓地踱着,皱着眉头观看,用撕裂的发哑的声音喊:

"你又在骂人吗,异教徒?几时我才能听不见你骂人呢?你这该死的,淘气鬼都拥护你……"

"现在演悭吝鬼拉斯波波夫!"阿纳托利宣布说。

老板扁平而干瘦的身躯,没有脚步声音地从叶夫赛身边走过,他滑稽地抽动着鼻孔,好像嗅着什么气味似的,很快地摇摆着头,举起小手扯着下巴下面的胡子。这个形象有点可怜,又有些好笑。叶夫赛的遗憾加重,因为他确实地知道,他的老板决不像这个小玻璃匠所表演的那样。

阿纳托利演完老板们之后,又开始很滑稽地模仿观众里面的一些人的样子。一直到深夜,他无穷尽地发出铜钟一般的声音,博得了没有恶意的欢笑。有时候,被他触怒的人跑了出来,要将他抓住,因而引起了一阵喧哗的骚动。叶夫赛不禁羡慕地叹了口气。

阿纳托利发现了叶夫赛,立刻抓住他的手,把他拉到院子当中来,向观众介绍说:

"诸位,请看这个家伙,半斤八两!他跟悭吝鬼拉斯波波夫一样瘦小!"说完之后,他将这个瘦瘦的少年的身体,这边那边地转过来转过去,有条有理地谈起一些关于叶夫赛的主人、拉伊萨·彼得罗芙娜和叶夫赛本人的古怪的好笑的事情。

"放手!"叶夫赛低声地请求他,一边竭力从小玻璃匠的有力的手里挣脱自己的手,一边还是注意倾听,因为他想要理解并努力去理解那些使他感到耻辱的暗示。当叶夫赛挣扎得厉害的时候,观众,特别是妇女们,有气无力地向阿纳托利说:

"放开他吧……"

他们的说情,不知为什么总是使叶夫赛觉得不愉快,阿纳托利也因此格外兴奋起来,便开始推他,揪他,向他挑衅打架。有几个男人打气道:

"好,打吧!看你们谁打得过谁?"

女人们反对说:

"不要打架!"

对于这种话,叶夫赛再度感到一种不愉快。

阿纳托利轻蔑地将叶夫赛推到一边,于是打架便告终结。

"你这鬈毛家伙!"

演过这幕趣剧之后,有一天早上,在院子里,叶夫赛碰见了背着玻璃箱子的阿纳托利,他突然不知不觉地对他说:

"你为什么取笑我?"

小玻璃匠望了他一下问道:

"你打算怎么样?"

叶夫赛不敢回答。

"想打架吗?"阿纳托利重新问,"咱们到棚子里去打吧!"

他的口气很镇静,很认真。

"不,我不想打架,"叶夫赛低声回答。

"那不行,我要打你啊!"小玻璃匠这样说了之后,又很坚定地补充一句:"我一定要打你!"

叶夫赛叹了一口气,因为他不能够了解这个孩子。为了想要了解他,他低声地再问了一次:

"我问你,你为什么取笑我?"

阿纳托利,也许是觉得困窘,他眨着活泼的眼睛,笑了一笑,但是突然怒喊道:

"滚蛋!你干吗纠缠我?小心我打你!……"

叶夫赛逃回店里,对于这种毫无道理的受屈,心里终日感到沉痛。这一次被欺负,虽则还没有完全阻断阿纳托利对他的吸引,但是只要他在院子里面被阿纳托利看见,他便不能不立刻离开。于是,他从自己的幻想的范围中,将这个小玻璃匠排除了出去……

试着去接近人而遭到失败之后不久,有一天晚上,他被老板屋里所发出的声音惊醒了。他倾听一下,原来拉伊萨在那里。他想要亲眼证实这一点,便悄悄站起来,走到紧紧关着的门前,用一只眼睛向锁孔里窥视。

他的半醒的眼睛的视线,首先落到烛火上,因而失去了视力。但是,过了一会儿之后,他看到一个女人的丰满的身体隆起在黑沙发上。她仰卧着,赤身裸体,正用那纤细的手指将散在胸脯上的头发编成辫子。烛光在女人雪白的裸体上颤颤抖抖地反射着,周身干净而光亮,看起来,好像云彩似的轻松。这种样子非常地美丽。她说了一些话,但是听不见说话的内容,而只听得见声音——像唱歌一样的、疲倦的、哀诉般的声音。老板披着睡衣,坐在沙发旁边的椅子上,斟了一杯酒,他的手抖动着,下巴下面的那一小绺白胡子也在抖动。他摘下眼镜,脸色非常难看。

"是,是,是!"他说:"你这种女人真……"

叶夫赛离开门,回到床上躺下,然后想:

"他们结婚了……"

他觉得拉伊萨很可怜,她为什么嫁给一个常说她坏话的人呢?又想:她赤身露体躺在皮沙发上,一定是很冷的。在他心里忽然出现一种不好的念头,但是,觉得她已经证实了老头曾经说过关于她的话,叶夫赛便吃惊地将这个念头打消了。

第二天傍晚,拉伊萨照常开了晚饭,用平常的声调说:

"我走了……"

老板跟她说话也是像平时一样干巴和漫不经心。叶夫赛想:他看到裸体女人,也许是梦里的事情。

彼得伯父出人意料地而且毫无必要地来了。他的头发都已变白,满脸皱纹,身体也变得小了些。

"唉,我已经看不见东西了,没爷娘的!"他很响地喝着茶碟里的茶水,在他泪汪汪的眼角上浮现着微笑。他说:"我已经不能干活,就是说,只好去讨饭了。亚什卡不好办。他想要到城里去……不放他走吧,他是要逃的……那个孩子就是这样……"

铁匠所说的一切事情,都使他感到沉痛。伯父显出抱歉的样子,叶夫赛觉得很窘,他在老板面前为伯父的样子感到羞耻。当伯父要走的时候,他将三个卢布悄悄地塞在伯父的手里,并且以快乐的情绪送走他。

那挤满了死沉沉的书籍的、像墓穴一样的书店,渐渐地引起了这个孩子的一种模糊的疑心。那些书大部分是破旧的、被虫子蛀了的,发出霉气和腐臭。来买书的人并不多,这倒并不使他觉得奇怪,而老板对于顾客和书籍的关系,越来越引起了他的好奇心。

常有这样的事情:老头子拿起一本书,很小心地翻了翻陈旧的书页,用他黑瘦的指头抚摩书皮,摇着头轻轻地微笑一下,他似乎像爱抚什么活物似的抚摩它,像戏弄猫似的戏弄它。当他读它的时候,像从前彼得伯父和炉火说话一样,他和书低声地唧咕唧咕地谈话,很好笑地震动着嘴巴,摇着头,喃喃道:

"对,对。你果真这样想?啊,原来是这样?咳,太没礼貌啦!……这不行,不行!……"

这种好像反驳某一个人的意见似的、奇怪的感叹语调,使叶夫赛觉得惊奇,也使他感到害怕,这些话显示出老头子的生活的神秘的两面性。

"你别读书,"有一次老板说:"书迷惑人,尤其是迷惑小孩子的智慧。它什么都谈到,使人们惶惑、忧虑。以前有过很好的历史书,有过安分守己的人们讲述过去的故事,但是,现在,任何书籍都想赤裸裸地把人类暴露出来,其实,人类无论在肉体上或精神上都应该过隐蔽着的生活,为的是使自己免于被那没有信仰的、好奇的恶魔所侵害。人只有在晚年的时候,书籍才对他没有害处。"

叶夫赛记住了这番话,虽然这番话他不大懂,但是它们确证了主人生活所具有的神秘性。

每逢卖书的时候,老头子好像把买书的人嗅一遍,他同顾客说话的方式也很特别,有时候,声音很高而急促,有时候,将声音压低为耳语,他的黑色眼镜常常一动也不动地紧盯住顾客的脸面。向着买书回去的大学生的后影,他常常发出讥笑。有一次,当一个身材较小、长得漂亮、脸色苍白、留着黑口髭的人走出书店的时候,他用指头威胁地指了指他的背后。买书的人数大学生最多,有时候老年人也来,老年人们翻查书的内容的时间长,争价钱也厉害。有一个人差不多每天到店里来,他总是戴着一顶圆顶礼帽,面孔扁平而肥胖,没有留胡子,扁宽的鼻子上长着许多粉刺。他的姓名是多里梅东特·卢基奇,他在右手指头上带着一只镶宝石的大金戒指,常常和老板下象棋,下棋时他很响地哼哧着鼻子,而且用左手揪自己的耳朵。他也带一些书籍或文件卷来,老板将它们接过去时,点了点头表示同意,悄悄地笑一下,然后藏在桌子里面,或者放在自己身后的搁板的一角上。叶夫赛从来没有看见老板付给他书钱,但是,老板也把这些书卖出去。

有一个时期,一个大学生比别的熟主顾来得更频繁些,他身材很高,碧眼红须,帽子斜戴在后脑上,因而宽阔的白额全露在外面。他说话的声音是低重的,常常买很多旧杂志去。

有一次老板将多里梅东特送来的书给他看,在那个大学生默默地翻阅它的时候,老头子用急促的耳语向他说了些什么。

"有意思!"大学生带着笑容喊:"唉,你这老坏蛋!你不怕吗,嗯?"

老板叹了口气,答道:

"既然晓得了无可怀疑的真理,那就应该尽自己的微力来帮助它……"

他们唧咕了许久,最后大学生说:

"请您记下我的住址吧!"

老头子将他的住址写在一张纸条上,等到多里梅东特来问他"马特维伊奇!有什么新的吗"的时候,老板就把那个纸条交给他,带着微笑说:

"你看,这个新的……"

"对。尼科季姆·阿尔汉格尔斯基,"多里梅东特念道。"好啊!我要看看这个尼科季姆是怎样的人。"

过了一些日子之后,当他们坐着下象棋的时候,他告诉老板说:

"那个叫做尼科季姆的家伙,好像一条产卵的鱼一样,我从他那里搜查出了一大堆各色各样的东西……"

"把那些书还给我呀!"老板向前移动着身体说。

"当然啦!"

从此之后,那位碧眼的大学生永远看不见了。一个蓄着黑口髭的小个子青年也不来了。凡此一切,增加了这孩子的疑心,暗示出这里有某种秘密和哑谜。

书不曾引起他的兴趣,他也曾试着读过,但是不论什么时候都不能够把自己的思想集中在书上。他的思想已经塞满了各种印象,破碎得七零八落,就好像炎日下石头上的一小股流水那样很快地干掉而终于消失。

在工作的时候,行动的时候,他是不能思索的,他动一动,他的思维的蜘蛛网就好像被摇破,这个少年每天按时不慌不忙地工作,但只是像机器似的工作,而对工作决不加进自己的任何意见。

每逢他闲着没有事做、坐着不动的时候,他的脑子里便充满好像逍遥在一种透明云雾里似的愉快感觉,这种云雾将生活拥抱起来,使之愈益轻松,变喧嚣的现实为安静的半梦半醒状态。

在这种情绪下,日子不知不觉地过去得很快。表面的生活总是千篇一律地单调,但是日常生活的黏滞的尘埃,不知不觉地愈益塞满他的脑子。克林科夫不大上街,他不喜欢城市。

川流不息的运动使视觉疲倦,各种喧哗声像使人变得愚钝的沉重渣滓灌进头脑里。城市如同童话里面的妖怪,张开成百张贪欲的嘴巴,用成百个永不知足的喉咙咆哮着。

每天早上,收拾老板的屋子的时候,他将头伸出窗外,俯视狭而深的街道,这时候,他看到的总是常看到的那些人,而且他知道这些人中的每一个在一个钟头以后做什么,明天做什么,以后做什么。他认识了几个店里的徒弟,但是不喜欢他们,对他们的淘气感到危险。他觉得每一个人都好像狗被锁在自己的窝里那样被锁在自己的事情里面。有时候,闪现着或响动着一种新的事物,但是,在那些不可胜数的已经熟悉的、习惯了的和不愉快的事物当中,它是不容易被理解的。

他也不喜欢城市的教堂,因为那里太明亮,神香和灯油的气味也太强烈。叶夫赛忍受不了强烈的气味,一闻到就头晕起来。

有时候,在休息日,老板锁好店门后带着叶夫赛遛马路。他们慢慢地溜达了不少时间,老头子将一些富人和名人的住宅指给他看,讲一些关于他们生活上的事情。在他所讲的事情里面,有很多关于那些有夫之妇和寡妇从还活着的丈夫、死去的丈夫或正在埋葬的丈夫的家里逃走的故事。他对这种行为的评论态度郑重而冷酷,他指责了她们。但是当谈到某人因为什么和怎样死去的时候,老头子便眉飞色舞,将死亡这件事说成是世界上最了不起和最有趣的事。

这样散步后,他带着叶夫赛到酒店里去喝茶,在酒店里,正演奏着军乐,那里面的人们都认识这个老头子,但是,他们对他的尊敬似乎是带着恐惧的。在充满着浓厚香味的空气中发出的音乐的隆隆巨声和尖锐高音,使已经疲倦了的叶夫赛陷入茫然的半梦幻的状态中。

另外一次,老板带他进入一所房子,那里陈列着数不尽的华丽的东西,有珍奇的武器,也有绸子和锦缎的衣服。在这孩子的脑海里面,突然想起了已经遗忘的、母亲在日所讲过的故事,他给一种新的希望所鼓舞,很快活地抖动了一下,他忙乱地眨着眼睛,在各陈列室参观了很久。回家之后,他问老板:

"那些东西都是谁的?……"

"都是公家的,沙皇的啊!"老头郑重其事地说。

孩子又问:

"谁穿那些长衣,佩戴那些马刀呢?"

"沙皇、大贵族、皇上的各种人……"

"他们现在都没有了?"

"怎么没有呢?还有。没有他们是不行的。不过他们现在不穿那种衣服了。"

"为什么呢?"

"穿便宜些的。从前俄国是很富的,可现在给外国人——犹太人、波兰人、德国人……劫掠一空了。"

关于没有人爱护俄国,谁都偷它的东西,谁都希望它倒霉等等事情,他说了许久。当他说得太多的时候,叶夫赛早已不再相信他,不再要理解他的话了。不过,他还是问:

"那么,我也算皇上的人吗?"

"当然是!我们所有的人都是皇上的臣民。整个世界是上帝的,整个俄国是沙皇的!"

衣着华丽、体格匀称而漂亮的人们像各色各样的环舞似的在叶夫赛的眼前旋转着,闪现出和现在完全两样的、神话般的生活。这种幻觉持续到他躺下去睡觉的时候。在这个幻想生活里面,他看到自己穿着饰以黄金的碧色长衣和山羊皮红鞋,还看到穿着夜光珠锦衣的拉伊萨。

"这就是说,慢慢会好的!"他想。

这种想法,又引起了对于另一个将来的希望。

门后响起了老板的干燥的声音:

"外邦为什么争闹,万民为什么谋算虚妄的事……"[①]

四

有一天,关了店门之后,当他和老板走进院子的时候,他们忽然听见阿纳托利的尖锐而战栗的悲叫声:

"下次不这样了,伯伯!……决不……"

叶夫赛颤抖了一下,但是,感到内心的痛快,不自觉地说:

---

① 引自《旧约·诗篇》第二篇第一节。

"啊哈……"

从那谁都喜欢的快乐少年心胸里发出的恐怖和痛苦的呼声,使他听着觉得痛快,他于是向主人要求:

"我在院子里站一会儿行吗?"

"要吃晚饭了。可是,我也要看一看这个顽皮孩子受教训的样子……"

许多人聚集在台阶后面的砖墙棚屋门口,从棚屋里面传来剧烈和沉重的打击声以及阿纳托利的号哭声:

"伯伯,不是我干的呀!主啊,我下次不敢了,饶了我吧!看基督面上……"

钟表匠亚库博夫吸着烟卷说:

"就该这样对他!"

斜眼的女绣金匠季娜赞同那身高脸黄的钟表匠的看法,说:

"以后也许可以安静些了,院子里有了他这家伙,谁都不得安宁……"

老板问叶夫赛:

"据说,他是学别人的怪样的能手,是吗?"

"可不是!"皮货店的厨娘回答,"真是个讨厌的小恶鬼,不论对谁都要开玩笑……"

从棚屋里传来了一种钝重的沙沙声,好像将一种装着什么柔软东西的袋子,在破旧的地板上拖来拖去,库津发出说不出话来的嘎哑声,阿纳托利的悲叫声愈来愈低下来,愈来愈稀少起来:

"啊唷……救命啊……我的上帝……"

他的话开始消失在细微的、喘息般的呻吟声里……叶夫赛想起自己挨打时的疼痛,不觉战栗起来。观众的谈话在他心里引起了一种混乱的感情,这一群人,在一天之前,还是那样热情而欢喜地欣赏这个活泼的孩子,但是,现在却又心满意足地看他挨打,他觉得站在他们中间是可怕的。但是,他又觉得那些做完一天工作累得疲倦不堪的、喜欢恼怒的人们的心境是可以理解的,他确信,他们里面不论是谁也不会装虚弄假,他们是带着真正的好奇心看人挨打的。他觉得阿纳托利有一点可怜,但是,听着他的呻吟,毕竟觉得痛快。于是,闪现了一种思想:

"此后他会变得和气些,会和我要好些吧……"

突然,那身材短小、黑脸、卷发、长臂的皮货店帮工尼古拉跑了出来。他照例横蛮地、毫不客气地推开人群,跑进棚屋,在棚屋里面他用凶狠的声音喊了两句:

"放下!走开!"

人们从门口避开了。库津从棚屋里跳了出来,坐到地上,两手抱住了头,瞪着眼睛,哑声怒叫:

"叫警察……"

"走吧,免得受连累!"老板说。叶夫赛走到台阶旁边的墙角,站在那里还是观看着。

尼古拉走出来。孩子的已经不像样的身体毫无力气地瘫在他的两手上。他将孩子放在地上,挺直了腰嚷:

"娘儿们,拿点水来!糊涂虫!……"

季娜和厨娘跑去拿水。

库津摇着头,用低重的声音喘息着说:

"打死人了!叫警察……"

尼古拉掉转身来,对他的胸口踢了一脚,使得他仰面倒在地上,然后闪烁着像栗鼠似的黑眼睛,嚷道:

"你们这些混蛋!孩子都快被打死了,你们还看热闹!我要打烂你们的嘴脸!"

四面八方发出了对他的骂声,但是,一个人也不敢走近他身边。

"咱们走!"老板牵着叶夫赛的手说。他们走的时候,看见了库津弯着腰,静悄悄地向门口跑去。

当叶夫赛只剩下自己的时候,他觉得对阿纳托利的妒意已经消失，他集中自己那种迟钝的脑筋，分析着所看到的事情：人们对好玩的阿纳托利表示欢喜，原来只是表面如此，实际上并不是那么回事。不论谁都喜欢打架，喜欢看打架，不论谁都喜欢成为残酷的人。尼古拉之所以保护阿纳托利，是因为他喜欢打库津，每逢休假日，尼古拉没有一天不打他。尼古拉胆子大，又有力气，所以在这一所房子里面可以打倒一切人，但是一到警察局里去，他也挨打。所以结论是：不管你柔顺也好，刚强也好，总而言之，都是一样，大家都要挨打，都要受欺负。

过了几天之后，从院子里的谈话听到，送进医院去的玻璃匠的徒弟发疯了。于是，叶夫赛想起每次做把戏的时候，那个孩子的眼睛是怎样地发亮，他的动作是怎样地急促，他的脸上表情是变化得多么快，于是，心里吃惊地想：阿纳托利一定早就是个疯子。但是，后来他就完全忘记了他。

……秋雨连着下了几夜，雨点落在屋顶上和窗子上的沙沙声，使人不能入睡，同时引起了不安的心事。在这样的一个晚上，他听见了老板的狠毒的骂声：

"不要脸的女人！"

拉伊萨照例用她那不大而动听的声音反驳说：

"我不能答应您，马特维·马特维伊奇……"

"下流东西！我给你多少钱啊？"

老板住室的房门微掩着，所以他们的声音听得非常清楚。潇潇的细雨在窗外唱着令人悲伤的歌。秋风从屋顶吹过去，好像在坏天气中已经精疲力倦而无窝可归的一只大鸟，叹着气，用它那淋湿了的翅膀轻轻地拍着窗户玻璃。少年在床上坐起身来，两手抱着膝盖，一边颤抖一边听着：

"把二十五卢布给我！你这贼妇！"

"我不否认这是多里梅东特·卢基奇给我的……"

"啊呀！你这娼妇！"

"不，您听啊，就是在您叫我监视一位绅士的时候，他给我的……"

门被关紧了。但是隔着墙壁,还能听见老头子嚷叫:

"你这下流东西,你要记住:你的性命掌握在我的手里!假使我看见你和多里梅东特调情……"

温和而柔软的女人的声音把老人的恶言恶语压下去,使叶夫赛忘记了老头子的讲话。

那个女人一定是对的,她的镇静的态度以及自己和她的一切关系,使叶夫赛确信这一点。叶夫赛已经十五岁,他对那和蔼而美丽的拉伊萨·彼得罗芙娜的倾心,已经开始混杂着一种不安而甜蜜的情绪。每逢在很短的时间内和拉伊萨接触的时候,他总暗怀着一种害羞的快感望着她的脸庞,她对他的亲切的话语,在他的心里引起了感激的兴奋,于是他愈来愈强烈地倾心于她……

在乡下的时候,他已经知道一些男女之间的粗野关系;进城以来,他进一步听到了一些男女之间肮脏事儿,但是,这还不曾污损叶夫赛,因为他非常胆小,不敢相信人们关于女人的谈话,对于他,这些谈话所引起的不是诱惑,而是强烈的厌恶。现在,叶夫赛坐在床上,想起了拉伊萨的善良的微笑、多情的话语。他陶醉于这种回忆,转侧不能入睡,正在这个时候,老板住室的房门开了,接着在他的面前出现了头发蓬散、用一只手掩盖着胸脯的、半裸的她。他惊呆了,但是,那女人却微微一笑,用指头向他指了一指之后,走回自己的屋子去了。

早上,在厨房里扫地的时候,他看见拉伊萨站在自己房间的门口,于是就捏着扫帚,在她的面前直起身来。

"同我喝咖啡好不好?"她问。

叶夫赛觉得又喜又羞,回答说:

"我还没洗脸呢,我立刻就来!"

过了几分钟之后,他就坐在她屋里的桌子前面,除了有着细眉毛和湿润的含笑的善良眼睛的那一张白脸外,他什么也没有看见。

"你喜欢我吗?"她问。

"喜欢!"少年回答说。

"为什么？"

"你和气,又漂亮……"

他好像做梦似的,这样回答了。他觉得她问这些事情是奇怪的,因为她的眼睛应该知道他心里所发生的一切。

"可是,你喜欢马特维·马特维伊奇吗？"拉伊萨慢慢地、低声地问。

"不!"叶夫赛很简单地回答。

"当真？可是他是喜欢你的,他自己对我这样讲过……"

"不!"叶夫赛摇着头重复了一遍。她抬一抬眉,略略凑近他的身边,问道：

"你不相信我的话？"

"我相信您,但是不相信东家,不管他说什么我也不相信……"

"为什么？为什么？"她一边更移近他身边,一边很快地、低声地这样连问了两次。她的视线的温暖的光辉射穿了少年的心,在他心里唤起各种细微的想法；他在这女人面前急急忙忙地表达出这些想法。

"我怕他。除了您之外,我什么人都怕……"

"为什么？"

"因为您也受人欺负……我看见过您哭……我记得,您哭的时候并不是因为您喝醉了。我知道的事情不少,可是,总起来说,我就不能理解。对于每件个别事情,我能看到它的最深处,把这些事情并列起来,它们毫不相同,这我也知道。这究竟为什么？一件事情和另一件事情,合不到一起。一件事情也是生活,另一件也是……"

"你讲什么？"拉伊萨吃惊地问。

两人沉默地互望了几秒钟之久,少年的心跳得厉害,因为不好意思,两颊涨得绯红。

"好,你去吧!"拉伊萨站起身来,低声地说:"去吧! 否则他要问你为什么耽搁了这么久。你到我这里来过的事,不要和他说,好不好？"

"好。"

他听够了那悦耳动听的、多情的声音,受够了关切的眼光的温暖,他走了出去。这个女人的话语,整日在他记忆里面响着,一种平静的快感使他的心里燃烧起来。

这一天显得特别长。在屋顶和广场的上空遮满了一动也不动的乌云,疲倦了的太阳好像凝在这潮湿的东西上面,也停住了。傍晚,店里来了两个顾客:一个是有点驼背、蓄着好看的、半白的口髭的瘦子;另外一个蓄着红络腮胡子、架着眼镜。他们俩长久地并且仔细地翻阅了各种书籍,瘦子不断地吹着轻音的口哨,他的口髭微动着。红络腮胡子男子和主人谈话。叶夫赛一面将他们所挑选的书籍书背朝上地排列着,一面倾听着老人拉斯波波夫的谈话。

他事先就知道主人将说什么,知道主人将怎么说,他试验着自己的预测是否正确,以此来解一解他那期望天快些黑的闷气。

"您想要替图书馆买书吗?"老头殷勤地问。

"想要替教师会的图书馆买!"红胡子这样回答后,反问:"但是,您为什么问这个?"

"他应该赞扬一番!"叶夫赛对主人这样预料,而果然如此。

"您学识丰富,善于选书,您对每本书给予正确的评价,我看着非常愉快……"

"你觉得愉快?"

"这回该笑了。"叶夫赛想。

"可不是吗!"老头子殷勤地笑着,说:"亲近这种商品的人,一定会爱它,它们并不是劈柴,而是智慧的产品。当我看到买主也珍视书籍的时候,我觉得非常愉快。我们的顾客们大多数是怪人,他们走进店里来问:有没有什么有趣的书籍?对这种人来说,不论什么书籍都是一样的,他们所寻找的,是解闷的、娱乐的,而不是有益处的东西。但是,往往也有突然地问起禁书的人……"

"什么?禁书?"红胡子眯着他的小眼睛问。

"在外国出版的或者是在俄国秘密出版的……"

"这种书籍也有卖的吗?"

"这回一定要放低声音讲了!"叶夫赛想起了老人惯用的方法。

老板将眼镜紧贴在红胡子的脸上,用几乎是耳语的声音说:

"为什么没有呢?有时收买整个资料室的书籍,那么,其中什么都会有,应有尽有。"

"现在您有这种书吗?"

"能找到几本……"

"喂,给我看一下!"红胡子要求。

"可是,我要求您保守秘密……你要知道,这并不是为着赚钱,而为的是尊敬……出于服务精神……"

驼背人停止了吹口哨,将眼镜扶正,很注意地望着老人。

这一天,叶夫赛觉得老板特别地讨厌,从朝到晚,他都怀着一种令人厌倦的恶感观察着他,到了这时候,当老人和红胡子一同走进店堂的一隅,在介绍书的时候,这个少年便立刻低声对驼背的客人说:

"那种书是买不得的……"

他这样说了之后,害怕得战栗了一下。一双眯细了的发光的眼睛,从眼镜下面朝他望了一眼。

"为什么?"

叶夫赛不能立刻回答,经过一番很大的努力之后才答道:

"我不知道……"

顾客又正了正眼镜,离开他,用斜射的眼光注意地望着老人,吹起了更响亮的口哨。过一会儿,他抬起头,他的身体骤然挺直、伸高起来,捋了捋他的白须,不急不忙地走近他的朋友,从他手里夺下书籍,看了一下,将它丢在桌上。叶夫赛注视着他的行动,因为心里觉得可能要发生一种不利于自己的事情。但是,驼背人只是碰了碰朋友的手,简短而镇静地说:

"喂,走吧……"

"可是,书呢?"红胡子喊。

"走啊……"

红胡子望了望他,然后又望了一下老板,他的小眼睛眨得很厉害,他走向临街的门口。

"不要吗?"拉斯波波夫问。从这句话里面,叶夫赛听得出老头子有些惊讶。

"不要!"顾客凝视着老板的面孔回答。老板将身体蜷缩了一下,向后退了一步,挥了挥手,然后突然地用叶夫赛从来不曾听过的一种极其不自然的高声说:

"买不买当然在您!但是,对不起,我真不懂这是为什么……"

"不懂什么?"驼子冷笑着问。

"您将书翻来翻去地看了两个钟点,价钱也讲好了,突然不要了,这是为什么?"老头子惊惶不安地喊。

"就是因为我想起了您那副讨厌的嘴脸啊。您怎么还不死?"

驼背人说话,从容不迫,声音很低但很清晰,说完之后,用沉重而很响的脚步,不慌不忙地走出了店门。

一瞬间,老头子望了望他的后影,然后离开他所站着的地方,迈着碎步跑到叶夫赛身边,一把抓住他的肩膀,用低声很快地说:

"跟在他的后面,探听出他住在哪里,去!不要让他知道,懂了吗?快!"

叶夫赛差一点跌倒了,幸亏老人支住了他的腿。老人的话在他的胸中发出干燥的毕剥声,好像豌豆在发响玩具里面那样……

"你为什么发抖?傻瓜!"

叶夫赛感到老板的手离开了他的肩膀之后,就立刻向门口跑去……

"站住!……"

他应声站住了。

"你到哪里去?这样的事你办得到?……啊……"

47

叶夫赛跳回屋角里面来，第一次看见老板这样凶恶，理解到在那种凶狠里面，还带着许多恐怖成分——这种感觉，他是非常熟悉的。而且，他自己虽然也被这种恐怖所压迫着，但是，他还是喜欢看老头子的这种惊慌的样子。

满身灰尘的、瘦小的老人在店里跑来跑去，好像老鼠笼里面的老鼠似的。他跑到门口，伸长脖颈，将头伸出门外望了望街上，重新向店里回转身来，用那狼狈不堪而已经无力的两手，在自己身上摸了一下，嘴里唧咕着什么话，发出咝咝的声音，将头摇得那样厉害，以致眼镜在他的脸上跳动起来。

"这、这个，坏蛋！……啊，坏蛋！我还活着呢！"

然后，对叶夫赛喊道：

"关上店门！"

回到自己屋里，他画了十字，一屁股倒在黑沙发上。老头子的全身皮肤一向很平滑，现在长满了皱纹，他的脸缩小起来，衣服皱巴巴地挂在他狼狈不堪的身体上。

"和房东太太说说，给我要掺胡椒的酒——一大杯……"

叶夫赛拿了酒来的时候，主人站起身来，一口气将酒喝完，张大着嘴，长久地望着叶夫赛的脸，然后问道：

"那个家伙作弄了我，你知道吗？"

"是，"叶夫赛说。

老人举起手来，默默地用指头做出吓人的样子之后，用破裂了的声音说：

"我认识那个家伙……"

他脱了黑帽子，用手揩了一下秃顶，环视一下屋子里面，又用手摸了一下头，然后便躺在沙发上面。

拉伊萨送晚饭来，在桌上摆了盘子，问道：

"累了？"

"不舒服，发寒热。再拿一点放胡椒的酒来！你也坐下吧，还不到该出去的时候呢……"

他好像下命令似的很快地说。拉伊萨坐了下来,于是,老人将眼镜向眼睛上部架高,疑心地望着她。

吃饭的时候,他举着调羹,突然地说:

"我不想吃……"

说完之后,将头低俯在盘子上面,沉默了半响。

叶夫赛竭力地思索,想要理解今天在店里所发生的事情。他觉得好像他无意间擦燃了一根火柴,它的渺小的火焰突然引起了一场大火,而自己也差一点被这场猛火烧死。

人们是被一种看不见的线索联系着、束缚着的,偶然牵动其中一根线头,就会有人痉挛起来,愤怒起来。

老人望着叶夫赛,突然用怀疑的口吻低声问:

"你在想什么?"

叶夫赛困惑莫解地站起身来说:

"我没有想……"

"喂,走吧!已经吃完了饭了,你走吧!"

叶夫赛想要使老板生气,故意慢慢吞吞地收拾桌上的食具。于是老人尖声喊叫道:

"我说,你快滚!糊涂虫!"

叶夫赛走了出来,坐在木箱子上,但是,他没有把房门关紧,因为他想听老板说些什么。

"为什么你还坐着?"

他回转头来。看见老板从门里伸出头来望着他。

"躺下,睡!"

门紧紧地关上了,叶夫赛只好脱衣服,躺了下来。

老人的那种干燥的说话声,好像秋天的落叶一般地在门后沙沙地响着。有时候老人大怒,大吼,这种声音妨碍他思索和入睡。

第二天早上,叶夫赛又被叫进了拉伊萨的屋里,当他坐下来的时

候,拉伊萨笑问道:

"昨天你们店里发生了什么事?"

叶夫赛详细地和她说了一切经过,她满意地、快活地笑了一笑,但是,她突然眯起眼睛低声问:

"你知道不知道,老头子是什么人?"

"不……"

"密探!"她悄悄地说,很惊慌地睁大了眼睛。

叶夫赛不出声。于是她站起身来,走近他的身边,抚摩着他的头,沉思地亲切说:

"你这人真次,什么都不懂。上次你跟我说的是什么话?什么别样的生活?"

她这样一问,他就活泼起来,他很想说一说这些事情。他用那深深的眼睛的望不到底的视线,望着她的脸,开始说:

"别样的生活是有的,否则,童话是从什么地方来的?不仅童话……"

女人含着笑,用温暖的指头梳开他的头发。

"你真是个傻孩子……"

接着,她便认真地、甚至严厉地说:

"你被抓在别人手里,他们高兴把你带到哪里就带到哪里,高兴对你怎么办就怎么办,这就是你的全部生活!"

叶夫赛对于拉伊萨的话表示同感,默默地点了点头。她叹了口气,望了望窗外的街道,当她重新转身向着叶夫赛的时候,她脸上的样子使他吃惊:脸色变红,眼睛变得小而暗。女人用懒洋洋而低沉的声音说:

"要是你……聪明一点,机灵一点,那我就可以和你谈些正经事情了。现在,你是这样一个人,什么都不能跟你谈。可是,你主人那个家伙,是非将他掐死不可的……你愿意的话,将我说的话告诉他也不妨……你反正是要告诉他的……"

叶夫赛觉得非常委屈,离开椅子站起身来,唧咕说:

"您的事情,我不论什么时候都不说。我非常喜欢您,即使您掐死了他,我也是这样!我是这样地爱您……"

他无精打采地走向门口,可是女人好像温暖的白色翅膀一般的两只胳臂将他搂住,向后拉转。

"我委屈了你?"他听见她这样说:"好了,请原谅……只要你知道他是个怎样的坏蛋就行了。我恨他……啊啊,你……"

她将他紧紧地搂在自己怀里,吻了这个少年两次。

"你真的爱我?"

"真的!"叶夫赛低声说。他觉得自己沉醉在一种看不见的快乐的热腾腾的漩涡里。

她含着笑爱抚他,说:

"啊啊,你这孩子……"

当他走下楼梯的时候,他微笑着。他觉得头晕,浑身沉醉在甜蜜的疲乏中,他迈步那样轻,那样小心,好像恐怕震落了他心脏里面的热烈的快乐似的。

"为什么去了这么久?"老板多心地问。

叶夫赛望了他一下,但是在他眼前,只看见了一个没有定型的模糊的影子。

"我头痛!"他慢慢地回答。

"我也头痛。这是为什么?拉伊萨起来了吗?"

"起来了……"

"和你谈过话吗?"

"谈过话……"

"谈了什么?"主人问得很急。

这种追问,好像鞭子一般地打在叶夫赛的脸上。但是,他灵机一动,回答说:

"她说我收拾厨房收拾得不好……"

叶夫赛听见老板小声的、有气无力的声音：

"那是个危险的女人！哼，哼……她东打听西打听，叫人说出不应对她说的事情……"

五

日子在匆忙、纷乱中一天天过得很快，似乎在这些日子前边有什么欢乐等待着，但是，天天带来的是愈来愈甚的不安。

老头子变得无精打采、沉默寡言，用一种异样的眼光向周围环顾，突然兴奋起来叫喊、发怒，像病狗一般地发出不安的吠叫声……

他总是说不舒服、呕吐，每天吃饭的时候，他老是多心地嗅着一切食物，用他颤抖的指头，将面包撕得粉碎，茶和伏特加他都要照着日光透视。每天晚上辱骂拉伊萨的次数逐渐增加，恐吓她说要杀死她。但是，拉伊萨总是镇静而柔和地回答他的怒喊。叶夫赛对她的爱情在增长，对于主人的憎恨愈积愈多。

"你的阴谋，难道我不知道吗？婊子！"老头子悲愤地喊："我为什么得病？你下了什么毒药？"

"您这是什么话，您这是什么话！"女人发出镇静的声音。"您的病是上了年纪的缘故。"

"放屁！放屁！"

"害怕也是原因之一……"

"该死的，你闭嘴！"

"您现在该想到死了……"

"啊啊，你存着这种希望？放屁！你的希望是达不到的。你的事情，不只我一人知道！你的事情，我已经告诉了多里梅东特，嗯！怎样？"

他重新悲哀而很响地喊。

"我知道，他是你的姘夫！……他叫你毒死我的。你以为跟着他可以过好日子吗？放屁！决不会！"

有一天夜里，在发生类似的争吵之后，拉伊萨手里拿着蜡烛，半裸着身体，从老头子的屋里走了出来，她的肉体雪白而丰满；她蹒跚地、毫无自信地在地板上一步一步拖着赤脚，好像是在梦中一样地走着，她的眼睛半开半闭，她的痉挛地微动着向前伸直的右手指头在空中乱抓。蜡烛的火焰在她的胸前闪动，它那带烟的红火舌差不多要接触到她的内衣，照在她那疲倦地张开着的嘴唇上面，显露出发亮的牙齿。

她走过叶夫赛身边而没有注意他，他不由自主地紧跟在她的后面，走到厨房门口，从那里向里面一望，便大惊失色了。那女人将蜡烛放在桌上，手里拿起一把大菜刀，正在用手指试验着刀刃是否锋利。然后，她低下头，用两手摸了摸自己的两耳下面的全部脖颈，好像用她细长的指头在脖颈上寻觅些什么，她深深地叹了口气，将菜刀静静地放在桌上，然后，她的两手沿着身体垂了下来……

叶夫赛抓住门框，她吃了一惊，向着沙沙声转过身来，她用放低的怒声问：

"你干什么？……"

叶夫赛喘着气，回答说：

"那个家伙不久就会死的，您为什么自己要寻短见呢？"

"嘶——嘶！"她制止他说话之后，几乎靠在他身上似的挨着叶夫赛，重新走进了老人的屋里。

不久，拉斯波波夫已经不能起床了。他的声音微弱起来，哑起来，脸色变黑，失了力气的脖颈已经不能支起他的脑袋，下巴上的那一小绺白毛很滑稽地向上竖着。医生来过，每当拉伊萨给病人药吃的时候，病人总是用嗄哑声说：

"放了毒药？啊？"

"你要是不愿意吃，我就将它倒掉！"女人低声说。

"不要倒，不要倒，你留着……明天我要叫警察来……请他们调查你用什么毒药害我……"

叶夫赛站在门前,从门缝,时而用眼睛偷看,时而用耳朵偷听,对拉伊萨的那种忍耐,觉得惊奇而几乎要流出眼泪来,在他心里,不能抑制地增长着对她的同情和切盼老头子死去的愿望。

床发出轧轧的声响,又有调羹碰玻璃杯的细声。

"搅和呀,搅一搅!坏女人!"老板嘟哝着。

"把我搬到沙发上去!"有一天他命令她。

拉伊萨把他抱起来,好像抱小孩似的轻轻地搬过去。他的黄色脑袋靠在她的蔷薇色的肩膀上面,黑瘦的两腿毫无力气地摆动着,和她的白裙子搅在一起。

"主啊……"老人在宽阔的沙发上伸开着四肢,悲哀地说:"主啊!为什么将您的仆人交到这些恶人的手里?难道我的罪比他们的罪更大吗,全能的上帝?"

他喘不过气来,喉咙嘎嘎地响着,过了一会儿,又用破笛一般的声音继续说:

"滚开!你曾经药死过一个人,我将你从徒刑中救了出来,现在你却又要将我药死,啊啊!放屁……"

拉伊萨慢慢地躲到一边去,叶夫赛看见老板小小的干瘦的身体,他的肚子一起一伏,脚抽搐着,在灰色的脸上,嘴巴痉挛地歪着,他将它一张一闭,贪婪地吸取空气,用薄薄的舌头舐嘴巴的时候,露出黑暗的口腔。汗湿了的额和颊发出亮光,那双原来很小的眼睛,现在好像大了起来,而且凹了进去,他用这种眼睛不断地注视着拉伊萨。

"我身边一个人都没有!……在大地上,一个亲人都没有……一个好朋友都没有,这是为什么?啊,主啊!"

老头子的声音是尖锐而断断续续的。

"你这淫妇!……你在圣像面前赌个咒,证明你没有给我放毒吧……"

拉伊萨转身向着屋角,画了十字。

"我不相信,不相信!"他用两手将自己的胸脯、衬衫、沙发的靠背乱抓乱搔着喃喃不休。

"喝了吧,会好些的!"突然,拉伊萨差不多叫喊起来。

"会好些?……"老头子重复着。"亲爱的,你是我惟一的人儿呀,你!我要将一切东西都送给你……亲爱的,拉亚……"

他向她伸出了瘦骨嶙峋的手,微动着那些黑黑的手指头,招拉伊萨到自己身边来。

"啊,我讨厌死你啦,该死的!"拉伊萨压低了声音说。她从他的头下抽出枕头,将它放在老头子的脸上,用她的胸脯压在枕头上喃喃道:

"见鬼去吧!快去吧……快去吧……"

叶夫赛听见了嘶哑声和钝击声,他了解拉伊萨是在压死、扼死老头子,老板的两脚在沙发上挣扎了一阵。在他心里没有引起可怜老头子的感情或害怕的心理,只是希望一切事情进行得快些,于是他用两个手掌,遮住了自己的眼睛和耳朵。

老板卧室的房门开了,撞痛了叶夫赛的肋部,于是他跳起身来,拉伊萨整理着披散在肩膀上的头发,站在他的面前。

"哦,你看见了?"她严厉地问。

"我看见了!"叶夫赛点一点头说,然后走近拉伊萨的身边。

"好了,报告警察去……"

她转过身,走进屋里去,但是没有关门,叶夫赛站在门口,尽力不去看那张沙发,低声地问:

"他完全死了?"

"是的!"女人明确地回答。

于是,叶夫赛转过头来,用不带同情的眼光,望了望平伏在黑沙发上面的主人的薄薄的、干瘦的、小小的身体,看一看它,又看一看拉伊萨之后,他轻轻地透了口气。

挂在卧床附近的屋角墙上的挂钟,好像踌躇一般地、声音不大地响了一下、两下;女人战栗了两下,走了过去,动着不大灵活的手,止住了摆锤的摆动,然后坐到床上。她将两肘支在膝上,用两个手掌抱住头,她的头发又披散开来,好像厚实的黑色帷幕,包住她的两手,遮住她的脸。

叶夫赛唯恐破坏这种严肃的静寂,用他的裸足的趾头触着地板,走到拉伊萨身边,望着她裸露着的肩膀,低声说:

"他就应该得这样的结果……"

"打开窗户!"拉伊萨严厉地命令说:"等一等!你害怕吗?"

"不!"

"为什么?你不是很胆小的吗?"

"和您在一起,我不怕……"

"打开窗户!"

深夜的冷气冲进屋里,吹遍整个房间,灯火几乎被吹灭。壁上掠过了一些影子。女人把头一甩,将头发抛在肩膀上,伸了一下腰,张着很大的眼睛望了望叶夫赛,怀疑地说:

"为什么我非这样毁灭不可?我的一生简直是一个陷坑跟着一个陷坑……一个比一个更深……"

叶夫赛重新立起身来,和她站在一起,两个人长时间地沉默不响。然后,她用柔软的手抱住他的腰,把他贴在自己身上,低声问:

"喂,你会将这件事告诉别人吗?"

"不!"他闭了眼睛回答。

"不论对谁都不说?不论什么时候都不说?"女人沉思地说。

"决不,"他低声但是坚决地重说了一遍。

她站起来,向周围看了一遍,认真地说:

"去穿衣服吧,怪冷的!得把屋里稍微收拾一下……去穿衣服再来吧!"

他回来一看,老板的尸体已经从头到脚都蒙着被子,拉伊萨仍然没有完全穿上衣服,两肩还是裸露着,这种样子使他动心起来。他们从容地收拾着屋子,于是,叶夫赛觉得,夜静更深的时候,在狭小的屋子里面,默默地进行的这种勾当,使他和那感到恐怖的女人愈加接近起来。他尽力想要和她靠近,同时避免看老板的尸体。

天亮了。

"你去吧,躺下睡一觉!"女人命令他。"一会儿我叫你,"说完,她用手摸了一下他的床,说:"啊呀,这样硬……"

当他躺下来的时候,她坐在他的旁边,用她柔软的手掌,抚摩着他的头,温和地说:

"人们问你,你就说你什么都不知道……因为已经睡着了,所以什么都没有看见……"

她安静地和详细地教给他应说的话,她的爱抚使他想起了他的母亲。他非常地欢喜,他微笑了。

"多里梅东特也是密探……"他听着她那催人入睡的声音。"你得特别当心……假使他逼着问你,你泄露了秘密的话,我就说你知道一切而且帮我做了各种事情,到那时候,你也得坐牢了。"

然后,她又微笑着重复说:

"坐牢,然后罚苦役……懂得吗?"

"懂得!"叶夫赛用困得睁不开的眼睛望着她的脸,轻轻地和感到幸福地回答。

"困吗?好了,睡吧……"他在半睡状态中听着她说话,感到了幸福和感谢。"我告诉你的话,忘了没有?……你是多么软弱啊……睡吧!"

他入睡了。

但是不久,他被一个人的严厉的声音叫醒了:

"学徒,起来!……学徒!"

他向前伸开两手,纵身跳了起来。在他的床边,多里梅东特拿着手杖站着。

"你怎么能睡呢,啊?你的东家死了,你还是睡大觉!恩人死了,应当哭,不应当只管睡……快穿衣服!"

密探那张扁平的长着面疱的面孔是严厉的,他的话好像温顺的马

57

的缰绳似的拉扯着和支配着叶夫赛。

"快到警察局去！把这张字条送去！"

叶夫赛无精打采地穿好了衣服，走出门外，勉强地睁开眼睛，沿着人行道，碰撞着行人向前奔去。

"快将那个家伙埋葬了才好！"他前后不连贯而又不安地想："多里梅东特一定要恐吓她，她可能什么都说出来。这样，我就要坐牢了……"

当他回到了家的时候，一个蓄着黑络腮胡子的警官和一个穿着大礼服的白发老人，已经坐在家里，多里梅东特却用命令的口气，对警官说：

"伊凡·伊凡诺维奇，医生说话你听见了没有？是癌症……哦！学徒回来了，喂，学徒，去拿半打啤酒来，快！"

拉伊萨在厨房里煮咖啡，煎鸡蛋。她高高地卷起袖子，雪白的手臂动得又快又灵巧。

"等你回来，给你喝咖啡啊！"她带着微笑向叶夫赛许了这个愿。

从早到晚，他跑来跑去，在忙乱中惘然若失，也没有时间去注意家里发生了些什么事情，不过他觉得一切对拉伊萨都进行得很顺当。这一天，她比平时更加美丽，因而谁都喜欢看她。

到了晚上，他几乎累病了，躺在床上的时候，嘴里觉得有一种非常难受的发粘的味道，他听见多里梅东特严厉而有威力地对拉伊萨说：

"要不眨眼地盯着他，懂吗？他是非常愚蠢的。"

过了一会儿，密探和拉伊萨一起走进叶夫赛的屋里，他摆起架子伸出了一只手，带喘地说：

"起来！喂，你说吧！以后你打算怎样过活？"

"我不知道……"

"你不知道？那么谁知道？"

密探的眼睛肿了，他的面颊和鼻子发红了，他的呼吸好像烧着火的炉子似的热烈，发出声音。

"你以后跟着我们——跟着我过吧！"拉伊萨亲切地说。

"对啦,你住在我们这里吧!将来我替你找个好差事。"

叶夫赛什么话都没有说。

"喂,你想怎样?"

"没有关系……"叶夫赛想了想后才说。

"你应该说'谢谢',小傻子!"多里梅东特傲慢地告诉他。

叶夫赛觉得那双小小的灰色眼睛,好像钉子似的将自己钉在一种毫无争论余地的地方。

"我们对你会比亲戚还要好!"多里梅东特一面走出去,一面说,但他发出的啤酒、汗和油脂的强烈气味,还留在屋子里面。

叶夫赛推开了窗子,倾听着那微睡中的城市发出来的唠叨和忙乱的声音。

过了一会儿,他躺下身子,用恐惧的眼光向黑暗里看了一下,在黑暗里,衣橱、箱子好像一块块黑影慢慢地移动着,看不清楚的墙壁也似乎在摇晃,这一切以一种非常的恐怖压迫着他,将他拖到一个不能逃出的窒息的屋角里面去。

在拉伊萨的屋里,密探哼哼哈哈地说:

"不要紧……这种事慢慢地来……是呀,你会习惯的!"

叶夫赛将头埋在枕头下面,但是不到一分钟,觉得气闷,跳起来,在他的面前,主人的那双黑瘦的脚闪动着,他那双发红的、有毛病的小眼睛闪烁着。

他尖叫一声,将两手向前伸着跑去,用两手推开拉伊萨的房门,他低声地喊:

"我害怕……"

两个好大的白色的肉体正在屋里闪动,其中一个胆怯地而又凶狠地喊:

"滚开!"

叶夫赛跪了下去,好像受惊的蜥蜴一样,伏在他们脚下的地板上,低声地喊:

"我害怕……"

……此后几天的日子,由于埋葬死者,拉伊萨搬进多里梅东特的家里,所以很忙。叶夫赛在恐怖的暗云里面,好像小鸟似的忙来忙去,脑子里面什么思想也没有,不过,有时候,在他的心里也产生了一种像沼地上面的磷火一般的胆怯的思想:

"我怎么办呢?"

在他的心里充满了哀愁,产生了想要逃到什么地方去躲藏起来的愿望,但是,他到处碰到多里梅东特的尖锐的眼光,不断听见他的钝重的声音:

"快些!小鬼!"

这种发号施令的声音,好像响在叶夫赛的心里,将他拨来拨去。他整天东跑西颠,到了晚上,精疲力尽,感到寂寞,一入睡便做噩梦,梦见的净是一些乱七八糟的可怕的场面。

六

叶夫赛开始了另一种生活。在一间天花板很低的大房间的阴暗角落里,他坐在一张铺着龌龊的绿漆布的桌子前面。在他面前,摆着一本很厚的、已经写满了字的本子,和几张画着格子的白纸,他手里的钢笔在发抖,他简直不知道这些东西应该怎样处理,以孤独无援的心情向周围看了一遍。

房间里面摆着许多办公桌,桌子前坐着各种各样的人,两人或四人坐在一起;他们疲倦地和不高兴地交换着简单的话语,很忙地写,又很频繁地吸烟。刺鼻的青烟,飘荡到各个窗子的通风口,街上的震耳的噪音,执拗地、不断地冲着这些青烟传送进来。许多苍蝇在人们的头上盘旋着,它们无目的地,一忽儿爬在墙上的告示上、桌子上,一忽儿去碰一碰玻璃,它们那种忙碌的样子,和那些挤在这个闷热、龌龊的槛子里面的人们一模一样。门口站着警察。各式各样的人走进来,有的人鞠躬、恭顺地微笑,有的人叹气。传来了他们的那些着急的、诉苦的话语,而官吏的严厉的呵斥声打断了这些话。

叶夫赛在桌子上面伸长了脖颈,向公务员们看了一遍,他希望从他们当中找到一个可以帮助他的人。在他心里产生一种自卫的本能。他将自己被压制了的感情和分散了的思想,向着一个渴望集中起来:尽可能迅速地适应这种环境和这些人,以便使自己不显得特别。

这里所有的公务员,不论老少,都有一个共同点:都是一样地憔悴和疲劳,他们都是一碰就冒火,就龇牙咧嘴,挥手喊叫。大多数是上了年纪而秃头的人,有几个红发的和两个白发的,白发人之中一个是身材非常高,留着很长的头发和很多的口髭,像一个剃去了胡须的神甫;另一个是红脸秃顶、胡须很多的人。

这个红脸长须的老年人,就是叫叶夫赛坐在这个屋角里,在他面前摆了个本子,用指头指着本子上,命令他抄写的人。

此刻,在这个老头子的前面站着一个全身黑衣的老妇,她拖长声音哀求说:

"老爷……"

"你不要麻烦我!"老人喊道,连看也不看她一眼。

在这里,一部分人们是用恭敬和带哭的语调,陈述苦情、哀求、替自己辩护,而另一部分人们,则是对他们生气地、讥笑地、疲倦地叫喊。纸张簌簌地动,笔尖沙沙地响,在这种喧哗里面,隐约地传来了一个少女的轻微的哭泣声。

"阿历克谢!"白胡须的老人高声叫道,"把这个女的带走……"

他的视线落在叶夫赛身上,于是,他迅速地走到叶夫赛的身边,惊异地问:

"你怎么了?嗯?你为什么不写?"

叶夫赛一声不响,垂下了头。

"哦!又介绍来了这样一个傻子!"老人说着,耸了耸肩膀,走到另一个屋角去喊:"喂,扎鲁宾……"

61

一个身材瘦小、在小小的脑袋上面长着黑鬈发、前额狭窄、眼球喜欢转动的青年人，走到叶夫赛身边来坐下之后，用他的臂肘触了一下他的腰，低声问道：

"怎么回事？"

"我不懂……"叶夫赛害怕地说。

不知从这个年轻人身体里的什么地方——好像是从他的肚子里——发出钝重的声音：

"哦！"

"我教你吧！可是，领到了薪水的时候，你要给我半个卢布，好吗？"

"好……"

黑发人指教他抄书的方法，从他的身上好像爆裂出来似的又来了一声：

"哦！"

于是，他敏捷地从许多桌子中间跑过，就看不见了，他走路的时候，弯着脊背，将两肘紧贴在胸旁，两手放在胸前，旋转着黑发茸茸的小脑袋，细小的眼睛发出亮光。叶夫赛用目光送走他之后，用钢笔尖很小心地蘸着墨水，开始抄写，不多几时，他才恢复到他所习惯而又欢喜的那种完全忘却了周围的心理状态。他聚精会神于这种毫无意义的工作，因而消除了自己的恐怖心理。

他很快就习惯了新的工作。他总是机械地执行事务，为了尽可能迅速地躲开别人，他不论什么时候都准备替人服务，他温顺地服从一切人，敏捷地避开同伴的冷酷的好奇和残酷的胡闹举动。他沉默而谦逊，在角落里过着默默无闻的生活，却不了解那些在他的深深的圆眼睛前面五光十色地和熙熙攘攘地飞逝过去的日子的意义。

他听见怨诉、呻吟、受惊的喊声，警吏们凶恶的呼喝声，办事员们激昂的怨言和恶毒的讥笑。他们常常毒打人们的脸，拉着脖子推出门口，流血的时候也不少。有时候，警察将用绳子捆缚着的被打过的人们带进来——他们可怕地怒喊着。小偷们一进来好像好朋友一般对人微笑,卖淫妇也作出媚人的微笑,她们整理自己衣服的手势每个人都一模一样。没有护照的人,蹙着眉头、忧愁地或无精打采地沉默着;因为政治嫌疑而被捕的人们进来的时候,态度总是非常矜持,他们争辩、叫喊,不论什么时候、不论对谁都不说一句客气话,满不在乎地蔑视一切人,或者公开地敌视他们。关于这种人,办公室里议论纷纷,差不多每次都对他们表示讥笑和憎恨,但是,从这种讥笑和憎恨里,叶夫赛却是对这些坚贞不屈的人暗暗地感到了兴趣和一点敬畏。

使办事员最感兴趣的,就是政治密探——那些摆着不可捉摸的嘴脸、不大说话的、具有可怕的表情的人。办事员们非常羡慕地说:政治密探挣钱多,又带着恐怖地说:这些人无所不知,无案不能破,他们左右着人类生命的力量是无可估量的;不论怎样的人,不管逃到什么地方,他们都一定能够抓到,然后将他们送进监牢。

叶夫赛不知不觉地积累了一些经验。他的那种薄弱、无能的思想能力,虽然不能将这些经验组织为整齐的整体,但是,根据重力的规律,经验本身逐渐形成了一种能力。这种能力使他的好奇心大为高涨,有时候,甚至使他想起了一些足以使自己吃惊的想法。

他的周围的人们,谁也不怜悯谁,叶夫赛对别人也没有同情心,他觉得一切人的言行都是伪装的,甚至在他们被打、哭泣或呻吟的时候,他也觉得如此。在他们每个人的眼里,他看出了一种不使别人看出的、对人怀疑的东西,但是,不止一次地,他的耳朵听见了一种虽则不很响、但是带着威胁的预言:

"你们等着吧!在我们街道上也一定会有节日的……"

每天傍晚,当他几乎只是一个人坐在那间大房间里,回想当天的印象的时候,他觉得一切都是多余的、非现实性的,而且是无法理解的。好像不论谁都知道,人们应该安稳地、没有恶意地生活下去,但是,不知为什么没有一个人对人家肯说出关于另外一种的生活的秘密,谁都不信任谁,谁都说谎、造谣。对生活的共同的愤恨是显然的,谁都抱怨生活的困苦,每个人将别人当作自己的危险敌人看待,在每个人的心里,对生活的不满和对人的不信任互相斗争着。

有时候,叶夫赛感到了难堪而使他乏力的无聊,他的指头毫无力气地停止不动,将笔放在一边,将头靠在桌上,长时间地一动也不动地望着屋里的烟霭,竭力想要从自己的心灵深处发现一些东西。

他的上司,剃光胡须的那个老头儿喊他:

"克林科夫!睡着了吗?"

叶夫赛拿起笔来,叹息着,对自己说:

"慢慢会好的……"

但是,对于这句话,他是相信它,还是已经失去了信心,连他自己也不知道,而仅仅是这样安慰自己……

家里比警察局办公室更加无聊,更加不痛快。

早上,拉伊萨半裸着身子,默默不响地煮咖啡,她的脸色憔悴,眼光浑浊。在她的屋里,多里梅东特不时地咳嗽、吐痰,近来他那钝重的声音,比以前更加响亮、更加有威风了。中饭和晚饭的时候,他格格地发出咀嚼声,将他那肥大的舌头,长长地伸出来,把嘴唇舔得干干净净,在开始吃以前,他贪欲地望着食物,总是发出牛叫般的声音。他那充满脓疱的红红的面颊发出了光亮,灰色的眼睛像两只冰凉的甲虫一样,在叶夫赛脸上爬来爬去,使他的脸皮很不愉快地发痒。

"小兄弟,"他说,"生活的酸甜苦辣,我都知道,对于人,善恶值几文钱一斤,也知道!你的好运气快来到了,我不但安排好了你的现在的位置,并且今后也要尽可能地提拔你……"

说话的时候,他将自己的肥胖的身体摇摆不停,他的身下的那张椅子发出轧轧的响声。叶夫赛觉得这个家伙是可能强迫自己做他所想要做的一切坏事的。

有时候,密探自夸地扬扬得意地说:

"今天,菲利普·菲利波维奇又褒奖我了。而且和我握了手……"

有一天吃晚饭的时候,他照例地揪几下自己的耳朵说:

"我在一家饭店里,看见一个人正吃炸牛排,他总是向四面看,而且屡次地看表。叶夫赛!你应该懂得:规矩的、安分守己的人,是决不会东张西望的,因为他对周围的人不感兴趣,时间他也知道。只有保安科密探和罪犯才会观察人家。当然,我注意了这位绅士。这时候,一班近郊列车到了,又一位绅士走进饭店来,看来像一个犹太人,脸色很黑,蓄着小胡须,襟扣上插着两朵花——一红一白。是记号啊!我看到他们用眼色示意。我想:可不是!……黑脸的点了菜,喝完了碳酸矿水,便起身出去了,于是那个先来的,也从容不迫地跟了出去。我也跟在他们后面……"

他鼓着两腮,从嘴里向叶夫赛的脸上用力喷出一股充满肉味和啤酒味的气。叶夫赛坐在椅子上摇晃了一下,密探哈哈大笑起来,他打了一个很响的气嗝之后,举起一个很粗的指头,继续说:

"一个月零二十三天,我跟在他们后面进行了侦察。好!终于我写了报告道:已经掌握了嫌疑犯的线索。于是,大家去逮捕了他们。他们是怎样的人呢?吃炸牛排的那个淡黄色头发的人说'没有和你讲的必要'。那个犹太人老实地说出了自己的姓名。和他们一起,还逮捕一个女人,这个女人是曾经被捕过两次的。我们到各处去好像采蘑菇似的逮捕了许多人,这些家伙原来都是我们早已知道的坏家伙。由于那个淡黄色头发的人不坦白自己的姓名,我总是觉得不开心,但是,昨天他突然地说出来了,他原来是从西伯利亚逃来的重要人物。好了!新年一定可以拿到奖金了!"

拉伊萨一边听,一边望着密探的头后面的一个地方,从面包皮上咬下小片,慢慢地咀嚼。

"你们抓人,尽管抓吧,可是,这些人是抓不尽的。"她懒洋洋地说。

密探冷笑一声,很傲慢地回答说:

"你不懂得政治,所以会说出这种糊涂话,我的宝贝!我们并不希望将他们一个不留地消灭,对我们说来,他们就是火星,可以给我们指明火灾是从哪儿开始的。这是菲利普·菲利波维奇说的,他不仅是一位政治家,而且是犹太人,妙啊……这是十分巧妙的把戏……"

叶夫赛的视线,无聊地徘徊在那方形的狭小屋子里面,墙壁上面糊着黄色的壁纸,满墙上挂着沙皇、将军、裸体女人的画像,这些画像好像病人皮肤上面的溃疡和脓包。各种家具,好像避开人似的紧紧地靠在墙上,伏特加和热的油腻食物发出气味。灯光罩在绿色灯罩下面,因此在每个人的脸上都有死沉沉的暗影……

密探将一只手伸过桌子,揪住了叶夫赛的头发。

"我讲话的时候,你应该好好地听……"

他常常殴打克林科夫,虽然不很痛,但是这种殴打使克林科夫特别感到愤怒,好像挨打的不是脸上,而是精神上。他特别喜欢用戒指打叶夫赛的头,他弯着手指,用那笨重的宝石戒指使劲地叩,叩得发出像敲碎东西一般的、干燥的怪声。每逢叶夫赛挨打的时候,拉伊萨总是愤怒地动着眉毛,轻蔑地说:

"算啦,多里梅东特·卢基奇,不必这样……"

"哦!打几下有什么要紧?应该教训他一下……"

拉伊萨消瘦多了,她的眼睛下面现出了青晕,眼光更加呆滞和浑浊。密探不在家的晚上,她常常叫叶夫赛买伏特加,用小酒杯喝许多杯,喝光之后,用一种没有抑扬的声调,对他说些内容乱七八糟而莫名其妙的话,说话的时候,常常停一停,长叹一声。

她丰满的身体放肆起来,她将钮扣一个个地解开,宽了衣带,像一块发过了劲的面团似的半裸地倒在安乐椅上。

"真无聊,"她摇着头说,"无聊啊!假使你长得再漂亮些,或者年纪再大些,也许可以使我开心。啊,你真是没用的人……"

叶夫赛默默低下了头,强烈而冷酷的侮辱刺痛了他的心。

"唉,你为什么这样无精打采,为什么这样萎靡不振?"他听到了悲哀的叹息,"别的男人,到了你这个年纪,早就会爱上个姑娘,生气勃勃地活下去了……"

有时,她喝完伏特加之后,将他拉到自己身边来,用各种动作在他心里引起一种害怕、害羞的复杂感情和一种强烈而胆怯的好奇心。但是,优柔寡断、贫血、衰弱、由于一种恐怖的预感而颓丧的他,紧紧地闭了眼睛,只是任她那双不知羞耻和粗鲁的手任意播弄而一声不响。

"去睡!唉,你,我的天哪!"她厌弃地推开着他喊道。他离开她,走到他睡的外室里,于是,他的内心对她越来越疏远起来,而他对她的那种莫名其妙的温暖感情,便逐渐消失下去。心里充满着屈辱感和强烈的不愉快的兴奋,躺在床上,他听见拉伊萨用沉厚的柔和的声音唱出伤感的歌曲——总是一个歌曲,又听见了玻璃瓶碰酒杯的声音。……

但是,有一天黑夜里,当秋雨的细丝敲着叶夫赛床边的窗玻璃的时候,拉伊萨在这个少年身上终于唤起了她所需要的情欲。

"这样就行了!"她带醉地微笑说:"现在,你是我的情夫了!你看,这多舒服啊?"

他站在床前,两腿和胸脯颤抖着,呼吸感觉困难,他望了望她那丰柔的裸体,充满媚笑的脸。他已经不再觉得害羞,但是,在他充满了被损害的忧郁感的心里,不知为什么想要放声哭泣。他始终没有说一句话,因为非常悲伤地感到,这个女人和他是格格不入的,她是他所不需要的和不喜欢的;从前深藏在自己的心窝里面的对她的一切亲爱的和美好的感情,这一下子被她那淫荡无厌的肉体吞下了,已经消失得无影无踪,好像落下了的雨滴消失在浑浊水里面一样。

"我们可以瞒过多里梅东特那只猪猡。过来!"

他不敢拒绝,走了过去。可是现在,那个女人已经不能克服他心里对她所怀抱的敌意了。在很长的时间内,她将他拖来扯去,侮辱地讥笑他,终于,她将他的瘦削的身体粗暴地推开,狠狠地骂了一阵,走出去了。

当叶夫赛一个人留在屋里的时候,他便绝望地想:

"她害了我了,她会使我常常想起这件事的!我已经完了……"

他望了望窗子。在玻璃外面的黑暗里面,好像有一种无形的、受惊的东西在扑击、在颤抖；它发出尖锐的声音哭泣着，碰窗撞墙，跳跃在屋顶上。

在他心里暗暗地萌发出一种诱人的、胆怯的念头：

"假使我把她掐死老头子的事情说出来呢？"

叶夫赛对于这个问题感到了恐怖，但是，很长的时间，他不能够抛开这个问题。

"她一定会想法害死我！"他这样回答自己，但是，问题仍旧不断地摆到他面前来，总是使他想这个想那个。

到了第二天早上，他觉得拉伊萨好像已经忘记了昨晚上的丑事。她懒洋洋地、漠不关心地递给他咖啡和面包，和平常一样，像醉后头痛的人一样，对于她和他的关系的变化，连一句话，或一个眼光的暗示也没有。

他安心地去上班，但是，从这一天起，为着迟一些回家，便留下到夜班，并且回家的时候故意慢慢地走。和那个女人单独面对面，使他觉得痛苦，和她说话，也觉得害怕，因为他想到她一定会想起那个晚上——她将叶夫赛对她的虽然微薄但是宝贵的感情完全毁掉的那个晚上。

晚上和他一起留在办公室工作的时候比较多的，是亚科夫·扎鲁宾和叶夫赛的上司——有白口髭的卡皮东·伊凡诺维夫，大家在背地里叫他做"风笛"。

在他剃光了的脸上，小红血管的细网密密地显露出来。远远地看去好像是一张红脸，但是，近看就像被细的树枝条乱揍过似的。在他灰白眉毛和疲倦地垂下的眼睑下，不高兴的眼睛怒闪着，他爱唠叨，不断地吸着一种用黄纸卷得很粗的香烟，在他那巨大的白头上，老是荡漾着一大片青烟，所以在其他人中间，可以很容易看到他。

"他的架子多么大！"有一次叶夫赛对扎鲁宾说。

"他是疯子！"黑头发的亚科夫回答，"他曾经在疯人院里差不多待了一年。"

叶夫赛看见,"风笛"有时候从长长的灰色上衣口袋里面取出一本黑色的小册子,将它很近地凑到脸前来,低声地唧咕几句,这时候他的口髭微动着。

　　"他拿着的是祈祷书吗?"

　　"我不知道……"

　　扎鲁宾的黝黑的脸面,痉挛地抖动了一下,他的小眼睛发出光来,他向叶夫赛弯着腰,热情地低语说:

　　"你玩姑娘吗?"

　　"不…"

　　"嗯!和我一道去玩,好不好?不花钱,有两瓶啤酒钱二十五戈比就行了。只要说我们是警察局里来的,免费入场,玩姑娘也不花钱。他们怕我们警官!"

　　他更加低声地,但是非常热情地和贪婪地继续说:

　　"有多么好的姑娘啊!有胖胖的,像鸭绒褥子那样温暖的。姑娘是最好的东西,真的!……还有一些姑娘好像亲生的妈妈一样亲热。"

　　"你有妈妈?"

　　"有。但是我住在叔母家里。我的妈妈是一个坏女人,她靠着一个卖肉的男人过活。我不去看她,卖肉的不让我去。我曾经去过一次,可是他对我的屁股狠狠地踢了一脚!"

　　扎鲁宾的像老鼠一般的小耳朵颤动着,细细的眼睛在额下奇妙地滚动着。他用指头的痉挛性的动作,捻着他上唇的黑茸毛,全身因为兴奋而发抖。

　　"为什么你这样老实?应该大胆些,否则人家推到你身上来的工作会压死你的。起初,我也怕过他们,因此他们都骑到我的头上来。让我们俩做一辈子朋友,好不好?"

　　叶夫赛不喜欢他,对他的那种轻佻感到害怕,但是马林科夫说:

　　"好的。"

　　"握手吧!好了。明天去玩姑娘吧!"

69

"我可不去……"

他们不曾注意,"风笛"已经来到他们身边,用不痛快的声音问:

"嗯,谁打谁了?"

"我们并不是打架呀!"扎鲁宾愁眉苦脸地、一点都不客气地说。

"瞎说!""风笛"说,"克林科夫,你不要对他屈服,懂吗?"

"是!"叶夫赛在他的面前立起身来回答。

在他心里发生了一种尊敬这个人的好奇心。有一次,他照例不由自己地、突然地大胆起来,对"风笛"说:

"卡皮东·伊凡诺维奇……"

"什么?"

"我想问您,请您讲给我听。为什么人们不好好地生活呢?"

老头子抬起沉重的眼皮,然后,望着克林科夫的脸反问:

"这个问题对你有什么关系?"

叶夫赛觉得很狼狈,老头子的反问对他是太简单了。

"嗯!"老头子低声地说。然后,他皱了一皱眉头,从衣袋里面取出一本黑色的小册子,用指头叩着它说:

"这是福音书!你读过吗?"

"读过。"

"懂得吗?"

"不!"叶夫赛胆怯地回答。

"再读一遍吧!……"老头子动了动口髭,将小册子塞进衣袋里说:"书对于小孩子们,对于纯洁的心,是……"

他亲切地唠叨了一些话,叶夫赛想要再问他一些事情,但是他不能将问题组织起来,而老头子也开始吸纸烟,被烟雾包围起来,好像已经完全忘记了谈话的对手。叶夫赛小心翼翼地走开,他对"风笛"的敬佩心加强了,他想:

"座位再靠近他些就好了……"

这成了他的一种梦想。但是亚科大·扎鲁宾的梦想却是这样的:

"克林科夫！你知道吗？"他热情地低声说："我们应该努力成为政治密探，好不好？这样，我们的生活就会好起来了，嗯！"

叶夫赛一声不响，政治密探们的那种厉害的眼光和他们暗中活动的秘密，使他觉得可怕。

七

一个深夜里，多里梅东特穿着撕破的衣服，失去了帽子和手杖，带着鲜血淋淋、被打伤的脸回来。他那肥胖的身体抖动着，被打肿的脸上流着眼泪，他一边呜咽着，一边用沉重的声音说：

"非逃到别的城市去不行了……"

拉伊萨一声不响，用伏特加和水浸湿的毛巾，揩了他的脸，他抖了一下后呻吟起来。

"轻一些……畜生们，他们打得多么狠！用手杖打的啊！"

当叶夫赛从密探的脚上脱下长筒靴的时候，他听着他的呻吟声，看着他的眼泪和血，感到了愉快。

"我要请求调到别的城市去。在这里一定会被打死……"

"我不去！"女人异常坚决地说。

"闭嘴！不要使病人生气！"密探用哭声喊。

第二天早上，叶夫赛从拉伊萨的冰冷的脸色和密探的凶恶的怒容中看出了他们之间的关系还没有好。晚饭的时候，他们重新开始口角，他骂她，他那张青肿的脸令人觉得可怕，他的右手缚着绷带，只是挥动左手，作出恐吓的手势。拉伊萨的脸色苍白，不过还是显示着安静，她的圆圆的眼睛，注视着他的红红的手的挥动，然后顽强地、简单地反复着几乎同样的话：

"我不去。"

"为什么，嗯？"

"我不愿意……"

"不行,你非去不可!"

"我不去……"

"走着瞧吧!你是什么人?忘记了吗?"

"反正一样……"

晚饭之后,密探用围巾包上自己的脸,不知跑到什么地方去了,拉伊萨叫叶夫赛去买伏特加来。他买来了两瓶酒——一瓶是吃饭时喝的伏特加;另一瓶是暗色的甜酒,她将两种酒合着倒了一茶碗,一饮而尽,然后,闭着眼睛,用手掌抚着瓶颈,站立了好久。过了一会儿,用下巴点着酒瓶向他问:

"想喝吗?喝一杯吧!反正将来你也要喝的!……"

叶夫赛望了望她那毫无生气的嘴唇、暗淡无光的眼睛,他想起她不久以前的样子,心里引起了对她的忧郁的怜悯。

"哎哟!"她不胜感慨地说:"但愿能够保持纯洁的良心过一辈子……"

她的嘴唇痉挛地颤动,她重新斟了一杯伏特加劝他:

"喝一杯吧!"

他摇头表示拒绝。

"胆小鬼。你是不会生活的,我了解这一点。但是,你为什么还活着呢,我不明白这一点。为什么?"

"对!"叶夫赛忧郁地回答:"可是,我有什么办法呢?"

她向他望了望之后亲切地说:

"我想,你可以自杀……"

叶夫赛不高兴地叹了一口气,更用力地偎在椅子上。

她懒洋洋地,没有足音地在屋里踱了一会儿,站在镜子前面,一眨不眨地长时间地望着自己的容貌。她用两手摸了一下她那丰满雪白的脖子,她的肩膀抖了一下,两手无力地放了下来,然后,颤动着大腿,重新开始在屋里来回地行走。她不张嘴哼着一支歌,好像牙痛的人在呻吟一样。

桌上的灯罩着绿色灯罩,窗外广阔的天空上照耀着一轮明月,月亮好像和屋里的暗影一样,也带着绿色,一动不动,好像显出不祥的预兆……

"我去睡了!"叶夫赛从椅子上立起来说。她不回答,也不看他。他走向门口,低声再说了一遍:

"我去睡了……"

"难道有人留你吗?去吧……"

叶夫赛知道她要呕吐,他想要对她说几句话。他站在门前问:

"你不需要什么吗?"

她用浑浊的眼光望了望他的脸,静静地回答:

"去你的……"

半夜,密探用粗暴的声音叫醒了克林科夫。

"拉伊萨在哪里?你不知道?混蛋!"

他走进拉伊萨的屋里,然后将头伸出门外来,用严厉的声音问:

"她干了些什么?"

"什么也没干……"

"她喝了伏特加?"

"是的……"

"你这猪猡……"

密探揪了揪自己的耳朵,然后就不见了。

灯灭了。密探骂了一句,然后就擦火柴,火柴发出的光亮威胁着黑暗,但是一忽儿就熄灭了;可是,终于有一道苍白的光线,从屋里向叶夫赛的床上射了出来,它胆怯地颤抖着,好像在狭窄的外室里寻找什么东西似的……

多里梅东特又出来了。他的一只眼睛肿得睁不开。他的另一只闪闪发光而充满不安情绪的眼睛,迅速地扫视一下四面墙壁之后,便盯住了叶夫赛的脸。

"拉伊萨什么话都没有说吗?"

"没有……"

叶夫赛在床上欠起身来。

"躺着！躺着！"多里梅东特这样说了之后，坐在叶夫赛的脚边。"假使你的年纪再大些，"他用异常亲切的态度，低声地开始说："我可以将你安插到政治保安科里。那是很好的差事啊！薪水虽然不多，但是立功就有奖金……你说吧！拉伊萨是漂亮的女人吧？"

"是漂亮的，"叶夫赛表示同意。

密探奇怪地笑了一笑，用左手摸了摸头上的绷带，摸索一阵耳朵。

"女人这种东西，让人永远玩不够。她们是诱惑和罪恶的源泉。她究竟到什么地方去了呢？……"

"我不知道。"叶夫赛低声地回答，他开始害怕起来。

"她没有情夫……叶夫赛，你千万不要忙着搞女人！搞女人要花很多钱。"

他那笨重的、肥胖的、穿着破破烂烂的衣服的身体，在叶夫赛的眼前摇荡着，好像快要碎成几块似的。他的低重的声音不安地响着，他的左手抚摩着头和胸脯。

"我搞过许多女人！"他用猜疑的眼光望着黑暗的屋角说："女人是麻烦的东西，可是，世界上没有比女人再好的东西。有人说，玩牌好，但是，假使没有女人还是活不下去的。打猎有趣，但是，假使没有女人，也是打不下去。没有女人，什么都干不下去！"

第二天早上，克林科夫看见密探和衣睡在沙发上面，洋灯还在点着，房间里面充满了煤烟和煤油的气味。多里梅东特张开大嘴巴正在打鼾，他的没有受伤的手臂垂在地板上，那种样子又可厌又可怜。

天亮了，通过窗子看见一片苍白的天空，屋里的苍蝇已经醒来，嗡嗡地叫着，飞舞在窗前的灰色的微光里。除了火油的臭气之外，还有一种浓厚而令人感到不安的气味，充满了全家。

叶夫赛吹灭了油灯，不知为什么急急忙忙地洗了脸，穿好衣服，便上班去。

在班上,大约中午时分,扎鲁宾大声地对他喊道:

"克林科夫,拉伊萨·菲阿尔科芙斯卡亚是你的东家卢基奇的姘头吗?"

"怎么样?"叶夫赛急急地问。

"自杀了。"

叶夫赛的脊背猛一哆嗦,便跳起身来。

"据说刚才在贮藏室里面找了出来,我们去看吧……"

"我不去!"叶夫赛一屁股坐在椅子上说。

扎鲁宾跑去了,跑的时候顺路地告诉同僚们:

"我说得对,是卢基奇的姘头!"

他兴高采烈地将"姘头"这两个字叫得特别响。叶夫赛睁圆了眼睛,向他的背影望了望,但是,在他眼前的空中,却闪动着拉伊萨的头,在她的头上,她那浓厚的、美丽的头发好像溪水一般流下来。

"你为什么不去吃饭?""风笛"问他。

办公室里面几乎已经没有别人。叶夫赛叹了口气回答:

"女主人自杀了。"

"啊,是啊!那么上酒店去吧……"

"风笛"要走开,叶夫赛立起身来,抓住了他的衣袖。

"请你带我走吧……"

"到哪儿去?"

"完全带我……"

老头子向他弯了一下身子。

"完全——是什么意思?"

"到你府上,同你一起住,永远地……"

"咱们吃午饭去吧!"

在酒店里面,金丝鸟不断地刺耳地在啁啾,老头子一声不响地吃着炸马铃薯,叶夫赛什么也吃不下,只是有所期待地、询问地望着他的脸。

"你是很想和我一起住吗？好,一起住吧……"

当叶夫赛听到这句话的时候,他立刻觉得好像这句话可以将他从恐怖的生活里面救出来。他振起精神,表示感谢说:

"我可以给您擦擦皮靴……"

"风笛"将他穿着破皮靴的一只长腿,从桌下拉出来,望了一望之后说:

"这倒不必。可是,你那儿的女东家是漂亮的女人吗?"

老头子的眼色很和善,可是,它好像在要求着"说话要真实……"

"我不知道……"叶夫赛低下头说,但是,他第一次感到了自己说这几个字的次数太多。

"是啊,""风笛"说:"是啊!"

"我什么都不知道!"叶夫赛这样说,感觉着对自己非常不满,但是,他突然大胆起来:"这个那个看倒是看了不少,但是,一桩事情对另一桩事情有什么关系,我就不能够理解了。这是另一种生活……"

"另一种生活?""风笛"眯着眼睛重复他的话。

"是的。这样是不行的……"

"风笛"轻轻地笑了一笑,然后用刀子敲了几下桌子,对堂倌喊:

"来瓶啤酒!你说,这样是不行的,是吧?有意思。"

"风笛"开始喝啤酒,沉默着。

他们回到警察局,叶夫赛遇见了多里梅东特。他的绷带散开着,他的眼睛淌着血,他很快地走近叶夫赛身边来,偷偷地问:

"拉伊萨的事听到了?一定是喝醉了的缘故,哎!"

"我不回家去了,"叶夫赛说:"今后和卡皮东·伊凡诺维奇住在一起……"

多里梅东特突然慌乱起来,向四面看了一遍低声说:

"要当心,那家伙有精神病;让他在这里工作是因为可怜他。他是个恶人,你对他非小心不可!"

叶夫赛本来预料密探会大骂他一顿,因此对于他的这种私语感到惊奇,他聚精会神听着他说话。

"我要离开这个城市,再会吧!……你的事情,我已经拜托我的上司了,等到他需要新人的时候,一定会想到你的,你放心吧!"

他急忙地咕哝咕哝说了好久,他的眼睛总是怀疑地向四周乱转,每逢开房门的时候,这个密探便从椅子上跳起来,好像准备逃跑。从他的身上发出一种膏药气味,他肥胖的身体似乎消瘦了些,身材也缩小了些,他的威风完全消失了。

"再见了!"他将一只手放在叶夫赛肩膀上说:"谨慎地过活吧。不要相信别人,特别是女人。你得知道金钱的宝贵。哥萨克的俗语说得好:用银子去买东西,把金子储存起来,不要看轻铜,用铁来保护自己。我也是哥萨克人,是啊……"

叶夫赛听他说话,感到既痛苦又无聊,对于密探的话,他连一句都不相信,不过,如平时一样对他感到害怕。他走了之后,克林科夫觉得心里轻松了,他便专心地开始工作,极力想要借此掩盖对拉伊萨的回忆以及其他一切邪念。

这一天,他心里有一种东西在翻转和动荡,他觉得自己正处在新生活的前夜,于是,他透过灰色的烟雾,偷偷地望着那弯着腰坐在自己桌子前面的"风笛"。他心里不由自己地想:

"这一切是怎么搞的?真突然!她竟自杀了……"

傍晚,他和"风笛"一同回去,在路上他看到几乎所有的人都注意这个老头子,有的人甚至停了步看他。

"风笛"走路并不快,但是步子很大,走路时他将全身向前倾斜,大摇大摆,头像仙鹤似的,不住点动。他弯着腰,背着手,敞着上衣的前襟,它在两边好像受伤的翅膀一样摇动着。

由于人们注意老头子,克林科夫就更觉得他独特了。

"你的名字叫什么?"

"叶夫赛……"

"约翰,好名字!"老头子一边用他的长长的手整一整揉皱的帽子,一边说,"我有过一个儿子,名字也叫约翰……"

"他在哪里?"

"这对你没有关系,"老头子很安静地回答说。但是,走了几步之后,他用同样的语调补充说:"如果说有过,那就是说现在没有了!已经死了……"

他将下唇突了出来,用小指头搔了它一下之后,低声说:

"今后看一看,谁比谁强……"

然后,他将头颈转过来,低着头,向克林科夫的眼睛望了望,将一个指头伸在自己前面的空中,郑重其事地说:

"今天有一位朋友要到我家来,我的朋友只有他一个!我们谈什么,干什么,这和你没有关系。你所知道的,我不知道,你所干的事,我不过问。你对我也得如此。一定要……"

叶夫赛沉默地点了点头。

"总而言之,根据这个原则干下去就行了,对谁都这样吧。对于你,任何人什么都不知道,关于别人的事情,你也什么都不知道。知识的种子是恶魔撒下的,它是人类毁灭的道路,无智就是幸福。这是很明白的。"

叶夫赛望着他的脸,注意倾听他的言论。老头子看出他的态度,于是咕哝地说:

"我看得出来,你有人性……"

然后又补充了一句:

"连狗也有一种人性……"

他们走上狭窄的木造楼梯,爬进了一个令人窒息的屋顶下的小屋,那里非常黑,而且灰尘气味很大。"风笛"将火柴递给叶夫赛,叫他擦起火来照着自己,然后,将身子差不多折成两折地弯下来,费了好久的工夫方才开了一扇用破油布和破毡子包着的房门。叶夫赛拿着火柴照亮的时候,烫着了指头的肌肤。

老头子住在一间狭长的、白墙的小房间里,它的天花板的形状和棺材盖完全一样。房门对面有一扇很大的窗子,透进朦胧的微光,入口的左面屋角上有一个小炉子,靠左壁放着一张床,床对面摆着一张已经压坏了的棕黄色的沙发。房间里面充满樟脑和干草的气味。

老头子推开窗子,大声地吸了一口气。

"新鲜的空气,多好啊!"他说:"你在沙发上面睡。你的名字叫什么?阿列克谢?"

"叶夫赛……"

老头子从桌子上拿起油灯,将它举高,用指头指着墙上说:

"这就是我的儿子,约翰……"

在墙上不显眼的一个白色的小小的框子里面,有一张铅笔画的肖像。是张少年的面貌,宽前额,尖鼻子,嘴巴顽强地紧闭着。

老头子手里的油灯抖动着,灯罩和玻璃灯相碰,发出一种轻轻的、凄凉的声音,响遍了屋子。

"约翰!"老头子将油灯放在桌上,重复说:"人的名字是具有许多意味的……"

他将头伸出窗外,又呶呶发响地深吸了一口凉爽的空气,然后,没有转过头来,就吩咐叶夫赛去弄茶炊。

一个驼背的男子走了进来,他一声不响地脱下草帽,拿它来扇着脸,用一种动听的胸音说:

"已经秋天了,还是这样闷热……"

"啊哈,你来了!""风笛"回答说。他们两人站在窗前,低声地谈话。叶夫赛以为他们谈的是关于自己的事情,但是一句话都听不出来。他们坐到桌前来。"风笛"开始倒茶。于是叶夫赛偷偷地慢慢地仔细观察这位客人:他也剃光了胡子,脸色苍白,大嘴薄唇。平坦而宽阔的前额下,有一双凹进去的暗色眼睛,秃顶的巨大的头是瘦嶙嶙的。他总是用他长长的指头像敲鼓似的敲着桌面。

"喂,你读吧!""风笛"说。

驼子从上衣口袋里拿出了一卷纸,打开来。

"标题我不读了……"

他先咳嗽一下,然后半闭着眼睛,开始朗诵:

"'臣等二人,诚惶诚恐,谨伏阙上奏于陛下之前,臣等虽老朽庸驽,然对陛下之盛德,国家之深恩,则碎身粉骨,未敢或忘……'行吗?"

"读下去!""风笛"说。

"'陛下乃万众之尊,臣民之父,天纵英明,乃天下惟一之权能……'"

"'权能'不如'威力'。""风笛"提了意见。

"等一等!'天下惟一之权能,足以巩固我大俄罗斯之正义'。……在这地方得加几句话,文章才能顺畅,可是我还想不出来……"

"措辞必须慎重!""风笛"严厉地,但是低声地说,"你要记住,有些句子是各人可能有不同的解释的……"

驼子望了望他,整了整眼镜。

"对……'我伟大之俄罗斯帝国,方今已处于累卵之危,恶事蔓延,民生疾苦,邪说横行,美德沦丧,信仰已遭破坏,人心日趋混乱,恶徒乃得逞其诡计,蛊惑群氓,使之趋向于叛国背教之绝路,我陛下乃人民精神生活之大僧正……'"

"大僧正就是大主教啊!""风笛"唧咕地说,"应该用别的字眼。最好是直截了当地上奏:人民对生活已经普遍不满,所以,受命于上帝的陛下……"

驼子摇着头表示不同意。

"我们只能上奏事实,条陈意见就未免僭越……"

"我们的敌人是什么人?他的名称是什么?是无神论者、社会主义者、革命家——这三个名称。他们是家庭的破坏者——强夺我们孩子的人,是反基督的预言人……"

"可是,你和我都不相信这种反基督教者的存在啊……"驼子低声地说。

"反正一样！我们代表大多数人民说话,他们相信有反基督教者的存在……我们必须禀明罪恶的根源。根源在哪里？就在于破坏思想的宣传……"

"这一点,陛下也知道……"

"谁向陛下率直上奏呢？皇子和公主是不会被疯狂的圈套欺骗的……这种疯狂思想的宣传建立在什么上面？就建立在普遍的贫穷和对贫穷的不满上面。所以,我们必须直截了当地上奏:'陛下乃万民之父,陛下有天下之富,伏愿乾纲独断,开国库之财富以救人民,则万恶之源以杜,圣德之基以立……'"

驼子把嘴巴张成一条又长又窄的大缝说:

"假使这样上奏,我们一定会被判充军的。"

说完之后,望了一次叶夫赛的脸,再望了一次主人的脸。

听着这种朗诵和童话似的谈话,叶夫赛觉得每个字都传进了自己的头脑,永远不会忘记。他半张着嘴巴,用他那突出的眼睛,一会儿看看这个人,一会儿看看那个人,新发生的情况使他迷惑,因而,甚至在驼子用阴郁的眼光望着他的时候,他也不曾眨眼。

"可是,"驼子说,"这不妥当……"

"克林科夫,你在干什么？""风笛"板着脸问。

叶夫赛的喉咙非常干燥,不能马上说出话来,过了一会儿才回答:

"我听着……"

从他们两个人的脸色,他突然地看出了他们不相信他,怕他。他从椅子上站起身来,开始语无伦次地讲:

"我对谁都不说……请允许我听吧。卡皮东·伊凡诺维奇先生,我从前不是对你说过吗:总而言之,非建立另一样的生活不可……"

"你听见了吗？""风笛"用指头指着叶夫赛,很生气地说,"怎样？连小孩子也说需要另一样的生活了……所以,这是大势所趋！……"

"嗯,对……"驼子表示同意。

叶夫赛觉得羞怯。"风笛"俯身向他,耸起眉头地说:

81

"你要明白,我们在写奏表,我们请皇上对那些因为政治上具有危险思想而被监视的家伙们,采取严厉的措施,懂吗?"

"懂了。"克林科夫回答。

"这些家伙,"驼子慢慢地、可是明确地说,"都是外国的走狗,主要是英国的。他们领到大批款项,鼓动俄国人民暴动,削弱我国的力量。英国人所以这样做,是因为恐怕我们夺他们的印度……"

他们两个轮流地和叶夫赛讲,一个说完,另一个接下去,他听着,而且尽力记取他们那种聪明的话语,由于他的脑筋还不习惯于这种活动,他好像喝醉了酒一样。他觉得他立刻可以抓住一种照耀一切生活、一切人以及他们的一切不幸的巨大的东西。这两个聪明人,将他当作成年人,和他谈话,这就使他无法形容地高兴起来;这两个人虽则因为贫穷而穿着很寒碜的衣服,可是他们却为了建立另一种生活而那样深思熟虑地进行着议论,对于他们,叶夫赛心里就充满了感谢和尊敬。可是不久,他的头脑又好像装满了铅一般地沉重起来,并且,一种难受的压迫般的情绪,充塞在他的心里,他不由自主地闭上了眼睛。

"去睡吧!""风笛"说。

克林科夫顺从地站起身来,小心地脱了衣服,躺在沙发上。

秋夜将温暖而芬芳的湿气吹进窗来,在黑暗的天空中,灿烂的繁星抖动着,飞得越来越高,油灯的火焰也在向上蹿动。两个人依旧头对着头,严肃而低声地在谈话。周围的一切都显得神秘而不安,使人好像上升到一个美好的新世界。

八

和卡皮东·伊凡诺维奇一起住了几天之后,克林科夫觉得自己已经有了一种显著的变化。从前,对那些在办公室里当差的警卫们,他总是很客气,说话也是低声的,然而,现在已经不同了,他用严厉的声音,将年老的布坚科叫了来,生气地说:

"我的墨水瓶里又有苍蝇了!"

那胸前满挂着十字勋章和奖章的白发老兵,毫不着急地说出一大堆废话来解释:

"墨水瓶总共三十四个,可是苍蝇呢,不知有好几千只,它们爱喝墨水,所以爬进墨水瓶里去。这有什么办法呢?"

在盥洗室里,他站在镜子前面,很注意地望着自己有着小小的尖鼻子和薄薄的嘴唇的那张灰色的瘦脸,他发现上唇开始长出口髭。他看到自己的那双润湿而没有自信的眼睛。

"该理发啦!"当他竭力想压平那些淡色的、稀薄而蜷缩的头发,可是没有成功的时候,他下了这个决心。"此后非用硬领不可,否则我的脖颈显得太细了。"

傍晚,他理了发,又买了两条硬领,他觉得自己进一步成为一个堂堂的男子了。

"风笛"老人待他周到而亲切,但是,有时候在他的眼睛里闪现着一种讥笑的表情,这就引起了叶夫赛的困惑和胆怯。驼子来访的时候,老头子的脸上显出深思熟虑的样子,他的声音很尖,对朋友所说的话,差不多每句都断断续续地加以反驳。

"不是那个,不是那样。你的头脑像一支不好的枪,你的思想向四面八方乱射,你得知道,当射击的时候,我们必须将所有枪弹都射在目标上,并且密集地⋯⋯"

驼子摇了摇沉重的头,回答:

"大事晚成⋯⋯"

"时间越过去,敌人越成长⋯⋯"

"可是,我发现了一个可疑的人,"有一次驼子说,"住处离我家不远。高身材,蓄着尖尖的小胡子,总是眯着眼睛,走路很快。我问过门房,他在什么地方做事?据说他是到此地来找事的。我立刻就写报告给保安科,请他们注意他⋯⋯"

"风笛"举起手,好像要拂开空气似的大大挥动了一下,阻止了他的说话。

"这种办法并不高明！房屋潮湿,然后才生地鳖虫。这种办法不能消灭地鳖虫,要紧的是使房子干燥……我是一个军人,"他用指头指点着自己的胸膛说,"我指挥过一连军队,所以我懂得生活秩序。最需要的是每人明确地知道规则、法律,只有这样,才能有一致。有什么东西阻碍人们知法呢？那就是贫穷。愚蠢也就是贫穷的产物。那么为什么皇帝不和贫穷作斗争呢？人民的疯狂性和对皇帝的敌意的根源,就是贫穷……"

叶夫赛将老头子的话,一句一句都吞了下去,并且确信：人类生活的一切不幸的根源,就是贫穷。这是很明白的。因为贫穷,所以才有嫉妒、怨恨、残暴,因为贫穷,所以才有贪欲、才有一切穷人共同的对生活的恐怖和相互的疑惧。"风笛"的计划是简单而聪明的：皇帝太富,人民太穷,请求皇帝将自己的财产让给人民,这样,大家就可以吃饱饭和善良了！

叶夫赛的对人态度,和从前不同起来。除了对别人的殷勤还是照旧以外,从此之后,他开始用一种自以为已经懂得人生秘密、能够指示走向和平和安宁的道路的眼光,来宽恕地俯视一切人们了……

于是,他感到有夸耀一番自己的知识的必要。有一天,当他在酒馆里和亚科夫·扎鲁宾一起吃中饭的时候,他以一种骄傲的情绪,将从老头子和他的驼背朋友那里听来的一切,向扎鲁宾说了出来。

扎鲁宾眨了一下他的小眼睛,他的全身旋来转去,用双手的手指搔着蓬乱的头发,低声说：

"你说得完全对,真的！这到底是怎么回事呢？他有几万万的财产,而我们却要饿死。这是谁讲给你听的？"

"没有人讲过呀！"叶夫赛坚决地说,"这是我自己想出来的。"

"不对,你说真话吧！从什么地方听来的？"

"我说,我自己想出来的……"

扎鲁宾很高兴地望着他。

"假使真是这样,你的头脑可不坏呀。不过,你是在说谎!"

叶夫赛生起气来。

"信不信没有关系……你不信就不信吧。"

扎鲁宾使劲擦着两只手,不知为什么哈哈大笑起来。

两天之后,一个警务助理员和一个剪着平顶头、有一张讨厌的黄脸和灰色眼睛的人,走到叶夫赛桌子前面。

"克林科夫,你到保安科去吧!"警官低声而凶恶地说。

叶夫赛从椅子上站起来,他的两腿发抖,因而重新坐了下去。剃了头发的人拉开他的桌子抽斗,将一切文件都拿了去。

叶夫赛完全不知道究竟为什么被带出去。在一间阴暗的房间里,当他垂头丧气地站在一张铺着绿绒台布的桌子前面时,他方才恢复了意识。在他的心里,恐怖的波浪在不断地起伏,脚下的地板好像不停地在摇晃,充满了绿色暗光的四面墙壁,飘荡似的在旋动。隔着桌子,高坐着一个白色脸膛、满面黑络腮胡子、戴着一副蓝眼镜的人。叶夫赛目不转睛地望着那副眼镜,望着蓝色无底的黑暗,那黑暗吸住了他,好像从他血管里吮出血液似的。他将关于"风笛"和他的驼背朋友的事情,好像剥出自己心脏的黏膜似的,详尽地、有系统地完全说了出来。

一个很响的、刺耳的声音打断了他的话。

"那些糊涂虫在说,一切罪过都在皇帝陛下身上吗?"

那个架着蓝眼镜的人,不慌不忙伸出手来,拿起电话筒,好像嘲笑似的问:

"别尔金,是你吗? 是的……喂,布置一下,今天晚上搜查和逮捕两个坏蛋:警察局办事员卡皮东·列乌索夫和国库管理处职员安东·德里亚金……嗯,对,当然……"

叶夫赛用一只手紧紧抓住椅子的边缘。

"原来这样!"黑胡子这样说了一句,靠在安乐椅子背上,用两手理了一下胡子,玩弄了一下铅笔,又将铅笔丢在桌上,将两手插进了裤

袋。他使叶夫赛痛苦地沉默了好久,然后,用清楚的口气严厉地问:

"我对你该怎么办?"

"饶恕我吧!"叶夫赛低声地哀求。

"你叫克林科夫?"黑胡子说,不回答他的哀求。"这个姓,我好像在什么地方听见过似的……"

"饶恕我吧……"叶夫赛又说一遍。

"你觉得你有非常大的罪吗?"

"是非常大……"

"对,那么,你犯了什么罪?"

克林科夫沉默了。黑胡子那样舒服地安静地坐着,好像永远不想将叶夫赛从那间屋里放出去。

"你不知道吗?"他问了之后接着说,"想一想……"

于是,克林科夫深深地吸了一口气,开始坦白了关于拉伊萨的事情,讲她怎样杀死了老头子。

"卢基奇?"戴蓝眼镜的人伸了一个懒腰之后,心不在焉地说:"怪不得我记得你的姓名!"

他站了起来,走到叶夫赛身边,用指头抬起他的下颚,向他脸上望了几秒钟后,按了一下电铃。

一个麻面粗臂的大汉,用钝重的脚步走进门来,他伸开了红色的手指,可怕地微动着那些指头,望了望叶夫赛。

"把这家伙带下去!"

叶夫赛想要跪下,而且已经把腿弯下了,可是,那大汉却将他挟在腋下,拖下石造的楼梯,走到一个地方。

"怎么样? 怕吗? 坏东西。"他将叶夫赛推进一个小门,说:"这样丑的家伙,还要闹革命?"

这些话,吓破了叶夫赛的胆子。

他听到门外铁锁的当啷声以后,就坐到地板上,两手抱着膝盖,垂下了头。四周寂静无声,他觉得现在就会死去。他从地板上跳起身来,在屋里用两手摸着前面,像小老鼠一样地跑来跑去。他摸着了一张铺着很硬的毯子的床,走到门前,摸着了门,看见在门口对面的墙上,有一扇小小的正方形的窗子,于是他便朝窗口扑去。窗子是比地面低,在上面覆有粗铁栏杆的凹地里,穿过铁栏落下的雪花,在龌龊的玻璃上打来打去。克林科夫用轻轻的脚步又回到门前来,将他的额角靠在门上,用绝望的低声说:

"饶了我吧……放我出去吧……"

之后,他重新倒在地板上,他深深地沉浸在绝望的波浪中,终于失去了知觉。

……昼和夜织成了黑色和灰色的条纹,这些条纹很慢很慢地延续下去,令人感到精神上被折磨得委顿不堪。它们在死一般的静寂里爬行,充满了凶险的预兆。从任何东西也看不出,它们这种缓慢的、折磨人的行程要到什么时候才能结束。在叶夫赛的心里,一切都沉寂了,一切都麻痹了。他已经失去了思想的能力,当他走动的时候,他极力不发出脚步的声音。

第十天,他被带到戴蓝眼镜的人和带他到这里来的那个人的前面。

"克林科夫,那屋里的滋味不太好吧?怎么样?"黑胡子用他的厚而红的下唇咂了一下,向他问。他的很高的声音奇妙地响着,好像这个人心里是在发笑。蓝眼镜的玻璃反射出电灯的亮光,这些亮光向叶夫赛空虚的胸膛里射进一种有威力的光线,这在他心里引起一种奴隶的思想准备:只要能够快一点通过了这些陷在有发疯可能的黑暗中的泥泞般的日子,他觉得不论什么事情都愿意做了。

"放我出去吧!"他低声哀求。

"可以,我放你出去。而且,还有更好的事呢!我给你一个职务,今后你可以将别人送进你方才出来的那间黑屋子和其他许多舒服的小屋子。"

他咂着嘴唇笑了起来。

87

"死了的卢基奇曾将你的事托过我,为了他生前的功绩,我给你一个职务。你每月薪水是二十五卢布,暂时……"

叶夫赛默默地点点头。

"从此之后,彼得·彼得罗维奇就是你的上司和老师,他命令你做的事情,你都要很好地执行……懂吗?!彼得!他今后跟您住在一起吗?"

"是!"灰色眼睛的人突然大声说。

"好的。"

黑胡子重新转过头来向叶夫赛说话,他用很和气的声音说了一些安慰和许诺的话,叶夫赛尽力记住他讲的话,并且一眼也不眨地注视着他那口髭下面的红嘴唇的吃力的动作……

"你要记住,从此之后,你要保护皇帝的御体,以免侵害他的生命和神权,懂了?"

"谢谢您!"叶夫赛低声地说。

彼得·彼得罗维奇仰起头说:

"其他的事情我告诉他吧……我该走了……"

"走吧!喂,克林科夫,你也走吧……好好地工作吧,那你就会得到提拔。可是,不要忘记,你是和杀害旧书商拉斯波波夫的事件有关的,这是你自己招出来的,你的口供我都已经记录下来了,懂了?"

菲利普·菲利波维奇点了点头,他的那些好像是用木头雕出的、平时一动也不动的胡须,这时候动了一下,他向叶夫赛伸出了他那肥白的、在短短的指头上戴着金戒指的手。叶夫赛闭了眼睛,向后退了一步。

"你这家伙这样胆小!"菲利普·菲利波维奇带着死板板的笑容,尖声地说,"现在,你已经什么都不用怕了,也用不着怕任何人了,现在你是沙皇的官员,你应该镇定下来。现在你已经有了巩固的立足之地了。懂了?"

走到街上,叶夫赛便感到呼吸困难,身体摇晃起来,差不多就要跌倒。彼得竖起了大衣领子，向周围望了一遍，举起手来叫了一辆马车，低声地说：

"到我家去……"

当叶夫赛斜眼看了他一下的时候，他惊异得差一点叫了起来，因为在彼得那张扁平而剃光了的脸上，不知什么时候已经长起一撮很短的、淡色的口髭。

"喂，为什么张着嘴？"他看见克林科夫吃惊的样子，皱着眉头不高兴地问。叶夫赛垂下了头，压住自己的好奇心，努力地想要不看这位自己的命运的新主人的面孔。

这位主人，总是好像计算什么东西似的，默默地一个接一个屈着指头，时而咬咬嘴唇，皱皱眉头，时而向赶车的怒喊：

"喂，快一点……"

外面降着雨夹雪，很冷。叶夫赛总觉得，马车好像是从很陡的山上飞快地跌进阴暗污秽的深谷里。在一家高大的三层楼房前面，马车停了下来。在三排望不进去的、黑暗的窗子中间，只有两三扇玻璃窗透出黄色灯光。从屋顶上面，好像呜咽似的流下许多小股的水。

"上去！"彼得指挥他。他已经除下了方才戴的口髭。

他们走上了楼梯，经过很长的走廊，走过许多白色的门户。叶夫赛以为这里又是监狱，但是，由于闻着了和监狱这个概念联系不起来的炒洋葱和鞋油的强烈气味，他才觉得安心。

彼得急忙地推开了一扇白色房门，将屋里的两盏电灯开亮，细细地看了一下各个屋角，于是，脱了上衣，冷淡地、很快地说：

"假使有人问你是谁，你就回答说是我的堂弟，从沙皇村前来找工作的。记住，不要说错！"

他的脸上有不放心的表情，眼色不快活，说话不连贯，他那薄薄的嘴唇总是歪着、颤动着。他按了一下电铃，推开门，把他的头伸到走廊上，喊道：

"拿茶炊来！"

叶夫赛站在一个屋角上，没精打采地向四面望了望，呆呆地等待着。

"脱了外套，坐下吧！隔壁的房间，是给你住的。"密探很快地拉开纸牌桌子说。他从衣袋里拿出一本笔记本和一副纸牌，按四份分好了牌，不看着克林科夫，又说：

"我们的工作是秘密的，这一点你当然知道。我们应该好好地隐蔽自己，否则便会送命，像卢基奇被人打死一样……"

"他被打死了？"叶夫赛低声地问。

"可不是吗！"彼得毫不经意地说。

他揩了一下额角，检点分好的纸牌。

"发牌——第一千二百十四次，我分到红桃A、红桃七、梅花Q……"他在笔记本上写了些什么，头也不抬，用两种不同的声音继续说话：——数纸牌时的声音是不很清楚的，好像有心事，可是教训叶夫赛时的声音却是严厉、清楚而性急的。

"革命家，都是沙皇和上帝的敌人。红方块十、红方块三、黑桃K……他们受了德国的收买，想要破坏俄国……我们俄国人，现在已经什么都能自己制造，可是，德国人……老K、五和九——见鬼！重复了十六遍……"

他突然快活起来，他的眼里发出光辉，脸上露出温和和满足的表情。

"方才我说了什么？"他望了望叶夫赛，问他。

"说德国人……"

"德国人是贪得无厌的。他们是俄国人民的敌人，他们想要征服我们，他们希望我们向他们买进一切货品，将我们的谷物卖给他们，德国不出谷物……红方块Q——好！红桃二、梅花十……是十吗？……"

他眯着眼睛，望了望天花板，叹了口气，把牌混在一起重洗。

"总而言之，所有的外国人都在嫉妒俄国的富强……第二百十五次分牌……他们想在俄国引起暴动，推翻沙皇……三张A……

唔？……于是,到处派出他们的官员,在我们上面建立他们的统治,以便掠夺我们,使我们破产……你不会愿意这样的吧？"

"不愿意!"叶夫赛说,他什么都不懂,只是呆板地望着彼得的手指的迅速动作。

"这样的事,当然是谁都不愿意的!"彼得重新分好了牌之后,好像很担忧似的摸着自己的面颊,沉思地说:"所以,你应该和革命家——外国的暗探——作斗争,保卫俄国的自由、皇帝的权力和生命,要紧的,就是这一点。怎样做才行？你慢慢地可以学会……不过,应该注意的是:不要错过机会,要学会怎样执行吩咐你做的事情……我们这种人不仅要注意眼睛的前面,而且要当心脑袋的后面……否则就会腹背受敌……黑桃A、红方块七、黑桃十……"

外面有人敲门。

"去开门吧!"彼得命令。

一个红卷发的年轻男子端着托盘和茶炊进来。

"伊凡！这是我的堂弟,今后住在这里,将隔壁房间收拾一下……"

"奇若夫先生来了……"伊凡低声地说。

"喝了酒？"

"有一点……他要进来。"

"叶夫赛！沏茶吧!"仆人走出去了之后,密探说,"你也倒一杯喝吧!……在警察局的时候,你领多少薪水？"

"九卢布……"

"身边没有钱吧？"

"没有……"

"应该去要一点钱,你得做一套衣服,老是穿一套衣服是不行的……对别人,你应该一个个都认识清楚,可是你自己,却不能让任何人看出来……"

他又看着牌,重新独自唧咕起来,叶夫赛一边不出声地倒着茶,一

91

边极力想要整理一下今天所遭遇的各种奇妙的印象,但是他没有这种能力,他觉得自己有病。他身上发冷,两手抖动,很想躺到屋子的一角,闭着眼睛,一动也不动地静卧很长时间。在他的脑子里,毫无系统地再现着别人说过的话。

"你的罪是什么?"菲利普·菲利波维奇尖声地问。

有人在走廊里猛烈地敲门。彼得抬起头来。

"是萨沙吗?"

门外用生气的声音回答:

"对!开门!"

叶夫赛开了门,在他前面,站着一个蓄着黑胡须的高大男子,他的两条长腿摇晃着。他的胡须的两端一直拖向下巴,也许是胡须太硬,所以每一根好像都独立地竖起着。他脱下帽子,露出秃顶,将帽子丢在床上,用手掌狠狠地擦了擦自己的脸。

"把湿透了的帽子丢在我床上!"彼得责备地说。

"什么床不床,管你妈的!"客人用鼻音说。

"叶夫赛!将大衣挂了……"

客人坐到椅子上,将他的两条长腿一伸,点上一根纸烟,问道:

"叶夫赛?这是谁?"

"我的堂兄弟。"

"在人类不穿衣服的时代,我们都是弟兄。有伏特加吗?"

彼得吩咐克林科夫去要一瓶伏特加和一盘小菜。叶夫赛照办了以后,就坐在桌边,躲到茶炊后面,不让客人看见他的脸。

"老赌棍!运气怎样!"他望着纸牌点了点头问。

彼得突然从椅子上站起来,起劲地说:

"我发现了秘诀,发现了!"

"发现了?"客人问,接着,摇了一下头,慢腾腾地拉长声音说:

"傻——瓜!"

彼得拿出笔记本用指头指着它,低声而热心地继续说:

"听我讲,萨沙!……我的牌已经重复十六次啦,你懂吗?我一共分了一千二百十四次啦。现在,这个牌重复得愈来愈频繁。应该分二千七百零四次,你懂吗?那是五十二乘五十二的数目呀。将这个总数再乘十三——根据每种牌的张数——就是三万五千一百五十二次。将这个数目再乘四——根据四种牌的总数——就是十四万六百零八次。"

"嗳,傻瓜!"客人摇着头,用鼻音拉长地说,说完之后,他嘲笑般地撇歪嘴巴。

"为什么,萨沙,为什么?告诉我!"彼得低声地叫喊,"这样,每一次我可以知道每个人手里的牌!你想一想!只要看自己的牌就可以知道。"他将笔记本拿到眼睛前面,很快地读:"黑桃A、红方块七、梅花十,这时候便知道别人的牌是:第一个人是红桃K、红方块五、红方块九;第二个人是红桃A、红桃七、梅花Q;第三个人是红方块Q、红桃二、梅花十。"

他的两手发抖,他鬓角上的汗珠发亮,脸色变得善良而可亲。克林科夫从茶炊后面望去,看到了萨沙的浑浊的、白眼球充血的大眼睛,好像肿了似的大鼻子,和那些密布在黄色额角上的疮疖、从左边的太阳穴到右边的太阳穴,这些疮疖好像死人额上的花冠。从他身上发出一种难闻的恶臭。彼得将笔记本按在胸上,在空中挥动着手,用低声狂喜地说:

"这样,我就可以万无一失地去赌。几千万几万万的钱在向着我微笑!这里没有任何欺骗!我知道对家的牌!只是知道,并没有其他毛病!一切都是合法的!……"

他用拳头敲了敲自己的胸脯,敲得那样厉害,以致咳嗽起来,于是在椅子上坐了下来,静静地微笑。

"为什么伏特加还不拿来?"萨沙将香烟头丢在地板上,闷闷不乐地问。

"叶夫赛!去问一问……"彼得急急地说,但是,这个时候已经有人敲门。

"你还喝?"彼得带笑问。

萨沙伸手拿酒瓶。

"不,并不是还喝,而是现在才开始喝。"

"但是,对你的病有害处呀……"

"伏特加对健康的人也有害处,伏特加和空想都不是有益的东西。譬如你,很快就会变成白痴了……"

"我才不会,放心吧……"

"我懂数学,据我来看,你的确是傻子。"

"每个人都有自己的数学!"彼得不满地回答。

"别说话!"萨沙说,他慢慢地喝了一杯,拿起一片面包,一边嗅着它,一边斟了第二杯。

"今天,我……"他低着头,将两肘支在膝头上,开始说,"又和将军谈了一次。我对他建议:给我一笔经费,我想要找一伙人组织一个文学俱乐部,那就可以给您捉住那些主要的坏蛋——来个一网打尽。将军鼓起了脸,突出肚子说:'畜生,应该做什么,要怎样做,我比你知道得清楚。'他说他什么都知道!可是,他的姘头在冯·鲁特岑面前裸体跳舞的事情,怎样呢,他不知道啊,他的女儿打胎的事情,又是怎样呢,他也是不知道啊……"

他喝完那一杯,又斟了一杯。

"这个那个都是混蛋,这样活得没有意思。摩西曾经命令杀掉二万三千名梅毒患者。你要知道!那时候,人口并不多。假使我大权在手,我得杀他几百万人……"

"第一个先杀你?"彼得带笑问。

萨沙不回答他的话,用鼻音,好像说梦话似的说下去:

"自由主义者、将军、革命家、卖淫妇,一个不剩地杀个精光。杀了之后,堆起柴来,一把火烧掉!让土地喝饱他们的血,从他们的灰里得到充分的肥料,那样,来一个大丰收。吃饱的老百姓会选出吃饱的长官……人本来就是动物,他们需要丰饶的牧场和肥沃的田地。什么城市,完全要消灭的……一切多余的东西——不让我过山羊或鸡群那样简单生活的东西,都要消灭,这一切,都拿去给魔鬼就是了!"

他那有黏性的,带臭气的说话,好像渗入叶夫赛的心中,而结实地粘住,听了他的话,叶夫赛感到了痛苦和有害。

"也许,又会突然地被叫了去询问:他说了什么?……也许,他是故意地拿这些话说给我听,然后再来将我抓了去……"

他发抖了,在椅子上簌簌地抖着,用低声问彼得说:

"我可以走吗?"

"到什么地方去?"

"去睡……"

"去吧……"

"到所有的魔鬼那里去吧!"萨沙目送着叶夫赛说。

九

在自己的房间里,克林科夫没有点灯,无声地脱了衣服,在黑暗中摸到床上,躺下之后使用湿冷的被单紧紧裹住自己的身体。他什么都不想看,什么都不想听,只想将身体缩成不让人看见的一小团。在他的记忆里,还响着萨沙说话的鼻音。叶夫赛好像还闻得到萨沙的恶臭,还看得见他的额头黄皮上的花冠般的红色脓疱。而实际上,也真的不知从旁边的什么地方,透过墙壁,传来了那兴奋地喊叫的声音:

"我自己就是老百姓,我知道人民需要什么……"

不知不觉,叶夫赛耸耳听着这个人的说话,怀着一种恐怖心理,从自己记忆里寻找和这个恶人相像的人物。

又黑又冷。窗玻璃外面,摇曳着朦胧的微光:时而消失,时而复现。听得见一种很轻的沙沙声,这是被风吹着的雨声,沉重的雨点打在窗上。

"真想躲到寺院里去!"克林科夫悲伤地想。

忽然,他想起了上帝,上帝这个名称,自从到了城里之后,他很少听见过,也几乎从来不曾想到过。在他那经常充满了警惕和委屈的心里,当然不会有期待上天恩惠的余裕,可是,现在,这种期待偶然地涌现出来,突然地使他胸里充满温暖,扑灭了他心中的、沉重的、隐隐的绝望。他从床上跳起身来,跪在地上,两手紧紧地按在胸前,默默地向着房间里黑暗的一角,闭着眼睛等待着,听着自己心脏的跳动声音。但是,他太疲倦,空气太冷,由于太冷,他的皮肤感到了几百个针刺似的疼痛,而且全身发抖。克林科夫重新上床躺下。当他醒来的时候,他发现了他昨晚坐着作过无言祈祷的屋角上,原来并没有挂着圣像。那里挂着两张图画,一张画着一个帽子上插着绿色羽毛的猎人,在和一个胖姑娘接吻;另一张画着一个手上抱着一束花的裸胸的金发女人。

他叹了口气,穿了衣服,洗了脸,胡乱地看了一遍自己的房间,然后坐在窗前,向街上望着。人行道、马路、房屋——这些都非常肮脏。马车的马,摇着头慢慢地走过,坐在车夫座位上的赶车的,全身淋湿了,好像支持不住了似的,也在摇晃。人们照常匆忙地赶路,可是今天他们满身溅了泥浆,并且都已经淋得透湿,因此,好像比平常时候更没危险性一些。

他觉得有点饿,但是他不知道有没有权要茶喝,要面包吃,他像石头似的坐着,一动也不动,直等到听见有人敲墙壁的声音。

他走到彼得的房间里,站在门口,密探躺在床上,问他:

"你喝了茶没有?去要吧……"

他将光着的脚从床上伸下来,将脚趾动了动,仔细地望着脚趾。

"喝了茶之后,一同出去吧……"他打了个呵欠说,"我交给你一个人,你要跟踪他。他到哪里,你就到哪里,懂了?他走进一家房子的时候,你要记一记他在那里待了多少时候。他去访问了谁,也要详细了解。假使他从他家里同另一个人一起出去,或者在路上遇到另一个人,那么要注意那另一个人的面貌……此外……算了吧,一下子全告诉你,你也记不住的。"

他望着克林科夫,轻轻地吹着口哨,过了一会儿转过脸望着旁边,懒洋洋地继续说:

"再和你说一件事吧,昨天萨沙那家伙乱讲了一阵……那些话是不能对别人说的,你要当心!那个家伙是个病人,是个醉鬼,可是他有势力。谁都不能收拾他,他可以立刻干掉你,你要记住!老弟,你要知道,他是大学生出身,所以他对于一切事情都精通,连牢也坐过!现在他拿着一百卢布的薪水!"

彼得的刚睡醒的、压皱了而松弛的脸是阴沉的。他穿好了衣服,用一种无聊的、唠叨的语调说:

"我们的工作,不是开开玩笑的。假使要一下子去抓住他们的脖子,那就简单了。可是,起初不能不跟着每个人,跟一百俄里或者还要远些……"

昨天,克林科夫整天在兴奋中,还以为彼得是个有趣的和机敏的人,而现在看来,他说话也不爽快,举动也很懒散,他的一切都没有中心方向。于是克林科夫的胆子大起来,问道:

"一天到晚,都必须在街上转悠吗?"

"有时晚上也得出去走走——在零下三十度的冷天。我们的差使,是最可恶的魔鬼想出来的……"

"这样就可以将他们一网打尽?……"叶夫赛又问。

"将谁?"

"那些敌人……"

"你应该说:革命家或政治犯……我们将他们一网打尽是怎样也不可能的。他们一定会像双生子一样地繁殖……"

喝茶的时候,彼得翻开自己的笔记本来看一看,突然活跃起来,从椅子上跳起身来,赶快分好牌,开始计算:

"第一千二百十六次。我的牌是黑桃三、红桃七、红方块 A……"

当出门的时候,他穿了黑色大衣,戴了羔皮帽子,手里拿着一个皮包,打扮得像个官员,他严厉地说:

"在路上不要靠近我,不要和我讲话。要是我走进了一家房子,那你就走到那家的门房里,和他们说,你是等季莫菲耶夫的。我立刻就出来。……"

叶夫赛恐怕在人丛里面失去了彼得,所以紧跟在他后面,两眼净盯着他,可是,彼得突然不见了。克林科夫惊慌起来,向前奔跑。他终于靠着一根路灯柱子站住了。在他的面前,耸立着一所大房子,楼下的所有窗子都有铁栏杆,各个窗子的玻璃都是黑暗的。通过狭小的便门,可以看见一个荒凉的、阴沉沉的院子,那里铺着很大的石板。克林科夫不敢走进去,不安地踏着步,向四周望望。

从院子里面,一个穿着夹克,低戴着帽子而看不见额头的、蓄着红口髭的人,用疾速的步子走了出来,他用灰色的眼睛对叶夫赛使了一个眼色,低声地说:

"为什么不到门房那边去?"

"在路上找不到您!"叶夫赛坦白道。

"找不到?当心啊,这样干,你可能就没有命了……你好好听着!从这里过去第四家,那就是地方自治会。有一个汉子就要从那里出来,他叫做德米特里·伊里奇·库尔诺索夫,要记住!跟着我来,我告诉你那个人……"

两三分钟后,叶夫赛好像一只小狗似的,在人行道上跟在一个穿着破外套、戴着折皱的黑色无边帽子的男人的后面,急急忙忙地走着。这个人身体魁伟、强壮,走路很快,幅度很宽地挥动着手里拿着的手杖,又用它猛烈地敲着柏油路面。从帽子下面垂下的黑白相杂的鬈发,盖着后脑袋和左右耳朵。

叶夫赛从来不曾对人表过同情,但是,现在不知为什么突然对这个人发生了同情。由于过于兴奋,他出了一身大汗,他在街道的另一边,用很小的步调,急急地跟着跑,后来,他跑在那个人的前面,再穿过对面路边去,于是他和那个人面对面地碰上了。他看到了:是一个浅黑脸膛、胡须很多、眉毛非常浓密的男子,他的蓝色眼睛含着一种微笑。那个人的嘴唇微动着,好像是在唱歌或者独语似的。

克林科夫站住,用两个手掌揩了揩脸上的汗,驼着背重新跟在后面,他总是看着地,只是偶尔抬起眼睛向上看。

"年纪不小,"他想,"看来是穷人……一切都是因为贫穷而起的……"

他想起了"风笛",浑身哆嗦了一下。

"他要害我的……"

他又觉得"风笛"很可怜。

街上的杂音讨厌地钻进他的耳朵,黏黏的、冰冷的泥浆,玷污了衣裳下边、飞溅到身上。克林科夫感到寂寞和孤独,他想起了拉伊萨。他很想从这条街上逃到另一个地方去。

他所跟着的那个人,在一家台阶上站住,用手指按了一下电铃,脱下帽子来,用它扇了几下自己的脸,然后又将它戴到头上。叶夫赛站在离他五步远的人行道界石旁边,很同情地望着那个人的脸,他觉得有必要告诉他一些事情。那个人已经注意到他,皱了一皱面孔,将身子转了过去。叶夫赛有点窘,低下了头。

"保安科的?"他听见了低沉而稍哑的声音。这样问的是一个身材高大、红面孔、系着污秽的围裙、手里拿着扫帚的人。

"是!"叶夫赛低声地说,说了之后他立刻感到:"不应该说实话……"

"又是一个新手,"门房说:"你也是跟着库尔诺索夫来的吧?"

"是!"

"对。那么,你去报告上司吧:今天早上他家里从火车站来了一个客人,拿着皮箱——三个皮箱。还不曾报告警察,因为报告期限是二十四小时。他是一个身体小巧的、漂亮的男子,蓄着小胡子……"

门房沉默了,用扫帚扫了几下人行道,泥泞溅在叶夫赛的皮靴和

裤子上,然后停下说:

"你在这里容易给人看见,他们也不是傻瓜,会看出我们的人的。你站到门里来吧……"

叶夫赛服从地走了进去……

忽然,在对面路上,他看见了亚科夫·扎鲁宾。亚科夫手里拿着手杖,穿着一件新外套,戴着手套,歪戴着黑色圆顶礼帽,在人行道上走过来,他挤眉弄眼地微笑着,那种样子,完全和相信自己美丽的街头卖笑妇一样……

"你好!"他环顾着四周说,"我是来和你换班的……你到莱比亚西街的索莫夫酒馆去,在那里找尼古拉·巴甫洛夫吧……"

"难道你也在保安科吗?"叶夫赛问。

"比你早十天就进去了……怎么样?"

叶夫赛望了望他的发光的小黑脸。

"我的事情是你去报告的吧?"

"你呢,出卖了'风笛'吧?"

叶夫赛想了想,愠怒地回答:

"那是你密告了以后的事。那以前,除了你之外,我对任何人都没说过……"

"但是,'风笛'只恨你一个人,哼!"

亚科夫笑了笑,推了一下叶夫赛的肩膀。

"快去吧!熊包!"

这样说了之后,他挥动着手杖和叶夫赛并排着走。

"我们这种差使真不错!我明白了。可以过少爷一般的生活——既可散步,又可参观。你看我这一套衣服,怎样?"

他立刻和叶夫赛分了手,很快地转了回去,克林科夫不愉快地望着他的背影,陷入沉思里。他认为亚科夫是空虚的人,和自己比起来,更加下等一些,他看着扎鲁宾穿那样浮华的衣服,那样扬扬得意,心里觉得生气。

"他是密告了我的。我将'风笛'的事情说出来,那是为了害怕的缘故。可是,他是为了什么呢?"

于是,他在心里好像恐吓亚科夫似的说:

"等着吧!慢慢看谁比谁强!……"

他走到酒馆里,问了尼古拉·巴甫洛夫在哪里,酒馆里的人向他指点了通向上面的楼梯。他走上楼,站到一间屋子的门前的时候听到了彼得的声音。

"赌输赢的纸牌只有五十二张……可是在城里,在我管的区里呢,有几千个人,其中我认识几百个人。我知道谁和谁一起住,谁在哪里做事。可是人们总在改变,而纸牌是永远不变的……"

房间里除了彼得和萨沙之外,还有一个人。那个人身材高大,体格端正,当叶夫赛走进去的时候,他正站在窗前看报,一动也不曾动。

"这样的蠢相!"萨沙将恶意的眼光盯着叶夫赛的脸,用这一句话迎接他,"这样的丑脸,应该变个样子,对不对,玛克拉科夫?"

看报的人转过头来,用发亮的大眼睛将叶夫赛望了一下,说:

"应该……"

彼得很兴奋,头发也散乱着,他一面用鹅毛笔杆挑着牙齿,一面命令叶夫赛报告所看到的事情。桌子上吃剩的饭菜还摆着,脂肪和泡菜的香味,刺激着叶夫赛的鼻孔,引起了强烈的食欲。他站在彼得的面前,用缺乏热情的声调,报告了门房所说的一切。听了第一句之后,玛克拉科夫立刻将他拿着报纸的手放到背脊后,歪着头,微动着淡黄色的口髭,开始很注意地听他的报告。他的头发也出奇地白,看起来像是稍稍带些黄的银色。干净而严肃的脸面,蹙着的眉头,沉静的眼睛,灵活而扎实地裹在讲究的衣服里的那强壮的身体的沉着的动作,有力量而低沉的声音——凡此一切都足以使玛克拉科夫显得比萨沙和彼得高强。

"门房替他搬了皮箱?"他问叶夫赛。

"他不曾说。"

101

"那就是说,他不曾搬。否则,或重或轻,他总得说的。一定是他们自己搬的!"玛克拉科夫说。又加了一句:"大概是杂志。下一期的。"

"那么,赶快去搜查一下!"萨沙说,于是用拳头装着恫吓人的样子咒骂:"我需要一个印刷所,给我铅字和人,我可以把印刷所建立起来,那我就可以将那些傻瓜找出来,先供给他们所需要的东西,然后将他们一网打尽,同时也可以赚他们一点钱……"

"这个计划倒不错!"彼得叫着说。

玛克拉科夫望着叶夫赛问:

"你吃过饭没有?"

"没有。"

彼得抬起下巴来,指着桌上命令说:

"快点吃!"

"为什么叫他吃剩菜呢?"玛克拉科夫沉静地问了一句之后,就走到门口,开开门,喊道:"喂,来一客饭……"

"你去试一下看,"萨沙用鼻音对彼得说,"劝劝那个傻瓜阿凡纳索夫,将去年没收的那个印刷所拨给我们用一下。"

玛克拉科夫看着他们,一言不发,只是捻着自己的口髭。

午饭端了进来,和跑堂的同时,走进了一个圆脸的、有麻子的、很和气的男子。他对大家善意地微笑一下之后说:

"今天晚上,在契斯托夫大厅,有一个革命家的聚餐会。我们派三个人装作茶房混进去,你也是其中的一个,彼得。"

"又是我!"彼得叫了起来,他脸上现出了许多斑点,好像忽然变老了,而且表现出了愤怒,"两个月之间,已经扮了两次听差!请你原谅!……这次我可不干了!"

"对我说没有什么用啊!"

"索洛维约夫!为什么专门派我当茶房呢?"

"像嘛!"萨沙带笑说。

"指定三个人去!"索洛维约夫又说一遍,呼了一口气,"不是可以喝啤酒吗?"

"请看!玛克拉科夫!"萨沙说,"在我们队伍里,认真地一心一意地工作的人一个也没有,可是他们呢,活动展开得那么快。聚餐、会议、许许多多的书刊,还有在工厂里面公开的宣传……"

玛克拉科夫一声不响,也不看他。

圆脸的索洛维约夫安静而和蔼地微笑着说:

"今天在火车站里,我抓到了一个带书籍的姑娘。夏天,在郊外我就已经注意到她,当时我想:好吧,你散步吧,可爱的人儿!……今天我到火车站去,本来没有什么预定对象,在那里我看见她拿着一个皮箱在走……我走近她身边,很客气地说:我想和她讲两三句话。我看见她发抖,脸色变白,而将皮箱藏在背后。我想:我的可爱的、愚笨的人儿,落网了!我立刻带她到值班的那里,打开皮箱一看,有最近一期的《解放》①杂志和其他各种危险物。于是,我将那个姑娘带到保安科去——除此之外,还有什么办法呢?鲂鱼捕不到的时候,梭鱼也可以吃啊!在马车里,她的小脸避开我,望着旁边,两颊泛红,眼里淌着泪。但是一句话也不说。我问她:小姐……身体舒服吗?她还是默不作声……"

索洛维约夫低声地、温和地笑了,他的麻脸上面布满了一条一条地闪动的皱纹。

"她是谁?"玛克拉科夫问。

"梅利霍夫医生的女儿。"

"啊……"萨沙拉长声音说,"我知道这位医生……"

"有威望的人物,得过乌拉基米尔勋章和安娜勋章,"索洛维约夫说。

"我知道他!"萨沙重复地说了一遍,"和别的医生一样,他也是个

---

① 一九〇二至一九〇五年在俄国国外出版的一种双周刊,是自由派资产阶级的机关刊物。该刊敌视革命和社会主义,寄希望于沙皇的某些改革和对资产阶级的让步。

骗子。他说过能医好我的病……"

"你的病,现在除了上帝外,没人能医得好!"索洛维约夫亲热地说,"你的身体坏得很快……"

"去他的!"萨沙嚷了一声,"玛克拉科夫!您在等什么?"

"他还在吃饭呢……"

"喂,你快点吃!"萨沙向着叶夫赛喊。

在吃饭的时候,克林科夫注意地听他们说话,偷偷地打量这里的人物,他觉得除了萨沙之外,他们并不是特别坏,并不是特别可怕,因此,他感到了愉快。

在他心里浮起了想要为这些人效劳的念头,他乐于做他们所需要的事情。他放下了刀叉,用龌龊的餐巾急急地揩了揩嘴后说:

"我吃好了!"

忽然房门推开,一个人弯着身体跳了进来,样子非常仓皇,身上衣服散乱,他低声地说:

"不要说话!"

他将头伸出门外,听了一听,然后重新很小心地关上房门,问:

"不能锁上吗?钥匙在哪里?"

向四周望了望,吐了一口气,说:

"谢天谢地!"

"笨蛋!"萨沙用鼻音轻蔑地说,"喂,怎么回事?他们又要打你吗?"

那个人跳到他的旁边,喘着气,挥着两手,揩着脸上的汗,用低声嘟哝说:

"他们又要打我!当然。他们要用铁锤打死我。是两个人。从监狱那里跟在我后面,是那样!我在监狱里会见一个人,刚一出来,他们站在门口,是两个。并且,其中一个口袋里藏着一把铁锤……"

"也许是手枪吧?"索洛维约夫伸着脖颈问。

"是锤子!"

"你看见的?"萨沙嘲笑地询问道。

"唉,我可是知道的!他们决定了用锤子。他们要不出声音,一下子……"

他整了整领带,将钮扣一个一个地扣好,在衣袋里面不知找寻着什么,同时,抚平了乱成一团的汗湿的头发,他的两手激烈地抖动,好像它们快要掉下来了似的。瘦瘦的灰色的脸上,流满了汗,暗淡的两只眼睛不断地向四面转来转去,时而细细地眯着,时而圆圆地睁着,他的视线落在叶夫赛脸上的时候,因为一种深切的惊惧而突然地停止不动了。那个人一边向门口躲避着,一边低声地问:

"这是谁?"

玛克拉科夫走过去,握着他的手。

"叶利扎尔,放心吧,他是自己人。"

"您认识他吗?"

"畜生!"萨沙愤怒地大声说,"你应该进医院里去……"

"他们把您推到铁轨马车底下吗?没有?那么您等一等骂吧……"

"喏,您看吧,玛克拉科夫……"萨沙说。但是,那个人激昂地继续说:

"夜里许多不认识的人把您打了一顿?嗳哟!你想一想,一点都不认识的人!这种人,我不认识的这种人,城里不知有几千几万……他们到处都是,而我只是一个人。"

索洛维约夫的声音温和而使人安心,沉没在这个被打坏了的人的狂暴的声音里。他的话引起了一阵阵的恐怖,克林科夫立刻感到晕眩,沉湎在那个人的惊慌的低声的说话里,那个人被打坏了的身体的动作和两手微微的颤动,使他眼睛发花,期待着一种黑暗的巨大的东西,要冲进门来,塞满屋子之后将一切人都压死。

"该走了!"玛克拉科夫拍了一下叶夫赛的肩膀说。

他们两个到街上坐了马车,叶夫赛蹙着眉头,轻声说:

"这种工作,我是干不来的……"

"为什么?"玛克拉科夫问。

"我胆子小……"

"那,慢慢会好的!"

"决不会!"叶夫赛很快地说。

"什么事都慢慢会好的!"玛克拉科夫和气地反驳。

街道上泥泞、寒冷、阴暗。灯光反映在泥泞上,人和马的脚踩在金黄色的斑点上,不时地把这些光点给踏灭了。

当叶夫赛什么都不想,只向前望着的时候,他感到了玛克拉科夫在详细地观察自己的脸色。

"会惯的!"玛克拉科夫说,"可是,假使有别的工作,那么也可以立刻离开。有吗?"

"没有……"

密探微微动了一下身体,但是,不曾说出一句话。他的眼睛半闭半开着,从他鼻孔呼出的气,吹动他的口髭的细毛。

在空中回荡着隐约的钟声,它的声音又柔和又温暖。浓重的乌云,像结实的、黑暗的帐幕一样地罩住了城市。忧悒的钟声,不能向上飞扬,只是忧郁地在各家屋顶上迂回着。

"明天是礼拜!"玛克拉科夫低声地说,"你去做礼拜?"

"不!"叶夫赛回答。

"为什么?"

"不知道。只是……"

"我是去的,我喜欢做早礼拜。合唱队唱歌,太阳照在窗子上。那是很有趣的。"

玛克拉科夫的这种天真的言语,鼓起了叶夫赛的勇气,他想要谈一谈自己的事情。

"唱歌是有趣的,"他开始说,"我还是孩子的时候,也曾在我们村庄的教堂里唱过歌。唱的时候,甚至弄不清楚——自己究竟在什么地方？就好像自己不存在似的……"

"到了！"玛克拉科夫说。

叶夫赛忧郁地望着火车站的长长的建筑物，叹了一口气，它屹立在眼前，好像将道路一下子遮断了似的。

他们走进已经充满了人群的月台，靠着墙壁站立着。玛克拉科夫用眼睫毛盖住眼睛，假装瞌睡。宪兵们的马刺发出刺耳的声音，一个黑眼睛、黝黑脸蛋、姿态漂亮的女人，发出青春的欢笑声。

"记住那个正在笑的女人和在她旁边的老人！"玛克拉科夫低声地但是很清楚地说。"她是接生妇萨拉·卢里耶，住在花园街七号，曾经坐过牢，也被流放过。是个很机灵的女人！那个老年人也是被流放过的，是个新闻记者……"

忽然，好像害怕什么人似的，他疾速地动手将帽子拉到前额上，轻声地继续说：

"那个高个儿，穿黑大衣、戴毛茸茸的帽子、红头发的人，看见了吗？"

叶夫赛点了点头。

"他是作家米罗诺夫……在不同的城市里坐过四次牢……"

头上长着一只角状物，三只火眼的、黑色的铁制的大爬虫，轰轰地摇动着巨大的身体，大吼了一声，很快地爬进车站来，它停住之后，狠狠地发出咻咻的声音，吐了满空的白蒙蒙的蒸气。叶夫赛脸上也喷着了湿湿的热气，在他的面前，闪动着匆匆而过的人们的黑暗的身影。

离得这样近地看这种铁制怪物，叶夫赛还是第一次，在他看来，那个怪物好像是个具有感觉的活的东西，并且引起了他的强烈的好奇心，但是，在他的心里，同时也唤起了一种敌视它、惧怕它的预感。它那放射强光的圆眼睛闪耀着，巨大的、红红的轮子转动着，钢铁的杠杆好像大刀似的一下一上地闪动着，这一切使他长久地觉得目眩，感到威胁……

他听见了玛克拉科夫小声说话的声音。

"什么?"叶夫赛问。

"没什么!"密探忧愁地回答说。他红着两颊,咬着自己的嘴唇。从他的眼光里,叶夫赛猜到了他在监视那个小说家。那个作家一面捋着自己的口髭,陪同一个已经上了年纪的、矮胖的、敞开大衣钮扣、头上戴着一顶凉帽的人,慢慢地走着。那个人大声笑着,然后,仰起他多胡须的红脸,高声地嚷:

"到了,到了⋯⋯"

作家脱帽向一个人鞠躬,他头发是剪短了的,他宽额头、高颧骨、阔鼻、细眼。叶夫赛觉得这是一种粗野、不愉快的面孔,很长的红口髭似乎给这个面孔添加了军人式的严峻的气概。

"走吧!"玛克拉科夫说。"他们一定是一起走的。我们应该特别小心,从外边来的那个家伙,可能是饱经世故的⋯⋯"

在街上雇了一辆马车,他吩咐驭者说:

"跟在那辆马车的后面!"

在车上,他曲着背脊,摇动着全身,沉默了许久。后来,他低声地说:

"去年夏天,我去搜查过那家伙的家⋯⋯"

"那个作家的?"叶夫赛问。

"对。赶马车的!再走几步吧!"看见前面的马车停了下来,玛克拉科夫赶快这样吩咐驭者。

几分钟后,他跳下车来,付了车钱,对叶夫赛说:"你等一等!"之后便消失在黑暗里面。叶夫赛听见了他的声音:

"对不起,这儿是亚科夫列夫先生的府上吗?"

一个低沉的声音回答:

"是贝尔切夫宅。"

靠着围墙,叶夫赛听出了玛克拉科夫的缓慢的脚步声,他想:

"监视人,原来这样简单⋯⋯"

密探回到他的旁边来,用不大满意的声音说:

"这里已经没有咱们的事了。明天一早,你要换一件大衣来,守着这一家吧!"

两个人在街上走的时候,他对克林科夫说了许多话,这些话说得很快,好像敲鼓似的敲着克林科夫的耳膜。

"到这个住宅来的人们的面孔、衣服、走路的样子,都要记住。世界上决没有完全一样的人,每人都有一些自己的特征,你一定要立刻学会掌握每个人自己的特征,例如,在眼睛里,声音里,又譬如走路时两手怎样摆法,和人见面时怎样脱帽。干我们这一行首先要有好记性……"

叶夫赛觉得这个密探这样说话,一定是由于心里对自己有所不满。

"您的脸,尤其是眼睛太特别,容易使人注意,这样子是不妥当的,要出去活动,非化装或者假做作什么工作不可。看您的姿势和其他一切,好像个小贩商人,您最好是背一只零售货箱,去卖发针、针线、带子,和其他零碎日用品。明天我要求他们给你准备货箱和货物,等拿到之后,您就可以去访问人家的厨房,去认识那些佣人……"

他沉默下来,将假胡子除了下来装进袋里,整了整帽子,放轻了脚步声。

"佣人们常常喜欢做些对自己东家不利的事情,所以从他们那里容易打听出一些事来。女人们——厨娘、保姆、娘姨,特别是如此。他们都喜欢挑拨是非。嗳哟,我好冷啊!"他换了一种声调,这样一来就结束了教训,"到酒店去吧!"

"我没带钱……"

"废话!"

在酒店里,他用老爷般的严肃的声调说道:

"一大杯白兰地,两杯啤酒。您喝白兰地吗?"

"不。我不喝。"叶夫赛难为情地回答。

"这很好!"

密探很注意地看了一下克林科夫的面孔,理了理自己的口髭,将眼睛闭了两三分钟之久,全身用劲伸了一下,以至全身骨头发出咯吱咯吱响的声音。饮完了一杯白兰地之后,重新用低声说:

"您这样不爱说话,也好……您在想什么?"

叶夫赛低下头回答:

"想自己的事……"

"究竟想什么呢?"

玛克拉科夫的眼睛发出温和的光辉,于是,叶夫赛率直地回答:

"我想,我最好是进修道院去……"

"您相信上帝吗?"

叶夫赛想了一下,好像抱歉似的说:

"我相信……不过,不是为了上帝,而是为了自己。我能给上帝做什么呢?"

"好啦,我们干杯吧……"

克林科夫将那一杯又凉又苦的啤酒勇敢地一口喝干了。这使他的全身抖了一下。他舐干了嘴唇之后问:

"您常被人打吗?"

"打我?谁?"密探因为诧异和感到委屈而这样叫了起来。

"不是打您一个人,而是打每一个当特务的人?"

"不要说特务,要说密探才对,"玛克拉科夫纠正了他的话,笑了笑说,"我不曾被人打过……"

他沉思起来,他的肩膀垂了下去,背脊屈了下去,在他的白脸上掠过了一种暗影。

"我们这种职业,可以说是狗一般的差使,什么人都瞧不起我们!"他静静地说,忽然,满面笑容,俯身向着叶夫赛说,"在这五年之内,我只有过一次被人家当作人看待的体验。那就是在那个米罗诺夫家里发生的事。我穿了警察分局长的制服,和宪兵们一起到了他的家里。那时候,我正在生病,发高烧,连站也站不稳。他接待我们非常客气,好像有些怕羞的样子,同时微微地笑着。他的个子很高,两手长长的,口髭好像猫须一样。他和我们一起走进每个房间,始终称我们'您',每逢他碰着我们身上的时候,一定说'对不起'。对他,大家——不论是上校也好,检察官也好,我们下级人员也好——都难为情起来。大家都熟悉这位人物,报纸上常登他的照片,在外国他也有名望——我们却是在夜里来搜查他的……心里有点不安!我看见:他瞧着我,然后走到我的身边,说:'您坐一坐,好不好?我看,您不舒服,请坐!'好像他说这些话来软化我似的。我坐下了,心里想:'不要管我!'但是,他说:'您吃一点药吗?'那时候,大家都沉默着,谁也不看我,也不看他……"

玛克拉科夫静静地笑了笑。

"他把装在胶囊里的奎宁给我吃,吃的时候我将它嚼碎了。嘴里苦得不能忍受,心都乱起来了。我觉得假使站起身来,一定会倒下。上校照顾我,叫同事们将我送到局里去,那时候,正好搜查也已经完结。检察官对他讲:'现在要逮捕您……'他说:'请随便,逮捕就逮捕!不论什么人,都要干自己所能干的事情……'他带着微笑,这样坦然地讲!……"

这个谈话使叶夫赛感到欢喜,它仿佛安慰着他,同时在他的内心燃烧起一种要取悦于玛克拉科夫的愿望。

"他是好人!"他心里肯定了这个密探。

密探叹了一口气,又要了一杯白兰地,慢慢地喝完,突然,他变了脸色,变得憔悴了,将头垂在桌上。

叶夫赛想要大谈一下,头脑里闪现出乱七八糟的话,但是不能够组织成有头绪的、清楚的言语。经过许多努力之后,叶夫赛终于发现了一个可问的问题。

"他也是替我们敌人服务的吗?"

"谁?"密探勉强抬起头问道。

"那个作家。"

"替我们的怎样的敌人?"

叶夫赛有点窘,因为密探嫌恶地歪着嘴唇望着他,而且听得出他的声音里带着嘲笑。密探也不等他回答,站起身来,将一个银币丢在桌上,不知对谁说了一句:"记账!"之后,戴了帽子,对克林科夫一句话也不说就走出门外。叶夫赛踮着脚跟着他出去,连帽子都不敢戴上。

"明天早上九点钟,您到那地方去吧!十二点钟交班!"走到街上,玛克拉科夫对他说,将两手插进大衣袋里,转眼就看不见了。

"也不说一句再会!"叶夫赛走过空空的街上的时候,想起来觉得伤心。

他觉得非常难受,黑暗从四面来包围他,天气很冷,从嘴里到胸膛里渗透着啤酒的黏黏的苦味,心怦怦地跳,脑子里面,许多颓废的思想,好像秋天的大雪花似的在飘动。

"啊,今天我算混过去了……如果有人喜欢我……"

十

夜里,叶夫赛做了一个梦:堂弟亚什卡骑在他的胸上,掐住他的喉咙,要勒死他……他醒过来,听见彼得在自己屋里发出的干燥的怒吼声:

"我鄙视国家,鄙视这一切乱七八糟的东西……"

一个女人发出了笑声,跟着响起一个人的尖锐的声音:

"啐!不要嚷!……"

"谁对谁错,我没有功夫去分析,但是,我并不是傻子。我还年轻,我还得活下去。我听了那个坏蛋关于专制政体的讲演,我当了整整四个钟头的茶房,跑来跑去地伺候那些混蛋,跑得腰酸腿痛。如果专制政体是可贵的,那么你不要舍不得花钱,为着这一点点的钱,我不能将自己的骄傲卖给专制政体啊,——滚他妈的蛋吧!"

几个钟头之后,叶夫赛坐在贝尔切夫家对面人行道的石柱上面。他在街上这家的门前来回地走了很久,数了数贝尔切夫家窗子的数目,用步数量了量它的长度,详尽地研究了一下那所房子由于古老而变了样的灰色的外貌,终于觉得疲倦,又回到石柱上坐下来。但是,他没能够休息很久,因为作家从门里走了出来,他肩上披着大衣,没穿套鞋,歪戴着帽子,穿过街道一直走到他的面前。

"要打我的耳光了!"叶夫赛看到严峻的脸孔和紧蹙着的红褐色眉毛的时候,这样想道。于是,他打算站起来走开,但是由于害怕,好像被钉住似的不能动了。

"您为什么坐在这里?"他听见了一个带怒的声音。

"这,这……"

"滚开!……"

"我不能走……"

"这儿有一封信,带去交给派您到这儿来的那个人吧。"

很大的蓝眼睛好像是在发命令,任何力量都不能够违抗这个视线。叶夫赛将脸掉过一边,喃喃道:

"我不曾得到指示可以从您这里拿东西。和您说话也是……"

作家皱着眉头微笑了一下,将信封放在叶夫赛手里。

叶夫赛走开,用右手把信封拿到胸前,像拿着一件会发生无妄之灾的可怕的东西。他的指头好像受了冻似的疼痛着,在他的脑子里面,一种恐怖的念头执拗地活动着:

"在我身上将要发生什么事?……"

忽然,他发现了信封不曾封好,这使他惊异,他停了下来,向四面望了望,急急地拿出信来读:

让这个傻瓜从我这儿滚开吧。米罗诺夫。

叶夫赛轻松地叹了一口气。

"一定交给玛克拉科夫。他骂我……"

恐怖已经消失了,但是,当他想到又是不能使自己所喜欢的密探满意的时候,他觉得很痛苦。

他去见玛克拉科夫的时候,玛克拉科夫正和一个身材很小、穿着黑衣服的斜眼男子吃午饭。

"我给你们介绍一下。这位是克林科夫,这位是克拉萨温。"

叶夫赛将手塞进衣袋里,摸着信,为难地说:

"出了这样一件事……"

玛克拉科夫伸出手来制止他。

"过一会儿再谈!……"

他的脸上充满着疲倦的表情,眼神暗淡,不打鬈的白头发乱蓬蓬的。

"看来,昨晚上一定是喝多了!"叶夫赛想。

"不,季莫费·瓦西里维奇!"斜眼的男子冷冷地严肃地说。"你这种想法是没有道理的。不论什么样的工作,只要自己喜欢,其中一定有愉快……"

玛克拉科夫向那个人看看,将大杯伏特加一口喝干。

"他们是人,我们也是人,但是,这个事实没有任何意义。"

斜眼的觉察到叶夫赛瞧着他的不安神的眼睛,便戴上一副玳瑁边的眼镜。他的举动好像一只黑猫似的又柔和、又敏捷,牙齿又小又尖,鼻子细而直;讲话的时候,蔷薇色的耳朵抖动着。他的弯曲的手指,不断地、很快地将面包心捏成糊子,一个个摆在盘子边上。

"那是助手?"他朝叶夫赛点了点头,问道。

"是的……"

克拉萨温点了点头,捻着自己的细细的黑口髭,用流畅的语调说:

"季莫费·瓦西里维奇!当然啰,我们还不能不听从命运的摆布,根据上帝的意志,婴儿成长,老人死亡,我们可以不去管这些,可是,我们已经接受了一个任务,就是奉命去逮捕那些破坏秩序和法律的人,此外没有别的了!这种工作很困难,需要聪明,但是,如果打个比喻,它好像打猎一样……"

玛克拉科夫从椅子上站起来,走到一个屋角去,在那里将叶夫赛叫过去。

"喂,怎样了?"

叶夫赛将信交给了他。密探读了一遍,吃惊地望了一下克林科夫的面孔,又读了一遍,然后低声地问:

"这是从哪儿拿来的?"

叶夫赛很为难地用低声说:

"他自己交给我的。他走到街上来……"

预料到会挨骂或挨打,他缩了脖子,但是,他听到的却是轻轻的笑声,于是他小心翼翼地抬起头来。密探满面微笑在看信,他的眼睛发出快活的光彩。

"唉,您是个怪人!"他说,"这件事,对谁也不要说!"

"我们可以来庆贺小小的成功吗?"克拉萨温问。

"可以!"玛克拉科夫说,"但是,加夫里拉!日本人还是在揍我们呢!"①他一边揩着手,一边快活地叫喊。

"你对这种情况这样高兴,真是令人不能容忍!"克拉萨温抖动着耳朵说,"这种情况,和其他许多情况一样,是有教训意义的,不过,俄国人的血也流得够了,我们力量的不足也暴露出来了。"

"可是,谁的罪过呢?"

"日本人啊。为什么他们非打仗不可?不论哪一个国家,应当在自己国家里面,各过各的生活……"

他们两个争论起来,而叶夫赛对于玛克拉科夫的态度愈益感到欢喜,因而不曾去听他们的争论内容。他望着密探的面孔想:彼得常常骂上司,可能像"风笛"那样被捕;与其和他同住,还不如和玛克拉科夫同住。

克拉萨温走了。玛克拉科夫拿出那封信,又读了一遍之后,望着

---

① 指一九〇四至一九〇五年日俄战争。

叶夫赛笑了一下。

"这事,对任何人都不要说!他自己出来了?"

"是的。他走出来说:'滚蛋!'"

叶夫赛不好意思地微笑。

密探眯着眼睛,望了望窗外之后,慢慢地说:

"今后,您得扮成一个零卖商人,我曾经对您说过。今天您可以休息,我没有什么任务给您。再会!"

他伸出手来,叶夫赛感谢地握了握他的手,接着,便怀着一种幸福感走了回去。

十一

过了几个星期之后,他觉得自己已经机灵得多了。

每天早上,他穿着温暖而适意的衣服,胸前挂着一只杂货箱子,走到密探们集会的酒店、警察分所或同僚们的家里,在那里,他接受单纯而明确的任务:到某某人家里,接近女仆,了解她们主人的生活情况。他到这些人家里,起初极力设法将他的东西以很贱的价钱卖给女仆们,或者送些小礼物,然后就慎重地探听他奉命打听的事情。当他觉得搜集的情报还不够的时候,他便依据那个年老而敏感的胖子索洛维约夫曾经对他讲过的方法,随便捏造些补充材料。

索洛维约夫曾经高兴地、自满地说:"我们感兴趣的这些人,都有一种共同的习惯:不相信上帝,不做礼拜,衣服朴素,但是待人非常有礼貌。他们看许多书,一直到深夜不睡,常常来客人,但是喝酒的时候非常少,不玩牌。他们谈论外国和制度,谈论工人的社会主义以及人类的自由。他们也谈穷苦老百姓,谈起他们应当造我们皇帝的反,打倒整个政府,夺取最高职权,用社会主义的手段重新来建立农奴制度——在这种制度下面,他们可以得到完全的自由。"

这个密探的有热情的声音,到此顿了一顿,他咳嗽一下,似乎无限感慨地叹了口气。

"自由！这当然是谁都喜欢、谁都希望的事情。但是,给我自由看看,我一定会变成世界上头等的坏人,一定是如此！即使是小孩子,也不可以给予完全的自由。人类的神圣的祖先,本来都是上帝的忠实的仆人,但是,他们经不起肉体的诱惑,终于犯下滔天大罪。使人类生活保持联系——使人类服从于必需的法律的,绝不是自由,而是恐怖。可是,那些革命家却否定法律。他们有两种党派:一派想立即用炸弹或其他方法杀死大臣和忠实于沙皇的人;另一派则主张首先引起全国暴动,然后一下子处死这些人。[①]"

索洛维约夫沉思地翻了翻眼珠,暂时静默了一下,然后继续说:

"弄清他们的政策,在我们当然是困难的事情,他们……也许真实地知道一些事情,但是,在我们看来,这些都是有害的幻想,因为我们是沙皇的意志的执行者,沙皇是上帝所选择的统治者,关于我们的事情,沙皇对上帝负责,我们呢,当然非按照他的命令办事不可。要取得革命家的信任,必须要会诉苦,譬如说,穷人的生活很苦,警察欺负人,法律已经没有了等等。他们虽然是具有凶恶思想的人,但是,很轻信别人的话,我们可以经常利用他们这种弱点,使他们上钩。对付他们的女仆,也要有本领,他们的女仆也不全是傻瓜。可以适当地将东西卖得便宜,以便吸引她们,使她们尊重你,但是要提高警惕,不要引起她们的怀疑。否则她们要想:怎么回事？东西卖得这样便宜,而且那样喜欢问这问那。最好是交一些女朋友——一些乳峰高大的、热乎乎的小娘们,这样一来你的事情就好办了。她们可以替你缝衬衫,可以留你住一夜,可以将你所托她们的一切事情打听出来,嗅出来。这些小耗子真是可爱的。可以把你的手通过女人深深地伸进去！"

那位具有毛茸茸的手臂、厚嘴唇、麻面的胖子,比任何人都喜欢谈

---

① 前一派指社会革命党,后一派指俄国社会民主工党。

论女人。谈到女人时,他将自己柔软的声音放低,变成耳语,满颈流汗,两腿不安静地摇动,没有眉毛和睫毛的黑眼睛里面充满了色情的目光。嗅觉非常锐敏的叶夫赛,觉得从索洛维约夫身上,不断地发出一种强烈的、油腻的腐肉的臭气。

当叶夫赛在警察局里办公的时候,那里的人们说,密探是这样一种人:他们无所不知,掌握着一切材料,到处都有朋友和助手;他们有本事将一切危险人物随时一网打尽,他们之所以不这样做,是因为他们不愿使他们今后失业。当他们进保安科的时候,每个都要宣誓:不论自己的父母也好,兄弟也好,对任何人都决不留情面;关于他们立誓一生致力于的那种秘密业务,他们互相之间,也决不吐露一句。

叶夫赛期待着会看到一些严肃的人物,他觉得他们一定是沉默寡言,而他们的言语是普通人所不能了解的,他们每个人都具有巫师一般的奥妙的洞察能力,能够察知人们的思想情况。

但是,通过观察,现在他已经清清楚楚地看出:这些人物一点也没有和常人不同的地方,据他看来,他们并不比别人更凶恶,更危险。在生活里面,他们之间的关系,比一般人似乎更亲密,对于自己的过失和失败,他们毫无隐讳地谈出来,他们经常嘲笑自己,不论谁都是同样地,总是以各种不同程度的憎恨来热心地骂自己的上司。

他们之间有着密切的联系,显然看得出相互之间的关怀,每逢聚会有人迟到或缺席,大家真心地替他担心,于是,一定要派遣叶夫赛、扎鲁宾或者再从为数众多的"助手"中选一个人,到其他集会场所去寻找失踪者的下落。值得注意的是大多数对于金钱不很吝啬,对于将自己的金钱玩牌输光了或挥霍用光了的同僚,他们肯把自己的金钱分给他。他们都喜欢赌钱,对于纸牌的戏法,像孩子一样地感兴趣,并且,他们非常羡慕赌博骗子的本领。

他们很羡慕地相互谈论上级官员的狂饮,详细地描述相识的荡妇的肉体,还要热心地争论各种性交方式。他们大半都是单身汉,差不多都是年轻的,他们都以为每个女人都是伏特加一样的东西:可以安慰他们,麻醉他们,可以缓和他们的那狗一般的职业的惊慌。每个人的衣袋里差不多都有春宫图,将它拿出来欣赏,并且说极下流的话,这种话引起叶夫赛强烈的、如痴如醉的好奇心,但是有时候,他觉得这些话是不可靠的,并且觉得恶心。他知道,在他们里面,也有几个嗜好男色的,非常多数的人们患着不能告人的性病,所有的都喜欢酗酒,他们喝酒的时候,啤酒里面掺伏特加,或者啤酒里面掺白兰地,这样极力想要尽快地喝醉。

只有极少数人,用猎人一般的热情,献身地从事于自己的业务,夸示自己的本领,自居为英雄,其他大多数则只是为薪金而无聊地从事于自己的工作。

当他们谈起那些像野兽似的被追逐的人物的时候,在他们的语气里,几乎任何时候都听不出特别狂暴的憎恨的情绪,可是,在萨沙的话语里,这种情绪却像起泡沫的泉水一般地沸腾着。梅尔尼科夫和别人不同,他具有沉厚的嗓音,头发又密又长,脾气很坏,走路的时候,奇妙地弯着头颈,他那双阴暗的眼睛,总是似乎紧张地期待着什么东西,他说话很少,但是,在叶夫赛看来,这个人物好像不断地计划着可怕的事情。克拉萨温的冷酷的恶意和索洛维约夫的甜蜜的快乐——不管是谈殴打、流血或女人的时候,他的情绪也总是带着甜蜜的快乐——也是突出的。

在年轻的伙伴里面,亚科夫·扎鲁宾特别地忙碌。不论什么时候,他总是操心,带着各种问题到处跑,当听到关于革命家的谈话的时候,他总是紧皱着眉头,而且在他的小笔记本上记录些什么。他努力替一切大密探效劳,但是显然谁都不喜欢他,而且对他那笔记本表示怀疑。

大多数的密探在谈起革命家的时候,都采取着一种冷漠的态度,将他们只是当作一种讨厌的人物,有时候,将他们当作好玩的怪物而加以嘲笑,有时候,将他们看作是一种胡闹而应受惩罚的孩子而表示怜惜。叶夫赛终于认为:一切革命家是毫无意义的轻浮的人物;他们自己也不明白自己所要做的是什么,而只是给生活带来骚动和混乱。

有一次叶夫赛问彼得:

"你曾经说革命家是受德国人收买的,但是,现在他们都不那样说了……"

"不那样说怎么说呀?"彼得生气地说。

"只说:他们是贫穷和愚笨……但是,关于德国人的事谁也不曾说起……"

"去你的吧!这些事和你有什么关系?你只要按命令办事就行了,如果你的牌是红方块的牌,那么尽管出红方块牌就得了……"

叶夫赛尽可能地远离萨沙,因为碘酊的气味和凶狠的鼻音使他讨厌,那种病人的难看面孔也使他害怕。

"这些恶棍!"萨沙用叫喊般的声音骂他们的上司,"他们得的是几百万,分给我们的是几文钱,但是,他们对于那些女人和所谓上流社会上的名人绅士,肯花几十万。傻子们应该知道,引起革命的并不是上流社会,也不是绅士,革命是从下层、在大地上、在老百姓里面成长起来的。给我五百万试试看,我可以在一个月后,给您把革命搬到街上来,我可以将它从阴暗的角落里拉到阳光下面来……"

他常常制订可怕的计划,想要将有害的人物一网打尽。他的脸色变成铅色,红红的眼睛变得愈加暗淡,从嘴里喷出唾沫。

很明显,谁都厌恶他,但是谁都害怕他。只有玛克拉科夫从容不迫地避免和他说话,每逢招呼或分手的时候,也从来不曾和他握过手。

萨沙骂一切同僚是傻子,嘲笑每一个人,但是,对玛克拉科夫却显然是个例外。和他讲话的态度总是认真,显然比同别的人更愿意和他谈话,在背后也决不骂他。

有一次,当玛克拉科夫出门照例不和他招呼一声的时候,萨沙说:

"讨厌我,这个贵族。他有这个权利,他妈的!他的祖先住过高楼大厦,呼吸过新鲜空气,吃的是美食,穿的是干净衣服。他也是一样。可是我呢,是个庄稼人;我像牛马似的在充满泥巴和虱子的环境里,吃着带麸皮的黑面包长大的,也在这种环境中受了教育。他的血,比我的干净些,是呀。不仅血,而且脑子也是这样。"

他停了一下之后,用一点不带嘲笑的声调,忧悒地补充说:

"他们谈论人类的平等,这些傻瓜。骗子、贵族、恶棍也这样谈论。贵族们宣传平等,是因为他们是没有能力的混蛋,自己不能做任何事情。你也是人,我也是人,为了使自己能够过比他人更好的生活,各自努力吧,这就是平等的理论……"

在工人中间干密探工作的梅尔尼科夫忧悒地表示同意说:

"对啦,他们都是骗子……"

说完之后,将自己的黑发蓬蓬的头,好像表示肯定似的垂下,将毛茸茸的两手用劲捏成拳头。

"必须打死他们,像农民打死偷马贼那样!"萨沙尖锐地大声喊道。

"打死,那说得太过分了,可是,有时候,真想请这种老爷们吃几下耳光!"密探恰申说,他是一个打弹子的好手,鬈发、有一个细而尖的鼻子,"譬如说,有过这样一件丑事:一星期之前,我在柯诺诺夫的旅馆里和一位绅士打弹子,我觉得那个家伙有一点面熟,好吧,天下母鸡都长着羽毛来蒙蔽自己的身体!他也细细地看我,看就看吧!我的羽毛不会脱的!我使他输了三个卢布和半打啤酒,我们正在喝酒的时候,他突然地站起身来,说:'我认识你!你是密探。当我在大学的时候,我托你的关照坐了四个月的牢,你这个坏蛋!'起初,我确是有点慌张,可是立刻拿出勇气,对他说:'你坐监牢的原因,并不是由于我的关照,而是由于你的政治活动,那是和我一点关系都没有的,可是我呢,不论昼夜,不分晴雨,在你的后面几乎跟了一个年头,因此我病了,在医院里躺了十三天之久,那却是千真万确的事实!'他还是谴责我,那猪猡!他像僧侣一般地鼓起腮帮,胸脯上挂了金表,领带上插了镶着宝石的别针……"

阿基姆·格罗霍托夫——一个仪表优雅、有着一副像演员似的机灵善变的面孔的人解释说:

121

"这种家伙,我也知道。他们年轻的时候,总是不守规矩,但是,一上年纪,就规规矩矩地陪着老婆散步,同时为着混饭,他们也愿意进我们保安科里来干事。这就是自然的法则!……"

"在他们里面,也有人除了革命之外什么都不会做,这些人是最危险的!"梅尔尼科夫说。

"对!"克拉萨温像射击似的喊,用他那双斜眼贪婪地向各人望了望。

有一次,玩牌输了钱的彼得,疲倦地、愤怒地问大家:

"我们这种讨厌的事,究竟要到几时才不做呢?"

索洛维约夫凝视了他一下,咬住他那厚嘴唇。

"我们没有得到指示来讨论这种事情。我们的工作很简单:依照上面的指示,或者凭借自己的聪明,逮捕危险人物,搜集材料;整理侦察情形,向上级提出报告。以后怎样,自有当局做主。即使当局主张活活地剥皮,也和我们没有关系……在我们这里,曾经有过一个叫做索科夫宁·格里沙的密探,他也曾经议论这些事情,因此终于在监狱医院里,害肺病死了……"

谈话常常就是这样展开的。

维科夫是一个以理发匠为职业的密探,他经常穿着非常漂亮而时髦的衣服,他的态度谦虚而镇静,他说:

"昨天捉了三个人……"

"这也算新闻!"有人这样冷淡地回答。

但是,维科夫一定很愿意把他所知道的事情告诉同事,他那双小小的眼睛,发出平静的、执拗的亮光,他的声音带着疑问的口气。

"在尼基特基街,革命家先生们又开始活动了,他们跑来跑去……"

"傻瓜!那里有我们的老练的门房……"

"可是,"维科夫小心地说,"门房会被收买……"

"你也是一样啊。不论什么人都会被收买,问题只在价钱的多少……"

"弟兄们,听说昨天晚上,塞卡切夫赢了七百卢布。"

"他抽换纸牌。"

"他已经不是骗子,而是小神仙了……"

维科夫带着很为难的微笑,向周围望了一转,然后默默地、很注意地理了理自己的衣服。

"又有新的宣言出现了!"他又有一次说。

"他们的宣言多着呢!鬼知道什么是新的……"

"这次的内容很毒辣。"

"你看过了?"

"不。菲利普·菲利波维奇说是新的,而且他生气了。"

"上级总是生气的,这就是所谓自然法则!"格罗霍托夫叹了口气说。

"有谁要看这种宣言!"

"有啊,有人看!而且很……"

"是吗?我也看过,但是我并没变成黑头发的人,我的头发还是红的。问题不在宣言,而在炸弹……"

"宣言不会爆炸……"

不过,对于炸弹,大家都不愿讨论,差不多每逢有一个人谈到炸弹的时候,大家都尽力将话头转到别的题目上。

"在喀山,价值四万卢布的金器被偷去了!"

有人起劲地、惊慌地问:

"贼抓到了没有?"

"一定会抓到的!"另一个人忧郁地预告说。

"唉,到几时,人们才会高高兴兴地过日子呢……"

大家都被羡慕心驱使着,大家都陶醉在关于纵酒豪赌和漂亮女人的梦想里面。

和别人比较起来,梅尔尼科夫格外地关心战争的进程,他常常向在仔细读报纸的玛克拉科夫问：

"我们还是挨打？"

"挨打。"

"原因在什么地方呢？"梅尔尼科夫睁大着眼睛，疑惑地喊，"是不是我国人民太少呢？"

"不够聪明！"玛克拉科夫冷淡地回答。

"工人表示不满。他们都不了解。听说，将军们被收买了……"

"那大概是确实的吧！"克拉萨温插嘴进去，"他们都不是俄国人，"他很难听地骂了一句，"我们的血和他们有什么关系呢……"

"廉价的血！"索洛维约夫说了之后，奇妙地微笑了。

一般地说，他们不喜欢谈论战争，似乎是因为相互间不能置信，每个人都不敢说一句危险的话。在吃败仗的日子里，他们都比平常喝了更多的伏特加，一直喝到大醉特醉，还为了一点细事而互相争闹起来。当他们谈话的时候，假使萨沙也在里面，他就会大怒大骂：

"你们这些败类！你们什么都不懂得！"

一部分人用像是抱歉的微笑来回答他，有的忧悒地沉默着，有时候，也有人低声地说：

"每月四十卢布，要懂也懂不了许多……"

"应该把你们这些家伙干掉！"萨沙叫道。

许多人由于老是害怕殴打和死亡而生了病，有的像叶利查尔·季托夫那样，因为恐怖终于送进精神病院去治疗。

"昨天我在俱乐部打纸牌的时候，"有一次彼得害羞地说，"我觉得好像后脑被压住，背脊发冷。回头一看，在一个屋角上站着一个彪形大汉，盯着我看，好像是在仔细地打量我的身体。我不能打牌了！我从椅子上站起来，但是我看见那大汉也转身了。我很快地跑下了楼梯，穿过院子，跑到街上。但是，我已经一步也不能再走了，简直不能够！总是觉得那人跟在我的后面。我叫了马车，上去，坐在一边，回头看后面。突然，那人不知从什么地方又出现在我的前面，正在马车前面穿过街道,——也许不是那个人,可是,那时候已经想不到这个了——我拼命叫喊起来!那人站住了,我跳下了马车就跑。马车夫追着我。于是我就逃走了,真见鬼!"

"这种事是常有的!"格罗霍托夫带着微笑说,"有一次,我躲在院子里,在那里更觉得害怕。于是我爬上屋顶,在烟囱后面蹲到了天亮……人与人之间应该互相警惕,这是自然的法则……"

有一次,克拉萨温脸色变青,满头大汗地回来,他直着眼睛,用手按住鬓角,低声地、忧愁地报告说:

"喂,他们跟在我的后面呢……"

"谁?"

"人们走来了,总之……"

索洛维约夫试图安慰他说:

"人们都在走路,亲爱的卡夫里拉……"

"我听见脚步声,就知道他们是在跟我。"

以后,有两个多星期,叶夫赛不曾碰到克拉萨温。

密探们对叶夫赛都很和气,当他们偶尔取笑他的时候,那种取笑并不使叶夫赛感到侮辱。当他因为自己的过失而懊丧的时候,他们安慰他说:

"慢慢会惯的!慢慢会好的!"

密探们究竟在什么时候从事自己的工作,他不大知道,在他看来,他们好像将每天的大部分时间消磨在酒店里,侦察工作则都交付在像他一般温顺的人们身上。

他已经知道,在他所认识的人们背后,还有其他的密探,这种密探冒着危险,什么都不怕地混在革命者的队伍中间,他们叫做派进去的奸细,他们比别的密探工作多,而且指导一切密探工作。这种密探的人数很少,上司对他们特别重视,可是,街道密探却都憎恨他们的骄傲,并且非常妒嫉他们。

有一天,在街上,格罗霍托夫给叶夫赛指出一个这样的密探说:

"你看,克林科夫!"

沿着人行道,走着一个身材高大、体格强健的金发男子。他那梳向后面的头发,从帽子下很好看地垂在肩膀上,他的面孔很大,有高贵的风度和好看的胡子。他穿着讲究的衣服,一见之下,似乎是一位堂堂的保养得很好的绅士。

"你看,那种样子!"格罗霍托夫骄傲地说,"很不错吧?他是我们的近卫军,是啊!他破获了十二人的炸弹案,当他们想要暗杀大臣的时候,他和他们一起准备好炸弹,并且教导他们如何去做,然后去告密的。能干吧?"

"对—啦!"叶夫赛说,他惊叹着那个男人的堂堂的外貌。

"你看他的一切,真了不起!"格罗霍托夫说,"他可以当得上大臣,大臣的姿势,大臣的容貌!可是,我们呢,像个什么?挨饿的乞丐……"

克林科夫为了博取同僚们的好意的眼光和亲切的言语,极力想要替大家和每个人效劳,他在街上勤谨地跑来跑去,不断地盯梢、侦察、作报告,如果使他们满意,那么他就感到深切的愉快。他工作多,经常非常疲劳,因此,没有工夫来思索。

在叶夫赛看来,严肃的玛克拉科夫比他到现在为止所认识的一切人好得多、纯洁得多。他常常想要向他询问些事情,想要和他谈一谈自己的事情,这个年轻的密探的脸,是那样地吸引他。

有时候,他问:

"季莫费·瓦西里维奇,革命家每个月拿多少薪水?"

玛克拉科夫的明亮的眼睛里,笼罩了淡淡的阴影。

"你胡说八道!"他低声地,但是生气地回答说。

十二

日子很快地、忙碌地、单调地过去。叶夫赛觉得日子充满着习惯了的奔忙和熟悉的谈话，它们就这样向着未来走过去。

但是，到了隆冬时节，突然一切都震荡、摇动起来，人们惊慌地睁圆了眼睛，挥动着两手，开始激烈地争论、辱骂，好像因遭打击而身受重伤、两眼发花似的，他们总是在一个地方有点儿惘然若失地走来走去。

这种情况是从一天晚上开始的。那天晚上，当克林科夫拿了有关自己的侦探工作的紧急报告跑到保安科的时候，他在那里目击到和从前不同的、不可理解的现象：科员、密探、书记、特务们都好像摆着一副完全新的面孔，那种样子太奇怪了，以致和从前的他们完全两样，他们既像惊慌，又像高兴，他们说话，时而轻轻地、偷偷地，时而高声地、狠狠地。他们毫无目的地跑出这屋、跑进那屋，互相听别人谈话，眯着怀疑的、惊慌的眼睛，摇头叹息，突然静默不响，一会儿又开始争论。好像恐怖和疑惑的旋风，普遍地袭击了这间屋子，好像吹尘埃一样，旋风将这房间里的人们吹来吹去，一会儿扫作一堆，一会儿抛撒在各个角上，这样，戏弄着毫无力量的人们。克林科夫站在一个屋角上，用毫无主意的眼睛望着这种混乱状态，紧张地听取一切。

梅尔尼科夫弯着他的结实的脖子，将头向前伸出，用他那毛茸茸的手抓住别人的肩膀。

"这些人究竟为什么这样干？"响起了他的压低了的嘶哑的声音。

"听说有十万人以上……"

"被打死的有几百人！还有受伤的！"索洛维约夫喊。

不知从什么地方传来了萨沙那讨厌的刺耳的声音：

"应该逮捕那个神父。首先应该逮捕他，你们这些蠢货！"

克拉萨温一边用他的斜眼望着四周，一边走来走去，他反背两手，咬着嘴唇。温和的维科夫和叶夫赛并排地站着，用手指捻着背心的钮扣说：

"事情严重到这个地步！我的上帝！流血惨案，啊？"

"出了什么事？"叶夫赛也用低声问。

维科夫很小心地环顾了一下，扯着叶夫赛的袖子，然后低声地说："昨天，在彼得堡，人民和一个神父举着神幡，拥到皇帝那儿去，懂了吗？可是，那里已经布置了军队，不让他们进去，于是发生了流血惨案……"

那位漂亮的，具有堂堂绅士风度的列恩契夫跑过他的身边，从夹鼻眼镜里面望着维科夫问：

"菲利普·菲利波维奇在哪里？"

维科夫抖动了一下，跟在他后面跑。叶夫赛闭了眼睛，坐在黑暗里，极力想要理解刚才所听到的消息的意义。对于那些在街上行进的人民群众捧着十字架的行列，他很容易想象到，但是，为什么军队要开枪，那是他不能了解的，而且是不能相信的事情。大家的激动使他兴奋，他觉得不舒服、不安，也想和他们一起跑来跑去，但是不敢走近相识的密探身边，于是，他愈来愈深深地藏在屋角里面。

别的密探们从他身旁溜过，好像他们也都是为着集中思想，寻找着一个安静的角落。

玛克拉科夫将两手插在衣袋里，皱着眉头，在偷看一切人。梅尔尼科夫走到他的旁边。

"这是因为战争而起的吗？"

"我可不知道……"

"他们请求什么？"

"宪法！"玛克拉科夫回答道。

那个阴郁的密探，摇了摇头表示不同意。

"我不相信……"

梅尔尼科夫好像狗熊似的转过身走开，喃喃地说：

"谁一点也不知道……"

叶夫赛向玛克拉科夫身边靠过来，玛克拉科夫望着他：

"什么事？"

"报告……"

玛克拉科夫将手挥了一下。

"今天还要什么报告!"

"季莫费·瓦西里维奇!宪法是什么?"

"另一种生活秩序!"密探低声回答。淌着大汗、满脸通红的索洛维约夫,跑到玛克拉科夫的身边来。

"还不知道吗?是不是要将我们派到彼得堡去?我想是可能的,因为事件那样大!这不是一种暴动吗?是真正的暴动!血流了多少!这是怎么一回事?"

玛克拉科夫的话在叶夫赛的脑子里慢慢地反复地旋转着:

"另一种生活秩序……"

这句话刺激了他的内心,唤起了想要根究它的意义的强烈愿望。但是,他的周围一切都在旋转,在闪动,这时候,梅尔尼科夫的低沉的怒声,令人厌倦地响了起来:

"必须弄清楚,究竟是怎样的人民呢?假使是工人,那么这是一回事,假使只是市民,那又是一回事。这一点非区别开来不可……"

但是,克拉萨温很明确地说:

"即使是人民,但是,假使他们对皇帝闹暴动,那么他们已经不是人民,而只是暴徒……"

"等一等……假使那里有了骗局,那怎样?……"

"唉,真见鬼!"扎鲁宾跑近叶夫赛用耳语说,"我发现了一个情况!……来,我讲给你听!"

克林科夫默默地跟在他的后面走了几步,但是突然站住了。

"到哪里去?"

"到一家啤酒店去。你知道吗?那里有一个姑娘,叫做玛加丽塔,她和一个时装女成衣匠认识,在那个女成衣匠家里,每逢星期六,大学生们和各种人开读书会……"

"我可不去!"叶夫赛说。

"嗯,你——唔!"

各种奇怪的印象,很快地像带子一般缠绕克林科夫的心,妨碍他理解眼前所发生的事情。他怀着对于快要到来的一种不幸的预感,偷偷地回家。这种不幸,好像已经埋伏在什么地方,对他伸出了不可抵抗的手,向他的心脏里塞满了新的恐怖。克林科夫尽力靠近围墙的阴暗地方走,这时候他想起了那些惊慌的面孔,兴奋的声音,想起了关于死、血,以及将许多尸体像垃圾一般地丢进巨大的墓穴的不相连贯的谈话。

回到家里,他站在窗口,长时间地望着街上黄色的灯火,在它的光带下面,一群一群的人急急忙忙地走进来,一瞬间他们又消失在黑暗里面。在叶夫赛的头脑里,也产生了一种胆怯的火光,极其微弱地闪现出苍白的狭窄的光辉,在那里,各种小心的、灰色的思想,一面好像盲人的行列那样无助地互相冲突着,一面缓慢地、笨拙地一个一个地爬过去。

那些充满着关于屠杀人民的骇人谈话的日子,在谵妄中过去了。在叶夫赛看来,这些日子,好像漆黑的、没有眼睛的、吸够了人血而膨胀起来的怪物似的,在大地上爬走,它一面爬,一面张开大嘴喷出窒息的腥气,毒化了空气。人们在奔跑和跌倒,在呼号和哭泣,他们流出的眼泪和血混在一起,但是这盲目的怪物还是将他们毁灭,把男女老幼统统压死。生活的统治者——像巨大河流一般有力量的恐怖——将他们都驱向灭亡。

这次的事件,虽然爆发在叶夫赛所不熟悉的遥远的城市里,但是,他却知道,这种恐怖是到处都存在着的,他觉得在他的周围到处有这种恐怖。

对于这事件,谁都不能了解,谁都不能说明,它好像一个巨大的谜似的摆在人们的面前,而且在恐吓他们。密探们每天从朝到晚,时而出现在集会的地方,时而看报,时而挤在保安科办公室里,他们或者互相争论,或者互相紧紧靠在一起,他们尽情地喝着伏特加,不耐烦地在等待什么事变的到来。

"有谁能够说明事件的真相呢?"梅尔尼科夫问。

几天之后的晚上,他们聚集在保安科里,萨沙尖锐地说:

"没有意义的废话够多了!这是日本人的诡计,日本人用一千八百万卢布收买了神父加邦①,使他煽起民众的暴动,你们懂了吗?到皇宫去的路上,人民都已经喝醉了,革命家发出命令,打开了几家酒店,懂吗?"

他用那红红的眼睛,向大家望了望,好像是在听众里面寻找不同意他的意见的人的。

"他们以为热爱人民的皇帝一定出来见人民,他们就打算在那个瞬间刺杀皇帝。明白吗?"

"明白了!"亚科夫·扎鲁宾喊了一声,并且在他的笔记本上,开始写什么。

"傻瓜!"萨沙严厉地说,"我不是问你。梅尔尼科夫,明白了吗?"

梅尔尼科夫坐在一边,用两手捧着头,摇摆着身体,那种样子好像牙痛一样。他毫不改变那姿态,回答说:

"骗人!"他的声音好像一个沉重而柔软的物体落下来,钝重地落在地板上。

"哦!骗人!"萨沙重复了一下这句话之后,又开始急速地、流畅地说下去。他有时小心地抚摩额头,然后看一看手指,将指头在膝盖上擦一擦。叶夫赛觉得连他的言语都充满着腐臭的气味;他觉得他能够了解这个密探所说的话,但是,这些话一点都没有消除而且也不能消除他脑子里面的那黑沉沉的死亡的节日的景象。大家都默不作声,间或点一点头,谁都不看谁,又静肃又寂寞,萨沙所说的话,一点都不能触动任何人的心,而只在房间里人们头上长久地荡漾。

"可是,假使已经知道了人民是受骗的,那么为什么要打死他们?"

---

① 彼得堡一个工人区的神职人员,曾破坏一九〇五年彼得堡工人的罢工运动。

梅尔尼科夫突然地问。

"傻瓜!"萨沙喊道。"假使有人告诉你,说我奸了你的老婆,你呢,喝醉了酒,拿了尖刀要来杀我,那时候,我应该怎么办?难道能说,好,你杀吧,虽然你受了骗,我是无辜的……"

突然,梅尔尼科夫站起来,挺直了身子,怒喊道:

"不准吠,狗!"

叶夫赛听了这句话之后,摇晃了一下,坐在他旁边的那个瘦弱的维科夫很不安地耳语说:

"喔,上帝!制止他吧……"

萨沙龇着牙,将手插进衣袋里面,向后退了一步。其他的人——有着不少人——默默地坐着不动,注视着萨沙的手,等待着。梅尔尼科夫挥了一下无边帽子,慢慢地走向门口。

"我是不怕你的手枪的……"

他推开房门,很响地把门一摔走了出去,维科夫站起身来,关好房门之后,回到原来的位子上说:

"多危险的人物……"

"那么,"萨沙从衣袋里摸出手枪,将它仔细看了一下之后继续说,"明天从一早起,每个人都要站在自己工作岗位上,听明白了没有?你们要注意,今后大家都要特别忙起来了,第一,我们一部分人可能被派到彼得堡去;第二,正是现在你们必须用特别机警的眼睛和耳朵去细看细听一切。人们会对这次事件说长道短,革命家们会放松警惕,懂了吗?"

外貌好看的格罗霍托夫大声地叹了一口气之后,说:

"如果真是日本人出了很多的钱,那么,当然,这个事件就得到了解释!"

"没有解释就很难明白!"有人这样说。

"不论谁对于这次暴动都很关心……"

这些声音讲出来很费劲,听起来毫无生气。

"嗯,现在你们明白事件的本质是怎样的,对于多嘴的人们应该怎样讲了吧!"萨沙怒气冲冲地说,"如果有哪个笨蛋胡说,你们便将他揪住,吹哨子、叫警察,送到警察局去!对于这种人,应该怎么办,上面已经有指示。喂,维科夫,别人也可以,请按一下电铃,叫他们给我拿些碳酸矿水来。"

亚科夫·扎鲁宾跑去按电铃。

"可—是,"格罗霍托夫沉思地、拉长声音说,"他们还是一种力量,能发动十万多人……"

"胡闹是容易的,发动他们并不难!"萨沙打断了他的话,"所以能够发动他们,是因为有钱。将那些钱给我试试,我也可以干一下给你们看,怎样制造事件!"萨沙说了许多难听的咒骂人的话,从沙发上站起身来,将那只捏着手枪的黄瘦的手伸向前面,眯着眼睛凝视着天花板,从牙缝发出表示渴望的、呜咽般的声音说:"我一定要干一下给你们看……"

在叶夫赛看来,这些话全都是毫无力量、全无必要的,好像几滴细雨对于大火一样;凡此一切都不能克服恐怖,都不能制止那慢慢地在增长的对于不幸的预感。

这几日来,他不知不觉地对人们有了一种新的看法,他清清楚楚地知道了:一方面是几万人敢于聚集在街道上,向有钱有势的沙皇作请求救济的游行;另一方面是有的人敌视这种行动而开枪屠杀他们。他想起了"风笛"老人所讲过那些关于人民的穷困和沙皇的富裕的谈话,他确信这两方面的人们之所以这样干,是因为他们都有一种恐怖:一方面的人们受了贫穷生活的恐吓;另一方面的人们则恐怕自己也变穷。但是,所有人的那种拼命的蛮勇,使他觉得惊叹,并且在他心里发生了一种迄今不曾有过的感想。

现在,当他胸前吊着货箱,在街上行走的时候,他对于迎面走过的行人,照旧小心地让路:或者从人行道躲到车道上来,或者紧紧靠近房屋的墙壁,不过,他开始用一种好像尊敬他们的心情,更加仔细地观察人们的面孔。人们的面孔,忽然好像变了样子,变得更加富有表情,更加多样,他们开始开诚布公地交谈,走路也更加急速,更加坚定。

十三

叶夫赛常常到一家他所要监视的一个医生和一个新闻记者所住的家里去。在医生家里,有一个叫做玛霞的奶娘,她是一个具有一双充满快活的目光的碧眼、身材不高而丰满的女子。她待人和气,说话很快,但是说话的时候,将几个语词好像唱歌一般地拉长。她常常穿雪白的或浅蓝色的很干净的无袖女衫,裸颈上挂着珠子,她是个胸脯很高、丰腴而健康的女人,叶夫赛喜欢她。

萨沙说明了暴动原因之后第五天,他又去看她。玛霞坐在厨娘屋里的床上,脸面有点浮肿,下唇滑稽地突了出来。

"你好!"她生气地说,"什么都不要,请出去吧!不要……"

"东家欺负了你?"叶夫赛问。

他明知道事实并不一定如此,可是,由于职责,他必须这样问。他又无可奈何地叹了口气,说:

"一辈子给他们干活……"

瘦瘦的爱生气的厨娘,突然喊道:

"她的姐夫被杀了!……他们用皮鞭子打伤了她的姐姐,现在还住在医院里……"

"在彼得堡?"克林科夫小声地问。

"嗯,是啊……"

玛霞深深地吸进了一口气之后,长长地呻吟了一声。

"上帝!他是一个装订工人,非常老实,也不喝酒,一个月能挣四十卢布。他们将丹妮也打坏了,她正在快分娩的时候。他们放枪将我的丈夫的朋友们……将他们的腿……打伤了。许多人被打死,许多人成了残废,该诅咒的坏人,你们是应该永远受罪的!"

她长时间愤怒地尖声喊叫,衣服散乱着,样子很可怜,过了一会儿之后,她倒在床上,将头埋在枕头下面,一边抖动着全身,一边低沉地呻吟。

"她的伯父来信告诉她,"厨娘在炉灶和桌子之间来回地跑着说,"写着什么呢? 我们这一条街的人们都看了这封信,可是谁都看不明白! 信上写道:群众举着圣像和圣徒的像走,神父们也在一起,一切行动都是依照基督教的仪式进行的……他们到沙皇那里去,他们要说:陛下! 我们的慈父! 请您减少官吏吧! 在这样多的官吏的管理之下,我们无法活下去了,我们缴纳的租税是不够他们的薪水的,在我们头上他们所享有的自由是毫无限制的,他们要什么就掠夺什么。一切行动都是诚实的,公开的,警察也都知道,事先谁都没有阻止……他们开始走,正在走的时候,突然地向他们开起枪来! 将他们四面八方地包围起来,开枪,用刺刀刺,用马蹄踏。拼命屠杀了两天之久! 你想一想吧!"

她的不愉快的声音,渐渐降低下去,终于变成了耳语,这时候,只听到炉灶上的油发出沙沙的声音,锅里的水沸腾而喷出热气,又有火焰的震耳的咆哮声和玛霞的呻吟声。叶夫赛觉得对于这位厨娘的尖锐问话,应该作些回答,对于玛霞也想说几句安慰的话,于是,他小心地咳嗽了一下之后,对谁也不看一看就说:

"听说,这个事件是日本人策划的……"

"是——吗?"厨娘讽刺地叫了起来,"你看,又是日本人! 我们知道这种日本人。我们东家曾经解释过,他们是怎样的人,是啊! 你问一问我的哥哥好了,他对于这种日本人也一定知道得清楚的。这是卑鄙的人干的,绝不是日本人……"

由于梅尔尼科夫曾经说过,叶夫赛已经知道厨娘的哥哥马特维·济明是一个木器厂的工人,他也爱读禁书。这时候,在他心里忽然很想告诉她,警察局已经知道济明的危险思想的事情。

可是,正在这个瞬间,玛霞从床上跳了下来,整理着头发喊着说:

"没有办法辩解,这才捏造说日本人……"

"恶—棍—们！"厨娘拉长声音说，"昨天在市场里，也有人进行了关于日本人的宣传……那时候，一个老年人听了他的话之后，自己便起来讲了自己的意见，不管对于将军们也好，大臣们也好，他毫不客气地痛骂了一顿。人民是不会受欺骗的，决不会！"

叶夫赛望着地板，沉默下来。想要向厨娘说明她的哥哥受着警察监视的心情已经消失了。他不知不觉地心里想：这一次被殴打的人们都有亲人，现在他们都是这样不了解真相，互相询问："为什么？"他们都在痛哭，在他们心里成长着对于那些杀人凶手和竭力地替罪行辩护的人们的憎恨。他叹了口气说：

"他们干了可怕的事……"

可是，他心里想：

"我还是必须袒护当局……"

玛霞用脚踢开了门，走进厨房，房里只剩了叶夫赛和厨娘两个。她斜视着房门，喃喃地说：

"她非常悲伤，她的奶水都出了毛病，已经三天没有喂奶了！卖货的！你知道吗？下星期四是她的生日，凑巧又是我的命名日，那一天请你来做客吧，来的时候送她一串好的珠子也好。应该安慰她一下！"

"我一定来！"

克林科夫走出去，他一面走着，一面在脑子里将两个女人所讲的话分析了一下。厨娘的谈话，大喊大叫，过分大胆，他立刻觉得：她所讲的内容并不是自己想出来的，而是别人的意见；玛霞的悲伤并不使他很难过。不过，他知道这种说话的确是有点异常，有点超越普通人的大胆。对于这个事件，叶夫赛自己是这样解释：恐怖使人们互相冲突，于是，武装的疯狂者们向手无寸铁的疯狂者们开了枪。可是，这种解释，并不能使他的心情得到镇静，因为他看到和听到，人们好像已经开始要从恐怖的束缚中解放自己，执拗地在寻找对于事件应该负责的人，要发现他们，谴责他们。不论什么地方，都发现了许多的秘密传单，传单里面，革命家描述了彼得堡的血的日子，大骂沙皇，劝人民不要相信政府。叶夫赛读过几种这类传单,对它们的内容,他虽则不能完全理解,可是,他觉得这种文件里面有着一种无可反驳地渗入自己的内心里、使他充满新的恐怖的很危险的东西。因此,他便决心不再读这类传单。

上级下了严厉的命令,要找到印刷传单的印刷所,捉尽散发传单的分子。不知为什么萨沙大骂维科夫,并且打了他的耳光。菲利普·菲利波维奇开始每天晚上召集密探们,和他们谈话。他照例坐在房间中央的桌子前边,将两手放在桌上,将他的长长的手指散开在桌面上,胡乱地摸着铅笔、钢笔、纸张等等,不停地轻轻地动着指头;他手指上的一些宝石放出各种颜色的光彩,在黑黑的胡子下面看得见一块黄色的大奖章;他慢慢地摆动着他的矮短的头颈,他那深不可测的蓝眼镜的玻璃片,顺次地有吸引性地望着那些顺从地、默默地靠墙坐着的密探们的面孔。他老是坐在圈椅上,几乎没有站起身的时候,最多不过是摆动他的手指和头颈;肥胖的脸面好像是画的像,胡须好像是粘上去的东西。脸面又胖又白,当他不讲话的时候,他的样子是威风凛凛的,但是,只要他一用那种好像拿钢锉磨锯齿时发出的尖声一样的细尖声说话,便使人感到他的黑色大礼服和勋章、宝石和胡须等一切东西,似乎都和他不相称,对于他都是多余的。有时候,叶夫赛这样想:在他面前坐着的是人工制造的一个傀儡,在这个傀儡里面躲着一个像小妖怪一样的皱缩的小人,他又想:如果向那个傀儡大声一喝,小妖怪一定会吃惊,会从傀儡里面跳出来,跳下窗子逃走。

但是,他很怕菲利普·菲利波维奇,所以,为着想要不让他那从蓝眼镜里射出来的视线落在自己身上,他尽可能地坐在离他远些的地方,并且不论什么时候总是尽力坐着不动。

"诸位!"细细的声音在空气里震动,"我所讲的一切,你们要好好记住。每个人应该用尽自己的一切智慧,全心全意去和那隐蔽着的、狡猾的敌人斗争。在为祖国俄罗斯的生存而进行斗争时,任何手段都可以采用。革命家们不择手段,他们连杀人也不避忌。请你们记住,我们有多少同僚,已经死在他们手里。可是,我决不是教你们去杀人,决不,当然,杀人是不聪明的办法,只有愚蠢的人们才会这样做。法律是诸位的帮手,你们去反对违反法律的人们吧,宽恕他们就是罪恶,应该将他们像铲除毒草般地铲除掉。怎样才能更牢靠地、更有效地使正在成长着的革命窒息,这就是你们自己应该考虑的事情……沙皇和祖国要求你们做到这一点……"

沉默了一会儿,他望了望自己的戒指。

"你们太缺乏精力,对于工作的热爱也不够。譬如,你们让老革命家萨伊达科夫逃走了,我知道他在此地住了三个半月之久。还有,到今天为止,你们还没有能够破获印刷所……"

不知哪个不服气地说:

"没有派进去的内线,工作很困难……"

"不要打断我说话!我自己知道,什么工作困难,什么工作容易!对于那一群以叛逆精神著名的人,你们到如今还不能搜集到有力的证据,因此,不能够提供可以逮捕他们的根据……"

"可是,您没有证据也可以……"彼得说了之后笑了笑。

"为什么这样开玩笑?我在讲正经话。假使我们没有证据就抓人,那么后来非释放他们不可,只得这样。彼得·彼得罗维奇先生!我要对您个人提醒一下,在很久以前,您曾经向我保证完成一件工作,您还记得?……还有,克拉萨温,您,也是一样。您曾经讲过:您可以和一个能够将您带进恐怖主义者集团里去的人认识,这件事情办得究竟怎样?……"

"那家伙原来是个骗子!不过,请您等一下,我的事情我一定办到的!……"克拉萨温从容不迫地回答。

"我并不怀疑,可是,希望大家了解,办事应该起劲一点。应该加速!"

他的话说得很长,有时候要讲整整一个钟头,他讲话的时候,决不休息一下,很镇静,总是一个音调,不过,每逢说"应该"这两个字的时候,他的发音很特别,将它分为前后高低的两个音节,先用尖叫的声音来开始"应"的音,然后,用嘶沙的声音来结束"该"的音。那时候,他将眼镜的蓝光线射在每个人身上。这两个字好像抓住叶夫赛的喉咙,使他感到窒息。

在他的讲话结束之后,密探们互相交谈。

"他大概是受了基督教洗礼的犹太人,你得了吧……"

"从新年起,他的薪水又加了六百卢布……"

有时候,那穿着潇洒的服装的、仪表堂堂的列昂季耶夫先生代替菲利普和密探们谈话。谈话的时候,他不坐下,而两手插在裤袋里,在屋里踱来踱去,踱到别人身边的时候,很有礼貌地躲开,他扁平的面孔摆着冷酷和吹毛求疵的表情,薄薄的嘴唇好像表示不满意似的摆动着,他总是皱着眉头,因而看不见眼球。新从彼得堡来的亚斯诺古尔斯基,是一个宽肩、矮身材、秃头的男子,胸前挂着一个勋章。他有着大嘴巴、萎靡的脸面、好像两块小石片一般的钝重的眼睛和长长的手臂。说话的时候,他用嘴唇咂出很响的声音来,喜欢说下流的骂人话,他说话里面,叶夫赛特别深刻地记住了他所说的这样一段话:

"他们对人民说:你们可以为着自己创造另一种的、轻松的生活。可是,诸位!这是假话。生活,只有皇帝陛下和我们神圣的教会才能创造,其他人们则什么都不能改变,什么都不能改变!……

"他们老是训示这一点:'工作必须更加起劲,必须更加机敏,因为革命家的力量愈益加强。'有时候,关于沙皇,他们说得很多,他们说沙皇是英明仁慈的皇帝,外国人之所以怕他、恨他,是因为俄国的沙皇常常将许多民族从外国奴役下解放出来——从土耳其王统治下面解放了保加利亚人和塞尔维亚人,从波斯王手里解放了希法人、布哈拉人和土尔克明人,从中国皇帝手里解放了满洲人。但是,德国人、英国人以及日本人,都是表示不满意,因为他们想要将那些因为俄国而得到解放的民族夺过去,归服自己的隶属之下,而他们知道沙皇决不允许他们这样做,所以他们怨恨沙皇,希望沙皇什么都不顺利,竭力想煽动俄国革命。"

当叶夫赛听这些说法的时候,他总是期待着他们能够讲些俄国人民的事情,说明为什么一切人都是那样不愉快和那样粗暴?为什么他们那样喜欢互相折磨?为什么他们过着那样不安静的、不愉快的生活?为什么到处是那样的贫穷和恐怖,到处是愤恨的呻吟声?可是,谁都不曾谈到这些问题。

有一次,在这样的谈话之后,维科夫一边走路,一边和同路的叶夫赛说:

"你听见了吗?就是说,他们已经发生了效力……不能了解,这是怎么一回事?秘密工作者,不能过公开的生活,突然地开始扰乱一切,就是说将一切生活震撼起来。真难令人想象,他们的力量是从什么地方来的?"

梅尔尼科夫,现在日益忧郁和沉默寡言,日益消瘦和衣冠不整,有一天,他用拳头重重地敲了一下自己的膝盖之后,怒吼道:

"我想知道,真理在哪里?"

"这是为什么?"玛克拉科夫生气地问。

"你问为什么?是因为据我了解,一个政权——我们的政权已经衰弱下去了。现在,在人民里面成长着另一个政权。只是因为这个……"

"你又胡说八道!"玛克拉科夫带笑地说。

"不要说谎,季莫费·瓦西里维奇!……你在说谎话……你是聪明人,但是,不说真话。"

关于革命家的各种谈话,深深地沉淀在叶夫赛的脑子里,在那里铺成了一层薄薄的新基地。在它的上面产生了一种思想,这种思想使他不安,将他悄悄地引向一个地方去……

十四

当他去访问玛霞的时候,他突然想到:

"今天可以和那木匠认识……和一个革命家……"

他是第一个到的客人,他将一串蔚蓝色的珠子送给玛霞,将一个角制梳子送给安菲莎。她们俩都为这礼物而非常高兴,互相争先地请他喝茶和喝甜酒。玛霞很好看地歪着她那丰满的白颈子,带着和善的微笑望着他的面孔,她的柔和的眼光使他的心灵感到愉快。安菲莎一边倒茶,一边问:

"喂,我们的慷慨的商人!什么时候请我们喝喜酒?"

叶夫赛感到难为情,但是极力想不表现出来,泰然地说:

"我不想结婚,结婚是一件非常难的事情……"

"难?哦,你是个谦虚的人……玛霞!你听见了没有?他说:结婚是困难的事情……"

玛霞斜眼地望着克林科夫,用微笑回答了厨娘的大笑。

"也许是,所谓难,各人有各人的解释……"

"我所谓难,"叶夫赛抬起头说,"是这种意思:要找到能够同心协力地过活,互相不害怕的人,那是很难的,明白了吗?找到可以信赖的人……"

玛霞坐在他的旁边,他从侧面望了望她的脖颈和胸脯,叹了口气……

"假使我向她们说出我的工作地点,那会怎样呢?……"

这种念头使他吓了一跳,他迅速地尽力将它抑制住,提高声音急促地继续说:

"一个人如果不能了解生活,那么独身是最好的了……"

"独身也是很难呢!"玛霞说,给他斟了一杯甜酒,"请喝!"

叶夫赛很想多说些话,并且坦白地说话,他看出了她们都愿意听他说话,这个事实和两杯酒合在一起,使他兴奋起来。但是,这时候,新闻记者的女佣人丽莎走进来了,她也很兴奋,一进来就立刻将安菲莎和玛霞的注意力集中到自己身上。她左眼有点斜视,样子灵活,头梳得很整齐,打扮得漂漂亮亮,看来她是美人儿,又是不知害羞的女人。

"我们的傻子东家,今天又邀请了许多客人,不愿意我告假!"她一边坐下,一边说,"我说,不,随便您怎样……"

"客人很多?"克林科夫想起了自己的使命,很无聊地这样问。

"很多!可是些什么样的客人?不管哪一个人,不论什么时候,连十戈比都拿不出。就是过新年的时候,我给他们倒茶,也只得到二卢布三十戈比……"

"就是说,他们都不大富裕?"叶夫赛问。

"哼,富裕?喏,谁都没有一双像样子的套鞋……"

"那些人都是干什么的?是机关的职员吗?"

"各种人都有。有在报上写文章的,也有普通大学生,嗳,他们里面有这么一个漂亮人物!黑黑的胡子、鬈发、蓄着口髭、牙齿又白又齐、很快活的神情。在不久之前,从西伯利亚回来,他老是讲着打猎的事情……"

叶夫赛望了望丽莎,低下了头,他想对她说:

"快别讲了……"

但是,他并没这样讲,却小声地问:

"被流放的吧?"

"谁知道,不过我们主人也被流放过。"

"这个年头,被流放的太多了!"厨娘叫了起来,"我曾经在工程师波波夫那里帮工,他非常有钱,自己有房子,也有马,正在准备结婚,一天晚上,突然宪兵跑来,把他捉去了!……后来将他放逐到西伯利亚去了……"

"我对于我们的主人一点反感都没有,"丽莎打断了她说话,"一点都没有。他们都是好人,从不骂人,一点也不小气……他们什么都知道,谈到各种事情……"

叶夫赛觉得孤立无援,望了望玛霞的晕红的脸,暗想:

"但愿这个傻女人别说话……"

"我们的主人也是什么都知道啊!"玛霞骄傲地说。

"彼得堡暴动之后,"丽莎开始起劲地说,"在我们那里,他们通宵谈论……"

"我们的主人也到你们那里去的!"奶妈又说。

"是来了,是来了。来的人很多啊!他们又谈论,又写控诉书,还有一个放声大哭起来,真的!"

"哭!"厨娘叹息着说。

"那人抱头大喊:不幸的俄罗斯!别人拿水来给他喝。连我都同情他,也哭起来了……"

玛霞畏缩地环顾了一下。

"啊啊,我是多么想念我的姐姐……"

她站起身来,走进了厨娘的房间里。女人们同情地注视她的后影。克林科夫轻松地叹了口气,然后不由自主地向丽莎忧悒地、紧张地问:

"控诉书,他们写给谁的?"

"那我可不知道!"丽莎回答。

"玛霞去哭去了!"厨娘说。

门开了,厨娘的哥哥咳嗽着走了进来。

"有一点冷!"他从脖子上除下红围巾,说。

"快喝一杯吧……"

"我应当先向诸位问候,祝贺!"

他长得清瘦,举动自然而从容,说话声音里面有着和他的那淡色的胡子和尖尖的头盖不相称的一种威严。他的脸盘很小、清瘦、具有谦逊的神色,有着一双栗色的大眼睛。

"革命家!"当叶夫赛和细木匠默然地握手的时候,他心里这样想。于是他说:"我该走了……"

"到哪里去?"厨娘抓住他的胳臂叫起来说,"商人!你不要使大家扫兴……"

济明望了望叶夫赛,然后沉思地说:

"昨天,我们厂里又接受了一批订货。客厅、办公室、卧室的家具。一切都是军人们订的。那些家伙偷了许多钱,便想要按新的生活方式过一下……"

"唉,瞧!"叶夫赛心里涌起了一种难受的思想,"一来就提起这种事情,啊,上帝!"

他不考虑问题的后果,向细木匠问:

"你们厂里有革命家吗?"

济明好像被刺了一下似的,很快地转身向他,凝视着他的眼睛。厨娘皱了眉头,不高兴地低声说:

"听说,现在到处都有革命家……"

"他们是聪明的呢?还是愚蠢的呢?"丽莎问。

克林科夫不能忍受细木匠的那沉重而追究的目光,他慢慢地低下了头。济明有礼貌地,但是严厉地问:

"为什么您对于这种事有兴趣呢?"

"我,并没有什么兴趣!"叶夫赛毫无力气地回答。

"那么,为什么要问?"

"是啊!"叶夫赛说了这样一句,过了两三秒钟之后再补充一句:"由于礼貌……"

细木匠微笑了。

叶夫赛觉得,三双眼睛怀疑地和严厉地注视着自己。他觉得难为情,好像一种辛辣的东西在刺激喉咙一般。这时候,玛霞走了出来,自觉失礼地微笑着,但是看了各人的表情之后,她脸上的笑容便消失了。

"你们都怎么啦?"

"这是喝了酒的缘故!"叶夫赛头脑里闪动了这样一句话。但是他站起身来,摇晃了一下之后说:

"关于你的事情,我早就想要和令妹讲,因为这个缘故,所以刚才那样问……"

济明也站起身来,他的面孔皱着、发黄,他镇静地问:

"关于我,有什么可讲?"

叶夫赛的耳里听到玛霞的轻轻的耳语:

"他们争执什么呀?"

"我知道,"叶夫赛说,这时候他觉得,好像他的身体从地板上向空中浮上去,在那里好像一根轻羽毛似的飘来飘去,他不可思议地清楚地看见一切,看透一切,"保安科的密探在监视着你……"

厨娘在椅子上摇晃了起来,惊愕地和害怕地喊:

"马—特维?"

"对不起!"济明说,好像安慰一般地,在她的面前,挥了挥手。

然后,他坚决地严厉地下命令道:

"好了,年轻的朋友!您应该回家了!我也走。穿大衣吧……"

叶夫赛微笑了一下。他愈来愈感到空虚和轻松,因而觉得愉快。他记不清楚,他是怎样走出去的,只是记得谁都不曾说一句话,谁都不曾对他说"再会……"

在街上,济明用自己的肩膀碰了一下他的肩膀之后,用清晰的声音,低声地说:

"请您不要再到我妹妹那里去……"

"难道我得罪了您?"叶夫赛问。

"您是干什么的?"

"我是卖东西的啊……"

"您从什么地方知道他们监视我?"

"一个朋友告诉我的……"

"密探?"

"对……"

"您也是密探?"

"不,"叶夫赛说。

但是,当他看见济明的瘦削而苍白的脸色的时候,他想起他那震耳的镇静的声音，于是不假思索地改正说：

"我也是……"

两人默然地走了几步。

"喂，您走您的！"济明突然站住说。他的声音却是不高，他奇妙地摇摇头。

"您走吧……"

叶夫赛将背脊靠在墙垣上，眨着眼，对细木匠望着。济明挥着右手，也注视着他。

"我不过是，"叶夫赛显出不能理解的神情说，"对您说了老实话，您已经被人监视着……"

"真的？"

"您倒生我的气了……"

细木匠向他弯下身来，沙哑的言语滔滔不绝地倾泻在克林科夫身上。

"混账东西！你不告诉，我也知道他们在监视我，怎样？你的诡计失败了，怎样？你想先收买我，然后在我的背后出卖他人，对吗？你这个卑鄙无耻的东西！……你为了钱，出卖良心？找鬼去吧！滚开，否则我要揍你的脸！"

叶夫赛离开栅栏，走开了。

"恶棍！"他听见了身后传来极其不愉快的叹声。

叶夫赛转过身，有生以来第一次扯开嗓门骂人：

"你才是恶棍！狗蛋……"

细木匠没有回答，他的脚步声已经听不见了。不知在什么地方，一个车夫赶着雪橇跑过去，在雪橇的滑木下面，雪和石头叽叽轧轧地响着。

"他又回到那里去了。"克林科夫在人行道上，一边慢慢地走，一边这样想。

他唾了一口唾沫，然后低声地唱：

真的,那是我的花园……

　　走到一个路灯下,他又站下来,心里想应该安慰一下自己。
　　"好,一边走一边可以唱……警察可能喊:'你嚷什么?'我马上就给他服务证看……那么,他一定会说:请您原谅。可是细木匠唱一下试试看,一定要将他送到局子里。人们会对他说:不得破坏安宁……"
　　克林科夫朝黑暗中望望,笑了笑。
　　"喂,好兄弟!你不唱吗?……"
　　但是,他还是得不到镇静,心里依旧充满了忧郁,肥皂水般的、苦的唾液糊住了嘴巴,眼睛里面涌出眼泪。

　　真的,那是我的花园,
　　　我的绿色的花园……

　　他紧闭上眼睛,放开嗓子唱了起来。可是,还是没有效果:无情的眼泪,泉水般地从闭着的眼皮缝儿里涌了出来,冷冷地流到两颊上。
　　"赶车的!"克林科夫振作了一下,用低声喊了雪橇。当他在雪橇里坐下的时候,他觉得好像他的许多过分紧张了的血管一下子破裂了,他的头低了下去,并且在雪橇里不断地震动着,他咕哝着:
　　"折磨得够了,好厉害!……谢谢!唉,善良的人们,聪明的人们……"
　　这种怨言,在他说来,是愉快的,它使叶夫赛的心灵充满甜蜜的陶醉。——他在童年时候常常尝受的那种陶醉,它使自己处于一种殉难者的地位,和别人对立起来,而使自己更加突出。

十五

　　第二天早上,他躺在床上,皱着眉头,望着天花板。当他追忆昨天

所发生的事情的时候,便无精打采地想道:

"不,追究别人,不如追究自己……"

这种思想,他认为是奇特的。

"难道我自己是一个坏人吗?"

他迫使自己想到今天应执行的任务,懒洋洋地开始穿衣服,今天,他是应该到郊外工厂区去的。

太阳明亮地照着,从屋顶滴滴嗒嗒流下来的水,冲洗掉脏雪。人们匆匆地、愉快地走过去。在温暖的空气里,迟迟地传来了教堂大斋戒的和悦的钟声,这柔和而广大的音流,荡漾在高空,从城市一直传送到那呈现着淡蓝色的远方天空……

"真想现在就走过田野、跨过荒山,到一个远远的地方去!"当叶夫赛走进工厂区的狭窄的街道的时候,他这样想。他的周围高耸着龌龊的红砖墙,那里的天空被黑烟染污了,空气里充满了热油的臭气。周围一切都令人觉得不愉快,望着那些烟熏的石造的工房,他的眼睛疲倦起来。

克林科夫走进一家酒店,坐在一张靠窗的桌子前面,要了一杯茶喝,于是开始倾听人们的谈话。那里客人不多,都是工人,他们吃喝,很少讲话,讲话也很简单,只是从不知哪里的一个屋角上,传来了一个年轻的、吵闹的声音:

"你想一想吧!财富是从什么地方来的?"

叶夫赛懊丧地转过身来。他常常听到关于财富的谈话,可是,他每次都感到很难懂,同时从这些谈话里面只令人感到嫉妒和贪欲。他知道这种言语是被认为带危险性的。

"你干活,工资很少,但是,你买东西,价钱却很贵,对不对?一切财富是从对于我们的劳动没有付足的代价积累起来的。举例说……"

"他们都是贪婪的!"叶夫赛想。

他心里充满了对人类不满意的悲哀,这却使他感到一种愉快,因而他就什么都不听、不看。这时候,突然一个快活的声音传到他的耳朵里面来：

"这不是克林科夫吗？"

他急速地抬起头来，在他面前，站着一个鬈发的青年，可是想不起来："是谁？"

"你不认识吗？我是亚科夫！想起来了吗？我们是堂兄弟啊……"

青年笑了笑，在桌子前面坐了下来。他这一笑引起了克林科夫的对于教堂和幽静的峡谷、大火灾和铁匠的话等等的回忆，这些回忆像温暖的云雾一般地包围了他。他一声不响地、难为情地微笑了一下，谨慎地握了堂弟的手。

"我不认识了……"

"当然咯！"亚科夫叫起来说，"可是，我一眼就认出了你！你和从前的样子完全一样……你现在做什么事？"

克林科夫很当心地回答，因为他是知道这一会见对他有怎样的危险。可是，亚科夫呢，却一人抢着说两份话儿，他讲了许多村上的事情，他讲话非常急迫，好像他必须尽可能迅速地结束讲话似的。在两分钟之内，他说父亲瞎了眼睛，母亲总是害病，自己则在三年前到城里来，在一个工厂里做工。

"这是我的全部经历。"

亚科夫身上染着特别浓厚的烟煤，声音非常响亮，衣服虽然破旧，可是看来似乎相当有钱。克林科夫以愉快的心情望着他，毫无憎恨地回忆这个壮实的小伙子怎样打他，同时他又恐惧地问自己：

"他是不是革命家？"

"喂，你的生活怎样？"

"你呢，怎样？"

"劳动是辛苦的，生活是轻松的！可是，因为劳动时间太长，没有过自己生活的时间啊！……老板呢，一天到晚都过自己的生活，我们呢，只有几分钟！没有时间看书，如果去看戏，什么时候睡觉呢？你看书吗？"

"我？不……"

"哦，是啊！没有时间！我那样忙，也要看书。有这样好的书，可以使你一读之下，就浑身觉得舒服，好像和可爱的情人拥抱，真的……你和姑娘们的关系怎样？运气好吗？"

"还可以！"叶夫赛说。

"姑娘们都喜欢我！这里也有姑娘，唉，你想一想！戏呢，你看吗？"

"看过……"

"我喜欢看戏！我什么都喜欢，因为，保不定明天就会死呀！我也去逛动物园，那里也是很好玩的！"

透过颊上的一层灰泥，亚科夫露出了他的兴奋所引起的红晕，他的眼睛燃烧着，他的嘴唇好像喝进清凉饮料一般地发出了咂声。对于这种健壮的身体，叶夫赛感到了一种嫉妒。他无法抑制地想起了从前亚科夫抡起有力的拳头痛打自己腰部的情景。但是，亚科夫的高兴的谈话喋喋不休，他那狂喜的说话和叫声，好像燕子呢喃一般地萦绕在叶夫赛周围。

叶夫赛不自觉地带着微笑听着，可是发生了两种不同的情绪：想要听的情绪和觉得难为情，甚至惭愧的情绪。他向旁边转了一下头，这时候，在窗外他突然地看见了格罗霍托夫的面孔。在这个密探的左肩上和一只手臂上挂着破裤子、肮脏的衬衫、上衣。他偷偷地向克林科夫使个眼色，用酸涩的声音喊叫：

"旧衣服，卖——买……"

"我该走了！"叶夫赛站起身说。

"你礼拜天有空？到我那里去玩一玩……不，还是我来找你好！你住在哪里？"

叶夫赛一声不响，他不愿意告诉自己的住址。

"怎么啦？你和女人同居着吗？没有什么了不起！介绍一下就行

了,有什么害羞的呢? 真的有吗?"

"我不是一个人住……"

"嗯,对啊……"

"可是,并不是和女人同住,而是和一个老头儿同住着……"

亚科夫哈哈大笑起来。

"啊哈,你真糟糕! 鬼知道你是说的什么话! 老头儿,对于我们当然没有用处。但是,我也是和两个朋友一起住着,到我那里去也不方便。那么我们约定一个地方会面吧……"

他们约好了地方,一起走出酒店分手,在亚科夫亲热地、用劲地握完了克林科夫的手之后,叶夫赛尽快地走开了,好像他唯恐这个堂弟又回转身来再作那种强烈的握手。他一边走着,一边暗想:

"此地是最容易找侦察线索的地方,听说这里革命家比什么地方都多。可是,亚科夫会妨碍我……"

一种不快的刺激,好像灰色的阴影一样地在他心上掠过。

"卖旧衣服!"格罗霍托夫在他的后面唱了一下,然后私语地说:"克林科夫! 买件衬衫吧!"

叶夫赛回转头来,随便拿了一件破衣服,一声不响地看着它,密探提高声音赞扬了一番货物,然后用沙沙的低声说:

"你瞧! 你碰上了要紧的地方! 那鬈发的家伙,就是社会主义者,我对他已经监视了很久。好好对付他吧,从他的关系上可以捉到许多家伙。"说完,他从叶夫赛的手里将旧衣服夺过去,轻蔑地喊:"五戈比? 这样好的货色只值这一点? 笑话,朋友! 这样欺负人是没有意思的……请你走你的路吧,请!"他一边喊着,一边穿过街走开。

"这么一来,此后我自己要被监视了!"望着格罗霍托夫的背影,叶夫赛在心里想。

凡是经验不够的密探和工人认识的时候,他就有立刻将这个事实向他的领导者报告的义务,在这种场合,领导者,或者派一个对于密探工作比较有经验的同僚去帮忙他,或者自己也混进工人里面去,那么,

151

大家便嫉妒地说：

"他操纵着派进去的分子。"

这种工作虽然被认为是危险的，可是，如果由此能够出卖一大帮人，那么当局立刻给他奖金，因此，密探们不论谁，不仅都愿意取得这种"操纵"机会，而且也常常为了要破坏他人的好机会，互相捣蛋，而破坏了全盘的计划。也常有这种情况：一个密探混进工人小组里面，可是，工人们用一种神秘的方法突然识破了他的职业，于是，假使他来不及脱离那个小组，那么一定就会挨打。这种及时脱离的事，他们叫做"金蝉脱壳"。

克林科夫很难相信亚科夫是一个社会主义者，但同时又想要相信他是个社会主义者。对堂弟的嫉妒，转化为对他的怨恨，因为亚科夫妨碍他的侦探工作。从前被他殴打过的事情，也记了起来。

傍晚，他将认识亚科夫的经过报告了彼得。

"唔，那么以后怎么办？"彼得不高兴地问，"应该怎么办，你不知道吧？应该怎样巧妙地对付你的堂弟，得教你吧？"

他快步走了出去，不知走向什么地方，他衣冠不整，消瘦了一些，两眼下面现出了黑圈。

"看来，又打牌输钱了！"克林科夫不高兴地想。

第二天，萨沙知道了叶夫赛成功的事情，他仔细地盘问了情况，带着诡诈的微笑想了一下之后，开始指示：

"过一个时候，你慎重地和他们说，你已经做了印刷所的办事员，懂吗？他们一定要问你：能不能够弄到一些铅字？你要说：能够，但是，你得要说得很随便，使他们觉得你认为弄得到或者弄不到都没有什么关系……你绝对不要问他们，要来做什么用。要装成傻子——像你本来的样子那样就行了。假如，在这个工作上失败，那么你要倒霉了……和他们会见之后，每次都要将听到的一切事情，向我报告……"

叶夫赛觉得，在萨沙面前，自己是一只被牵着的小狗，他只是望着萨沙那长满疙瘩的黄脸，什么都不思索，他渴望着萨沙快一点从这种讨厌的臭气里面放他走,因为这种臭气使他恶心。

他怀着像空管子一样空虚的心情,到和亚科夫约好的地方去了,可是,当他和那嘴里衔着卷烟、斜戴着无边帽的堂弟会面的时候,他友爱地向他微笑了。

"怎样?"亚科夫快活地喊。

"我找到了事情,"叶夫赛说,说了之后立刻暗想:"这事情,我说得太早了……"

"在哪里?"

"在一家印刷所,当办事员……"

亚科夫很响地吹着口哨。

"在印刷所?我领你去做客好吗?都是很好的人,两个姑娘——一个是时装女工,另一个是卷纱女工。还有一个钳工,他是能够弹七弦琴的年轻小伙子。还有两个人,也都是很好的人……"

他说话很快,他的眼睛对于它所看见的一切东西,都表示高兴的微笑。当他站在商店的橱窗前面的时候,他用对于一切东西都感到愉快和兴趣的那种人的眼光,观看商店,向叶夫赛指着一种武器,他狂喜地说:

"是手枪吧?好像玩具……"

随着他的情绪,叶夫赛也用散漫的眼光,这个那个地看着各种东西,并露出了惊叹的微笑,那些不可胜数的、好看的、使人欢喜的、灿烂的衣料和各种颜色的书刊,那些耀眼的、各种各样的、辉煌的颜料和五金,好像都是他初次看到的一样。他喜欢听亚科夫的声音,亚科夫的那充满快乐的急速的言语,使他感到愉快,这种言语很容易地穿透了他的阴暗的、空虚的心灵。

"你很快活!"他称赞地说。

"是很快活!我跟哥萨克学会了跳舞,我们工厂里有二十个哥萨克做工。你知道吗?我们要暴动。我们的事情,报上也登过……"

"为什么要暴动呢?"叶夫赛问。亚科夫这样轻率地讲起了暴动,有点使他觉得奇怪。

"你还问为什么？他们欺负我们工人啊……我们应该怎么办呢？……"

"那么,哥萨克他们怎样？"

"没有问题！起初他们以为自己是我们的上司,但是,后来对我们说：'同志们,给我传单看吧……'"

亚科夫突然停止了说话,望了望叶夫赛的脸,皱了皱眉头,一言不发地走了一会儿。传单的事情,使叶夫赛想起了自己的业务,因而,他痛苦地皱了皱面孔,他希望将某种思想从自己和堂弟的心里赶跑,于是小声地说：

"那种传单,我也看过……"

"是吗？"亚科夫放缓了脚步问。

"我不懂得写的是什么意思……"

"你再读一读吧！"

"不想读……"

"没有兴趣？"

"对……"

他们沉默地走了一段。亚科夫时而偷看着堂兄的脸,沉思地吹着口哨。

"不,这种传单是很宝贵的,一切劳动的俘虏都非看不可,"他用不高的声音诚恳地开始说。"哥哥！我们是俘虏,我们终生被锁在劳动里面,变成了资本家的奴隶,不是这样吗？那些传单可以解放我们人类的理性……"

克林科夫加速了步伐,他不愿听亚科夫的流畅的谈话,甚至心里想要对堂弟说：

"请你不要跟我说这些话吧……"

正好,亚科夫自己停止了这种谈话：

"你看,这就是动物园……"

在酒亭里,他们喝了一瓶啤酒,听了军乐队的演奏,亚科夫用臂肘触了一下叶夫赛的腰部问:

"好吗?"

管弦乐结束之后,亚科夫吁了口气之后说:

"那是演《浮士德》呢,是歌剧。我在戏院里看过三次,真好!故事内容虽然没有意思,但是音乐真好!咱们去看猴子吧……"

在去看猴子的路上,他津津有味地向叶夫赛讲述了浮士德和恶魔的故事,又学唱了其中的一支歌曲,但是没唱成功,于是自己便大笑了起来。

音乐,关于剧场的谈话,穿着休假日的衣服的群众的谈笑声,充满阳光的春天的天空,这些都使叶夫赛陶醉起来。他望着亚科夫,惊叹地想:

"他的胆子真大!而且,他什么都知道,可是,他只是和我同岁……"

克林科夫开始觉得,这位堂弟在自己面前,急速地打开一系列的小门,而在那每一扇门里,都有着愈来愈愉快的音响和光明。他环顾四周,吸取着新的印象,但是,他有时不安地睁圆了眼睛,因为觉得好像他所熟悉的同僚的面孔,在群众里面闪现出来。

站在猴子的铁笼前面,亚科夫眼睛里面浮现着愉快的微笑说:

"你看,它们哪一点不像人?对不对?眼睛、嘴脸——都是多么聪明的样子,是吧?……"

他突然住了口,听了一下,说:

"等一等,那边有我的同伴!"他很快地消失了,过了一会儿,他带着一个姑娘和一个穿着夹克的青年男子,走到叶夫赛旁边来,愉快地喊着说:

"你们不是说不来吗?你们是骗子!……这是我的堂兄叶夫赛·克林科夫,上次和你们说过他的事情。她是奥莉亚,也就是奥莉加·康斯坦丁诺芙娜。他是阿列克谢·斯捷潘诺维奇·马卡罗夫。"

克林科夫垂着头,不自在地、沉默地和新朋友握了手,然后心里想:

"将我包围住了。我得走开才好……"

但是,他又不愿意走开,他恐怕碰到某一个密探同僚,所以很不安地再向周围看了一遍。可是一个也没有。

"他是不大讲话的人,"亚科夫对那姑娘说,"和我这个乱讲话惹祸的人,是完全不同的!"

"对我们不需要客气,我们都是很随便的人!"奥莉加说。她的身材比叶夫赛高一头,她那向上高卷起来的淡黄色头发,使她的身材显得更高。在她那苍白的蛋形脸上,一双青灰色的眼睛静静地含着微笑。

穿着夹克的那个青年,有着善良的脸和亲切的眼睛,他的动作很缓慢,他走路的时候,非常自在地摇摆着他那看来似乎很强健的身体。

"我们像执迷不悟的罪人一样,老是在这里乱撞吗?"他用一种柔和的低音问大家。

"找一个地方坐一坐,怎样……"

奥莉加歪着头,望了望克林科夫的脸。

"你从前到这里来过吗?"

"还是第一次……"

他和她并肩走着,不知为什么,他努力地想要将脚提得高些,因而走起来迈步很难。他们拣了一张桌子,围坐着,要了啤酒,亚科夫开始说这谈那,马卡罗夫一边轻轻地吹着口哨,一边用眯着的眼睛观看群众。

"你有朋友吗?"

"没有,一个都没有……"

"我一看就看出了,你好像是孤独的人!"她含着笑说。

"你们看,那个特务!"马卡罗夫轻轻地叫。

叶夫赛跳了起来,但是,立刻又坐下,他看了看奥莉加,因为他想知道,她有没有发现他的这一不自觉的惊慌举动。可是,什么也看不出来。她正默默地注视着梅尔尼科夫的阴郁的样子:这个密探沿着桌子之间的小道,似乎很困难地走过去,低着头,眼睛望着地面,两只胳臂好像脱了白一般地挂在身上。

"那家伙走路,好像犹大爬白杨树!"亚科夫声音不高地说。

"一定是喝醉啦!"马卡罗夫说。

"不,他老是这样的。"叶夫赛差一点这样说了出来,于是他在椅子上动了动。

梅尔尼科夫好像一块黑石头似的,进入了人丛里面,这块黑石头终于消失在人丛的各种颜色的巨流里。

"你看见他的走相吗?"奥莉加问。

叶夫赛抬起头,很注意地,并且好像等待着她说话似的望着她……

"我想,孤独能使软弱的人什么事都干得出来……"

"对啦!"叶夫赛低声地说,好像懂得了一点什么,于是用感谢的眼光望着这位少女的脸,用较高的声音重新说了一遍:"对啦!"

"我在四年前就认识他了。"马卡罗夫说。现在他的脸好像突然变长了,瘦得颧骨都突了出来,眼睛凹进而阴暗,总是直瞪瞪地望着远处。"他出卖过一个常给我们书籍看的大学生和工人季洪诺夫。那位大学生被充了军,季洪诺夫坐了差不多一年的监牢,在牢里患伤寒死了……"

"难道你也怕特务吗?"奥莉加突然向克林科夫问。

"为什么?"他用低沉的声音反问。

"方才你看见那个特务的时候,打了个哆嗦……"

叶夫赛用劲揩着脖颈,不看着她回答:

"那是因为我也认识他……"

"啊!"马卡罗夫拉长了声音说,冷冷一笑。

"一个非常温和的人!"亚科夫眨着眼睛,叫了起来。

克林科夫不能理解他们的尖叫声和亲密的眼色是什么意思,他唯恐自己会不知不觉地说出一些话,来破坏这几分钟的不安的、但是愉快的半睡眠状态,所以就沉默着。

春天的凉爽的薄暮,调和着音响和色彩,悄悄地、温柔地来临了,天上浮现出晚霞,铜喇叭忧悒而低沉地响着……

"喂,诸位!"马卡罗夫说,"留在这里呢,还是回去?"

大家决定回去。路上,奥莉加向克林科夫问:

"你坐过牢?"

"坐过,"他回答,可是过了一瞬补充说:"时间不长……"

他们坐了电车,过了一会儿,叶夫赛和他们进到一间蓝纸糊着墙壁的小房间里,那房间狭小而闷热,他时而觉得快活,时而觉得忧郁。马卡罗夫弹着吉他,唱着一些从来不曾听过的歌曲,亚科夫大胆地谈了世界上的一切事情,嘲笑富人,骂倒官吏,后来跳起舞来,整个房间里充满了踏步声、欢叫声和口哨声。吉他奏鸣着,马卡罗夫用警句和喊叫来鼓舞亚科夫:

"啊,会快活的人能吓跑悲哀!"

奥莉加安静地望着大家,时而带着笑向叶夫赛问:

"好不好?"

克林科夫陶醉在一种他从来不曾体验过的、安静的欢愉里面,对她也报以微笑。他忘记了自己,不过,只是偶然在刹那间感到极端烦闷,但是,这种烦闷在尚未形成为思想之前,就已经消失得无踪无影了。

回到家里,他方才想起自己必须将这些快活的人交给宪兵,一想到这一点,冷酷的悲哀便充满了他的心,于是,他茫然地站在屋子的中间。他觉得呼吸困难,用干燥的舌头舐了舐嘴唇,急忙脱下衣服,只穿着内衣走到窗边,坐下来。在那里呆呆地坐了几分钟,他想:

"我向他们坦白了吧!对她、对奥莉加坦白吧……"

但是,他立刻想起了细木匠的那种猛烈的、轻蔑的喊声:

"恶棍……"

克林科夫否定地摇了摇头。

"写信给她:'请你小心……'关于我自身的事,也告诉她……"

这样的想头使他高兴了,但是,过了一瞬间,他想:

"搜查他们的时候,我的信一定会被发现的,我的笔迹也会被认出来,这么一来我就完蛋了……"

他差不多在窗口坐到了天亮。他觉得他的身体好像泄了气的皮球一样地瘪下去了。纠缠不清的忧愁,从内心使他苦闷,而另一种阴影——充满了监视着自己的许多人的面孔,在那些面孔中,萨沙的凶狠的面孔,好像一个红球一样地摆着的那一种阴影——都从外面来压迫他。克林科夫蜷缩身体,弯着背。最后,他小心地站起身来。走到床上,一点声音都不发地钻进了被里。

十六

生活,仿佛伫立的野马,突然很奇怪地奔腾跳跃起来,对那些拼命要像已往那样荒诞而残酷地驾驭它的人们,不再让步了。每天晚上,在保安科里,他们尽是不安地谈论着关于普遍的民愤的新征兆、决定没收地主土地的农民的秘密结社、公然地开始攻击政府的工人集会,以及一天天显著地成长起来的革命家的力量等等。菲利普·菲利波维奇不停地用他的刺耳的尖细声音折磨着保安科里的密探,痛骂他们活动不力,亚斯诺古尔斯基双手按着自己的胸脯,嘴唇哑出声音,向他们要求:

"老弟们!请你们记住!忠于沙皇的工作,是决不会失败的!"

但是,当克拉萨温阴郁地问他"我们应该做什么"的时候,他只是很奇怪地张开又深又黑的嘴巴,很久说不出任何话来,过了一会儿喊道:

"逮捕他们!"

叶夫赛听到穿着漂亮衣服的列昂季耶夫干咳了一下,对萨沙说:

"很明显,我们以前采用的对付阴谋造反的办法,对于普遍疯狂的今天已经不适用了……"

"对啦,一口唾沫是不能消灭大火的!"萨沙用嘶哑的声音回答,在他的脸上浮出邪恶的微笑。

他们互相抱怨、生气、叫嚣。萨沙拖动了自己的长脚,带笑地用尖声奚落他们:

"怎样?革命者要战胜你们了吗?"

密探们不分昼夜地东奔西走,每晚带着很长的侦察报告,回到保安科来,于是,阴郁地互相交谈:

"难道现在还需要这样做吗?"

"他们快要来收拾我们了!"彼得一边说,一边折着自己的指头,使它们咯咯地发响。

"只有辞职,才是活路,"索洛维约夫垂头丧气地对彼得附和说,"至少得发给退职金才好,不给吗?……"

"头颈上的绞索有我们的份,退职金可没有份!"梅尔尼科夫阴郁地说。

不久以前,叶夫赛还认为这些人物是可怕的,以为他们具有不可战胜的力量,可是到了现在,他们好像已经是街道上的陈年落叶一样,无力地被吹来吹去了。

他很惊异地看到了另一种人物:他们素朴而充满信心,他们快活地迈过一切横在自己的进路上的障碍物,勇敢地向着某一个地方前进。他将他们和那些专为把他们送进监牢而盯梢他们,因此疲惫不堪,并且总是在街上和房屋里躲来爬去的密探们比较一下,于是,他清清楚楚地看到了密探们对于自己的事业是没有一点信心的。

他喜欢奥莉加,喜欢她那对人的热烈的同情心,他喜欢喧嚷的、有一点吹牛的话匣子亚科夫,也喜欢那个愿将自己的最后一分钱和最后一件衬衫,随时送给第一个有这个要求的人的乐天派阿列克谢。

叶夫赛已经觉察到：一直到现在自己老老实实地拥护着的那种旧势力,快要崩溃了,于是他开始寻找一种可以使他避免非做负义的事情不可的方法。他心里老是想：

"假使我还继续和他们接近,那么就不能不密告他们。将他们移交给别的密探——那更加不好。我必须向他们坦白。他们的力量正在日益加强,我就去跟他们吧,那一定可以得到好处……"

这些新认识的人物,强烈地吸引着他,于是,他频繁地访问亚科夫,愈来愈执拗地找机会去会晤奥莉加,但是和他们会面之后,每次都用低微的声音向萨沙详细地报告他们说了些什么话,他们想要做什么。谈他们的事情,他觉得是一件愉快的事情,重复他们所说过的言语,使他在心里感到欢喜。

"嗯,你真拖拉!"萨沙用暗淡的眼睛,嘲笑地怒视着克林科夫,用鼻音说。"你怂恿他们吧!将你可以找到铅字的事情,和他们说过没有?你还是等他们问你,傻瓜!"

"还没有,没说哪……"

"为什么你这样懒得说?明天一定要对他们说!"

执行萨沙的命令,在克林科夫说来是很容易的事,因为亚科夫和奥莉加已经问过他能否弄到铅字,那时候他作过不肯定的答复。

第二天傍晚,当他到奥莉加那里去的时候,在他的心里充满了一种每逢神经紧张时他常常深切感到的阴沉的空虚感。执行这个任务的决心,是他人强迫他的,对于这一点,已经没有考虑的余地。但是,这个决心,在他的心里徘徊、扩大起来,将一切恐怖心、难为情的心理和同情心都挤了出去。

但是,当他在那寂寞地被灯光照耀着的小小的房间里,看到奥莉加的高高的身躯站在他面前,在墙壁上看到她的巨大的影子向自己轻轻地移动的时候,他便胆怯起来,惶惑起来,于是一声不响地呆呆地站在门口。

"您怎么啦?不舒服?"奥莉加握着他的手说。

她捻高灯芯,一边倒茶,一边继续说:

"您的气色很不好呢……"

克林科夫想要迅速地办完事情。

"嗳,上次您说过,您需要铅字。"

"我说过,我知道您一定会给我弄到的。"

她很率直地说了这句话,这句话好像重重地打击了一下叶夫赛。他惊慌起来,将身子靠着椅背仰起来,于是用低沉的声音问:

"您怎么知道?……"

"那时候,您既没说是,也没说不,所以我想:您一定给办……"

叶夫赛不懂她的意思,于是尽力避开她的视线,重新问:

"为什么这样想?"

"也许是因为我想您是个认真的人,我信任您……"

"不应该相信人!"叶夫赛说。

"啊,完全可以的!应该相信。"

"可是,上了当怎么办?"

她耸了耸肩膀。

"不相信一个人,是因为事先已经认为他是个撒谎的人,坏人,难道这样可以吗?"

"我能够给您去弄铅字,"叶夫赛叹了口气之后说。他的任务完成了。他坐在那里,垂着头,将紧握着的两手放在膝间,细听着姑娘的说话。

奥莉加两肘支在桌上,放低声音说,请他将所答应的东西,应该在什么时候送到什么地方去。现在,当他完成了业务上的工作的时候,他觉得从心的深处慢慢地涌出一种使他窒息的作呕的情绪,同时,也感到了一种和自己为敌的、将他自己愈益深刻地分裂的感情。

"您注意到吗?"姑娘小声地说,"人们交朋友是多么快啊? 大家找朋友,发现朋友,大家变得更加可以信任,更加勇敢了。"

她的说话本身,就好像微笑着。克林科夫不敢看她的脸,只是追

162

随着映在墙上的她的影子,在她的影子里面他想象地描写着那双蓝眼睛、那有着苍白嘴唇的小嘴、略带倦意的温和而善良的容貌。

"现在,要不要跟她坦白,说这一切都是为了毁灭她而布置的骗局?"他问自己。

他自己回答:

"她一定会把我赶走。大骂一顿之后把我赶走的。"

"你认识细木匠济明吗?"他突然地问。

"不。问这干什么?"

叶夫赛沉重地叹了口气。

"是这样,他也是个好人。"

"假使她认识细木匠,"克林科夫慢慢地想,"我一定叫她去向他打听关于我的事情。这么一来,就……"

他觉得他坐着的椅子好像在沉下去,呕吐感已经涌上到喉咙里。他咳了一下,看了一遍这间贫寒的、小小的房间。像亚科夫的脸盘那样圆圆的月亮,从窗子照进来,令人苦恼的洋灯的光亮,好像变成了多余的。

"我弄灭了灯,跪在她面前,抱着她的脚,将一切事情都说出来吧!可是,她会踢我吗?……"

但是,这种想法也不能制止他。他从椅子上沉重地站起身来,将手伸向洋灯,可是,他的那只手无力地放了下来,两腿发抖,他摇晃起来。

"您怎么啦?"奥莉加问。

克林科夫想要回答,可是,他只是轻轻地发出呻吟声,他跪着,用颤抖着的两手开始抓她的衣服。她用一只温暖的手掌抵住了他的前额,用另一只手抓住了他的肩膀,将自己的两脚藏在椅子下面,然后严厉地说:

"不行,不行!唉,这种行为多么不好啊……我不能……喂!站起来!……"

她的肉体的温暖,唤起了他的情欲,她那两手的推动,使他感到了一种令人兴奋的爱抚……

"她也不是女圣人!"在他的脑子里面闪动了这种想法,于是,他开始更加用力地抱住姑娘的膝部。

"我对你说,站起来!"她喊,这种声调已经不是说服,而是命令了。

他来不及说一句话,就站起身来。

"请您了解我的心,"他摊开两手叽咕地说。

"是,是,我了解……我的天哪!总是碰到这种事情!"她叫喊着说了之后,再望了望他的面孔,于是严肃地说:"我最讨厌这样的事!"

她站在窗前,她和叶夫赛之间隔着一张桌子。冷酷的困惑抓住克林科夫的心,被侮辱的羞耻感悄悄地燃烧着它。

"您不要再到我这里来……我请您……"

叶夫赛拿了帽子,将外套挂在肩上,弯着身体走了出去。

过了几分钟之后,他坐在一家门口的长凳上,勉强地装出怒容,叽咕地说:

"坏东西……"

他想起一切侮辱女人的言语,把这些言语加在奥莉加的那端正而高大的身上,他想用龌龊的东西来玷污她的全身,从脚到头地染污她。可是,这些辱骂的言词都没有传到她那里,叶夫赛在自己心里,竭力要唤起憎恨,可是感觉到的只是委屈。

他望了望孤零零的、圆圆的月亮:它在天上,好像一个跳着的发光的皮球一样地一蹦一蹦地移动,他仿佛听到了像是心脏的搏动一样的、月亮的轻轻的跳动声。他不喜欢这个引起人的忧愁的、苍白的圆盘,因为不论在生活的任何严重瞬间,它还总是那样固执地、冷酷地观望着他。夜深了,可是城市还不曾睡熟,从各处传来各种嘈杂的声音。

"在从前,夜里是比较安静的,"克林科夫想,于是,站起身来走,没穿上外套,将帽子斜戴在脑后。

"哼,好,等着瞧吧!"他想。"告发他们,然后请求把我调到别的城市去……"

他将若干包铅字,分三次交给马卡罗夫,对于布置印刷所的房子也进行了了解,对于他的功劳,萨沙曾当众表扬说:

"真行!您会得到奖金的……"

对于他的称赞,叶夫赛作出不大关心的样子,当萨沙走开之后,他看见了玛克拉科夫的严厉的瘦脸。这个密探坐在很暗的屋角的沙发上,一边捻着自己的胡子,一边从那里凝视着叶夫赛的面孔。他的眼光有些刺痛了叶夫赛,于是,他将脸转过去。

"克林科夫!到这儿来!"密探招呼他。

克林科夫走了过去,坐在他旁边。

"听说,你出卖了自己的兄弟,真的吗?"玛克拉科夫低声地问。

"堂兄弟……"

"不觉得可惜?"

"不……"

他想起了上级常常说的话。于是低声地重复了那句话:

"我们是和兵士一样,没有父母,没有兄弟,只有沙皇和祖国的敌人……"

"唔,当然!"玛克拉科夫说,笑了笑。

玛克拉科夫的那种声音和笑,使叶夫赛觉得这个密探在讥笑自己。他生气了。

"无可否认,我也觉得可惜,可是,对于工作应该忠诚……"

"我不和你争辩道理,怪人!"

于是,他吸起纸烟来,对叶夫赛问:

"你为什么还坐在那里?"

"是,因为没有事做……"

玛克拉科夫敲了一下他的膝盖,说:

"你是一个不幸的人!"

叶夫赛站起身来。

"季莫费·瓦西里维奇……"

"什么?"

"请告诉我……"

"告诉什么?"

"我不知道……"

"嗯,我也不知道。"

克林科夫用低声叽咕地说:

"我觉得堂弟可怜!……他们里面还有一个姑娘……他们都比我们好,真的!"

密探也站起身来,伸了个懒腰,然后一边走向门口,一边冷酷地说:

"该死的东西……"

十七

决定逮捕奥莉加、亚科夫以及其他一切和印刷所事件有关系的人的夜晚,快要来临了。叶夫赛知道印刷所是设在院子里面的一个厢房里的,那里住着一个名字叫做科斯佳的红胡子大汉和他麻脸的胖老婆,他们的女仆是奥莉加。科斯佳的头发修剪得很平,他的妻子有着灰色的面孔和不安静的眼睛。叶夫赛觉得这两个人脑筋都不清楚,好像长期住过医院似的。

"他们的样子多么可怕!"当亚科夫在马卡罗夫家里将这些人指给他看的时候,他曾经这样说。

爱夸耀自己的朋友的亚科夫,骄傲地摇了一下鬈发的头,然后用庄严的表情解释说:

"都是生活困难造成的!他们每天夜里,在地下室里工作,那里很潮湿,空气又很坏。只有在坐牢的日子,才有休息。因此,每个人都完全变了样。"

克林科夫很想最后看一次奥莉加;他打听到被捕者入狱时所必经

之路,就到可以碰见他们的地方去,他一边走,一边尽力说服自己不要为这些事情难受,可是他却这样想到那位姑娘:

"她一定是在害怕。她一定会哭……"

他照例只挑阴暗的地方走,他试图满不在乎地吹吹口哨,可是,他无法排除对于奥莉加的一系列的回忆:他好像看见了她静穆的脸,充满信心的眼睛,好像听见了她的那有一点沙哑的声音,他想起了她曾经说过的话:

"克林科夫!你这样说人家的坏话,是不对的。难道你不觉得自己有什么不对吗?"

从前,每当听奥莉加说话时,他总是觉得她说的全是正确的。现在,他也没有理由怀疑这一点,可是,他却单纯地希望看到惊慌着的她,可怜样儿的她,流着眼泪的她。

从远处传来了马车轮子碰着路上石子的强烈的声音和马蹄声。克林科夫紧紧地靠在人家门前,等待着。一辆四轮马车走过他的身边,他不很清楚地望着它,只看见了两副阴郁的面孔:驭者的灰白胡须和坐在他的旁边的警察分所所长的大胡髭。

"完了!"他想。"再也不能看见她了……"

但是,他又听见在路的一端响着的马车的叮当声,那辆马车跑得很快,听见了马鞭抽打马身的声音和疲倦了的马的喷鼻声。他觉得这种声音好像一动也不动地悬在空中,而且它会永远这样悬在那里。

在马车里面,奥莉加用头巾包着头,坐在一个年轻的宪兵的旁边,在驭者座位上,有一个小巡官和驭者并排地坐着。一个熟悉的白白的、和善的脸孔闪现了。一看见她的样子,叶夫赛立刻感觉到,奥莉加是完全镇静的,一点也不惊慌。不知为什么,他突然高兴起来,并且在心里,好像驳斥一个敌对的争辩对手似的说:

"她不哭!"

他闭了眼睛,又呆呆地站了一会儿,然后,他听见一阵脚步声,马刺声,他知道这是押送被捕的男子们的,于是他离开那里,尽力不发出脚步声音,很快地跑到街上,转了个弯,疲倦不堪地、满身淌汗地回到了家里。

第二天傍晚,菲利普·菲利波维奇一边将电筒蓝色的光投射在叶夫赛的身上,一边用比平常更细的声音,庄严地对他说:

"恭喜你,克林科夫,庆祝你的成功,同时希望这一次的成就是你今后成功的长链子上的第一个环节!"

克林科夫两脚一只跟一只地踏着,两臂轻轻地摊开。他好像希望从一种看不见的脚镣中解放出来一样。

室内,还有几个密探,他们一声不响地听菲利普·菲利波维奇的尖叫声,望着叶夫赛。叶夫赛感到他们的目光在刺着自己的皮肤,因而觉得很不舒服。

等上级讲完话之后,叶夫赛静静地请求将自己调到别的城市去。

"哦,老弟,这样是无意义的!"菲利普·菲利波维奇严厉无情地说。"做胆小鬼是可耻的。为什么要那样做?第一次成功,就想逃跑?几时应当调动,我自己知道……好了,去吧!"

萨沙给了他赏金。

"喂,你这个瘦小无力的家伙!"他叫叶夫赛。"这个,拿去吧……"

他的一只潮湿而黄瘦的手触到叶夫赛的手,给了叶夫赛一张纸条,然后就走了。

亚科夫·扎鲁宾跳到他的身边来。

"多少钱?"

"二十五卢布,"克林科夫用他那不灵活的手指展开着那张支票,回答说。

"几个人?"

"七个……"

扎鲁宾将眼球转向天花板,叽咕地说:

"三七——二十一,四除七——每个人三卢布半!"

他轻轻地吹了吹口哨,环视了一下之后,耳语地说:

"萨沙拿了一百五十卢布,可是他花在这次工作上的费用只有六十三卢布。他们欺骗我们这些傻子。喂,怎样?你开心了,请客吧……"

"好,走吧,"克林科夫斜着眼睛望着支票,而不想放进衣袋里,说。

他们走着,在路上,扎鲁宾装着老练的样子说:

"看来,你告发的那些人还不是重要的人物……"

"这是为什么?"克林科夫生起气来问道。"都不是随便的人物……"

"告发他们的代价少啊,太少啦!我知道制度,完全瞒不了我!克拉萨温抓了一个革命家,他在此地拿了一百卢布,又从彼得堡送来一百卢布!索洛维约夫抓了一个搞地下活动的贵族太太,拿了七十五卢布。懂吗?玛克拉科夫又怎样?假定,他捉住了律师、教授、作家等等,那么对他们的代价是特别的……"

他不知疲倦地说下去,对于他的这种饶舌,克林科夫已经觉得够了,这些饶舌妨碍他的思想的活动。

他们走进一家妓院。扎鲁宾用一种常客的口气,对一个又高又瘦的独眼鸨母高声问:

"丽达好吗?卡巴呢?对了,叶夫赛!你和卡巴认识认识吧,她真是个有意思的姑娘!一个奇怪的女人!她会教给你那些假使她不教,那你一百年也学不会的事情。喂,给我们拿柠檬水和白兰地来!叶夫赛!首先要将白兰地和柠檬混合起来,这就像香槟一样,喝下去马上就会兴奋起来!"

"我什么都一样!"克林科夫回答。

这是很华丽的房子,窗上挂着美丽的窗帷,叶夫赛觉得家具都是不平常的,穿着漂亮衣服的姑娘们,好像都是傲慢而难以接近的;这一切都使他觉得难为情。他紧靠在屋角,给姑娘们让出了路,她们走过他身边的时候,她们的裙子在他腿上擦过,可是,她们对他好像一点都不注意。一个臃肿的、半裸的女人的身躯,懒洋洋地走过去,一双带着神秘性的眼睛,在她的眼窝里旋动着。

"他们是大学生吗?"一个红头发的姑娘,向着一个袒露着高高的胸脯、颈上挂着浅蓝色丝带的、褐色胖姑娘问。那女人在她的耳边私语了几句,那个红头发的就向叶夫赛装了一个鬼脸,于是,叶夫赛回转身来,不满地对扎鲁宾说:

"她们知道我们是干什么的……"

"可不是!当然!因为知道,所以入场费也减半,付账也可以打七五折。"

叶夫赛将那两大杯发着泡沫的可口的饮料喝干了,他虽然感不到愉快,可是,对于周围的一切,也觉得更无所谓了。

两个姑娘陪着他们坐着:身材高大的、壮健的利季娅,和大块头的、笨重的卡比托利纳。利季娅的头部和身材比较起来,小得很不相称,她的额头又窄又尖,下巴像是被用刀拔出来的似的,圆嘴,牙齿像鱼牙一样地小,眼睛阴暗而狡猾。而卡比托利纳是好像由几个大小不同的球体所叠成的,她的凸出的眼睛也是球形的,并且像瞎子的眼睛般地暗淡无光。

黑黑的、像苍蝇一样不停地忙碌的扎鲁宾,将头转来转去,总是动着脚,他那黑瘦的两手在桌上飞来飞去,他什么都抓、摸、嗅。叶夫赛突然觉得扎鲁宾引起他的沉重、阴郁的愤怒。

"坏蛋!"他想。"用我的钱,把这种丑货给我,他自己挑个好看的。"

他倒了一杯白兰地,一口将它喝干,喉咙里面好像在燃烧,于是翻着眼球,张大了嘴巴。

"好不好?"扎鲁宾喊道。

姑娘们笑起来,这一瞬间,叶夫赛好像睡着了似的,什么都听不到,看不见。

"叶夫赛!你看,利季娅,她是我的好朋友,那真是一个聪明而多才的姑娘!"扎鲁宾握着他的手喊醒他。"等上司提拔我升官的时候,我想将她从这里赎出来,和她结婚,叫她做点生意。对吗?利多奇卡!"

"过着瞧吧!"姑娘用淫荡的眼睛懒洋洋地斜视了他一下之后,回答说。

"你为什么不响?好朋友!"卡比托利纳用她的沉重的手,拍着叶夫赛的肩膀,用低音问。

"她不论对谁都说'你'。"扎鲁宾说。

"对我说什么都没有关系!"他看也不看她一眼地说,并且离开了她一些。"不过,请你告诉她,我不喜欢她,叫她走开……"

两三秒钟之内,大家都不响。

"去你的吧!"卡比托利纳阴沉地、镇静地说,她将手撑在桌上,慢慢地从椅子上抬起她的沉重的身体。

她不生气,这反而使叶夫赛恼怒起来,于是,他望了望她,说:

"活像一只大象,真是……"

"唉,这多么失礼!"利季娅遗憾地叫。

"对,叶夫赛!兄弟!这种话是太失礼了!"扎鲁宾对她的话表示赞成。"卡比托利纳·尼古拉耶芙娜是个出色的姑娘,一切有眼光的人都尊重她。"

"可是,我却不管,"叶夫赛说。"我要啤酒!"

"喂!啤酒!"扎鲁宾喊。"卡巴奇卡!劳驾,去要啤酒来!"

胖姑娘转过身体,一声不响地、在地板上拖着脚走开了,于是扎鲁宾向叶夫赛歪过身来,用极其亲密的语调,指教般地说:

"啊,叶夫赛,你看,当然啦,这里又是酒店,又是别的。可是,这里的姑娘们,和我们同样是人啊,为什么用那种无益的粗暴的话侮辱她们呢?"

"住嘴!"克林科夫说。

他希望:周围沉静;姑娘们不再像阴郁的春天的乌云似的在空中浮动;那剃净了胡须,面色像淹死鬼一样呈现着暗青色的乐师,再也不要用指头碰响那好像会尖锐地怪笑起来的妖怪的颚骨一样的钢琴的黄色琴键。他希望所有的人都坐在椅子上,一声不响,一动不动;希望那些好像被一只看不见而怀着恶意的手从窗外街上拉着的窗帷,不那样吓人地动荡。然后让奥莉加穿着纯白的衣裳,出现在门口,而他想在这个时候,站起来,走遍房间,伸开手痛打每个人的嘴脸,让奥莉加亲眼看见,他如何地敌视这一切人。

他的耳朵里传进来扎鲁宾的讨厌的埋怨声:

"我们是来寻快活的,可是,你立刻就现出这种丑态……"

叶夫赛一边摇晃着,一边用浑浊的眼睛望了望他的脸,突然在心里冷静而明确地想:

"都是这个狗子的缘故。因为他,我才落在圈套里。什么都是他的缘故!"

他拿起一瓶啤酒,倒了一杯,将它喝干了,然后,拿着酒瓶站起身来。

"花的钱是我的,不是你的,你这坏蛋!"他说。

"这是什么话?我们是同事啊……"

扎鲁宾的黑黑的、剪短的、发尖茸茸如刺的头,向后仰了一仰,叶夫赛看见了在他的黑脸上,两眼锐利地发着光,牙齿龇着。

"你坐下来!"他说。

克林科夫拿起瓶子,对准眼睛,向他的脸上打了下去。油一般的鲜红的血开始闪耀着,克林科夫心里激起了狂暴的欢喜,他还是挥动着拿着酒瓶的手,啤酒流在他的身上。大家惊愕、叫喊、骚动起来,不知谁的指爪抓破了克林科夫的两颊,他们捉住了他的手和脚,将他从地板上举起来,拖着,有人在他的脸上唾了口热热的、黏腻的唾沫,也有人勒他的头颈,揪他的头发。

在警察分局里,他方才清醒过来,全身衣服被撕得粉碎,身上被抓得遍体鳞伤,并且浑身都被浇湿了,他立刻想起了一切经过,可是并不觉得害怕,只是想:

"唔,结果会怎样?"

和他认识的警察劝叶夫赛洗了脸之后回家去。

"会起诉吗?"克林科夫问。

"我也不知道,"警察说,他叹了口气,似乎羡慕般地添上一句:"不至于吧,有人会保护您……"

两三天之后,菲利普·菲利波维奇将叶夫赛叫了去,破口大骂了许久。

"你这糊涂虫!你得给大家做个优良品德的榜样,不应该做出那种荒唐事!假使我知道你下次再犯,那么我要罚你坐一个月的监牢,懂了吗?"

克林科夫觉得害怕,弯缩了身体,从此之后,便很老实地、沉默地、不被人注意地生活下去,并且尽可能把自己弄得疲倦不堪,以便不再想起任何事情。

当他遇见亚科夫·扎鲁宾的时候,只见他的右眼下面,留下了一个不大的红色疤痕。在这个密探的灵活的脸上增添的这一新的印记,使他觉得欢喜,同时,他发现自己也有能够殴打他人的力量和勇气,这使他看得起自己。

"你为什么要打我呢?"扎鲁宾问。

"是啊,"叶夫赛说。"我醉了……"

"唉,你这个鬼!你也知道,对于我们的职业,面孔是多么要紧!难道可以随便毁伤它吗?"

扎鲁宾又逼叶夫赛请他吃了一顿很好的饭。

十八

在密探们伙伴里散布着一种传说,据说有几个大臣已经被沙皇和俄国的敌人收买了。他们阴谋从沙皇手里夺取政权,用从外国搬来的、对于俄国人民有害的另一种制度,来代替俄国现在的良好生活制度。现在他们已经发表了一种宣言,在这宣言里面,好像是依据沙皇的意旨并在他的批准之下,允许人民在不久之后,就可以获得随便集会、谈论他们所感兴趣的事、在报纸上阐述或刊载他们所需要的一切言论的自由,甚至可以获得不信上帝的自由。

菲利普·菲利波维奇有时召集克拉萨温、萨沙、索洛维约夫以及其他老练的密探,举行几个钟头的秘密会议,每逢这种会议之后,他们总是阴郁而不安地走着,对于同僚的询问,也只是简单含糊地回答。

有一次,萨沙的由于兴奋而断断续续的声音,从那没有关紧的菲利普·菲利波维奇的房门,传进办公室里来:

"对他们不必讲宪法,不必讲政策,对他们只要讲:新的制度必将消灭他们,在这种制度下,他们里面老实的就要饿死,有反抗性的就要关死在监牢里。现在,在我们这里服务的是些什么家伙呢?是一些畸形的家伙、堕落分子、精神病人、笨蛋……"

"您说的是什么,那只有天晓得!"菲利普·菲利波维奇高声喊道。

传来了亚斯诺古尔斯基的悲痛的声音:

"您的计划是什么?好同志!我不懂您的意图……"

办公室里,坐着彼得、格罗霍托夫、叶夫赛和两个新来的密探——一个是红头发、鹰嘴鼻、满脸大片雀斑、戴着金丝眼镜的人,另一个是剃光胡子、秃头、红脸、宽鼻、在左耳下的颈皮上长着一个紫痣的家伙。他们一边注意地倾听着萨沙的说话,一边斜视地互相望着,他们一声不响。彼得不止一次地站起身来,走到门口,终于在门边高声地咳嗽了一下,于是,他们所看不见的手立刻将门紧紧地关了。秃头的密探当心地用他的胖胖的手指,揩了揩鼻子之后,低声地问:

"他所谓畸形的家伙,是指哪一个?"

起初,谁都不回答他,过了一会儿,格罗霍托夫谦虚地叹了口气之后说:

"他指我们大家……"

"聪明的骗子!"彼得好像幻想着什么似的微笑着喊了起来。"你们看!整个腐败的家伙,愈来愈有势力了。这就是教育。……"

秃头用视力很差的眼睛将每个人顺次地望了望,又沉思地问:

"那么,他在说我们吗?"

"政治是一种聪明的事情,不择一切手段,"格罗霍托夫说。

"假使我受过教育,那么,我一定成为一个有作为的人!"彼得喊。

红头发的人漠不关心地坐在椅子上摇荡着身体,不时地张开大嘴打个哈欠。

萨沙从办公室里走了出来,他脸色发紫,神气活现,站在门口,向大家望了一眼,嘲笑似的问:

"你们听见了?"

满脸灰尘和汗水的密探们一个接一个地走进去,疲倦地、不高兴地交换着各种不同的意见。玛克拉科夫也露面了,他紧皱着眉头,他的眼光非常锐利并且充满怒色。他眯细了眼睛,很快地走进克拉萨温的办公室里,砰的一声关了门。

萨沙向彼得说:

"地位要变换了:我们将变成秘密团体,他们变成公开的傻瓜,将来要成这种局面!哎!"他喊道:"谁都不要走开!"

大家安静下来,一言不发。亚斯诺古尔斯基从邻室走出来,他那突起的、肥厚的耳朵,紧紧地靠在后脑上,他的整个身体好像一块肥皂似的润滑。他在许多密探中间踱来踱去,和大家握握手,亲密地、温和地点点头,然后,突然走到房间一隅,在那里用哭一般的声音说:

"诸位,沙皇的忠仆们!我在这儿向诸位——大无畏的人们、没有犯过错误的人们,皇帝和正教教会的忠实的儿子,你们的母亲的忠实的儿子……谈几句充满着悲痛的衷心话。"

"他哀号起来了!……"有人在叶夫赛的旁边低声地说,克林科夫听到亚斯诺古尔斯基说了一句很难听的话。

"诸位已经知道,敌人的新的计策、新的阴险的企图是怎样的,诸位已经看到大臣布里根的布告[①],根据这个布告,我们沙皇好像愿意将

[①] 沙皇政府为了分裂革命力量,许诺召集国家杜马这样的"立法机构",并于一九〇五年二月十八日诏令内务大臣布里根(1851—1919)拟具方案。同年八月六日颁布召集国家杜马的布告。布尔什维克党成功地抵制了企图维护专制统治的"布里根杜马"。

上帝所授给他的统治俄罗斯和俄罗斯人民的政权让出来似的。亲爱的同僚们！兄弟们！凡此一切，都是那些将自己的灵魂卖给外国资本家的乱臣贼子的鬼把戏，都是想要使神圣的俄罗斯灭亡的新的企图。从他们所期待的国家杜马，可以得到的是什么？宪法和自由这些东西，能够带来的是什么？"

密探们更紧地围拢来。

"为了圣父、圣子和圣灵，我们要在真理的光辉下，仔细观察恶魔们的诡计，当我们的纯真的俄罗斯智慧和这些诡计接触的时候，我们就可以看到它们会怎样地在我们的眼前粉碎。诸位，请看吧！他们遵照上级的指示要取消沙皇的统治国家的神权和圣旨，他们要施行人民的选举，要使人民将自己的代表送到沙皇那里去，使这些代表制定法律，来缩小沙皇的权力。他们希望：无知和嗜酒的我国人民，能够为着酒和金钱出卖自己，将那些人的沙皇置于死地，那些人给人民指出自由主义者和革命家是叛徒，指出犹太人、波兰人、阿尔明尼亚人、德国人以及其他外国人都是俄罗斯的敌人。"

克林科夫看见，站在亚斯诺古尔斯基后面的萨沙，好像鬼一般地露着嘲笑的笑容，他不想让大密探看见，于是将头俯了下去。

"这群被收买的恶党，将要包围我们沙皇的灿烂的宝座，蒙蔽住他英明的眼睛，不让他看见祖国的命运，要想把俄国交给异族人和外国人。犹太人一定会在俄国建立自己的王国，波兰人也建立自己的王国，那些从前在强有力的俄罗斯统治下受过保护的阿尔明尼亚人和格鲁吉亚人、拉脱维亚人和其他贫穷的民族，都要建立自己的王国，如此，我们俄罗斯人就要变成孤单的民族……于是……于是，就是说……"

萨沙站在亚斯诺古尔斯基的旁边，和他耳语了几句。老头子生气地对他挥了挥手，用更响的声音继续说：

"于是，德国人和英国人必将侵略我们，将我们抓在他们的贪婪的毒爪里……俄罗斯的崩溃在等待我们，亲爱的朋友们！大家要警惕！"

他喊完了最后一句之后,暂时沉默了一下,过了一会儿,将手举到头边,重新开始:

"可是,我们沙皇还有清廉勇敢、忠实如犬的臣仆,他们看守着沙皇的权力和光荣,于是,为了进行反对革命家的卑鄙的企图,反对宪法以及一切有害于我们真正俄罗斯人的可恶的东西的斗争,他们组织了一个协会①。在这个协会里,有为沙皇和俄罗斯立过功勋的伯爵和公爵,有遵奉沙皇意志和古代圣训的省长,也许亲王本人也……"

萨沙又阻止亚斯诺古尔斯基说话,老头子听了他的话之后,满脸涨得通红,挥了挥手,突然喊道:

"好,你说吧,什么话?你有这种权利吗?我不愿意……"

他非常奇怪地跳起身来,推开那群密探,走开了。于是,萨沙站在他的地位。身材高大而背有点驼的他,将头向前伸出,一声不响地一边搓着手,一边用他充血的眼睛看了大家一下。

"哦,你们听懂了点什么吗?"他严厉地问。

"懂了……懂了……"几个声音不齐地和不很响地回答。

"当然啦!"萨沙嘲笑地喊了一句之后,用充满恶意的力量和语调,动人地、非常明了地说:

"仔细听着!听完之后,比较聪明一些的人,将我的话去对愚蠢的人解释一下吧!革命家、自由主义者以及我们俄国的老爷们,已经获得胜利了,懂了吗?政府已经决定要接受他们的要求,正在预备发布宪法。对于你们,宪法是什么呢?宪法就意味着你们要饿死——因为你们都是懒汉、游民,不会劳动;你们大多数都要坐牢——因为你们里面,有许多人有应该坐牢的条件;一部分人会被送进医院、疯人院——因为你们中间,不少是白痴、精神病人。假使新的社会制度真的建立起来,那么这种制度将会很快地压死你们。警察局会废止,保安科会取消,你们便会被抛弃在街头。这种道理,你们懂吗?"大家好像化石

---

① 指黑帮组织"俄罗斯人民同盟",存在于一九〇五至一九一七年之间。

一样,一声不响。克林科夫想:

"到了那时候,我可以逃到什么地方去……"

"我在想,你们究竟懂不懂?"萨沙说,他沉默了一会儿,重新向大家脸上瞥视了一下。他那额上的像死人的花冠般的红晕,似乎向全脸散开,他的脸蒙上一层铁青色。

"这种新的生活制度是不利于你们的,这就是说,你们非对它作斗争不可——对吗?那么,你们为着谁,为着谁的利益而斗争呢?为着各人自己,为着自己的利益,为着你们像从来一样生活下去的权利。明白吗?那么你们应该怎么办呢?"

闷热的屋子里面,忽然发出了一种深沉的噪声,好像谁的有病的巨胸用嘶声叹气似的。一部分密探一声不响地低着头,不高兴地走开,不知谁生着气说:

"讲这些,我以为还不如加一点薪水好……"

"又是恐吓……总是恐吓!……"

房间角上,萨沙周围聚集了十几个人,叶夫赛悄悄地走近他们,听见了彼得的感叹的声音:

"要这样说才好,就是像二加二等于四那样有理,你们说的一切就会像王牌一样有力量!……"

"不,我还是不能满足,"索洛维约夫温和地、好像是打听一些什么似的说。"您叫我们想一想!想一想这句话有什么意思呢?每人所想的可能各有不同,还是请您告诉我怎么办吧?"

克拉萨温粗暴地厉声喊:

"那是早已说明了的!"

"我不了解。"玛克拉科夫很镇静地说。

"你不了解?"萨沙喊。"说谎,您早已了解啦!"

"不。"

"我说,您早已了解啦。不过您胆小罢了,您是贵族,我了解您!"

"也许是,"玛克拉科夫说。"可是,您知道您想要什么呢?"

他问得那样冷酷和意义深长,以致叶夫赛抖了一下之后想:

"萨沙一定要打他的……"

可是萨沙只是轻轻地用沙哑的声音反问:

"我?你问我知不知道自己想要什么?"

"嗯,对啦……"

"那么,我讲给您听吧!"萨沙提高声音,好像恐吓一般地喊。"我是快要死的了,我谁都不怕,我已经不是属于生活的人了——我怀着对那些好人的憎恨而活着,而您呢,对于我所憎恨的这些人,在思想上是屈服的。不是屈服吗?不是?您竟说谎!虽然你也是个贵族,可是,你是奴隶、精神上的奴隶、奴才,我是个庄稼汉,是个有觉悟的庄稼汉,我虽然也进过大学,但是对于任何诱惑都不曾动过心……"

叶夫赛走近一步,站在争辩者们的旁边,竭力望着两个人的脸孔。

"我知道谁是自己的敌人,就是你们——老爷阶级,你们在密探里面也是绅士,不论在什么地方都令人讨厌、令人憎恨——不问是男的和女的,不问是作家和密探。我知道对付你们,对付老爷们的手段,我知道这一切,怎样处置你们、怎样驱逐你们,我都明白……"

"这倒有趣,可是,你这不是在发神经吗?"玛克拉科夫将手插进了衣袋之后说。

"哦,您觉得有趣吗?好,我讲给您听吧……"

看来,萨沙想要坐一下,但是却将身体好像钟摆一样地摇摆着,向周围望了一眼。他的话连续不断,由于说得太快,他时而喘不上气来:

"建立了生活的是谁?老爷阶级!使善良的动物——人腐化堕落,使他们变成龌龊的畜生、病态的野兽的是谁?是你们、老爷阶级!因为如此,所以一切人非转过身来,永久地反对你们不可,因为如此,所以一定要把生活中的一切脓肿切开来,要把你们浸死在这种恶臭的东西和受过你们毒害的人们的呕吐物的洪流里。你们应该挨诅咒!你们的死刑和灭亡的日子,已经到了,被你们所伤害的人,都要起来反对你们,要绞杀你们、压死你们。懂了吗?是的,一定会这样。有几个城市,已经在试验绅士们的头盖的硬度如何了。您知道这种事情吗？唉？"

他向后摇晃了一下,将背部靠在墙上,将两手向前张开着,然后笑得喘不过气来。玛克拉科夫望了一遍和他并排地站着的人们,也笑着大声问：

"你们懂得他的话的意思吗？"

"什么都可以讲！"索洛维约夫回答,立刻又很快地附加着说："对自己的伙伴,何苦这样子！可是,对我们最要紧的是,要打听打听在彼得堡是否真的组织了这种秘密协会,它的宗旨究竟是什么？"

"我们必须知道这些！"克拉萨温渴望地说。

"兄弟们！实际上,可以说,革命已经移到另一个阵营里来了！"彼得高兴地、有生气地说。

"假使在那里,在这个协会里,真的有公爵们,"索洛维约夫沉思地、幻想一般地说,"那么,我们的事情就好办了。"

"你不是已经在银行里存了两万卢布了吗？老鬼！"

"或许是三万吧！请你再数一数吧！"索洛维约夫生着气说了之后,走到旁边去。

萨沙钝重地、哑声地咳了一声,玛克拉科夫愠怒地望着他。

"你为什么这样地望着我？"萨沙对玛克拉科夫大声地说。

玛克拉科夫不理他,转过头走了。叶夫赛好像本能般地跟在他后面。

"你懂了一些吗？"玛克拉科夫问叶夫赛。

"我不喜欢他……"

"是吗？为什么？"

"他总是凶恶。可是没有他,凶恶的东西已经够多了……"

"对！"玛克拉科夫点着头说。"凶恶的东西已经够多了……"

"什么也听不懂。"叶夫赛小心地望着周围继续说,"每个人说不同的话……"

密探独自沉吟，用手帕拂了一下帽子上的灰尘，也许因此而没有听见这种危险的言语。

"好吧，再会！"他说。

叶夫赛想要跟他走，但是，密探戴上帽子，拈拈胡子，没有看叶夫赛一眼，就走出了。

在城里，好像梦一样的新奇事情，不可抑制地迅速发展着。人们完全消除了恐怖：不久以前还是平凡而温和的脸上，现在已经尖锐和明显地表露着一种兴奋的表情。人们好像那些想要着手拆除旧屋和认真地议论着怎样开始工作更方便的木匠一样。

在郊区里，工人们差不多每天都有公开集会，那时候，总有警察局和保安科已经熟悉面孔的革命家出现，他们尖锐地责难生活制度，他们指出，大臣们关于召集国家杜马的宣言，只不过是政府企图安抚那些因为不幸而焦急的人民，然后像往常一样欺骗他们的阴谋而已；他们说服人民，使他们除了自己的理性之外，不相信任何人。

有一次，当一个煽动家高喊："只有人民，才是生活的真正的、合法的主人！一切土地和一切自由都归于人民！"的时候，马上有一个庄重的回答响应："对！兄弟！"

被这个喊声震得耳朵发聋的叶夫赛，转过头来，只见梅尔尼科夫站在他的后边；他的眼睛燃烧着，他的黑黑的头发蓬乱着，他好像乌鸦拍翅一样地鼓着掌，大吼道：

"对—对—对！"

克林科夫惊愕地拉了一下他的上衣的下摆，悄悄地小声说：

"你怎么啦？在那里演讲的是我们监视着的社会主义者呢……"

梅尔尼科夫眨了一眨眼睛，问：

"他？"

可是，没有等叶夫赛回答，他又喊起来：

"乌拉！对！……"

这样喊了之后，他恶狠狠地对叶夫赛说：

"你滚开……说出真理的人,都是一样地对的……"

叶夫赛听到这新奇的话的时候,他胆怯地微笑了,孤独无援地向周围望了一遍,想要在自己周围群众里面寻找一个能够和他毫无忌讳地谈话的人,但是,当他发现了一个唤起他的信赖的、可亲的人物的时候,他却是叹了口气,独自地想:

"和他讲话,他也许立刻就会知道我是一个密探……"

在革命家的演说里,他几次地听到关于在人类世界上建立另一种生活的必要性的话,这些话,唤醒了他的童年的幻想。可是,在他的那被各种坏印象所玷污、被各种恐怖所毒害的心灵的脆弱的基础上,他的信心只能微弱地成长,他的信心,很像一个有着弯腿和永远望着远方的大眼睛的婴孩的佝偻病一样。

叶夫赛相信言语,而不相信人。他是个胆小的听众,因而他只是在人群的巨流的旁边走来走去,不愿意投身于那唤醒人心的巨流的波浪里面。

密探们毫无生气地在各处徘徊,他们互相之间疏远起来,阴郁地相对无言,他们每个人怀疑地望着同僚的眼睛,仿佛等待着某种对自己的凶兆似的。

"关于彼得堡的公爵同盟,什么都没听到吗?"克拉萨温差不多每天这样问。

有一天,彼得很高兴地说:

"朋友们! 萨沙奉召到彼得堡去了。他在那里一定会搞出一个把戏呢,看着吧!"

维亚希莱夫,一个鹰钩鼻子、红头发的密探,懒洋洋地说:

"俄罗斯人民同盟,决定组织一个以杀死革命家为目的的战斗队。我打算去报名。对于手枪射击,我有把握……"

"用手枪打人,那真好办,"有人说。"打了就跑……"

"他们真能这样随便讲话!"叶夫赛独自想,他不由自主地想起了另外一些话,想起了奥莉加、马卡罗夫,于是,烦恼地从自己脑子里排除这些言语……

萨沙从彼得堡回来了,他好像更健康了,他那浑浊的眼睛里面闪烁着凝聚的绿火星的光辉,声音降低了些,整个身体似乎挺直起来,而且更神气起来了。

"我们应该怎么办?"彼得对他问。

"马上就会知道!"萨沙龇着牙回答说。

十九

静寂的忧郁的秋天,照例地来了,可是人们却没有察觉它的来临。昨天,他们敢作敢为,喧喧嚷嚷,今天,他们更加勇敢地走到街上来了。

然后,出现了一些神话般可怕的、奇怪的日子——人们停止了工作①,于是,那用自己残酷、任性的手段,长时期地压迫过一切人的传统生活,一下子就停止了,它好像被什么人的强力搂抱窒息了似的麻痹了。工人们拒绝为城市——自己的统治者提供面包、照明和饮水,于是,沉没在饥渴、忧郁和屈辱里的城市,好几天晚上处在黑暗中。在这些黑暗的、不愉快的晚上,工人群众尽是唱着歌,在街上走来走去,他们的眼睛里充满了孩子般的欢乐。人们第一次清楚地看到了自己的力量,他们对于自己力量的重要性感到惊叹,当他们看见没有点灯的房屋,僵死不动的机器,手足无措的警察,关着门的商店和酒馆,大惊失色的面孔,那些不会劳动只学会大吃特吃、却以为自己是都市中最优秀分子的恭顺的人们的时候,他们认清了自己对生活的统治权,于是,他们高兴得雀跃起来。在这些日子里,对生活的统治权,已经从那些毫无力量的人们手里掉下来,可是,残忍和狡猾则还跟他们一起存在。克林科夫看见,那些一向惯于下命令的人物,现在一声不响地服从着饥寒交迫的、贫穷的、从来不洗澡的人们的意志。他了解到:绅士

---

① 这里和下文描写的,是一九〇五年十月全俄政治大罢工的情景。

们开始过不开心的生活,可是,他们隐蔽着自己的不满,他们对于工人表示赞成的微笑,对工人撒谎,害怕他们。他觉得,以前的情况一去不复返了,新的主人们已经出现,假使这些新的主人能够立刻使旧生活站住,那么,他们现在就能够建立另外一种更加自由的,对于他们自己、对于一切人、并对叶夫赛都更加好过的生活。

陈腐的、残酷的以及凶恶的一切,都从街道上滚了出去,它们都融化在黑暗里,笼罩在黑暗里,人们都显著地变得善良了,晚上虽则街上没有灯火,但是每夜都好像白昼一样地充满了快乐的嬉笑。

不论什么地方,人们都是聚在一起,用自由而大胆的言语,活泼地谈论即将到来的真理胜利的日子,热烈地相信真理,而那些不相信真理的人,只是仔细地观望着那些新的人物,在心里记住新听到的言语,而一句话都不说。克林科夫常常在群众里面发现密探,那时候,他不愿意让他们看见自己,所以很快地躲避开去。最常遇见的是梅尔尼科夫。这人引起了叶夫赛的特别兴趣。在梅尔尼科夫的周围,常常聚集一大群人,他站在他们中间,在那里,他的低重的声音,好像阴暗的小溪一般地缓缓地流着。

"你们看看吧!只要人民愿意,一切就会停顿,只要他们愿意,他们就会把一切掌握在自己手里!看,那么大的力量!民众们,要记住!不要放弃你们所得到的东西,保护自己吧!首先要提防绅士们的计策,让他们滚出去,将他们驱逐出去吧!假使抗辩,将他们打死吧!"

当克林科夫听他这些言语的时候,他想:

"他们曾经将说这种话的人都送进了监牢,不知送进了多少人!可是,现在,他自己却在这样地讲……"

他从早晨到深夜在群众里面走来走去,有时候,他无法忍耐地希望和人谈一下,可是,当他感到这种愿望的时候,他却马上走开,溜进没有人的胡同的阴暗角落里。

"假使和人谈话,那就立刻会被人认出来!"这种沉痛的念头强烈地威胁着他。

有一天晚上,当他走过街上的时候,他遇见了玛克拉科夫。这个密探躲在一家门前,仰起了头,好像等待主人给食物的饿狗一般注视着街道对面人家的透出灯光的窗子。

"他还没有放弃工作呢!"叶夫赛这样想了之后,向玛克拉科夫问:"我来代替您好不好?季莫费·瓦西里维奇!"

"你?代替我?"密探低声地说。克林科夫觉得有些不自然的地方,因为玛克拉科夫对他第一次用了"你",而且语调也和从前两样。

"不必,你去吧!"他说。

玛克拉科夫一向衣冠整齐、合乎礼节,可是,现在呢,衣冠不整,他那一向很细致地、漂亮地梳在耳后的头发,现在乱蓬蓬地落在额上和颧颞上,从他身上发出伏特加气味。

"再会……"叶夫赛脱了帽子说,不慌不忙地走开。可是,他没走几步,听见后面有人轻轻地喊叫:

"喂……"

叶夫赛回转身来,密探悄悄地赶上来,和他并排站着。

"一起去吧……"

"一定是喝得很醉了吧!"叶夫赛想。

"你知道那家屋子里住着什么人?"他往后面看了一眼之后,这样问。"是米罗诺夫——作家,你记得吗?"

"我记得。"

"嗯,当然你不能不记得,因为他曾经那样干脆地叫你当傻瓜……"

"对,"叶夫赛表示同意。

他们慢慢地走着,脚步不发出声音。狭小的街道上又静、又空、又冷。

"回过头走吧!"玛克拉科夫提议。于是,他整了整帽子,扣了大衣钮扣,然后忧悒地说:"伙计,我要离开此地了。到阿根廷去。阿根廷在美洲……"

185

从他的言语里面,克林科夫听出了一种绝望和忧愁,于是他也悲哀、难受起来。

"为什么到那样远的地方去?"他问。

"非去不可呀……"

他又停在透出灯光的窗子对面,默默地望着窗子。在房子的那个歪斜的黑暗的正面,那扇窗子好像是一只向黑暗里投射着安静的光线的大眼睛一样,这个光亮好像浓重的黑水里的一个小孤岛。

"那是米罗诺夫的窗子,"玛克拉科夫轻轻地说。"每天晚上,他坐在那里写作……"

迎面走来了一群人,他们正在低声地唱着:

> 这是最后的斗争,
> 团结起来,到明天……

这歌词好像要求一些什么似的,表达着深切的意思……

"穿过对面去吧!"叶夫赛小声提议说。

"害怕?"玛克拉科夫问,可是他却先从人行道走到街道的冻结的泥土上去。"害怕是没有道理的,唱着战歌的这些人都是温和的人。他们里面并没有野兽……这时候,到一个温暖的酒馆里去坐一坐多么好……可是,哪一家都关了门!一切都停顿了,伙计……"

"回家去吧!"克林科夫劝说。

"回家?不,谢谢你……"

叶夫赛留在那里,顺从地等着一种不能逃避的事情的来临。

"喂,你这小鬼!你究竟是怎样的一个密探呢?"玛克拉科夫用臂肘推了一下叶夫赛,突然地问。"我已经将你观察了许久,可是你老是装着像吃了呕吐剂似的嘴脸。"

叶夫赛觉得这是一个可以率直地谈一谈关于自己的事情的机会,于是欢喜起来,连忙说:

"我要离开这里,季莫费·瓦西里维奇!等到一切都安排好以后,我就走。我打算做个小买卖,过安静的孤独的生活……"

"安排好什么?"

"安排好一切,安排好新生活。当人民自己掌握一切的时候……"

"啊—啊……"密探挥了挥手,拖长地说。他笑了起来,这笑声打断了叶夫赛想说话的愿望。

他感到了悲哀。

"原来这样!"当他们重新走到作家住宅前面时,玛克拉科夫突然粗暴和兴奋地说。"我真的要走,永远离开俄国。可是我有一包文稿非交给这位……作家不可。你看!这不是一包吗?"

他将一个四方形的白包裹,拿到叶夫赛面前挥动了一下之后,很快地继续说:

"我不能进他家里去。我等他出来,在门口守了两天。他在生病,没出来。我想要在路上交给他。邮寄是不行的,他的一切信件在邮局里都要受到检查,扣下来,送到我们保安科去。可是,我不能到他那里去……"

密探将包裹抱在胸前,一边凝视着叶夫赛,一边将身体向前倾斜着。

"在这包文稿里面,说明了我的一生,我写了我自己的故事——我是怎样的人,和为什么这样。我希望他将这东西读一遍,因为他是热爱人民的……"

密探用力抓住叶夫赛的肩膀,摇了一下之后命令似的说:

"你去将这个交给他!一定要交给他本人,递到他手里。你去吧!和他说……"玛克拉科夫停止了说话,沉默了一会儿。"'这些文稿是一个保安科密探送给您的,他诚恳地请求!'一定要这样说,可不要忘记,'诚恳地请求!将它读一遍。'我在这里等你,好了,去吧!可是,要当心!千万不要告诉他我在这里。假使他问,你就说:'他已经逃走了,逃到阿根廷去了。'你说一遍看!"

"逃到阿根廷去了……"

"对。还有,不要忘记说'诚恳地请求!'去!快一点……"

他轻轻地推着克林科夫的背脊,将他带到大门前,自己退到一边,站在那里观看着。

叶夫赛很激动,微微地抖了起来,在玛克拉科夫的命令言辞的压迫下,自己个人的意识完全消失了,他用手指按了电铃,他只愿尽快地离开这个密探,因而恨不得从门缝里爬进去。门开了,在放射出来的光带里面,站着一个朦胧的人影,生气地问:

"找谁?"

"作家,米罗诺夫先生。我想见他本人,想要将带来的信件——一包文稿交到他手里,劳驾,请快一点!"叶夫赛不知不觉地模仿着玛克拉科夫的急速而不联贯的语调说。

叶夫赛的头脑混乱着,在他脑子里只摆着密探的那种好像死人骨头一样苍白、冷酷的言语,当他听见在他头上传来的钝重的声音说:"找我有什么事"的时候,他便用不经心的声音,好像自动机器一样地说了起来:

"保安科的一个密探将这包文稿送给您,诚恳地请求您读一遍。那人到阿根廷去了……"

这个从来没有听过的、生疏的奇怪的字眼,使叶夫赛觉得狼狈起来,于是他用低声附加着说:

"阿根廷在美洲……"

"密探呢?"

这个声音很耳熟。叶夫赛抬起头来,看见了一个蓄着红口髭的军人风度的容貌,他从衣袋里拿出厚厚的包裹,交给了他。

"请坐……"

克林科夫坐下,低下了头。

撕开纸包的声音,使他发起抖来。他不抬头而小心翼翼地望了望作家,这位作家站在他面前,仔细地看着纸包,微动着胡子。

"您说,这人已经走了,是吧?"

"是……"

"您自己也是密探?"

"也是,"叶夫赛轻轻地回答。

于是他想:

"他立刻就会骂起来……"

"我觉得您很面熟。"

叶夫赛竭力地想要不看他,可是感到了他在微笑。

"是,我们见过,"他叹了口气说。

"您也监视过我吧?"

"有过一次。那时候,您从窗子里面发现了我,走出来,在街上给了我一封信……"

"对,对——想起来了!真是无聊,那位就是您?我记得,当时我骂过您,是不是?"

叶夫赛从椅子上站起身来,怀疑地望了一下他那带笑的容貌,又环顾了一下周围。

"那不要紧!"他说。

听着这种带点粗鲁的亲切语调,他觉得非常难堪,并且唯恐这位作家殴打他,驱逐他出去。

"很奇怪,这一次我和您又会面了,是不是?"

"还有什么事吗?"叶夫赛困惑地问。

"没事。可是,您似乎很疲乏。坐一坐,休息一会儿吧……"

"我要回去了……"

"请便吧。多谢您,再会!"

他伸出了一只红毛茸茸的大手。叶夫赛很小心地和那只手接触了一下,突然请求说:

"请允许我也将自己的生涯告诉您……"

这样明确地说了之后,他便想:

189

"我找到可以说话的人物了！如果这样聪明的、比一切人优秀的季莫费·瓦西里维奇都尊重他……"

叶夫赛想起了玛克拉科夫，望了望窗子，在一瞬间的工夫，非常着急，可是，过一会儿又想：

"不要紧的,他在外面冻着,并不是第一次……"

"好吧,怎样？讲吧,假使您愿意的话……脱大衣好吧……喝茶吗？冷得很！"

叶夫赛很想微笑一下,可是,他笑不出来。

过了两三分钟之后,克林科夫半闭着眼睛,用他在保安科里报告自己的侦察情况的声音,对作家单调而详细地讲出了关于村庄、亚科夫、铁匠等等的事情。

作家坐在大桌子旁边的一张很重的宽凳子上面,盘上一只腿,一肘靠在桌上,用很快地活动着的手指捋着胡子,将身体向前倾斜着。他那圆圆的修剪很平的头,在两支蜡烛的火光下发亮,炯炯发光的眼睛,越过叶夫赛严厉地望着远方。

"他不听我讲吧！"他这样想了想,于是,偷偷地继续望着室内各处,热心地注意着作家的脸上表情,他稍稍提高了声音。

室内黑暗而阴郁。挤满了书籍的书架,增加了墙壁的厚度,这样也许为的是不让街上的噪音传进这间小小的房间里来。在书架和书架之间,被冷夜的黑暗所封闭的窗玻璃,朦然地现出微明,白色的房门,好像一片很窄的斑点一般地显现着。盖着灰色绒布的桌子,摆在房间中央,它周围的一切东西的色彩,都好像呈现着暗灰色的情调。

叶夫赛坐在屋角上一张很滑的硬皮椅子上,不知为什么,他将后脑紧靠在高高的椅背上,因此,他从椅子上滑了下来。蜡烛的火焰妨碍他,火焰的黄色舌尖,总是好像在那里进行一种无声的交谈似的,它们慢慢地互相倾斜,抖动一下之后,又伸直起来,向上竖了起来。

作家开始更加慢些地捻着胡子,他的视线仍旧投向房间外边的一个地方,这种态度,使叶夫赛混乱,搅乱了他的回忆。他想出了办法：

闭拢他那已经失去视力的眼睛,可是,当他被黑暗紧紧拥抱的时候,他轻轻地叹了口气,并且看见分成了两个的自己:一个是活着和行动着的自己,另一个是能够好像谈别人一样地谈着头一个自己的那样的自己。他的说话愈来愈流畅起来,声音也坚强起来,他的整个生涯的故事,一件接一件地、有联系地展开,好像是一个灰色的线球被解开了,又好像是渺小而软弱的灵魂,从他那些污秽而沉重的褴褛里面被解放出来了。这样畅谈自己的身世,是非常愉快的事,克林科夫听着自己的声音觉得惊叹,他真实地叙述了,并且明显地觉得对于这一切自己是没有罪过的,因为他所过的生活并不是出于自愿的!他觉得他所做的那些自己感到不愉快的事情,都是人们强迫他做的,于是,他真诚地可惜自己,几乎要哭了出来,大有顾影自怜的样子……

当作家向他问一句什么的时候,叶夫赛未能了解他的问题,于是,仍旧闭着眼睛,低声地说:

"请等一下……我是依照次序讲的……"

他不知疲倦地叙述下去,可是,当他讲到今天遇见玛克拉科夫的时候,他好像前面碰到一个凹坑一般地,突然停止下来,他睁开了眼睛,于是,他在窗外看见了秋晨的微光和冷冷的灰白的无际的天空。他长叹了一口气,伸了一下腰,他觉得好像自己已经从内部洗刷得清爽了,因而感到一种异乎寻常的轻松而愉快的空虚,同时感到自己的心灵准备老老实实接受新的命令和新的压力。

作家发出响声地站起身来,他的身体显得高大、强健。他将两手紧握了一下,于是,他的指头噼噼地发出了很大的、不愉快的声音,他转头向窗子望了望。

"今后您打算怎么办?"他不看着克林科夫地问。

叶夫赛也从椅子上站起身来,好像有把握一般地,重新将他和玛克拉科夫说过的计划,讲了一遍:

"等到新的生活建立之后,我立刻去安安静静地做生意。我要到别的城市去。我已经储蓄了一百五十卢布……"

作家慢慢地转身向他。

"对!"他说。"您没有别的愿望吗?"

克林科夫想了一下之后回答:

"没有……"

"对于新生活,您有信心吗?您认为新生活可以实现吗?"

"可不是吗?假使全体人民都希望的话。您为什么这样问?它不会实现吗?"

"我什么都不讲……"

他重新回头向着窗子,用两手理着胡子,一声不响。叶夫赛好像等待着什么似的、一动也不动地站着,觉得自己的胸中是完全空虚的。

"请您讲给我听!"作家用低声慢慢地问,"您对于那些人——那位姑娘,您的堂弟,他的朋友——不觉得怜悯吗?"

克林科夫低垂了头,扯了一扯上衣的衣裾。

"现在您已经认识到他们是对的吗?"

"以前,我觉得可怜。可是现在已经不这样想了……"

"不?为什么?"

克林科夫踌躇了一下之后,小声说:

"可不是吗?他们都是好人,而且已经达到自己的目的……"

"您不认为您的职业是坏的吗?"作家问。

叶夫赛叹了一口气之后回答:

"我根本不喜欢它,我只是依命令行事……"

作家很小心地走到他的身边,过了一会儿又离开他向旁边走去,克林科夫望了望他走进来的那扇房门,他之所以望它,是因为作家的眼睛正望着它。

"应该离开了。"他想。

"您还有什么要问我的话吗?"作家问。

"没有。我要走了……"

"再见……"

作家离开他,向旁边走去。叶夫赛用脚尖走到外室,开始穿大衣,这时候,听见了从屋里传来的不高的声音:

"喂,您为什么将您这些事情讲给我听?"

叶夫赛将帽子捏在手里,想了一下之后回答:

"季莫费·瓦西里维奇非常尊敬您,——那个差我到这里来的人……"

作家笑了笑。

"只是因为这一点吗?"

"真的,我究竟为什么对他讲这些呢?"叶夫赛突然自己惊讶起来,于是,眨着眼凝视作家的面容。

"那么,再会吧!"主人搓着手,说完就离开了客人。

叶夫赛向他鞠躬。

当他走到街上,向周围观望的时候,在街道尽头,黎明的灰色微光里,他立刻发现了一个沿着围墙低头慢步走着的人影。

"还等着呢!"克林科夫判断,将身体蜷缩了一下,又想:"他一定要骂我,说我使他等得太久……"

在那静静的清晨,密探大约已经听见了冰冻的地上的很响的脚步声,他抬起了头,几乎跑一般地、很快地走到叶夫赛身边。

"交给他了?"

"交给他了……"

"你为什么去了这样久?他和你谈天来着?"

玛克拉科夫发抖。他抓了抓叶夫赛的大衣翻领,可是立刻放开了,好像火伤了一般地将手指嘘了一下,并在地上踏着步。

"我也把我一生的历史告诉了他!"叶夫赛高声地说。对玛克拉科夫这样说,在他是非常愉快的。

"是吗?他没有问过我的事情吗?"

"他问您走了没有?"

"你怎样说的?"

"我说您已经走了……"

"此外什么都没有问?"

"没有……"

"好吧,我们走吧!我冻坏了。"

于是,他将两手插在大衣袋里,弯曲背脊,快步向前奔跑。

"那么,你将你一生的历史告诉了他?"

"全部,直到现在为止!"叶夫赛回答,心里又感到了愉快,因为把他提到和他所尊敬的密探一样的高度。

"他对你说了些什么?"

克林科夫不知为什么觉得难为情,踌躇了一下之后才讲:

"什么都没说……"

玛克拉科夫站住了,抓住叶夫赛的袖口,然后,轻轻地严厉地问:

"你把我的文稿交给他了吗?"

"你在我身上搜搜看!季莫费·瓦西里维奇!"叶夫赛认真地喊。

"不用搜,"玛克拉科夫想一想之后说。"那么,再见吧!你接受我的忠告吧!因为我同情你,所以我忠告你:早一点离开这个职业吧!你自己也得知道,这种职业对于你是没有好处的。现在还可以退出,你看,现在是什么时势!好像死了的人们都复活了,人们互相信任,在这种日子里,他们对于许多的事情可以饶恕。我想:他们什么都能饶恕。最要紧的是避开萨沙,因为那家伙是病人、是疯子,他上次逼你出卖了你的堂弟,这种家伙是非要像恶犬一样地打死不可的啊!好吧,再会!"

他用冰冷的手拉住叶夫赛的手,用劲握了握,又问了一遍:

"你的确将文稿交给他了?没有错吗?"

"真交给他了。"

"我相信你。这几天在那里,请你不要说起我的事情。"

"我不到那里去了。到二十号才去领薪水……"

"以后讲也不妨了……"

他很快地转过街角。叶夫赛望着他的背影,心里怀疑地想:

"他一定是做了些反对当局的事情,因而害怕了……"

他一想到此后再也不能见到玛克拉科夫,觉得很遗憾,可是,一想起这个平素那样镇静、坚强的密探,刚才竟那样软弱、怕冷、手忙脚乱,心里又觉得愉快起来。玛克拉科夫对于保安科的上司也好像对待同辈一般地什么都敢说,对于他所监视的作家却好像是非常害怕。

"可是我、这渺小的人呢,"叶夫赛独自在街上走着,想道,"我害怕一切的人,可是这位作家却不使我觉得害怕。"

于是,克林科夫觉得满意,微笑起来。

"那个作家什么也不能够说……"

忽然,他感到不知是忧愁、也不知是委屈的滋味,他放缓了脚步,深入地猜想着:"这是为什么?"于是,他重新想:

"最好那时候告诉了奥莉加……"

二十

傍午,愁眉苦脸的维科夫将他叫醒了。维科夫穿着大衣,戴着帽子,手抓着床栏,摇了几下,然后低声枯燥地说:

"喂,克林科夫!快起来!现在召集大家到办公室去。喂,克林科夫!宪法颁布了[①],每个住所的所有密探都要召集起来,克林科夫!听清楚没有……"

他的这些话充满了哀愁,好像大雨点一般落下来,他好像牙痛似的歪着脸,他那频繁地眨着的眼睛,好像就要淌出泪来。

"怎么啦?"叶夫赛从床上跳起身来问。

维科夫愁闷地咧着嘴说:

"宣言……我们保安科里,好像变成了疯人院……萨沙这个残忍

[①] 指沙皇政府迫于全俄大罢工的形势而颁布的《十月十七日宣言》,它是沙皇为了麻痹革命群众,赢得时间,以便向革命实行打击的一纸空文。

195

的家伙,真吓人!你知道吗!他在喊:打死他们,刺死他们!可是,对不起!即使给我五百卢布,我也不敢去杀人,现在在这儿一个月拿四十卢布,就要我去杀人!听这些话,我心里难受……"

叶夫赛穿上裤子,沉思地问:

"要杀谁?"

"杀革命家呀……可是,如果革命已经在皇帝的指示下终结了,那么,现在怎样的人才是革命家呢?他们还要叫我们召集民众,在街上拿着旗子游行,唱什么《愿上帝保佑沙皇》①,假使真的能够给我们自由,那么,我们为什么不唱呢?可是,他们要我们同时喊什么'打倒宪法!'对不起……我简直不懂……这样一来,我们不就是反对宣言和皇帝的意志了吗?"

他的声调,好像是在抗议,又像受了侮辱,他的两只脚互相在碰,全身好像抽去了骨头一般地软弱无力。

"我不到那里去,"叶夫赛说。

"怎么不去呢?"

"我不去。我要先到街上去,看一看人们要干什么。"

维科夫叹了口气。

"你究竟是个单身汉。可是,假使有了家小,就是说,假如你有了一个要这要那、无所不要的老婆,那么,即使不愿去的地方,你也得去!生活难,迫使人甚至去爬绳子……当我看见这种情况的时候,我觉得头晕、心痛,但是,我又想:假使生活上有必要,要么你,伊凡·维科夫,也得爬绳子……"

他在室内走来走去,碰着桌子和椅子,叽咕了几句之后,鼓起了腮帮,他的有着红颊的小小的面孔好像变成了一个气泡,本来就不大明显的两眼,便看不见了,微红的鼻子隐藏在凸起的两颊中间。他的哀切的声音、颓丧的姿态、绝望的言语——凡此一切,在叶夫赛心里引起

---

① 沙皇俄国的国歌,俄国诗人瓦·安·茹科夫斯基(1783—1852)作词,阿·利沃夫作曲。

了苦恼,他用不友好的语气说:

"不多几时,一切都要变样了,所以,现在讲这些诉苦的话,没有什么用处……"

"可是,我们保安科并不希望这种变化啊!"维科夫将两手挥动了一下之后,站在叶夫赛前面,这样说。"您懂吗?"

心里不安的叶夫赛,在椅子上转过头来,想要反驳他几句,但是,找不出适当的言语,便用鼻子哼哧着,开始系鞋带。

"萨沙喊:'打死他们!'维亚希莱夫拿出手枪说:'我一定要打中他们的眼睛。'克拉萨温征集了一帮莫名其妙的人,也在谈论用刀砍人以及其他的事情。恰申正在准备杀死一个夺了他的情妇的学生。此外,还来了一个独眼的陌生人,那家伙总是微笑,他的门牙都被打掉了,他的嘴脸真可怕。一切一切都真可怕……"

他将声音放低,悄悄地说:

"不论谁,当然都应该保护自己的生存,这是理所当然的,可是,但愿不要杀人。假使我们杀人,人家也要来杀我们……"

维科夫战栗了一下,把头向窗口歪过去,举起一只手倾听了一下,他的脸色变得苍白。

"什么事?"叶夫赛问。

钝重的骚音,轻轻地、不均匀地冲击到玻璃窗上,好像想要冲破玻璃,侵入室内。叶夫赛站起身来,询问般地、不安地望着维科夫。维科夫,举起一只手,遥指着窗子,大概是怕街上的人看见他,他推开窗上的一个通气口,很快地跳到一边去。在这一瞬间,巨大的声浪冲了进来,包围了两个密探,这庄严、充满欢呼、富于威力的声浪,推动房门,终于推开它,浮满了走廊。

这时候,维科夫从通气口看外面,继续不断地很快地旋转头来,急促地、断断续续地说:

"群众前进……打着红旗……人数多得很——数不尽,各种身份的人……连军官都有……乌斯宾斯基神父……不戴帽子……梅尔尼科夫……我们的梅尔尼科夫,您看!"

叶夫赛跳到通气口前面去,向下望,只见挤满了街道的密密的群众,在那里洪水一般地流过去。在群众的头上,像红色的鸟一般地飘展着许多旗帜,沸腾似的人声,震聋了人们的耳朵,在群众队伍的最前列,克林科夫看见了胡须茸茸的梅尔尼科夫——他用两手抱着一个短旗杆,将它挥动,有时候,那面旗子好像红领巾似的缠在他的头上。在他帽子下露出了他的一绺一绺的浓色头发,垂在额和颊上,和胡须混在一起。这个像野兽般的毛发茸茸的密探,大概是在大喊特喊——他大大地张开了嘴巴。

"他们往哪儿去?"克林科夫转头向同僚喃喃地说。

"他们高兴呀!"维科夫将额角贴在玻璃窗上说。

他们俩都一声不响地看着这五光十色的群众的巨流,耸起耳朵,从人声的深海里面听取着个别的、高声的呼喊。

"这是何等的力量!啊?一直到现在,每个人都是孤立地活着的,可是他们突然团结起来,这真是未曾有的事情!梅尔尼科夫呢?您看见了吧?"

"他经常和人民在一起!"叶夫赛用教训一般的声音解释了之后,从窗口退了下来,他觉得自己是勇敢的、具有新思想的人。

"此后,一切都会好起来了,不论谁都不愿意受别人的指挥。一切人都希望能够在良好的秩序之下过自己所需要的安静而和平的生活!"他凝视着在镜子里反映出来的自己的瘦削的容貌,这样确信地说。他想要增加这种自满的愉快,于是,想出了使他的同僚更加瞧得起他的方法——他悄悄地告诉他:

"您知道吗?玛克拉科夫逃到美洲去了……"

"当真!"密探漠不关心地说。"对了,他是个光棍……"

"为什么我对他讲了这事情?"叶夫赛责备自己,然后心里感到轻微的不安和敌意,央求维科夫说:"这种事情请您不要和任何人讲!拜托您……"

"玛克拉科夫的事？好的。我得上衙门去了。您不去？"

"我们一同出去吧……"

走到街上，维科夫很不高兴地、低声地说：

"人民还是愚蠢！如果他们自己觉得真有力量，那么，不要这样拿着红旗，唱着歌儿，光是游行，而应当要求当局立刻停止一切行政。要使一切人，不论是我们或者是革命家……成为真正的人，必须使人们，不论是我们或者是他们得到应得的报酬，而且，必须严格地宣布：'绝对不许再有政治。'……"

他突然转个弯，不见影儿了。

在街上，群众兴奋地跑来跑去，大家都在高声谈话，都是笑容满面，阴郁的秋夜好像过复活节一样。

时而从晚霞笼罩着的街尾，时而从很近的某个地方，传来人们的歌声，发出了压住歌声的呼喊：

"自由万岁！"

到处听得见欢笑，到处响起亲切的谈话声。

这些都使克林科夫欢喜，对于迎面走来的人们，他很客气地让路，带着高兴的笑容，向他们投着赞同的眼光。

两个男子，从路角连说带笑地转了过来，其中一个和叶夫赛撞了一下，可是，他立刻脱了帽子之后大声说：

"啊，真对不住！"

"不要紧……"克林科夫很客气地说。

格罗霍托夫出现在叶夫赛的前面。他的胡髭剃得光光，仿佛涂上油一样，脸上堆满了笑容，他那双甜蜜的小眼睛，转来转去向各处观望。

"啊，叶夫赛！我差一点就送了性命。那时候，假使我没有本事……你认得这位吗？他是潘捷列耶夫，也是我们的伙伴……"

格罗霍托夫还在喘息，他急急忙忙地揩了脸上的汗，用低声很快地说。

"我跟你说,我在一条林荫道上走的时候,看见一大群人,群众中间站着一个演说的人,于是,我走过去,站着听。你要知道,他毫不拘束地什么都讲,我为了防备万一,就向旁边的人问:'那个聪明人是谁?很面熟,您知道他的名字吗?'他说:'他的名字叫做济明。'他刚刚说完他的名字的时候,突然,两个汉子抓住我的胳臂喊:'诸位!这是密探!'我一句话也来不及讲。一看,自己站在群众的中央,四周的群众静了下来,大家的眼睛和锥子一样……我想,这回完蛋了……"

"济明?"叶夫赛惊慌地问,他看了看后面,放快了脚步。

格罗霍托夫向天空仰起头来,画了一个十字,然后更加急速地继续讲:

"可是,上帝帮助我一下子就醒悟过来,我大声喊:'诸位!完全是误会!我绝不是密探,我是个会仿效名人和各种声音的著名口技艺人……不妨让我实际表演一下!'可是,抓住我的那两个喊:'他在说谎,我们是认识他的!'可是,我已经作出了警察局局长的那种怪相,学着他的声音嚷:'是谁许可你们开会的?'老天爷!我听见了他们已经大笑起来……好了,于是,我便开始一样一样地仿效我所能仿效的——省长的样子,拉锯声、小猪、苍蝇的声音——他们哄然大笑!连那抓住我的家伙们也大笑了起来,这些该死的家伙,终于放了我……他们向我拍起手来,这都是实话,潘捷列耶夫可以证明,这一切,他都亲眼看见了……"

"一点不错!"潘捷列耶夫用哑声说,他是一个矮胖子,戴着眼镜,穿着夹克。

"是的,兄弟,他们拍掌喝彩了!"格罗霍托夫狂喜地喊了出来,用拳头拍着自己的那狭小的胸脯,以致咳嗽了起来。"的确,现在我认识了我自己!我这个人是一个艺术家!可以说,我的艺术救了我的性命,为什么?很简单!人民是不喜欢开玩笑的……"

"人民变得容易相信别人,"潘捷列耶夫沉思地、很奇怪地说,"他们的心也缓和起来了……"

"那是真的！他们究竟在做什么呢？"格罗霍托夫轻轻地这样喊了之后，就用低声接着说："他们都在公开地活动，到处站在最前列的，都是那些我们老早就熟悉的、被监视的家伙……这究竟是怎样回事呢？啊！"

"那细木匠的名字叫做济明吧？"叶夫赛再问一遍。

"是济明·马特维，因为克诺普家具厂煽动事件被捕过的，"潘捷列耶夫威风地、严肃地说。

"他应该关在监牢里！"叶夫赛不满意地说。

格罗霍托夫高兴地吹了一下口哨。

"关在监牢里？你还不知道吗？监牢里的所有犯人都放出来了。"

"谁放的？"

"就是人民呀！……"

叶夫赛一声不响，走了几步，然后再问：

"为什么这样做呢？"

"我也说：这是不该允许的！"潘捷列耶夫说，他的眼镜在他的宽鼻子上掀动了一下。"我们的处境现在怎样呢？当局一点都不替大家着想……"

"全部释放了？"克林科夫问。

"全部……"

潘捷列耶夫将鼻子掀了一下，用哑声严肃地继续说：

"很不愉快的事情，甚至危险的事情，已经发生了好几桩了，譬如，恰申，被群众殴打了眼睛，他只好拿出手枪来恐吓了他们。当时，他是好像局外人一般地很老实地站在那里的，突然有一个女人走了过来，对群众喊道：'这里有密探！'因为恰申是不会学动物的声音的，所以他只好用武器来防卫自己……"

"再会！"叶夫赛说："我要回家去……"

他沿着小巷走，每逢看到有人迎面走过来的时候，他总是避到街道的另一边去，而且尽力躲在暗影里面。或许会遇见亚科夫、奥莉加

201

或者他们伙伴里面的其他人——这种预感，在他心里产生，而且愈来愈强烈。

"城很大，人口又很多……"他安慰自己，可是，每逢在他前面传来足音的时候，他的心便难受得要命，两腿毫无气力地战栗起来。

"将他们都放出来了！"他阴郁地、烦恼地想，"事前什么都不曾说，就放出来……可是，我怎么办……他们出来不出来，难道对我没有关系吗？……"

天色已经暗了。警察局门口孤寂地点着一盏路灯。叶夫赛走到路灯旁边的时候，忽然听见有人低声说：

"到后院子里去……"

他站住了，吃惊地向大门口的阴暗处望了一望。大门已经关了，可是，在一扇沉重的门板上的一个小门旁边，站着一个人的黑影，看来好像是在等他。

"快走！"那人不满意地命令说。

克林科夫弯下腰钻进小门，借着院子深处朦胧的灯光，沿着穹形屋檐下的黝黑的走廊走进去。从那里，迎面传来蹑足走在石头上的沙沙声、不高的说话声音以及他所熟悉的那使人讨厌的带鼻音的声调……克林科夫站住听了一会儿，又静静地回转身来，退向大门口。他想要用大衣领子遮住面孔，将两肩耸了起来。当他已经走到门口，刚要推门的时候，门自己就开了，走进了一个人，那人连跌带撞地用手碰了一下叶夫赛，嘴里骂道：

"他妈的……是谁？"

"克林科夫……"

"哎哟！好吧，请您领路……"

克林科夫一声不响，向院子里面走去，他的眼睛在那里已经看得出许多黑色的人影。在深深的黑暗里面，他们好像高低不平的群丘一样浮现着，又好像寒冷的浊水里面的笨拙的大鱼似的慢慢地从这里游到那里。索洛维约夫发出了一种甜得腻人的饱满的声音。

"这对我不合适。你们给我捉一个姑娘,一个丫头来吧,我一定把她揍给你们看……"

从一个角落里倾泻般地、不停地传来萨沙的那黑管声般的喊声,这种声音,好像下雨天从屋顶上流下来的水,又好像教堂里的僧侣在念经。

"每次,当你们碰到拿红旗的群众的时候,就去殴打他们吧!应该首先打那些拿旗的人,其余的自会散去……"

"假使还是不散,那怎么办?……"

"你们今后都可以带手枪!如果你们发现你们所熟悉的、你们曾经监视过的、今天由猖獗的群众从监狱里放出来的家伙们的时候,将他们也消灭吧……"

"有道理!"有人说。

"一些人获得了自由,那么另一些人上哪儿去呢?"维亚希莱夫狠狠地喊。

叶夫赛躲到院子角上去,靠着柴堆,困惑地望着周围,听着。

"肉体——小肉体——小牛肉——小块肉,"索洛维约夫的怪诞的言语,好像浓油滴似的四散着。

高低不同的黑墙围住了院子,上面,乌云缓缓地浮动着,墙壁上,稀零零的方形窗子,朦胧地发着光。在一个角隅里的不高的台阶上,站着萨沙,他穿着大衣,紧扣着大衣的所有钮扣,竖起大衣襟领,后脑勺歪戴着帽子。他头上面的一盏小角灯摇摆着,胆怯的火焰好像想要尽可能早些烧尽一般,抖动起来,发出烟来。萨沙后面有一扇黑暗的门,在他的脚旁边的台阶上坐着几个黑色的人影,一个灰色的高个子的人则站在门旁。

"你们应该明白,给你们自由,是为了去斗争!"萨沙反背着手说。

听见了践踏石头的脚步声,金属般的、枯燥的噼啪声,又不时听见表示不安的低声说话和忠告:

"当心些……"

"不准装子弹！……"

在黑暗里面，看不清楚谁是谁，大家都非常地相像，院子里面有一些静静的黑黑的人影，他们一堆一堆地站着，在听萨沙晓晓不休的讲话，他们的双腿好像被暴风吹着一样，没有声音地抖动着。萨沙的讲话使克林科夫胸膛里充满了悲凄的寒冷，以及对于这密探极大的敌意。

"在公开的战斗里，你们应该有权利反对那些暴徒，采取一切手段去保卫被蒙蔽了的沙皇，这就是你们的任务。大量的恩赏正在等待你们。谁还不曾领到手枪？……"

传来了一些不大的喊声：

"我……给我……我……"

人们走向台阶，萨沙躲开了，一个灰色的人影蹲在那里。

"不能领两支吗？"一个好像呻吟一般的声音问。

"为什么？"

"替同事领……"

"滚开，滚开……"

叶夫赛所熟悉的密探们的声音，更加高地、更加大胆地和高兴地响起来……

有人贪婪地咂着嘴，喃喃道：

"子弹太少，应该每人发一整盒……"

"今天，我将两个区的事情布置好了！"萨沙说。

"明天一定会很有趣……"

一切说话，一切声音，在叶夫赛眼前都像火花一般地闪烁着，这些火花焚烧着他对于那即将到来的安静的生活的希望。他的全身觉得好像从那包围着他的黑暗、从那些人里面，冲过来一种与他为敌的力量，这种力量重新抓住他，将他带回旧的道路，导向旧的恐怖。在他心里悄悄地激起了对萨沙的憎恨、对弱者的软弱的愤懑、对苦苦地期待过自由的奴隶的不可调和的复仇心。

人们三三两两地急忙从院里退出去,一个个地消失于那在墙壁上面开着一张大口的弧形门里。密探头上的灯火,抖动了一下,变青了,终于熄灭了。萨沙机敏地从台阶上跳到一个大坑里,在那里用鼻音怒吼说:

"今天,有七个人没到保安科来,这是什么道理?许多人都以为是过节放假了吗?我决不饶恕傻子,也不饶恕懒虫……要记住……从此之后,我要实行严格的制度,我不是菲利普!哪一个说过梅尔尼科夫拿着红旗游行?"

"我就看见过……"

"拿着旗子?"

"是的。他一边游行,一边喊着:'自由!'"

克林科夫向大门走去,他好像是走在冰上面恐怕掉到水里似的迈着步,可是萨沙的不肯放松的声音追着他,仿佛用可怕的寒冷的气息袭击他的后脑壳。

"唔,要第一个收拾这糊涂家伙,我知道他!"萨沙用咆哮声大笑。"对于他,我只有一句话:'为着国民而杀掉他!'还有,谁说过玛克拉科夫不干了?"

"什么都知道,这坏蛋!"叶夫赛想。

"是我讲的,我是听维科夫讲的,他是听克林科夫讲的……"

"维科夫、克林科夫、格罗霍托夫——这些家伙都是寄生虫、堕落者、懒虫!他们里面有谁在这里?"

"克林科夫,"维亚希莱夫回答。

萨沙喊道:

"克林科夫!"

叶夫赛向前伸出手,加速地走去,他的两腿弯瘫着。

他听见克拉萨温说:

"大概已经走开了。你不该叫他的姓……"

"不要来教导我!不久,我就要废除一切的姓和其他愚蠢的东西……"

当叶夫赛走出门口的时候,他充分了解到自己的无能和渺小。已经有许多时候,他没有这样痛切而明了地感觉过这种感情,这样惧怕过它的压力,他一边在这种感情的压迫下面丧失着力量,一边企图振作一下:

"大概,一切事情都会好起来的……他一定不会成功……"

可是,他又不相信这个。

二十一

第二天,他在出门之前踌躇了许久,他望着天花板,躺在床上。在他眼前浮现出萨沙的那有着毫无光泽的眼睛和好像死人的花冠一般地长满红疱的前额的、铅色的面孔。这容貌,使他想起了他的童年和那时候在黑夜里照在沼泽上的、显示着不祥的那个月亮。

他想到或许有些同僚会来找他,于是急急忙忙地穿起衣服,从家里跑出去,他很快地跑过了几条马路,可是,立刻感到了疲倦,就站着等待有轨马车。人们不断地走过他的旁边,他觉得今天在他们表情上好像有一种新的东西,他仔细地观察了一番之后,很快地就明白了这种新的东西,乃是他所熟悉的不安情绪。人们用不信任和猜疑的神情左顾右盼,在他们互视的眼色里面,已经再也没有了近来所有的那种善良,他们的声音变低了,言语里面充满愤怒、烦闷和忧伤……他们谈论着一些可怕的事情。

在他的旁边,站着两个过路人,其中那个剃光胡子、身材矮小的胖子向另一个问:

"您说,打死了几个?"

"五个。十六个受伤的……"

"是哥萨克开的枪?"

"对。他们打死了一个男孩子,中学生……"

叶夫赛望了一下说话的人之后,冷冷地问:

"为什么?"

这位蓄着大黑胡须的人,耸了耸肩膀之后,很不高兴地低声回答:

"听说他们喝醉了,这些哥萨克兵……"

"那一定是萨沙布置的!"克林科夫确信地这样想。

"在救主桥上,一大群人殴打了一个学生,然后将他抛进水里,"剃光胡子的人喘着气说。

"是些什么样的人?"叶夫赛执拗地又问了一遍。

"我不知道。"

黑胡子解释道:

"今天一早就有一小群一小群穿破衣服的、不知是干什么的家伙,拿了三色旗,在街上走,他们带了沙皇的肖像,一见衣冠整齐的人便乱打……"

"是萨沙!"叶夫赛又重复了一下这个想头。

"据说,这些都是警察和保安科捣的鬼……"

"当然啦!"叶夫赛喊了出来,可是他立刻咬紧嘴唇,斜视了一下黑胡子之后,决心走开。这时候车开了来,叶夫赛的那两个交谈者正要上车,他想:

"我也非上车不可,否则,他们会发觉我是密探,他们会这样想:和他们一起等车,可是不上车。"

叶夫赛觉得,车内的人们似乎比街上的人安静些。

"虽然只是一层玻璃,总算是有了遮蔽,"他一面倾听着乘客们的那些生气勃勃的谈话,一面在心里这样解释这种变化。

一个脸瘦身长的汉子,把两手一摊,用怜悯的声调说:

"我也敬爱皇帝,对于皇帝的宣言,我也表示衷心的感谢,我想要尽情地喊万岁,想要作感谢的祈祷,可是,从爱国主义出发,去打碎人家的窗子,打坏人们的颧骨,这究竟是什么道理?"

"这种日子,尽是野蛮,残忍!"一个胖女人说。

"啊呀！这种人民，他们里面究竟有多少坏分子！"

从车内一隅，传来了一个充满确信的、强硬的声音：

"这些都是警察捣的鬼啊！"

一瞬间谁都不响。

从角落里，又有几个人说：

"他们在准备俄罗斯式的反革命……请看！谁在指挥所谓爱国示威游行？那都是化了装的警察、保安科的密探。"

叶夫赛很高兴地听着这些话，偷偷地、仔细地观看着那憔悴而清秀的、年轻的面孔，他有着软骨的大鼻子、小小的口髭、和生在倔强的下巴上的一小撮淡黄色胡子。这人背靠在车角上坐着，交叉着两腿，他用那蓝色眼睛的聪敏的视线望着众人，好像对于自己的言语和思想很有把握，又好像深信自己的言语和思想的力量似的在说话。

他穿着很厚的短袄和长筒皮靴，很像工人，可是，他的白白的手和额头的细皱纹，露出他的身份。

"是化了装的！"叶夫赛想。

他一边仔细地看着那淡黄头发的青年的聪明的、透明的蓝色眼睛，一边开始集中注意力，倾听他那些坚定的话语，并且觉得他所说的和自己的意见完全一致……可是，他突然发生一种敏锐的预感，将身体蜷缩了起来，因为他在车厢台上，和售票员并排地站着，细看一个凸出的黑色后脑壳、下垂的肩膀、狭小的背脊。车厢摇动起来，于是叶夫赛觉得面熟的那个身影，站不稳地乱晃了起来。

"那是亚科夫·扎鲁宾。"

叶夫赛仓皇地向那青年望了一眼，那人脱了帽子，一边整理着他的波浪形的淡黄色的鬈发，一边说：

"假使我们的政府的手里还掌握着军队、警察和密探，那么，它是决不会将自己的政权，不经过战斗和流血而白白地交给人民和社会的，我们应该记住这一点！"

"不对，我的先生！"一个瘦汉子喊了起来，"皇帝已经给了我们完备的宪法,是呀,已经给了,您不能这样讲……"

"可是,指使那群人在街上乱打人的是谁?在喊'打倒宪法!'的又是谁?"年轻人冷淡地问。"你们仔细地看一看那些旧制度的拥护者好了,请看!他们来了……"

客车发生了轧砾的声音,停了下来,当车轮转动的骚音停止了的时候,立刻听出了惊慌的、响亮的喊声:

"愿上帝保佑沙皇……"

"乌—拉……"

许多孩子从车前的街角跑出来了,他们大叫大喊,好像从天上撒下来似的散在街心,跟在他们后面,一群人高举三色旗,拥成一个杂乱的、龌龊的楔形队,很快地走进街上,于是传来了骚乱的喊声:

"乌拉!站住,弟兄们!……"

"打倒宪法……"

"我们不要……"

"愿上帝保佑沙皇!"

人们互相冲撞,争先恐后地往前跑,挥动着两手,有些人还将帽子抛到空中,在他们前面,梅尔尼科夫好像牡牛一般地低着头走着,他用两手擎着一根笨重的旗杆,杆上挂着国旗。他俯视着地,把脚抬得很高,一定是很用力地踏着地,每逢脚踏到地上的时候,他的身体就摆动一下,他的头也摇动一次。在那些微弱的、骚动的、极其混乱的喊声中,梅尔尼科夫的吼声特别突出。

"我们不愿受骗……"

在他后面,一群衣冠不整的、阴暗而粗野的人们,沿着街心,连蹦带跳、转动脖颈,跑了过来,抬着头、举起手,偷望着人家的窗口。他们涌上人行道来,打掉了行人的帽子,又重新跑到梅尔尼科夫的后面去,叫喊,吹口哨,互相你拉我扯,拥成一团,但是,梅尔尼科夫却一边挥着旗子,一边叹了口气之后,用洪钟一般的声音呼喊。

"站住!"这密探高举旗子,昂着头命令道:"大家唱!"

于是，从他的大嘴巴里迸出了粗暴而悲凄的吼声：

"上帝……"

可是，这时候，在空中立刻响起了一种好像一群饿鸟叫声似的乱糟糟的、凶猛的喊声，这种喊声将密探的声音夹住，用许多急促、兴奋的呼喊来遮没了密探的声音：

"皇帝万岁！正教的信徒们……脱帽！打倒变节者！"

车内非常寂静，大家都脱了帽子站着不动，他们脸色苍白，一声不响地俯视着那些好像波形似的肮脏的一圈围住了他们的群众。可是那个化装者却没有脱帽。叶夫赛望了一下他的那严厉的脸孔，想："好大架子……"然后，他似笑非笑地，开始隔着玻璃窗看着街上。他深刻地感觉这些乱窜的人们是微不足道的，他明白地感觉到一种阴郁的恐怖，从他们的内心里鞭挞着他们，这种恐怖推动着他们跑来跑去；他们和这种恐怖斗争，用高声的叫喊来自我陶醉，希望证明自己什么也不害怕。他们好像一群刚刚摆脱了锁链的狗似的围绕着客车乱跑。他们心里充满了莫名其妙的欢喜，可是，还不曾来得及摆脱往日所习惯了的恐怖，看来好像还不敢在这广阔明亮的大道上堂堂地行走，也不善于组成一队，只会乱跑，乱喊，而且因为害怕发生一些什么意外事情，他们惊慌地环视着四周。

客车旁边，站着一个穿着很破的短皮外套的、蓄着尖胡须的瘦削的家伙，他闭着眼睛，仰着脸，张开饥饿的嘴巴，龇着黄牙，用小嗓子喊：

"打—倒……不—要……"

因为紧张，他的两颊流下眼泪，额上的汗滴发亮；喊完了之后，他缩起头颈，好像不放心似的环顾了一下，耸了耸肩膀，于是又闭上眼睛，好像挨了打似的叫喊起来……

"已经够了！"

叶夫赛看见了熟悉的一些门房的忧愁的面孔、敬神而善怒的教堂守门人克利米奇的生满胡须的丑脸、少年流浪人的充满饥色的眼睛、胆怯的乡下人的窘态，在这些人里面，他又看见有几个人，向那些缺乏自己意志的、盲目的人们的身体里，注入着自己的意志和病态的恶意，驱使着整群人，指使着他们。

在群众当中，亚科夫·扎鲁宾好像一条鳗鱼似的穿过去，他跑到梅尔尼科夫身边，扯住了他的袖子，用头点着客车，和他鬼鬼祟祟地说话。克林科夫很快地转过头看了一下那个戴着帽子的人，那个人已经站起身来，高高地仰着头、皱着眉，走向门口。叶夫赛跟在他的后面，可是，这时候梅尔尼科夫已经跳上了车厢台，用他的巨大的身躯挡住了出口，他喊起来：

"脱帽！"

那人陡地转过身来，向另一门口走去，可是，那里站着扎鲁宾，高声喊：

"这个不脱帽的家伙！我认识他！这家伙是制造炸弹的，弟兄们，当心！"

扎鲁宾手里闪烁着一支手枪，他像是挥动一块石头般地挥动着它，于是，向前冲过去，街上的人们爬进车上来，他们和车上的乘客冲撞着，一个妇人尖声喊：

"脱——帽——吧！您为什么这样！"

大家尖叫，呼号，彼此相挤，用疯狂地跳动着的眼睛瞪视着那不脱帽的人。

"我要开枪了，滚！"他高声喊着，走近了扎鲁宾。密探向后退去，可是，他的背脊被人们碰撞，跌了下去，跪下来用一只手撑着地板，另一只向前伸出。一响可怕的枪声，连着发出了第二响，玻璃窗震响了，一瞬间，好像一切声音都冻结了一样，然后，一个坚定的声音蔑视地说：

"坏蛋！"

空气和玻璃又被另一声枪声震动，同时，扎鲁宾高声喊：

"呜！"

好像向谁叩头似的,他的头叩向地板。

车内已经不挤了,更加静寂起来。克林科夫缩拢在车角上的凳子上,痉挛了一下,冷淡地想:

"或许会打死我吧……"

他疲倦不堪地向周围望了一遍,那不脱帽的人站在车厢台,梅尔尼科夫走过叶夫赛身边,向那人走去,扎鲁宾则脸朝地躺在地板上,已经一动也不动了。

"我要开枪打死你,滚开!"从驾驶台传来一个严厉而响亮的声音,可是,梅尔尼科夫越过亚科夫跑去,抓住了那淡黄色头发的青年的身体,横举起来,将他抛到街心,用粗暴的声音怒吼:

"打死这家伙!"

手枪急促地连发了三响,发出了钝重的声音,有人用婴儿一般的声音可怜地、拖长地呻吟:

"唉哟,我的小腿……"

有人用沙喉咙紧张地喊:

"啊……打他的脑袋……啊——啊……"

一个歇斯底里的、尖细的声音狂热地喊:

"亲爱的弟兄们!将这家伙一片片地撕碎吧!掐死他!……好了,他们的时代已经过去了,现在我们可以将他们……轮到我们了……"

可是,突然发出了一个巨大的、充满了凄切的、侮蔑的声音,将一切喊声都压住了:

"这一群白痴!"

叶夫赛摇摇晃晃走到车厢台,从那里俯视黑压压的群众。他们弯曲着背脊、手舞足蹈、吃力地呻吟着、疲倦地嘶叫着,好像一群大毛虫一般地,像是很能干似的在路上乱动着,他们将一个淡黄头发的青年的被打碎、被撕烂的身体在铺石上面拖着,还在一边用脚踏,一边践踏他的脸和胸,他们抓住了他的头发、两手和两脚,然后同时地向着各方面撕扯。半裸的、鲜血淋漓的身躯,好像面团一般柔软地倒在铺石上面,一次次的踢打,一次次地使它愈益失去了人形,人们用尽一切心机毁坏它,一个瘦小的家伙蓄意想要打碎脑壳,用一只脚踏在脑壳上,而且嘴里喊道:

"我们的时代来到了……"

他们做完了这件事,就一个个地从街心退到人行道上,一个麻面的小伙子,在他羊皮短外套上面揩了揩手之后,自有打算地问道:

"那家伙的手枪是谁拿走的?"

这时候,人声已经带着疲劳和不高兴的情绪。可是,人行道上,在街灯下面的一小群人里面,发出了笑声。一个带怒的声音热烈地证明:

"放屁,第一个动手的是我!那家伙一倒下来,我就用靴子踢他的嘴脸……"

"第一个动手的是赶车的米哈伊拉,第二个是我……"

"米哈伊拉的脚上被打了一枪……"

"只要骨头没有打着,那就不要紧!……"

这些尝到了血的味道的人们,显然更加大胆起来,他们用一种表示不满足的眼光,好像有什么贪求和期待般地向各处望了一遍。

街道中间,躺着一团不成样子的黑堆,从那里,沿着铺石缝,慢慢地流着鲜血。

"他们是这样的!"叶夫赛注视着铺石上面的斑斑血痕,愚钝地想。在暗红色的、似乎颤动着的烟霭里面,梅尔尼科夫的毛茸茸的脸孔出现在叶夫赛面前,他的声音疲倦地、低沉地响了起来:

"瞧,打死了……"

"真快……"

"早上也打死了一个……"

"为什么呢?"

"他乱讲……恰申在他肚子上面打了一枪……"

"为什么呢?"叶夫赛重复了一遍。

213

"他们欺骗人们……捏造的宣言……对于人民一点好处也没有……"

"那都是萨沙捣的鬼!"克林科夫轻声地、确信地说。

梅尔尼科夫摇了摇头,望着自己的那双大手,用喝醉了似的声音叽咕道:

"不论什么时候,总是有人欺骗别人……亚科夫死了吗?"

他走进车厢,弯下腰,将扎鲁宾轻轻地抱了起来,脸朝上放在坐席上面。

"死了……你看,打着了那里……"

叶夫赛在他脸上寻找了一下那曾经被啤酒瓶打伤了的疤痕,可是,已经看不见了。如今,在他右眼上面的那个地方留着的是一个红红的小孔,克林科夫的视线不能从这小孔上移开,它好像将他的注意力强烈地吸住了,同时,在他心里唤起了对于亚科夫的强烈的同情。

"你带着手枪?"梅尔尼科夫问。

"没有……"

"那么,亚科夫的手枪,你拿去吧……"

"不要,我没有用处……"

"现在大家都需要它!"梅尔尼科夫简单地这样说了之后,将手枪塞进叶夫赛的大衣袋里。"你瞧!曾经有过亚科夫,可是,现在已经没有亚科夫了……"

"这是我心目中要处死的人!"克林科夫凝视着同僚的脸,这样想。扎鲁宾紧紧地蹙着眉头,黑色短髭扎在掀起的上唇上,他好像在生气,好像可以期待他半开的嘴里会迸出很快的话语。

"我们走吧!"梅尔尼科夫说。

"他呢?他们会怎样处理他?"叶夫赛好容易将眼光移开扎鲁宾,问。

"警察会来收拾的,被杀的人不可以私自带走,法律禁止这样做!我们到什么地方去解解闷吧……我今天还没吃饭呢……吃不下,已经三天三夜……觉也不曾睡。"他长叹了一声,然后用一种忧郁的冷淡神情结束他的话:"我要能替亚科夫死就好了。"

"大家都会给萨沙害死的!"叶夫赛咬着牙齿说。

他们什么也不看,尽是沿着街道走去,各用丧气的声音谈着自己的事情,两个人都好像喝醉了酒一样。

"真理在哪里?"梅尔尼科夫问,将手向前伸出,好像抚摩空气似的。

"你瞧!已经打死了两个人,"叶夫赛紧抓住自己的野马般的思想说。

"可以想象,今天被打死的不少了……"

梅尔尼科夫沉默了许久,然后突然捏着拳头,好像恐吓他人似的在空中挥动了一下,断然地大声说:

"够了!我犯的罪已经够多的了。伏尔加河对面,我还有个叔父,是个很老的老人,世界上,我只有这个亲戚了。我到他那里去吧!他现在是养蜂家。他年轻的时候,曾经因为造假钞票坐过牢……"

这密探又沉默了一会儿之后,忽然低声地笑了出来。

"你怎么啦?"叶夫赛纳闷地问。

"我的记性真坏——三年之前,叔父已经死了……"

不知不觉地,他们走到了一家熟悉的酒家,叶夫赛在门口停了下来,沉思地向透着光的窗子望了一下,不满意地喃喃道:

"这里也有许多人……这里我不想进去。"

"进去吧!管它。"梅尔尼科夫说,抓住他的手,拉到自己后面说:"我一个人进去没有意思。而且我有点害怕……并不是怕人看出我是密探,把我打死,不过,心里总是这样战战兢兢。"

他们不进到那平时同僚们常集会的房间去,而在大厅的角落里拣定了座位。这里虽然坐着许多人,他们的谈话很响亮而且清楚,声音里面带着不寻常的兴奋,但是,看不见一个喝醉了的人。对于他们的谈话,克林科夫照例耸起耳朵细听,可是,关于萨沙的念头总是不离开他,而且在他的头脑里悄悄地发展着,这个头脑由于一天里的各种印象而混乱起来,但是又由于对那密探的刻骨的憎恨和恐怖的刺激而清醒过来。

"那家伙使我毁灭,使我毁灭……"

梅尔尼科夫勉强地喝了啤酒,一声不响,搔了搔头。

离他们不远,围着一张桌子坐着三个人,看来好像都是店员,都很年轻,穿着时髦衣服,扎着各色各样的花领带,讲着他们的行话。其中一个鬈发黑脸的,闪烁着他的黑眼睛,兴奋地说:

"他们利用了各种没饭吃的流氓的野性,想要借此来向我们证明:因为这种野人太多,所以不可能给予自由。可是,对不起,这些野人并不是昨天才出现的,他们不论什么时候都存在过,他们上头有官府,能够用法律来管束他们。可是今天为什么又许可他们这一切无法无天的野兽行为呢?"

他扬扬得意地环视了一下大厅之后,用热烈的肯定语气对自己的问题回答说:

"这就是因为他们想要对我们说明:'诸位,你们要自由吗?你们看,这就是自由!对于你们说来,所谓自由只是意味着残杀、掠夺和群众的一切无法无天行为……'"

"听见了吗?"叶夫赛说。"这就是萨沙的阴谋诡计。"

梅尔尼科夫阴郁地看了他一眼,什么也没回答。

鬈发的青年从椅子上站起身来,灵活地挥动着他的举着酒杯的一只手,继续地说:

"你胡说,我提出抗议!善良的人民所以需要自由,并不是为了要互相残杀,而是为了对于日益增长起来的我们的不合理生活中的暴行,每个人都能够保卫自己!自由是理性的女神,我们的血已经流得够了!我提出抗议!自由万岁!"

听众叫喊起来,顿着脚……

梅尔尼科夫向鬈发的讲演者望了一眼之后叽咕地说:

"多么傻……"

"他说得对啊!"叶夫赛生气地反驳。

"可是,你怎么知道?"密探冷淡地问了之后,慢慢地、一口一口地喝起啤酒来。

叶夫赛很想对这个愚钝的家伙说:他自己才是傻子,才是个被那些狡猾而残忍的、支配他生活的主人为了狩猎人们而训练出来的瞎眼禽兽,但是这时,梅尔尼科夫抬起头来,用他那双阴暗、可怕地睁大了的眼睛,看着克林科夫的脸孔,低声说:

"你知道吗? 我心里害怕,是因为我坐牢里的时候有过这么一回事……"

"不要响……"叶夫赛说。"不要妨碍听他们讲话!"

在许多柔和的喧哗声里面,突然发出了一个得意洋洋的、尖细的、刺耳的声音:

"诸位听见了吧? ……他说女神。可是,我们俄国人只有一个女神——圣母马利亚。这些鬈发的小伙子竟敢这样说,嗯!"

"赶他出去!"

"闭上你的鸟嘴!"

"不,允许我讲一句吧! 假使有自由,那么谁都有权利……"

"诸位看见了吗? 他们这些鬈发青年在街上横行,乱打那些起来拥护真理、反对背叛祖国的人民,可是,我们,俄罗斯的正教徒呢,连说话都不敢。这是自由吗?"

"他们要打架了!"克林科夫战栗着说。"或许又会打死人的! 我得走了……"

"唉,你真是,好,走吧! 这群人该死,但是与你有什么关系呢?"

梅尔尼科夫将钱丢在桌上,深深地低下头,好像要遮住自己的容易被人认识的面貌似的,向门口走去。

街上又暗又冷,他压低了自己的声音,说道:

"我在牢里的时候,——我是因为一个工头的案子坐牢的,在我们工厂里面,一个工头被掐死了,因此,连累我也坐了牢——他们对我说:要服苦役。他们都这样说,起初是预审法官来恐吓,后来是宪兵们也来恐吓。当时我还年轻,当然不愿服苦役。我有时候哭……"

他大声咳嗽起来,放慢了脚步。

"有一次,狱吏助手阿列克谢·马克西梅奇——那是一个很好的老人,非常地爱我,总是对我表示同情——走过来说:'唉,列平!——我的真姓是列平——老弟!我觉得你真可怜,你是这样不幸啊……'"

他的话好像一条软带在叶夫赛眼前阴郁而匀调地展开,叶夫赛不知不觉地渐渐被吸进这条软带里面去,好像沿着一条窄狭的小径,一步一步往下走进黑暗的地方,走进一个非常有趣的神话里。

"他来了。对我说:'列平,我想要救你,使你过幸福的生活。照你的罪,非判徒刑不可,可是,有可以避免的办法。要达到这个目的,你只需执行一个人的死刑。那人是一个被判罪的政治杀人犯,将要依法绞死他,有神父到场,允许他吻十字架,所以你不要有什么顾虑。'我说:'那没什么。假使得到当局的许可,而我因此可以免罪,那么我要绞死他,不过我不会啊……'他说:'我们教给你,这里有一个内行,可是,他得了麻痹症,自己不能执行。'好了,他们教了我整整一夜,那是在一间禁闭室里,将破布装进口袋里面,用绳子缚起来,造成一个人头的样子,我将他吊在钩上绞起来,这样就学会了。一个很早的早晨,他们给我喝了半瓶酒,把我带到院子里,那里站着许多武装的士兵。我看见刑台已经摆好了——那就是所谓绞架了;刑台前面,站着许多官员。他们都穿着好几层衣服,可还是蜷缩着——那时候正是秋天、十一月。我走上刑台,可是,地板颤动起来,在我脚下,好像咬牙齿一般地格格地发响。我的心里难过起来,于是说:'再给我些伏特加喝,否则怪害怕的。'他们给我喝了。于是将那人带了出来……"

梅尔尼科夫又开始大声咳嗽起来,用手捏住了自己的喉头。叶夫赛努力地想要和他配合步调,紧挨着他走,可是,他尽是俯视地上,不敢看前边或旁边。

"我一看,那是一个年轻力壮的小家伙,毅然地站着,将所有头发从前额向后脑抚摸着。我开始给他穿上了殓衣,这时候,或许是我把他揪疼或碰痛了,于是,他并不生气地、轻轻地对我说了一句:'当心些!'就是这样。神父给了他十字架,可是,他说:'请你不要为我费心,我是不信教的……'他的面部表情,好像是完全知道他死后到来的一切事情似的,大概他真的知道……我胡乱地将他绞了,可是,我的全身发抖,两手僵硬,两脚瘫软,他那视死如归的态度,使我觉得非常恐怖……他好像是站在死神头上的一位王者……"

梅尔尼科夫不说话了,向四周望了一遍之后,加快了步子。

"还怎样?"叶夫赛小声问。

"唔,将他绞死了,那样就完了……可是,从此之后,每逢看到或听到杀人的时候,我总是要想起那个人……我想:只有他一个才知道什么是真理……所以他不害怕……明天可能发生的主要事情——什么人都不知道的——他都知道。叶夫赛!今天到我那里去过夜吧,好吗?我们去睡觉吧!"

"好吧!"克林科夫低声地说。

这个提议使他欢喜,因为,现在他不敢一个人在黑暗里面,经过许多街道回家去。他的全身骨节里面,感到了紧缩的、难受的压迫,好像他不是在街上行走,而是在地下爬行,好像大地压迫着他的背脊、胸脯和腰腹,在前面等待着一个不能避开的深渊,他一定会很快地冲进这个深渊里面,没有止境地漂泊在那无底无际的、没有声音的深渊里……

"这样,很好!"梅尔尼科夫说。"否则,我一个人太寂寞了。"

叶夫赛带着烦闷的神情劝告他:

"你杀了萨沙吧……"

"喂,你!"梅尔尼科夫挥了挥手。"你以为我喜欢杀人吗?在那里,后来他们又和我说过两次,要我再绞死一个女人,一个大学生,但是,我都拒绝了。假使我再干一次,那么除了第一个外还得想起第二个了。他们——被杀的——在我心灵里面就会常常出现,他们会常常来啊!"

"常常?"

"各个时期不同。对于他们有什么法子防御呢?我又不会向神祈祷。你会吗?"

"我还记得祈祷文……"

他们走进一所院子,经过一条很长的路往里面走去,在石头、木板以及垃圾上面颠踬了几下,然后,走下一个楼梯。克林科夫用手扶着墙壁走,心里觉得这楼梯没有尽头。当他走进密探的屋子,从刚刚点燃的灯光下,观察室内的时候,许多花花绿绿的图画和纸花使他吃惊了;它们几乎贴满了墙壁,梅尔尼科夫在这间适舒而小巧的房间里一下子成了陌生的人,在这里,在白帐子后面的角落里,摆着一张很宽的床。

"这些都是和我同居过的女人想出来的,"他一边脱衣服,一边说。"她走了,混蛋,一个宪兵——骑兵排长——给拐走了。我不了解她:那家伙是个白头发的鳏夫,她呢,那样年轻,那样风流,可是,她竟走了!这已经是第三个甩了我的女人。好,咱们睡吧……"

他们在一张床上并排躺下,床在叶夫赛身下像波浪一样地摇晃,一点一点地陷下去,因而他的心好像要停止跳动了,这时候,密探的一句话,沉重地压住他的胸脯:

"有一个女人叫做奥莉加……"

"叫做什么?"

"奥莉加。怎么?"

"不怎么。"

"那真是一个小巧玲珑的、淘气的、快活的女人。她常常将我的帽子或其他东西藏起来,我问:'奥莉加!我的东西在哪里?'她总是说:'你找吧!你是密探啊!'她喜欢打趣。可是,她是一个荡妇,稍不留心,她便和别人勾搭起来。我舍不得打她,因为她是弱不禁风的。但我还是揪了她的辫子,因为非教训一下不可……"

"天哪!"克林科夫轻轻地喊了一声。"我怎么办呢?"

他的同僚沉默了一会儿之后,用低沉的声音慢慢地说:

"有时候,我也像你这样呼喊……"

二十二

叶夫赛怀着一种秘密的决心醒来,这决心好像一条看不见的宽带似的紧紧地缚住了他的胸脯。他觉得好像有一个顽强的人牵着这带的两端,执拗地将他拖向一个不可知的、不可回避的地方;为了听从这种愿望,他运用那不灵活而胆怯的思索,谨慎地想了一下,但在同时又不愿意确定这愿望。梅尔尼科夫已经穿了衣服,洗了脸,但还没有梳头,坐在桌前茶炊旁边,像犍牛般地懒洋洋地嚼着面包,说:

"你睡得很好。我呢,只打了一会儿盹,深夜里就醒了,突然发觉一个人睡在我的旁边!我想起了丹尼卡不在这里,又把你给忘了。于是我好像觉得躺着的是那个人。他想要取暖,所以来躺在这里……"

他开始哈哈地傻笑起来。

"可是,这并不是开玩笑,后来我擦了一根火柴,看见了你。我想,你的身体非常不好,脸色青得好像……"

咳嗽打断了他的说话,可是,叶夫赛已经猜着了他的同僚所没有说出来的话,于是很无聊地想:

"拉伊萨也曾说过,我会自杀的……"

这种念头很明显地对他暗示了他所不愿知道的一种事情,这使他觉得害怕。

"几点钟了?"

"十一点……"

"还早!"克林科夫轻轻地说。

"早!"主人肯定了他的话,于是两个都沉默了。过了一会儿,梅尔尼科夫对他提议说：

"我们两个一起住吧！怎样？"

"我不知道。"叶夫赛回答。

"不知道什么？"

"不知道将来怎样，"克林科夫想了想之后说。

"不会怎样。你是很温和的人，又不喜欢讲话，我也是不爱讲话。每逢去问人家什么事情的时候，这个人这样说，那个人那样说，第三个人又是另一个说法，所以我心里想：去你们的吧！你们的话是很多，可是没有一句真的……"

"对，"叶夫赛为了回答一句而这样说。

"非干一下不可！"他为自卫而这样想，于是，突然下决心："我首先要收拾萨沙……"这时候，他不愿想到后果，他向梅尔尼科夫问：

"我们上哪儿去？"

"去上班，"密探冷淡地回答。

"我不想去，"叶夫赛冷淡而坚决地说。

梅尔尼科夫搔了搔胡须，沉默着，将食具推开，两肘拄在桌上，于是沉思地低声说：

"现在，我们的差使很难办，大家都要造反，可是，谁是真正的叛逆者呢？应该区别开！……"

"谁是头号的卑鄙角色、恶棍，我是知道的！"克林科夫叽咕地说。

梅尔尼科夫开始穿衣裳，用鼻孔发出了呼哧声，问：

"那么，我们同住吗？"

"好的……"

"你的东西，今天搬来吗？"

"我不知道……"

"可是，你打算在这儿过夜吗？"

"在这儿。"

密探走出之后，克林科夫跳起身来，惊慌地将室内各处望了一遍，这时候,他心里充满了一种强烈的疑惧,战栗起来。

"假使他突然将我从外面锁起来,去告诉萨沙,那么,他们就会立刻来抓我……"

他跑到门口看,房门不曾上锁。于是,他便怀着悲哀的心情好像说服别人似的暗自思忖道:

"喏,难道还能这样活下去吗?对谁都不相信……"

于是,他长久地坐在桌子前面不动,为了要想出一种对自己没有危险而能使敌人跌入陷阱的方法,用尽了自己的全部智慧和机智,他终于想好了一个计划。应该这样:设法将萨沙从保安科里面引诱到街上来,和他一起走,当遇见大批群众的时候,便高声喊:"这是特务!打死他!"这样就一定会发生扎鲁宾和淡黄发青年之间所发生过的事情。假使群众对付萨沙不像他们昨天对付那个化装了的革命家那样厉害,那么,叶夫赛得作一个榜样,像扎鲁宾所干的一样,他得第一个开枪,打中萨沙。他要瞄准他的肚子打。

克林科夫觉得自己有力量,胆子也够大,恨不得立刻就实行他的计划。可是,对于扎鲁宾的回忆妨碍他的思索,打乱了他已经想好的内容贫乏的计划。他不由己地总是反复着一个念头:

"他是我心目中要处死的人……"

叶夫赛并没有责备自己,也没有觉得自己有罪过,可是,总觉得有一种线索将他和那个黑发密探联结着,他必须设法将这个线索切断。

"我和他连永诀的话也没有说一句。可是,现在到什么地方去找到他?"

他穿好了大衣之后,在大衣袋里摸着了那支手枪,他感到欢喜,重新满怀着果断情绪,用充满信心的步伐走到街上去。

可是,他愈走近保安科,他的积极情绪愈低,对自己力量的信心愈差,当他向那狭窄而没有行人的小巷里一望,看见那小巷尽头的、晦暗的三层楼房的时候,他突然不可抑制地想要去找扎鲁宾的尸体,和他诀别一下。

223

"我曾经得罪过他,"他替自己的这个愿望辩护道,很快地从原来的目的转到别的方面去了。

同时,他模糊地感觉到:他指出可以从这种可怕的混乱中走出的惟一的道路,但是他不能够摆脱那抓住了他的心灵、压迫着他、引诱着他的东西。

决定要收拾萨沙的今天的任务,不曾妨碍另一种阴暗的、有力的念头在他心里成长而充满它,可是那突然想起来的、想要寻找小密探的尸体的愿望,却立刻妨碍了要收拾萨沙的任务。

叶夫赛故意地强调这种愿望,只怕它消失,在几小时之内,他乘马车到各个警区,紧张地、老练地打听着扎鲁宾的消息,到傍晚才知道了尸体安放的地方。要去看,已经太晚,所以克林科夫回家去了,他对于一天的过去暗自感到满意。

梅尔尼科夫不曾回来睡觉,叶夫赛整晚独自躺着,竭力想要不动身体。每逢翻身的时候,床上的帐子摇动,潮湿的臭气吹过脸上,床也发出好像唱歌一样的音响。可恶的老鼠趁着静寂,在屋子里面跑来跑去,叫声撕裂了他关于亚科夫和萨沙的思考的细网,通过这种被撕裂的思索的间隙,叶夫赛看到了一种围绕在自己周围而静静地等着他的、死气沉沉的空虚,他的心里的空虚执拗地想要和这种空虚融合起来。

早上,他很早已经站在一所屋顶上有个十字架的黄色小房子旁边的一处大院子里面。一个白头发的驼背的门房,一边开着门一边说:

"这里有两具尸体,其中一个已经知道是谁,另一个还不曾被认出来,可是,还不曾被认出来的那一个,立刻就要去埋了……"

过了一会儿,叶夫赛看见了扎鲁宾的带怒的面容。他的面色只是有点发青,此外没有什么变化,那疤痕上的伤口已经洗净,现在已经变成黑色。他那小小的、敏捷的身体赤裸裸地脱了衣服,好像琴弦一般直挺挺地仰躺着,黝黑的两手交叉在胸上,好像怒气冲冲地问:

"喂,你来干什么?"

和他并排放着的是一具全身被打烂的,浮肿的,带着青、红、黄各色斑点的、已经失去了人形而变黑了的尸体。有人已经用淡青色和白色的许多花儿盖上了他的脸,可是,叶夫赛在花儿下面,看见了露出了的后头盖骨,粘着血的一束头发,以及撕碎了的耳轮。

"这个尸体简直是无法认出,头部差不多没有了,可是,他们已经认出了是谁,昨天有两位小姐带着鲜花来了,在那毫无人样的尸体上遮满了鲜花。另一个呢,还不知道是谁……"

"我知道!"叶夫赛坚定地说。"他是亚科夫·扎鲁宾,在保安科做事的。"

门房向他望了一下,摇着头表示否定。

"不,这不是他。警察也对我们说过他是扎鲁宾,于是我们的办公室去问了保安科,可是,他们说不是他!"

"我是认识他的!"叶夫赛轻轻地、但是抱怨地喊。

"但是,保安科的人说不认识他,那里没有这样的密探……"

"不对!"叶夫赛悲伤地、茫然地喊。

从院子里走进来了两个青年,其中一个向门房问:

"身世不明白的是哪一个?"

"就是这个。"

克林科夫走出院子,给了门房一些小费之后,用一种没有力量的执拗态度重说了一遍:

"这无论如何是扎鲁宾……"

"随你便讲吧!"老头子抖动着驼背说,"可是,假使如此,那么,别人也能认出他,昨天来了一位密探,他也在打听一个被打死的人,他并没有承认是你们的人,他为什么不承认呢?"

"那个密探的相貌怎样?"叶夫赛问道。

"胖胖的、秃头的、声调温和的……"

"那是索洛维约夫!"叶夫赛一边紧张地看着他们将扎鲁宾的尸体装进一口不曾油漆过的白色棺材,一边这样猜出了。

"放不进去!"一个青年叽咕地说。

"把脚弯过来,鬼……"

"那会盖不上盖……"

"侧转身子装吧,嗯!"

"你们别做缺德的事吧,小伙子们!"老头子安静地说。

捧着尸首头部的青年,哼哧了一下鼻子之后说:

"这是个特务,费多尔伯伯……"

"死了的人,已经什么都不是了!"驼子一边走近着他们,一边指教般地说。

两个青年不说话了,他们继续将那有弹性的、黝黑的尸体勉强塞进狭短的棺材里面去。

"你们真愚蠢,去拿另外一口棺材吧!"驼子生气地说。

"大概都一样!"一个青年说,其他一个皱着眉头补充说:

"这位先生并不大……"

叶夫赛从院子里走了出来,心里充满了为扎鲁宾抱屈的痛苦感觉。他清楚地听见了从身后传来的、驼子对那两个收拾尸体的青年讲的话:

"事情也有点不妙。他跑来说:'我认识他!'他可能是这个事件的主谋吧?小伙子们!"

两个声音,差不多同时地回答:

"看来,他也是个特务……"

"这对我们有什么关系呢?……"

克林科夫很快地跳上了一辆四轮轻便马车,对赶车的喊:

"快走……"

"上哪儿去?"

叶夫赛踌躇了一下之后,轻轻地说:

"一直走……"

他一肚子委屈的思想:

"将他像死狗一样地去埋了……将来,我也会和他一样的吧……"

在他面前,街道晃动着,沿路的房屋跳动着,玻璃窗发出亮光,人们喧哗地走来走去,但是这一切都好像和他毫无关系。

"我一定要收拾萨沙……这就去开枪……"

他跳下马车,走进一家菜馆,这一家菜馆,萨沙很少来,比别处来得稀些;他站在一间密探们集会的屋子门口,独自地想:

"一看见他,立刻就开枪……"

他用发抖的手将门轻轻地敲了几下,随后,他在衣袋里摸着手枪,呆呆地站着,漠然期待着那将发生的事情。

"是谁?"里面有人问。

"是我。"叶夫赛说。

于是房门被拉开了一点,在门缝里面闪现了索洛维约夫的一只眼睛和小小的红鼻子。

"啊啊!"他惊异地拉长了声音说。"我们听到你被打死的风声……"

"没有的事,我没有被打死!"克林科夫一边脱大衣,一边生着气回答。

"关门吧……听说你和梅尔尼科夫一起走……"

他在细嚼着火腿,因而说话不方便,他的厚嘴唇慢慢地放出冷淡的话语,同时发出呃声。

"那么,你和梅尔尼科夫一起走的事,不是真的?"

"为什么不真?"叶夫赛问。

"你瞧……你还好好地活着,可是他糟糕了……昨天我看见他……"

"在哪里?"

密探说出了一个医院的名称,那是叶夫赛方才去过的地方。

"他为什么在那里?"克林科夫漠不关心地问。

"事情是这样的:一个哥萨克用马刀砍他的头,而且用马蹄踏他。

这种事情怎样发生的,又是为什么发生的,谁都不知道。他已经失去知觉,医生说他没有希望了……"

索洛维约夫在小杯子里面倒了一种绿色的伏特加,将它冲着阳光照了照,眯着眼睛,一饮而尽,于是向叶夫赛问:

"你是躲在什么地方的啊?"

"我没有躲……"

从走廊里传来了一只盘子掉下的声音,叶夫赛吓了一跳,他想起大衣口袋里面的手枪不曾拿出来,于是站了起来。

"萨沙非常恨你……"

在叶夫赛眼前,浮现了一个被发着强烈气味的、淡紫色的烟雾包围着的凶恶的和圆圆的红色月亮,他想起了那带鼻音的、发施号令的声音,和那瘦骨嶙峋的手上的黄色手指。

"他不到这里来吗?"

"我不知道……"

索洛维约夫的脸上发亮,似乎是非常地得意,比平时更频繁地微笑着,声音里面流露着贵族老爷的随随便便的爱抚,这些都引起了叶夫赛的反感。

在他心里闪现了几个毫无联系的、互相抵触的念头……

"你们都是混蛋。梅尔尼科夫可怜。可见,这个胖子不愿承认亚科夫的尸体。为什么?"

"您看见了扎鲁宾啦?"

"什么扎鲁宾?"索洛维约夫扬起眉头问。

"您知道的。"

"对,对,对啦……可不是!我看见过……"

"那么,您为什么在那里不说认识他呢?"叶夫赛严厉地问。

老密探抬起秃头,惊讶地、嘲笑地问:

"怎么?"

叶夫赛重问了一遍,但是,这一次问的语气已经缓和了些。

"老弟,你要知道,这不关你的事!我怜悯你的愚直,可是,我对你说:我们不需要傻瓜,我们不知道、不了解、也不认识他们。这一点,你要记住,不仅现在,并且永远地,一辈子记住。要记住,要把舌头用绳子扎住……"

索洛维约夫的两只小小的眼睛,好像两个银币一样地冷冷地发出光辉,声音则带着狠毒和残酷性。这个密探用粗而短的手指装了一下吓人的样子,他那贪欲的、发青的嘴唇严厉地鼓了出来,可是这些都不能引起令人敬畏的心情。

"都是一样,"叶夫赛想,"他们都是一丘之貉,全都该杀……"

他一跳,跳到放着自己大衣的地方,从袋里拿出手枪,将枪口对着索洛维约夫,用低重的声音喊:

"喂……"

老头子发抖了,从椅子上面滑到地板上,一只手抓住桌子脚,另一只手伸向叶夫赛,用稍高的私语声调喃喃地说。

"不……千万不要!慈悲的老爷……请不要开枪!"

克林科夫用手指愈益用力地按着扳机,由于用力的缘故,他的头脑凉了起来,头发颤动起来。

"我,明天要结婚……永远不敢了……"他的沉重的、懦怯的话语,在空中沙沙地响着。密探的下巴发着油光,胸前挂着的餐巾颤动着。

手枪不曾发火,叶夫赛的手指发痛,他的全身从头到脚充满了恐惧,觉得呼吸急促起来。

"我可以给您钱!"索洛维约夫更快地小声说,"我什么也不讲……"

克林科夫挥了挥手,将手枪抛在密探的脸上,拿起大衣就跑了。两声微弱的喊声追着他:

"哎,哎……"

这种喊声,好像水蛭似的咬住他的后脑,用一种猛烈的力量激起了恐怖。

这喊声追了他很久，他总是觉得有许多群众，无声地追在他的后面，他们脚不沾地地追着，他们将无数的细长而有力气的手，伸在他的头颈上，触到他的头发。这些追踪的人是在作弄他，嘲笑他，时而消失，时而重新出现，他雇了马车，乘着跑了一会儿，跳下马车，又跑了一会儿步，重新坐马车跑，但是，这些追踪的人好像总是追得很近，而他却看不见他们，这反而使他更加害怕。

当他看见阴沉沉的树林好像是有着各种花样的墙壁一般地挡在他面前，向他伸长了许多没有树叶的枝干的时候，他方才松口气。他很快地走进那些很结实地长在地上的树丛里，当他在树林里面走去的时候，他摇动着他那伸在身后的两手，仿佛想把背后的树木移得更紧密一点。走下了一处溪谷，在那里，他在冰冷的沙土上坐了一会儿，重新站起身来，沿着溪谷向前走去，因为恐怖，他满头大汗，头脑昏昏沉沉，呼吸也觉得困难。可是不久，他看见前面透出一些光亮，他耸着耳朵，一点都不出声地又走了几步，他看到前面有一条铁路路基，路基那面又有许多树木，这些树木长得稀而小，树木之间露出一座建筑物的灰色屋顶。

他很快地回转，沿着谷底向着树林更密而阴暗的地方走去。

"他们会抓我……"这种肯定的冷酷的思想推动他。"他们一定要抓我……"

在树林上面，荡漾着静静的、微弱的钟声，这钟声是从近处不知什么地方传来的，它触动细的树枝，使它们好像在溪谷的薄暗里面颤动，因而空中充满沙沙的微声，小沟里面的薄冰，在他脚下发出干燥的破裂声音，溪水已经全部结了冰，在干涸的灰色河底上面，只是蔽着一层白的薄膜。

克林科夫坐下来，俯下身，将一块冰塞在嘴里，然后立刻跳起身来，爬上溪谷的断崖，将皮带和背带拿下来，结在一起，忧虑地察看一下头上的树枝，这时候，对于自己毫不怜悯地想：

"大衣不要脱。愈重……愈快……"

他心里急起来,手指发抖,他的两肩不由自己地向上耸起来,好像想将脖子隐藏起来似的,这时候他很惊慌地想:

"我赶不上……"

火车很快地驶过去,树木发出表示不满意的声音,大地震动着,树枝中间出现了白的蒸气。

山雀飞来。在阴暗的树枝中间,它们一边活泼地啼叫着,一边不断地闪动,它们的那种急忙的样子,加速了叶夫赛那冰冷而不听话的手指的运动。

克林科夫将皮带的一端做成一个圈套,挂在树枝上面,往下拉了一下,很结实。于是,他又同样急速地将背带拈成辫条,开始做第二个圈套,当一切都做好之后,他叹了口气……

"现在,我应该祷告一下……"

但是,祷告辞一句都想不起来。他想了几秒钟。

"拉伊萨早已知道了我的最后命运,"他忽然想起了她,他将头伸进圈套里之后,心里一点都不畏惧地、简单地、轻轻地说:

"为了圣父、圣子和圣灵……"

他的脚蹬了一下地,往上跳了起来,而且将膝部弯曲起来。他的耳朵后部被拉得感到疼痛,头脑好像受到了奇妙的、内部的打击似的。惊慌不堪的他,整个身体跌在坚硬的地上,翻转着往下滚去,他用两手抓住了树根,这时候他的头撞到树干上,因而失去了知觉。

醒转过来之后,他才看见自己坐在溪谷里面,在自己的胸前吊着扯断了的背带,裤子破烂,透过裤子的布看见了擦破而淌血的膝盖。浑身感到非常痛楚,特别觉得疼痛的是脖颈,寒冷好像是在剥开他的皮肤似的。叶夫赛仰起了身子,向溪谷的上面望了一下,在那里,在白桦树的白色枝头上,他的皮带好像一条细蛇一般地吊着,在空中晃动着招呼自己。

"我办不到!"叶夫赛绝望地想。

眼里淌出了无力和屈辱的眼泪,他朝天躺在地上。透过眼泪,他望着那画满黑的枯枝的花纹的单调而浑浊的天空。

他忍受着寒冷和疼痛,用大衣卷着全身,躺了许久,这时候,他的无意义的生活像一连串的阴暗的烟圈一样,在他的面前,不由他地飞过去了。

树林旁边,火车驶过了好几次,树林里面充满了火车的隆隆响声、蒸气的浓云和它发出的光线。这种光线,好像想要在那里寻觅什么人似的,抚摩树干而滑过去,转瞬之间便消失了,这种光线是迅速的、颤动着的、冷冰冰的。

这种光线发现了叶夫赛之后,将他唤醒了,他勉强地站起身来,在树林间的薄暮里面,跟在光线后面走去。他停了步,靠在一棵树上,休息了一下,听着远远地传来的喧哗的市声,站了一会儿。天色已是傍晚,天空已经发青,市街的上空,静静地映出了一片暗淡的余晖。

从远方,听得到吼叫般的嘈声和轰隆声,钢轨唱着叫着地响动起来;火车在薄暮中,眨着红红的眼睛,驶过去;昏暗跟着很快地浮现出来,愈来愈暗起来。叶夫赛尽快地跑上轨道,蹲下来,然后背脊朝着火车,侧身横卧在轨道上,将头颈放在钢轨上,用大衣的下摆紧紧地包住了他的头部。

在几秒钟之间,灼热的钢轨的接触,使他觉得舒服,减轻了他头颈的疼痛,但是,钢轨震动和响动得愈来愈厉害,愈来愈令人不安,他整个的身体都好像在呻吟着,同时,轻轻地震动着的大地,也好像活动起来,在他身体下面浮上来,将他推开。

火车沉重地、慢慢地开来,而他已被车辆相撞的铿锵声、车轮有规律地冲击轨缝的声音震聋了,火车的钝重的呼吸声咆哮着,冲击着克林科夫的背脊,叶夫赛的周围以及他身上的一切都震动,好像风暴一般地动荡起来,将他从地上震开。

他已经不能再等,跳起身来,沿着轨道向前跑去,用尖锐的高声喊:

"我还是要……我要……要……"

红红的火光,追过克林科夫,滑过那平滑地磨光了的钢轨,这种光线一刻刻地加强,两条钢轨好像烧红了似的在叶夫赛的两旁奔流,给他指出跑的方向。

"我要!……"他挥着两手尖叫。

一件坚硬的东西撞在他的背上,他倒在两条发红的钢轨中间的枕木上,于是隆隆的铁轮声掩盖了他那微弱的尖叫声……

忏 悔

孙静云 译

《忏悔》写于一九〇七至一九〇八年之间,最初以《故事》为题刊载在《"知识"社一九〇八年文集》第二十三辑中,同年在柏林出版单行本。小说写一个被神职人员收养的私生子,从小虔信上帝,长大进修道院后,他目睹神父修士们荒淫无耻和虚伪残忍的丑恶行径,他的精神支柱因此破灭。在极度苦闷之余,他非但没找到正确的出路,反而堕入鼓吹造神论的泥淖之中。

这部中篇小说通过具体形象客观上为造神论这一错误思潮提供了材料,受到列宁的批评。

本书对传统的宗教的虚伪性和欺骗性作了淋漓尽致、入木三分的揭露和批判,是其积极的、很有意义的部分,同类题材的作品写得如此充分深刻的,在俄国作品中尚属罕见。十月革命后苏联出版的几种大型高尔基文集都选载了这部作品。

译自《高尔基三十卷集》第八卷。

献　给

费多尔·沙里亚平[①]

马·高尔基

① 费多尔·沙里亚平(1873—1938),俄国著名男低音歌唱家。

……请允许我讲讲我的一生；这个故事不会占去您多少时间,而您却需要了解它。

我是一只黄豆雀,一个被抛弃的孩子,一个私生子；谁生的我,不清楚,我是被扔在红土县索科利村洛谢夫老爷的庄园里的。我母亲,也许是别的什么人,把我扔在老爷家花园里那个小教堂的台阶上,老妇人洛谢娃就埋在那儿。园丁丹尼拉·维亚洛夫清早到花园里来,发现小教堂门口破布包里有个婴儿在动弹,一只黑猫在旁边转来转去。丹尼拉就把我捡了去。

我在丹尼拉家里长到四岁,他自己孩子很多,我到处找吃的东西,找不到吃的,就吱吱哇哇叫一阵子,哭叫一阵子,就饿着肚子睡着了。

四岁的时候,教堂里的助祭拉里翁,一个单身汉,少见的好人,收养了我；他收养我是为了消愁解闷的。他个子不高,圆滚滚的身子,圆圆的脸,火红的头发,有一副女人般的细嗓子。他的心地也跟女人的心地一样软,对谁都很温存。他喜欢喝酒,喝得很多；清醒的时候他不爱讲话,常常半闭着眼睛,那副模样就像在谁面前都有罪似的。可几杯烧酒下肚以后,他就扯着嗓子大唱起圣诗和赞美诗来,梗着脖子,见人就咧嘴笑笑。

他性情孤僻,日子过得挺苦。他把自己的份地让给神甫了,他自己呢,无冬无夏总爱捉鱼,还常常以捕鸟解闷,他也教会我干这个营生。他喜欢鸟儿,鸟儿也不怕他,回想起那时的情景来,真令人感动。鹡鸰是一种很野的鸟儿,可它常常在拉里翁的红脑袋上跑来跑去,在他火红的头发里溜溜达达。有时候,鹡鸰落在拉里翁的肩膀上,低垂下聪明的小脑袋,朝他的嘴里瞧了又瞧。拉里翁还常常躺在板凳上,把麻籽儿撒在自己的头发里、胡子里,黄雀呀,金翅雀呀,小山雀呀,灰

239

雀呀,都纷纷飞来,在助祭的头发里翻来翻去啄食,有时候爬到他的脸蛋上,有时候啄他的耳朵,落在他的鼻子上,他呢,躺在那儿哈哈笑着,眯缝着眼睛,亲热地跟鸟儿们谈心。在这方面,我真羡慕他呀,因为,鸟儿们都怕我。

拉里翁是个心地善良的人,这一点连所有的禽兽都懂得;可人呢,我看不见得,我不是责备人,因为我知道,善良的心地是填不饱人的肚皮的。

冬天,他的日子很不好过:没有柴烧,又没钱买,钱都喝光了,小木房里冷得像地窖,只有小鸟儿啾啾叫着,唱着,我们躺在冰冷的炉台上,把能盖的东西裹在身上,聆听着鸟儿的歌唱……拉里翁吹起口哨给它们伴奏,他吹得真动听!是呀,他长得就像一只交啄鸟:大鼻子,钩钩嘴,红脑袋。他还常常对我说:

"噢,莫季卡①,听我说,我的教名是马太,听我说!"

他仰面躺着,两手枕在头下,眼睛眯成一条缝,用尖细的声音唱起安魂弥撒曲。鸟儿们闭住了嘴,倾听着,过了一会儿,它们也争先恐后地唱起来。这时,拉里翁唱得更响了,鸟儿们也不示弱,个个起劲地猛叫,特别是黄雀和金翅鸟,鹨鸟和椋鸟。拉里翁常常唱得泪水横流,湿了他的双颊,他那泪水洗过的脸变得灰暗而苍白。

听着他唱这样的曲子有时让人感到恐怖,有一次我悄声对他说:

"叔叔,你怎么老唱死呀死的?"

他停下来,看了看我,笑着说:

"傻孩子,不要怕!死有什么呢,死是美的!祭祷歌里最美的就是安魂弥撒曲:其中有对人的爱,对人的怜悯。我们这个世界上,除了死人之外,谁也不会受到怜悯的。"

这些话,像他说过的一切话一样,我记得很清楚。可是在当时,我当然不懂得这些话的含义。只有到了晚年,到了人生最聪明的年龄,

---

① 本小说中的主人公马特维的别称。

才能真正懂得童年的一切。

我还记得,我问他:"为什么上帝不怎么爱帮助人?"

"这不是该他管的事!"他给我解释说。"自个儿管自个儿吧,你不是也长着个脑袋吗?上帝吗,是为了让你死的时候不害怕,怎么活着呢,那是你的事!"

这些话我早就忘在脑后了,过了许多年才又想起来,可这些话给我增添了不少多余的烦恼呢!

他真是一个少见的好人!钓鱼的人从来不喊叫,不讲话,怕把鱼吓跑,拉里翁却不停地唱歌,给我讲各种各样的圣徒传记,讲上帝,可鱼儿呢,总是上他的钩。人们捉鸟的时候都是蹑手蹑脚的,他却一个劲儿吹口哨,逗它们,跟它们聊天,一点儿也不碍事!鸟儿还是往他那用上衣绑成的口袋里或是网子里钻。还有,蜜蜂也是,每逢分群或碰上别的什么事儿,养蜂老人总是一边干一边不停地祈祷,不过,有时候还是不能得心应手。遇到这种情况,他们就把助祭叫去。助祭见了蜜蜂,就连抽带打,又是用脚踩,又是骂娘,把一切都办得妥妥当当。他不喜欢蜜蜂:蜜蜂蜇瞎了他女儿的眼睛。小女孩爬上蜂箱,那时候她才三岁,一只蜜蜂往她眼睛上噙地一下子,一只眼睛蜇坏了,瞎了,不久,另一只眼睛也瞎了,后来小姑娘患头疼病死了,她的妈妈发了疯……

是的,他不论干什么都与众不同。他很疼我,就跟亲娘一样。村里人却不大可怜我,他们的日子都很不好过,大伙儿觉得我是个外人,是个多余的人,偶尔也许会偷吃别人一口饭……

拉里翁使我养成了上教堂的习惯,我开始帮他做些事,跟着他在唱诗班里唱诗,点手提香炉,需要干什么我就干;我常常帮助看门人弗拉西收拾和打扫教堂,我喜欢干这些事,特别是冬天。那座教堂是木头建筑,冬天炉火烧得很旺,里边很暖和。

比起早课来,我更喜欢彻夜祈祷;夜晚,劳累了一天的人们,摆脱了一切牵挂,虔诚静默地站在那里,像蜡烛一样,用小小的火花温暖着自己的灵魂;这时候,在一张张不同的面孔上却流露出同样痛苦的神色。

拉里翁喜欢教堂里的神职工作:他闭上眼睛,把红脑袋向后一仰,喉核高高突出来,放声唱起圣诗。他常常唱得过了头,神甫不得不从祭坛那边打手势,意思是说,看你这是唱到哪儿去了?他读经也读得很漂亮,像歌唱一般拉长声调,声音嘹亮,温柔,颤悠悠的,又很快活。神甫不喜欢他,他也不喜欢神甫。他不止一次对我说:

"这算什么神甫!他不是神甫,是一面鼓,鼓槌是根据需要和惯性在上面敲打的。我要是神甫,做起祈祷来,不仅会让活人泪流满面,就连圣像也会哭起来的!"

这话很对,神甫的长相同他的职位很不相称:翘鼻子,脸黑得像锅底,宽嘴巴,牙都掉光了,胡子像一团乱麻,头发稀稀拉拉,大秃顶,长胳膊。声音嘶哑,气喘吁吁,好像背上背着沉重的包袱。他很吝啬,经常气鼓鼓的,因为家里人口多,村子很穷,农民的土地贫瘠,又没有什么副业。

夏天,蚊子成群结队嗡嗡叫的时候,我和拉里翁白天晚上都在林子里捉鸟,或是在河边钓鱼。常常是教堂里突然有事,可助祭不在,又不知道到哪儿去找他。于是就把村子里的小男孩全都赶出来找他;他们像小兔子似的跑来跑去,大喊:

"助祭!拉里翁!快回去!"

好不容易才找到他……神甫把他大骂一顿,威胁说要告他的状,惹得庄稼汉们哈哈大笑。

他有一个朋友叫萨韦尔卡·米贡,是个有名的小偷,整天泡在酒缸里的酒鬼。因为偷东西不止一次被人狠狠敲打过,甚至还蹲过监狱。但是,尽管如此,他依然是个少见的人才!他会唱歌,会讲故事,讲得你每次回忆起来都惊叹不已。

我多次听过他讲故事,至今他还像活着的时候一样站在我面前:瘦弱,灵活,下巴上长着几根小胡子,穿得破破烂烂,小脸,尖下颏儿,大脑门,额头下一双贼溜溜的快活的眼睛总是不停地忽闪着,像两颗发暗的星星。

他常常提着一瓶烧酒,有时候他让拉里翁买酒,他们两个人面对面地坐在桌旁,萨韦尔卡说:

"喂,助祭,你来一段《忏悔曲》①吧!"

两个人干了杯……拉里翁有些不好意思,随后就唱起来。萨韦尔卡像钉在那儿似的坐着,忽闪着眼睛,抖动着小胡子,眼里含着泪水,他用一只手抚摩着脑门儿,面带微笑,用指头轻轻地擦去脸颊上的泪珠。

过了一会儿,他像一只皮球似的突然跳了起来,喊道:

"妙极了,拉里亚②!哼,我真羡慕主耶稣上帝!给他编了多么动听的歌呀!人呀,拉里亚,啊?人真是了不起,人的心地是多么善良、多么有才气呀,啊?人在上帝面前已经不感到寸步难行了!可是上帝呢,瞧一瞧吧,就这么对待你!上帝啊,我把心都掏给你了,你可什么也没给我!"

"不许冒犯神灵!"拉里翁说。

"我?"萨韦尔卡大叫,"一点也没有!连想也没想过!我怎么冒犯神灵了?一点也没有!我替上帝高兴,一点别的意思也没有!噢,现在该我给你唱了!"

他站起来,一只手伸向前方,开始了他那迷人的演唱。他声音很低,脸上带着神秘的表情,两眼圆睁,闪烁着一种特别的光芒。那只伸出来的手上干瘪的指头一直动来动去,像是在空气里寻找什么。拉里翁两只手扶着长凳,背靠着墙,张着嘴,惊奇地望着他;我躺在炉台上,悲喜交加,屏息静听着。萨韦尔卡的整个身影渐渐模糊起来,只有一口老鼠牙闪着白光,干巴瘦小的舌头像蛇芯子一样颤动着,脑门上冒出豆粒大的汗珠儿。他的声音是那么悠长,像田

---

① 圣诞节前举行彻夜祈祷时唱的教会歌曲。
② 拉里翁的别称。

野里的小河似的潺潺而流,闪闪发光。唱完之后,他摇晃着身子,用手掌擦干了脸上的汗。他们两个又喝起酒来,沉默了很久。然后,萨韦尔卡恳求说:

"喂,拉里亚,来个《海浪》①吧!"

整个晚上他们就是这样互相消愁解闷,直到两个人都喝醉了才停止歌唱;喝醉了以后,米贡常常讲起神甫、地主和沙皇们的逸闻丑事;逗得助祭哈哈大笑,我也笑了,萨韦尔卡却一个故事接一个故事胡诌起来。他讲得可笑极了,简直能笑死人。

每逢节日,他在酒馆里唱得就更动听了:在大庭广众之下,他往前面一站,使劲眯缝起眼睛,眼角上因而布满了皱纹,接着就唱起来。你只要看上他一眼就会发现,仿佛歌儿从地底下冒出来进入他的胸膛:是大地给他提的词儿,是大地使他的声音富有力量。庄稼汉们围着他,有的站着,有的坐着;有人低下头嘴里嚼着麦草,有人盯着萨韦尔卡的嘴,眼睛里流露出快活的神情,乡下女人听着听着,甚至掉起眼泪来。

他唱完了,大伙儿请求说:

"兄弟,再来一个吧!"

给他端来了酒。

听说米贡有这样一段故事:他在村子里偷了东西,庄稼汉们抓住他,说:

"哼,你算完了!这一回我们非吊死你不可,饶不了你啦!"

他呢,好像是这么回答的:

"得了吧,老乡们,你们这个办法可不高明呀!我偷的东西你们都夺回去了,这么一来,你们什么也没有损失呀!钱财能挣来,可是我这样的人你们到哪儿去找啊?没有我,谁给你们逗乐呀?"

"算了,随你怎么说吧,"庄稼汉们说。

---

① 复活节一周的星期五和星期六唱的宗教赞美诗。

他们把他带到树林里去要吊死他。一路上他就唱起歌来了。开头他们还催他快走,后来也不再催了,到了林子里,绳子已经准备好了,可是他们想等他唱完最后一支歌再动手,后来他们又商议了一阵子,说:

"让他再唱一个吧,就算他自己给自己送终的祈祷吧!"

他又唱了一支歌,这时候,太阳升起来了,大家回头一看,太阳从东边升上来,是一个大晴天。米贡站在他们中间,面带微笑,临死前,毫无惧色。庄稼汉们不好意思动手了。

"噢,伙计们,见他的鬼去吧!"他们说,"吊死这么个人,这不是造孽吗?再说也会犯众怒呀!"

他们终于商定不伤害米贡了。

"我们佩服你的才气,"他们说,"不过因为你偷东西,我们还是得好好敲打敲打你。"

他们轻轻地给了他几下子,就跟他一块儿回去了。

这个故事也许是胡编的,可把庄稼人都说得很好,萨韦尔卡也不错。再说,您只要想一想:故事编得这么好,编故事的人也错不了,这才是最主要的呢!

萨韦尔卡和拉里翁不只一块儿唱歌,他们还谈论许多问题,常常谈到魔鬼:在他们口里,魔鬼可不是什么好东西。

我记得,有一次助祭说:

"魔鬼是你心中凶恶的化身,是精神愚昧的表现……"

"这么说,是我犯傻了?"萨韦尔卡问。

"是呀,是犯傻了!"

"准是那么回事儿!"米贡笑着说,"要是真有魔鬼的话,他早该把我抓去了!"

拉里翁根本不信鬼。记得,在打谷场上,跟庄稼汉们——一些分裂派教徒争论时,他对他们大喊:

"不是鬼性,是兽性!人身上有善也有恶:你要行善,就有善,你要作恶,就有恶,恶有恶报!上帝才不强迫你行善呢,他也不强迫你去作恶。上帝造了人,人想干什么就干什么,任你行善还是作恶。你们心中的魔鬼就是穷困和愚昧!人的本性自然是善的,因为这是上帝给他的,你们的恶性不是魔鬼缠身,而是兽性!"

大家冲他喊:

"你这个红毛的异教徒!"

可他还是说自己的那一套。

"就是因为这个,"他说,"画出来的鬼头上长犄角,脚像山羊蹄,鬼就是人身上的兽性。"

拉里翁讲起主耶稣来,讲得最生动:"看到上帝的儿子命运这么苦,我常常掉眼泪。从在神殿里和博士们辩论直到各各他①,站在我面前的耶稣,总是像孩子似的纯真无瑕、完美无缺,对百姓充满着难以形容的爱,对一切怀着善良的微笑,给以温情的抚慰。这个具有惊人美德的孩子无所不在!"

"耶稣在跟神殿里的博士们谈话的时候,"拉里翁说,"也跟孩子一样,显示出他比博士们真诚,贤明。莫佳②,你要记住这一点,你要一辈子在心里保持自己的童贞,童贞里才有真情!"

我问他:

"耶稣是不是很快再来呢?"

"是快了!"他说,"快了!听说,人们又在找他呢!"

如今,回忆起拉里翁讲的话,我觉得,他把上帝看作最美好的万物的创造者,他把人看作世间愚蠢的迷途羔羊,他认为人是可怜的,因为上帝把巨大的财富遗赠给世上的人,而作为继承者的人却是无能之辈。

他跟萨韦尔卡的信仰是一样的。记得,有一次村里神奇地出现了

----

① 各各他是耶路撒冷城郊的一个山岗,据《圣经》记载,耶稣在这里被钉上十字架(见《新约·马太福音》第二十七章)。

② 马特维的别称。

一座圣像。秋天的清晨,一个村妇到井台去打水,她突然看到黑洞洞的井底放出光彩。她叫来村里人,乡长、神甫都来了。拉里翁也赶来了。大家把一个人放下井去,他从井底捧上来一座"烧不坏的荆棘圣像"①。人们当即做起祈祷来,并且商定在井台上修座小教堂。神甫高声说:

"善男信女们,都来布施吧!"

乡长也下令捐款,他自己捐了三卢布。庄稼汉们纷纷解囊,村妇们卖力地拖来一块又一块粗麻布,还有各种杂粮,村里到处喜气洋洋,我也很欢喜,像过圣耶稣复活节一样。

可是,祈祷的时候我就看见拉里翁满脸愁容,对谁都不看一眼,萨韦尔卡呢,像一只老鼠在人群里钻来钻去,冷笑着。夜里,我去看显灵的圣母像:她立在井台上,冒出像淡蓝色光芒一样的烟雾,仿佛有个隐身人在亲热地向她吹气,用光和热温暖着她一般;我又害怕又高兴。

我回到家,听见拉里翁忧郁地说:

"没有这么一位圣母!"

萨韦尔卡拉长声音笑着说:

"我知—道!摩西大概比耶稣大好多辈呢!真是一些骗子!怪事,啊?啊哈,你们这些怪物!"

"干出这种事来,乡长、神甫都该坐牢去!"助祭把声音压得很低很低,说。"免得他们为了贪财把人们心里的上帝给毁掉!"

我觉得,这样的谈话很刺耳,我就从炉台上问:

"拉里翁大叔,您这是说的什么呀?"

他们闭口不谈了,两个人喊喊喳喳咬起耳朵来,看样子,他们有些担心。过了一会儿,萨韦尔卡大声说:

"你这是干什么?你亲口抱怨说,人们都是傻瓜,可你自己就把马

---

① 圣母像的名称。据《圣经》记载,在"烧不坏的荆棘"中,上帝向正在放羊的摩西显身,吩咐摩西领以色列人出埃及(见《旧约·出埃及记》第三章)。

特维伊卡①培养成一个傻瓜,你不害臊吗?为什么要这样?"

他一步窜到我跟前,对我说:

"你瞧,莫季卡,这是火柴!瞧,我把火柴放在手心里搓……看见了?把灯灭了,拉里翁!"

熄了灯以后,在黑暗中,我看见萨韦尔卡的两只手上闪烁着显灵的圣像发出的蓝光。看到这个,我真是又害怕又难过。

萨韦尔卡还在说什么,可我躲在炉台的一角,用手指头塞住两只耳朵。他们两个随后都爬上炉台,凑到我跟前,烧酒也拿来了,他们争先恐后地给我讲真的奇迹,也讲了对人们信仰的粗暴的玷污和欺骗,讲了很长时间,我就这样在他们的谈话声中睡着了。

过了两三天,来了许多神甫和官员,查封了圣像,撤了乡长的职,神甫交法庭去审判。这时候我才相信这是个骗局,虽然我很难同意,说他们这么干只是为了从女人那里抢走几块粗麻布,从庄稼汉手里搜刮几个小钱。

我刚过六周岁,拉里翁就开始按教会的一套教我读书写字。又过了两年,村里办起一所学校,他送我上了学。起初,我跟拉里翁有点疏远。我喜欢念书,读起书来很认真。每当他检查我的功课、听完我的回答之后,总是说:

"好极了,莫季卡!"

有一次他说:

"你的血统不错,看样子,你父亲也很聪明!"

我问:

"他在哪儿?"

"谁知道呢?"

"他是庄稼人吗?"

"也许只能说他是个男人,至于他干什么,那可说不清楚。也不一

---

① 马特维的别称。

定是庄稼人！除了性格之外，从你的面孔，你的皮肤看，你父亲像是个老爷！"

这偶然说出来的几句话深深地印入我的脑海，它们给我带来不少灾难。在学校里同学们都叫我私孩子，我呢，执拗地对他们大喊：

"你们是庄稼佬的孩子，我父亲是老爷！……"

我坚信的一点是，我得自卫，得想办法对付这种嘲笑，而我又想不出别的自卫方法。他们都不喜欢我，叫得越来越凶了，于是，我就跟他们动起武来。我是个壮实的半大小子，打起架来很机灵。这下子他们告起我的状来了。不少人和同学的家长们都对助祭说：

"管教管教自己的孽障吧！"

有些人干脆连状也不告，揪住我的耳朵就没完没了地打。

这时候，拉里翁对我说：

"马特维，也许你是个将军的儿子呢，不过，这并不重要，人生下来都一样，对每个人都应该同样尊重。"

他这话说得太迟了，我当时已经十一二岁，我觉得受到了极大的凌辱。我开始躲着别人，跟助祭又亲近起来了。整个冬天，我跟着他到树林里游荡，捉鸟，很少去上学。

快十三岁的时候，我小学毕了业。拉里翁在考虑我以后做什么。我们常常去划船，我划桨，他掌舵。坐在船上，他总是引导我去探索他对人生各种命运和前程的看法，给我讲述各式各样的生活道路。

他曾设想我做了神甫，当了兵，或是成了一个掌柜的，不过看起来，我干什么也不合适。

"怎么办呢，莫季卡？"他问。

然后，看了看我，笑着说：

"没关系，别害怕！既然没垮下来，就能闯出去！就是别当兵，一当兵，人就完蛋了！"

八月里，刚过圣母升天节，我跟拉里翁到水深漩涡多的柳布什河去钓鲶鱼。他喝得有点醉了，随身还带了一瓶酒。他拿起酒瓶小口地

249

呷着酒,满意地发出咯咯声,随后就唱起歌来,唱得整个河面都听得见。

他的那条破船很旧,又小又不稳当。坐在船上,他猛一回身,船一歪,就进了水,我们两个也掉到河里了。已经不是第一次碰上这种事儿,所以,我没有害怕。我钻出水面一看,拉里翁正在我旁边游着。他摇晃着脑袋说:

"你往岸上游!我去把这个该死的木盆推过来!"

离岸边并不远,水流也不急,我不慌不忙地往前游,突然,好像有人抓住我的腿,也许是陷进了冰冷的漩涡。我回头一看:我们的小船儿底朝天漂在水面上,拉里翁不见了,哪儿也找不到他!

像是挨了当头一棒,我心里害怕极了,浑身打战,向河底沉下去。

这时候,地主农场的总管叶戈尔·季托夫从岸边经过,他看见我们的船翻了,也看见拉里翁沉下去了;我开始往下沉的时候,季托夫已经在岸上脱掉了衣裳。他把我拖上岸。直到夜里才把拉里翁捞上来。

拉里翁善良的灵魂安息了,我立刻感到天昏地暗,孤苦伶仃。埋葬他的时候,我病了,躺在床上,没能去墓地为亲人送终。病刚好,我第一件事就是去给他上坟。我坐在那儿,连哭都哭不出来了。我头脑里响起他清亮的声音和动人的话语。我多么希望他用慈祥的手抚摩一下我的头呀,可是,这个人永远离开人世了。一切都变得陌生、遥远……我闭上眼睛,坐着。突然,有人来扶我:他拉住我的手,把我扶起来。我一看,是季托夫。

"你待在这儿也没有什么用处,"他说,"咱们回去吧!"

他领着我走了。我跟着他往前走。

他对我说:

"看样子,你是个好心肠的孩子,知道报恩。"

他说这话也宽不了我的心。我没吱声。季托夫又说:

"你刚被扔掉的时候,我就想过,我是不是把这孩子收养起来?可是,那一次,我没有办成。噢,看来这是上帝的旨意,他又把你的生命交给我了,就是说,你跟着我一块儿生活吧!"

活,还是不活,怎么生活,跟谁一块儿生活,当时对我来说都无所谓……就这样,我从一个地方又不知不觉地来到另一个地方,马马虎虎活着。

过了一些时候,我跟季托夫一家人慢慢熟了。季托夫是个高个子,性情忧郁。他剃着士兵一样的光头,留着又长又密的小胡子,下巴上的胡子刮得光光的。说起话来慢慢腾腾,好像怕说走了嘴,或许是自己也不相信自己所说的话。他常常背着手,或是把手插在口袋里,仿佛他那两只手怕见人似的。我知道,村里的庄稼人和这一带的乡亲们都不喜欢他。两年多以前,在马利尼村,有人甚至用木桩子揍了他。听说,他身上总是带着手枪。他的妻子,纳斯塔西娅·瓦西里耶芙娜,是个很漂亮的女人,不过总是害病,很瘦弱,勉强能起床,脸上没有一点血色,两只大眼睛呆板、胆怯地闪来闪去。他们有一个女儿,叫奥莉娅①,比我小三岁,身体也很虚弱,脸色苍白。

他们周围的一切都是无声无息的:地板上铺着粗糙的长条厚地毯,听不到脚步声,家里人话不多,都是悄声说话,连墙上的挂钟也是小心翼翼地敲打着。圣像前面点着长明灯,到处都贴着画,有《最后审判》、《使徒受难》和《圣徒瓦尔瓦拉殉难》②。一只肥胖的烟色老公猫默默地趴在屋角的卧榻上,两只绿眼睛东张西望。在这哑然无声的气氛中,不论拉里翁的歌声,还是鸟儿的歌唱,我都久久不能忘怀。

季托夫把我带到账房,开始教我管账。我就这么一天天过下去了。我发现,季托夫在注意我,观察我,他虽然没有说什么,却好像在打我的主意。我感到很不自在。

我向来不是一个快活的人,这时候更是整天愁眉苦脸了;我找不到一个谈心的人,再说,我也不想谈。

---

① 奥莉加的别称。
② 公元三〇六年在赫利奥波利斯城(在开罗附近,现名马塔里亚)遭难的一位女殉教者,东西方教徒都尊她为圣徒。她的事迹在俄罗斯教徒中流传甚广。

我心里像蒙上了一层雾,我不喜欢季托夫一家那种令人生疑的静悄悄的生活。我又常常到教堂里去,给看门人弗拉西和新来的助祭帮忙。新来的助祭年轻,漂亮,听说当过教员;他工作懒散,拍神甫的马屁,吻神甫的手,像一条巴儿狗似的跟在神甫屁股后头转。他常常朝我大嚷大叫,可他这是白费劲儿,因为教堂里的差事我比他干的并不差,一切都做得妥妥帖帖。

从那时候起,我爱上了上帝,也就开始了一段艰难的生活。

有一次夜祷之前,我在圣母像前整理烛台,抬头一看:圣母和圣婴都那么严肃深沉地望着我……我哭了,跪在他们面前祈祷起来,准是替拉里翁祈祷的。我也不知道祈祷了多久,但我觉得轻松一些了,心里感到温暖,我的心又苏醒了。

弗拉西在祭坛前忙着,嘴里叨叨咕咕,也不知说的是什么。我来到他身边,他看了看我,问:

"有什么高兴事儿吗,捡到钱了吧?"

我知道他为什么这么问,因为我常常在地上捡到钱。可是现在,我觉得他的话很刺耳,好像揪我的心一样。

"我向上帝祈祷了,"我说。

"向哪个上帝?"他问。"咱们这儿有一百多个上帝呢!可活的上帝在哪儿?在哪儿?真正的上帝,不是木雕的,在哪儿呀!去找找吧!"

我早知道他整天胡言乱语,可是,当时我听了他的话却很生气。弗拉西已经很老很老了,走起路来勉勉强强挪动着两条腿,膝盖是弯曲的,全身颤抖,跟走独木桥一样。嘴里的牙全掉光了,黑灰色的脸活像一块破抹布,这张脸上那两只狂人一般的眼睛直盯盯地望着。来向弗拉西索命的死神也太老,已经抬不起手来向老人索命了。弗拉西已经老糊涂了:拉里翁死前不久,有一次,他说起胡话来:

"我不是给教堂看门,我是给牲口看门:我是个放牲口的,我生来就是放牲口的,直到死我还是放牲口的!瞧着吧!我很快就要离开教堂到荒郊野外去了！"

可是，谁都知道，他从来也没有放过牲口。

"教堂吗，"他说，"也是坟地，是死人待的地方，我呢，我愿意跟活物在一块儿，我要放牲口去，我家祖祖辈辈都是放牲口的，我四十二岁以前也是放牲口的。"

拉里翁有一次开他的玩笑，笑着问：

"古时候有个维列斯①，是管牲口的神，他也许是你的老祖宗吧？"

弗拉西让他详细讲讲维列斯，听完之后，说：

"是这么回事儿！我早就知道我是什么人，只是不敢对神甫说！我说，助祭，你可别告诉他！到时候，我亲口对他说，是的……"

说到这里，老头子就停住了。

真是的，我明知他疯疯癫癫，可还是让他把我的心给搅乱了。

"当心点，"我说，"上帝会惩罚你的！"

他却满嘴漏风地慢慢吞吞地说：

"我——就是上帝！是的！"

这时候，他突然脚下被小地毯绊了一下，差一点儿摔倒在地上，我想，这准是上帝要惩罚他了。

我真心诚意地爱上了教堂的一切；我怀着一颗火热的童稚般的心献身于宗教。我是那么虔诚，不仅圣像和圣经对我是神圣的，就连教堂里的烛台、手提香炉和其中的火炭，都是神圣的。我总怀着颤抖的、又怕又喜的心情对待教堂里的一切。一走进教堂，我的心就紧缩起来，连地上铺的石头我都想吻一吻。我感到，我是处在无所不见的神光普照之下，神的恩泽用那非凡的力量拥抱着我，用耀眼的光芒温暖着我，指引着我在人生道路上的行程。上帝的恩泽是那么光彩夺目，使人除了自己之外，谁也看不见。我常常一个人站在教堂里，周围一片黑暗，可我心里却是亮堂堂的，因为，我心里只有上帝，再也没有童

---

① 古斯拉夫人崇拜的神，掌管畜牧、财政和商业。

253

稚的忧愁,再也没有烦恼,再也没有世俗的生活和周围的一切了。跟上帝亲近使我跟周围的人们越来越疏远。当然,在当时,我还不理解这是什么原因。

我开始读圣经和各种宗教书籍,能到手的都读过了;读着读着,上帝那美好的语言就在我整个心灵里回响起来;我的灵魂贪婪地吸吮着它的蜜汁,感恩的泪水也就随之流下来。我常常第一个来到教堂,跪在三位一体的圣像①面前,恭顺地、情不自禁地落起泪来,头脑里万念俱消,我也不做祈祷:我对上帝一无所求,我没有任何私欲地信仰他。

我记得拉里翁说过:

"口中的祈祷,只不过是空话。上帝跟人可不一样,他注意的是你的意念,可不是你的言语。"

可我呢,连意念也没有,只是跪在那儿,好像在默默地唱一支快乐的歌,我感到快活的是,我明白:我不是孤单单一个人在世上,我是在上帝的庇护之下,上帝就在我身边。

这样的时刻对我来说是美好的,像是平静而快活地过节一样。我喜欢一个人待在教堂里,安然幽静,万籁无声。我沉浸在静寂之中,仿佛飞上了云端,从高处一望,不见人迹,不见人世间的一切。

可是,弗拉西总是不让我安静。他拖着两只脚在石板地上走来走去,发出沙沙的响声,浑身像风吹树摇一般颤颤悠悠,漏风嘴不住口地唠叨:

"我干吗要在这儿,这可不是我干的活!我就是上帝,世上所有的牲口都由我来放!明天我就到野外去!干吗把我赶到这儿来呢,又冷又黑,这是我该干的活吗?"

他如此亵渎神灵,真叫我担心。我想,教堂让他给玷污了,上帝自然不乐意在自己家里看到他。

---

① 即基督教中圣父、圣子、圣灵三位一体的圣像。

那时候,我是既虔诚又勤勉,所以,神甫在遇见我的时候,鼻孔里发出一种特别的呼哧声,也给我画起十字来了。我呢,不得不吻他那只总是冷冰冰汗津津的手。我羡慕他通晓天国的秘密,可是我不喜欢他,我怕他。

季托夫用他那双像钮扣一样暗淡无光的小眼睛更加机警地观察我。他们一家人对我都是小心翼翼的,好像我是个玻璃人。奥莉贡卡①不止一次小声问我:

"你是圣徒吗?"

她在我面前总是腼腼腆腆的,连我对她很温存的时候,给她讲经传和教堂里的事儿的时候,她也是这样。冬天的夜晚我天天大声诵读训诫集②或日课经文月书③。无家可归的雪女郎在窗外大地上东奔西窜,她冻僵了,敲打着墙壁,呻吟着,吼叫着。房间里静悄悄的,大家坐在那儿,一动不动;季托夫低垂着脑袋,连他的脸也看不见;纳斯塔西娅用呆板的目光望着我;奥莉贡卡在打盹儿,一阵寒风呼啸而过,她全身颤抖一下,回过头来,朝我淡淡地一笑。有时候,碰上经书中听不懂的词儿,她总要问个明白;她那温柔清脆的声音银铃一般在房中回响,随后又是一片寂静,只有漫天飞舞的雪女郎如泣如诉地歌唱着,在大地上盘旋,寻找安歇的处所。

那些殉难的圣徒们,为上帝奋斗不息,为了证实上帝的威力,他们万死不辞,这些人对我来说比任何人都亲近,那些爱人如己的善人和圣徒也令人敬佩;可是,那些为了上帝甘愿出世超尘到荒郊野外或名山古洞修身养性的柱头苦行僧④和隐士却是我所不能理解的:他们在魔鬼面前俯首就范了。

拉里翁不相信有魔鬼,依我看,对于魔鬼倒是宁可信其有不可

---

① 奥莉加的别称。
② 按教会节日顺序将简短训诫词和教义片段汇集而成的教会读物。
③ 日课经文月书是东正教教堂逐日祈祷经文汇集,每月一册,主要内容是圣徒行传。
④ 站在立柱上面祈祷或关在小塔里苦修的僧人。

信其无的,《圣徒行传》说的有道理:没有魔鬼人怎么会犯罪呢!拉里翁认为,上帝是惟一的世界创造者,上帝是全能的,所向无敌的。可是,那些丑恶的东西是哪里来的呢?从《圣徒行传》中可以看到,魔鬼就是制造一切丑恶的能手,我认为,制造丑恶就是他的职业:上帝造一棵樱桃树,魔鬼就造一片牛蒡,上帝造一只云雀,魔鬼就造一只猫头鹰。

不知为什么,成了这个样子:我承认魔鬼的存在,可是不相信它,也不怕它;我只是利用魔鬼来说明丑恶存在的原因罢了。不过,魔鬼却损害了上帝的尊严,妨碍了我对上帝的笃诚。我尽可能不想这些事,可是季托夫总是引诱我去考虑罪恶和魔鬼的力量。

我正读经,季托夫连眼皮也不抬一下,突然问:

"马特维,'卡莫'是什么意思?"

我回答说:

"往哪里……"

沉默了一会儿,他说:

"我往哪里举(去)躲避你的面,我往哪里举(去)逃避你的怒?"①

他妻子深深地叹了口气,更加胆怯地望着我,像等待着什么似的。奥莉加闪动着蓝眼睛,猜测说:

"那就——逃到树林子里去吧?"

"'举'就是'去'的意思吗?"季托夫问。

"是的。"

我记得,他把手从口袋里抽出来,用两只手捻起长长的胡子来,额头上的眉毛索索抖个不停,随后又把手藏到口袋里,说:

"'往哪儿逃!'这是大卫王提的问题。国王还怕魔鬼呢!看样子,魔鬼比国王厉害得多。国王虽说是受过涂油式②,可他还是被魔鬼

---

① 出自《旧约·诗篇》第一百三十九篇第七节,但原经文是:"我往哪里去躲避你的灵,我往哪里去逃避你的面。"
② 涂油式是一种宗教仪式,用油涂抹前额表示祝福,此处指大卫王受过登极涂油式。

打败了……往哪里去？往魔掌里去！还有什么好问的！就是这么回事儿！这么说，连国王也往魔鬼的手掌心里钻，咱们这些奴辈还有什么可折腾的呢！"

季托夫常常围着这个话题绕来绕去，我虽然不懂他的意思，可听来总是很不愉快。关于我对宗教的虔诚，大家谈论得越来越多。你瞧，季托夫向我这么表示：

"马特维，希望你真心实意为我和我们全家祈祷！我真求求你啦，祈祷吧！这就算是我收养你，给你温饱、给你爱抚的报酬吧！"

我怎么办呢？我的祈祷没有任何内容，就跟鸟儿对着太阳歌唱一样。我开始为他和他的妻子祈祷，更多的是为奥莉贡卡祈祷，她长成一个非常好的姑娘，安详，美丽，温柔。我用大卫的赞美诗来祈祷，把我记得的一切祈祷词全都用上了。我叨念着动听而流畅的祈祷词，心中无限喜悦。可是，一想起季托夫，我就说："主啊，伟大仁慈的主啊！请饶恕您的奴仆格奥尔吉吧……"我的心立刻就凉了，祈祷词也跑光了，喜悦的清泉中泛起了沉渣，我好像在上帝面前羞愧得无地自容，我再也不能替他祈祷了！我垂下眼帘，无颜面对圣像。我站起身来，也不知是沮丧呢，还是难为情。我心里很乱：为什么会发生这样的事？我极力想弄明白，但是办不到。可惜的是，一想到季托夫这个人，我的喜悦之情就跑得无影无踪了。

像人们注意我一样，我也注意起人们来。

有时候节日里我来到街上，人们好奇地望着我。有人很有礼貌地向我打招呼，有人则对我冷眼相看。总之，大家都注意我。

"看，"他们说，"我们这位教友！"

"瞧着吧，马特维，你没准儿会变成圣徒呢！？"

"小伙子们，别开玩笑，他不是神甫，也不是为了钱才信上帝的！"

"庄稼人就没有成圣徒的吗？"

"什么神灵都向咱们伸手，咱们一点儿好处也得不到！"

"他才不是庄稼人呢！他是个私养的小少爷！……"

他们这些话让人高兴，也让人生气。

当时，我有一种特别的心理：希望跟所有的人和和睦睦地相处，也希望大家和和睦睦地对待我；我很想这样做，可是，人们的冷嘲热讽又使我不愿意这样做。

最使我受不了的是米贡：他一见我总是跪在地上向我施礼，数落着大声哭诉说：

"圣徒大人，请接受凡人的礼拜！请您替我——萨韦尔卡祈祷祈祷吧！难道上帝就不给我点好处吗？请教教我怎么拍上帝的马屁吧：你说我是等一等再偷呢，还是多偷一点儿好给上帝献上一支一普特重的大蜡烛呢？"

人们哈哈大笑起来。萨韦尔卡的挖苦话真叫人莫名其妙，心里很不是滋味。

可他还是一个劲儿地说：

"诸位正教徒们，向这位严守教规的信徒施礼吧！他一边在账房里劈里啪啦拨拉算盘珠子克扣咱们庄稼人，另一边又在教堂里扯着嗓子没完没了地念经，弄得上帝都听不见咱们庄稼人号啕大哭的声音了。"

我当时十六岁，为了他的这些嘲笑，我可以打得他满脸开花。可是，我没有这样做，只是处处躲着他。米贡发现我躲着他，更加跟我过不去了。他编了一支歌，节日里弹着三弦琴沿街高唱：

老爷抱住小妞儿，
小妞儿鼓起了肚皮儿，
老爷成了新女婿儿，
生了一窝狗崽子儿，
狗崽子被扔了又被东家捡回家门儿，
东家花钱把他们喂成狗腿子儿，

叫他们坐在账房里剥人皮儿，
剥得庄稼人叫苦连天咬牙根儿。

这支歌很长，歌里把大伙儿都挖苦遍了，骂得最厉害的是季托夫跟我。萨韦尔卡真把我折磨苦了，后来，一看见他那绺难看的小胡子和他那歪戴着帽子光秃秃的脑门儿，我就气得浑身发抖；真想冲过去把他撕成碎片。

虽然在当时我还是个孩子，可我心里却能容忍；他跟在我身后，叮叮咚咚胡乱弹着琴，我装作一点儿也不在乎的样子，不慌不忙往前走，就像什么也没有听见。

我祈祷得更勤了。我觉得，除了祈祷，没有别的办法超脱。不过，现在的祈祷词里既有抱怨又有苦恼了：

"主啊，这是为什么？父母抛弃了我，像一只小猫一样把孩子扔在树丛里，这是我的罪过吗？"

除此之外，我不知道自己还有什么罪过。生活中，人与人的关系是这么复杂，每个人都按自己的习惯行事，把自己的习惯当成法律。很难预料，别人会引导你去与什么人作对。

不过，我还是留心观察起周围的一切来，因为这样的处境使我越来越感到不安，越来越难以忍受。

我们的老板，康斯坦丁·尼科拉耶维奇·洛谢夫很有钱，还有很多土地；他很少到我们农场来，据说是因为这是他祖业中最不吉利的地方。他母亲在这儿被人掐死了，他祖父在这儿从马上跌下来摔死了，他妻子跟人私奔了。这位老板我见过两次。他又高又胖，戴一副金丝眼镜，穿一件腰部带褶的外衣，戴一顶有红帽箍的遮檐帽。都说他是沙皇的一个要人，挺有学问。还在写书呢。可是，有两次他冲着季托夫骂娘，还挥动拳头吓唬他。

在索科利农场里，权力都在季托夫手里。农场规模不大，只种了些供主人吃的粮食，其余的土地都租给农民了。后来又收回一些租地种亚麻,因为附近开办了一个工厂。

除了我之外,账房的角落里坐着伊凡·马卡洛维奇·尤金,一个不露声色沉默寡言的人,常常喝得醉醺醺的。他当过电报员,因为酗酒被解雇了。所有的账目,书信往来,跟农民订合同,都由他管。他很少讲话,沉默得让人吃惊。别人说什么,他只是点点头,小声地吃吃笑笑,偶尔说:

"是这样。"

再也没有话了。

他个子很矮,人很瘦,脸浮肿得圆鼓鼓的,连眼睛都埋在里边了,秃头,用脚尖走路,一点声响也没有,像瞎子一样试探着往前一点点挪动脚步。

在喀山圣母节①那天,庄稼汉们用毒酒把他毒死了。他一死,账房里就剩下我一个人,一切都由我来操持。季托夫决定一年给我四十卢布薪水,他让奥莉加给我当帮手。

在这之前我已经感觉到,庄稼汉们总是围着账房转来转去,就像狼围着猎兽的夹子转悠似的:它们看到了夹子,可是想吃肉,诱饵在向它们招手,它们落网了。

如今,账房里只剩下我一个人,所有的账目、文书、单据都摆在我面前,虽然我当时头脑比较简单,可是,我立刻就明白了:我们的农场是在明火执仗地抢劫,苛捐杂税压得庄稼人喘不过气来,他们每个人都有一身还不清的债,他们不是给自己干活,他们是替季托夫干。我也不知道自己是吃惊呢,还是感到可耻。我虽然明白了萨韦尔卡为什么对我乱骂乱叫,可我并不认为他对。因为,我觉得盘剥庄稼人的坏主意也不是我想出来的。

我发现,季托夫在主人面前也不清白:他尽量往自己的腰包里搂钱。过去,我对他就很不客气,我知道他需要我做点什么。现在我完

---

① 纪念喀山圣母像的节日,夏节为俄历七月八日(二十一日),秋节为俄历十月二十二日(十一月四日)。

全明白了,他需要我在上帝面前替他这个小偷打掩护。

当时,他管我叫亲爱的儿子,他妻子也这么叫;给我穿得很好,口头上我当然是感激不尽了,可是我的心却离他们很远,他们的爱抚我一点都不感到温暖。我跟奥莉加的感情却越来越深;我喜欢她那淡淡的微笑,温柔的声音和爱花的嗜好。

季托夫和妻子在上帝面前耷拉着脑袋,活像用绊绳拴住前腿的马,仿佛他们把某种极为严重的偷窃罪行隐藏在他们那恭顺的、唯唯诺诺的外表里。我不喜欢季托夫的两只手。他总把两只手藏到衣袋里,使人产生一种不好的联想:也许他用这双手掐死过人,也许这双手沾满了鲜血?

他跟他的妻子常常恳求我:

"替我们这些罪人祈祷吧,莫佳!"

有一回,我实在忍不住了,就对他们说:

"你们是不是比别人的罪孽更深呢?"

纳斯塔西娅叹了口气,走开了,季托夫却转过身去,不理我。

在家里他常常沉着脸,心事重重,很少跟妻子女儿聊天,一开口就是正经事。他从来不骂庄稼人,可他在庄稼人面前却摆出一副盛气凌人的架势,这种架势比骂娘还坏。他在任何事情上从来不对庄稼人让步:说一是一,没有商量的余地。

有一次我对他说:

"向他们让让步吧!"

他回答说:

"对别人任何时候都必须寸步不让,不这样你自己就完蛋了。"

还有一次,他让我造假账。我对他说:

"不能这么干!"

"为什么?"

"造孽。"

"又不是你逼着我造孽,是我逼你。照我说的写,不用你担责任。"

你只不过是我的一只手罢了。干这种事也不违反教规,你怕什么!一个月十卢布薪水,不论是我,还是任何人,都没法规规矩矩地讨生活。想想看吧!"

"哼,你呀,"我想,"你这家伙是个发了霉的坏蛋!"

"够了!"我说,"你这一套该收场了!你要是继续胡作非为,我就在全村人面前给你全抖落出来,决不饶过你。"

他把小胡子撅得碰到了鼻子尖,咬牙切齿,两只金鱼眼瞪得溜圆。我们不停地较量着,一定得见个胜负。

他小声问:

"真的?"

"真的!"

他尖声笑起来,就像一把二十戈比的银币哗啦一声撒到地板上一样。他说:

"好吧,信徒!看样子,我只好这么办了。我手里卢布成山,干吗还去抓几个小钱儿呢,反正我也干腻了。既然偷起来这么困难,那就只好洗手不干了!"

他走了,使劲一摔门,震得窗上的玻璃都呜咽起来。

我觉得,从那天起,季托夫变得安分一些,不再缠住我不放了。

他是个有名的守财奴。虽然自己各方面的享用也花销一些,可他却惜财如命。他爱吃喝又淫荡好色。他权力很大,乡下女人都不敢拒绝他,他就借此行乐;他没碰过大姑娘,看样子是不敢。婆娘吗,只要跟上他一回,也就是他的姘头了。

他不止一次教唆我干这种事:

"马特维,"他说,"你有什么不好意思的呢?玩女人跟积德行善一个样!这儿个个娘们儿都想有个人亲热亲热她们,庄稼佬们体格弱,整天筋疲力尽的,能顶什么用?你是个壮小伙子,又漂亮,玩玩女人对你算不了什么!再说,自个儿也痛快……"

他什么卑鄙勾当都偷偷摸摸干过,这个下流胚!

有一次他问我：

"你是怎么想的,马特维:虔诚的信徒在上帝面前能替人说句好话吗？"

我不喜欢他提的问题。

我说：

"不知道。"

他想了想,又说:

"看,上帝从所多玛城救出罗得①,又救了挪亚②,可成千上万的人却被活活地烧死淹死,还说这不算杀人?!有时候我仿佛觉得,成千上万的人之所以丧了命,就是因为他们中间有些信徒太虔诚了！上帝发现,他的条律那么严厉,有的人也能严守教规安分守己过日子。如果上帝发现所多玛城里没有一个虔诚的教徒,没有一个人能够严格遵守他的戒律,他的戒律也许会放宽一些,也许不会杀那么多人了。都说上帝大慈大悲……可哪儿看得出来呢？"

当时我还不明白他这个人是在给自己犯罪作孽寻找借口,不过,他这些话却把我惹火了。

"您这是亵渎神灵！"我说。"您害怕上帝,您并不爱上帝！"

他把手从裤袋里抽出来,背在身后,脸色发青,看来是恼火了。

"爱不爱,我不知道！"他回答说。"我只是想,你们这些信徒给上帝当奴仆不过是为了替上帝计算别人的罪恶有多少。要是没有你们,也许上帝还闹不清谁是罪人呢！"

这以后季托夫很长时间不理我。我心里对他也产生了一种难以忍受的仇恨,在我心目中,他比米贡还坏。

夜晚祈祷的时候,一提到他的名字,我心里就冒火,当时,我大概

---

① 所多玛是约旦河口的一个城市。据《圣经》记载,该城居民淫荡无度,上帝降下硫黄和火毁了所多玛,以示惩罚。上帝事先派天使从城里救出罗得和他的两个女儿(见《旧约·创世记》第十九章)。

② 上帝见世人罪恶深重,决定除灭他们。挪亚是个善人,上帝预先叫他造一方舟以避大水。洪水在地面泛滥四十天,挪亚一家免于受难(见《旧约·创世记》第六至九章)。

是第一次在祈祷中说出了自己的心里话:

"主啊!我不愿意你饶恕一个贼:我请求你惩罚他!他偷穷人的东西,罪该受罚!"

我愤怒地讲了许多诅咒季托夫的话,以致连自己都替他的命运担起心来了。

这事以后没过多久,我跟米贡发生了一场冲突。他到账房来领皮条①,当时只有我一个人在。

我问他:

"萨韦尔卡,你为什么要嘲笑我?"

他用尖刻的目光盯住我的脸,龇着牙笑起来。

"我的事儿,"他说,"不大,我是来领皮条的。"

我气得两腿打颤,十个指头攥成拳头;我一把抓住他的脖子把他提起来摇晃。

"我有什么罪?"

他既不惊慌也不上火,只是把我的手从脖子上掰开,好像他比我还有力气似的。

"一个人的脖子被你掐住了,"他说,"人家还怎么说话呀!你不要碰我,我什么毒打都挨过,用不着你再动手了。再说,你也不应该打人,天条戒律你都不顾了吗?!"

他不动声色,轻松诙谐地说。

我对他大叫:

"你要干什么?"

"我要皮条。"

我明白,打嘴仗我打不过他。我的怒火是消了,只是在他面前感到难堪。

"你们是一群畜生!"我说,"怎么能笑话一个被父母遗弃的

---

① 树的韧皮或用韧皮编的辫形带。

人呢?!"

他却笑嘻嘻地冲我说起俏皮话来。他那尖酸刻薄的俏皮话就像石块一样劈头盖脸朝我打过来:

"别装可怜虫了!我们知道你是怎么回事:你不是因为耳聋眼瞎才吃偷来的面包的。"

"你胡说,"我说,"我是靠卖力气吃饭……"

"不卖力气连只母鸡也偷不着,这谁不知道!"

他望着我,眼里闪动着狡黠、嘲讽的神情,用怜悯的口吻说:

"哎,马特维,你本来是个好孩子!可后来读起圣经信起上帝来了。你也像咱们这个世界上所有的小偷一样,说什么人生下来手就长得不一般长,还用这种歪理儿来给别人讲道。"

我把他从账房里推出去了。对他那些俏皮话嘛,我丝毫也不感兴趣,因为,我认为,我是上帝的忠实奴仆,我懂得的道理比别人多,也比别人高明。我感到孤独、悲哀,我觉得我的灵魂在一天天衰竭。

我不惯于抱怨别人,也不允许自己这么做,这或许是由于我个性高傲,或许是因为我这个人虽然有些傻但却不是伪君子的缘故。我跪倒在阿芭拉茨圣母像①前面,望着圣母的面容和那双举向天空的小手,我的神灯的光亮在闪动,暗淡的阴影抚摸着圣像,这暗影也冷冰冰地落到我的心上,有一种无形的、看不见也摸不着的东西出现在我和上帝之间,使我的心情十分压抑。我失去了祈祷的乐趣,心中烦闷,跟奥莉加也闹起别扭来了。

她呢,更加温情地望着我:我当时刚满十八岁,是个仪表堂堂、满头鬈发的小伙子。我想亲近她,可是又不好意思。当时,我在女人面前还是清白的。为此,乡下女人都取笑我。有时候,我觉得连奥莉加也不大友好地冲我笑笑。我心里常常甜滋滋地想着她:

"这就是我的妻子!"

---

① 系一六三六年的一幅古俄罗斯版画,画面是圣母怀抱圣婴,圣婴手中握一手卷。

我跟她整天默默相对,坐在账房里。她问我要办的事该怎么办,我回答她,这就是我们谈话的全部内容。

她身材苗条,皮肤白嫩,一双蓝眼睛含情脉脉。她那种莫名其妙的淡淡的哀愁,使她显得更加妩媚动人。

有一次,她问我:

"马特维,你怎么变得愁眉苦脸的?"

过去,我从来也没有跟任何人讲过自己的身世,没有过这种想法,也不想讲,可现在,我的心突然敞开了:我把一切的一切,所有的伤心事儿都吐露给她了。我谈到我替父母感到的羞耻和别人对我的嘲笑,以及我精神上的孤独和空虚,也谈到她父亲,把一切都讲给她听了。我不是诉苦,只是把心里的话都倒了出来;我心里积攒的东西是那么多,而这些东西又都是见不得人的。这些龌龊事搅得我坐卧不安。

"最好进修道院!"我说。

她难过了,低着头,什么也没有回答我。她的忧伤使我高兴,她的沉默却使我伤心。

过了两三天,她悄声对我说:

"不用管别人怎么议论,谁都是自己过自己的日子,对吧?当然,现在你是孤单单一个人活在世上,将来成家以后,你也就不需要别人了,跟大家一样,在自己的小天地里生活。请你不要责备我的父亲,我看得出来,大家都不喜欢他,可是,我不知道他哪点比别人差。人和人之间哪里还谈得上什么博爱!"

她的话给了我安慰。我这个人常常是想到什么马上就去做,当时,我就这么做了:

"你,"我说,"能嫁给我有多好呀,你愿意吗?"

她转过脸去,喃喃地说:

"愿意……"

就谈到这里。第二天,我把事情一五一十地对季托夫讲了。

他冷冷一笑,把小胡子往两边一理,就折磨起我来了。

"给我当儿子,对你来说是一条光明大道,马特维!你看怎么样,既然上帝这么安排了,我就照办吧!我看你这小伙子人挺老实,听话,身子骨也挺棒,还常在上帝面前替我们全家祈祷。各方面都不错,是个好样的。我这可不是恭维你。不过,要想过好日子,还得会钻营才行,你在这方面可是差一点啊!这是一。再说,过两年你就到当兵的年龄了,不去是不行的,除非你手里攒了钱,比方说有个五六百卢布吧!那倒可以疏通疏通,也许就能够不去当兵了,这事我也能帮你安排安排……要是没有钱,那你就非去不行了,就得把奥莉加扔下守空房……"

他的话就像钝刀子一样在一下下戳着我的心。他的小胡子抖来抖去,眼睛里闪着阴森森的绿光。想到当兵,我既害怕又反感。我怎么能当兵呢?在兵营里得跟别人住在一块儿,就这一条我就受不了。还有酗酒,骂娘,打嘴巴……我知道,当兵可不是人干的事儿。季托夫的话压得我透不过气来。

"那,"我说,"我进修道院!……"

"现在已经晚了!"季托夫哈哈大笑。"你进了修道院得先当见习生①,不等你当上修道士,就得拉你去当兵了。不行,马特维,除了钱,什么也买不来好运气!"

我只好对他说:

"那您就给我一笔钱吧,您有那么多钱!"

"啊哈!"他说,"亏你想得出来!这么做对我好不好呢?你想想:我这些钱,可能是丧尽天良换来的,也可能,为了得到这些钱,我把灵魂都出卖给魔鬼了。我是个罪孽深重的人,你是个虔诚的规规矩矩的教徒,你现在也想要我那罪孽钱吗?要是罪人把虔诚的教徒驮在背上,他上天堂倒是便当呀!不过,我可不想给你当马骑!你还是自己作孽去吧,上帝会饶恕你的,因为你从前对他那么虔诚,他也应该以饶

---

① 即见习修道士,在修道院服劳役而尚未成为修道士。

恕你的罪过来报答你呀！"

我抬头一看，季托夫那副神气，就好像他突然高出我一大截，我在他脚下爬似的。我明白了，他是在挖苦我，就没有再谈下去。晚上，我把他的话都讲给奥莉加听了。姑娘的眼睛里闪动着泪花，耳根上一条细小的青筋不停地跳动，这令人怜悯的颤动深深地印到了我的心底。奥莉加微笑着说：

"事情不会像我们希望的那样……"

"不，"我说，"会的！"

我不假思索地说。不过，我这话就仿佛是对她也对自己发下的誓言，这誓言是一定要信守的。

从那天起，我就昧着良心过活了；我生活中一段昏暗迷惘的时期就是从这里开始的。一个年轻人，就像浓烟烈火中的鸽子，东冲西闯，找不到一条出路。我可怜奥莉加，我想娶她，我爱她，最主要的是我发现季托夫有比我强比我稳重的地方，这是我这个自尊心很强的人最受不了的。我鄙视他的偷窃行为和他那肮脏的灵魂，可我突然发现，这种灵魂中蕴含着某种力量，这种力量正威严地控制着我。

村子里都知道我求婚遭到了拒绝；姑娘们嘲笑我，媳妇们到处嚷嚷，萨韦尔卡老跟我开玩笑，这一切真叫人受不了。弄得我心乱如麻，不知如何是好。

我做祈祷的时候，好像季托夫就站在我背后朝我的后脑勺吹冷气，我于是就胡说八道起来，简直是对神的大不敬，再说，我也没心为上帝祈祷，倒是光想自己的事了：我可怎么办呢？

"救救我吧，"我说，"主啊，教教我怎么走正道吧，别让我的灵魂沾上罪孽吧！威力无边、博爱仁慈的主啊！保护保护你的奴仆，叫他别作恶吧！赐给他战胜诱惑的力量吧！我不会中坏人的诡计，我知道你是多么疼爱你的奴仆！"

就这样，我把上帝从至高无上的宝座上降低到我这些苟且行为保护人的地位了。我贬低了上帝，自己也变得一文不值。

奥莉加像一支蜡烛,在哀愁中一天天消瘦下去。我想,她会怎样跟另一个人一起生活呢,除了我,没有任何人能够做她的伴侣。

爱情的力量可以使一个人把另一个人改造得和自己一样,所以,我认为,奥莉加了解我的心思,懂得我的感情,我像需要自己一样需要她。她的母亲变得更加忧郁,眼里含着泪花望着我,默默不语,光叹气。季托夫把他那双手藏在裤袋里,也是默默地在我周围转来转去,就像一只乌鸦围着一条奄奄一息的狗在盘旋一样,只要这条狗一断气,马上就把它的眼珠啄出来。过了一个多月,我还站在原地没有动窝,仿佛走到了断崖深谷的边缘,不知从哪儿能越过去。我的心情十分沉重。

有一天季托夫到账房里来,低声对我说:

"马特维,你看,你的好运气来了!你要是想成个人,可千万要抓住这次机会啊!"

他说的"机会"是:要坑害庄稼人,农场要赚一笔钱,季托夫能捞到二百多卢布。

他讲了该怎么办之后,问我:

"怎么样,你没有这个胆量吧?"

他要是不这么问,我也许不会上他的圈套,可他拿话这么一激,倒激起了我的火气。

"我没胆量做贼?"我说,"做贼吗,用不着什么胆量,不要脸就行了。来吧,咱们偷吧!"

他这个坏蛋,冷笑着问:

"罪孽呢?"

"算我的,我自己承当。"

"那好吧!"他说,"现在我告诉你:离你结婚的日子可不远了!"

他像恶狼捉羊羔似的,把我这个傻瓜给捏到手心里了。

就这么干起来了。干这种事我并不笨,而且常常不顾一切地干。我开始跟着他抢夺老百姓,就像下棋,他走一步,我走更厉害的一着。

我们俩心照不宣,只是你看我一眼,我看你一眼,他的眼神里带着阴险的嘲笑,我的眼神里满含刻骨的愤恨。可是,他赢了,我输了,我把一切都输给他了,尽管如此,在干下流勾当上,我还是不甘落后于他。农户交来亚麻,我给他们少算分量,牲口踏坏青苗的罚款我就悄悄扣下,想方设法从庄稼人身上多刮几个钱。刮来的钱我数都不数,也不装入自己的腰包,都给了季托夫;当然啰,我这么干心里也并不轻松,庄户们就更不用说了。

一句话,那时候,我像个疯子,心里冷冰冰的;一想起上帝,就像烈火烧心一样。我还是一次又一次责备他:

"为什么,"我说,"你不用你的力量支撑住我使我免于堕落?为什么你要对我进行我经受不住的考验?主啊!你看不见我的灵魂在毁灭吗?"

有时候,我觉得奥莉加也像个陌生人;我望着她,满怀敌意地暗想:

"为了你我拿灵魂做交易,你这个害人精!"

想到这儿,我又觉得心中有愧,不该这么对待她,于是,就压住了火,尽可能对她温存一些。

可是,要知道,我气得咬牙切齿,我这么折磨自己,并不是因为可怜自己或是可怜别人。最叫人恼火的是,我斗不过季托夫,我把自己出卖给他了。每当我想起他谈到虔诚的教徒时所说的那些话,浑身都凉了。他呢,看样子,很了解这一点。

他在庆祝他的胜利。他说:

"喂,假圣人!你也该想想自己的窝啦,带着老婆跟我们住在一块儿不嫌太挤吗?再说,你们还要生儿养女呢!"

他叫我假圣人,我没理睬他。

他越来越多地这么称呼我。他的女儿却对我越来越亲热,越来越多情。她心里明白,我的日子不好过。

季托夫向洛谢夫老爷的总管讨了一小块地皮。这块地在农场后头,是块好地。他着手给我们修一座小房子。我还是拼命地赚钱,诈骗。事情进展得很快,小房子盖起来了,对奥莉加来说,它像一个小金匣子,在阳光下闪闪发光。已经快修到屋顶了,要安一个炉灶,到秋天就能住人了。

有一天傍晚,我从亚基莫夫卡回来。我是去登记农户用来抵债的牲口。走出小树林来到村边,我抬头一看,在夕阳映照下,我的小房子着火了,像点着的一支蜡烛。

开头我以为这是太阳的恶作剧——它用火红的光芒把小房子团团围住,举起来,举到天上自己的身边。可是,我发现人们慌慌张张地跑来跑去,我听见火舌的嘡哨声,木头的哗喇声。

我心中怒火如焚,我发现上帝是我的敌人,我要是手里有块石头,当时就会冲着天空向他砸过去。我眼睁睁看着,我这个小偷的血汗变成了烟雾和灰烬在大地上消散,我自己也一块儿烧起来了,我说:

"你是不是想指点我,说我为了尘埃和灰烬毁了自己的灵魂,你是不是这么想的?我不相信,我不愿意损伤你的尊严,我想这场大火不是你的旨意,是庄稼佬恨我和季托夫才点着的。不是因为我不该受到惩罚我才不相信是你发了怒才惩罚我,而是因为你根本就不配来惩罚我!在我需要的时候、无力抵制罪恶诱惑的时候,你不来拯救我。有罪的是你,而不是我!我落入罪恶的深渊,像走进一座不见天日的森林,它把我围得喘不过气来,我怎么摆脱它呀?"

这些蠢话没有使我得到什么安慰⋯⋯这些话也不能为我的罪过开脱,可是,在我的心里却唤起了一种恨天怨地玩世不恭的情绪。

我的怒火还没有熄灭,我的房子却已经化为灰烬。我靠着一棵树,一直站在小树丛旁边,跟上帝辩论。奥莉加苍白的面孔在我眼前闪动,她悲痛欲绝,哭得泪人儿似的。

我像对普通人一样,对上帝发起卤来了:

"你厉害,我也厉害!按理说,就应该这样!"

大火熄了,四周安静下来,天也渐渐黑了,但黑暗中还闪烁着细小的火苗儿，就像一个婴儿，哭累了，小声抽搭着。夜空上布满乌云，小河闪闪发光，像一把失落在田野上的弯刀。我很想拿起这把刀挥臂劈杀，让大地上空发出一声惊天动地的嘁唷。

半夜，我回到村里。奥莉加跟她父亲站在农场门口等我。

"你上哪儿去了？"季托夫问。

"站在山上看大火。"

"为什么不跑去救火？"

"我也不是魔法师，难道我往火上啐口唾沫火就灭了？"

奥莉加眼睛都哭肿了，烟熏火燎，满身烟黑。看到她这样子，我觉得好笑。

"真忙了一阵子呀？"我问。

她抹起眼泪来。

季托夫沉着脸，说：

"天晓得，以后怎么办……"

"头一桩事儿，"我说，"就是盖房子！"

当时，我心里有那么一股子犟劲儿，我想自己动手马上把圆木运来，再把圆木铆接成筑墙用的木排，一鼓作气就把房子盖起来。因为，我虽然不相信这是上帝的旨意，可我还需要证实一下，到底是不是上帝跟我作对？

我又开始偷了。什么鬼点子我都使过。从前，每天夜里，当我向上帝祈祷的时候，我是超脱的，可是现在，我躺在床上，心里想的是，怎样多捞一个卢布塞进自己的腰包，我把心思都用在这上头了。虽然我也知道，有多少人由于我而哭天喊地，又有多少人口中仅有的一块面包也被我抢过来了，年幼的孩子们可能由于我的贪欲而饿死。现在想到这些事我感到可恶、可悲，而叫人觉得可笑的是，当时我是多么愚蠢，多么贪得无厌啊！

我感到圣像上那一副副面孔已经不再用从前那种忧伤和善良的眼睛望着我，而是像奥莉加的父亲一样，在监视着我的一举一动。有一次我居然从村长的账桌上偷了半卢布银币。你们瞧瞧，我干的这是多么光彩的事吧！

有一天，忽然喜从天降：奥莉加来到我身边，把她那双轻巧的小手搭在我肩膀上，对我说：

"马特维，上帝保佑你，我爱你胜过世界上的一切！"

这几个照亮人心的字眼她说得简单极了，比咿呀学语的婴儿叫声"妈妈"还来得痛快。像童话里说的那样，我浑身充满了勇气，从那一刻起，她在我心目中就成了最珍贵的人了。她第一次说她爱我，当时，我第一次拥抱她，吻她。吻她的时候，我觉得我是在飘飘然腾云驾雾了，就跟我虔诚地做祈祷的时候常常出现的情况一样。

快到圣母节[①]的时候，我们的房子盖好了。有些木料是黑色的，烧焦了的，所以，房子是花里胡哨的。不久，我们举行了婚礼；我的岳父喝得酩酊大醉，一个劲儿哈哈大笑，像得胜了的魔鬼一样；岳母望着我们流眼泪，她默默不语，微笑着，泪珠儿却顺着脸颊不住地流。

季托夫大吼一声：

"哎，别哭了！找了个什么女婿呀？虔诚的教徒！"

说着，又骂起娘来。

来客都是本地的头面人物，有神甫，当然少不了警察局局长了，还有两位乡长，以及各式各样的大人物。乡巴佬们都挤在窗前院子里，米贡这个乐天派也混在人群里。他的三弦琴叮叮咚咚响个不停。

我坐在窗前，萨韦尔卡尖细的声音传到我的耳边，他虽然不敢放开声音开玩笑，可我听得见他在唱：

　　你们喝吧，灌吧，"噗地"一声撒了气，
　　你们吞吧，咽吧，"嘎吱"一声胀破了肚皮！

[①] 圣母节在俄历十月一日。

当时，虽说我没工夫听他唱，可我喜欢他的玩笑。奥莉加贴近我，对着我的耳朵说：

"这些吃呀，喝呀，快点结束吧！"

看到人们狼吞虎咽贪吃的样子，她觉得恶心，我也很讨厌。

初欢之后，我们两个人都流下了眼泪，拥抱着，坐在床上，又是哭，又是笑，夫妻生活的乐趣是我们所没有预料到的。直到天明我们一直没有睡，总是吻呀，吻呀，谈论我们以后怎样生活；为了互相看到对方，我们点起了蜡烛。

她用温暖的手臂拥抱着我，对我说：

"我们以后要这么过日子：让所有的人都爱我们！马特维，跟你在一起多好啊！"

我们两个人都陶醉在难以形容的幸福之中，我对她说：

"以后要是因为我的罪过使你再流泪，让上帝惩罚我，让我不得好死！"

而她说：

"你要怎么着都行，"她说，"我要做你的母亲，姐姐，你是多么孤单啊！"

我们像在甜蜜的梦里一样生活着。对农场的事我已经心不在焉，只是马马虎虎应付一下，什么也不去想，什么也不愿意去想，一心只想快点回家，回到妻子身边，我们一块儿到田野里去散步，到树林里游玩。

我怀念起从前的日子，就又养起鸟儿来了。我们的家充满了欢乐的气氛，墙上到处挂着笼子，小鸟儿唧唧喳喳唱着歌。妻子性情温顺，她喜欢鸟儿。我一走进家门，她常常仔仔细细地给我描述小山雀干了什么事，松雀唱得多么动听。

每天晚上我都读日课经和训诫集，更多的是讲述我童年的故事，讲拉里翁和萨韦尔卡的故事，讲他们怎样给上帝唱歌，他们怎么议论上帝，怎么议论已故的疯子弗拉西，把我所知道的事情全都讲了。我发现,我知道的人呀,鸟呀,鱼呀,以及各种各样的事儿还不少呢!

言语是难以表达我的幸福心情的。再说,我也不善于谈论自己的喜悦,我还没有养成这个习惯,因为我的欢乐不多,持续的时间也不长。

我跟妻子一块儿上教堂,我们肩并肩站在角落里,恭顺地做弥撒。我祈祷时对上帝感恩不尽,我还夸奖了他几句。不过,我是带着一种自豪感的,我有一种感觉,好像我战胜了上帝,我迫使上帝违心地降福于我,他向我让步了,因此我夸奖他说:上帝呀,你干得不错,公平,合理!

哎,可怜的偶像!

冬天就像晴朗的一天似的过去了。奥莉加郑重其事地对我说,她怀孕了。这是又一件喜事临门了。岳父阴沉沉地干咳几声清清嗓子,岳母仍旧是愁容满面,望着我妻子,跟她低声说些什么。我筹划起家业来了,打算办个养蜂场,为了吉利,叫它拉里翁养蜂场。开辟个菜园,饲养些家禽,这些事情对别人都没有什么损害。

有一次季托夫板着面孔对我说:

"马特维,你年纪轻轻的就整天捧个蜜罐不动窝,瞧着吧,要不了多久就有你的苦头吃了!别忘了,夏天你们就要有孩子了!"

我早就想把我当时的一套道理对他讲一讲了,于是,我就说:

"你让我作什么孽我都作了,你让我干什么我都跟你一块儿干了。你还要怎么样?!现在我再也不愿意听你的了!"

"我听不懂你这套道理!"他说,"老实告诉你:你光靠那一年七十二个卢布是养活不了家的!我不许你拿我女儿的陪嫁去换饭吃,你休想!跟我斗心眼儿你还不够格儿!你斗不过我就老是变着法儿跟我作对,这对你对我都没有好处。常言说得好:魔鬼睡着了,谁都能当天使!"

真叫人受不了!可是,我可怜奥莉加,也就忍下这口气没动手教训他。

村子里的人听说我跟岳父合不来，反倒对我和气一些了。加之奥莉加的心地很善良，使我的生活变得欢乐了，心也变软了。因此，我想尽可能把农民的工钱付清，而且还乐意给他们一点小小的帮助：今天给这个点救济，明天帮那个说几句好话。住在村子里，就跟住在玻璃房子里一样，你的一举一动大伙儿都看得一清二楚。季托夫知道了这些以后，非常恼火：

"你这是，"他说，"又想讨好上帝啦？"

我决定辞掉账房的工作，就对妻子说：

"哼！一个月六个卢布，我养鸟也比这挣得多！"

我妻子犯起愁来了。

"你看着办吧，就是别落得去讨饭吃！"她说，"我可怜爸爸，他对你是一片好心，他为了我们也造了不少孽⋯⋯"

我心想：哎呀，亲爱的！他的好心我可一点也没得到呀！

第二天，我对岳父说，我要走了。

他冷笑一声，问：

"去当兵？"

我吓坏了！我明白，他要整治我不费吹灰之力：他交际广，有名气，我一去当兵，恐怕就如石沉水底有去无回了。他不会可怜他的女儿，就是跟上帝他也比过一场大输赢呢！

他把我的手脚捆得越来越紧了。妻子常常偷偷抹眼泪，她的眼睛总是红的。我问她：

"你怎么啦，奥莉娅？"

她却说：

"不舒服。"

想起我在她面前发过誓，我感到很难为情，又羞又愧。只要迈出一步，也就铁了心了。可是我舍不得心爱的女人啊！要是没有她，我就去当兵，只要能躲开季托夫就行。

六月底，我们生了一个男孩。我又傻里傻气地高兴了一阵子。奥莉加是难产,她大声喊叫,我吓得心都要从胸腔里蹦出来了。季托夫脸色发黑,战战兢兢,站在院子里,靠着门廊,手揣在裤兜里,低着头,喃喃自语:

"她要死了,我这辈子算完了,主啊,发发慈悲吧!……马特维,你有了孩子,大概就会懂得我的痛苦和我的处境了,你再也不会胡思乱想认为自己过去是对别人造孽了……"

当时,我很可怜他。我在院子里转来转去,心想:

"主啊,你又来吓唬我了,又把手举在我的头顶了!你该让人喘口气呀,你该让人过几天安生日子呀!也许你的心肠变硬了,你不再发善心了?"

现在想起这些话来,我为自己的愚蠢感到羞耻。

生了孩子以后,我妻子完全变成另一个人了:讲话的语气比过去厉害了,腰板也好像挺直了。我发现她对我也不大理睬了。不能说她已经成了一个吝啬鬼,可她连每块面包都要量一量;她已经很少接济穷人,倒常常提起哪个农户欠了我们多少钱。就是几个戈比,她也不放过。开头我以为,过一阵子就会好的。当时我一心扑在卖鸟儿上,每月带上鸟笼子进两趟城;每次都能赚它五六个卢布,有时候还要多一些。我们有一头牛,十几只母鸡,还需要什么呢?

奥莉加却不高兴地闪动着两只眼睛。每当我从城里给她买回来点什么东西,她就抱怨说:

"买这个干什么?你要节省着花钱呀!"

我心里烦闷,烦得没办法就一个心眼捕起鸟来了。到林子里去,支上网和口袋,躺在地上,一边打着口哨一边想心事。我心里非常平静,我一无所求。有时候突然出现一个念头,刺痛了我的心,不过,那就像一块小石头投入水中似的,闪过几道涟漪也就沉到无名湖底去了,有时候心中也掀起波澜,这是想到上帝时才有的激动心情。

在树林里的这种时刻,上帝对我来说,就是晴朗的天空,蓝色的远方,金光灿烂的深秋树木,或是银色宫殿般的寒冬森林;江河,田野,山岗,繁星和鲜花——人世间一切美好的东西都是上帝的,上帝的一切都使我感到亲切。可是,一想起周围的人,我的心就像惊弓之鸟,不寒而栗。天国的完美和人世间的黑暗贫困格格不入。光明的上帝威严而高傲,他住在某个遥远的地方,而世人却独自过着烦恼痛苦的生活。为什么上帝的子孙要成为尘世间争名夺利的牺牲品?为什么他们要忍饥挨饿、备受凌辱,像烂泥里的蛆虫一样在地上爬来爬去?上帝为什么容许这种不平存在?为什么看到自己的造物受到屈辱而无动于衷?能够看到上帝和感觉到上帝美德的人又在哪里呢?世上的人在艰难阴郁的生活里迷了心窍,他们以温饱为欢乐,以钱财为幸福,他们寻找作恶的自由,却摆脱不了邪恶的引诱。在他们身上丝毫也看不到天父慈爱的力量和美德。上帝还活着吗?上帝的公理在哪里?

突然冒出了这么一股模糊的怀疑或猜测,把一切都淹没了,把一切都一扫而光了,心里像冬天的荒野一样空旷,冰冷。当时,我没有勇气说出这样的念头。这种念头虽然没有披上语言的外衣,但我却感觉到它的力量,像小孩子怕黑夜一样怕它。我跳起来,赶忙收拾捕鸟用具往回走,走得很快,边走边唱,以便摆脱这种心虚和恐惧的情绪。

人们都嘲笑起我来了,村子里看不起捕鸟为生的人。奥莉加整天唉声叹气,看来,她也认为我干这一行丢人。岳父不住口地给我念福音书中的劝诫故事,我不吱声,默默地等着秋天的来临。我觉得,当兵这一关我会躲过去的,就是说,我准能绕过眼前的陷阱。

妻子又怀孕了,她一天天变得忧伤起来。

"你怎么啦,奥莉加?"

开头,她回避这个问题,没说什么,可是,有一次她拥抱着我,哭起来了。

"我会死的,"她说,"因为难产我会死的!"

我知道,女人常常这么说,不过,我吓坏了。我安慰她,她听不进去。

"你又会只剩下孤单单的一个人了,"她说,"谁也不喜欢你。你太乖僻,对谁都那么粗鲁。我求求你,为了孩子们,别那么傲气,大伙儿在上帝面前都有罪,你也有错……"

她常常对我说这样的话。我可怜她,为她担心,真不知如何是好。我跟岳父倒好像订了和约似的,他就马上利用这一点来任意摆布我:一会儿说,"马特维,在这上头签个字!"一会儿说,"在那上头不能签!"他的理由倒也冠冕堂皇:眼看就要征兵了,第二个孩子也快出世了。

新兵们到外边去游逛,他们跑来招呼我一块去,我不去,他们就砸了我家的窗玻璃。

这一天终于来到了,我去城里抽签,妻子连家门也不敢出了。岳父出来送我,一路上一直在说他为了我费了多大劲儿,花了多少钱,他把一切都安排好了。

"也许您白费劲儿了,"我说。

事情的结果正是这样:我的签没有中。季托夫甚至不相信我有这样的好运气,他苦笑着说:

"看样子,上帝真的保佑你呢!"

我没说话,心中却有说不出的高兴;一块石头落了地,主要是摆脱了亲爱的岳父大人对我的控制。在家里,奥莉加多欢喜呀,她又哭又笑,亲爱的,她夸我,亲我,好像我打死了一头熊。

"托上帝的福,"她说,"现在我死也瞑目了!"

我暗暗笑她,可自己却心神不安,因为我发现她相信自己会死,我明白,这种必死的念头是可怕的,它会使一个人失去生命力。

过了三四天,她的产期到了。她极端痛苦地折腾了两天两夜,第三天生下个死婴,她也死了;刚刚消除了心中的疑虑,她就去了,我的亲人!

我不记得怎样埋葬了她,因为有一阵子我昏昏沉沉地陷入了意识模糊的状态。

季托夫叫醒了我,那是在奥莉加的坟上。就像今天发生的事情一样:他站在我面前,望着我的脸,说:

"唉,马特维,我们俩是第二次在死人身边相遇了;我们的交情从这儿开始,也让它在这儿发展下去吧……"

我像初次来到人世一样,仔细打量着周围的一切:雨滴稀疏地落下来,浓雾弥漫,光秃秃的树木在迷雾中摇曳,坟地上的十字架隐隐约约地浮动着,被严寒洗劫一空的大地罩上了厚厚的一层潮气,令人窒息,仿佛雨雾把所有的空气都吞噬了一般。

我对季托夫说:

"你要干什么?"

"我要你了解我的痛苦。也许是因为我不让你按照自己的意愿去生活,上帝为了惩罚我才夺去我女儿的生命……"

脚下的地在融化,变得十分泥泞,吸住我的双脚,发出噗哧噗哧的响声。

我一把抓起他来,就像甩掉肩上的一大口袋糠皮一样,把他扔在地上,大喊:

"让你不得好死,你这个恶棍!"

我开始过一种神志恍惚、毫无意义的生活。我抬不起头来,也像被一只愤怒的手抛在地上,直挺挺地两手伸开躺在那里。我由于恼恨上帝而心中难过,一看见圣像我就赶快离开:我不想忏悔,只想同上帝分辨个谁是谁非。我知道,按戒律我只能规规矩矩地忏悔,必须说:

"主啊!是的,你的手很重,却是公正的,你的怒火很高,却是有益的!"

可是,凭良心说,我说不出这些话。各种念头使我苦恼消沉,坐卧不安。

我想:

"莫非是我暗地里怀疑你的存在,你才给我这样的打击?"

想到这些,我觉得害怕,于是就替自己辩解起来了:

"我不是怀疑你的存在,只是怀疑你的慈悲心肠,因为,我觉得,你抛弃了所有的人,使他们得不到拯救,走投无路。"

这一切不仅仅深藏在我的心里,而且一直在缓缓地燃烧着,燃烧着我的心,使我夜不成寐,什么也做不成,每天夜晚我都仿佛看见一些影子掐住我的脖子,看见奥莉加,我慌恐已极,我活不下去了。

我决心上吊。

这事发生在夜里。我和衣躺在床上,心中万分痛苦;脑海中出现了妻子,她是清白无辜的;她那双蓝眼睛闪着安详的光芒,亲热地呼唤着我。一勾弯月照在窗前,几道寒光落在地上。月光使我心中更加悲惨、凄凉。我跳起来,从捕鸟的网子上拿下一根绳子,在大梁上钉上一颗钉子,打了个绳扣,底下放上一把椅子。我想脱掉上衣,于是就脱了,撕掉了衬衫领子。突然,我看见墙上悄悄闪过一张模糊的小脸。我吓得差一点叫出声来。但是,我明白了,这是奥莉加的圆镜子里反射出来的我自己的脸。我一看,这张脸神志恍惚,可怜巴巴,头发乱蓬蓬,两颊下陷,鼻子尖尖,半张着嘴,就像喘不上气来一样,眼睛里饱含着备受折磨、痛苦不堪的神情。

我可怜这张失去了美貌的人脸,我坐在凳子上,像一个受了欺侮的孩子,为自己的不幸流出了眼泪。痛哭之后,我觉得绳索实在是个见不得人的东西,是对我的嘲笑。我火了,一把拉下绳套,把它扔到墙角。死也是个谜,而我一直在寻找的却是对人生的答案。

我该怎么办呢?又过了些日子,我觉得,我应当和解,要强迫自己去忏悔,我咬了咬牙,就去找神甫了。

礼拜天的傍晚,我到他那儿去了。他正跟太太坐在桌旁喝茶,四个孩子也跟他们坐在一块儿。神甫黝黑的脸上闪动着鱼鳞般的汗珠。他欣然接待了我。

房间里温暖,明亮,四处一尘不染,整整齐齐。当我想起神甫在教堂里做事是那么漫不经心的时候,不禁暗中思忖:

"原来他的教堂在这里!"

我心中和解的愿望消失了。

"怎么,马特维,还在伤心吗?"

"是的,"我说,"伤……"

"啊哈！……你得定做四十天祭祷①。梦里没见到她吗？"

"见到了,"我说。

"一定得做四十天祭祷！"

我没说话。当着神甫太太的面我什么也不能说,我很讨厌她。她又宽又大,胖极了,一张大肥脸,喘气的声音很重,整个人像个泥塘似的忽扇个不停。她还放高利贷。

"你要认认真真地祈祷！"神甫告诫说,"别伤心,主不喜欢眼泪,他知道该怎么办……"

我问：

"他知道吗？"

"怎么不知道？！听我说,"他说,"年轻人,我知道你目中无人,不过,你要是再敢大胆妄为,触犯天条,你可就不可救药了！是不是拉里翁的阴魂附在你身上了？这个亡人,由于酗酒,误入邪道啦,你要记住！"

神甫太太插嘴说：

"应该把拉里翁送进修道院,可神甫的心太软了,没有告他的状。"

"不是这么回事儿,"我说,"神甫告了他的状,倒不是因为他持什么异端邪说,而是说他失职。其实,说起教堂里的差事,神甫也免不了一差二错。"

我们争执起来,开头神甫责备我无礼,其实他说的那些话我也会说,何况他又说得驴唇不对马嘴呢！后来,他对我发起火来,他和他太太甚至破口大骂：

"你,"他们说,"还有你岳父,是一对强盗,把教堂给抢光了：莫克雷山谷自古以来就是教堂的草场,你们硬是从我们手里夺走了,瞧瞧,上帝惩罚你们了吧……"

---

① 人死后四十天内为死者所作的追荐仪式。

"说得对,"我说,"我们从你们手里抢走莫克雷山谷不对,可你们手里的莫克雷山谷也是从农民手里抢去的呀!"

我站起来,要走。

"站住!"神甫大喊,"做四十天祭祷的钱呢?"

"不做了,"我说。

我离开了,心里想:

"马特维,你不该到这种地方来呀!"

过了三四天,我的儿子萨沙死了;这孩子把砒霜当成白糖,用舌头舔了舔,就死了。他的死也没有使我感到吃惊,不知为什么,我对一切都已心灰意冷,变得麻木不仁了。

我想到城里去。那儿有一位大祭司,他严守教规,相当博学,跟那些分裂派教徒争论起信仰问题来从不让步,他享有先知的美名。我对岳父郑重宣布,我离开他们,把房子和属于我的一切财物都留给他,他只要给我一百卢布就行了。

"这可不行!"他说,"你得给我写一张半年为期三百卢布的借据。"

我给他写了字据,领了身份证,就走了。我有意步行进城,也许一路上心情可以平静下来。我虽然是去做忏悔,可是我没有想到上帝:我不怕上帝,也不是生上帝的气,我心中所有的念头搅在一起,像一件破烂的粗布衣裳一样千疮百孔,天空对我来说,是一片黑暗,不见天日。

我费了好大力气才走到大祭司家,门房不放我进去。一个听差接待来客,他是个又瘦又小的漂亮小伙子。他几次指点我:

"我是秘书,"他说,"得给我三个卢布。"

"我连三个戈比也不给你,"我说。

"那我不放你进去!"

"我自己进去!"

他看我不肯让步,就说:

"走吧,我是开个玩笑,你也太认真了。"

他把我带进了一个小房间,屋角的沙发上坐着一个白发小老头,穿一身绿法衣,不住声地咳嗽。他干瘪脸,一双严厉的眼睛深陷在额头下面的眼眶里。

"噢,"我心想,"这个人一定会对我说点什么!"

"你干什么来了?"他问。

"我心里,"我说,"不安宁,神甫。"

这位秘书站在我身后,小声说:

"要说:祭司大人!"

我说:

"快让您的听差走开,在他面前我不好开口……"

大祭司看了我一眼,咬了咬嘴唇,命令说:

"阿列克谢,你出去!喂,你说吧,你怎么了?"

"我怀疑,"我说,"上帝是不是仁慈的。"

他把一只手放到额头上,看了我一眼,拉长声调低声说:

"什么?怎么回事,啊?你这个榆木疙瘩!"

这会儿,也不是我生气的时候,再说,我们上司骂人的方式也不那么可气,要知道,他们骂人不是由于恼怒,是由于愚蠢。

我对他说:

"请听我说,祭司大人!"

我刚刚往椅子上一坐,小老头就挥舞着双手,大叫:

"你给我站起来!站起来!在我面前要跪下,该死的!"

"为什么要跪下?"我说,"我要是有罪,也不在您面前跪下,要跪就跪在上帝面前!"

他的火更大了。

"那我是谁?我是你什么人?我是上帝什么人?"

为这种小事跟他争论我感到脸红。我双膝跪倒在地,这样总算行了吧?!他用手指头指着我的脑门儿,哑着嗓子威胁说:

"我要教会你敬神！"

我想跟他谈心的愿望越来越淡薄。当这种愿望还没有完全消失之前,我说了起来;一说起来很快就把对方忘在脑后了。我第一次把自己的全部想法都讲出来了,我对自己讲的那些话感到吃惊,浑身像冒火一样。

小老头突然大喝一声：

"住口！你这个坏蛋！"

我像在跑动中一头撞在墙上一样住了口。他站在我面前,居高临下,抖动着双手,低声说：

"你这个发疯的畜生,你懂不懂你说了些什么？你不觉得自己该诅咒吗？不成体统的东西！你撒谎,邪教徒,我看你不是来忏悔,是魔鬼派你来引诱我的！"

我一看,他脸上没有愤怒,有的只是恐惧。下巴上的胡子不停地颤抖,向我伸过来的两只手也索索打战。

我也吓坏了。

"您说到哪里去了,"我说,"祭司大人,我信上帝！"

"撒谎,你这条丧家狗！"

他开始用上帝发怒和报应来吓唬我。他说话时声音已经平静下来,可是,浑身发抖,法衣被抖得像条条小溪在他身上潺潺流动,又像一缕绿色的烟雾缓缓上升。上帝站在我面前,威严可畏,脸色阴沉,眼中冒火,没有一点慈悲的样子,跟古时候的神耶和华一样冷酷无情。

我于是对大祭司说：

"您自己才快成邪教徒了呢,这能算是基督教的上帝吗？您把基督藏到哪儿去了？在人家需要朋友和帮手的时候,您却在他们头顶上按了一个法官,这是为什么？……"

这时候,他抓住我的头发摇晃,喘着粗气,小声说：

"该死的,你是什么人,什么人？应该把你送到警察局,送你坐牢,去修道院,去西伯利亚……"

这时候我全明白了。显然,一个人要是召唤警察来为自己的上帝撑腰,那就可见,不论他自己还是他的上帝,是一点力量也没有、一点美德也没有的了。

我站起来,说:

"让我走吧……"

老头后退一步,气得喘不上气来:

"你要干什么?"

"我要走!"我说,"跟您没什么学的,您说的都是废话,您的这些话把上帝也给毁了!"

他又说起警察来。哼,我才不在乎呢:警察也只不过夺走他想要的那些东西。

"服侍上帝的,"我说,"是天使,不是警察,要是您不信上帝,那就按您的信仰行事好了。"

他脸色发青,冲我大发雷霆。

"阿列克谢,"他喊,"把他给我赶出去!"

这位阿列克谢狠狠地一把把我推到门外。

已经是黄昏了,我跟大祭司谈了两个多小时。街上阴暗、肮脏。行人熙熙攘攘,有说有笑,当时正是圣诞节期间①。我拖着两条腿往前走,心中十分懊丧,望着来来往往的行人,我真想大声喊叫:

"哎,你们这些芸芸众生,有什么可高兴的?你们的上帝都让人给糟蹋啦,瞧瞧吧!"

我像一个醉汉一样走着,心中非常难过,我不知道该到哪儿去。到自己落脚的那个小客栈去吧,又不愿意,那儿太吵了,醉鬼们暴饮狂欢,闹个没完没了。我来到城外,那里有一片矮小的房子,黄色的窗户朝田野那边开着。风卷起雪花,呼啸着,给一座座小屋都披上了银装。我想痛痛快快喝一通,喝得酩酊大醉,只是得背着人。我跟所有的人

---

① 圣诞节至主显节期间。

都合不来,我在所有的人面前都有罪。

我心想:"我就顺着来的那条田间小路走吧!"

突然,一个女人从一个院落的大门里窜出来,她只穿一件连衣裙,微掩着披肩;她看了我一眼,问:

"你叫什么名字?"

我明白了,她是算命的,就说:

"不告诉你,因为我是个倒霉的人。"

她笑了。

"是来过节的吗?"

我可没心思乐。

"打听一下,"我问,"这附近有小酒馆吗?我想到那儿坐一坐,太冷了。"

她仔细打量着我,亲切地说:

"小酒馆就在那边。你要是愿意,就到我这儿来,我请你喝茶!"

我连想都没想,就下意识地跟她走了。现在,我坐在一间屋子里,墙上亮着一盏灯。屋角的圣像下面,坐着一个胖老太婆,嘴里嚼着什么东西。桌子上摆着一个茶炊。又舒适又暖和。这个女人让我在桌旁坐下。她很年轻,红红的脸蛋儿,高高的胸脯。老太婆从屋角那儿盯着我,呼哧呼哧喘粗气。她长着一张肌肉松弛的大脸,脸上好像没有眼睛似的。我觉得很难堪,为什么要到这里来呢?她们是什么人?

我问年轻女人:

"您是干什么的?"

"编花边的。"

是的,搁架上挂着几束编花边用的小木轴。

她突然挑衅般地一笑,直盯着我的眼睛说:

"我还喜欢玩!"

老太婆甜腻腻地笑起来,说:

"哎呀,坦卡①,你真不要脸!"

老太婆要是不插话,我还不明白塔季扬娜那句话的意思,现在我懂了,反而难为情起来。我有生以来第一次跟一个放荡女人离得这么近,当然啰,想到她们就叫人恶心。

塔季扬娜哈哈哈笑起来。

"快瞧瞧,彼得罗夫娜,他脸红了!"

我心中一阵火起:又陷进来了。刚做完忏悔又落入了孽海。

我对姑娘说:

"干这种事也值得夸耀吗?"

她粗鲁地回答:

"我就夸耀!"

老太婆又呼哧起来:

"哎呀,你呀,塔季扬娜,塔季扬娜!"

我不知道说什么好,也不知道怎样走开,脑子里一点主意也想不出来。我坐在那儿,一言不发。风敲打着窗棂,茶炊吱吱作响,塔季扬娜开始挑逗我:

"噢,太热了!"

她把衬衣领子的钮扣都解开了。她的脸很好看,眼神有些粗野,但却很招人喜欢。老太婆拿来一瓶酒放在桌子上,一瓶普通的果子露酒。

我心想:"哼,我喝一杯,付了酒钱,就走人!"

塔季扬娜朗声问:

"你愁什么呀?"

我本不想说,可是又忍不住,就回答说:

"老婆死了。"

这回她却悄声问:

---

① 塔季扬娜的别称。

"早死了吗?"

"刚刚五个礼拜。"

姑娘把衣扣全扣上了,好像整个人都收敛起来了。这使我很高兴。我默默地看了她一眼,心里说:谢谢你啦!尽管我心中很痛苦,可我很年轻呀,对女人习惯了,已经过了两年夫妻生活。

老太婆上气不接下气地说:

"老婆死了,没关系!你年纪轻轻的,我们的姐妹也够你玩的了。"

这时候,塔季扬娜厉声吩咐她:

"你走吧,彼得罗夫娜,去睡吧!我去送客人,关大门。"老太婆走了以后,她又严肃又亲切地问我:

"您有亲人吗?"

"一个也没有。"

"朋友呢?"

"也没有。"

"您到底想做什么呢?"

"我也不知道。"

她想了想,站起身来。

"这样吧,"她说,"看得出来,您的心情很不好,我劝您还是不要一个人走。刚才您是听了我一句话偶然到这儿来的,陷进这种地方,也就难以脱身了。要知道,这儿是城里!您就住在我这儿吧,这里有铺盖,好好睡一觉吧!您要是觉得白住下过意不去,那就多付给彼得罗夫娜几个钱。您觉得我在这儿不方便,请不客气地提出来,我马上就离开……"

我喜欢她这一席话,也喜欢她那双眼睛,抑制不住心头涌起的一股奇异的喜悦,我笑了笑,说:

"哎,大祭司!"

塔季扬娜很奇怪:

"哪个大祭司?"

真糟糕,我又不好意思起来了。

"这是,"我说,"我的口头禅……也就是说,不是口头禅,是在梦里我有时候看见大祭司……"

"好吧,"她说,"再见!"

"不,"我说,"请您不要走,您要是不为难的话,就跟我坐坐!"

她坐下,笑了。

"我很高兴,有什么为难的呢?"

她请我喝甜酒,喝茶,问我想不想吃东西。她这样真诚地关心我,感动得我热泪盈眶,心里那股子高兴劲儿就跟清晨的小鸟迎接春天的朝阳一样。

"请恕我直言,"我说,"不过,我想知道,谈到您自己您说的是真话呢,还是只不过想跟我开个玩笑?"

她双眉紧蹙,回答说:

"是的。我就是那种人。怎么样?"

"我有生以来第一次遇上这种女人,我很难为情。"

"您有什么可难为情的?我又没光着身子!"

她亲切地悄声笑了。

"我不是因为您,"我说,"我是为自己、为自己的愚蠢感到难为情。"

我毫无保留地把自己对放荡女人的看法都讲给她听了。

她仔细听着,神态平静。

"我们中间,"她说,"也有各种各样的人,有比您讲的还坏的呢,您也太轻信人了!"

我很难相信,这样一位姑娘会出卖肉体。我又问她:

"您为什么干这个,生活困难吗?"

"开头,"她说,"有一个漂亮小伙子欺骗了我,为了报复他,我又找了一个,就这么干起来了……现在,有时候也是为了挣口饭吃不得不接客。"

她脱口而出,从她的话里听不出一丝怜悯自己的味道。

"您上教堂吗?"

她浑身一抖,脸刷地红了。

"上教堂,"她说,"那谁不能去。"

我知道,这话伤了她的心,就赶忙说:

"我不是那个意思。我读过福音书,还记得马格达拉城的马利亚①和法利赛人用来诘难耶稣的那个淫妇②。我只是想问问您,您落到这种地步不怪罪上帝吗?您不怀疑他的慈悲吗?"

她皱起眉头,想了想,惊奇地问:

"我不明白,这关上帝什么事?!"

"怎么会不关他的事呀,"我说,"他是我主我父,每个人的命运都操在他的手里。"

她却说:

"我又没对别人做什么坏事,我有什么罪?虽说我没有保持贞操,可我也没有给别人添什么忧愁,只不过我自己受苦就是了!"

我觉得她说的是真诚的好心话,可是,我不能理解她。"我犯的罪,我自己承担!"她俯身对着我说,会心地笑了。

"我不觉得我有多大的罪……也许我不该这么说,可我说的是实话!我喜欢上教堂,我们这儿的教堂是不久前才修的,敞亮极了,很漂亮!唱诗班唱得也十分动人,有时候感动得你淌眼泪。在教堂里心中可以平静下来,摆脱一切尘世间的烦恼……"

她沉默了一会儿,补充说:

"当然,我感兴趣的还有:男人们能看见我。"

她使我吃惊得额头上冒出了汗珠,我真不明白,她怎么能把这一

---

① 马格达拉城的马利亚是一个悔过的罪人,后来成了耶稣的忠实信徒。
② 耶稣在神殿里布道时,法利赛人带来一个行淫时被捉住的妇人,要按古时的律法用石头把她打死。耶稣对他们说:"你们中间谁是没有罪的,谁就可以先拿石头打她。"结果,众人一一退去,妇人得免于死(见《新约·约翰福音》第八章)。

切紧密地、和谐地凑合在一起。

"您,"她问,"很爱妻子吗?"

"很爱,"我说。我越来越喜欢她那善良单纯的性格。

于是,我就对她讲起自己的心事:我责怪上帝,因为他容许我犯罪,后来他反而用奥莉加的死来惩罚我,真是太不公正了。她时而脸色发白,皱起眉头,时而双颊飞红,眼里燃起了火花,真叫我心潮起伏啊!

遇上她之后,我对人生的看法来了一个一百八十度的大转弯。她出现在我面前,一个不成体统、被毁坏了的女人,一个不知羞耻、浑身污秽的女人,她呼喊,呻吟,抱怨,她内心激愤而又无能为力。

"良心在哪里?"我说,"人们互相倾轧,互相敲骨吸髓,到处都如野兽争食,你死我活地搏斗,良心在哪里?善和爱,力和美又在哪里?就算我年轻幼稚,可我看透了世上一切的一切。上帝的儿子耶稣在哪里?是谁践踏了他用圣洁的心血培育的鲜花,是谁窃走了他的贤明和仁爱?"

我还给她讲了大祭司怎样用恶鬼吓唬我,怎样打算让警察来给他的上帝当帮手。塔季扬娜大笑起来,我也觉得大祭司很可笑。这家伙很像一只绿头蟋蟀,吱吱乱叫,蹦蹦跳跳,好像在做事,其实他自己也不大相信他干的是什么正经事。

好姑娘笑了一阵子,脸色沉下来。

"您的话我没有全听懂,"她说,"可是别人连听都不敢听:您这样谈论上帝真是胆大包天呀!"

我说:

"看不见上帝,可怎么活呢!"

"是呀,"她说,"您好像要跟上帝动拳头拼命了,这可要不得。至于说人们的日子不好过,这倒不假!我也时常想,这究竟是什么原因呢?您知道我要对您说什么吗?离这儿不远有一座女修道院,那儿有一位女隐士,小老太婆可贤明了,上帝的什么事她都知道,您该到她那儿去看看!"

"好吧,我一定去!现在我要到处走走,寻访虔诚的教友,我得冷静一下!"

"我要去睡了,您也躺下休息吧!"她把手伸给我,说。

我抓住她的手,摇晃着,把心里的话都掏给她:

"谢谢您!您给了我多少温暖,我不知道;这有多宝贵,现在我也无法估量,可是我觉得您是个好人,谢谢您!"

"您说到哪里去了!"她说,"您这是怎么啦!"

她腼腆起来,脸也红了:

"您要是心里感到轻松一些,我是再高兴不过的了!"

我看得出来,她的确很高兴。对她来说,我算得了什么呢?可她却因为多少给了别人一些安慰而感到高兴。

我熄了灯,躺下,心里想:

"瞧瞧,我也偶然碰上了喜事!"

因为,我心里虽然并不轻松,可是总算出现了一种新的美好的东西。我看见塔季扬娜的一双眼睛,一会儿热情,一会儿严肃,其中人性的东西比女性的东西多;我怀着纯洁的喜悦心情想到她,用这样的心情来思念一个人,难道不是喜事吗?

我决定第二天送给她一只蓝宝石戒指,可后来忘记了,也没买……从那时起已经过了三十年了,时至今日,一想起这位姑娘,我常常感到遗憾的是没有给她买戒指。

第二天早晨她来敲门。

"该起床了!"

我们再次碰面时,已经是老朋友了。坐下来喝茶。她再三劝我到女隐士那里去,我答应了。我们真诚地告别之后,她送我到门外。

我在城里,像在草原上一样,孑身一人。到修道院要走三十三俄里,我立刻就动身了。第二天已经在修道院里做弥撒了。

四周修女们黑压压的一片,像是山崩地裂的残骸碎片落满了教堂。这座修道院很阔气,有很多修女,一个个沉甸甸的,脸蛋儿又胖又绵软又白净,像面团捏成的一样。神甫规规矩矩地做事,只是仪式从简。他也吃得不错,膀阔腰圆,说话瓮声瓮气。唱诗班的见习女修士个个都是美人儿,唱得好听极了。蜡烛淌下一滴滴洁白的泪珠,烛光颤动着,深表对人们的同情和怜悯。

"我的心向着修道院,向着你这神圣的殿堂……"①年轻的声音驯服地高唱着。

我还是习惯地在心里重复着祈祷词。我四面张望,想弄清楚哪个是隐士,但心中却没有丝毫景仰之情。想到这儿,我感到不安……是呀,我不是来游玩取乐的,可是,心里却空空荡荡。我想集中一下注意力,怎么也做不到。我心中七上八下乱作一团,一个念头刚露头,另一个念头就冒出来。我看到一张张久经风霜的面孔——年逾古稀、半死不活的老太婆们,她们望着圣像,嘴巴咕咕哝哝,可听不见一点声音。

做完礼拜,我到教堂四周走了走。天气晴朗,金色阳光洒满了雪地,枝头上山雀放声歌唱,并不时把枝上的雪花抖落下来。我走到围墙边,这里能看到很远很远的地方;修道院坐落在山上,前面伸展着故乡广阔的土地,它身披厚厚的、闪着蓝光的银装。一个个小村落显得死气沉沉,闷闷不乐;一条小河从林中流过,道路像一条条遗落的带子;冬日的斜阳照耀在万物之上。寂静,安宁,真美啊……

过了一些时候,我来到修女费夫罗尼娅的单人修室。我看见一个小老太婆,她没有眉毛,脸上的每一条皱纹里都不断地闪动着慈祥的笑容。她讲话声音很轻,几乎是耳语,有如歌唱一般。

"孩子,"她说,"在救主节②之前不要吃苹果,要等一等,等仁慈的上帝把它培育长成,等它的籽儿变成黑色的以后!"

我心想:她这是要说什么呀?

"要尊敬,"她说,"自己的父母……"

---

① 斋戒日教堂礼拜时唱的圣诗。
② 东正教节日,为俄国旧历八月一、六、十六日三天。

我说:"我没有父母!"

"那就为他们在天之灵祈祷吧……"

"也许他们还活着呢?!"

她望着我,怜悯地笑了笑,然后又摇着头唱起来:

"我们仁慈的主啊,对一切人都公平,对一切人都宽容!"

"可是我,"我说,"我怀疑这些……"

我一看,她吓坏了,两只手也放下了,一言不发,不停地眨巴着眼睛。她鼓了鼓勇气,又轻轻唱起来:

"要记住,祈祷词是长着翅膀的,它比任何鸟儿都飞得快,它能飞到上帝的宝座那儿! 不论是谁骑着马是上不了天国的……"

我明白,上帝对她来说,是一位老爷,一位慈祥和善的老爷,在老太婆这里,上帝是不受任何法规约束的。随后,她话题一转,没完没了地说起劝诫故事来了,我听也听不懂,真叫人心烦。

我向她鞠了一躬,就离开了。

我心想:"人们把上帝分成一块一块的,每个人按照自己的需要去选择,有人说他仁慈,有人说他可怕,神甫们雇上帝当长工,用手提香炉里的轻烟给上帝当报酬,因为上帝能使他们吃得又肥又胖。而拉里翁的上帝却是无所不在的。"

修女们用雪橇运走积雪,她们从我身旁走过的时候吃吃地偷着笑。可是,我心里很难过,不知道该怎么办。我走出大门,四周一片寂静。雪闪着光,身披银装的树木纹丝不动,一切都陷入了沉思。天空和大地都亲切地望着修道院。我真怕,怕自己会叫出声来打破这万籁无声的寂静。

传来了晚祷的钟声……这钟声多么动人啊! 它亲切、清晰地召唤着,可是我不想上教堂。头脑里像撒满了小钉子似的。

不知为什么我突然决定进修道院。那里的规矩比较严,一个人坐在单人修室里,思考,读书……也许我孤独一人能够把我这破碎的心灵重新变成坚强的力量。

过了一个礼拜,我已经站在萨瓦季修道院①院长面前了。他仪表堂堂,头发花白,秃顶,红脸膛,壮实,神态庄重,目光慈祥。

"我的孩子,"他问,"你为什么要脱离红尘?"

我解释说,由于妻子去世我已心灰意冷。我再也不能多说了,像有什么东西阻止我说下去。

他摸着胡子,用锐利的目光打量着我,随后说:

"你能捐献吗?"

"能,"我说,"我有一百来卢布。"

"给我吧!你先到香客们住的地方歇着,明天做完弥撒我再跟你谈谈。"

尼丰特神甫负责照看朝圣的香客。这个人我也很喜欢。

"我们这儿,"他说,"是个很平常的修道院,不过倒很和睦,反正都是侍奉上帝,跟在其他地方不同呀!比方说,这里有一位老爷,他什么事也不过问,什么人也不妨碍。在这儿,你的灵魂会得到平静和安宁的,一定会得到的!"

一天之内,我已经仔仔细细地参观了修道院。原来我以为它在森林里,可是,树木已砍去很多,大门前只留下累累的树墩。树林从围墙两侧向前延伸,像两条黑色的翅膀环抱着蓝顶的教堂和白色的建筑群。对面的蓝湖像一弯新月躺在冰上,从头至尾有九俄里长,宽四俄里。向湖对岸眺望,可以看见库杰亚罗夫的三座教堂和坐落在托洛孔采夫的尼古拉教堂的金顶;靠修道院这一边,蜷曲地伏卧着库杰亚罗夫移民新村,有二十三户人家,周围是古木参天的树林。

很好。我的心总算慢慢平静下来了。是的,我将要在这里跟上帝谈心,在他面前敞开我心中的一切秘密,要以无比恭顺的心情请求他指点我走上信守他的天条的道路。

晚上,我去做彻夜祈祷;一切人等都恭恭敬敬地严守神职,不过,

---

① 萨瓦季修道院坐落在离特维尔城(今加里宁市)十五俄里的萨瓦季村,十五世纪初由圣徒萨瓦季创建。

圣诗唱得却不怎么样,因为嗓音不佳。

我祈祷说:

"主啊,宽恕我吧,如果说我对你有过什么粗鲁的想法,那不是因为我不虔诚,而是由于我对你的爱和热切的期望,这你是知道的,主宰一切的主啊!"

站在我前面的修士猛然回过头来看了看我,笑了。看样子,我是大声说出了自己的忏悔词了!他在笑呢!我看见一张多么漂亮的面孔!……我甚至低下头,眯缝起眼睛来:在此之前或在此之后,我从来没见过这样的美男子。我往前挪动一下,和他并排站在一起,端详他那非常好看的面孔:他的皮肤像雪白的飞沫一样白,黑胡须里有几根银丝露出来,一双大眼睛饱含着高傲的神情。他身材匀称,高大,长着鹰一样的钩鼻子,他的整个外形有一种高贵的气质。他真叫我吃惊,就在那天夜里的睡梦中我还梦见了他呢!

清晨,尼丰特叫醒了我。

"院长指定你去服劳役,"他说,"到面包房里去干活。这位挺和气的修士会派活给你的,他就是你的上司!这是发给你的衣服,穿上吧!"

我穿上了道袍,正合身,不过这套行头又脏又破,一只皮靴上还打了个掌。

我一看自己的上司:宽肩膀,笨手笨脚,额头和两颊上长满了小疣和粉刺,上面生着一撮撮灰白色的毛,整个脸像被一层密密的羊毛覆盖着似的。可是,他那宽大的额头上又布满了深深的皱纹,两片嘴唇严肃地紧闭着,一双小眼睛愁眉不展,阴沉沉的。他这种长相叫人看了真是啼笑皆非。

"你给我快一点!"他下命令说。

他声音粗鲁,嘶哑得像裂了缝的铜钟。

尼丰特笑着说:

"都叫他米哈师兄。上帝保佑!"

我们来到庭院里,天已经黑了;米哈绊了一跤,他骂起娘来,然后问:

"你会和面吗?"

我说:

"我看见过女人和面。"

他唠叨说:

"女人!你们总是女人女人的,女人不离口!可别忘了,正是因为女人,这个世界才这么该诅咒!"

我说:

"圣母也是女人呀!"

"怎么样?"

"还有很多侍奉上帝的女圣徒。"

"瞧你说的!让她们都下地狱去侍奉魔鬼吧!"

我心想:"不管怎么说,他是个正经人。"

我们来到面包房,他点亮了灯。两个大桶上面盖着口袋,一个长面柜,一大袋黑麦粉,还有几袋白面。遍地垃圾,肮脏不堪,到处挂满了蛛网,落满了厚厚一层灰尘。米哈从一只桶上把上面盖的口袋拉下来扔在地上,吩咐我说:

"学着点!这是加了鸡蛋的面引子,已经鼓起来了。看见泡泡了吗?一起泡就算发好了!"

他拎起一大口袋面粉,像提起一个三岁的孩子,把它往桶沿儿上一扔,用刀子割开袋口,像着了火一样吼叫道:

"倒四桶水,和面!"

转眼间他就变成一个白面人了,浑身上下像盖了一层霜。

我甩掉长袍,把衣袖卷了起来。

他说:

"这不行!脱掉裤子……用脚踹!"

我说:

"我好久没洗澡了……"

"谁问你这个啦?"

"怎么能用这么脏的脚和面呢?"

他发起怒来了:

"是你听我的还是我听你的?"

他长着一张大嘴,还有一口粗壮的大牙齿,手臂很长。他狠狠地摇动着两只胳膊。

我心想:"哼,见你的鬼去吧!"

我用湿布擦了擦脚,就爬进桶里。我用脚不停地踹着面,我的上司在面包房里跑来跑去,威风凛凛地冲我喊叫:

"我非把你这个小崽子制服不可!……你得给我老老实实服服帖帖的!"

我和好了一桶面,另一桶又准备好了;和好了这一桶,白面团又跟上来了;面团要用手来揉。我是个身强力壮的小伙子,可也干不惯这种活:面粉钻进我的鼻孔里,嘴里,耳朵里,眼睛里,弄得我什么也听不见,什么也看不见了,我大汗淋漓,汗水哗哗地往面团里淌。

"有没有毛巾?"我说,"我得擦擦汗。"

米哈发火了:

"等我给你预备一块天鹅绒来擦汗吧!这座修道院已经修了二百三十二年了,一直等着你给立规矩呢!"

我觉得很可笑。

"我又不是为自己,"我说,"这面包是给人吃的呀!"

他走到我身边,气得像刺猬一样毛发直竖,浑身发抖,咆哮道:

"你这么爱干净,就用面口袋擦擦脸吧!你大胆抗上,我要报告院长!"

这个人真是莫名其妙,连生他的气也顾不上了。他使出全身的力气干活,五普特重的一袋面粉在他手里跟小枕头似的,他浑身都是面粉,嘟嘟哝哝,骂骂咧咧,总是催促我:

"快点干!"

我忙得简直头晕眼花。

开始干活那一阵子,我的日子真够苦的了。面包房在教堂大厅下面的地下室里,屋顶是拱形的,很矮,只有一扇窗子,又关得紧紧的;空气稀薄,粉尘像浓雾一样,米哈像一只拴着铁链的大狗熊,在尘雾中跑来跑去。炉子里闪动的火光都是浑浊的。整天只有我们两个人,很少派人来服劳役,给我们帮帮忙。我们没时间去教堂做弥撒。米哈每天都教训我,好像用一根结实的绳子把我捆绑得牢牢的一样。他满腔怒火,仇视世上的一切,我在他那烟火腾腾的话语的熏陶下,心里已经挂满了厚厚的一层烟黑。

"人们在你心目中已经全都完蛋了,"他说,"他们在人世间造孽,而你则脱离了红尘。你肉体离开了尘世,灵魂也要离开它,要忘掉它。你只要想起尘世,就必定会想起女人,是女人使世界沉入苦海,使世界永远不得自由!"

我往往是刚开口说话,他就大喊起来:

"住口!你要仔细听听过来人讲话,你要尊敬长辈!我知道,你老是圣母圣母地嘟哝个没完。可是,耶稣之所以被钉死在十字架上就是因为他是女人生的,不是纯洁无瑕从天上掉下来的。是呀,他活着的时候对女人格外放纵,让这些娘儿们干下流事!他应该把撒玛利亚女人①扔到井里去,根本不应该理睬这号女人。要是拿块石头往那个淫妇头上来这么一下子,你瞧瞧吧,世界就得救啦!"

"《圣经》里可不是这个意思呀!"

"住口!我还没说完呢!你懂得什么教义不教义的?整个教堂都是那些结了婚的牧师掌管的,都是受那些好色之徒和浪荡公子们支使的;他们身穿绫罗绸缎缝制的法衣,跟女人的裙子一模一样。他们个

---

① 耶稣行至撒玛利亚的叙加城,坐在井旁向一个来打水的撒玛利亚女人讨水喝。谈话间,耶稣说出了这女人以前的行为。后来该城有好些人都因此信奉耶稣了,称他为救世主(见《新约·约翰福音》第四章)。

个都是邪教徒,他们只配跳跳卡德里尔舞①,根本不配写教义!有家室的男人怎么会毫无邪念地考虑耶稣的善事呢?根本不可能!光干那些罪大恶极的淫乱勾当就够他们忙活的了。正是由于这个原因人类才被上帝赶出天国的乐园的!也正是由于这种原因人类才受鄙视,才永远遭受痛苦,永远被怨恨,永远惶惶不可终日,也就永远看不到上帝了,永远也看不到了!神甫们自己就在造孽,他们跟女人生孩子,让这个世界不可救药地走向末日。他们为了替自己的叛教行为辩护,就编造了种种教义。"

他那些灰暗的话语使我感到压抑和沉重,周围的石墙似乎越来越紧地向我挤过来,上面的顶棚也似乎越来越重地压住了我的头顶。

"可是为什么呢,"我说,"为什么上帝说:'你们要生养众多,遍满了地'②呢?"

我的这位老师气得脸色发青,跺着脚大吼:

"上帝说过,上帝说过!……你知道上帝是怎么说的吗?你这个傻瓜!上帝说,你们要生养众多,遍满了地,然后我把你们都交给魔鬼,让魔鬼来管制你们,让你们永远永远、世世代代都受诅咒!上帝就是这么说的!可那些浪荡鬼们倒把上帝的诅咒变成了他们的教义!你懂不懂,教义都是些骗人的鬼话!"

他像一座大山一样朝我压过来,要把我压死;我周围的一切都变得十分阴暗;我不能相信他的话,但又无法驳倒他这些狂言邪论,在他这种疯狂的压力下面,我真的不知所措了。我从《圣经》里引证一段话,他就用三段话来驳斥我,我只好放弃自己的观点,乖乖地投降。《圣经》就像一块五颜六色的草地,你要红花,它有红花,你要白花,它就给你开白花。我被驳得哑口无言,米哈却非常得意,两只眼睛像狼一样闪着光芒。我们总是忙来忙去不停地干活:我和面,他做面包、装炉烤面包;面包烤好之后,他出炉,我往架子上摆,我的两

---

① 四人组成两对,包括六个舞式的舞蹈。
② 见《旧约·创世记》第九章第一节。

只手烫得很疼。我身上沾满了面糊，撒满了面粉，又聋又瞎，累得晕头转向。

各种各样的修士常到我们这儿来，含沙射影地说些闲话，哈哈哈笑个不停。米哈怒气冲冲地对他们吼叫一番，把他们赶出面包房。我呢，像被煮熟了的鱼一样无精打采，郁郁寡欢，我感到跟米哈伊拉在一块儿很难相处，我不喜欢他，我怕他。

他不止一次问过我：

"你常常梦见光着身子的女人吗？"

"不，"我说，"从来也没有梦见过。"

"你撒谎！你干吗要撒谎呢？"

他火了，龇牙瞪眼，冲我挥拳头，大喊：

"撒谎！下流胚！"

我觉得他这个人很怪。在这种鬼地方哪还顾得上去想光着身子的女人呢？一个人从清晨三点钟一直干到夜里十点钟，躺下睡觉的时候连骨头节都疼，跟寒冬腊月里的乞丐一样，可他倒大谈起女人来了！

有一天我到库房里去取酵母。库房就在面包房对面的地下室里，又黑又暗。我抬头一看，门没上锁，里面点着一盏灯。我打开门，米哈在地上趴着，口中喃喃说：

"主啊，我求求你，让我摆脱女人吧！让我摆脱……让我解脱吧！"

我自然是马上就走开了，但我没有猜到究竟是怎么回事。

谈起女人来，米哈总是怀着敌意，持一种猥亵、下流的态度。他提到女人的一切都极为无礼，竟用些老粗们的粗鲁词儿，极为不满地吐唾沫，弯起手指头在空中划来划去，好像暗中在撕扯拧捏女人的身体。听到他讲这些话我真难以忍受，我气得喘不上气来。我想起了妻子，想起了我们在新婚之夜共同流淌的幸福的泪水，我们面面相对那种难为情和新奇的感觉，那种无限的乐趣……

"主啊，难道这不是你给予人的甜蜜的赠品吗？"

我想起塔季扬娜那颗纯真、善良的心，我替女人抱不平，我气得流下了眼泪。我想：

"等到院长叫我去谈话的时候,我就把一切都告诉给他！"

可是院长一直也没叫我。日子一天天过去,这时光就像一群林间狭窄小道上的瞎子,互相碰碰撞撞,摸索着向前走去。院长一直也没叫我去。我心里很难过。

当时我才二十二岁,可是头上竟然出现了白发。

我很想跟那位仪表堂堂的修士谈谈,可是我很少碰见他。他那高傲的面孔偶尔一闪而过,我的忧伤就像一条无形的影子跟在他后边随之而去。

我向米哈伊拉问起他来。

"啊哈—哈！"米哈大叫,"这个人？这是个身披法衣的畜生,是的,没错儿！他因为赌钱被人家从军队里赶出来了,又因为勾搭娘儿们,被神学院开除了。他原来是个军官,后来进了神学院。他在丘多夫修道院①赌钱赢了所有的修士。他一到这儿就捐了七千五百卢布,还有土地。他用金钱和土地买到了极高的荣誉,是的！他在这儿也赌钱:院长,管事神甫,会计主任,都跟他赌过。一个小妞儿常来找他……哼,这个畜生！他一个人住单间修室,可不是吗,他住在那儿想干什么就干什么！哼,这个大坏蛋！"

我不相信这些话,我无法相信。

有一回我请管事伊西多尔神甫允许我找院长谈谈话。

"谈什么？"

"谈信仰,"我说。

"'谈信仰'是什么意思？"

"我有各种各样的问题。"

他从头到脚打量着我;他比我高一头,瘦骨嶙峋,一双聪明的眼睛带着嘲讽的笑意,弯鼻子,又长又尖的大胡子。

---

① 莫斯科克里姆林宫里的修道院,建于一三六五年。

"你就直说吧,是不是禁止肉欲使你烦恼呀?"

他们这种人才真正是贪欲如命呢!

我本来不想对他说什么,但还是简单地对他讲了讲我的一些疑问。他皱起眉头,笑了。

"要摆脱这些吗,我的孩子,只有一个办法,那就是祈祷,祈祷能治愈你灵魂的创伤!不过,我看你很爱干活,再说,你的请求也很特殊,我一定报告院长,你等着吧!"

"特殊"这个词儿使我吃惊,我觉得这个词儿空空洞洞,包含着一种对我的敌意。

不久就叫我去见院长神甫了。他审慎地打量着我,当我行完礼后,他威严地说:

"伊西多尔神甫转告我说,你想跟我辩论信仰问题……"

"不,"我说,"我不想辩论……"

"别打断长辈的话!任何时候两个人议论同一个问题都是辩论,一切疑问都是犯罪的诱因。当然,如果谈论的内容不牵扯世俗生活和当前的事件,那又当别论了。在我们的修道院里大家和睦共事,我们干活是为了维持肉体的生存,以便使暂时存在于肉体中的灵魂能够升入天国,让灵魂去为肉体祈祷,请求上帝宽恕人世的罪行。我们这里不是卖弄聪明的学府,而是干活的地方;我们不需要智慧,而需要净化灵魂。你跟米哈伊拉师兄的争论我都听说了,我不赞成这样的争论!你要抑制自己这种胆大妄为的念头,免得受到诱惑,因为毫无顾忌的、不受信仰约束的念头正是魔鬼手中最锋利的武器。理智来自肉体,肉体来自魔鬼,灵魂的力量却是上帝精神的一部分;虔诚教徒的悟性只有通过识破红尘才能得到。米哈伊拉师兄是你的上司,他是一个严肃的修士,一个真正的禁欲苦行僧,他活儿干得出色,修道院里人人都喜欢他。我给你的惩戒[①]是:你干完白天的活儿要到左边的祭坛,在刻着

[①] 宗教上的惩罚,如斋戒,长期祈祷等等。

耶稣受难像的十字架面前每夜念三遍赞美诗,接连念十夜。另外,我指定你跟苦行僧马尔达里谈话,要给你规定谈话时间和谈话次数的。你不是在农场当过账房先生吗?安静地去吧!我再考虑考虑你的问题。你好像在世上没有一个亲人了,是吗?走吧,我要为你做祈祷的!希望你长进!"

我回到面包房。这一夜我默默地掂量着他对我说的这些话,我觉得一文不值。

也许,理智在探索人生的道路上会误入歧途,不过,一个人如果像羔羊一样生活也就太不合理、太不值得了。在当时,我把默祷理解为对自己灵魂深处的一种审视,因为,一切意念的根都盘结在那里,各种各样的念头像果树一样从那里不断地生长着。但是,我没有在自己的心灵中找到任何格格不入的、不可理解的东西,我只感到对上帝不理解,对人间的世事格格不入,也就是说,我所仇视和不理解的是身外之物。说什么大家都爱米哈伊拉,这完全不是事实。虽然我总是躲着大家,也不参与他们的谈话,可是我细心地观察着周围的一切。我发现那些穿法衣戴高筒僧帽的修士们[①]和见习修士们[②]都瞧不起米哈伊拉,怕他,嫌恶他。

我还发现,修道院也经营产业:卖林木,把土地租给农民种,在湖里捕鱼;有一座磨房,几块菜地,一个大果园;卖苹果、野果和白菜。马厩里养了十八匹马,有五十多名修士,都是些壮劳力,老头子不多。举行仪式呀,祈祷呀,人手勉强够用。修士们既喝酒又热衷于跟女人厮混;年轻一点儿的夜里往移民新村跑,年长些的,有女人到他们的单人修室里来,据说是来擦地板;当然啰,女信徒们也常常是他们的猎物。这些都不关我的事,我也不能谴责他们,我觉得,这不算什么罪过,但是,这种伪善行为却实在令人作呕。见习修士很多,劳役繁重得很,受不了的就逃跑。我在修道院的两年中,就亲眼见到有十一个人逃跑

---

① 指得到院长恩准可以穿法衣的修士。
② 见本卷第267页注①。

了；顶多待上一两个月，受不了，就逃跑了！

当然啰，修道院也为信徒们准备好了诱饵：他们传说已故的苦行僧约瑟夫的铁链能治膝关节痛；他的尖顶僧帽戴在头上，能治头痛；树林里有一眼泉水，洒在身上能消除百病；升天的圣母像能在信徒面前显灵；苦行僧马尔达里能未卜先知，为人们排忧解愁。一切都安排得妥妥帖帖，所以，每到春天，五月里，人群就像海潮一般朝我们这里铺天盖地地涌来。

跟院长谈话以后，我很想到一个穷一点、简单一点、没么多活儿的修道院去；在那儿修士们总能多做些他们分内的事：多认识认识这个世界的种种罪孽。可是，这里发生的各种事件却吸引着我。

就在这时，我突然跟见习修士格里沙相识了。他在修道院的账房里干活。我早就注意到他了：修士们中间一个戴茶镜的青年匆匆忙忙、轻手轻脚地走来走去。他相貌平常，有些驼背，他常常低着头走路，仿佛除了眼前的路之外不愿意看到任何别的东西似的。

我跟院长谈话的第二天，格里沙来到了面包房。当时，米哈伊拉找会计主任神甫报账去了。格里沙进来轻声跟我打招呼之后，问道：

"兄弟，您到院长那儿去了？"

"是呀！"

"谈话了？"

"没有。"

"他把您赶出来了？"

"干吗要赶我呀？"

他正了正眼镜，窘住了，说：

"对不起，千万别见怪！"

"他莫非赶过您吗？"

他点了点头。

他坐在木柜上，弓着身子，不时地干咳几声，用脚后跟敲打着木柜。我给他讲了院长谈的那番话。他一下子跳起来，像弹簧一样挺直

身子,激动地高声说起来:

"这里的一切都建立在金钱上面,这里跟俗人一样为钱活着,怎么能管这种地方叫拯救灵魂的场所呢?我是为了逃避当买卖人造孽才到这里来的,可是,这儿跟其他地方一样,仍然得念这本生意经。现在我往哪儿逃呀?"

他浑身颤抖着,匆匆地讲起了他的身世:他是面包房老板的儿子,在商业学校毕了业,父亲已经提出让他去支撑门面了。

"要是卖个杂货,"他说,"我还可以干。可是卖面包,我觉得太卑鄙、太昧良心了。面包是人人不可缺少的口粮,不应该把它抓在少数人手里,利用面包去从人家口里榨油水!父亲的贪得无厌已经毁了他自己,他也会毁了我的。我有个姐姐,是女校学生,活泼,聪敏,结识了一些大学生,常常读些小册子。有一天,父亲突然对她说:'莉扎韦塔,我给你找了个未婚夫,以后就不用上学了。'她一听就哭起来了,大吵大闹地说:'我不愿意!'可父亲揪住她的发辫,非让她答应不可,就这样,终于把她给制服了。未婚夫是个有钱的大茶商的儿子,斜眼睛,大块头,性情粗暴,总爱卖弄他家如何如何有钱。莉扎①跟他在一起就如同一只小老鼠跟上了一条大狗;她非常讨厌他。父亲却对她说:'傻瓜!他在伏尔加沿岸许多城市里都有买卖。'咳!就这样把她许配给人家了。在婚礼的宴席上,她独自回到自己的房间里,用手枪朝自己的胸口开了一枪。我进去的时候,她还没有咽气,她对我说:'永别了,格里沙!我是多么想活呀!可是,不行,太可怕了!我不能,不能!'"

我记得,格里沙讲得很快,像是要逃避往事。我听着,眼望着炉火。在火光中,我仿佛看到了格里沙的姐姐。她的头在我面前晃动,一张苍老、模糊的面孔,黑洞洞的嘴里跳动着一条条凶恶的火舌,这张嘴巴在咀嚼,木头发出噼哨声,吱吱声。我心想:人们为什么要互相倾

---

① 莉扎韦塔的别称。

轧、互相残杀呢?

格里沙那急速的话语就像秋天里干枯的残叶似的密密麻麻不停地往下落:

"……父亲吓得不知所措,跺着脚,大叫:'给父母丢脸!真害人哪!'整个喀山城的人都去为莉扎送葬①,她的棺木上摆满了花圈。直到葬礼之后,父亲目睹了这一切,才醒悟过来。他说:'要是人们都同情我的女儿,那就是说,我对不起她,我是个下流胚!'"

格里沙哭了,他擦了擦眼镜,他的两只手不停地颤抖着。

"在发生这样的不幸之前,我已经有了进修道院的想法了。当时,我就对父亲说:'放我走吧!'他一听就火了,骂我,打我,可是我铁了心,一口咬定说:'我不做买卖,放我走!'他让莉扎吓怕了,只好放我出来。我已经出来四年了,这是我待过的第三个修道院。所有的修道院都做买卖,没有我安生的地方!土地和上帝的圣谕同时买卖,蜂蜜和上帝显灵一起出售……真叫人恶心!"

他的故事唤醒了我沉睡的灵魂。住进修道院以后,劳务压得我喘不过气来,不安分的念头暂且平静下去,这会儿又一下子爆发了。

我问格里沙:

"我们的上帝在哪儿?除了人类的胡作非为、疯狂和愚蠢之外,除了造成极大不幸的卑鄙和狡诈之外,我们的周围什么也没有,上帝在哪里呢?"

这时候,米哈伊拉回来了,他一回来就把格里沙赶走了。

从这一天起,格里沙常常跑到我这儿来,我把自己的想法讲给他听,他非常害怕,劝我听天由命。我说:

"为什么人要受这么大的苦?"

"因为有罪,"他回答说。他认为一切都出自上帝之手:旱涝、饥荒、天灾、人祸,一切都是上帝的旨意。

---

① 这个情节是根据一八八五年一月,喀山茶商拉特舍夫的女儿自杀身亡的事件写的。后来,作者在《我的大学》中也曾描述过这一事件。

"这么说,"我说,"上帝是世上的大灾星了?"

"别忘了约伯①,你这个疯子!"他小声对我说。

"约伯关我什么事!"我说,"我要是处在他的地位,我就会对上帝说:'别吓唬人,你明明白白地告诉我吧:通往你那里的路在哪里?你是造物主,你按照你的样子创造了我,你不要抛弃我,不要抛弃你的孩子,不要损伤自己的尊严吧!'"

听了我这些大胆的言词,格里沙常常抱着我痛哭。

"我亲爱的兄弟!"他喃喃地说,"我真为你担惊受怕呀!你的这些言论都是打魔鬼那里来的!"

"既然上帝威力无比……我为什么还要信奉魔鬼呢!"

他更加激动不安了;他是一个纯洁和善的人,我喜欢他。

我当时正在受惩戒。每天干完活就上教堂。尼科季姆师兄给我打开门,随后,寂静的教堂里响起一阵铁锁的铿锵声,他把我锁在里头了。我站在门旁,等着这响声落到石板地面上之后,悄悄走到十字架前边。这时候,我已经累得疲惫不堪,浑身酸痛,我没有力气站着,就一屁股坐在地上。我无心念赞美诗,双手抱着膝头,坐在那儿,用惺忪的睡眼望着周围的一切,想着格里沙,想着自己。当时是夏天,夜里很热,可是这里却感到凉爽,周围一片昏暗,有的地方神灯闪闪发光,好像互相递着眼色;发蓝的火光向上伸展,仿佛要穿过圆形屋顶,高高飞上苍穹,飞向夏夜的群星。传来了灯芯的轻轻爆裂声,声音各不相同,蒙眬中,我觉得教堂里似乎住着一个隐身人,那微弱的神灯闪光像是他在神秘地谈着悄悄话。在恬静和黑暗之中,一副副圣像的面孔深沉地摇晃着,好像他们也遇上了难题。透明的影子轻轻地抚摩着我的脸,散发着油脂、柏木和神香的甜蜜气息。金和铜变得柔软、质朴,银子闪着温和而亲切的光芒。一切都在消失,熔化,汇合在某种伟大幻想的洪流之中。教堂像一团香气四溢的浓云,在我自己也不知所云的

---

① 《圣经》中一个备受苦难的虔诚信徒,敬神、忍耐和笃信的典范(见《旧约·约伯记》)。

低沉的祈祷声中浮游,飘动。我在阴影的环舞中感到头晕目眩,甜蜜的梦把我从地上带到云雾缥缈的高空。

早祷开始之前,沉默寡言的尼科季姆师兄来到我身边,他轻轻地摸摸我的头,把我叫醒,说:

"走吧!"

"饶恕我吧,"我说,"我又睡着了。"

我摇摇晃晃地往前走,尼科季姆扶着我,耳语般地对我说:

"上帝会饶恕你的,我的施主!"

尼科季姆是个不惹人注目的小老头,总是躲着人,他管谁都叫"施主"。

有一回我问他:

"尼科季姆卡①,你是因为发下誓言才不讲话的吗?"

"不是,"他说,"是我不愿意讲。"

他叹了口气,又说:

"要是知道说什么,我就说话了!"

"你为什么要进修道院呢?"

"因为那个才进的。"

你再往下追问,他就不回答了,有时候,用抱歉的眼光看你一眼,小声说:

"我不知道,施主!"

我常常想:

"说不定这个人也是来寻求答案的……"

我真想从修道院里逃出去。

我面前又出现了一个人物:他像皮球一样飞过篱笆,突然跳到你面前来了。他结实、活泼、矮小,是个非常好动的人。他长着猫头鹰样的圆眼睛,钩鼻子,浅色的头发,蓬松的胡子,经常满脸堆笑,露出一口

---

① 尼科季姆的别称。

310

闪光的白牙。他爱逗趣,常常给修士们讲笑话,在谈到女人的时候总讲些不堪入耳的话。夜里他常把女人带进修道院,而且他总能弄到烧酒。总之,他各方面都很有办法。

我看了看他,说:

"你到修道院来找什么呀?"

"我吗?找吃喝!"

"要凭自己的力气挣饭吃!"

"上帝是叫庄稼佬凭力气挣饭吃的,"他说,"我是城里人,在公家医院里还做过两年事呢,大大小小也当过官!"

我开始解剖这个乐天派:我想弄清楚人们拉来拉去的所有弹簧的根底。现在我已经熟悉了自己的工作,米哈伊拉也就偷起懒来了,他常常往外跑。我一个人虽说累一些,可是心里痛快:人们可以随便到面包房里来,我也可以跟他们聊天了。

我们三个人,格里沙和我,还有那个乐天派谢拉菲姆,经常聚集到一块儿。格里沙一激动,就向我挥舞起两只手臂,谢拉菲姆在一旁吹着口哨,摇动着鬈发,咧嘴笑。

有一回我问他:

"谢拉菲姆,你这个流浪汉也信上帝吗?"

"以后再说吧,"他说,"依我看,再等上三十年,等我到了六十岁,那时候也许能知道我信还是不信,老实说,现在我还弄不清上帝是怎么回事呢!我不愿意说谎!"

他话题一转,讲起大海来了。他说起大海就像描绘一件伟大的奇迹似的,讲得是那么惊心动魄,活灵活现,一会儿平静,一会儿激昂,一会儿胆战心惊,一会儿满腔热情,他兴奋得整个人像一团熊熊的火,像一颗闪亮的星。我们默默地听着,听着他讲述这伟大动人的美,心中甚至涌起阵阵愁思。

"海,"他激情地说,"是大地的蓝眼睛,它凝望着远方的天空,观察着地上的空间。在它那活泼、敏感的水波之上,像生灵一样,映照着

311

嬉戏的群星——群星在神秘地你追我赶向前飞动。假如你长时间注视海波,就会觉得天空像远方的海洋,星星是海洋中金光闪闪的岛屿。"

格里沙脸色苍白,轻轻地,像含羞的月亮似的,笑了,他悲切地低声说:

"在这神秘莫测的美景面前,我们却在做生意!再没有别的了……噢,天哪!"

有时候,谢拉菲姆讲起高加索来。霎时就在我们面前展现出一个阴森而美丽的地方,一个童话般的世界。在那里,地狱和天堂亲密地拥抱在一起,和睦相处,炫耀它们的威严和美丽,它们像兄弟一样平起平坐,并以自己这种高贵为荣。

"看见高加索,"谢拉菲姆令人信服地说,"也就看见了大地的真面目。在那里,没有矛盾,分不清哪些笑声是出自天真无瑕的孩童的灵魂深处,哪些笑声是发自魔鬼那自负、傲慢的口中。高加索像是一块对人的毅力的试金石:弱者在这里屈服,在这块大地的威力面前魂飞魄丧,强者在这里变得更加坚强,变得像山峰一样崇高,刚强,你看那利剑般的高峰正伸向雷电的王国,伸向无边的苍穹。"

格里沙叹口气,悄声问:

"谁能给灵魂指出一条路来呢?应该亲近人世还是远离人世?应该接受什么?应该拒绝什么?"

谢拉菲姆一副漫不经心的样子,爽朗地笑着说:

"格里舒哈①,你瞪大眼睛往天上瞧也不会给太阳增添一点光和热;别为这种事儿苦恼了,亲爱的!"

对谢拉菲姆,我既了解又不了解。我懊丧地问:

"那依你看,人们该怎么办?他们往哪儿去呢?"

他耸了耸肩膀,笑了。

---

① 格里沙的别称。

"人算得了什么？人跟草一样,各不相同。盲人看太阳也是一片黑暗。谁对自己不满意,他就是上帝的敌人。再说,人太年轻了,对刚刚三岁的伊万用父称①,岂不太早了吗?"

他张口就是俏皮话,跟萨韦尔卡一样,一说起来就像苹果树上的花瓣儿,掉起来没完没了。你只要提出一个严肃的问题,他马上就有一连串的话对付你,那词儿多得就跟撒到小孩子棺木上的花草一样。他这种支吾搪塞的态度惹恼了我,我火了,可他这个魔鬼却哈哈大笑起来。

有时候我气极了,就对他说:

"你整天闲逛,懒鬼！白吃别人的面包！"

"我们这儿呀,"他说,"谁吃自己的面包谁就挨饿。庄稼佬祖祖辈辈种粮食,可他们自己却吃不上。说我不愿意干活,说得对！可是,我发现,干活累断筋骨的人都是穷光蛋,整天睡大觉的人,上帝倒赐福给他们,个个肥头大耳。你呀,马特维,也该把贼当成兄弟,因为你也拿别人的东西。"

他笑起来,笑得那么朴实,浑厚。他那直爽的性格真叫人喜欢。他从不装腔作势,他直言不讳地说:

"我是一条小虫,我只求有口饭吃,所以对人的危害不大。"

我发现这个人有萨韦尔卡一样的心肠。我很奇怪:这种人在这样纷繁的生活环境中怎么还能保持清醒的头脑和乐观精神呢?

谢拉菲姆和格里沙截然不同:就像春天的朝霞和秋日的黄昏,两个完全相反的性格。可是,谢拉菲姆对他比对我更亲近。这一点倒叫我心里有些难过。不久,他们就一起走了。格里沙要到奥洛涅茨克城去,谢拉菲姆说:

"我去送送他,在那儿休息个把礼拜,然后,我还去高加索！马特维,你也跟我们一块走走该多好,活动活动,你会很快找到你所需要的

---

① 俄国人对小孩只叫名字,对成年人才用名字和父称。

东西，或是失去点什么……那也不错！从地里是挖不出上帝来的！"

可是，我不能跟他们一块儿去，因为当时我正在跟马尔达里谈话，我觉得这个苦行僧很有意思。

我十分沉痛地送走了那些宁静的夜晚和快乐的白天！

苦行僧马尔达里住在一个土窑里，这座土窑就在祭坛的后面，紧靠着教堂的墙脚。从前这里是个暗室，教堂的财宝怕遭抢劫就藏在这里。从祭坛到这里有一条地下通道。土窑装了一个拱形的石顶，上面铺一层厚木板，木板上面又搭了一间小修室，顶棚上有一扇小窗。地上有一个用木桩围起来的栅栏。信徒们就站在栅栏外面观看苦行僧。修室的角落里有个通地洞的门，螺旋形的楼梯一直通到马尔达里那儿。从楼梯走下去的人都会感到头晕。洞穴很深，走十二级才到底，里边只有一线光亮，照不到洞底就消融了，消融在地洞的潮湿的黑暗之中。

透过栅栏，只有凝神细瞧，好半天你才能在黑洞洞的深处看到一个更暗的东西，像一块大石头或是一堆土，这就是苦行僧，他一动不动地坐在那里。

刚一下到洞里，一股暖烘烘的难闻的潮气扑面而来，开头一刹那，你什么也看不见。随后，黑暗中浮现出读经台和一个黑色的棺木，一个小老头佝偻着身子坐在里面，他身穿带有白十字、骷髅、长杖和矛的黑色寿衣，这身袍子在他那干枯的身上揉得皱皱巴巴、破旧不堪。一个圆形铁炉灶龟缩在屋角，炉灶上的烟囱像一条粗大的蛆虫向上爬着，砖墙上长着一片片厚厚的绿霉。一线阳光像一把白色的利剑，穿入黑暗，被黑暗所吞没，消失在黑暗之中。

在揉碎了的刨花上，苦行僧像影子一样摇晃着身子，他把一双手放在膝盖上，数着念珠，头低垂在胸前，背驼得像一条压弯了的扁担。

记得，我来到他面前，跪倒在地，我一直没有开口。他很长时间也沉默着，周围的一切都死一般沉寂无声。我看不见他的脸，只能看见他那尖尖的、发黑的鼻头。

他用极其微弱的声音说：

"说吧……"

我什么也说不出来了，对这样一个活着就被装进棺材的人，我心中的怜悯之情油然而生，这种情绪压得我透不过气来。

等了等，他又问：

"怎么啦……说吧……"

他把脸朝我转过来，一张发暗的脸，我看不见他的眼睛，只能看见白眉毛、大胡子和髭须。他的白眉毛和白胡须长在那被黑暗笼罩着的阴森呆板的脸上活像是一层霉。我听见他沙沙的声音：

"你在那儿争论……为什么要争论呢……应当作上帝驯服的奴仆。跟他，跟上帝，怎么能争论呢，对上帝只能爱。"

"我，"我说，"我爱他。"

"哦，这就对了。他在惩罚你，你仿佛全不在意，而且还要说：'荣耀归于你，主啊，荣耀归于你！'要永远永远这么说。别的没什么了。"

看样子，他讲话很费力气，这是由于虚弱，也许是长久不讲话的缘故。他的话只有那么一点点活人讲话的气息，那声音就跟鸟儿临死时双翅颤动发出的簌簌声。

我不能向这位老人提出任何问题，我不忍心打破他等待死亡来临的宁静，我害怕惊动了什么……我纹丝不动地站在那里。钟声从上面传来，轻轻地拂动着我的头发，我很想抬起头来，望望天空，可是，黑暗沉重地压迫着我，使我低垂着头，呆然不动。

"你祈祷吧，"他对我说，"我也要为你祈祷。"

他停住了。静极了。一种阴森森的恐惧感流遍我的全身，一股刺骨的寒气穿透了我的心。

又过了一会儿，他低声说：

"你还在这儿？"

"是的。"

"我看不见。噢，走吧！别再争论了。"

我悄悄走了。刚一走上地面,我吸了一口清新的空气,身心为之一爽,感到头晕目眩。我浑身潮湿,跟刚从地窖里出来一模一样。可是他,马尔达里,已经在那儿坐了三年多了。

指定我谈五次话,可我一直沉默着。我不能谈。当我再次下去走到他身边时,他仔细听了听,然后用非人的声音问:

"你来了。是昨天来过的吗?"

"是的。是我。"

于是,他就断断续续低声说起来:

"你不要欺负上帝……你想要什么呢?……什么也不需要……只不过要口饭吃。欺负上帝是罪过,这是魔鬼的驱使。魔鬼对谁都要下绊儿的。我了解他们。他们这些魔鬼都是一肚子委屈,都很凶。他们受了委屈,所以都很凶。所以你不应当抱委屈,一抱委屈就上了魔鬼的圈套。别人欺侮你,你就对他们说:'耶稣拯救你们的灵魂!'说完就离开他们,让他们去吧,他们都是些行尸走肉。主要在你自己了。别让他们勾去你的灵魂。把灵魂藏起来,他们就勾不去了。"

他把自己的话一句句轻轻地抛出来,像远处大火的灰烬一样撒到我身上,我不需要它们,它们一点也没有打动我的心。我仿佛在做一场噩梦,一场难以理解的、沉重无聊的梦。

"你不说话,"他想了又想,说,"这很好。他们爱怎么着就怎么着,你别说话。有一些人到我这儿来,他们说起来没个完。说得很多。我听不懂他们说的是什么。谈些女人。关我什么事?他们什么都说。他们到底都说些什么呢?我不懂。你别说话就对了。我也不想说话,可是院长让我安慰你,那就安慰吧!噢,只好说说了。我自己是很不想说话的。让上帝保佑他们吧!我的一切都被夺走了。只剩下祈祷了。你感到痛苦,你不要在意。这是魔鬼在折磨你。魔鬼也折磨过我。亲兄弟打我。还有妻子,她用耗子药毒我。我对她来说,看样子,就像一只耗子。他们把什么都偷光了。他们说,好像我放火烧了村子。他们想把我扔到火里烧死。我坐过牢。什么苦都受过。他们审判我,我又坐了一次牢。上帝保佑他们!我宽恕了所有的人。我没有罪,可是,我宽恕了他们。这也是为我自己。我的委屈堆成山,压得我喘不过气来。可是我宽恕了他们之后,也就坦然了。成山的怨恨烟消云散了。魔鬼生气了,也就离开了。依我看,你也宽恕一切吧……如今,我什么也不需要。你也会什么也不需要的。"

第四次谈话的时候,他请求我说:

"你给我拿块面包皮来吧!我想含一含……我太虚弱了。宽恕我吧,看在上帝的面上!"

我可怜他可怜得心如刀绞。我听着他的喃喃谵语,心想:

"为什么要谈上帝呢?究竟为什么呢?"

他翻动着枯萎的舌头,声音沙哑地说:

"我浑身筋骨都疼。白天夜里疼痛难忍。含口面包皮也许会好一些。关节难受,让人不得安生。我每时每刻都应该祈祷的呀,睡梦里也要祈祷。否则魔鬼就要缠身。他提起你的名字,你在哪儿住过,什么都会提起来的。瞧,他就坐在炉台上。有时候,哪怕炉火烧得通红滚烫,他也不在乎。他习惯了。他这个灰溜溜的魔鬼,往我对面一坐,就不动窝了。我画十字驱赶他,再也不看他一眼。真烦人。去他的!有时候,他在墙上像蜘蛛一样爬来爬去。有时候像灰色的烂布条在空中摆来摆去。我的这个魔鬼可什么形状都变得出来。跟一个老头子在一块儿,太无聊了。既然派他来监视我,他就得监视呀。跟一个老头子在一起,他也不好过呀!我已经不怪他了。魔鬼也不自由呀!我已经跟他处熟了。去你的,我说,真烦人!我看也不看他一眼。他倒不在乎,也不捣乱。只是,老提醒我,我从前叫什么名字。"

小老头抬起头来,提高嗓门,大声说:

"我从前叫米哈伊洛·彼得罗夫·维亚希罗夫!"

随后,他整个人又深陷在自己的棺木里,小声说:

"魔鬼就这么引诱人……咳,你这个魔鬼!兄弟,你还在这里吗?去吧,上帝保佑你!"

这一天，我气愤极了，气得真想大哭一场……咳，这位老人为什么呢？他的苦行里有什么美的东西吗？我什么也不明白！那一天，以及过了很久以后，一想起他来，也仿佛有一个魔鬼在捉弄我，冲我做着嘲讽的鬼脸。

我最后一次到他那儿去的时候，衣袋里装满了松软的面包。我是怀着对人们恼恨的心情带去面包的。当我把面包递给他，他喃喃地说：

"哎呀！热的。哎呀—呀……"

他在棺木里忙起来，刨花在他身子下面发出嘎嘎吱吱的响声。他藏起面包，不停地小声说：

"哎呀—呀……"

黑暗和墙上的霉斑以及周围的一切，都颤抖起来了，用轻轻的呻吟重复着苦行僧的低语：

"哎呀—呀！"

他每个星期吃四顿饭；他当然很饿了。

最后一次他什么也没有对我说，只是吮着面包，不停地吧嗒着嘴，看来，他的牙全掉光了。

我站了一会儿，对他说：

"唉，马尔达里神甫，看在耶稣的面上，饶恕我吧！我走了，再也不来了。请接受我的谢意！"

"是的，是的，"他匆匆地回答，"谢谢你，谢谢！你别对修士们讲，别讲面包的事儿。他们会抢走的。他们这些修士们都很贪心。魔鬼也了解他们。魔鬼什么都知道。你别说出去！"

过了不久，他得了一场病，死了。葬礼很隆重：大主教带着祭司们从城里赶来了，举行了联合大祭。后来我听说，在小老头的坟上每夜都闪动着蓝色的火花。

这一切是多么可悲呀！对于人们来说又是多么可耻的行为！

此后不久，我的生活发生了急剧的变化。

格里沙还没走的时候,我就遇上一件龌龊事情:有一天我去仓库,米哈伊拉躺在面口袋上,正在干手淫的可耻勾当。我恶心透了。我想起他关于女人所说的下流话,想起他对女人的仇恨,我唾了一口,一转身跑回面包房,气得我浑身发抖,我感到耻辱,恼火。他随后也来了……他在我面前跪下,求我不要讲出去。他吼叫着:

"我知道,女人每夜也搅得你不安宁!魔鬼的力量可大了……"

"胡说,"我说,"见你的鬼去吧!滚开!要知道,你现在是在烤面包,老狗!"

我骂起来,再也忍不住了。本来他要是没有用那些脏话侮辱女人,我也就不理他了!

他还在我面前爬来爬去,求我别声张。

"这种事情,"我说,"怎么能说得出口?太下流了!我再也不愿意跟你一起干活了!你去对上面说,派我去干别的活吧……"

我一定要这么办!

那时候,我跟院里的人都很生疏,我只想躲开他们,离他们远远的。

米哈伊拉病了,住进了医院。面包房由我负责,给我派来了两个助手。过了大约三个星期,教堂管事突然把我叫去,对我说,米哈伊拉病好了,可他因为我脾气太倔不愿意跟我共事了,因此,暂时派我到林子里去刨树根。这算是对我的一种惩罚。

"为什么?"我问。

这时候,那位美男子——安东尼神甫突然走进账房,他温文尔雅地站在一旁听着。

管事神甫对我解释说:

"就是因为你性情执拗,因为你随便议论院里的修士;这种行为对于你这样的年龄、你这样地位的人来说,就叫做粗野,就是不能容忍的,就必须惩戒!院长大人慈悲为怀,本来他说可以把你调到账房里来干一点儿轻活,可结果呢,却闹到这种地步……"

319

他冷冰冰地带着难听的鼻音唠叨了半天,我看得出来,他不是讲真心话,而是例行公事在信口开河。安东尼神甫靠在卧榻上,捋着胡子,望着我。他那双美丽的眼睛笑眯眯的,仿佛在嘲笑我。我想让他知道知道我的脾气,于是我就对管事说:

"我不求奖赏,也不受侮辱,因为我没有错,这一点你们是清楚的。我要求公正!"

管事脸涨得通红,用手杖敲着地板,说:

"住口!太放肆了!"

安东尼神甫附在他的耳边说了些什么。

"这不可能!"管事说,"他必须心悦诚服地接受惩罚!"

安东尼耸了耸肩膀,用他低沉、温和的声音对我说:

"马特维,服了吧!"

他用一句话和他那亲切的目光说服了我。我对管事深深鞠了一躬,也向他鞠了躬,然后问管事:"我什么时候到林子里去?"

"三天以后,"他说,"你先坐三天禁闭!就这样!"

安东尼要是不在场,我可能会打断管事的肋骨。可是,我把安东尼的话当成可能接近他的一种暗示,为了这个,我情愿砍断自己的一条胳膊,我可以豁出一切。

于是,把我带到禁闭室。这是设在账房下面的一个土洞;那儿不能站着,也不能躺着,只能正襟危坐。地上扔着些干草,都是潮湿的。跟坟墓里一样死寂无声,连老鼠都不在这里做窝。黑极了,黑得伸手不见五指。

我坐在那儿,沉默着。我心中的一切都像灌了铅一样缄默不语,浑身像石头一样沉重,心情像冰块一样冷。我咬紧牙关,似乎这样可以抑制自己思绪的流动。可是,思想的火花仍然熊熊燃烧起来,火炭一样烧灼着我的心。我想吵架,可没人跟我吵。我两手抓住头发,像钟摆一样晃来晃去,心里在怒吼,在咆哮,在发疯。

"主啊,你的真理在哪里?那些无法无天的人所玩弄的也许就是你的真理吧?那些仗势欺人胡作非为的强者所践踏的就是你的真理吗?在你面前我是什么呢?是无法无天的牺牲品还是你的美德和真理的卫士?"

一想起修道院里的生活方式,那种种丑恶和愚蠢的现象就展现在我的眼前。为什么修道士是上帝的奴仆?他们什么地方比俗人圣洁?我了解乡下农民沉重的生活:他们过着多灾多难的日子。他们离上帝是那么远:他们酗酒,打架,偷东西,造孽作恶。要知道,这都是因为他们不知道通往天国的道路在哪里,他们无力去寻找真理,他们也没有时间去寻找。每个人都被一条害怕饿死的牢固锁链捆在自己那块土地上,拴在自己的家里;能要求他们做什么呢?可修道院里的人们却饱食终日自由自在地活着;各种经典就摆在他们面前,而他们之中又有谁信仰上帝呢?只有像格里沙那样的弱者和冷血动物才那么虔诚,其余的人只不过把上帝当作自己犯罪的辩护士和说谎的根据而已。

我想起了修士们对女人疯狂的贪欲,为了满足他们的淫欲,就是跟牲口交配他们也不嫌弃。他们好吃懒做,分布施时吵闹不休,就像坟墓上一群呱呱乱叫的乌鸦在凶残地争吃腐尸。格里沙曾经对我说过,农民为这所修道院累折了腰,可他们欠下的债却越来越多。

我想到自己:我到这儿已经很久了,可我的灵魂得到了什么呢?只有伤疤摞着伤疤。我的头脑里充实了什么呢?只有对各种各样下流勾当的知识和对人们的厌恶情绪。

周围鸦雀无声。连钟声也传不到我这里,无法估计是什么时辰,对我来说,没有白天,也没有黑夜。究竟是什么人竟敢于夺去一个人的阳光呢?

闷人的黑暗使我窒息,我的灵魂在这黑暗中燃烧,但并没有照亮我的前程,我心中所珍惜的对正义、对无所不晓的上帝的信仰,正在融化,消失。可是,安东尼神甫的面孔却像一颗亮星在我面前闪动。我的思绪和情感全都萦绕在他身上,就像夜里的飞蛾围着灯火转。我跟他谈心,向他诉委屈,提问题,在黑暗中我看到了他那两道亲切的目

光。这三天可够我受的了:从洞穴里走出来,我头晕目眩,脑袋像是别人的,两条腿哆哆嗦嗦地颤抖着。修士们笑话我说:

"怎么样,对赏赐给你的圣浴还满意吧?"

傍晚,院长把我叫去,让我跪下,他发表了一席长篇演说。

"《圣经》上说:我要敲碎恶人的牙齿,让他规规矩矩……"①

我不吱声,暗暗控制着自己。心平气和的安东尼就站在我面前,他用亲切的目光封住了我那满腔愤怒的嘴。

院长突然心软下来了。

"傻瓜,大家都很器重你,"他说,"也很关心你,看到你干活很卖力气,打算让你发挥你的才智。现在我甚至提出两种劳役供你选择:你愿意坐在账房里呢,还是到安东尼神甫的修室里去?"

仿佛他用一盆温水浇到了我的头上,我乐得喘不上气来,好不容易说了一句:

"请准许我去修室……"

他皱起眉头,沉思起来,探寻地审视着我。

"你要是去账房,"他说,"我可以免去你刨树根的劳役,要是去修室,就给你加上林子里的活。"

"请准许我去修室……"

他严厉地问:

"为什么? 蠢货! 你也知道,在账房里不但轻松一些,也体面多了!"

我坚持自己的主意。

他低下头,想了想。

"我准你去,"他说,"不过,你这个年轻人倒有些怪,还得照看着你点……老老实实地去吧!"

我到树林里去了。

---

① 出自《旧约·诗篇》第三篇第七节,但原经文是:"耶和华啊,求你起来。我的神啊,求你救我。因为你打了我一切仇敌的腮骨,敲碎了恶人的牙齿。"

当时是春天,寒冷的四月。

活儿很重。参天的古木,主根像萝卜一样伸到地下很深很深的地方,须根也很粗,挖呀,砍呀,砍呀,挖呀,拴上一匹马往外拉树墩,马儿拼命拉,结果连挽具都被拉断了。快到中午的时候,骨头节累得咯咯响,马也累得浑身发抖,满身大汗,它用溜圆的眼睛望着我,仿佛想说:

"干不了,兄弟,太难了!"

我捋捋它的毛,轻轻拍拍它的脖子。

"我明白!"我又刨,又砍,马儿抖动着鬃毛,摇着头,望着我。马是聪明的;我想,它们一定看得出人的这种劳动是毫无意义的。

这段时间里,我有一次碰上了米哈伊拉。这次碰面差一点闹出乱子来。这天我刚刚吃过午饭去干活,已经走进树林,他突然从后面追上来,手里拿一根棍子,样子很凶,龇牙瞪眼,像狗熊一样呼哧呼哧喘粗气……怎么回事?

我停住脚,等着。他二话没说,抡起棍子朝我就打。我飞快地一弯身,一头撞在他的肚子上,把他撞了个四脚朝天,我趁势骑在他胸脯上,夺下他的棍子,问:

"你这是干什么?为什么?"

他在我身子下面挣扎,声嘶力竭地喊叫道:

"你给我从修道院里滚出去!……"

"为什么?"

"我不愿意看见你!我要打死你……滚!"

他的眼睛是红的,眼里流出来的泪也像是红的,口角泛着白沫。他撕我的衣服,拧我,挠我,一直想抓我的脸。我轻轻按住他,从他的胸脯上跳下来,说:

"你挂着修士的招牌,可你这个畜生,心里却暗藏着可怕的杀机!究竟为什么?"

他坐在地上,执拗地喊叫:

"滚吧!别毁了我……"

我一点儿也不明白。不过,后来我猜到了,就小声问他:

"米哈,你也许以为我把你的丑事对别人讲了?你错了;我对任何人都没有说过,我向上帝起誓!"

他站起来,身子摇晃了一下,抱住一棵树,从树干后面用那双狂怒的眼睛望着我,吼叫道:

"你要是对全世界都讲了,我倒轻松些!我可以向人们忏悔,他们会饶恕我的,可你这个兔崽子,比谁都坏,我不领你的情!你这个傲气鬼,邪教徒!滚吧,别惹我犯杀戒!"

"噢,要是这样,"我说,"你愿意走开,你就自己走开吧,我不走,你放明白点!"

他又向我扑过来,我们两个人都摔倒在地上,跟青蛙一样浑身是泥。看来,我比他力气大,我站起来,他还躺在那儿可怜巴巴地淌眼泪。

"听着,米哈伊拉,"我说,"过些时我就走,不过现在不行!不是我固执,是我还需要在这儿待下去!"

"见你的鬼去吧,见你的魔鬼老子去吧!"他呻吟着,牙齿咬得格格响。

我离开了他。过了没多久,派他到城里修道院那块领地①去了,从此,我再也没见过他。

林子里的活儿干完了,现在我换上了新装,站在安东尼面前。我的这段生活,从第一天到最后一天,我全都记得清清楚楚,连一句话都没有忘记。这段生活仿佛已经烙在我的心上,刺在我的皮肤上。

他领着我看了看他的修室,不紧不慢、详详细细地教给我:什么时候、应该怎样侍候他。一个房间里全是书柜,里面装满了世俗书刊和宗教典籍。

他说:

---

① 指修道院在城里的房产,带教堂的宿舍。

"这是我的祈祷室!"

房间中央有一张大桌子,窗前有一把弹簧圈椅,桌子的一侧是沙发,上面铺着贵重的毯子,桌前有一把皮面的高背椅。另一个房间是卧室:一张大床,衣柜里挂着法衣和衬衣,带一面大镜子的漱洗台,很多小刷子、小梳子、五颜六色的小瓶子。第三个房间很简陋,空空荡荡,墙壁上有两个暗橱:一个里面放着酒和冷盘,另一个里面是茶具、饼干、果酱和各种糖果。

我们巡视完毕,他把我领到书房,说:

"坐下!看看,我就这样生活,不像个修士吧?啊?"

"是的,"我说,"不合教规。"

"哦,你什么都问罪,"他说,"现在该问我的罪了。"

他就像站在高高的钟楼上一样,傲慢地笑了。我非常喜欢他漂亮的面孔,但却不喜欢他这样的笑容。

"会不会问您的罪,我不知道,"我说,"不过,我一定要了解您!"

他轻声而低沉地,带着懊恼的神情笑了起来。

"你是个私生子吧?"

"是的。"

"你的血统,"他说,"不错呀!"

"什么叫血统不错?"我问。

他哈哈大笑,一字一句地回答说:

"血统不错就可以制造出高傲的人来!"

天气晴朗,太阳照在窗上,安东尼坐在那儿,浑身洒满了阳光。突然,一个我自己也感到意外的念头使我抬起头来,我的心就像被蛇咬了一样,全身疼痛;我仿佛被烫了似的,一下子从桌旁跳起来,直瞪瞪地望着修士。他也欠起身;我看见他从桌子上拿起一把刀子,摆弄着,问道:

"你怎么啦?"

我问他:

"您就是我的父亲吧?"

他脸色变得很难看,呆板,青紫,像冰雕的一般;他半睁开眼睛,又合上眼睛,小声说:

"不会吧!你在哪儿生的?哪一年生的?几岁了?你母亲是谁?"

当我对他讲述了我被抛弃的经过之后,他笑了笑,把刀子放在桌子上。

"那个时候,"他说,"我没到过那一带地方。"

我很不好意思,心里又很沉重:仿佛我向人乞讨而又什么也没有讨到似的。

"噢,假如我是你的父亲,"他问,"那又怎么样?"

"没什么,"我说。

"我也这么想。我跟你一起生活,我们没有父子之间的血缘关系,只有精神上的联系。可从另一方面看,我们这个世界上所有的人都是弃儿,都是生活造成的难兄难弟!人是大地上的偶然现象,你知道这个吗?"

从他的眼神里我发现,他在嘲笑我。我真不明白是怎么回事儿,我很窘,又很难过,我想解开心中的疑团,又想忘掉它。可我却提了个更糟糕的问题:

"您究竟为什么拿起刀子来?"

他看了看我,轻声笑了。

"你真是个大胆的百事问呀!"他说,"拿就拿了,我也不知道为什么!我喜欢这把刀子,它很美。"

他把刀子递给我。这是一把锋利的弯刀。钢刀上面有金子铸成的花纹,刀把是银的,上面还镶着一块红宝石。

"这是阿拉伯刀,"他向我解释说,"我用它割开书页,夜里就放在自己的枕头底下。这一带的人都很穷,可偏偏传说我很有钱;我的修室又在这么个偏僻的角落里。"

安东尼的刀子和手都发出一股香气,这香气使人沉醉,我的头都晕了。

"我们接着往下谈，"安东尼用他那暮气沉沉、阴郁而柔和的声音继续说，"你知道不知道有女人到我这里来？"

"听说过。"

"她不是我妹妹，不是。我跟她睡觉。"

我问他：

"您跟我说这些干什么？"

"现在先让你大吃一惊，免得你以后大惊小怪。你喜欢读闲书吗？"

"没读过。"

他从书柜里拿出一本红皮小书递给我，命令说：

"去吧，烧上茶炊，读读这个！"

我翻开书，第一页上有一张画：一个膝盖以上赤身露体的女人，她面前是一个一丝不挂的男人。

"我不读这种东西！"我说。

这时他走到我面前，厉声说：

"要是你的神甫命令你读呢？你知道为什么要这么做吗？……去吧！"

在他让我住的侧室里，我坐在床上，痴呆呆地陷入了恐惧和悲痛之中。我觉得自己像中了毒一样，浑身无力，直打哆嗦。我不知道该想什么；我不明白，认为他是我父亲的念头是从哪里来的，我怎么会有这种古怪的、多余的念头呢？我想起他讲的关于灵魂的话来了，他说，灵魂来自血统，还说，人是地上的偶然现象。所有这一切显然都是离经叛道的邪说！我发现在我提问时他的脸色非常难看。我翻开书，其中讲到一个法国骑士，讲到女人……我干吗要读这个呢？

他打铃叫我。我去了，他和颜悦色地迎着我说：

"茶炊怎么样了？"

"您为什么给我读这本书？"

"为了让你知道什么叫罪孽！"

我高兴了：我觉得,我现在才明白了他的意图。原来他想考验我。我向他深深地鞠了一躬,就离开了,赶忙把茶烧好,把茶炊端到房间里来。安东尼已经自己动手把茶点都准备好了。我刚想走开,他说：

"别走,跟我一块喝茶吧！……"

我很感谢他,因为我非常想为心中的疑问哪怕找到一点点答案。

"给我讲讲,"他说,"你过去是怎么生活的,为什么要到这儿来？"

我开始讲述自己,不保留一点心中的隐私,不漏掉记得的每个念头；他半闭着眼睛,那么专心致志地听,连茶都忘记喝了。晚霞从他背后照到窗子上来了,黑色的树枝在血红的天空上描绘着自己的故事,而我在讲述着我的故事。我讲完之后,他给我倒了一杯暗红色的甜葡萄酒。

"喝吧！"他说,"那次你在教堂里出声地祈祷,我就发现你了。难道说修道院帮不了你的忙吗？"

"帮不了。我的一切希望都在您的身上,帮帮我吧！您是一位有学问的人,您一定什么都知道。"

他不看我,轻声说：

"我只知道一点：你要是爬山,就爬到顶,一摔倒,就会跌到深渊里。可是我自己就没有遵守这个信条,因为我太懒。人是微不足道的,马特维！谁知道人为什么微不足道呢？生活是那么美好,世界是那么迷人,天下有那么多的乐趣！而人却是那么渺小！为什么？谁也解不开这个谜。"

晚祷的钟声响了,他猛然一惊,对我说：

"上帝保佑,去吧！"

我要是聪明一点儿,那一天就应该离开他,那样,他就会在我的记忆里留下美好的印象。可是,我没有理解他的意思。

我回到自己的住处,往床上一躺,那本小书刚好压在身子底下。我点亮灯,怀着对老师的感激之情,就读了起来。我读到,一个骑士背着他情妇们的丈夫，每天从窗子里爬到那些浪荡女人的房里去，结果被那些情妇的丈夫们抓住了，人家要用马鞭子抽打他，可他逃了。这种书非常无聊，我读不懂。当然我不是说我看不懂一个年轻人的风流故事，而是说，我不明白为什么要写这种故事，也想不明白，我为什么必须读这种无聊的东西？

我又想到：我怎么突然怀疑起安东尼是我的父亲来了呢？这个念头像铁锈一样腐蚀着我的灵魂。后来，我睡着了。睡梦中，我觉得有人推我。我跳起来，他已经站在我的面前。

"我打了半天铃！"他说。

"请原谅！"我说，"看在上帝的面上！我干活实在太累了。"

"我知道。"

他没有说"上帝饶恕你！"这句话。

"我要到院长神甫那里去，"他说，"按我的吩咐给我准备一下。啊哈！你读了这本书了？遗憾啊，你已经开始读了；你是对的，这不是你读的书！你需要的不是这些东西。"

我给他整理卧具：细料的内衣，柔软的被子，阔气得很，我见都没见过，全都浸透了浓郁腻人的香气。

我开始生活在这醉人的迷雾里，像在梦里一样。除了安东尼，我什么也看不见。而他呢，在我眼里整个人也是模糊不清的，在迷雾中变成了两个人。他讲话很亲切，可眼神是嘲讽的。他很少提到上帝。他不说"上帝"，却说"精神"，他不说"魔鬼"，却说"大自然"，但对我来说，词义没什么两样。他对修士们和教堂的仪式常常冷言冷语嘲笑几句。

他酒喝得很多，但从来也没有喝得烂醉如泥，最多也不过是额头发青，透明的脸颊上一双眼睛燃起暗淡的光芒，红嘴唇变紫，发干。他常常快到午夜或更晚些时候才从院长那儿回来，叫醒我，让我给他端酒。他坐在那儿边喝边用他深沉的声音滔滔不绝地说起来，一说就说很长时间，有时甚至一直说到早祷。

我很难理解他的话，许多内容都忘了，可是，至今我还记得，开头，他的话令人心惊胆战，听起来，有如面临深渊之感，好像霎时间地面上的一切都不可避免地要跌入这无底深渊似的。

有时候，听到他的这些话，我感到空虚和恐怖，我甚至想问问他：

"您也许是个魔鬼吧？"

他脸色阴沉，语气威严。灌足了酒之后，他的眼神更加迷离，双眼深深陷在眼眶里。苍白的脸上抽动着微笑；十指纤纤，总是灵敏地梳理他那把黑得发青的胡子，一会儿弯曲，一会儿张开；他身上散发出一股冷气。真可怕。

可是我已经说过，我不信鬼。再说，从经书上读到，魔鬼的力量在于他的傲气；他无时无刻不在争斗，他淫荡无度，他会诱惑人犯罪。可是，安东尼神甫却丝毫也没有诱惑我。他给生活涂上一层灰色，使我觉得这种生活毫无意义；对他来说，人们像是一群发疯的猪，一个个都在用不同的速度向深渊里奔跑。

"您说过，"我说，"生活是美好的！"

"是的，如果生活承认我的话，它就是美好的，"他回答说，冷冷地一笑。

他的话里只有这冷冷地一笑给我留下了印象。他像一个被驱赶得无处安身的人，仿佛对一切都冷眼旁观。对于他所处的这种境遇，他已经不大在乎。他那聪明伶俐的头脑和蛇一样敏锐的触觉，以及那才华横溢的风度和随机应变的本领，常常使我赞叹不已，可是，我不相信他的话，他也征服不了我。

不过，他偶尔也有发火的时候。

有一回，他叫喊道：

"我是贵族，是高贵家族的后裔；我的祖父、曾祖父曾经建立过罗斯，他们都是历史上的伟人，可这个下贱货竟然打断我的话，这个满身虱子的贱货，啊?!"

我对这样的话不感兴趣，我自己也许就出自豪门，可是问题并不在于你的出身门第,而在于真理,昨天只能说明过去,而明天才能预示未来。

他有时候坐在自己的圈椅里,面无血色,说道:

"马特维,这些修士又赢了我,修士是什么?他们是一些害怕自己的恶行给自己带来的可怕后果而企图在人们面前掩盖自己恶行的人。或者是一些软弱无能、悲观厌世、被人世纠纷吓破了胆、怕被毁灭而逃避现实的人。这些人算是好一些的、还有点头脑的。另外还有一些修士,那只不过是些无家可归的浪子,过眼云烟,人世间的一堆死孩子。"

"那您呢?"我问,"您属于哪一种人?"

也许,我竟这样面对面地问过他十几遍,可是,他总是这样回答我:

"可你是个偶然出生的人,在这儿,在那儿,永远是!"

我不了解他的上帝是何等样的,我极力想在他清醒的时候问问他关于上帝的问题,可是他总是冷笑着用经书上我早已背得烂熟的话来回答我,而我心目中的上帝却比经书高得多。于是,我就在他酒醉的时候探问他对上帝的看法。

可是,喝醉了的安东尼依然像从前一样。

"你真狡猾,马特维!"他说,"又狡猾又固执,我可怜你呀!"

我也可怜起他来了,因为我发现他很孤独,同时,我也很敬重他思想的丰富,可惜,他的才华就在这小小的修室里自生自灭了。

我越是可怜他,就越发执拗地逼问他。有一次,他无意中说:

"我跟你一样,马特维,我看不见上帝!"

"我虽然看不见他,"我说,"可我能感觉到他。我不是问你有没有上帝,我是问该怎么理解上帝所建立的生活法规?"

"法规吗,"他说,"你看看《主导法典》①好了!你要是能够感觉到上帝,那我祝贺你了!"

---

① 拜占庭法律汇编,包括有关宗教的法规和一般的法律,自十三世纪末叶起为罗斯宗教法庭采用,并加以补充。

他给我倒了一杯酒,跟我碰碰杯,一饮而尽;我发现,虽然他脸上的表情同死人一样严肃,可是这位漂亮老爷的眼睛却在嘲笑我。

他是一位老爷,有几次他已经耍起老爷脾气来了,真叫人受不了。这样,他就失去了对我的吸引力。

喝醉了的时候,他喜欢谈女人。

"大自然,"他说,"利用女人这个甜蜜的诱饵,把我们变成了凶狠、痛苦的俘虏。如果不是诱人的肉欲把人的美好精力消耗殆尽的话,也许人会永生的!"

由于米哈师兄过多地谈论这些事,所以,我对这类议论早已非常反感;再说,米哈伊拉一谈起女人,老是恶狠狠地把她们说得一无是处,疯狂地辱骂她们,安东尼神甫谈论起女人来却总是那么无动于衷,枯燥乏味。

"你记得吗,"他说,"过去我给你的那一本小书?你读读它,就会发现,女人是多么狡猾、虚伪,本质上又是多么淫荡!"

听到这个本是女人生育抚养长大的人在凌辱、践踏自己的母亲,把女人说成除了肉欲之外就一无是处的愚蠢畜生,真叫人吃惊,反感。

有一次,我把自己的这个想法用和缓的语气、转弯抹角地对他说了。他暴跳如雷,大叫:

"白痴!难道我说的是母亲吗?!"

"所有的女人,"我说,"都是母亲。"

"有的女人一辈子都是淫妇!"他大喊。

"有的人是驼子,但不能说所有的人全都是驼子。"

"滚,混账!"

他的军官习气还没有改。

有几次在我问到上帝时,我们顶撞起来了;他那种冷嘲热讽惹火了我,有一天夜里,气得我要跟他拼命了。

那阵子,我的脾气很坏;我非常苦恼;我在安东尼身边转来转去,就像一个饿汉围着人家上了锁的、飘出面包香味的小贮藏室转悠一样。这就是我发火的原因。那天夜里,他说话又吞吞吐吐的,一下子气得我火冒三丈。

我从桌子上拿起刀子,说:

"把您怎么想的都讲给我听,不然我就割断自己的脖子,闹个样子给您看看!"

他大吃一惊,立刻抓住我的手,夺下刀子,他一反常态,神情十分慌张。

"为这个应该惩罚你,"他说,"可是,惩罚对一个狂热的信徒来说又有什么用呢!"

随后,他像往我脑袋里钉钉子似的说:

"听我对你说,存在的只有人,其余的一切都是一种观念①。你的上帝是你心里的幻想。你只能认识自己,就是认识自己,你也未必能做到。"

他的话像风一样刮来,吹得我心中十分空虚。他说了很久,有的我懂了,有的我不懂,但我觉得:他这个人既没有悲伤又没有欢乐,既没有恐惧也没有悔恨和傲慢。他好像是一个在墓地追荐亡魂唱圣诗的老神甫:唱起圣诗来倒背如流,但这些圣诗却一点也打动不了他自己的心。乍一开始我觉得他的话挺可怕,后来,我感觉到,他那些疑问不过是老一套,因为它们早已成了古董……

五月,窗子敞开着……夜晚的花园里散发出温和沁人的花香……苹果树在银白色的月光下身披淡蓝的轻装,恰似去行圣餐礼的少女。更夫敲着钟,铜钟被敲打得发了火,在寂静中大声呼叫。我面前坐着一个冷若冰霜的人,他不动声色地编织着他那苍白无力的演说;像灰烬一样暗淡的词句在空中回荡,我又懊恼又难过,因为我错把黄铜当

---

① 在这里作者重复了他在一九○○年二月十四日或十五日给列夫·托尔斯泰信中的话,原话出自古希腊哲学家德谟克利特(约公元前460—前370):"只在一定的观念中存在着颜色,在一定观念中存在着甜的,在一定的观念中存在着苦的,现实中只存在原子和虚空。"作者按自己的意图改写了这段话。

成了真金。

"去吧!"安东尼对我说。

我来到花园里,晨祷的钟声响了;我走进教堂,挑了一个黑暗的角落,站在那儿,心里琢磨着:

"是的,半死不活的人要上帝有什么用呢?"

修士们纷纷走进教堂,恰似把黑夜划成条条块块的月光,随后,他们带着一阵轻微的簌簌声,隐没在教堂里了。

从那时起,发生了我所不能理解的事情:安东尼拿出老爷的派头跟我讲话,语气干巴巴的,他总是沉着脸,再也不叫我到他那儿去了。他过去拿给我读的书也都要回去了。其中有一本俄国史,我特别感兴趣,但我没能读完,我在猜测,我究竟怎么惹恼了我的老爷呢?真叫人纳闷。

不过,他开头讲的那番话却深深地铭刻在我的脑海里,悄悄地停留在我的一切思绪之上,倒也不碍什么事儿。

"上帝是你心里的幻想,"我暗暗地重复这句话,但是,我觉得没有必要跟这种说法辩论,因为这是一种浅薄的思想。

不久,他的女人来了;这天深夜,我听见安东尼打铃,大喊:"快端茶来!"

当我送上茶炊时,看见沙发上坐着一个女人,她身穿宽大的绯红色连衣裙,淡黄的头发披在肩上;她像洋娃娃一样娇小,脸颊也是绯红的,一双蓝眼睛;我觉得她温文尔雅而又有些忧伤。我在桌子上摆茶具,安东尼催促我说:

"快点摆,快点!"

"瞧你,"我心想,"干吗这么急呀!"

我觉得这种爱情轶事很有意思;也就是说,看到安东尼能够谈情说爱(虽然这是一件普普通通的事情),我感到很高兴。当时我对这种事已经很冷淡了,修士们的淫乱行为更使我对这种事十分厌恶。可安东尼神甫算什么修士呀?⋯⋯他的女人嘛,有着与众不同的美;那么娇嫩,就跟一个崭新的玩具似的。

第二天早晨我来收拾房间,安东尼不在,他到院长那里去了。那女人手捧一本书坐在沙发上,蜷着腿,头发也没梳理,半裸着身子。她问我叫什么名字,我告诉了她,她又问我来修道院多久了,我也告诉了她。

"不寂寞吗?"

"不,"我说。

"真的不寂寞才怪呢!"

"为什么不是真的?"我说。

"你那么年轻,漂亮!"

"这么说,修道院是给丑八怪准备的了?"

她笑起来,把一条光着的大腿从沙发上放下来。她仔细打量着我,举止很随便:伸出两只裸到肩头的胳膊,胸前的衣扣也没有扣。

"你这是枉费心机,"我心想,"你应该珍惜你赤条条的身子,把它留给你的情夫!"

可她这个小傻瓜却问我:

"难道女人不搅得你心神不安吗?"

"我眼里没有女人,"我说,"她们可怎么搅扰我呢?"

"什么'怎么搅扰'?"她哈哈大笑,"到底'怎么搅扰'呢?"

安东尼站在门口,生气地问:

"怎么回事?卓娅,啊?"

"啊哈!"她大叫,"他真有趣!这家伙!"

于是,她叽叽咕咕说了起来,无非是说我怎么滑稽可笑。安东尼却不听她讲,严厉地命令我:

"去把袋子和箱子清理一下,然后给院长送一些去!"

这一天吃午饭的时候他们两个人就喝了不少酒,晚上喝过茶之后,那个女人已经酩酊大醉,安东尼看样子也比往常喝得多。把我支使得团团转:一会儿拿来这个,一会儿撤走那个,一会儿要热酒,一会儿要凉酒。我像一个小酒馆里的堂倌儿,跑来跑去,他们在我面前越来越不在乎了:那位小姐热了,渐渐脱起衣服来,老爷却突然问我:

"马特维,她漂亮吗?"

"还可以,"我说。

"不,你仔细瞧瞧!"

她哈哈大笑,一副醉醺醺的模样。

我想走开,可安东尼却狂叫起来:

"往哪儿走?站住!卓伊卡①,脱光了给他看看……"

我想,准是我听错了,可是,她把长衫从身上扯下来,摇摇晃晃站起身。我望着安东尼,他望着我……我的心难受地咚咚跳,我有些可怜这位老爷:这种卑鄙下流的行为好像跟他的身份很不相称,同时,我也替这个女人感到羞耻。

安东尼又喊叫起来:

"给我滚,下流胚!"

我回敬他说:

"你才是下流胚!"

他跳起来,酒瓶一下子从桌面上滚落在地,茶具叮当作响,有什么东西像愁闷的溪流急匆匆地流淌着。我来到花园里,躺在地上。我的心如同患风湿病那样刺痛难忍。周围一片寂静,我听见安东尼的叫喊声:

"滚!"

那个女人尖声回答说:

"你敢,混账!"

后来院子里套起了马车,马儿不满地打着响鼻,用蹄子咚咚地踢踏着干硬的土地,夹杂着砰砰作响的开门声,四轮马车的轮子发出的

---

① 卓娅的昵称。

沙沙声。院门吱咽响了一声……安东尼在花园里走来走去,低声唤我:

"马特维!你在哪儿?"

看,他那穿着黑袍子的高大身躯在苹果树中间移动,双手抓住枝条,喃喃说:

"傻—瓜……哎!"

他身后的地上拖着一条浓重的影子。

我在花园里一直躺到天亮,清早我去找伊西多尔神甫。

"把身份证还给我,我要离开这里!"

他大吃一惊,甚至跳了起来。

"为什么?到哪儿去?"

我说:

"到处走走,我也不知道到哪儿去。"

他追问我。

我说:

"我什么也不想解释。"

我从他的修室里出来,坐在修室旁边一棵老松树底下的长凳上。我是故意坐在这儿的,因为凡是被赶走或自动离开修道院的人似乎为了把自己的行动公之于众都要在这儿待一会儿。修士们从旁边走过,斜着眼瞧我,有的还啐几口:我忘记讲了,他们曾散布流言蜚语,说什么好像安东尼把我当成了他的情人;见习修士们嫉妒我,修士们嫉妒我的老爷,所以,我们两个都受到了他们的诽谤。

有个修士走过来,说:

"啊哈,把这个也赶走了,谢天谢地,主啊!"

阿萨夫神甫是个滑头滑脑、狠心肠的小老头,院长的密探,他在修道院里履行一个装疯卖傻假托神命的先知的职责。他用极其龌龊的言语来侮辱我,使我不得不对他说:

"走开,老头,不然我就揪住你的耳朵把你扔出去!"

他虽说是个修仙得道的人,可也听懂了我的话。

院长把我叫去,和蔼地对我说:

"我提醒过你,马特维,我的孩子,我对你说过,你到账房去要好得多,我没有说错! 长辈的话总是有道理的! 你这种执拗的性格怎么能听修士的使唤呢? 你竟然用那样不堪入耳的话谩骂可尊敬的安东尼神甫……"

"这是他对您说的吗?"

"还能是谁呢,你不是还没对我说吗?"

"他怎么给我看裸体女人,这件事他讲了吗?"

院长神甫怀着虔诚的恐惧心情给我画十字,摇着手说:

"你这是怎么啦,怎么啦,上帝保佑你! 什么女人? 这准是魔鬼用肉欲来诱惑人,是它给你造成的幻觉! 哎—哎—哎! 亏你想得出来,男修道院里怎么会有女人呢?"

我想让他平静下来。

"那昨天是谁给你们运来的波尔图酒①、干酪和鱼子?"我说。

他更加吃惊了:

"你怎么啦,主耶稣拯救你吧! 你怎么编得这么活灵活现呀?"

令人作呕。真能把人气疯。

快到中午的时候,我到了湖对岸。我坐在岸边,遥望着我在那儿做了两年多苦工的修道院。

森林伸开它绿色的翅膀,把修道院展现在自己的胸前。在茂密的林海上,带有雉堞的白色墙壁、老式教堂的蓝色屋顶、新式教堂的金色圆顶和一条条红色屋脊编织成鲜艳的图案;一座座十字架闪动着耀眼的光芒,在召唤着人们,十字架上面是蔚蓝色的苍穹,春天发出了快乐的喧声,太阳在欢庆自己的胜利。

在这充满生机、欢腾而激动人心的美景之中,隐居着一群穿长衫

---

① 一种浓烈的葡萄酒,产于葡萄牙的波尔图市。

的庸碌之辈,他们过着没有爱、没有欢乐的日子,在无益的劳动和肮脏的环境中虚度年华,一天天腐烂下去。

我可怜所有的人,也可怜自己,为此,我差一点哭起来。我站起身,上路了。

整个大地和大地上的一切都在呼吸着田野的芬芳,都在放声歌唱,太阳抚育着田野上的花朵成长,花儿扬起头向太阳点头致意;小树苗儿在轻轻摇动,窃窃私语;鸟儿啾啾啾尽情地鸣叫,到处都燃烧着爱的火花——大地是多么肥沃啊,它沉醉在自己的威力之中。

遇上一个农夫,我向他打招呼,他只是勉强点点头,遇上一个村妇,她赶忙闪到一旁,避开我。可我却很想跟人们谈谈,我是会和和气气跟他们谈的。

我自由后的第一个夜晚是露宿在森林里的;我躺了很久,仰望着天空,轻声唱着歌,慢慢地进入了梦乡。第二天一清早,寒气冻醒了我,我又上路了,像长了翅膀似的,向前飞奔,去迎接未来的生活。一步步奔向远方,我要飞向那遥遥远远的地方。

路上遇见的人都斜着眼瞧我,因为庄稼人看到这种寄生虫穿的黑袍子就非常讨厌,反感,甚至敌视。可是我又不能脱掉它:因为,我的身份证已经过期,只好由院长在上面签了字,以证明我是萨瓦季修道院的见习修士,此行是外出朝圣。

沿途,我到一些寺院去,同行的都是些流浪汉,跟节日里成群结队涌向我们修道院的人们一模一样。修士们对他们很冷淡,讨厌他们,说他们白吃饭,把他们手里仅有的几个小钱也搜刮得一干二净,还驱赶他们去给修道院干活,想方设法榨他们的油水,鄙视他们。当时,我忙着干自己的活,跟朝圣的人很少见面,再说,我也不想见他们,我认为自己是个胸怀大志、不同凡响的人,并且暗地里觉得自己比谁都高明。

我看见,所有的大路和小路上都蜿蜒行进着那些摇摇晃晃、背着背囊、挂着拐杖的灰色人流;他们低垂着头,不慌不忙但却不停地向前走着；他们温顺，忧心忡忡，轻易地就向别人敞开自己的心扉。他们从四面八方走向一个圣地，看一看，默默地祈祷一番，干些活儿；有时候碰上一个虔诚的信徒他们也许会悄悄地跟他谈点什么，随后，他们又涌向各条大路，精神饱满地朝另一个圣地走去。

走呀，走呀，有老人和年轻人，有妇女和孩子，好像这所有的人都在一种无形的声音召唤下走着，走着。我觉得，在这沿着大地的条条道路的穿行中有一种力量，它吸引着我，使我心神不安，又仿佛给我的心灵以某种启示。在过了一段死水般的生活之后，我很难理解这种动荡不安而又驯服温顺的朝圣举动。

好像大地把人们从它的胸膛上推开，推着他们，威严地命令他们说："去吧，去到处问问，去见见世面！"

人们就顺从地走着；寻找着，观察着，仔细地问问、听听，然后再往前走，走。大地在探寻者的脚下呜呜作响，推动他们继续向前：越过河流，高山，森林和海洋，再往前走，到那些显灵的圣地，远离尘世的角落，到那些能够摆脱这种痛苦艰难的生活而对另一种生活充满希望的地方去。

这些孤独的人们心灵深处的不安使我惊讶，使我又变成了人，我开始探究"人们在寻找什么？"这个问题。我觉得，周围的一切也像我这个人一样，惶惑不安，摇摆不定。

很多人跟我一样，在寻找上帝，他们也不知道到哪儿去找；他们在寻找的道路上已经把自己的生命消磨殆尽，他们还在不停地走着，只是因为他们没有力量使自己停下来；他们像风球草的种子，随风飘荡，无所作为，轻如鸿毛。

一些人无法克服自身的惰性，他们背上背个懒名声，低三下四，靠撒谎过日子，另一些人虽有开开眼界的愿望，却没有做成一件事的热情。

我还见过许多灵魂空虚的人，那是些下流的骗子，虱子一样贪婪无耻的寄生虫。我见得多了，不过，这一切都只是那些提心吊胆、寻找神灵的人群后面扬起的灰尘。

这群人像一股不可遏止的巨流把我吸引进去了。

在这股人流的周围,一些各有自己打算的人物像水面上的海鸥一样,贪婪地盘旋着,尖叫着,这些人全都是畸形的怪物。

有一次我在白湖①看见一个身材矮小的中年人,他爱说爱笑,穿着整洁,手头一定很宽裕。

他坐在树荫下面,身旁摆着碎布条,药瓶子,还有一个铜脸盆。他时而轻轻地叫唤几声:

"善男信女们!谁的脚长了疮,快过来治治!白治不收钱,我是为了还愿积德!"

白湖一带教堂的节日里,善男信女从四面八方蜂拥而至;有的人走过来,打开包脚布,他就给人家洗脚,往疮口上擦药膏,然后,指点说:

"喂,兄弟,你这可是外行了!你的树皮鞋太大,不合脚,怎么能穿这样的鞋呢?"

穿大鞋的人小声回答说:

"就这还是人家舍给我的呢!"

"舍给你鞋的人倒是讨得了上帝的欢心,不过,你也太傻了,穿这么大的鞋走路,可不是什么功德,上帝也不会给你记功的。"

"瞧瞧!"我心想,"这个人倒摸透了上帝的脾气!"

一个腿脚不大利索的女人向他走来。

"哎,大妹子!"他大喊,"你这不是鸡眼,好像是法兰西病②!教徒们,这是一种传染病,得了这种病常常一家子一家子地死,这是一种非常容易传染的病!"

乡下女人很难为情,她站起身,低着头,走了。治脚病的人仍旧在不停地呼唤着:

---

① 位于沃洛格达省西部。
② 俄国人对花柳病的俗称。

"来呀,善男信女们,为了圣徒基里尔①!"

人们走过来,哼哼叽叽地脱下鞋子,他就给他们洗脚,他们感激地对他说:

"基督保佑你!"

但我发现,他那仪表堂堂的面孔在不停地抽动,两只手在哆嗦。不久,他就关闭了自己这个小小的慈善堂,快步走开了。

一个小修士把我带到草棚里过夜,我发现他也在那里,我在他身边躺下,悄声跟他谈起来:

"您这位可尊敬的先生,怎么跟下等人住在一起?从您这身打扮看,您应该住在旅馆里。"

"那是因为,"他回答说,"我许过愿:在最卑贱的人们中间要待上整整三个月!我要完成一件虔诚的业绩,我得跟大家在一起,让虱子咬我吧!我还要这么待下去!我见不得伤口,一见就恶心,可不管怎么恶心,我每天还是照旧给朝圣的人洗脚!替主做事可真不容易呀!不过,我对主的恩典总是抱着很大希望的!"

我不愿再跟他谈下去,就装作睡着了的样子,躺在那儿想:

"他为自己的上帝所做的牺牲实在是微不足道呀!"

他身子底下的干草沙沙响起来。他小心翼翼地起身跪在那儿祈祷,开始没有出声,随后我听见他低声说:

"你呀,圣徒基里尔,到上帝面前去替我这个罪人讲讲情吧!让上帝给我治治脓疮,就像我给人治脓疮一样!无所不见的主啊!看在我竭尽全力积德行善的分上,宽恕我吧!我的命运就捏在你的手心里;我知道,我淫乱无度,可是我已经受到了你足够的惩罚了;千万别像踢开一条狗那样踢开我,别让你的人抛弃我!我的祈祷会实现的,就像摆在你面前的香炉一样。"

这个人把上帝跟医生混为一谈了,真令人厌恶。我用手指头塞住

---

① 圣徒基里尔(1337—1427),世俗名库兹马,基里尔白湖修道院的奠基人。

了耳朵。

他祈祷完毕之后,从背包里拿出食物,像骟猪似的,长时间吧嗒着嘴。

我见过很多这样的人。夜晚,他们匍匐在自己的上帝脚下,白天却残忍地在别人的胸脯上走来走去。他们亵渎神灵,拉着上帝替自己的秽行打掩护,收买上帝,跟上帝做交易:

"主啊,别忘了我给了你多少好处!"

这群有眼无珠、贪得无厌的奴才,把贪欲作为追求的最高目标,并在自己由于愚昧和怯懦而制造出来的偶像面前顶礼膜拜,他们祈祷道:

"主啊!你不要在盛怒之下揭露我,你也不要在气愤之下惩罚我!"

他们在人世上窜来窜去,扮演着自己的上帝的密探和人类审判官的角色,他们瞪大眼睛,监视着一切离经叛道的行为,整天忙忙碌碌,疑神疑鬼,一会儿告发这个,一会儿抱怨那个:

"人们越来越不相信上帝了,真叫人伤脑筋!"

有一个男人,他的虔诚特别使我觉得可笑。从彼列亚斯拉夫利①到罗斯托夫我跟他同路,一路上他不断对我大声嚷着:

"费多尔·斯图季特②的圣诫到哪儿去了?"

他是个吃喝不愁、身体健壮、黑胡子、红光满面的人,此人颇有几个余钱,常在客店里跟女人厮混。

"我亲眼看见过那些个破坏法律的行为和人世间的淫乱勾当,"他说,"我心里感到不安宁,我就把我的产业——砖厂扔给儿子们,离开了家。我已经出来四年了,我到处看看,越看越感到可怕。教堂里保存法衣圣器的库房成了老鼠窝,坚固的圣装③和法衣在老鼠的利齿下

---

① 今名彼列斯拉夫,雅罗斯拉夫州的一个城市。
② 费多尔·斯图季特是八世纪末九世纪初拜占庭斯图季特修道院院长。他曾制定斋戒、手艺训练、对各种过失的惩罚等教规。
③ 圣像的金属衣饰,多用金银制成,镶有宝石。

面变成了残渣碎片,老百姓像发疯似的反对教堂,毫不含糊地离经叛道,一头跌进了肮脏的异教邪说陷阱里。可是,为了上帝,教堂又采取了什么积极态度来对付这种叛教行为呢? 教堂只会搂钱和给自己树立越来越多的敌人。依我看,教堂应该像穷人拉撒路①那样过清贫日子,以便让老百姓都相信,按照耶稣的圣训,清贫是圣洁的,从古至今都是这个道理;老百姓要是相信了这个道理,他们就不会再去争名夺利了,也不会再去抢别人的东西了! 除此之外,难道教堂还会有什么别的职责吗? 一定要严密地管住老百姓,让他们服服帖帖的,哼!"

这些维护自己观点的法学家们,看到法律的大厦已经摇摇欲坠,他们连掩盖自己观点的遮羞布都不要了,赤裸裸地暴露了自己内心的秘密。

在圣山②上,有一个商人③,他是一个著名的旅行家,在神学杂志上发表过文章,描述自己的朝圣活动。他不厌其烦地向朝圣的民众鼓吹驯服、忍耐和温顺。

他讲起道来慷慨激昂,甚至泪流满面,又是乞求,又是威胁,人们低着头,默默地听着。

我打断他的话,问道:

"要是明显的违法行为呢,也要忍耐吗?"

"要忍耐,亲爱的!"他大喊,"一定要忍耐! 耶稣基督为了我们,为了拯救我们,就忍下来了!"

"可是,像约翰·兹拉托乌斯特④那样的殉难者和神甫们,"我说,

---

① 拉撒路是《圣经》故事中的一个乞丐,他躺在财主门口吃些残羹剩饭,死后被天使带入天堂,得到安慰;财主死后却下了地狱,受到火烧火燎(见《新约·路加福音》第十六章第十九至二十三节)。
② 圣山指哈尔科夫省圣山城圣母升天修道院。
③ 此处的商人可能是高尔基流浪时期从朝圣者口中听到的故事中的人物,也可能取自当时宗教刊物上关于修士、祭司阿尔谢宁的故事。阿尔谢宁原名阿·伊·米宁(1824—1879),出身商人家庭,曾以其教义和关于"圣地"的描述著称。
④ 约翰·兹拉托乌斯特(约347—407),东方基督教著名的传教士,思想家,三九八至四〇四年期间为君士坦丁堡的长老。

"他们可不忍耐,连皇上也敢揭发,你怎么看?"

他惊呆了,于是大发雷霆,对着我捶胸顿足。

"你胡说什么,你这个煽风点火的家伙!你知道他们揭发的是什么人?他们揭发的是多神教徒!"

"难道说,"我说,"叶夫多克西娅女王①也是多神教徒?那伊凡雷帝②呢?"

"我不是说的这个!"他大叫,像自愿救火的人那样挥舞着双臂。"不要去谈沙皇,要说说老百姓!主要问题在老百姓!他们想入非非,天不怕地不怕!简直是一群畜生,教堂应该驯服他们,驯服老百姓,这就是教堂的职责!"

虽然他说得简单明了,可当时我却不明白他究竟为什么这么关心老百姓。我只是明显地感觉到,他这种关心之中包含着一种恐惧;我不明白他的意思,因为我当时在精神上是个无知的文盲,还看不到民众的力量。

跟这位作家争论之后,有几个人走到我身边,看样子,他们也不希望从我身上看到任何善意的表示,他们对我说:

"这儿有一个小伙子,你不想跟他谈谈吗?"

晚祷的时候,他们带我到湖边的树林里去,让我跟一个青年交谈。这个青年面色黑得像雷电烧过的一般,头发剪得很短,又干又硬;脸上瘦得皮包骨头,深棕色的两只眼睛在瘦骨嶙峋的脸上闪烁着热情的光芒;这个年轻人不停地咳嗽,一咳嗽就震得浑身颤抖。他显然是怀有敌意地望着我,喘息着说:

"我听人说你反对忍耐和温顺。你说说,这是为什么?"

我当时说了些什么,怎么跟他争论的,我都不记得了,我只记得他向我喊叫时那张惊慌的面孔和垂死挣扎的声音。他大叫:

---

① 叶夫多克西娅女王是约翰·兹拉托乌斯特的同时代人,她曾判处约翰监禁,可是在君士坦丁堡发生地震后,她认为这是"上帝发怒的征兆",便释放了这位揭发过她的人。
② 伊凡雷帝(1530—1584),一五四七年起为俄国沙皇。

"我们不是为了今生,我们是为了来世!天国是我们的故乡,你听说过吗?"

一个在帖金战役①中失去一条腿的士兵站出来严厉地反驳他的观点道:

"虔诚的教徒们!我认为,可怕的事情少一些的地方真理就多一些!"

他转向那个青年,说:

"要是你怕死,那是你的事,可你不要去吓唬别人!没有你,我们已经给吓得够受了!我说,你这位红头发,你说说吧!"

转眼之间,那个年轻人就不见了。有五六十位老乡留下来听我讲。我不知道当时我有什么吸引力,能使这么多人听我讲话,我真是高兴极了。在夜色苍茫之中,在高大的松柏之下,在认真听讲的人们面前,我讲了很长时间。

我记得,当时我模模糊糊地看到,所有的面孔融合成了一张巨大的面孔,这张巨大的面孔是那么忧郁、固执、心事重重。他们嘴上不说什么,可心里却是桀骜不驯的,在他们的眼睛里,我看到燃烧着使我内心感到亲切的永不熄灭的火焰。

但是后来,这张许多面孔融合在一起的面孔从我的记忆里消失了,多年之后,我才明白,正是民众的这种统一的思想意志引起了法律维护者们对他们的关注和在他们面前的恐惧。尽管这种统一的思想还没有正式诞生,还有些捉摸不定,但是,可以感觉到,人们的心里已经对可憎的法律的不可动摇性充满了怀疑,这正是法学家们忧心忡忡的原因呀!他们看见了民众们追根问底的目光;他们也看见了民众们到处悄悄地、默默地走来走去的身影;他们感觉到了民众的思想放射出来的无形光芒是多么耀眼夺目;他们懂得,这种无言的思想在内心里所燃起的熊熊烈火正在把他们的法律烧成灰烬,而且可能出现另一

---

① 指一八八一年俄国人在探险名义下对帖金人(土库曼民族之一)的征伐。

种法律,这是完全可能的!

他们对这种状况非常敏感,就像夜间行窃的小偷那样,警觉地观察着主人的动静,他们生怕主人醒来,他们明白,一旦民众睁开眼睛,生活就会闹个底朝天。

那些自己顾自己、消闲度日、互相仇视的人们,他们的心里是没有上帝的。再说,饱食终日的人们要一个活神仙又有什么用呢?在众多的饿汉面前,这些饱汉只不过是要为自己的脑满肠肥寻找辩护词罢了。饱汉们的生活是那样可笑,那样可怜,那样孤独而又时时处处担惊受怕。

噢,我发现一个小老头在注意我。他花白头发,矮个子,像一根光溜溜的骨头那么干净。他有一双深沉的眼睛,仿佛怀着某种恐惧;他干瘦,但却结实得像只小山羊,腿脚利索。他总往人身边挤,往人群里钻,而且总是那么鬼鬼祟祟藏头匿面的。他爱盯着别人的面孔瞧,仿佛在寻找熟人。他像是要跟我搭讪,可又不敢开口,他这股胆怯劲儿倒叫我可怜起他来了。

我到卢勃内的教堂去朝拜坐化的阿法纳西①,他呢,拄一根白拐杖,跟在我后头,弯着腰在大路上默默地走着。

我问他:

"你出来很久了吗,老爷爷?"

他高兴了,把头往后一仰,吃吃笑起来。

"已经九年了,亲爱的,九年了!"

"大概,"我说,"你的罪孽不小吧?"

"到哪儿去找衡量罪孽的尺子呢?"他说,"只有上帝知道我的罪孽大小!"

"不管怎么说,总有些过失吧?"

我哈哈大笑,他也咧嘴笑了笑。

---

① 阿法纳西原是君士坦丁堡的大主教,与俄国沙皇米哈伊尔·费多罗维奇交往,后来到俄国波尔塔瓦省的卢勃内城,一六五四年死于该城。按其教阶和教规他是坐化在圈椅上安葬的,后被尊为圣徒。

"好像没什么！我跟大伙儿一样过日子。我是西伯利亚人,生在托博尔斯克附近,我年轻的时候当过马车夫,后来开了个客栈,以后还开过酒馆……小铺子……"

"你是抢过人怎么的?"

老爷爷吓了一跳。

"什么?看你说的!上帝保佑!我怎么能干这种事儿呢?"

"我是开开玩笑,"我说,"我看见有个人只有那么点儿的小个子,我心里就想,这么点儿个小人儿怎么会造大孽呢!"

小老头摆出一副庄重的样子,摇了摇头。

"人的灵魂想必是一样大小的吧,"他说,"魔鬼对任何人可都是一样殷勤的呀!你再说说,你对死是怎么想的?你在旅店里总是'活呀,活呀'不离口,那死在什么地方呢?"

"在这儿,"我说,"随便在什么地方!"

他用一个指头可笑地指点着我,威吓说:

"说得是,说得是!它永远在这儿,是的!"

"噢,那又怎么样?"

"就这样!"

他踮起脚,对着我的耳朵小声说:

"要知道,死是全能的!耶稣基督也免不了一死。耶稣说:'求你将这杯撤去!'①可是天父没有撤,他不能撤!据说:死神降临,太阳也得丧命,是的!"

我的小老头口若悬河滔滔不绝地说起来:

"死神在万物之上飘来荡去,人呢,就像在深渊之上走独木桥;死神一扇翅膀,人就无影无踪了!噢,主啊!'世界靠你的力量才得以维护……'②要是把死亡置于一切之上,那上帝又怎么维护这个世界呢?

---

① 见《新约·马可福音》第十四章第三十六节。
② 此句显然是误引了下面两句祈祷词:"主啊,你的力量使沙皇喜笑颜开……"和"靠你崇高强大的威力,把你的世界赐给我们……"(《祈祷词集》,彼得堡,1915年出版)。

你是个敢想敢为的人,书也读了不少,至今还完整无缺地活着,是呀!"

他哈哈大笑,但眼里却饱含着泪花!

我能对他说什么呢?我从没想到过死,现在也没时间去想。

他往上一跳,翻着白眼珠,盯着我的脸瞧了又瞧,小胡子摇来摇去,左手揣在怀里,不停地左顾右盼,好像在等待着:死神马上就会从树丛里跳出来,一下子抓住他的胳膊,把他扔到地狱里去。

周围是喧闹的生活:大地身披翠衣,绿草如茵,不见踪影的云雀在歌唱。在这五彩缤纷、婉转嘹亮的欢乐声中,万物迎着太阳生长。

"怎么啦,"我说,"你怎么会有这些想法呢?"我问我的旅伴,"莫不是你得了重病啦?"

"没有,"他说,"我四十七岁以前过得很平静,很满意!那一年我老婆死了,儿媳妇上吊了,一年里两个人都没了!"

"是不是你的过错呀?"我说,"是你把儿媳妇逼得上吊了吧?"

"不是,"他说,"是她自己太放荡了!我没碰她,没有!就是我跟她一块住了,对一个鳏夫来说也是可以原谅的:我不是神甫,她也不是外人!我老婆活着的时候我也跟鳏夫一个样:我老婆病了四年,卧床不起;她死了,我倒真谢天谢地……上帝赐福,我自由了!我想再娶一房,可突然想到:我活着,不错,一切都称心如意,可总得死呀,这是为什么?我解不开这个谜!我就把一切都交给儿子,离开了家。我想,在路上走着走着,就会不知不觉地走向坟墓,周围那五光十色的一切,都是一闪而过,这些东西好像要把你从墓地引开似的。可是,到头来还是一个样儿!"

我问他:

"老爷爷,你心里难过吧?"

"噢,亲爱的,许是害怕吧,我也说不清!白天我总愿意和大伙待在一块儿,好像别人能给我遮挡遮挡,死神的眼神不大好,一遮挡,她也许就认不出我来,或许认错人,把别的什么人抓走。可是到了夜晚,每个人都无遮无挡,我一躺下就吓得睡不着觉了。总觉得恍恍惚惚有一只黑手在上边,一会儿碰一下我的胸口,好像在寻找:看看这儿是不是我。她像猫玩老鼠似的折磨我,我的心吓得怦怦怦跳个不停……唉呀!欠起身来四下里看看,大伙都躺着呢,他们还能不能起来,可就不知道了!死神常常一帮一帮地捉人:我们村里有一家人,男人,老婆,两个女孩,洗澡的时候都让煤气熏死啦!"

他的嘴唇簌簌颤抖,仿佛在笑,可细小的泪珠却从眼睛里往下落。

"要是一下子就咽了气,或是一觉睡死过去,倒也痛快,就怕得了病,那可就要一点一点遭罪啦!"

他皱起眉头,瑟缩着身子,像一堆烂木头,一步一颠地往前跑。他的眼神暗淡下来了,也不知是对我说呢,还是自言自语,只听见他低声叨咕着:

"主啊!让我做一只小蚊子活在世上也行啊!不要杀死我呀,主啊!就是当一只小臭虫,一只小蜘蛛活着也行啊!"

"哎呀,真是个可怜虫!"我心里想。

可是,在途中休息的时候,在众人面前,他又活跃起来,马上又谈起自己的女主人——死神来,谈得活灵活现。他郑重其事地说:"你们会在自己也预料不到的一天,自己也预料不到的时辰里去见上帝,一下子就完了。"他还说:"也许你从这儿走出去三俄里就被雷公打死了。"

有人听了他的话发起愁来,有人听了他的话火冒三丈,臭骂他一顿。一个年轻的村妇说:

"钱口袋装得满满的,死起来可不是滋味呀!"

一句话把那个忠于死神的小老头噎得哑口无言了,那位村妇的口气是那么凶狠、那么凌厉,一下子就引起了我的注意。

在去卢勃内的路上,小老头一直安慰我,说实话,我打心眼儿里讨厌他。这种人我见得多了,他们逃避死亡,愚蠢地跟死神捉迷藏。青年人也有被死亡吓得愁眉苦脸的,那些人比老头子更可恶,当然,他们倒都是不信神的人。他们的灵魂跟烟筒里一样黑,在他们心里恐惧的旋风不停地狂呼乱叫,就是风平浪静的天气也照样呼啸个不停。他们的思想就像老香客一样:拖着两条腿漫无目标地往前走,也不知道到哪儿去,随心所欲地践踏着脚下的生物。他们虽然记得上帝的名字,可是并不爱上帝,他们没有任何愿望也没有任何追求。不过,只有一件事情他们最感兴趣,那就是用他们的恐惧去教唆别人,以便得到人家对他们这帮可怜虫的怜悯和接纳。

他们走到人们面前不是为了讨口蜜糖吃,而是为了往别人的杯子里放他们那阴险腐臭的毒药。平时他们善于沽名钓誉,而在干这种龌龊勾当的时候他们又非常无耻;他们像那些残废多病的乞丐一样,当教徒们捧着十字架和圣像列队行进的时候,他们就坐在大路两旁,向人们亮出他们的伤口脓疮和残废的肢体,为的是引起人们的怜悯,得到一个铜板。

他们窜来窜去,企图到处散布疑虑的种子,他们呻吟,也希望对方报之以呻吟。可是,在他们周围,那些真心实意寻神的人们发出的强大声浪冲天而起,人类的痛苦化作五颜六色的火焰在熊熊燃烧。

就连这个年轻的乌克兰村妇,也对金钱满袋的老头子发出了火辣辣的嘲讽。这位村妇沉默不语,她咬着牙,晒得黝黑的脸上有一股愠色,眼睛里饱含着激愤的怒火。问她点什么,她总是锋芒毕露地刺你几句。

我对她说:

"你呀,亲爱的,不要怕,把你的心酸事儿对我说说吧……也许,你心里会痛快一些!"

"你要我干什么?"

"什么也不要,别怕!"

她冒火了:

"我没什么怕的,我讨厌你!"

"我怎么惹你讨厌啦?"

"干吗老缠着我,我喊人啦!"

她对所有的人都这么凶,不管老的,少的,男的,女的。

"我不需要你干什么,"我说,"我只需要你的痛苦,我想知道人们最痛心的是什么。"

她斜着眼看了看我,回答说:

"找别人去吧!人人都受穷受苦,都是些该死的玩意儿!"

"你为什么咒他们?"

"我愿意!"

我觉得她真像患歇斯底里病的女人。

"你究竟去为谁祈祷呀?"我问她。

她的整个面孔上掠过一丝冷笑,比较平静些了,她往前走着,仿佛自言自语地说:

"去年春天我男人到第聂伯河去放木排,直到现在连个信儿也没有!也许淹死了,也许又找了个老婆,谁知道呢?我公公和婆婆都是穷人,他们很凶。我有两个孩子,一个男孩,一个女孩。我可怎么养活他们呀?我想干活,哪怕累断了腰我也不怕,可是找不到活干,再说,女人又能干什么呢?公公骂我:'你带着孩子像一块大石头压在我们脖子上,快把我们啃光喝光了!'婆婆劝我说:'你还年轻,到修道院走走,修士们见了女人都像馋猫儿似的,你能挣不少钱。'眼睁睁看着孩子们挨饿我受不了,我就出来了!我不能把孩子们掐死啊,对吧?我就出来了!"

她像在睡梦中讲话似的,从牙缝里挤出一个个字来,听不大清楚,可从她那眼神里却看得出一个母亲在发出痛苦的呐喊。

"小儿子已经三岁多了,他叫奥西普,女儿叫甘卡。我常常打他们,他们一跟我要吃的,我就打!我出来一个月了,攒了四个卢布。修士们可吝啬啦。要是正正经经干活,我还能多挣点钱!唉,魔鬼,都是些魔鬼!我用什么水才能洗净自己呀?"

我应该安慰安慰她,于是就对她说:

"为了孩子们,上帝会饶恕你的!"

她听了却叫喊起来:

"我要饶恕干什么?我在上帝面前又没犯什么罪!饶恕不饶恕又有什么,上帝饶恕了,我自己也忘不了啊!是的!下地狱也不坏!到那儿孩子们就不会再跟着我了!"

"唉,"我心想,"我不该触痛她的伤口呀!"

她呢,再也停不住口了:

"是的,穷人没有上帝,没有!在我们去阿穆尔河绿地之前,我们做祈祷,求上帝保佑,哭哭啼啼地求主帮助,可是他帮我们了吗?!我们在那儿受了三年罪,没叫疟疾折腾死的,回来的时候都成了穷光蛋。我爹死了,我娘在去那儿的路上被大车轮子轧断了腿,两个兄弟在西伯利亚下落不明……"

她的面孔呆然不动了。她虽然冷若冰霜,但却庄重美丽,两只黑黑的眼睛,一头柔美的浓发。我们坐在铁路岗亭后面的林子边上,谈了一夜,一直谈到天明,我发现,她的心已经烧成了灰,连哭也哭不出来了;只有当她回忆起自己的童年时,才偶尔勉强地一笑,她的眼神才稍微变得温和一些。

听她讲了这番话之后,我心想:

"她会动刀子杀人的!也许会堕落成一个铁石心肠的荡妇,她没有别的出路啊!"

"我看不见上帝,我也不爱别人!"她说,"要是互相之间谁也不帮谁,那又算什么人呢?算什么人!敢跟豺狼拼命的是羊,生来欺软怕硬的是狼!豺狼还能成群结伙地住在一起呢,可人却各奔东西,像仇敌一样!噢,我见过的多了,如今也见到不少,都死光了才好呢!生了孩子,可养不活,这好吗?我就打自己的孩子,他们一要吃的,我就打他们!"

第二天一清早,她离开我走了:去向修士们卖身。临走时,她恶狠狠地说:

"你这是怎么回事儿,我们在一起过夜,你比我壮实,你怎么就不吃这白白送上口的肉呀？哎呀，你呀！"

就像是她在打我的耳光！

我对她说：

"你不该出口伤人啊！"

她低下了头，随后说：

"我想伤人，甚至对没有任何过错的人我也想骂他们！你还年轻，可瘦成这个样子了，鬓角也白了，我明白，你心里也不好受……我呢，反正都一样！我谁也不可怜，再见！"

她走了。

在我六年的流浪生活中，我看见过许多由于痛苦而变得十分凶狠的人：他们心中一直燃烧着仇视一切的烈火，除了仇恨，他们什么也看不见。他们眼里只有仇恨，他们像在热气腾腾的澡堂里，受着仇恨的蒸腾；仿佛醉汉们在狂饮，喝着那苦酒，哈哈大笑着，幸灾乐祸地说：

"我们的真理就是：到处是豺狼，到处是祸殃，走遍天下也找不到个落脚的地方！"

他们陷入了疯狂的绝望之中，绝望在煎熬他们的心，他们放荡堕落，他们想方设法来污染大地，好像是为了向大地报复，因为大地生养了他们，而且使他们这些懦弱的奴隶一辈子要在人生道路上精疲力尽地爬来爬去。

他们把自己的痛苦高高举起奉献给上帝，他们向自己的上帝顶礼膜拜。他们这些人除了自己的脓疮什么也不想看见，除了自己的绝望的声音什么也不想听见。

他们令人同情，因为他们已经跟疯子差不多，他们又令人从心里感到厌恶，特别是当你看到他们随时把那毒辣的唾沫向人家脸上唾去、恨不得用唾沫把阳光浇灭的时候。

另一些人则被悲伤压倒，吓坏，沉默不语，想把他们卑微、怯懦的灵魂藏匿起来，但又隐藏不住，他们成了强者手中的一团泥巴，强者用它来堵塞自己城堡的墙缝。

很多的面孔和很多的话语已经铭刻在我的脑海之中,他们在我面前眼泪流成了河,我不止一次被他们那绝望而可怕的笑声震得头晕目眩。我尝过一切毒药,我喝过上百条河的水,我也曾多次由于束手无策而流过伤心的眼泪。

我面前的生活像一场噩梦,像一阵由惊恐不安的言词组成的暴风雪,像一串泪珠儿连成的热雨,像永不停息的绝望的呼喊,像整个大地痛苦的战栗,这大地正由于渴望实现一种我所不能理解的愿望而焦心如焚。

我的心在呻吟:

"不能这样下去!"

痛苦的巨流如同浑浊的山洪在人世间的条条大道上奔腾。我怀着恐惧不安的心情看到,在这种人们相互间越来越疏远的混乱状态下,根本没有上帝的位置,上帝无处发挥他的威力,没有他立足之地。被痛苦和恐惧、凶残和绝望、贪婪和无耻的蛆虫们啃啮得破烂不堪的生活,已经化作尘土;老死不相往来、被孤独折磨得奄奄一息的人们,正在走向毁灭。

我问:

"莫非你真的只是人们心中的梦幻,只是在人们束手待毙的黑暗时刻由绝望情绪造成的一种希望吗?"

我发现,每个人都有自己的上帝,每个上帝比起他的奴仆和崇拜者来,也好不了多少,高尚不了多少。这种想法使我感到压抑。其实,人们寻找的并不是上帝,而是要寻找忘却自己痛苦的途径。痛苦从四面八方威胁着人们,人们想出世超凡,找到一个可以藏身的世外桃源,以逃避人世的纠纷。我觉得,人们的东奔西走已不再是为了寻找神祇,而是被生活吓得惶惶不可终日,人们已经不再沉醉于追求上帝的欢乐,而是在努力寻找忘却忧愁的方法了。

我的心在喊叫:

"不能这样下去!"

有一种人,乍看上去,他好像很有头脑,眼睛里闪着谦和、纯洁的光芒……初次见面,再次见面,他给你的印象都不错,可是第三次、第四次再见到他,他会变成一个凶神或醉鬼,再也没有一点谦和可言,有的只是下流,粗鲁,亵渎神灵。

我真不明白人的精神为什么会破灭,为什么会变得这样狼狈不堪?人们在生活的道路上如同盲人瞎马,互相间常见的只是摩擦、碰撞,而很少听到互相体贴、互相鼓舞的片言只语;交谈中,无非是人云亦云的陈词滥调,连自己都不理解在这一成不变的套话中究竟有多少是非和利弊。

这些陈词滥调都来自那些坐等升天的修士、隐士和苦行僧的高论和预言,人们把这些东西捡来,像孩子们在游戏中瓜分瓦片一样彼此分享。到头来我所看到的已经不能算是人,充其量只能算是被毁坏了的生命的碎片,只能是人的肮脏的死灰在大地上飘来荡去,随着四面八方吹来的风飘落到教堂的台阶前面。

成千上万的人围着圣徒的遗骸和显灵的圣像转来转去,在神泉里洗澡,他们到处寻求的只不过是自我安慰而已。

这种十字军式的进军真叫我厌恶,显灵的圣像早在童年时已对我失去魅力,修道院里的生活把它们从我心中彻底摧毁了。我抬头一看,人群像一条蜿蜒的灰色长虫,在一种无形力量的驱使下,爬行在尘雾弥漫的大路上。人们一边走一边互相喊叫着:

"快点走!快点!"

在人群之上,那金光闪闪的圣像把人们压得深深地弓着腰,低低地垂着头,而它却像一只黄色的大鸟在空中翱翔,对于所有的人来说,它的分量是不可估量的。

一些患歇斯底里症的女人全身痉挛,狂呼乱叫,蜷缩着身子,像一条条做垂死挣扎的鱼,一下子扑倒在人群脚下的尘土之中;人群从这颤抖的身子上一涌而过,脚下传出了刺耳的尖叫声,人们践踏着,踢踏

着,冲圣母像高呼着:

"祝福你,至高无上的圣母!"

人人都是一副扭曲了的面孔,由于紧张变得十分粗野,汗流满面,沾满了黑糊糊的泥土。在这疲惫不堪的行进中,歌声是那么忧伤,脚步是那么沉重,这一切的一切使大地震怒,使天空也沉下了脸。

而在大路两旁,在树荫下面,像两条五颜六色的破带子,连绵不断出现的是讨饭的乞丐。他们有病,有残疾,有坐有卧,有的满身脓疮,有的缺肢少臂,耳聋眼瞎……一个个极度虚弱的身躯蜷缩在地上,残废的手脚在空中抖动,向人们伸过去,为了引起人们的怜悯,乞丐们在呻吟,吼叫,他们的疮口在阳光下烧灼着,他们乞求,他们以上帝的名义要求别人舍给他们一个戈比。一张张失去双目的面孔,一双双血红的眼睛像火焰一样燃烧着;精疲力尽、骨断筋裂的痛苦时时在啃啮着他们,这是一束可怕的人间苦花。

这显然是一种对人的无情的摧残。我恨这种把人们拖进风尘之中的力量,它究竟要把人们拖到哪里去呢?

"不能这样下去!"

当我到了美丽的基辅城时,那宏伟美丽的俄国古代巢穴使我大吃一惊。

我试着跟一个修士谈谈。这位修士是大家公认的聪明人。

我对他说:是这么回事儿,我说,就是这么回事儿,我不懂人们的生活法规是什么?

"您是干什么的?"

"农民。"

"有文化吗?"

"有一点。"

"您完全不需要什么文化!"他严厉地说。

我发现他的确是个聪明人。

他问我:

"您是福音洗礼派①吗?"

"不是。"

"啊哈!是个反正教派②吧?"

"怎见得呢?"

"从您的言谈可以看得出来。"

他的脸红得跟火腿似的,眼睛又细又小。

"要是寻找上帝,"他说,"那当然是为了推翻它了!"

他用指头威吓着我说:

"我了解你们这些人!你想不想把《简明教义》③读上一百遍呀?那你就读读吧!读够了,你的傻气也就会一股脑儿冒得一干二净了。你们这些邪教徒,真该把你们都流放到阿比西尼亚④去,流放到非洲埃塞俄比亚人那儿去,是的!让你们在那儿活活地热死!"

我问他:

"这么说,您是到过那儿了,到过那个阿比西尼亚了?"

"到过,"他说。

"那您也没热死呀?"

一句话就把修士惹火了。

有一回我在第聂伯河畔遇见一个人:他在大教堂对面的岸上坐着,不停地往水里扔石子,这人五十岁左右,大脑袋,大胡子,秃顶,脸上刻满了皱纹。那时候,我从一个人的眼神里一下子就能看出他是不是正经人;我走到他跟前,坐在他身边。

傍晚。浑浊的第聂伯河匆匆地翻滚着波浪,沿河山上教堂林立,比比皆是,辉煌的教堂金顶在阳光下闪烁,十字架在闪闪发光,连窗上

---

① 一种教派,十九世纪中叶产生于俄国日耳曼人留居地,在南俄特别盛行,代表富农阶级利益。

② 否认正教仪式及其教规的一种教派,产生于十八世纪后半叶。

③ 指全球基督教大修道院会议分别于三二五年和三八一年通过的耶稣教简明教义第一卷和第二卷。

④ 今埃塞俄比亚的旧名。

的玻璃也像贵重的宝石,放射着绚丽的光芒。看起来,似乎是大地把地下矿产赐给人间,又怀着自豪的心情大度地向太阳展示自己的宝藏。

我身边的那个人却小声而阴郁地说:

"该用一个玻璃罩把大教堂罩住,把修士们赶走,禁止任何人进去;如今已经没有人配得上置身于这美的境界之中了!"

这幅美景仿佛是智者童话中的仙境,她静静地伫立在大河对岸,第聂伯河的波涛从远方涌来,一见到她,不禁快活地拍击着河岸,唱起了奇妙的歌。那个人低沉的话语就在这歌声中时起时伏。

"设计得多么美妙,建造得多么宏伟啊!"

这里的情景使我回忆起弗拉基米尔公爵[①],安东尼[②],费奥多西[③],以及俄罗斯的勇士们来,真像旧梦重温,我的心中不禁产生了一种惋惜之情。

河对岸无数的铜钟高昂、快活地鸣响着,但是,我听得更清晰的却是对于生活的忧思。

"我们所有的人都把自己的列祖列宗忘得一干二净了。我原本是为了寻找真正的信仰而来的,可是,现在我却想:怎么看不见人呢?人在哪儿呢?这里只有拴在日常事务锁链上的哥萨克,庄稼人,官吏,神甫,商人,却找不到一个挣脱了这种锁链的人。每个人都要为别人效力,每个人都受别人的指使。上司的头顶上还有上司,这一切一直从你的眼前向上伸延到高不可攀的天空。上帝就藏在那儿。"

夜幕降临了;河水渐渐变成了深蓝色,教堂上的十字架也失去了光泽。那个人还在不停地往水里扔石子,可我已经看不见石头激起的

---

① 弗拉基米尔·弗谢沃洛多维奇·莫诺马赫(1053—1125),一一一三年起为基辅大公,曾作过一些改革。他又是古罗斯世俗作家之一。
② 安东尼(982—1074),俄国最古老的修道院基辅山洞修道院的奠基人,该院建筑在洞窟内,故名山洞修道院。
③ 费奥多西(死于1074年),基辅山洞修道院最早的院长之一,俄国修道院修士生活准则的创立人,修士五诫的厘定者。

水波了。

"九三年,"他说,"在我们迈科普发生了由于牲口霍乱引起的暴动①。上头派龙骑兵来镇压我们,基督徒杀起了基督徒。为了牲口!死了不少老百姓。我心里暗想:我们俄罗斯人,为了几头牛就这么互相厮杀,连上帝说的'勿杀生'也不顾了,那还谈得上什么信仰呢?"

大教堂向黑暗中游动,宛如幻影一般朝山中走去。哥萨克两手不住地在自己身前身后的地上搜寻着,他在找石子,找到之后就向河里投去。水面随即发出清脆的响声。

"咳,人就是这样!"哥萨克低下头说,"天条是精神的乳汁,可到我们口里只剩下乳清了。说是'清心的人必得见神'②,可是,倘若你过得不自由,你的心又怎能清白呢?而一个人要是没有自由意志,也就不会有真正的信仰,有的只能是胡思乱想。"

他站起身来,个子矮小敦实,抖了抖身上的土,看了看四周。

"在上帝面前,我们是不自由的,我心里想的就是这个!"

他举了举帽子,走了。我却像在地上生了根似的,留在原地没有动窝。我很想弄懂这位哥萨克的话,可我怎么也领会不了,不过,我感到他的话里包含着真理。

南方漆黑的夜使我的心感到温暖,而我却在想:

"莫非人只有在痛苦之中才能显示出精神的美吗?人类的旋风究竟是围绕着什么旋转?它的中心在哪儿呢?人们忙忙碌碌究竟有什么意义呢?"

每年冬季临近的时候,我总是尽可能设法到比较温暖的南方去,有时候在北方遇上风雪和严寒的天气,我就到各个修道院走走。乍一进修道院,自然会遭到修士们的冷眼,可是,只要干起活来给他们看

---

① 即所谓"哥萨克霍乱暴动",一八九一年九月十五日发生在迈科普城。高尔基是这一事件的目击者。沙皇政府怀疑高尔基同情暴动而将他逮捕,一八九一年九月十八日至二十一日囚于当地监狱。

② 出自《新约·马太福音》第五章第八节,但原经文是:"清心的人有福了,因为他们必得见神。"

看,他们就会对你和气一些了,一个人卖力气干活又分文不取,他们当然高兴。这样,我可以歇歇脚,不过双手和脑袋还得活动。回想起夏天看到的一切来,我很想从这沉重的背负中挤出一些纯净的精神食粮,我掂量着,选择着,很想弄清楚在我记忆中的一切究竟是怎么回事,但又常常困惑不解,这使我难过得流下了眼泪。

我觉得,我饱尝了人世间的愁苦和辛酸,我的棱角渐渐地磨光了;我变得忧郁,沉默,我越来越仇视一切,痛恨一切人;沉重的沮丧情绪常常笼罩我的心头:有时连续许多天,我像在梦里,昏昏沉沉,或者像瞎子一样对一切都视而不见,什么也不需要,对什么都不感兴趣。在这种情况下,我想:我是不是抛弃这种游方生活,像大家一样过日子,不跟自己捉迷藏,服服帖帖地听天由命呢?白天对我来说也像是黑夜一样漆黑,我在世上,如同天空的弯月,孑然一身,但是我却不能把任何东西照亮。有时候,我仿佛置身于自身之外,顾影自怜,看!这么一个健壮的小伙子却站在十字路口上,跟所有的人都那么格格不入,对什么事也不喜欢,对什么人也不相信,他为什么活着?他为什么脱离红尘?

一想到这些,我的心就凉了……

我也去过女修道院,待上一两个星期。在伏尔加河沿岸的一座女修道院里,我劈木柴时砍伤了脚。一位非常善良的老太婆费奥克蒂斯塔嬷嬷给我治好了伤。这座修道院不算大,但是很有钱;修女们一个个养得肥肥胖胖,傲气十足。她们那种甜得叫人发腻的样子、美滋滋的微笑和肥嘟嘟的下巴,真叫人看着讨厌。

有一天夜祷时我听见唱诗班的一个见习女修士唱得非常出色。这位姑娘高挑的身材,红红的脸蛋儿,一双黑眼睛,眼神严峻,嘴唇红润,声音嘹亮而豪放。她唱起诗来好像在询天问地,我觉得她的歌声里饱含着愤怒的眼泪。

我脚上的伤口渐渐愈合了,我打算离开这里,我已经能够干活了。有一天我在清除小路上的雪,这个见习女修士走了过来,她悄悄走着,安静得跟停步不前差不多。按在胸口上的右手里攥着念珠,左手像藤条似的垂在身边;咬着嘴唇,紧皱眉头,脸色苍白。我向她点点头,她把头一扬,不屑地斜睨了我一眼,好像我什么时候得罪了她一样。

她的这种举动把我惹火了,再说,我从来就没把这些年纪轻轻的女修士放在眼里。

"怎么样,小妞儿,"我说,"过得不怎么舒坦吧?"

她停下脚步,发火了,说:

"你说什么?"

"你,"我说,"能忍得住吗?"

面对我这突如其来的难听话,她却轻声嗔怒地说:

"哼!魔鬼!"

她快步走开了,脸黑得像大风天的乌云。

我也说不清为什么对她讲了这样难听的话:那一阵子,我心里常常燃起无名怒火,一燃起来,就不知道火星会溅到谁的眼睛里。当时我觉得,所有的人都是两面派,都在装腔作势。

过了几天,在另一条小路上,我又遇上了她。这一次,我的火更大了:她为什么要裹上这身黑袍子?她逃避的是什么呢?当她走过我身边时,我说:

"你想从这里逃出去吗?"

姑娘一惊,把头向上一扬,身子挺得像箭一样直;我心想,她一定会大叫起来。

可是,当她走过去的时候,我却听到了意外的回答:

"晚上我告诉你。"

我心里一阵惊慌;心想,最好是听错了,可她讲话的声音虽然很低,却像敲响了铜钟一样在我耳边鸣响。虽然我觉得很可笑,可又感到惶惑不安。后来,我又想,这个粗鲁的姑娘只不过是在恶作剧,也就心安了。

我砍伤脚之后,被安置在客房楼梯下面的一个小房间里,我就一直在那儿住着。

那天晚上,我躺在床板上,心想,应该结束这种流浪生活了,随便到一个什么城市去,在面包房里找点工作干干。姑娘嘛,再也不想去考虑了。

突然,有人轻轻地敲门……我跳起身,开了门,老修女深深地鞠了一躬,说:

"请吧!"

我明白了,要我到什么地方去。我二话没说,就跟她走了。我心中暗暗发狠:

"原来是这么回事!亲爱的,等着瞧吧,让我来好好拯救拯救你的灵魂!"

穿过几个过道和走廊,我们来到了要去的地方。老太婆打开门,把我推进去,小声说:

"一会儿我送你回去……"

一根火柴划着了,黑暗中,我看见一张熟悉的面孔,听见了她的声音:

"锁上门。"

我锁上了门,摸到炉台跟前,走近她身边,问:

"不点个火吗?"

姑娘轻声地吃吃一笑,说:

"什么火?"

"呸!"我心想,"真是个贱货!"

我不再讲话了。我好不容易才看见她:黑暗中,她像夜空中风雨欲来时的一团乌云。

"您怎么不说话呀?"她问,俨然是主人的口气。

"看样子,她很阔气,"我心想。于是,就说:

"请您说吧!"

"逃跑的事儿,您是认真说的吗?"

我想了想,怎样更尖刻地回答她。咳,我这个下流胚!于是,就慢吞吞地、平静地对她说:

"不是,"我说,"我是想试一试你对神是不是虔诚。"

她又划了一根火柴,她一下子变了脸,一双黑眼睛无所畏惧地望着我。不知为什么,我心里有些害怕。我定睛向黑暗中望去,看见她站在房屋中间,高高的,黑黑的,身子挺得出奇的直。

"干吗要试试我的诚心呢,"她激烈地小声说,"我不是为这个叫您到这儿来的,您要是不明白,就给我滚……"

她的低语虽然很粗鲁,可是我从中听到的并非是纵情取乐的戏言,而是认认真真的谈话。我面前的墙壁上有一扇窗子,仿佛是通向黑夜深处的一条暗道。我不愿意看见这扇窗子,看着它,我觉得很不是滋味,好像我做了什么见不得人的事,越想越觉得可怕,连两条腿都打起哆嗦来了。她却说:

"我无处可逃,我是被我叔叔强迫送到这里来的,我在这里再也待不下去了,我要上吊……"

她沉默了,好像突然掉进了陷阱。

我真的不知所措了,而她却越来越向我这边挪动,沉重地喘着气。

"您想干什么呀?"我说。

她走到我面前,把一只手搭在我的肩膀上,那只手在打战,我也哆嗦起来,两个膝盖都吓弯了,喉咙也塞住了,我紧张得上气不接下气。

我心想:"说不定她是个患歇斯底里病的女人?"

她悄悄抹起眼泪来了,热切地对着我的脸低声说:

"我生过一个儿子,被他们夺走了。他们把我赶到这儿来,我在这儿待不下去!他们说,我的孩子死了,是我的监护人,我叔叔我婶子说的。也许他们把孩子害死了,也许他们把孩子给扔了,你想想吧,我的好人!再过两年我就成年了,可这两年我还得受他们监护,我不能再待下去了!"

她浑身簌簌地打战;在她面前我感到有愧,我可怜她,又怕她,她真像疯了一样,我相信不相信她的话呢?

她抽泣着,喃喃地说:

"我想要一个孩子……我只要一怀孕,他们就会把我赶走的!我需要一个孩子;头生孩子死了,我想生第二个。我再也不能让人夺走我的孩子了,决不能让人夺走我的心肝!我请求你的恩赐和帮助,好心的人呀,劳您驾,帮帮我吧!把他们从我这里夺走的还给我吧……看在上帝的面上,请相信我,我是个母亲,不是淫妇,我不是要作孽,我是要儿子;我不是为了享乐,是为了生个孩子!"

我像是在做梦。我相信了她的话,我怎么能不相信呢!这个女人为了争得自己的权利,召唤一个陌生的男人,直言不讳地对他说:

"他们不许我生孩子,你帮帮我吧!"

这时,我想起了我没有任何印象的母亲;也许她正是由于女性的本能才落到了我父亲的手心里?我拥抱住这个姑娘,对她说:

"原谅我,我不该把你想得很坏……看在圣母的面上,原谅我吧!"

可是,当我们激动得忘乎所以地结束了神圣的秘密结合之后,那个狡猾的念头又重新来烦扰我了:

"是她骗了我,她跟我装这一套想必不是第一次了?"

她给我讲了她的身世:她是钳工的女儿,叔叔是个大副,一个嗜酒如命、冷酷无情的人。他夏天在船上,冬天在船坞,她呢,连个住的地方都没有。父亲和母亲在轮船失火时双双淹死了;她十三岁成了孤儿。十七岁那年跟一个少爷生了一个孩子。她那平静的声音点点滴滴流入我的心田,她温暖的手臂搂着我的脖颈,她的头枕在我的肩上;我听着,可是我的怀疑却像一只可恶的蛆虫一样啃噬着我的心。

我们忘记了,是女人生的耶稣,随后又是女人驯服地把他送上各各他;我们忘记了,女人是历代圣贤和伟人的母亲;在男人们卑鄙的贪欲之中,我们使女人丧失了尊严,把女人变成了供自己取乐的玩物和从事家务劳役的牲口;正因为如此,女人才再也生不出救世主来,而只能在人世上繁殖畸形儿,使我们的孽种到处滋生。

她给我讲了修道院里的事。从她的话里我发现：不止她一个人是被迫进修道院的。她正在跟我亲热，可是却突然说：

"在院里我有一个女友，那是一个好姑娘，人很单纯，原来是豪门闺秀……唉，你知道她有多么艰难吗？！她要是也能怀孕就好了：要是为这种事把她赶走，她就可以到她教母那里去了。"

"天哪！"我心想，"她们多么不幸啊……"

我对全知的上帝和法律的公正性再次产生了怀疑，难道为了维护法律的权威就能够这么对待人吗？

赫里斯京娜却在我耳边小声说：

"你要是也能跟她……"

她的这番话真叫我难受，我简直想吻吻她的脚！因为，我懂得，只有一个真正具有母性爱的纯洁女人才能讲出这样的话。我向她承认了我对她的怀疑；她推开我，在黑暗中轻声哭起来，我连安慰她的勇气都没有了。

"你以为叫你来我不感到害羞吗？"她责怪我说，"我这样一个漂亮健壮的女人，像乞丐一样去乞求一个男人的怜爱，容易吗？为什么我要接近你？我看得出，你是个正经人，眼神严肃，话不多，不去勾搭年轻的女修士。你的双鬓已经有了银丝。我也不知道为什么，只是觉得你很善良，是个好人。那一次，你恶狠狠地对我讲出第一句话的时候，我哭了；我心想，我认错人了。可是，后来我一发狠，上帝啊，发发慈悲吧！我就叫你来了。"

我说：

"原谅我吧！"

她吻了我。

"上帝饶恕你！"

这时候，老太婆来敲门，小声说：

"快分手吧，早祷的钟声就要响了。"

老修女送我穿过过道往回走的时候，对我说：

"您能给我一个卢布吗?"

我差点儿没动手揍她。

我跟赫里斯佳①一块儿住了五天,再多住也不行了:唱诗班的见习女修士们和服劳役的女修士们全都死命地缠住我不放,再说,我也想一个人清静清静,好好考虑一下这件事。如果生儿育女是女人的愿望,如果孩子过去、现在和将来永远是新生活的开始,是新生力量的体现者,那么又怎么能禁止一个女人生孩子呢?

还有一件事也是我要逃避的;赫里斯佳把她的女友带给我看:一个苗条的小姑娘,淡黄头发,蓝眼睛,很像我的奥莉加。一张纯洁的小脸,非常忧伤地望着周围的一切。我很想接近她,赫里斯佳又总是劝我。对我来说,这又是另一码事了:赫里斯佳不是个姑娘,而尤莉娅却是个纯真的少女,她未来的丈夫自然也应该是个这样的人。而我对自己已经失去信心,也弄不明白我究竟是个什么样的人;跟赫里斯佳我倒不在乎,可是,跟这个姑娘,可不能这样;为什么呢? 我不知道,但我不能这么做。

我跟赫里斯佳分手了;她掉了几滴眼泪,求我给她写信,她怀孕之后也想给我个信儿,她把她的秘密通信地址留给了我。我们别后不久我就给她写了信,收到她一封好意的回信。我又写了一封信,没有回音。过了一年半左右,在扎多尼,我收到她一封信,这封信在路上耽搁了很久。在这封信里,她告诉我,她生了个孩子,是个男孩,名叫马特维,长得活泼可爱,又很结实。她住在婶母那里,叔叔已经去世,是酒精中毒死的。她在信里说:"如今我自己成了女主人了,你要是能来,会受到欢迎的。"我很想去看看儿子和我那萍水相逢的妻子,可是,由于当时我已经走上了正道,也就拒绝了她,我说:"我去不了,以后一定去。"

后来,她嫁给一个书画商人,搬到雷宾斯克去了。

---

① 赫里斯京娜的别称。

在赫里斯京娜身上,我第一次看到一个心灵中没有恐惧、全力为自身获得自由而奋斗的人。但是,当时我却没有看出这种性格的伟大价值。

跟赫里斯京娜偶遇之后,我试着在城里找活干干,结果却很不合我的心意,因为这里的生活既压抑又沉闷。工厂的工人谁也不愿意赤裸裸地向老板公开自己心灵深处的秘密,他们不甘心卖身给老板:每个工人的全部行为都像在无可奈何地呼喊着:

"请便吧!吃我的肉喝我的血吧!反正在这个世界上我是无处躲也无处藏呀!"

跟工人们在一起心里并不轻松;他们爱喝酒,常唱一些忧伤的小曲,无缘无故地就叫骂不休,白天黑夜在劳动中燃烧着自己的血肉,老板们就在工人们身边用这廉价的热力温暖着自己肥胖的躯体。面包房里又挤又脏,工人们像猪狗一样睡在那里。狂饮和淫佚,这就是他们的乐趣。是这样,当我同他们谈起生活是这么混乱又这么不合理的时候,他们就听着,也发愁,也同意我的看法;我说:"我们应该去寻找神!"他们光叹气,可我这些话他们不大听得进去。有时候,也不知为什么,他们就突然挖苦起我来,而且挖苦得很凶。

我不喜欢城市。城市中的喧闹、贪婪和无所顾忌地拿一切做交易,使我厌恶;我和那些闷得发慌的城里人格格不入。到处是酒馆,到处是教堂,房屋像一座座大山,可人们住得又很挤。人很多,但是所有的人都不是为自己奔忙;每个人都捆在某种工作上,一辈子像拴在链子上的狗一样在一条线上跑来跑去。

我从所有音响中听到的都是疲惫不堪的调子;连教堂的钟声都是无精打采的,我的整个心灵感觉到,这一切统统不对头,不对!

有时候,我自己嘲笑自己,瞧你,真成了个教堂司礼①了!这说起来令人好笑,但并不叫人舒心:我只能看到一切事物之中的谬误,但却

---

① 教堂里的下级职员,管理唱诗及诵读,监督礼拜仪式及教堂规章的执行。

理解不了谬误产生的原因,这使我心中倍加沉重,简直如坠深渊。

夜晚,我常回忆起自己那一段自由自在的生活,露宿田野的情景异常鲜明地浮现在眼前。

在田野里,大地是圆的,是可以理解的,是可以亲近的。躺在地上,往往如同躺在一只巨大的手掌心里,你就像婴儿一样又小又单纯,身披温暖的夜幕,头顶群星闪烁的天空,跟大地一起在星群中遨游。

疲惫的身躯浸透了花草浓郁的气息;你会觉得,仿佛躺在摇篮里,有一只看不见的手在轻轻摇着摇篮,催你进入梦乡……

影子轻抚着棵棵小草,缓缓飘动;周围是沙沙声和絮语声;野鼠跳出洞,吱吱吱轻声叫着。在远远的天地相接的地方,一个黑糊糊的东西在蠕动,似是夜间牧场上的马,顷刻间就消融在温暖、黑暗的海洋之中。不多时在远方,在不同的地方,又出现不同形状的黑影,这夏夜里温存的影子,这沉默的人间梦乡的哨兵,就这样整夜整夜在田野上游动。你会感到,在地球上,在你身边,生命正在似睡非睡、似醒非醒的蒙眬状态中歇息,你会觉得,就是压伤一棵小草,你也会感到心疼。

夜鸟无声地飞去了,它像大地上脱落下来的一块泥土,苏醒了,带着自己的愿望离去,去实现自己的愿望。

田鼠发出簌簌的响声……有时候,一小团软绵绵的东西从你的手臂上飞快地滑过去,你也许会吓一跳,可同时你也会更深切地感觉到,到处是一派盎然的生机,肥沃的、使你感到亲近可爱的大地也在你身下呼吸,它渐渐醒来了。

也许,你听得见大地的呼吸,你想猜一猜大地做了个什么样的梦,什么力量神秘地、深深地生长在大地心里,到明天大地又是怎样抬头望着朝阳,她这位太阳所宠爱的美人儿,又会怎样向太阳施展她的魅力。

你紧贴着大地的胸怀,似乎同大地融成一体,在你成长壮大之中不断地吸吮着你亲爱的母亲温暖香甜的乳汁;当你发现自己永远同大地在一起的时候,你会呼唤着:

"我的亲人啊!"以表达你心中无限感激之情。

大地好比是无穷的源泉,那善良力量的隐秘洪流从她胸中涌出,沿着香气四溢的小溪向空中流去;大地好比宇宙间的一个香炉,你好比香炉里的火星一点和神香半支。

群星匆匆闪烁着,要在日出之前充分展示自己的美丽;爱和梦使你沉醉,使你得到安慰和憩息。明亮的希望之光热切地穿过你的心灵:远方某处有一个美好的上帝!

"谁要寻找就能找到,"①这话说得多好啊!不应该忘记这些话,因为它是人类智慧的真正结晶。

春天刚一来到城市,我就离开了,决定到西伯利亚去看看,人们都夸那个地方好。路上,有一个人使我改变了去西伯利亚的主意,他给我指出了通向上帝的康庄大道,他给我的灵魂以终生的鼓舞和希望。

这个人,我是在从彼尔姆到维尔霍图利耶②的路上遇见的。

我躺在林边的地上,点燃起一堆篝火烧茶。正是中午,天气炎热,空气中充满了浓重的松油味,熏得人喘不过气来。天气热得连鸟儿都躲到树林深处去了,它们在那儿唱起歌,快活地建造着自己的生活。林边寂静无声,好像树木、石头和我那麻木的身躯以及一切的一切,都被火热的阳光融化了,化成五颜六色浑浊的洪流,沿着大地向前流去。

突然,从彼尔姆那边走来一个人,他用高昂、颤抖的声音唱着歌。我听着,一抬头,看见一个香客模样的人,矮个子,穿一件神甫穿的白色长内衣,腰带上挂个水壶,背着一个羊皮背囊和一只小锅。他轻快地走着,离得很远就笑眯眯地向我点头。这种普通香客到处都有,全是些害群之马,他们把云游朝圣当作一种混饭吃的职业,他们粗鲁无知,弥天大谎不离口,酗酒,甚至偷窃。我打心眼里不喜欢他们。

他走过来,摘下小圆帽,把头一摆,他的一绺头发可笑地往上跳了

---

① 出自《新约·马太福音》第七章第七节,但原经文是:"你们祈求,就给你们。寻找,就寻见。叩门,就给你们开门。"
② 彼尔姆省(今斯维尔德洛夫州)的一个城市。

一跳,随后,就像椋鸟似的唠叨起来:

"你好,老乡! 真热呀,比地狱里还要热二十二度!"

"您早就从那边来了吗?"

"六百年了!"

他的话音热情,活泼。他长着小脑袋,高额头,脸上像蛛网一样布满了细小的皱纹,斑白的小胡子干干净净,深棕色的眼睛跟年轻人一样炯炯有神。

我心想:

"原来是一个滑稽可笑的骗子!"

他还是不住口地说:

"噢,乌拉尔!……真美呀! 上帝真是一位装点江山的能工巧匠:森林,河流,高山,安排得多么好啊!"

他放下行囊,像山羊一样灵活地转来转去;看见我烧的茶开了,马上把茶壶取下来,像对老相识一样问道:

"再加点茶叶呢,还是喝你的呢?"

我还没来得及回答,他已经拿定了主意:

"喝我的吧! 我的茶好,是一个女老板送我的,贵重茶!"

我冷冷一笑,说:

"可你,怎么像只老山羊呀?"

"这有什么,"他说,"我是热得显老了,等一会儿,我歇一歇,我的这些皱纹就都展开了!"

这个人的脾气有点像萨韦尔卡,所以,我想跟他开开玩笑。

可是,没过几分钟,我就被他那听起来似很熟悉却又从未听过的言谈惊得目瞪口呆了;我听着,好像不是他,而是我自己的心灵在歌唱那充满阳光的时日。

"瞧瞧……这难道不是欢乐,不是天堂吗? 高山欢乐地昂起头去迎接太阳,森林欢乐地伸向山顶;你脚下的小草也像长上翅膀一样向着生命的阳光跃跃欲试,万物都在高唱欢乐的赞美歌,而你呢,一个人,你是大地的主人!可你为什么这么闷闷不乐呀?"

"这老兄到底是个什么怪物?"我问自己,随后,试探地对他说:

"要是忧郁的情绪占了上风呢?"

他指着地说:

"这是什么?"

"地。"

"不,再往上看!"

"是草吗?"

"再往上!"

"噢,是我的影子!"

"你身体的影子,"他说,"情绪就是你灵魂的影子!你怕什么呢?"

"我什么也不怕。"

"撒谎!你要是什么也不怕,你就会精神焕发,而忧郁却是从恐惧中来,恐惧则是由于缺少信仰,不是这样吗?!"

他斟满了茶杯,不住口地说:

"我好像在哪儿见过你,是吧?你到过瓦拉阿姆①吗?"

"到过。"

"什么时候?这么说,不是在那儿。可是我觉得好像在哪儿见过你这个红头发。一张与众不同的脸。是的!……我是在索罗夫卡见过你!"

"我没去过索罗夫卡。"

"没去过?太可惜了!那座修道院历史悠久,非常漂亮。去看看吧!"

"这么说,你没见过我!"我说。不知为什么,这倒使我觉得很遗憾。

---

① 指瓦拉阿姆修道院。该修道院位于拉多加湖西北瓦拉阿姆岛南岸,建于十四世纪前半叶。

"没关系!"他高声说,"从前没见过,现在见了也一样! 这么说,上次我见到的是另一个人,跟你的长相差不多。反正都一样!"

我笑了,说:

"怎么能说反正都一样呢?"

"为什么不能说?"

"我就是我,另一个人就是另一个人!"

"怎么,你比另一个人高明是怎么的?"

"不知道。"

"我也不知道!"

我望着他,心中急不可耐地等着他开口讲话:他一口口喝着茶,回忆着,匆匆忙忙地说:

"是的,那个人是个独眼龙,为这事儿他觉得很难为情。这些个独眼龙呀,瘸子呀,对自己的缺陷都讳莫如深,可说是彻头彻尾、表里如一地爱面子! 比如他自己可以说'我是独眼龙',或是'我是个瘸子',可别人说了就不行! 我遇上的那位就是这种人。他对我说:'他们个个都是畜生! 他们看见我只有一只眼睛,就说我是独眼龙。所以,他们都是坏蛋!'我对他说:'亲爱的,你自己才是畜生才是坏蛋呢! 要不,你就是个混蛋! 你看哪个头衔合适你就自己挑一个吧!'我对他说:'你要放聪明点儿:重要的不是别人怎么看你,倒是你自己怎么看别人。'朋友,我们总是爱找别人的阴暗面,所以,就变成了独眼龙和瞎子。要知道,爱找别人阴暗面的人,自己也常常失掉光芒。只有用自己的光芒去照亮别人阴暗面的人,才能得到愉快。一个人如果除了自己之外,在任何其他人身上都看不到一点点善良品质的话,那么,对他来说,整个世界就只能是一片沙漠。"

我听他讲话,就像黑夜里在林中迷路的人听到远方传来的晚祷钟声一样,可是,我怕听错了,我心想:该不是猫头鹰在叫吧? 我看得出来,他见多识广,在很多方面已经与世无争了。可是,我觉得,他在否定我,嘲笑我,真是莫名其妙,他那双年轻的眼睛在微笑。自从我和安东尼神甫相遇之后，对一切人的微笑我都很难相信这是善意的表示了。

我问他，他是干什么的。

"都叫我叶古季尔，"他说，"对别人来说，我是个快活的小丑，对自己呢，是好朋友！"

"你是神甫吗？"

"当过很短一个时期神甫，就被免去了教衔，我在苏兹达尔修道院待了六年！你问为什么免去我的教衔吗？因为我在教堂里向老乡传道，老乡头脑简单，把我的话理解错了。为这事儿，他们挨了皮鞭，我受了审判，事情才算了结。当时我传道的内容是什么？我已经记不得了。这是很早以前的事了，大概十八年了，现在是一点也想不起来了。从前，我信仰过各种各样的思想，但没有一种思想是切合时宜的。"

他笑着，脸上的每一条皱纹都充满了笑意，他望着周围的一切，好像所有的高山和树木都是他安排的一样。

稍稍凉快一些之后，我们继续赶路。他在路上问我：

"你是什么人？"

像过去在安东尼面前一样，我又把往事一件件重温了一遍，再次领略了过往岁月那令人眼花缭乱的生活历程。我讲起自己的童年，也讲到拉里翁和萨韦利。老头子听了哈哈哈笑起来，大声说：

"啊哈！多么可爱的人啊！哎，这些人既滑稽又可笑，对吧？亲爱的，这才是真正的人，这才是俄罗斯大地的精华！啊哈！你们这些虔诚的教徒！"

我不理解这些赞叹的含义，看到他乐成那个样子，我也很奇怪。可他却笑得迈不开步了，他停住脚，仰起头，像响起一串铜铃似的朝天大笑，好像空中有他的好朋友，他在同好朋友一起分享自己的快乐。

我亲切地对他说：

"你有点像萨韦尔卡。"

"像吗？"他高喊，"兄弟，要是像他，那可太好了！唉，亲爱的，要是早先正教教会不那么折磨我们的弟兄、不那么折腾人的话,俄罗斯大地上也不会是现在这个样子!"

他的演说真叫人感到阴森可怕。

我一说起季托夫,他就好像亲眼见过我岳父似的,不住口地挖苦我那位亲戚:

"瞧你!这种人我见过,见过!贪婪的臭虫,又愚蠢又胆小……"

我也对他说了安东尼的事儿,他听完之后想了想说:

"是——这样!一个多马①。并非所有的多马都是聪明人,有的就是蠢货!"

他用手驱赶着蜜蜂,嘴里不停地劝说着这只小虫儿:

"走开……走开吧!你这个笨蛋,往眼睛里飞……一边去吧!"

我把他的话都仔仔细细记在心里,一句也不漏过:我已经感觉到,他对我说的话都像在阐明一种伟大的思想,而我对他说的话却像是在作忏悔;只要一说到上帝,我就结结巴巴地语无伦次了:因为我心里有些害怕,又有些惋惜。近来,上帝的尊容在我心目中已经蒙上厚厚的灰尘,我本想擦去时光给它抹上的污垢,可结果却把上帝从我心里彻底擦掉了,我的心由于恐惧而颤抖起来。

老头子频频点头,给我鼓气说:

"没关系,别怕!如果闭口不谈,那与其说是骗我倒不如说是自欺欺人。有什么话就说吧,说吧!不用患得患失的:毁了旧的,再造新的!"

对我所说的话,他都敏感地呼应着,我跟他越来越投机了。

夜幕已经降临。

"站住!"他说,"我们找个歇脚的地方吧!"

我们在一块巨大的山石下面找到了安身之所;大石上灌木丛的枝

---

① 多马是耶稣十二门徒之一。耶稣"复活"时,他不在场,所以不相信耶稣"复活",直到第八日耶稣再次显现,把身上的伤痕给他看时,他才相信(见《新约·约翰福音》第二十章第二十四至二十九节)。

条像黑色的帘幕倒垂下来,我们躺在温暖的阴影里,点起了篝火,烧上了茶。

我问：

"你到底要对我说什么呢？神甫！"

他笑了。

"凡是我知道的,我都对你说！不过,你也别打算从我的话里发现什么成套的观点和主张来:我不想教训你,我只想跟你随便聊聊。那些害怕历史的新陈代谢、更怕真理传播的人,才整天去说教呢！在这种人看来,真理的光芒越来越辉煌夺目,真理的火焰越来越在更多人的心中燃烧。他们看到这种情景感到心惊肉跳,惶恐不安。他们觉得真理可以利用的时候,他们就一把抓住真理,把真理团成一个小团团,紧紧握在自己手掌心里,对着全世界大嚷:这就是真理！这就是最纯洁的精神食粮！这就是永世不能动摇的天经地义！这帮该死的家伙们,这帮与世人为敌的败类,他们就这样骑在真理的头上,抓住真理的脖子把真理掐死,他们千方百计地阻碍真理的传播和发扬。不过我只能说一点:今天是这样,到明天如何就不得而知了！因为,你发现没有,我们生活中没有真正的、名副其实的主人,真正的主人还没有来到。当然,我也不知道他来到之后会怎样支配一切,会制定什么条律,会毁掉什么殿堂又建造什么殿堂？使徒保罗有一次说过:'万事都互相效力。'①很多人相信了这句话,所有相信了这句话的人都成了木雕泥塑,因为他们老是原地不动。老弟,这块石头为什么无所作为呀？因为它一动不动。所以,不能对人家说:'你就站在那儿吧！'而要说:'你要往前走！'"

我头一次听到这种话,总觉着有点格格不入。因为,人们按照这番话的指点,达到了对自身的否定,而我孜孜以求的是要达到对自身的肯定。

---

① 出自《新约·罗马书》第八章第二十八节,全句是:"我们晓得万事都互相效力,叫爱神的人得益处。"

"你所说的这个真正的主人是谁呀?"我说,"是上帝吗?"

老头子笑了:

"不是,"他说,"他离我们很近!我不愿意说出他是谁,最好你自己去猜。因为,只有在见到上帝之前心目中已经对上帝有所了解的人,对上帝的信仰才最诚笃,是他们信仰的力量把上帝提到神灵高度的。"

这就好像他把我领到了门口,又不开门,也不让我看到他在门里藏的是些什么东西,弄得我很不耐烦,而且有些沮丧。老头子的话是难以理解的,虽然其中有时闪现出惊人的火花,可它们只能使我眼花缭乱,并不能驱散我心中的疑团。夜幕沉沉,皓月当空,浓重的树影从四面笼罩着我们,树木由我们头上默默地向山顶移动,在那群山之巅,在那树木的枝条中间繁星闪烁,宛如火红的鸟儿在天上飞翔。小溪在近处淙淙流动,雕鸮的啼声偶尔从山林深处传来,老人的话语轻轻地飘动在夜空之中。真是个怪老头儿!他从脸上抓住一只小虫儿,握在手掌心里,问它:

"小宝贝儿,你要到哪儿去?啊?你这个小东西,快跑到青草上去吧!"

我很喜欢他这种举动。因为,我也喜欢各种各样的小虫儿,它们在花草之间神秘的生活常常引起我很大的兴趣。

我向老头子提出各式各样的问题,我希望他能简单明了地回答我。可是,我发现,他像是从这些问题上一跃而过似的,总是避开我的问题。他那张生动的面孔很招人喜欢,篝火上红色的火舌的反光温柔地抚摩着他的脸,他整个脸上都闪动着使我感到亲切的恬静和快乐的表情。我很羡慕他:这个人比我年长一倍多,可是他的性格显然是很开朗的。

我说:

"有一个人对我说,信仰是胡扯,你怎么看呢?"

"我看,"他回答说,"这个人才胡扯呢!信仰是一种伟大的情感,一种创造力量。由于人的精力过剩,于是心中就产生了信仰;从本质上说,这种信仰的力量是巨大的,它经常给人们稚气的理智带来烦扰,它唤醒人们对事业进行不懈的追求。但是,一个人从事的事业是受限制的、不自由的,有些人从外部阻挠你,他们什么都想要,他们让你种田,让你开矿,使你完全没有可能去开发自己心灵深处智慧的宝藏。我认为,人还不习惯、也不善于利用自己的力量,被自己灵魂的惶惶不安吓昏了头,于是就制造出恶魔来,却又不敢表露自己那矛盾重重的灵魂,因为人并不了解自己灵魂的实质是什么,人只尊重自己表面上的信仰——也就是只尊重自己的影子。"

此时此刻我还不能说已经听懂了他的话,但不知为什么我很恼火,我心想:

"哼!你要是不回答我的根本问题,我就不让你离开这个地方!"
我厉声问道:
"你为什么闭口不谈上帝?"
他挑起眉毛,望着我,说:
"啊,亲爱的,我一直在谈上帝呀!难道你听不出来吗?"
他双膝跪下。火光照着他,他向我伸出一只手,庄严地小声说:
"谁是上帝?快显灵吧!是我们的天父呢,还是我们心灵的儿子?"

我记得,当时我吓了一跳,赶忙回头看了看,因为,我觉得很可怕:这老头子的神经似乎有些不正常。周围洒满了阴影,它们聚精会神地听着。树木的沙沙声从四面涌来,压倒了篝火的轻微爆裂声和小溪的淙淙流水声。我也想跪在地上。这时,他像与人争论似的大声说道:

"不是由于人的懦弱才创造了上帝,而是由于人的精力过剩。老弟,上帝不是生活在我们之外,而是生活在我们心里!因为我们被心里的种种难题吓倒了,才把上帝从我们心里搬了出来,把上帝置于我们之上,企图用他来抑制我们桀骜不驯的个性,约束我们不安分的心灵。依我看,这是强行阻碍自身力量的发展,把力量变成了软弱。那些理想的化身都是匆忙赶制出来的,这对我们既有害又可悲。不过,人分为两类:一类是永恒的造神者,另一类是追求权欲的奴隶,这种人永无止境地追求对前者乃至对整个世界的统治权。当他们夺取了这一统治权之后,就利用这权力宣称,上帝存在于人类之外,上帝是人的对头,是世界的审判官和主宰。他们歪曲了耶稣的精神实质,叛离了耶稣的教义,因为耶稣是活生生的,耶稣反对他们,反对人对人的统治!"

他不停地说着,好像我得了什么难治的心病,他很想帮我解除这折磨人的病痛似的;我很痛苦,我想大叫:

"不是这么回事儿!"

可他呢,那种得意洋洋的神气,已经完全沉浸在狂喜之中了;我发现他的这番话是丧失理智的狂言呓语,不过,我却忍着心灵的痛苦和悲伤观察着这个老头子,贪婪地听着他的演说:

"造神者们依然活着,他们是永生的;如今他们正在暗地里专心致志地创造一个新的上帝,创造一个你所想象的上帝,一个美与理智、爱与正义兼备的上帝!"

他的话叫我震惊,他使我站起身来,好像他把武器交到了我的手里。轻飘飘的树影在我周围颤抖,用它们的翅膀抚摸着我的脸,我觉得毛骨悚然,我脚下的土地在旋转,我心想:

"据说,魔鬼经常用动听的言词来诱惑人,如果当真是这样的话,这个老头子莫非就在编织魔鬼的狡猾的绞索,以便使我陷进罪孽深重的罗网吗?"

"听我说,"我说,"谁是造神者?谁是你未来的主人?"

他像女人一样温情地笑起来,回答说:

"平民百姓就是造神者!世上无数的民众!比起教堂里所有的正教徒来,他们才是伟大的殉难者,他们才是上帝!显灵吧!民众是不朽的,我信仰他们的精神,我相信他们的力量;他们是惟一的、不容置疑的生活基础;他们是过去和未来的一切上帝之父!"

"疯老头,"我心想。

此时此刻,我觉得我虽然是缓慢地走着,但却是一步步往山上走;老头子的话不止一次刺痛了我的心,我感到灼痛,但这好比是治病的灼痛和打针的刺痛。不过,现在我突然感到心情非常沉重,我悲伤,惊讶,在半路上停住了脚步。我的心中百感交集:有痛苦,有莫名其妙的快乐,有害怕受骗和困惑莫解等情绪。

"莫非你,"我问,"说的是农民吗?"

他郑重地高声回答说:

"是的,我指的是人世上所有劳动着的人,是人世上的一切力量,是创造上帝的永不枯竭的源泉!看吧,民众的意志在觉醒,伟大的、被强制分裂的力量正在汇合起来,许多人正在探索把人世间的所有力量连成一个整体的途径,用这种统一的力量来创造一个光明、美好、无所不能的上帝!"

他讲话的声音很高,好像听众不是我一个人,周围的高山、森林和夜晚活动的一切生物都在听他讲话;他说着,像即将起飞的鸟儿似的动着身子。而我却觉得,这一切像梦一样,这场梦伤害了我的自尊心。

在我的脑海里又重新出现了我的上帝,我把一个个懦弱无能、丧魂落魄的愚民摆在上帝的面前。难道说这些愚民在创造上帝吗?我马上想到他们那种猥琐的狂怒,胆怯而贪婪的习性,被屈辱和劳务压弯了的腰身,由于愁苦变得暗淡无光的眼神,精神上的迟钝和思想上的愚昧,以及各种迷信心理,这些区区小虫能够造出上帝来吗?

我越想越可气,真是哭笑不得。我明白,这个老头子已经从我心中夺走了点什么。于是,我就对他说:

"哎,神甫,你就像山羊糟蹋菜园子一样把我的心给搅乱了,这就是你口若悬河的全部真谛!不过,你真的敢对所有的人这么讲吗?依我看,你的那些话可够得上十恶不赦的大罪了,再说,你一点也不可怜可怜人们!要知道,人们寻找的是安慰,而不是疑虑,可你所散布的却正是疑虑!"

他笑了。

"你呀,"他说,"最好也走我这条道!"

他的微笑使我气恼。

"胡说!"我说,"我永远也不会把人和上帝摆在一起!"

"你要是不需要,"他说,"那你就别摆好了!我看,你最好把老爷摆在你的头顶上!我所说的上帝不是一个人,而是人世间一切精神力量,是民众!"

我简直冒火了。一提起那些穿草鞋,满身虱子,经常喝得烂醉如泥,被皮鞭抽打得遍体鳞伤的造神者们,我就感到恶心。

"哼,住口!"我说,"你这个亵渎神灵的老鬼,疯子!什么叫民众?还不是那些身体肮脏、思想肮脏、头脑空空、腹中空空,为一个小钱就出卖灵魂……"

这下子可捅了马蜂窝了。他跳起来,大喊:

"不许这么说!"

他摇头顿足,挥舞着双手,几乎要扇我的耳光了。可是,他那预言家的派头越大,我们的心就离得越远,而他那滑稽可笑的神气越足,我们的心倒离得越近了。

"不许这么说!"他大叫,"你这个地窖里的耗子!看得出来,在你身上真是流动着老爷的黑血。你这个丫头养的!你知道你说的是谁吗?你们不过是些坐井观天的癞蛤蟆,寄生虫,强盗,你们这些癞皮狗!你们不知道你们在朝谁汪汪叫!人们用自己的血汗养肥了你们,你们倒把人们抢得精光,骑在人家脖子上,还破口大骂,嫌人家驮着你们走得慢!"

他在我前面跳来跳去,他的影子落在我身上,一股冷气朝我袭来,我吓得不停地往一旁挪动,怕他挥动拳头打我。论个头我比他高一倍,论力气他这样的人我也能撂倒十个八个,可是,要让他住口,我却办不到。看样子,他全然没有注意到,周围一片漆黑,空无人迹,我要是动起手来,他就会躺在这里再也起不来了。这时候,我想起了从前,那个吓得脸色发青的大祭司和野蛮的米哈伊拉以及其他一些旧教徒们是怎么辱骂我的。现在,这家伙也在对我破口大骂,不过,他的火气跟从前那些人不一样。从前那些人都比我壮实得多,可是我从他们的话里听到的却是恐惧,而这个人虽然瘦弱无力,可他却胆大包天。他像孩子一样冲我喊叫,可是他的怒气又像母亲发火时一样显得格外温存,仿佛是第一声春雷。老头子那莫名其妙的无畏精神搅得我心乱如麻,他的愤怒虽然让人觉得好笑,可我倒由于自己把他惹火了而感到不安。他骂得让人受不了,特别是他骂我丫头养的,我就更受不了。不过,我却喜欢他生气,因为,我懂得,这是一个真正相信真理在自己一边的人在发怒,这怒中有爱,有滋润人心的蜜糖。这种怒火可以深入人心,暖人肺腑。

我在他的脚下翻来覆去辗转不安,他却在我头顶上不停地喊叫:

"提起民众来,你知道什么?你这个不开窍的傻瓜!你懂历史吗?你读读圣徒传吧!圣徒就是我们这些受苦受难的民众!他们比什么人都高尚!你读了这本书之后我才有可能告诉你,站在你面前的是些什么人,叫你这个背井离乡孤苦伶仃的乞丐也明白明白,在你周围有一种力量在成长!你知道什么是罗斯吗?什么是希腊,也就是说,什么是埃拉多斯①?什么是罗马?你知道所有的国家是根据谁的意志和精神建立的吗?教堂是建立在谁的尸骨上的?那些智者贤人口中的至理名言是从谁那儿学来的?告诉你,大地上所有的东西,包括你头脑中所有的东西,都是民众创造出来的,那些出身高贵的人只不过是把民众的创造加以提炼炮制而已……"

我没有开口。能看到一个敢于坚持自己观点的人,我感到很愉快。

他坐下来,喘着粗气,满头大汗,满脸通红,我发现他眼里含着泪。这完全出乎我的意料之外,从前,当我惹恼了那些管教我的人时,从来

---

① 古希腊人称希腊为埃拉多斯;自一八八三年起埃拉多斯是希腊国家的正式名称。

也没有见他们流过泪。

老头子大声说：

"流浪汉,你听着,我要给你讲讲俄国的老百姓!"

"你呀,"我说,"还是歇会儿吧……"

"你给我住口!"他用手威胁着我说,"不然,我可要揍你啦!"

我哈哈笑起来,我实在忍不住了。

"亲爱的老爷爷! 你可太怪了! 我要是得罪了你,那就请耶稣饶恕我吧!"

"傻瓜,你怎么会得罪我呢? 不过,你这个坏家伙,你不该咒骂伟大的人民呀……那些老爷们咒骂老百姓倒不足为怪,他们本来就是狼心狗肺,在这个世界上,他们跟平民百姓是势不两立的。可你是什么人呢?"

这时候,他的样子叫人看了心里痛快:他变得那么庄重,那么严肃,语调是那么深沉,他思考着,谈论着,语言流畅,跟歌唱似的动听,宛如在朗诵使徒行传一般。他仰着脸,眼睛睁得大大的。虽然他在地上跪着,可是身躯却显得高大了。这时候,我已是面带笑容、半信半疑地听他讲述了。过了一会儿,我就想起了安东尼的那本俄国历史来,这本书又展现在我面前。这个老头子在滔滔不绝地给我讲述他那奇妙的童话,而我却是对照史书上的描述来聆听这种童话的:他讲的没有错,只是含义不同了。

他在讲到基辅罗斯瓦解的时候,问道:

"听见了?"

"谢谢,"我说。

"噢,现在你该知道了,根本就没有这样的勇士,这是老百姓通过勇士的故事来表彰自己的功绩,他们用这样的方法来记载建立俄罗斯国家的伟业。"

接下来他讲的是苏兹达尔国。

我记得,太阳已经从山后探出头来;黑夜在林中藏起它的身影,鸟儿醒来了；我们头顶上是一簇簇玫瑰色的云。我们两个人依傍在洒满露珠的草地上的一块大石头旁边，一个人不停地讲着久远的往事，另一个人惊异地计算着无法计量的人类劳动的成果，他并不相信那些关于征服林中王国的神话。

老头子好像身临其境似的描述着：人们那强有力的手臂抡起沉重的斧头砍伐的声音，人们在排干沼泽地，建造一座座城市和修道院，人们沿着冰冷的河流前进，进入密林深处，征服荒凉的土地，把荒山野岭变成了美丽富饶的地方。可是那些统治人民的王孙贵族们却把老百姓开发的土地切割成一小块一小块，他们又利用老百姓的拳头来互相争权夺利，他们还要抢夺老百姓。当鞑靼人从草原上杀过来的时候，却没有一个王公贵族肯为人民的自由去战斗，那些老爷们根本没有什么荣誉感，也没有什么力量，更没有什么智慧。他们把老百姓出卖给敌人，拿老百姓像牲口一样跟鞑靼人做交易，用庄稼人的血买回统治庄稼人的权力。然后，当这些老爷们学会了如何统治别人的时候，他们就互相把对方出卖给鞑靼人任其宰割。

周围的夜色是温柔得像是我们的一位聪明的大姐姐。

老头子累得口干舌燥，时而停下来。太阳已经照在他的脸上，可是他却沉浸在往事之中，我从他那炽烈的言语所迸发出的真理的光芒中得到了深深的启示。

"睁开眼睛瞧瞧吧！"他说，"在你还没有用粗野的语言咒骂老百姓之前，看看老百姓都干了些什么，老百姓又受到了些什么愚弄？我上边讲的主要是老百姓怎样在别人的摆布下干这干那，等我歇一会儿再给你讲老百姓心里想的是什么，他们是怎样去寻找上帝的。"

说着说着他就蜷成一团，像婴儿一样睡着了。

我却睡不着，我坐在那儿，如坐针毡一般。再说，天已经亮了，太阳已经升得老高，鸟儿在放声歌唱，森林被晨露冲洗得郁郁葱葱，面目一新，十分可爱，它喧闹着迎接新的一天的来临。

一些普普通通的人走在大路上。他们低着头朝前走着，我在他们身上看不出有什么新的变化,他们在我眼中一点也没有变得高大起来。

我的那位老师还睡着,不时地打着鼾,我在他身边陷入了沉思;人们一个接一个走过去,斜眼瞧瞧我们,你向他们鞠躬他们却连头都不点一下。

"莫非,"我心想,"这些人就是我刚刚听说的那种正教徒的子孙、世界的建设者吗?"

梦幻和现实在我疲惫不堪的头脑中搅成了一团,我明白,我这次同这个老头子的相遇对我来说是个决定性的转折。老头子关于上帝是人民精神的产物之类的话打破了我心中的平静,我不能同意这些话。难道说,除了活在我心中的精神之外,还会有什么其他精神不成?回想起来,我所能记得起的一切新旧相识,一切熟悉的人们,都是妙语连篇,思想贫乏之辈。另一方面,我所看见的现实生活却比监牢还要黑暗。在这里,人们为了一口面包去干难于忍受的劳役,到了十冬腊月更是饥寒交迫,在那哭天无泪、求告无门、愁人的日子里,痛苦、屈辱残酷地折磨着人们,践踏着人的心灵。

"在这种生活里上帝在哪儿呢?有他待的地方吗?"

老头子还在睡。我想把他摇醒,大喊:

"你说呀!"

他很快就醒了,眯缝起眼睛,微笑着。

"哎哟!"他说,"太阳都快升到头顶上了!我该上路了!"

"天这么热,"我说,"上哪儿去呀?面包,茶,糖,我们都有。再说,我也不放你走,你答应了就得兑现呀!"

他哈哈大笑起来:

"好厉害!我也丢不开你呀!"

随后,他若有所思地说:

"马特维,你别再到处闲逛了!我看,早晚你也得下这个决心。你应该学习,你现在正是学习的好时候!"

"不晚吗?"

"你看看我,"他说,"已经五十三岁了,至今还跟小伙子们学文化呢!"

"跟哪些小伙子学?"我问。

"有那么一些小伙子!你也该跟他们一块待上一两年。你到工厂去吧,离这儿不远,一百来里路,那儿有我的好朋友。"

"你最好先讲一讲,"我说,"你打算干什么,然后我再决定到哪儿去。"

我们沿着大路旁的小道往前走,我耳边又响起了他高昂的声音,叫人捉摸不透的话语:

"耶稣,是第一个真正属于民众的上帝,它是从民众的精神之中产生的,就像不死鸟①从火焰中产生一样。"

他突然激动起来,面红耳赤,两只小手在自己面前比比画画地挥舞着,仿佛要从空气中抓取新的词儿似的。他拉长声调说:

"民众把少数人抬在自己的肩膀上,并把自己的劳动、自己的意志无限量地奉献给他们;民众把他们高高地举在自己的头顶上,驯服地期待着,满以为这些人会从世界的高处能看到正义之路。可是,这些民众选出的代表们爬上顶峰之后,就陶醉在那顶峰之上了,他们滥用职权,腐化堕落,待在上头再也不想下来了。他们忘记了,是谁把他们抬举上去的,他们不是解除世界重负的快乐天使,而是加重人世负担的压迫者。当民众看见自己用血汗哺育的孩子变成了自己的对头时,也就失去了对这些人的信任,也就是说,不再听从这些人的摆布了。民众把这些统治者扔下不管了,于是,这些人就摔了下来,他们的王国的尊严和力量也就全部化为泡影了。民众懂得了,生活的法则不在于抬高家庭中的某个成员,听从他的摆布,按他的旨意行事,而在于寻找一个真正的法则,这个法则能使所有的人都升到高空中去,每个人都

---

① 不死鸟(或凤凰),古代神话中自焚而又能从灰烬中再生的鸟,用作复活的象征。

能亲眼看到宽广的生活道路。民众意识到人人必须平等生活的日子,就是耶稣降生的日子!世界上有许多民族把自己对正义的幻想用各种不同的方式体现在某个活的人物身上,企图用这种方法创造出一个对所有的人都一视同仁的上帝,而另外有少数人慑于民心思变的压力则千方百计试图用威严的文字把民众的思想束缚起来,使其永远在这样的规范内保存下去。这些不同思想的结合,就产生了一个活的上帝——民众的宠儿,就是耶稣基督!"

他所讲的基督,年轻的上帝,我是感到亲近的,可是,对创造基督的民众,我却不能理解。

我把这个想法告诉了他,他回答说:

"求则明,诚则灵!"

我跟他一起就这样不慌不忙地走了三天三夜。他一直谈古论今,开导着我。

他讲了人类迄今为止的全部生活史;从混沌时期谈起,谈到教堂如何带头迫害古罗斯时代的滑稽艺人,因为这些艺人都是些乐天派,他们用自己的笑话在民众中传播真理,以唤醒沉睡着的民众。

"你了解吗,"他说,"你那个萨韦尔卡是什么人?"

"我当然了解,"我说。

"对一对!要记住:滴水见太阳,涓流成大海!"

我们走到斯特凡·维尔霍图里耶修道院[①],老人对我说:

"我要到别处去了,恐怕你不能再跟我一块走了。"

我不想跟他分手,可是又觉得必须分手,因为他的思想已经征服了我,他把我从沉睡中唤醒了,像是用铁犁把我的灵魂耕耘了一遍。

"你还在想什么呢?"他问,"进工厂干干吧,在那儿跟我的朋友们聊聊;不会失算的,相信我吧!那里的人头脑清楚,我就是跟他们学的,怎么样,我不算笨吧,你看呢?"

---

① 指尼古拉耶夫男修道院,位于彼尔姆省维尔霍图里耶城,建于一六○四年。

他写了个字条,塞给我。

"我说,你到那儿去吧!我不会叫你吃亏的,你慢慢就会明白的。老百姓永远是青春不老、有活力的!你不相信吗?"

"你的眼睛不大,见识倒不少,"我说,"不过,眼见的东西也未必是实吧?"

"你要用你的整个身心去看,"他大声说,"用心灵和头脑去体会!我并不勉强你相信我的话,我只是对你说:自己去亲身体验体验吧!"

我们吻别之后,他走了,真是健步如飞,跟二十岁的小伙子差不多,仿佛在他前面等待着他的只有欢乐。他像一只鸟儿一样又飞到别处歌唱去了,我恋恋不舍地望着他那远去的身影。我心乱如麻,思绪万千,扯不断,理不清,就像早市上的乌克兰人那样:睡眼蒙眬,笨手笨脚,磨磨蹭蹭,怎么也摆不好他们的货摊。一切都乱成了一锅粥:我的思想却是别人的现成结论,别人的思想却又是我的思想萌芽。我觉得沮丧,又觉得可笑:我的心似乎被揉碎了。

一出维尔霍图里耶城,我就打听脚下这条路通到哪里。我得到的回答是:

"伊谢特工厂①。"

老头子正是让我到那儿去的。所以,我马上转入另一条道。我不想到那里去。

我走过一个又一个村庄,一边走一边看。到处的老百姓都阴沉沉的,火气很大,不愿意答理人。他们都用怀疑的眼光望着我,看样子好像怕我偷他们的东西。

"这就是造神者,"我望着面目丑陋的庄稼汉们暗自思忖着。我问:"这条路通到哪儿?"

"伊谢特工厂。"

---

① 伊谢特工厂是乌拉尔的一座最老的冶金工厂,建于一七二六年。一九〇五年该厂建立了布尔什维克小组。

"这儿条条大路都通向这个工厂,这是怎么回事?"我想。

我在村子里、树林里转来转去,像甲虫在草上爬一样。后来,我从远处看见了这些工厂,烟囱里冒着滚滚浓烟。这些工厂对我没有什么吸引力。我觉得,我好像魂不附体的样子,我自己也不明白我到底想干什么。我心里很不好受。灰暗、懒散的沮丧情绪在我胸中萦绕,凶狠、嘲讽的火花在我心上燃烧,我想辱骂所有的人,也想辱骂我自己。

我突然决定到工厂去,这么突然的变化连我自己也没有想到,得了,见鬼去吧!

于是,我来到了一个肮脏的人间地狱:这是个坐落在树木被砍伐得光秃秃的荒山峡谷中的工厂。厂房趴在地面上,房顶上烟火腾腾,长长的烟囱伸向天空,到处都冒着蒸气和烟雾,油污遍地,铁锤叮当;轰鸣声、尖利刺耳的响声、粗野的嘎吱声震动着浓烟弥漫的空气。到处是铁、木头、砖瓦、烟火、蒸气、臭气。在这个堆满了杂七杂八的沉甸甸东西的山坳里,闪动着人影,人们一个个像烧焦了的木头一样黑漆漆的。

"谢谢你,老头!"我想,"你可把我送到好地方来了!"

我第一次在近处见到工厂,很不习惯那震耳欲聋的声音,呼吸也感到困难。

我沿街去寻找钳工彼得·亚吉赫。不管向谁打听,都一概把你顶回来,这儿的人好像一个个都吃了枪药,火气那么大。

我暗自感叹:

"这就是造神者们!"

迎面走过来一个大汉,像一头熊,从头到脚一抹黑;他衣服上那层厚厚的油污在阳光下闪闪发亮。我问他知道不知道钳工彼得·亚吉赫。

"谁?"

"彼得·亚吉赫。"

"什么事？"

"我找他。"

"我就是！"

"您好！"

"噢，你好！什么事？"

"有个条子给您。"

这个大汉比我个子高，长着又宽又大的胡子，宽肩膀，大块头，满脸油污，灰色的小眼睛在浓眉下隐约可见，帽子戴在后脑勺上，头发剪得整整齐齐。他又像庄稼汉，又不像。

看来，他读个字条都很吃力。皱着眉头，小胡子也在抖动。突然，他脸色温和起来，露出闪闪发光的白牙，睁大一双善良的、孩子般的眼睛，眉开眼笑，容光焕发。

"啊哈！"他大叫，"还活着，这只老公鸡！好极了！小伙子，你顺着这条街走到头，然后往左拐，走到树林跟前，山脚下有一座带绿色窗板的房子，你找一个老师，叫米哈伊拉，他是我外甥。把条子给他；我一会儿就来，去吧！"

他说话就像号兵发号令一样，说完一挥手，就走了。

我心想：

"第一次见面，倒也很有趣！"

在彼得·亚吉赫的家里，一个瘦骨嶙峋的青年接待了我。他穿一件印花布衬衫，腰上围个围裙，袖筒卷着，两只手又白又细。他看完字条，问道：

"约纳神甫身体怎么样？"

"托上帝的福！"

"他没说要到我们这儿来吗？"

"没说。他难道叫约纳吗？"

青年人怀疑地看了我一眼，又看了一遍字条，说：

"怎么回事？"

"他说他叫叶古季尔①。"

青年人笑了。

"这是他的绰号,我这么叫他。"

我心想:

"瞧你!"

他的头发又直又长,像助祭的长发,脸色苍白,眼睛像海水一样蓝,他从上到下都不像此地人,不像是生长在这块肮脏土地上的。他在房间里踱来踱去,像打量一块麻布一样打量着我;我很不喜欢他这样看我。

"您认识约纳很久了吗?"他问。

"四天以前。"

"四天?"他重复一句,"这很好。"

我问:

"好什么?"

他耸了耸肩膀说:

"好就是好!"

"您为什么围围裙?"

"我装订书来着,"他说,"我舅舅很快就会回来,我们一块吃晚饭;您走了这么远的路,也许想洗洗脸吧?"

我真想顶他几句;他这么老成持重,跟他的年龄也太不相称了。

"你们这儿的人,"我说,"难道还洗脸吗?"

他挑起眉毛,说:

"怎么不洗呢?"

我说:

"我还没看见一个洗过脸的人!"

他眯缝起眼睛,看了看我,心平气和地说:

---

① 阿拉伯语:犹太人。

"我们这儿没有游手好闲的人，人人都忙着干活，没有时间总洗脸。"

他使我碰了个软钉子，我很想报复一下，可他却转身走了。我傻呆呆地坐在那里四下张望。房间宽敞，干净，墙角的一张桌子上已经摆好晚餐，靠墙是装满书的书架，架上都是些世俗书籍，不过也有圣经，福音书和古斯拉夫圣诗集。我到院子里去洗脸。大叔回来了，鸭舌帽推得更靠后了，挥动着双手，像头公牛似的向前伸着脑袋。

"噢，我先洗洗脸，"他说，"给我浇水！"

他那粗壮的嗓门儿跟大喇叭一样，一捧水就有一大汤盆那么多。他洗去了油污，露出了一张红褐色的颧骨突出的脸。

大家坐下来吃晚饭。他们边吃边谈论自己的事情，没有问我是什么人，为什么到这里来，却热情地款待我，亲切地望着我。

他们胸有成竹，很有学问，看样子，他们脚下的土地很牢靠，可我却希望脚下来一次地震，他们什么地方比我强呢？我问：

"你们是分裂派教徒吗？"

"我们？"大叔说，"不是。"

"这么说，是正教徒了？"

他外甥皱起眉头，大叔却耸耸肩膀，带着讽刺意味，笑了。

"米哈伊拉，也许咱们该把身份证拿给他看看？"

我知道，我的行为很愚蠢，不过，我不想收敛。

"我不想看你们的身份证，"我说，"我是来看看你们的思想的。"

大叔吼叫起来：

"思想？大人，马上给您看。思想们！集合！"

他哈哈哈笑起来，像三匹壮实的公马在吼叫。

米哈伊拉边烧茶边不动声色地谈出了自己的看法：

"我也认为您是为这个来的。您不是约纳送来的第一个人；约纳是很了解人的，空虚的人他也不会往这儿送。"

大叔用手掌朝我脑门儿上推了一把，一直在大吼：

"仔细瞧瞧！先别出王牌,你要输的！"

看样子,他们自认为是精神丰富的人,我在他们眼里无疑等于一个乞丐。瞧他们那神气,不慌不忙的,准备用他们那智慧的雨露来滋润我这饥渴的心田。我很想跟他们吵一架,争论一番,这并不是我要锲而不舍地追求什么,我既不会也不知道怎样去追求。这种状况更加使我恼火。我就脱口而出地随便问道：

"什么叫空虚的人？"

大叔回答说：

"就是头脑空空的人,你想往里边装什么就装什么。"

米哈伊拉突然悄悄地走到我身边,用温和的声音问：

"您信上帝吗？"

"信。"

回答之后,我又不好意思起来,因为根本就不是这么回事儿！难道我信上帝吗？

米哈伊拉又问：

"您尊重人吗？"

我回答说：

"不尊重。"

"难道您不觉得,"他说,"人是照上帝的模样造出来的？"

大叔得意地笑着,活像阳光下的铜脸盆。见他的鬼去吧！

"不,"我心想,"得真刀真枪地跟这些人斗斗。我要把自己拆成一块块的,看他们有没有本事把我拼凑起来！"

于是,我说：

"看看世上的人,我就对上帝的力量产生怀疑了⋯⋯"

事实上并非如此：在我见到世人之前,就已经对上帝产生了怀疑。米哈伊拉双眼圆睁,若有所思地打量着我,大叔沉重地在房间走来走去,捋着胡子,低声唠叨着。我用说谎来降低自己的人格,在他们面前真觉得不是滋味。我心里杂乱无章,惶惑不安,像炸了窝的蜂群,种种思绪在脑子里乱转,我很恼火,想把这些乱七八糟的东西统统赶开,从心里扫荡出去。我讲了很长时间,也不管前后是不是连贯,而且,我大概是故意讲得驴唇不对马嘴的:既然他们是聪明人,他们就应该听得明白。我讲累了,就用挑衅的口吻问道:

"你们用什么药方、用什么办法来医治我这有病的灵魂呢?"

米哈伊拉看也不看我,低声说:

"我不认为您有病……"

大叔又哈哈大笑起来,声音轰隆隆地响,好像魔鬼从高板床上摔下去了一样。

"要说有病吗,"米哈伊拉接着说,"那就感觉不到自己了,感觉到的只有痛苦,知道的也只有痛苦。可是您呢,显然没有忘记自己:您在寻找生活的乐趣,这只有健康的人才能做到。"

"那我心里为什么这么难过呢?"

"因为,"他说,"您高兴这样!"

他这样不动声色真叫人受不了,甚至气得我连牙齿都咬得咯咯作响。

我说:

"您怎么知道我高兴这样?"

他盯着我的眼睛,不慌不忙地往我心上钉钉子:

"作为一个表里如一的人,"他说,"您应该意识到,您精神上的这种病痛正是您所需要的,它能使您变得比别人高尚;您应当珍惜这种病痛,并把这种病痛作为您高于别人的独到之处,您说对吧?"

他那愁眉不展的面容显得更加瘦削、更加干瘪了,眼神格外阴沉,他用一只手抚摩着自己的脸。他像用沙子擦拭铜器一样,正在卖劲地擦拭着我精神上的锈斑。

"看样子,您害怕把自己跟别人混为一谈,所以,您可能有意无意地认为:毛病嘛,是我的!虽说是毛病,可这种毛病除了我,别人还没有呢!"

我想激怒他,可又找不出适当的词儿来。他比我年轻,我就不相信,我会比他笨。那位大叔,活像坐在澡堂木板架①上的神甫,老是嘿嘿嘿笑个不停。

"您错了,您这种毛病并不能使您比别人清高,"米哈伊拉说,"人人都以清高自居,所以生活才如此死气沉沉,如此畸形。每个人都想逃避生活,都想在地上给自己挖个洞,一个人孤零零地坐井观天,从洞穴里看天,天是渺小的,生活是狭窄的。对一个离群索居的人来说,把生活看得这样狭窄倒对他有好处!我指的是这样一些人:他们本想踏着别人的肩膀往上爬去过更舒适的生活,可是由于某种原因又爬不上去。"

他的话惹火了我,实在令人难以忍受。

"世界上糟透了的生活,人类的理智难以容忍的生活,是从哪一天开始的呢?"他说,"就是从第一个人脱离了民众这个创造奇迹的力量的源泉、脱离了民众、脱离了自己的母亲那天开始的,就是从这个人由于在孤独和软弱无力面前感到恐惧而蜷缩成一个渺小、凶残、名之曰'自我'的小团团那天开始的。正是这个'自我',才是人的最凶狠的敌人!这个为了维护一己之利的'自我',白白地毁掉了一切精神力量,扼杀了一切创造精神财富的伟大才能。"

我觉得,这些话是我早已熟悉的,我很久以来就想听到这样的话。

"精神贫乏的'自我'没有能力去创造。这种人对生活冷漠、盲目、沉默,他的目标就是维护一己之利,追求安宁和舒适。一切新的、真正对人有益的事,他只能是在迫于需要,又在外界以九牛二虎之力的多次推动下才勉强去做,所以,这种'自我'得不到人们的珍惜,只能得到人们的蔑视和唾弃。人们之所以蔑视他,是因为这个'自我'从整体上脱落下来之后,又借助于自己同人民这个整体的血缘关系,力图把那些七零八落的分散的碎片串连成一个完整雄伟的整体。"

---

① 俄国人洗蒸汽浴时坐在梯子一样的木板架上,让蒸汽冲得浑身冒汗,然后再用桦树枝叶抽打全身。

我听着,感到惊奇:我理解这些话,而且不仅仅是理解,我感到这些话既正确又亲切。好像我自己也早有这些想法,只不过我是在心里想而没有说出来罢了。现在呢,这些想法都用言语清清楚楚地说出来,规规整整地摆在我面前了,就好像通向远处和高处的阶梯一样。我心里想着约纳的话,那些精辟的语言色彩绚丽地显现在我的眼前。同时,我又有些惶惑不安,有些如履薄冰之感。大叔不知什么时候走了,我们两个人坐在没有点灯的房间里,这是个月明星稀的夜晚,我的心也跟这月夜一样。

快到午夜米哈伊拉才结束了他的演说。他把我带到院子里的草棚里过夜:我们躺在干草上,他很快就睡着了,我起身走出大门,坐在一堆圆木上,望着……

两颗巨大的星星在天空中守夜。远山上蓝天下清晰地衬托出齿形的林墙,而山上的树木却被砍伐一空,到处是黑洞洞的深坑,土地被糟蹋得遍体鳞伤。下面,工厂贪婪地龇着血红的牙齿:响声隆隆,浓烟滚滚,火光笼罩着整个厂房,火舌挣扎着想腾空而起,可又挣不脱这大地的羁绊,只得变成烟雾散去。一阵阵焦煳味儿,呛得我呼吸都感到困难。

我在思考,一个孤家寡人,实在太可悲了。米哈伊拉讲得很有意思,他对自己的思想颇为自信,我觉得他的思想是真理,可是,不知为什么,我心里总觉着有一种冷冰冰的感觉。我的灵魂跟这个人的灵魂融合不到一起,我的灵魂是孤独的,像在荒原里一样……

我突然发现,我是在按照约纳和米哈伊拉的话去思考的,虽然他们的思想在我心里还说不上根深蒂固,虽然在我的灵魂深处还隐含着与这些思想不相容的、若即若离的成分,不过,他们的思想已经在我心里占据了统治地位。

我在哪儿?什么是属于我的?我就像一个陀螺,在随着自己疑惑不解的思绪旋转,越转越快,我的耳鼓里是一阵阵呼啸的旋风和一片嘈杂的喧闹声。

工厂里发出了如泣如诉的汽笛声:那声音始而尖细、哀怨,继而变成了粗壮、强悍的怒吼。清晨睁开了蒙眬的睡眼,从山上向下俯瞰;黑夜节节降落,悄悄地从枝头收拾起自己的帘幕,把它卷起,藏在峡谷和深坑之中。被洗劫一空的土地显露出原形:周围光秃秃的,被啃得精光,仿佛有一个专爱恶作剧的巨人曾在谷地上跳来跳去,把林木拔光,给土地留下了深深的伤痕。工厂横卧在盆地上,肮脏,油污,烟尘弥漫,发出呼哧呼哧的响声。面色阴沉的人们从四面八方向工厂移动,这工厂就一个接一个把人们吞没。

"造神者们!"我心想,"这工厂也是你们造的呀!"

大叔走出大门,头发蓬乱,一边搔痒一边打着哈欠,颧骨也随着这些动作咯吱咯吱作响。他朝我笑了笑。

"啊哈!"他大声说,"你起来了?"

紧接着又亲切地问道:

"你一夜没睡吧?噢,没关系,白天再睡吧!走,喝茶去!"

喝茶的时候,他说:

"小兄弟,过去我也曾经整夜整夜睡不着,看谁都不顺眼,总想给他几个耳光。在我当兵之前,我心里就烦躁不安。服兵役期间,连长朝我耳朵上猛地打了一拳,我被打聋了:从此右耳朵就什么也听不见了。一个医士帮了我的忙,让……"

显然,他想提上帝,可是打住了,揪了一下自己的胡子,得意地笑了。他的神态中透露出孩子样的天真,他的眼睛也像孩子一样闪着单纯、信赖的目光。

大叔接着说:

"那位医士是个非常好的人!他看出我有心事,就问我:'怎么回事?'我说:'这样的生活是人过的日子吗?'他回答我说:'是的,一切都应该翻个个儿!'他还说:'彼得·瓦西里耶夫!我来教你点政治经济学吧!'他于是开始教我。起头我什么也不懂,后来,一下子我就明白了这种每日每时永世不变的种种不合理现象是怎么回事了。乐得我像发疯了的似高声喊叫:'啊哈,你们这群蠢猪!'科学一下子就打开了我的眼界:开始我只听到一些新名词,然后,那个时刻一到来,我就豁然开朗,什么都懂了!这一刻是非常美妙的,是一个人真正的新生!"

他的脸上流露出喜悦之情,眼睛温和地笑了。他摇晃着他那留着短发的脑袋,说:

"这种时刻也等着你呢!"

望着他,叫人高兴。他身上那种纯洁的孩子气越来越多,我真有些羡慕他。

他说:

"我过了大半辈子牛马生活,受尽了屈辱!不过,没什么!虽说我的脑子不大灵,我也要尽量赶上去。脑子这东西跟手一样,也需要锻炼,我的一双手可比脑袋瓜儿灵多了。"

我望着他,心里想:

"为什么这些人什么都敢讲呢?"

他接着说:

"米哈伊拉才智超群,就因为他书读得多呀!过不了多久,他会全掏给你的!厂里的神甫管他叫邪教徒。不过,也难怪,对于上帝的事儿,他脑袋瓜里的确稀里糊涂。这都是他母亲的影响。我姐姐是个有名的教徒,开始信奉正教,后来成了分裂派教徒,最后,又被分裂派革除了教门。"

他边说边准备去上工,匆匆忙忙地走来走去,走到哪里哪里就发出吱吱嘎嘎的响声,地板忽忽悠悠直颤动,椅子也撞倒了。看到他这个样子,我觉得好笑,可是又觉得很可亲。

我暗暗想:

"这是一些什么人呢?"

我问大叔:

"我能在这儿住两三天吗?"

"住三个月都行!"他说,"真是个怪物!我们这儿又不挤,感谢上帝!"

他搔搔头,笑了笑,郑重地说:

"不,不,我总是提到上帝,习惯了!"

工厂的汽笛又响了起来,大叔上工去了。我来到草棚里,米哈伊拉躺在那儿,双眉紧皱,双手放在胸口,脸色红润。他颊下和唇上都没长胡子,颧骨突出,整个人只有骨头是结实的。

"这是些什么人呢?……"

我带着这个问题进入了梦乡。

等我醒来时,外面传来了喧闹声,尖叫声,吵嚷声,跟群魔集会似的。我朝门外一看,院子里挤满了小男孩,米哈伊拉穿着白衬衫,站在孩子们中间,就像许多独木小船中间的一条白帆船。他站在那儿开朗地笑着,头向后仰,张着嘴,眯缝着眼睛,完全不是昨天那副愁眉不展的样子。孩子们穿着蓝色、红色、粉红色的衣裳,在阳光下闪闪发光。他们跳着,吼着。他们吸引着我,于是,我从草棚里钻出来。一个孩子看见我,大喊:

"看哪!兄弟们,修——士!"

仿佛我烧起了一堆干刨花,孩子们活跃起来了,转来转去,吵吵嚷嚷,一个个眨巴着小眼睛……

"真是个红头发!"

"多长的头发呀!"

"他会给你个厉害瞧瞧的!"

"哎,挖苦他几句,他真壮实呀!"

"他不是修士,他是一座大钟楼!"

"米哈伊拉·伊万内奇!这个人是谁呀?"

教师有些不好意思,可这群小鬼头们却哈哈大笑起来。我也不知道我怎么惹得他们那么好笑,可是,我也被他们的笑声传染了:我边笑边喊:

"去吧！去吧！小耗子们！"

这里阳光灿烂，纷杂的喧闹声在空中回响，仿佛周围的一切都在欢快飞速地转动，像一股花花绿绿的旋风飞向远方，它那耀眼的光芒照射着我，它那温暖的热流环绕着我，把我也一起带向那遥远的远方。米哈伊拉跟我打招呼，握手。

"我们到树林里去，"他说，"您愿意跟我们一起去吗？"

一切都非常好：一个挺着胖肚子的小淘气拿跑了我的僧帽，硬套在自己的脑袋上，像只小蝴蝶似的在院子里飞舞起来。

我跟这群欣喜若狂的孩子们一起到树林里去了：这一天是我永远也忘不了的。

孩子们从院子里一拥而出，一阵风似的朝山上跑去，就像顺风飘去的羽毛那么轻快。我跟孩子们的牧人并肩走着，我觉得，我有生以来第一次看见这么可爱的孩子。我们走在孩子们的后面，米哈伊拉不时发指示，喊几声，可是孩子们不听他的，他们推推拥拥，打打闹闹，互相投掷松果，争论个没完没了。闹累了，孩子们就围住我们，像小甲虫似的在我们脚边转来转去，不时地拉住老师的手，向他提出关于小草小花的种种疑问。他和和气气地对孩子们讲话，跟孩子们平起平坐，他像一张白帆似的高高地立在孩子们中间。孩子们都很活泼，也有少数孩子像成年人似的稳重，一副若有所思的模样，总是呆在老师身边，默默不语。

随后，孩子们渐渐散去了，米哈伊拉小声对我说：

"难道他们生来就是为了给人当牛做马和成为醉鬼的吗？他们每个人心中都充满了生气勃勃的精神活力，他们能加速思想的发展，把我们从愚昧的枷锁下解放出来。可是，他们却不得不走上那暗无天日的狭窄轨道，不得不跟他们的祖辈一样浑浑噩噩地过日子。只许他们干活，不许他们思考。他们之中的许多人；也许所有的人，都会屈服于这种僵死的势力，为这种僵死的势力效劳。人，没有精神成长的自由，这就是世界上悲剧的源泉。"

他说着,几个男孩从旁边走过,也聆听起他的话来了,他的话引起了孩子们的注意,真奇怪!这些幼小的苗苗能从他的话里听懂什么呢?我想起了自己的老师,他经常用尺子敲打学生的头,而且经常喝得醉醺醺的。

"生活是可怕的,"米哈伊拉说,"人的互为仇敌吞没了人的精神力量!生活真是糟透了!可是,应该让孩子们自由地成长,不能把他们变成只会干活的牲口,他们应该是自由的,朝气蓬勃的人,他们应该用发自内心的勇敢而美好的青春之火,用不断创造出来的伟大的美来照亮人的内心世界和整个生活!"

周围,到处都是黄黄的小脑袋,蓝蓝的眼睛,红红的小脸蛋,他们像暗绿色的针叶树枝上绽开的一朵朵鲜艳的花儿。这些快乐的小鸟,这些新生活的信使,发出阵阵银铃般的欢声笑语。

然而,这一切动人的美将全都要被凶恶的贪欲所践踏。一个可爱的孩子诞生了,一个美好的孩子一天天长大,这都使人高兴。可是,这又有什么意义呢?他长大成人之后,无非是满口下流话,整天唉声叹气,打老婆,借酒浇愁。

像是跟我的思绪相呼应,米哈伊拉说:

"这些人毁了人民,毁了活的上帝惟一的真正殿堂,这些破坏者们,就连他们自己也葬身在这漫天横飞的残渣碎片之中了,他们面对自己的卑劣行径,却说:'太可怕了!'他们东奔西跑,大叫:'上帝在哪儿?'其实,毁掉上帝的正是他们这些人。"

这时候,我想起了约纳说过的关于俄罗斯人民四分五裂的话来,所以,我的思想同米哈伊拉的话就自然而然地不谋而合了。不过,我不明白,为什么他的语气那么平静,那么不动声色,好像这种沉重的生活对他早已成为久远的往事了。

大地温情地呼吸着醉人的松脂和花朵的芳香。小鸟儿尖声鸣叫着飞来飞去。

孩子们是寂静森林的征服者,他们飞快地旋转着。我心中越来越清楚地意识到,从前,我不了解他们的力量,也没有发现他们的美。

米哈伊拉在他们中间多么好啊,他还带着安详的笑容呢!

我笑着对他说:

"我想先离开你们,一个人待一会儿,我需要独自想一想!"

他望着我,眼睛闪闪发光,眉毛抖动着,我的心也随之颤抖起来。

我很少得到别人的怜爱,所以格外珍惜它,我对他说:

"您是个好人!"

他有些不好意思,低下了头,弄得我很窘。我们面对面默默地站了一会儿,就分开了。随后,他高声对我说:

"别走远了,您会迷路的。"

"谢谢!"

我转身走进树林,找了块合适的地方坐下。孩子们的歌声渐渐远去,笑声沉没在浓密的林海之中。森林在叹息。头顶上,松鼠吱吱叫,松雀唱着歌。我想用我的全部身心来拥抱近日来我所了解到、所听到的一切,可是,这一切却化作一道彩虹,拥抱着我,使我沉浸在自己的隐隐激情之中。这彩虹充实了我的心灵,它变得越来越壮观,我想得也越来越出神,继而完全沉醉在无言的思绪的轻雾之中了。

夜晚我回到住处后,对米哈伊拉说,我要在他们这里一直住到完全了解他们的信仰时为止。我对他说,让彼得大叔给我在厂子里找个活干。

"您不用着急,"他说,"先休息休息,您需要读些书。"

我完全信任他。

"把您的书给我看看吧!"

"自己拿好了!"

"除了宗教书籍我没读过别的书,"我说,"您看我需要读什么呢?比方说,俄国历史?"

"一个人什么都需要知道!"他说。他用温情的目光望着书,就像望着孩子们一样。

于是，我埋头读起书来了；整天啃书本。我感到吃力，伤脑筋：书跟我没什么缘分，它们对我简直没什么兴趣。有一本书把我折磨得好苦：书里讲的是世界和人类生活的发展前景，跟《圣经》里讲的完全是两码事儿。一切都非常简单，明了，必不可少，但是，我在这单纯之中却感到困惑不解，一系列各种各样的力量出现在我的周围，我在这种种力量中间就像一只落入夹子的老鼠。这本书我读了两遍；我读着，琢磨着，希望从中找到一个缺口，以便钻出来获得自由。但是，我没有找到。

我问我的老师：

"这是怎么回事儿？人在哪儿？"

"我也觉得不对头，"他说，"可是，错在哪儿，我又解释不清楚。不过，作为对于世界未来的推测，倒是满不错的！"

我喜欢他说"不知道"、"我也说不清"之类的话，这使我跟他更加接近。看得出来，他是个诚实的人。要是老师也能承认自己的无知，那么，他是有所知的。他知道的许多东西都是我所不知道的，他讲述的一切又都那么通俗易懂。比方说，他讲到太阳、星星和地球是怎么产生的，仿佛他亲眼见到过有一只无形的巧手在做这件火热的工作似的。

我不理解他所说的上帝是怎么回事儿，但这并没有使我感到不安：他管世界的主宰叫物质，我在心里却把世界的主宰叫上帝，这样，也就平安无事两不相争了。

他笑着说：

"上帝还没有创造出来！"

关于上帝这个问题经常是米哈伊拉和他舅父争论的起因。米哈伊拉一提"上帝"，他舅父就发火。

"又来了！马特维，你别信他这一套！这都是从他妈那儿传来的！"

"等等，舅舅！对马特维来说，上帝是个根本问题呀！"

"别胡说,米什卡①!马特维,叫上帝见鬼去吧!什么上帝也没有!宗教呀,教堂呀,所有这类东西,就像一座暗无天日的森林,林子里藏的都是杀人越货的强盗,都是骗人的东西!"

米哈伊拉坚持说:

"我所说的上帝曾经存在过,那个上帝是人们用思想这个物质共同创造出来的,为的是用它来照亮黑暗的生活;可是,当人类分成奴隶和奴隶主之后,分得七零八落之后,当人们的思想和希望破灭之后,上帝就死了,上帝就毁灭了!"

"听见了吗,马特维?"彼得大叔高兴地大声说,"这是给死人念的长生经!"

他的外甥盯着他的脸,压低声音,继续说:

"生活中的主子们,他们的主要罪行就是扼杀人民的创造力量。将来总有一天,人民的全部意志会再次汇合起来,到那时候,就会从人民的意志中产生出一种神奇的、不可战胜的力量,上帝也一定会复活的!马特维,那就是你所要寻找的上帝!"

彼得大叔像樵夫似的挥舞着双手,说道:

"马特维,别相信他的话,他在胡说八道!"

然后,对他的外甥吼叫起来:

"米什卡,你搜罗了不少迷信思想,像从人家的菜园里偷了很多黄瓜似的,到处去贩卖,蛊惑人心。你说,工人群众要起来改变生活,那就去改变好了,干吗还要去捡神甫们扔掉的破烂!"

听他们谈话很有意思,他们之间互相尊重、彼此平等的关系叫我吃惊;他们虽然争论得很激烈,但谁也不记恨谁,谁也不骂谁。彼得大叔有时候激动得面红耳赤,浑身打战,可米哈伊拉却平心静气,不动声色,好像把一个彪形大汉撂倒在地之后还谈笑自如的样子。他们两人在我面前不断地较量,他们都否定上帝,都有自己诚挚的信仰。

---

① 米哈伊拉的别称。

"那我的信仰是什么呢?"我自问,但我无力作出回答。

跟米哈伊拉相处期间,上帝在人世间的地位问题在我头脑里渐渐淡漠了,失去了往昔的力量,再也没有过去那种执著的劲头了。上帝在人世间的地位问题已经被许许多多别的思绪挤跑了。代替"上帝在哪儿?"这个问题的是另一个问题,那就是:我是什么人?我要干什么?为什么要去寻找上帝?

我知道这是毫无意义的。

每天晚上工人们都到米哈伊拉这里来。他们一到就展开有趣的谈话:教师给他们讲生活,揭露生活中残暴的法规。他非常了解这些法规的实质,讲得十分透彻。工人们都很年轻,一个个都被炉火熏烤得干巴巴的,烟炱渗透到皮肤里,一张张黑糊糊的面孔,眼神是那么阴沉忧郁。他们都怀着热切的求知欲,神情严肃,默默地听着。开头我以为他们胆小怕事,性情忧郁,可是,后来我发现,他们平时爱唱爱跳,还爱跟姑娘们开玩笑。

米哈伊拉和他舅父的话题总离不开下列问题:诸如,金钱的势力,工人的屈辱地位,老板的贪欲,人与人之间消灭等级的必要性等等。我不是工人,也不是老板,我没有钱,也不想去赚钱,所以,这些谈话打动不了我的心。我觉得人们过高地估计了资本的力量,从而降低了自己的价值。我跟米哈伊拉发生了争论。我认为,人首先必须找到精神支柱,然后才能看清自己在人世间的地位,才能找到自由。我慷慨激昂地讲了半天,工人们像公正的法官一样,友好、细心地倾听着,那些年长一些的工人甚至同意我的观点。

然而,当我讲完之后,米哈伊拉又是那样稳重地微笑着说了起来。他的一席话把我的论点一扫而光了。

"你说,一个人如果不知道自己的精神,也就是自己的上帝,是他的朋友还是他的敌人,那就只能糊里糊涂地生活,你这话是对的。可是,你说,我们这些被沉重的劳动枷锁束缚住的奴隶们,不打碎物质的牢笼就能摆脱金钱的奴役,这话是不对的……我们首先必须弄清楚身边的敌人究竟有多大力量,研究他们的各种骗术和诡计。同时,我们之间也必须互相了解,弄清楚我们大家的共同点,依我看,这些共同点具有神奇的力量,这正是我们不可战胜之处。上帝从来就不属于奴隶们,是老爷们把他们的法规加以神化之后强加给奴隶们的。奴隶们永远也不会有上帝,因为上帝只有在人们心相近、志相同的热情之火中才能产生。殿堂只能建造在磐石之上,怎么能矗立在沙漠之中呢!孤独是由于你脱离了与你血肉相连的整体,是精神贫乏虚弱和盲目无知的表现。孤独者是愚昧的,永远痛苦的,他们注定受奴役和走向毁灭。一个人只有在整体中才能找到永生。"

当他讲这番话的时候,我觉得,他好像看见了远方正在升腾的曙光,他把我也引进了他的视野。工人们早把我忘在脑后,他们愉快地望着米哈伊拉。

刚一开始,我还有点不服气呢!我想,工人们根本没有理解我的思想,而且没有一个人像钻研米哈伊拉的思想那样热心地钻研我的主张。

为此,我常常悄悄地离开他们,一个人坐在僻静的角落里,暗暗地为自己打抱不平。

我已经跟这里的小学生们交上了朋友。每逢假日,他们就像小麻雀围着谷堆似的,围在我和彼得大叔身边。大叔给孩子们制作小玩意儿,他们无休止地向我询问关于基辅、莫斯科和我的一切见闻。有时候,他们之中不知谁突然提出一个什么问题,弄得我目瞪口呆,张口结舌。

有个男孩叫费佳·萨奇科夫,是个温顺、严肃的孩子。有一次我们在树林里边走边谈,我对他讲起耶稣来,他突然一本正经地说道:

"耶稣怎么没有想到一辈子都当小孩子呢,比方说,就老像我这么大!一辈子是个小孩,惩治财主,帮助穷人,这样,他也就不会被钉上十字架了,因为他是个小孩呀!会可怜他的!可上帝干的这些个事儿,好像根本就没有过他一样……"

费佳十一二岁,生着一张苍白、透亮的小脸,眼睛里含着疑惑的目光。

另一个叫马克·洛博夫,小学高年级学生,瘦削、鬈发、尖嘴猴腮的男孩子。他是个有名的淘气包,小霸王;轻轻吹着口哨,对待小伙伴们仿佛小羊倌对待羊群,又揪又打又推又搡。有一次我看见他欺负一个老实的小男孩,那孩子眼看就要哭出声来了。

"马克,"我说,"他要是还你一拳呢?"

马克看了我一眼,得意地笑着回答说:

"他不会还手。他可老实啦!"

"那你为什么要欺负他呢?"

他说:

"就欺负!"

他又吹了几声口哨,加上一句:

"他老实。"

"噢,那又怎么样?"我问道。

"老实人干吗要活着呢?"

他说这话时的神情简直平静极了:看得出来,一个人在十二岁的时候就已经确信:老实人生来就应该受欺侮。

每个孩子都有自己的聪明过人之处,他们越来越吸引我。我常常想到他们未来的命运。为什么等待着孩子们的只有那种沉重、屈辱的生活呢?

我想起了赫里斯佳和我的儿子,一想起他们,我心里就燃起一股愤愤不平的怒火:

"你们这帮老爷不许女人随便生孩子,是不是你们怕生出个危险的、与你们势不两立的对头来呢?你们剥夺女人的自由,是不是怕她生出来的儿子跟你们不是一丘之貉?你们可以照你们的样子培养你们的后代,你们有时间也有权利把你们的后代训练成黑白颠倒的混蛋。可是,你们害怕在你们监视不到的地方那些还能自由生长的私生子会成为你们不共戴天的仇敌!"

工厂里就有一个私生子,人们叫他斯乔巴,黑得像甲虫,麻脸,没有眉毛,眯缝着眼睛,他们在行,心灵手巧,是个快活的小伙子。

我们是在一个节日里相识的。那天,他走到我身边,问道:

"修士!听说你是个私生子?告诉你,我也是!"

他跟我并肩走着。他十五六岁,已经念完小学,进了工厂。他走着,眯缝起眼睛,问我:

"世界很大吧?"

我尽我所知道的给他做了解释。

"那你,"我说,"要干什么呢?"

"出去走走!我干吗要老待在一个地方呢?我又不是一根木头。等我一学会钳工活,我就到俄罗斯去,到莫斯科去,还有什么地方来着?我到处都去看看!"

他说话的神气好像吓唬谁似的:

"我一定要来的!"

这次相遇之后,我开始观察他;我发现,这孩子对正事挺有兴趣:米哈伊拉的同志们在哪儿谈话,他就往哪儿钻,听着,眼睛眯缝着仿佛在瞄准,思考着到底把自己打发到哪儿去。

他还特别爱捣乱闹事,专门给那些上司的亲信们找麻烦:不是把他们的工具藏起来,就是把他们的别的东西给弄坏,或者往他们的车床上撒沙子。

有一天吃午饭的时候,他对我说:

"修士,这儿真闷人哪!"

"为什么?"

"不知道。这儿的人整天就知道干活,还得挨饿受冻。我要是赶快学好手艺离开这儿远走高飞就好了!"

当他谈到自己未来的远征时,他的眼睛睁得大大的,勇敢地望着前方,俨然一副征服者的样子——除了自己的力量之外,什么也不相信。我很喜欢他,从他的话里我感到他很成熟。

有时我望着他,心里想:

"这孩子将来会有出息的!"可是,我为自己的儿子揪心:他是个什么样的人?在这样的世界上,他会成为什么样的人呢?

我发现自己的心中有些新的感情在轻轻地颤动;仿佛从每个人的身上都向我射出一束强烈的光线,这无形的光线抚摩着我,隐隐地打动着我的心,我越来越敏感地承受着这暗中射来的光线。有时候工人们在米哈伊拉那儿聚会,各种各样的思想一个接一个凝集成了火热的云团,这云团把我环绕起来,奇妙地将我托起。我只要一开口讲话,他们就懂得我的意思了。置身于这样的人们中间,我觉得,他们就像我的身体,我就像他们的灵魂和意志,我成了他们的代言人。有时候,我又觉得我像是他们的肢体,而他们又说出了我心灵的呼声。在这相互的呼应之中,我曾经感到很幸福。可是,过了一些时候,当这种互相呼应沉寂之后,我就觉得我又成了孤家寡人了。

我回想起过去我一个人独自向上帝祈祷的情景:每当我达到忘我境界的时候,我就感到非常之好。在跟人们交往中,我无法忘却自己,然而,我的精神却在不断成长,成长了许多倍,以至现在竟高踞于我的自身之上。这是一种自我陶醉,不过,这种自我陶醉并没有把我毁掉,倒是消除了我心中的哀愁和由于害怕孤独而产生的焦虑。

我开始悟出一些道理来,不过仍然模模糊糊,不成形体,就好像我心里有一种新的幼芽在萌发,可是我又不了解它;我只是觉得,这种萌芽越来越顽强地吸引我去接近周围的人。

在那些日子里,我在工厂里当临时工,每天四十戈比收入;用肩扛,用手推车搬运生铁、矿渣、砖瓦一类的重东西。这里到处都是肮脏,吼叫,轰鸣和烤人的热浪,我恨透了这个地狱一样的鬼地方。

工厂盘踞在大地之上,大地在它的重压下发出痛苦的呻吟。这贪得无厌的工厂日日夜夜敲骨吸髓,贪婪得上气不接下气地吼叫着,从赤热的大嘴里喷吐出吸自大地的鲜红的血浆,待到它冷却变黑之后,工厂就又开始熔炼了。汽笛嚎叫,机器轰鸣,不停地抖动着身躯,喷吐着火星,把赤热的铁块锤扁拉长,拉成一根根蜿蜒的铁条,就像从大地的身体里抽出筋来一样。

我发现这野蛮的工作中包含着一种可怕的、令人胆战心惊的隐患。这吼叫着的怪物总有一天会把大地的宝藏劫掠一空。它在自己的身躯下面挖掘着无底的深渊,它知道,有朝一日它会掉进这深渊中去的,所以,现在它用无数张嘴疯狂地尖叫着:

"快点,快点,快点!"

烟熏火燎、满面油黑的人们在烈火与轰鸣声中,在钢花纷飞的火雨中干活:这里似乎没有人的生存余地,因为致人死命的烈焰随时会把周围的一切化为灰烬,沉重的铁块会随时毁掉一切;震耳欲聋的鸣响,令人头晕目眩的火光,难忍的灼热烤干了工人的血汗,可工人们却不慌不忙地干自己的活,熟练地、有条不紊地忙着,就像地狱里那些什么也不怕、什么都懂得的小鬼一样。

结实的双手转动着小小的操纵杆,于是,在人们的周围,在他们的头顶上,巨大的机器就张开大嘴伸出长臂顺从地、令人生畏地到处活动起来,吞食着铁块……很难理解,这是谁的头脑、谁的意志在这里起统率作用呢?!有时候,仿佛是人在驾驭工厂,随心所欲地控制着工厂;有时又好像是一个什么魔王在指挥着人和操纵着工厂,这个魔王眼看着人们在贪欲支配下沉重地、无谓地忙碌着,就得意地、下流地狂笑起来。

工人们相互说:

"喂!该干活了!"

劳动是既沉重又威严,人的智慧是既敏锐又机智!究竟是人支配着劳动呢,还是劳动支配着人呢?我弄不明白!

在机器的可怕喧声和忙乱之中,有时突然响起快活的歌声,这是胜利者的歌声,无忧无虑的歌声。这使我想起傻瓜伊万努什卡[①]骑着

[①] 俄罗斯童话中的傻小子。

鲸鱼上天去捉羽毛发光的神鸟的故事,我不禁暗笑起来。

我认为厂子里的工人都是些暴躁莽撞、胆大包天的粗人,虽然他们常常酗酒、骂娘、干不体面的事儿,但他们都是自由奔放、无所畏惧的硬汉子。他们跟那些香客和人世间的奴才们不一样,后者都是些胆小鬼,他们丧魂落魄,整天唉声叹气,不论跟上帝打交道或是彼此相处,都经常采取一种卑劣的诈骗手段,我很讨厌这种人。

厂里的工人虽然被苦役般的劳动折磨得异常暴躁,常常彼此争吵甚至动手打架,然而,他们敢做敢当,上司如果办事不公平,他们就会像一个人一样起来对付他。

那些经常来找米哈伊拉的小伙子们遇事总是站在前头,说话的嗓门儿比谁都大,简直是天不怕地不怕。从前,当我还没想到民众的时候,我自然没有注意观察人。现在,我看到了他们,就总想发现他们各自不同的地方,希望每个人在我面前都是独具个性的人。我想做到这一点,却没有做到:他们讲的话不一样,每个人的长相也各不相同,可是,他们的信仰却是相同的,追求的目标也是一致的。他们从容不迫,同心协力,辛勤地创建着某种事业。

他们每个人都给人们带来光明和欢乐,就像林间空地给密林中的迷途者带来光明和欢乐一样。他们每个人都把有头脑的工人吸引到自己的身边。米哈伊拉周围的小伙子们行动一致,在厂里形成了精神力量的核心和光明炽热的思想阵地。

我刚到这儿的时候,他们对我不大友好,讥讽地喊叫说:

"哎,你这个红头苍蝇!神圣的臭虫!寄生虫!白吃饭!"

偶尔还有人推我一把。我可受不了这个气,遇上这种情况,我也从不吝惜自己的拳头。虽然人们喜欢较量较量,可是动拳头既得不到别人对自己的尊敬,也引不起别人的注意,有一次我险些遭到毒打,幸亏米哈伊拉的一位朋友出面制止了这场格斗。他的那位朋友叫加夫里拉·科斯京,一个年轻的铸工,很漂亮的小伙子,是厂里相当出名的人物。

当时，六七个人朝我扑过来，眼看就要敲我的肋条骨了。这时候，科斯京一个箭步跨到我身边，说：

"同志们，为什么要捉弄一个人呢？他不是和我们大家一样的工人吗？同志们，这么做不对，这是自己打自己！我们只有紧紧地团结起来，才会有力量……"

他的话不多，但却说得非常之好，而且像对孩子们讲话似的通俗易懂。米哈伊拉的朋友们总是利用每个机会传播他们的思想。科斯京使我的对手们都感到不好意思了，也打动了我的心。于是，我也发表起演说来了：

"我不是为了填饱肚皮才进修道院的，"我说，"我是精神上感到空虚才去的。我活着，每天看到的是无休止的劳役，是成年累月的忍饥挨饿，是诈骗和抢劫，是痛苦和眼泪，是野蛮和精神上的种种愚昧无知。这都是谁造成的？我们的公正英明的上帝在哪儿？他可曾看到开天辟地以来他的子孙的无穷苦难吗？"

聚集的人越来越多，都认真地听我讲。我讲完之后，他们个个默默无言。随后，老翻砂工克留科夫对科斯京说：

"这个修士大概比你和你的同志们看得都深！他是挖了老根了；你听出来了吗？"

我很高兴听到这样的话。克留科夫拍了拍我的肩膀，说：

"兄弟，你讲的倒不错！只是你的长头发哪怕剪掉一俄尺也好：这么一堆乱糟糟的头发又脏又惹人笑话。"

不知是谁，一个爱开玩笑的人，说：

"打起架来也不方便，瞧着吧！"

开起玩笑来了，这就是说，大家已经不再跟我闹别扭了。有笑声的地方就必定有人，牲口是不会笑的。

科斯京把我领到一旁。

"马特维，"他说，"说这种话你可要小心呀，为这事儿你会坐牢的！"

我很奇怪，就问：

"什么？"

他笑着说：

"坐牢……懂吗？"

"为什么？"

"就为你这样兴师问罪呀！"

"你开玩笑吧？"

"你去问问米哈伊拉，"他说，"我该上工去了。"

他走了。他的话叫我吃惊，我却不相信这些话。可是，当天晚上，米哈伊拉就完全证实了科斯京的话。整个晚上米哈伊拉给我讲的都是人们遭难的残酷情景。事情的确如此，像我说的这些话，是会被处死的。成千上万的人把白骨丢在西伯利亚，葬身于流放地。但是，尽管希律王的屠杀没有停止①，信教的人仍然在暗地里一天天增多。

这时候，我心中的一切都升华了，一切都闪烁着异样的光彩，米哈伊拉和他的同志们所讲的话都有了特殊的意义。给我印象最深的是：如果谁为了自己的信仰准备牺牲自己的自由和生命，那就是说，他的信仰是虔诚的，他就可以跟第一批为信仰耶稣而殉教的圣徒相媲美。

米哈伊拉所讲的话当时已在我心里引起共鸣，生根开花。

我不能说，一开始我就接受了这些东西，马上就理解透了，但是，那天晚上我第一次感到米哈伊拉的话非常亲切，好像整个洒满婴儿鲜血的伯利恒大地当时就展现在我的面前了。据说，当圣母看见地狱之后，曾恳求天使长米哈伊尔说：

"天使长！让我在火中受煎熬吧！让我来分担这沉重的苦难吧！"

圣母的这种强烈的愿望②，现在我才开始理解。只是我在这里看

---

① 据《圣经》记载：希律王听东方来的术士说，在犹太的伯利恒生下来一个"犹太人之王"（即耶稣基督），他心怀恐惧，怕失去王位，便派人去寻找那小孩子。由于术士报信，圣母马利亚带着孩子逃往埃及。希律王大怒，差人把伯利恒城里所有两岁以下的男孩全部杀光（见《新约·马太福音》第二章）。

② 这是一种不可靠的传说，基督教的正统经书中未见有此记载。

到的不是罪人,而是一些为了消灭人间地狱而准备承受一切苦难的虔诚信徒。

"也许,"我对米哈伊拉说,"正是因为人们现在留恋尘世而不愿超脱尘世,所以,如今超脱的隐士就绝迹了,是吗?"

"真正的信仰,"他回答说,"必定是行动的源泉!"

"请求您,"我说,"也接受我参加这一事业吧!"

我心中的一切都在燃烧。

"不,"他回答说,"请您再等一等,再考虑考虑,您这样做还嫌太早。您这种性格,要是现在落入敌人的罗网,您就会长期脱不了身,您就一切都完了。正相反,您发表了这套演说之后,您必须马上离开这里。因为您还有许多问题没有弄清楚,所以,您目前还不能适应我们的工作。我们事业的宏伟和美妙很中您的心意,吸引了您,这个事业的全部力量已展现在您的面前。您现在就好像站在一个广场上,已经看见了广场中央矗立起来的一座人工建造的宫殿,这座宫殿高耸入云,美妙无比。然而,要使理想的宫殿变为现实的宫殿,必须通过埋头苦干、不声不响的劳动一砖一瓦地去建造。如果在您对工程的整个蓝图都不大了解的时候,就匆匆忙忙地参加这项工作,那也许用不了多久,您对建造这座殿堂的热情就会消失,甚至连您原来对这种宫殿的想象也会全都忘记。最后,您就会觉得,在这样平凡的劳动中花力气就太不值得了。"

"您为什么要给我泼冷水呢?"我难过地问他,"我已经找到了自己的归宿,看到自己还有用,我很高兴,可您……"

他却平静而又忧心忡忡地说:

"我认为,您不可能按照您还没有理解的模式去生活;我觉得,您还没有意识到把您自己的思想与工人群众的思想联系起来的必要性。在我看来,从您身上体现出来的正是那种被生活磨炼得十分敏感的民众的先进思想,但是您却不这样看自己。您自以为您是一位英雄,浑身有使不完的劲儿,准备无私地给弱者以帮助。实际上,您不过是一种特殊的、以自我为中心的人；照您这样，只能是昙花一现，您不可能持久地去完成一件美好、伟大、永恒的事业。"

我开始懂得，他为什么让我眼睛朝下看，我觉得他的话里包含着我还不大清楚的真理。

"您又得上路了，"他说，"用新的眼光去看看人民的生活。书本上的东西您一下子还接受不了，所以，书本给您的东西不多。您还不了解，书本里包含的不是人类抽象的大道理，而是以各种方式反映了人民对自由的共同理想；书本不是要束缚您，而是给您以自我解放的武器，但是您至今还没有学会使用这一武器！"

他说得对：当时，一般的书籍我根本读不进去。我只习惯于读教堂的经书，世俗书籍的内容我很难理解。对我来说，口头语言比书面语言好懂得多。我从书本上学到的一点点东西总是不大往心里去，而且很快就忘得一干二净，在我这火一样的心里消失得无影无踪了。这些书本回答不了我的主要问题：上帝根据什么法则、为了什么目的要按照他自己的模样把我造出来？上帝又为什么要违背我的意志伤害我的自尊心？上帝的意志究竟是什么呢？

另一个同样解决不了的问题是：上帝是从天上降到地上来的呢，还是人们把上帝从地上送到天上去的呢？与此同时，又产生了另一种思想：对造神这一永恒的全民事业的看法。

我的心被撕成了两半：一半想留下来跟这些人在一起，另一半想到各处去见识见识，检验一下我的新思想，寻找一下那种看不见摸不着但却夺走我的自由、搅得我心神不安的东西。

彼得大叔也劝我说：

"马特维，你要暂时出去躲一躲，都说你发表了那样的演说很危险……"

果然，没过多久，一天夜里，一个人骑马从另一个工厂赶来，他说，宪兵在他们厂里进行了大搜捕，而且也要到这个工厂来。这样一来，不管我愿意不愿意，一切问题也不得不这么解决了。

米哈伊拉听了来人的话,沮丧地说:

"哎,来得好快呀!"

气氛有些紧张。彼得大叔却大声对我说:

"快走!马特维,快走!你不能再待在这儿了。这事跟你没关系,你就别往里头掺和了!"

米哈伊拉两眼盯着我,坚持叫我走,他说:

"您最好离开。您留在这儿不仅没有什么好处,而且还可能有害处。"

我明白,他们想把我送走,心里很难过。不过,我也害怕宪兵,虽然还没有见到,可已经感到害怕了。我知道在困难关头离开人家不大好,可是,我还是遵命离开这里了。

我无可奈何地上了路,往山里走去。我沿着树桩之间的灌木丛往森林里走,磕磕绊绊的,好像后边有追兵似的。伊凡·贝科夫,一个沉默寡言的小伙子跟在我后头,背着一个大背囊,急匆匆地走着。他是被派到树林里来藏书的。

我们一口气跑到林边,他找到了藏东西的地方,把带来的书往里面放,他不慌不忙,可我却吓得要命。我问他:

"他们不会到这儿来吗?"

"谁知道呢!"他说,"这可没准儿,说不定也会到这儿来的。得赶快埋好!"

他是个笨手笨脚的小伙子,跟用斧头砍出来的橡木墩子差不多,大脑袋,一个肩膀低,一个肩膀高,手臂长得要命,说起话来语调沉闷。

我问他:

"你害怕吗?"

"怕什么?"

"他们来了把你抓走怎么办?"

"抓走就抓走呗!只要他们找不到藏的东西就行!"

他把东西整整齐齐地摆放在坑里,埋上土,把地面弄平,上面又铺

上干树枝,然后往地上一坐。他看见我要走,就说:

"你等一会儿,马上有人给你带信来。"

"什么信儿?"

"我不知道。"

我从树木后面遥望着谷地。在那里,工厂像被人捏住脖子的大汉在嘶声嚎叫。镇子的街道上好像人们在黑暗中追逐着,争斗着,愤怒地吼叫着,难解难分地互相厮打着。伊凡不慌不忙地向山下走去。

"你上哪儿去?"

"回家!"

"要是抓住你呢?"

"我刚参加工作不久,他们大概不认识我,就是抓去了,也没什么。从监狱里出来的人不是都变聪明了吗?"

突然,我听到他清晰地大声问我:

"你这是怎么啦,马特维?你不怕上帝,怎么倒怕起宪兵来了?"

我抬头一看,伊凡站在那里,若有所思地朝山下望着。

我问:

"你说什么?"

"在监狱里能读很多书……"

"还有呢?"

"这还不够吗?"

这时,我心里产生了一种自欺欺人的想法,可嘴上又不好说,心里感到火辣辣的。夜,虽然很凉,我却感到闷热。

"我也跟你一起走!"

"你不能走!"他严厉地说,"你回去非被抓去不可。要知道,你的演说引起了麻烦。"

"什么?"

"神甫向维尔霍图里耶的上司告密啦。"

我一屁股坐在地上,说:

"那我应该走!"

但我心里却很害怕。

伊凡小声对我说:

"有人朝这边跑过来了!"

我往山下看:浓密的阴影顺着山坡向上浮动,天空布满了乌云,一弯新月时而露面,时而躲在云朵里,周围的大地都在运动,这无声的运动使我更加难受,更加害怕。我注视着阴影的洪流怎样在大地上流动,用它那黑色的长衫把丛林和我的心灵掩盖。小树丛里,一个人的脑袋闪动着,像气球似的在树枝间跳来跳去。

伊凡轻轻吹了一声口哨。他说:

"这是科斯佳。"

我认识科斯佳,一个十五岁左右的男孩子,蓝眼睛,白头发,体格很弱,两年前中学毕了业。米哈伊拉培养他给自己当助手,打算将来让他当教师。

我明白,我是故意想这些事的,因为我想用别的念头来遮盖我的羞愧和恐惧。

科斯佳跳出来,累得上气不接下气,嗓子也哑了:

"他们来了! 修士,正要抓你呢! 给你……彼得大叔让我把你送到洛巴诺夫修道院的隐修区去,走吧!"

我站起来,对伊凡说:

"再见了,兄弟! 问候大家! 你就说,请他们原谅我!"

科斯佳推我走,厉声命令道:

"你快走吧! 问候谁呀? 大概都得给抓走,就像抓小鸡上市一样。"

我们上路了。科斯佳走在前面,小声给我讲述着他在山下看到的情景;我跟着科斯佳往前走,总觉得四面八方的人们在扯我的衣襟,拉我的袖子,似乎有人在问:

"到哪儿去呀? 你把人心搅乱了,自己倒溜了?!"

我自言自语地说：

"这就是说，大家是为我遭了难……"

男孩子回答说：

"不是为了你，是为真理！你就是真理呀？得了吧！牛皮大王！"

虽说这句玩笑话是出自一个孩子之口，我还是感到不自在。我想在他面前替自己解释几句，就不客气地把自己的思想抖搂出来了，就像一个乞丐抖落他的讨饭口袋一样，把里面的东西一块一块往外掏。

"是的，"我说，"很明显，我心里有一种自欺欺人的想法……"

可这孩子像社会贤达那样反驳我的每一句话，责问我说：

"什么想法！你总是想比别人多捞一点！"

我心想：

"这是别人的话。"

"怪不得，"他说，"科斯金管你叫钟楼呢！你不是那种召唤别人去做弥撒的钟楼，你是自个儿召唤自个儿的钟楼，你这个钟楼啊，盖歪了，楼上的铜钟也拴得不结实……"

他沉默了一会儿，突然郑重地说：

"修士，我不喜欢你！"

"为什么？"

"不知道……你大概不是俄罗斯人吧？你这个人不好……"

要是在别的时候，我准会对他发火，可现在，我没吱声。我突然感到全身无力，疲乏得要死。

四周是树木和漆黑的夜。浓重而潮湿的黑暗灌满了林木的空隙，滞留在那里，分不清哪儿是树木，哪儿是夜色。上空偶尔射来一线月光，撞在黑夜的躯体上立即折断，随之消失。到处是一片寂静。只有脚下的树枝发出咔巴咔巴声，干裂的针叶时而吱吱作响。

这个男孩子也是勇于说真话的。这条线上的人，从约纳起，个个都是无所畏惧的人。他们之中有些人满腔怒火，有些人永远快活，其中绝大多数都是谦虚稳重的人，他们的心灵是那样的美好，可言谈中却羞于流露分毫。

科斯佳在小路上走着,他那白色的脑袋微微地闪烁着一点亮光。我想起了少年巴托罗缪①和圣徒阿列克谢②等人的故事。不是这么回事儿……我的思绪像沼泽地里的鹬鸟儿,从一个草墩跳到另一个草墩上。

我问这个男孩子:

"你读过圣徒传吗?"

"小时候读过。妈妈让读的。问这个干什么?"

"你喜欢上帝的使徒吗?"

"不知道……我喜欢潘台莱蒙③。也喜欢叶戈里④,他跟毒蛇打过仗。我真不明白,天下这么多的人,中间出了几个圣徒,有什么值得高兴的?"

科斯佳在我眼里越来越高大了。

"要是沙皇的女儿或是财主的女儿信耶稣,"他说,"她们照样得受折磨。沙皇和财主在这上头对谁也不会发慈悲的。使徒行传里可没有说,那些沙皇和刽子手们会改恶从善!"

他停了停,又说:

"我也不明白,耶稣为什么要受难,他是来消灾解难的,可结果……"

他想了想,又添上一句:

"结果是一场空!"

我真想拥抱他:我可怜科斯佳,也可怜耶稣,可怜留在镇子上的

---

① 俗名谢尔盖·拉多涅日斯基(约1314—1392),谢尔盖三位一体大修道院的创建人,著名宗教活动家。
② 圣徒阿列克谢是著名罗马人士之子,罗马教皇因诺肯季一世(402—416)的同时代人。阿列克谢长期隐居,后来回到父母家中当了仆人,家人已经不认识他。
③ 殉难的圣徒。据传说,马克西米里安皇帝由于潘台莱蒙坚信基督教而对他严刑拷问,于公元三○五年判处他砍刑(用剑砍死)。
④ 勇士,殉教者,基督教著名圣徒之一。

人,总之,可怜整个世界。也可怜自己。我的归宿在哪里呢?我到哪儿去呢?

短暂的夏夜渐渐退去,天空上一束束淡淡的光穿过松枝洒满山林。

"你不累吗,科斯佳?"

"我吗?"男孩子精神抖擞地说,"不累。我喜欢夜里走路,穿过黑夜就好像走过一个神奇的地方。"

拂晓,我们躺下睡了。科斯佳像一个猛子扎进小河里似的,眨眼之间就进入了梦乡,我却在自己的思绪里徘徊,像一个乞讨的鞑靼人冬天围着礼拜寺转悠一样,到处是风雪严寒,他想进寺院,可穆罕默德又不允许。

清晨,我拿定了主意。男孩子醒来时,我就对他说:

"你白白送我走了这么远的路,请你原谅我吧!我不去隐修区了,我也不想藏起来了!"

他却严肃地看了我一眼,说:

"你已经藏起来了!"

他摇动着枝条,也不看我。

"那就再见了,小鸽子!"

他点了点头,说:

"再见!"

我走了,回头一看,他站在树木中间,目送着我。

"喂!"他喊道,"再见!"

他重复这两个字时,语气温和了一些,这使我感到高兴。

我走了许多天,像一个病人,心情沉重,烦闷。胸中燃起了一股微微的野火。我的心像林间空地一样,这野火正在烧毁我心中的一切。我的思绪和我的身影时而在我前面晃动,时而像刺鼻的硝烟一样在身后爬行。我是感到羞愧呢,还是想到别的,我不记得,也说不出来。只是心里出现了一个可怕的念头,这念头,忽而在远处,忽而在身边,像蝙蝠似的围着我绕来绕去：

"他们是无神论者，绝不是造神论者……"

但是，我记得，我心中最沉重、最有分量的念头要算是那种沉闷的静谧感了，这种感觉是那么懒散、那么深沉，像浑浊的深潭一样。一个个无言的思绪在这深潭里沉重而痛苦地游动着，像胆怯的鱼儿，挣扎，翻滚，却钻不出这闷人的深坑，浮不到水面上来，见不到阳光。

身外之事全然不在我的心上，就是与人们的来往，在我脑海里也跟在梦里一样模糊不清。

我不知怎么就稀里糊涂地来到了鄂木斯克附近的乡村集市，到了那里，才如梦方醒……

尘土飞扬的大路旁，地上坐着一个盲人，他在唱歌，给他引路的人跪在他身边拉着手风琴给他伴奏。老人用空荡荡的双眼望着天空，用嘶哑的声音唱出动听的歌曲，歌唱古老的往事：

　　沙皇伊凡·瓦西里耶维奇在位的时候……

手风琴拉出低沉的长音：

"呜—呜—呜……"

我坐在盲人身边的地上，他把手伸给我，握了握，放开了，又接着唱起来：

　　季莫费耶夫有个儿子，名叫叶尔马克……

"啊—啊—啊……"手风琴伴和着。歌者的周围慢慢聚集起默默的人群，低垂着头，认真地聆听着古老的歌曲。

一股暖流向我吹来，我发现人们向我投来好奇的目光，有人问道：

"这个人不唱吗？"

"等等，他一会儿唱！"

过去，我常常听到强盗歌曲，但不知道是谁编的，也不知道歌中反映的是谁的心情，这次我听明白了其中的含义。古老的民族成千上万张口编出来的歌儿似乎在对我说：

"你这个人呀，尽管你陷害我犯下了弥天大罪，可为了你小小的功绩，我饶恕你！"

人们越来越好奇地盯着我，燃起了我胸中熊熊的烈火。

老人唱完了，我站起来，说：

"教徒们！从前有个强盗，他欺侮老百姓，掠夺老百姓……后来，他良心发现了，为了拯救自己的灵魂，他想用自己强大的力量为老百姓做点事，他做了！可是现在，你们大家就活在强盗们的手心里，这些强盗挖空心思地掠夺你们，可是，你们见过他们有一点点良心发现吗？他们为你们做过一点点好事吗？"

人们密密麻麻地把我围了起来，像是拥抱着我，他们这种热情的表示给我的话增添了力量，使这些话更显得有声有色，显得很美，我沉浸在自己的演说里，忘却了一切，我只是觉得，我在大地上，在人们中间站稳了脚跟，人们把我高高举起，并暗示我道：

"说吧！把你见到的一切真理都说出来吧！"

警察自然是光临了，而且大喊大叫地驱赶着人群："散开！"他盘问我说了什么，要查看我的身份证。人群像阳光下的乌云悄悄消散了；警察感兴趣的是我讲了些什么。

有些人回答说：

"讲的上帝……"

"就那些，天南地北……"

"主要是讲上帝……"

一个苦力工人站在旁边的大车前面，目不转睛地盯着我，亲切地微笑着。可警察却抓住我的领子，我想从他手里挣脱出来，这时我看见人们在斜眼望着我，那眯缝着的眼神似乎在问：

"看你现在说什么？"

他们这种不信任的表示使我渐渐失去了勇气。

不过,我马上又恢复了信心。我拨开警察的手,对他说:

"你想知道我讲了什么吗?"

于是,我又讲起生活中种种不合理的事情来。集市上的人们又往我这儿聚拢,霎时间人山人海,警察陷入人群之中,人们把他挤了出去,不见了。这时,我想起科斯佳和工厂的小伙子们,我感到自豪和极大的欣慰,我又充满了力量,又像在梦中一样了……突然,警察吹起哨子来,各式各样的面孔一闪而过,无数双眼睛里闪动着怒火,人们像一股热浪在翻腾,推拥着我,在他们中间我感到格外轻松。有人抓住我的肩膀,在我耳边说:

"走,走!"

他们推着我往前走,推着我……一会儿我已经出现在一个院落里,那个黑胡子苦力工人站在我身边,还有一个头上没戴帽子的小伙子。黑胡子说:

"跳过篱笆!"

我跳了过去,又跳了过去,我觉得既有意思又痛快。

"啊哈!"我心想,"你们要怎么办呢?"

黑胡子又催促我:

"快点,同志,快点!"

我一边跑一边问:

"你们是什么人?"

他说:

"就是那种人!"

没戴帽子的小伙子跟在后头,一言不发。我们穿过菜园,来到谷地,谷底有一条小河急速地向前流去,树丛里有一条蜿蜒的小路。黑胡子拉住我的手,望着我的眼睛,笑着说:

"喂,一路平安!费久科送你到安全的大路上去,走吧!"

小伙子对他说:

忏　悔

"你也赶快离开这里,他们会抓到你的!"

黑胡子一猫腰,钻到山里去了。我和费久科沿小河往前走。

我问:

"他是什么人?"

"流放犯,铁匠。也是因为政治。"

我说:

"我知道这种人。"

我很高兴,他却默不作声。

我打量了一下这个小伙子:圆脸,翘鼻子,像石雕一样,一双灰色的金鱼眼。他说话声音很低,走路没有声响,全身挺得笔直,仿佛在伸着耳朵听什么动静或是头顶上有一股强大的力量提留着他。两只手倒背着,那样子很像我的岳父。

"你是本地人吗?"

"我给神甫当长工。"

"你的帽子哪儿去了?"

他摸了摸脑袋,看了我一眼,问:

"你要它干什么?"

"你这样光着脑袋,晚上会冷的……"

他停了停,不高兴地叨咕说:

"见它的鬼去吧!让帽子见鬼去吧!保住脑袋瓜儿就行了!"

峡谷越来越深,小河哗哗的流动声更加响亮,黄昏从树丛中降临了。

我有些疑虑,但又觉得很愉快,我很想跟人说说话。我问:

"你们这儿只有一个流放犯吗?"

这时,小伙子像敞开了大皮袄,把心里话都掏出来了。他慢条斯理、闷声闷气地唠叨起来:

"四个。一个是从莫斯科来的老爷,三个顿河工人。有两个很老实,不爱说话,爱喝烧酒。那位老爷和这个拉季科夫倒爱跟大伙说说。

425

不过是偷偷说,暗地里说。在大庭广众之下,眼下还不敢。他们人很多,到处都是。我是比尔斯克人,叫费多尔·米季科夫。在这儿已经待了四年多了。这期间,他们总共有十一个人。在奥列欣有八个人,在希什科有三个人……"

他数了很久,一直数了六十来人;数完之后,想了想,又转动着手指头,说:

"他们中间还有庄稼人呢!他们说的话都一样,都说现在这种生活不合理,叫人受不了。我没听到这些话之前,稀里糊涂地过日子。可如今呢,我懂了,像我这样的矮个子也得弯腰低头过窝囊日子,他们这些人的话的确说得不错,这日子是叫人受不了。"

小伙子讲话很吃力,每个字都像是从脚底板下面揪出来的一样。他宽肩膀,很结实,走在我前面,也不回头看看我。我问:

"识字吗?"

"学过,都忘了。现在又从头学。没什么,我能学会。需要学就能会。是需要呀……要是只有老爷们说日子不好过,那就去他的吧!他们跟咱们不是一条心。要是咱们自己的弟兄,穷工人这么说,那准没错儿!走着瞧吧!平民百姓出身的人比老爷们强得多。这就是说,全人类的事业开始了。他们是这么说的,全人类的事业。全人类也有我一份儿,当然我要跟他们一块走了。所以,我想……"

听着他的话,我对自己说:

"学着点!马特维!"

然后,对他说:

"有什么好想的,这是上帝的事儿!"

他站住了,像个木桩子似的钉在地上,我收不住脚,一下子撞在他的背上。他朝我转过脸来,严厉地问:

"你说是上帝的事儿吗?我也正琢磨这事儿呢!按老规矩谁也得尊敬天父!人家说,谁的权力都是上帝给的。是按神的旨意定下来的。照这么说,要改变老规矩也得上帝降旨呀!可上帝的旨意在哪里呢?要立新规矩神又不显灵,根本不显灵!一切还是老规矩。听说在下诺夫戈罗德城挖出了圣尸①,出了奇迹;不过,都说圣尸是假的,听说谢拉菲姆是灰白胡子,可挖出来的是红胡子。问题不在胡子,这是一件奇迹呀!出奇迹了吗?出了!可是,拉季科夫他们不承认这是奇迹,他们认为所有的显灵之类的征兆都是骗人的,还说,都是迷信才造出这些怪事来的。当时我还傻里傻气地想打断他们,不让他们扰乱人心呢!"

他又停下了。黑夜在他周围从地面上升起来。小路陡峭地往下伸延,小河流得更快了,树丛轻轻地摇曳,发出沙沙的响声。

我小声对他说:

"兄弟,走吧!"

他又往前走了。黑暗中,他脚步很稳,可我却不时撞到他的脊背上。

他像石头一样向下滑去,寂静中传出他那低沉而又令人惊恐不安的话语:

"要是我信神,那就全完了!我不是个软心肠的人,不是!我兄弟当兵的时候自杀了,我姐姐在比尔斯克附近的巴什基尔人那里当女佣人,跟主家生了个罗圈腿的孩子,都四岁了,还不会走路。她胡闹毁了自己。现在她连个安身的地方都没有。我父亲是个酒鬼,我大哥把土地都占了,我离开了家……"

我们在潮湿、黑暗的树丛中间转来转去,小河时而流向离我们很远的深谷,时而又涌到我们脚下。夜鸟从头顶上无声地飞过,空中是满天的星斗。我想快点走,可我前面这个小伙子却不慌不忙,不停地唠叨,仿佛数落着自己的心事,一件件掂量着它们的分量。

"那个黑胡子,拉季科夫,是个好人!他是个按新规矩过日子的

---

① 一九〇三年在下诺夫戈罗德城(今高尔基市)发现一具尸体,据说是圣徒谢拉菲姆·萨洛夫斯基(1759—1833)的遗骸,可是实际上圣徒谢拉菲姆的葬地在唐波夫省北部的萨洛夫斯基小修道院。

人。他常常替受欺负的人打抱不平。有一回,警察用棍子打了我,他当时就把警察打倒在地。关了他十五天禁闭。我们就是这么认识的。他出来以后,我问他:'你怎么敢违抗上司呢?'他当时就给我讲了他的道理。我到神甫那儿忏悔的时候说,出了这件事。神甫对我说:'啊哈!原来你脑袋瓜里转的是这些念头呀!'结果拉季科夫被抓起来解到城里蹲了三个月监狱,我蹲了十九天。在监狱里他们审问我:'他说了什么?'我说:'什么也没有说。'他们问我:'他教了你什么?'我说:'什么也没有教。'我也不是傻瓜呀!拉季科夫回来以后我对他说:'原谅我吧,我干了件蠢事。'他只是哈哈大笑,说:'没什么!'"

我的旅伴沉默了片刻,又压低声音,用一种新的语气说:

"他对什么事情都不在乎。他咯血,他说:'没什么!'他没吃的,也说:'没什么!'"

他突然骂了一句娘,转过身来面对着我,从牙缝里挤出了下面这些话:

"我什么都想得开。我兄弟没了,我想,当兵的人这种事情常常发生。我姐姐的事儿,也不少见。可是,为什么把拉季科夫这样好的人折磨得吐血,我怎么也弄不明白。我像一条狗似的跟着拉季科夫,他让我到哪儿我就到哪儿。他管我叫'大地'……'大地',他说着就大笑起来。我看着他经常受折磨,心里跟刀绞一样。"

他又骂了一句娘,像一个喝醉了酒的修士。

我们来到谷口,峡谷的两壁已经沿着田野敞开,越来越低,与黑夜融合在一起了。

"喂,"送我的小伙子说,"咱们该分手了!"

他告诉我前面的路怎么走之后,就调转身去,隐没在黑暗之中了。他头上没戴帽子。

寂静中他那沉重的脚步刚一消失,我就坐在地上,再也不想往前走了。

凉爽的黑夜像油一样浓重,它紧偎着大地沉睡着。天上没有星星,没有月亮,周围没有一点亮光,但我心中却感到温暖,明亮。送我的小伙子讲的那些令人惊心动魄的话在我脑海里鸣响。他这个人很像一座铜钟,被埋没在地下已经很久了,钟上盖满了泥土,锈迹斑斑,钟声虽然低沉,但却是新的音响。

我又想起那天村民们站在我面前,严肃、细心地听我讲话的情景,一张张忧心忡忡的面孔一闪而过,把警察老爷挤走,把我藏了起来。

"怎么会发生这样的事呢?"我觉得很奇怪,我简直不相信这是真的。

我又想:

"这个小伙子在寻找奇迹,其实,他自己就是奇迹,因为他在生死关头还能够爱护别人!听我讲话的人们也是奇迹,因为,他们虽然长期受人愚弄、迷惑,但是,他们既没有聋也没有瞎。米哈伊拉和他的同志们,那就是更大的奇迹了。"

我的思绪平静而通畅地流动着,这对我来说是不寻常的,也是不多见的。我仔细地审视着自己,悄悄地在心里搜寻着,找一找心里还有没有不安、争执和疑虑。我在静默无声的黑暗中笑着,一动也不动,生怕惊散那充满了我心田的、我感到陌生的欢乐。对这种难得的、令人惊叹不已的内心充实感,我既相信,又不敢相信。

在我迷惘的心中,好像有一只洁白的鸟儿,在我不知不觉中就早已睡在那儿,我偶尔碰了它一下,它醒来了,扇动着轻盈的翅膀,迎着晨光柔声歌唱,这热情的歌儿融化了我心中疑虑的冰块,将坚冰化成了深情的泪水。我很想说些什么,很想站起来,想走,想唱,想遇上一个什么人紧紧地拥抱他!

我眼前出现了约纳容光焕发的面孔,米哈伊拉善良的目光,科斯佳严峻的笑容。所有我认识的、和善的新人都在我的记忆中复活了,都聚集在我的心中,使我的心胸越来越开阔。这一切是多么美好啊!

耶稣复活节晨祷的时候,我常常是这样爱自己、爱他人的。我坐着,浑身颤抖着,心里想:

"主啊！这不是你吗？至善至美，我的欢乐和幸福，难道不是你吗？"

四周一片黑暗，黑暗之中出现了信徒们闪闪发光的面孔，四周静悄悄，只有我的心在默默地歌唱。

我用双手抚摸着大地，如醉如痴地用手掌拍打着它，仿佛大地是我心爱的骏马，它已经感觉到我对它的抚爱了。

我坐不住了，站起来，穿过夜幕，继续往前走。我想起了科斯佳的话，我想起了他那纯真严厉的目光。我在令人陶醉的欢乐之中走着，一直走到深秋，我到处乞讨，用我的心灵去募化人世间慷慨的、新的布施。

在鄂木斯克车站上，我看见许多乌克兰移民。这是一支伟大的劳动大军，他们的尸体盖满了大片的土地。我走在他们中间，听他们讲那软绵绵的南方话。我问他们：

"你们千里迢迢来到这里，不嫌远吗？"

一个头发花白、累得腰弯背驼的人回答说：

"只要脚下有块地就行，有了地，也就不管它远不远了！这世道，靠卖力气混饭吃的人真难哪！照这样下去可怎么过呢？！"

从前，这样的伤心话会像灰烬一样堆在我的心里，现在，它们却像熊熊的烈火在我胸中燃烧。因为，如今，民众的痛苦就是我的痛苦，民众没有自由，我心里就感到悲伤。

人们没有地方也没有时间使自己得到精神上的成长，这当然是可悲的，不过，这对于在精神上超出他们的人来说，也是危险的，因为，尽管某个捷足先登的人跑到前面去了，可是绝大多数的人却望尘莫及，自然也就不会用自己的力量去支持这种先行者，先行者成了孤家寡人，也就只能在自己愿望的火焰中无谓地化为灰烬。

我学着乌克兰人的柔和腔调，对他们说：

"人民为了找到一块能自由地为建立合理的生活发挥力量的地方，世世代代在大地上东奔西走；你们这些人世间理所当然的主人，究竟为什么要整年东奔西走呢？是谁剥夺了人民，剥夺了这大地主宰的立足之地呢？人民本是大地之王，是谁篡夺了他们的王位把他们赶下了宝座呢？是谁逼得他们背井离乡四处漂泊呢？要知道，人民是一切劳动成果的创造者，是在大地上培植一切美好事物的出色的园丁呀！"

人们的眼中燃起了火花，这火花中闪现出人们那觉醒了的灵魂，我也变得心胸开阔目光敏锐了；一看到人们面带疑虑，我就马上为他们排忧解难，一发现人们心怀不信任，我就立刻驱散他们心头的阴云。我从我面前敞开的一颗颗心灵中汲取力量，又运用这汲取来的力量把人们的心连在一起。

一个人如果能用自己的语言说出人们共同的心声，说出埋藏在每个人心灵深处的人之常情，人们的眼中就会闪射出震撼人心的光芒，使你感到更充实，使你感到更有力量，使你向更新的高度飞翔。但是，你切不可把这一切都归功于自己，这恰恰是因为你从周围的力量源泉中吸取了无数的热和光；一旦人们散去，一旦人们的共同精神消失，你就又会变成一个跟大家一样的平平常常的人了。

虽然我还不知道我的新的上帝是谁，可是我已经敲响了召唤人们来做新的弥撒的小小晨钟，召唤人们来为新的生活祈祷。

在兹拉托乌斯城，节日的广场上，我又做了一次演讲。警察又来干涉，又要抓我，又是民众掩护了我。

在那里我认识了一些非常了不起的人；其中有一个叫亚沙·弗拉德金，他是神学院的学生，现在是我的好朋友，而且一辈子都是我的好朋友。他不信上帝，可是特别喜欢宗教音乐。他常常用风琴弹奏赞美诗，一边弹一边淌眼泪。他就是这么个可爱的怪物。

我笑着问他：

"哭什么呀，你这个异教徒，骗子？"

他挥舞着双手，大声对我说：

"因为高兴！因为我预感到人们即将创造出伟大的美！在这样忙忙碌碌、艰难肮脏的生活里，在人们还像一盘散沙的情况下，已经能创造出这么伟大的奇迹,那么,一旦人们在精神上得到解放、整个世界都用赞美诗和音乐来抒发自己那伟大心灵中燃起的热情时,大地上将会出现什么奇迹呢?"

他从现在谈到未来。他对未来的一切可说是了如指掌,成竹在胸,他自己也为自己那丰富的想象而惊奇。我在许多方面都受益于这位朋友,就像我受益于米哈伊拉一样。

我遇见过许多非常好的人,他们把我介绍给自己人,从一个城市送到另一个城市,我仿佛沿着火红的路标向前走着。他们所有的人心里燃烧的是同一个信念。要列举出他们有多少不同的个性,要表现出他们精神上达到一致时的喜悦心情,那是不可能的。

生活是多么美好啊!俄罗斯人民是多么伟大啊!

在我来到喀山省的时候,内心里经受了最后一次冲击,就像教堂完工时那最后的一锤一样。

那是在谢季米奥泽尔修道院①。人们捧着十字架排成长长的行列去迎接显灵的圣母像:等待着从城里把圣母像接回修道院。这是一个隆重的日子。

我站在湖边一座小山上观看:周围人山人海,人们前呼后拥着,像黑色的浪潮涌向修道院的大门,撞击、拍打着修道院的墙壁。太阳就要下山了,秋天的落日显得格外鲜红耀眼。修道院的钟群像鸟儿一样扇动着翅膀,好像要随着自己的歌声飞去,四周,鲜红的阳光洒在光秃秃的人头上,就像是一朵朵重瓣的罂粟花在随风摇曳。

人们在修道院门口等待着圣母显灵:一辆不宽敞的马车上一动不动地躺着一位年轻姑娘,她的脸像白蜡一样凝固不动,灰眼睛半闭着,她身上惟一有生气的东西就是那长长的、微微颤动着的睫毛。

她父亲在她身边。那是一位高大的男人,秃顶,白胡子,大鼻子,还有她母亲,一个圆脸的胖女人,她挑起眉毛,张大眼睛,手指动来动

---

① 该修道院距喀山十七俄里,建于一六一三年。

去,注视着前面,好像她马上就要拼足全身的力气尖叫起来。

人们围拢来,望着病人的脸。她父亲抖动着胡子,有气无力地说:

"行行好吧!教友们,为这可怜的孩子祈祷吧!她瘫痪了三年多了;求求圣母开恩吧!为你们所做的虔诚的祈祷,上帝会降福给你们的,帮帮我们这做爹妈的消灾去难吧!"

看样子,这位父亲早就带着女儿到各处修道院求过神,而且已经没有治好的希望了;老头子不住口地哼哼唧唧,说的都是同样的话,这些话听起来已经毫无感情。人们听了他的申述,就只有叹息,画十字。姑娘的睫毛微微颤动着,使得她那忧伤的眼睛稍稍有了些生气。

我大概不止见过二十个衰弱的女孩子,几十个患歇斯底里症全身抽搐的女人和各种各样虚弱的人,我总是感到过意不去,替她们抱不平,我怜惜这些软弱无力的可怜人,我怜惜这些等待奇迹却什么也得不到的人们。但是,我从来也没有像现在这样产生如此强烈的同情心。

无言的强烈的哀怨滞留在女孩子苍白的半死不活的脸上,无声的忧愁深深地笼罩着妈妈的心。我很难过,随即走开了,可是我忘不了。

千百只眼睛望着远方,温和、纷繁的低语声像云朵一样在我周围浮动:

"请来了,请来了!"

人群像黑色的海浪,吃力地向山上涌去,金色的神幡在人们头顶上闪着红光,放射出一束束明亮的火花,圣母像如同一只火红的鸟儿,在阳光下和谐地飘舞,飞翔。

千百人发出了强大的呼唤,人群中扬起了浑厚的歌声:

  慈祥的救世主,至高无上的圣母!

低沉的喊叫声打断了歌声:

"快走!快点走!快走!"

四周是暗绿色的树木,湖泊在林海的环抱中露出了愉快的笑脸,红太阳在林涛中缓缓地淹没,渐渐地消失,教堂的铜钟低沉欢快地鸣响着。周围是一张张忧愁的面孔,是低微忧伤的祈祷声,是泪水模糊的眼睛,是一只只画十字的手在轻轻闪动。

我感到孤独。面对这眼前的一切,我就像行人痛苦地徘徊在迷途之上,心中充满了无可奈何的绝望之感,疲惫不堪地等待着上天的恩赐。

人们从山下走来,一个个灰尘满面,汗流如注;喘着粗气,惊异地东张西望,却好像一无所见。他们你推我拥,东倒西歪地站立不稳。我怜惜这芸芸众生,怜惜这消散在空中的信仰的力量。

无休无止的人流。

激动、阴郁、仿佛带有责难味道的巨大喊声在空中扩散着:

"降福吧!大慈大悲的圣母啊!降福吧!"

又传来了低沉的催促声:

"快走!快走!"

尘土飞扬中闪动着千百张黑黝黝的面孔,千百双宛如银河星斗一样的眼睛。我发现,这千百双眼睛,仿佛是一个渴望神灵赐福的人内心里迸发出来的点点火花。

人们挽着手臂,紧紧地靠拢在一起,结成一个整体,向前走着,走得很快,好像他们的路程很远很远,然而,他们准备一步不停地走到终点。

我的心被奇特的惶惑情绪搅扰得剧烈地颤抖着;约纳的名言像闪电一般掠过我的心头:

"造神者是民众啊?!"

我冲过去,扑向人群,从山上向人群跑去。我跟大家一起往前走,一起放声高唱:

降福吧,大慈大悲的圣母啊!

人们拉住我,拥抱我,我融化在千百人炽热的呼吸之中,向前飘去。我个人已化为乌有,我的脚下也没有土地,就连时间也不复存在了,有的只是欢乐,像天空一样广阔无垠的欢乐充满了我的心头。我被强烈的信仰之火烧化了,像周围同我一起飞翔的人们一样,既平凡又伟大。

"快点走!"

民众在大地上空不可阻挡地向前飞去,准备越过一切障碍和深渊,战胜一切疑虑和恐惧。

记得,突然,我身边的一切都停了下来,人们现出焦急不安的样子。我走到那辆载着瘫痪姑娘的马车旁边,耳边传来嘈杂的喊声和絮语:

"祈祷吧!祈祷吧!"

人们心急如焚地推拥着马车,姑娘的头软弱无力地摇来摇去,一双大眼睛满怀恐惧地张望着。几十双眼睛向姑娘投去了抚慰的目光,在她滚烫的身躯上汇集了千百人的力量,这力量体现了祝福姑娘康复的强烈愿望。我注视着姑娘目光的深处,我的心跟大家一样。非常希望她站起来,不是为了我,也不是为了她,而是为了那主宰一切的力量,在这种力量面前,不论是我,也不论是她,都只不过像大火中的羽毛一样,转瞬即逝,微不足道。

民众像雨露滋润大地似的,用自己的心血浇灌着姑娘那干枯的躯体,时而对她低语,时而向她呼叫:

"你快起来吧,亲爱的,起来!把手抬起来,不要怕!你快起来,大胆地站起来!姑娘,快起来!亲爱的,把手抬起来呀!"

她那毫无生气的脸上升起了红云,一双惊奇、快乐的眼睛睁得更大了。她慢慢动了动肩膀,顺从地举起颤抖的手臂,又把手伸向前方,大张着嘴,她很像一只第一次飞出巢穴的小鸟儿。

这时,周围发出了一片叹息声,就像斯维亚托戈尔①朝大地这座铜

---

① 俄罗斯传说中的勇士,力大无比。高尔基曾经说,这个形象是人民对于人的强大力量的艺术概括。

钟猛力一击发出的轰鸣似的,人群为之一震,身体摇晃了一下,七嘴八舌地喊叫起来:

"站起来!帮帮她!姑娘,站起来!把她抬起来呀!"

我们扶住姑娘,把她从车上抬下来放到地上,小心翼翼地搀着她,她像风中的谷穗样,弯着身子,惊叫起来:

"亲人们,天哪!噢,圣母!亲人们!"

"走呀!"人们喊叫道,"走!"

我忘不了那张流淌着汗水、泪水和布满尘土的脸,那双饱含着泪水的眼睛威严地闪耀着神奇的力量,流露出自信能够创造奇迹的决心。

康复了的病人悄悄地走在我们中间,信赖地把自己的身躯紧靠在众人身上。她微笑着,一身洁白,像朵绽开的鲜花。她说:

"放开我,我自己走!"

她停下来,摇晃了一下,向前走去。她像走在扎脚的针毡上一样,但是,她是自己迈步走着,虽然有点儿害怕,可她却像孩子似的爽朗地笑了。她周围的人们也像孩子似的高兴,像孩子似的可爱。她很激动,身子颤颤巍巍的,她把两只手伸向前方,伸向那充满人民力量的空间,千百双明亮的目光从四面八方给她以鼓舞和力量。

在修道院门口,我已经看不见她了。当我稍微清醒一些之后,环顾了一下四周:到处是节日气氛,震天动地的喧闹声,轰鸣的钟声,人们庄严的谈话声此起彼伏,鲜艳的晚霞在游动,湖面上辉映着红色霞光的倒影。

有一个人从我身边走过,微笑着问道:

"看见了吗?"

我抱住他,吻他,像亲吻我久别重逢的兄弟,我们彼此再也说不出一句话来;笑着,默默地分手了。

……夜晚我坐在湖边的树林里,还是我一个人。但是,现在我已经在精神上同人民紧紧地联结在一起了,永远同这大地的主宰和奇迹的创造者紧紧地联结在一起了。

忏 悔

  我坐在那里回味着:我是怎样把我的所见所闻和所体会到的一切,像汇集火种似的汇集到一起,又是怎样在我心中燃成了一股炽热的火焰,而且这火焰的光芒与全世界的熊熊烈火相辉映,这就使世上的一切都具有了某种神奇的力量,充满了伟大的意义,鼓舞着我像从前世界吞噬我那样去吞掉整个世界。

  我找不到能够表达这一夜欢欣情绪的言语,我独自一人,在黑暗中用自己无限的爱去拥抱整个大地。我登上了我生活历程的高峰,我看见了整个世界奔流着火山岩浆般的无穷活力,这活力滚滚向前,汇成了一股不可阻挡的洪流,只是这洪流指向的目标,却是我所达不到的。

  但是,值得高兴的是,我明白了,我所达不到的这个目标正是我精神不断成长的源泉,正是世界崇高的美无限增长的源泉,在这无限之中,蕴涵着一个人的无穷乐趣。

  第二天早晨,我觉得太阳也似乎与往日不同了:我看见它小心翼翼地、温和地熔化着黑暗,把黑暗熔尽,把大地从黑夜的笼罩下解脱出来了。瞧,大地身披绚丽的秋装出现在我的面前。大地啊,你是人们进行伟大创造和争取自由斗争的绿色原野,你是人们高举十字架走向真善美的神圣土地。

  我看见了大地,我的母亲,在星群之间,骄傲地用她那大海一样的目光注视着无限深远的天际。我看见了大地,她像一只斟满了鲜红、沸腾的人血酒浆的酒杯,我也看见了她的主宰,那就是无往而不胜的、不朽的民众。

  民众用伟大的行动和愿望来振奋人世的生活,我于是祈祷说:

  "你是我的上帝,诸神的创造者,天地间所有的神都是你在劳动和永不停息的探寻中用自己精神的美创造出来的!

  "除了你以外世界上没有别的神,因为你是惟一的神,显灵吧!"[①]

  "这就是我的信仰,这就是我的忏悔!"

---

  ① 出自《旧约·出埃及记》第二十章第三节,但原经文是:上帝在西乃山向摩西显灵,对摩西说:"除了我以外,你不可有别的神。"

……于是,我又回到现实中来,在这里,人们为了在世界上创造一个上帝这件了不起的大事,正把自己的亲人从愚昧和迷信中解脱出来,正把民众聚拢到一起,使他们认清自己的真谛,帮助他们意识到自己的力量,给他们指明融为一体的惟一正确的途径。

奥库罗夫镇

付 克 译

《奥库罗夫镇》是高尔基以描写沙俄时代外省城镇小市民生活为主题的三部曲中的第一部。写于一九〇九年,最初分两次发表在同年和翌年《"知识"社文集》第二十八和二十九辑,并于一九一〇年在柏林出版单行本。

译自《高尔基三十卷集》第九卷。

> ……一个偏僻、落后的县城①。
>
> 费·米·陀思妥耶夫斯基

起伏不平的原野上,像一道道鞭痕似的布满灰蒙蒙的道路。五颜六色的奥库罗夫镇坐落在原野的中央,像一个奇妙的玩具,托在一只宽大的、满是皱纹的手掌上。

普塔尼察河从密密的"黑色云杉林"中懒洋洋地流出来,蜿蜒曲折地穿过开垦过的丘陵,流进镇子,把镇子均等地分成两半:一半叫希汉区,住的是有钱有势的人;一半叫后河区,住着下层小市民。

河水劈开镇子,向西南方流去,消失在红褐色的利亚霍夫沼泽。沼泽地上空黑压压的云彩像猫脊背上的毛似的耸起。一排浓密宽阔的小树林伸向蓝灰色的远方。通往省城的大道从东边的丘陵顶上越过,上面几棵被雷劈了的老树高高地映在苍白的天空里。

原野上除了这个大镇子以外,还有一个不大的沃耶沃金村,坐落在"黑色云杉林"的边沿。这个村子也分为两部分:北边是破衣庄,东边是巴勒梅雷庄,也叫红方块庄。这就是奥库罗夫镇四周的环境。

这里水分充足,夏天的空气温暖而潮湿,郁闷并带有浓烈的芳香;天空苍白而混浊,好像罩上了一层蒙蒙的水汽;太阳暗淡无光,晚霞殷红如血,初升的月亮既大又红,红得像一块生肉。

秋天,灰蒙蒙的阴霾一连几周笼罩在镇子的上空,倾盆大雨浇着屋顶,汹涌的水流冲刷着街道,波涛滚滚的河水变成了红褐色。镇子沉寂了,人们非万不得已是不出门的,都坐在家里静候第一场冬雪,打

---

① 陀思妥耶夫斯基的作品里没有这样一句话;只是在《罪与罚》里有"在远方一个落后的县城里……"这样一句,看来是高尔基将它作了改写。在高尔基个人收藏的《陀思妥耶夫斯基全集》里,这句话被勾了出来。

骨牌,玩纸牌,听朗读圣书或宗教故事,有的人家也朗读一些普通书籍。冬天的鹅毛大雪又密又厚,埋没了镇上的街道,甚至快把屋顶埋住了。原野上,夜里能听到凄厉的狼嗥;星星变大了,一颗颗发出寒森森的青光,不吉祥的金星像绿宝石似的闪着碧绿的光芒。

镇子的形状像坟前的十字架:下端是女修道院和墓地,上端是被普塔尼察河隔开的后河区,左边是一座因年深月久变得灰暗了的监狱,右边是布勃诺夫老爷家一座荒芜的庄园——一所墙壁灰泥已经脱落的、破烂不堪的大宅子。屋顶的橡木裸露,像一匹被狼啃过的马的肋骨;窗户用木板钉着,透过窗户的罅隙可以看到屋里空荡荡一片漆黑。

镇里的希汉区有六千居民,后河区只有七百人左右。除了女修道院外,还有两座教堂:一座是新建的白色的彼得保罗礼拜堂;一座是用木料建成的古老的尼古拉·米尔利基斯基教堂。这座教堂有五个不同颜色的圆球结顶,两侧是砖砌的扶壁,还有一座像钟裙式的低矮的钟楼,这钟楼不久以前才涂上了蓝色和黄色。

镇里的小市民很机灵,一个个都吃得饱饱的。他们在县城的集市上买卖布匹和其他货物,为省里收购大麻、棉纱、鸡蛋、牲畜和干草。他们的妻子和儿女用各种颜色的毛编织拖鞋、女靴、披巾、毛衣和旅行袋。她们早在修道院办的小学里认字的时候就学会了这种手艺。这个镇子的编织业是有名的,编织品一般都送到马卡里亚集市①上出售。大概由于从事这种工作的缘故,居民们都喜欢把自己的房屋涂上鲜艳的颜色。

镇上的主要街道滨河街,或者叫河岸街,是用大鹅卵石铺成的。春天,当石缝里长出嫩草的时候,镇长苏霍巴耶夫就把那些身着灰衣、体格高大、笨手笨脚的犯人叫来,这些人便默默无言地在街上爬来爬去把草连根拔掉。

滨河街上的房子整齐、漂亮,有天蓝色的,红色的,绿色的,差不多

---

① 马卡里亚集市,俄国最有名的集市,因最初是在伏尔加河马卡里亚修道院附近举行,故名。

都有一个小小的庭院。屋顶上有个小塔的白房子是地方自治会主席福格利的公馆;有黄色护窗板的红砖房是镇长的官邸;淡红色的房子是大司祭伊赛亚·库德里亚夫斯基神甫的住宅。此外还有一长列漂亮、舒适的房子,那里住的都是有权有势的人物,例如:喜欢唱歌的军事长官波基瓦伊科,他身躯肥胖,一脸大胡子,因此人称"马泽帕"[①];性情郁闷的税务督察官茹科夫,是个成天沉溺于狂饮的酒鬼;地方自治局长官、戏迷和剧作家施特雷黑尔;警察局局长卡尔·伊格纳季耶维奇·沃尔姆斯,以及当地票友戏班的优秀演员、无忧无虑的医生里亚欣等等。

只有著名的养花家、邮政局长库巴列夫和会计师马图什金住在斯特列利街。这条街的一端横过滨河街直通河岸,另一端通往修道院门前的市场。

镇子上有许多花园和庭院。枫树、山梨、丁香和槐树遮住了房屋的正面,一个个小窗户透过绿荫相互亲切地对望着。窗子上挂着洁白的窗帘,窗台上放着一盆盆天竺葵、耳环花和海棠,窗框上还挂着鸟笼。

希汉人的生活是愉快的,不愁吃穿。他们安分守己,服从官厅的指示,严格遵守旧习,但在必要时也能灵活地向新时代的要求让步:比如,看到女孩子太多,小市民们便决定创办一所初级中学。

"看来不能把所有的女孩子都嫁出去,那就让她们去当女教师吧!"

也有人说,最好再办一所完全中学:村里的人一年年地贫穷下去,靠做买卖为生越来越困难了,凭手艺吃饭也越来越不济事。孩子们到省里念书花费太多,可是还得让他们去念,因为医生、律师和所有有学问的人日子过得都很富足。

每逢节日,青年们就聚在修道院后边的野地里击圆柱,打棒球,玩

[①] 伊凡·斯捷潘诺维奇·马泽帕(1644—1709),第聂伯河东岸乌克兰地区的首领,大地主。

443

捉鬼游戏。他们的父母就坐在墙边草地上看他们玩,发思古之幽情。

每逢外来的魔术师和形形色色的流浪"演员"在"里斯本"大厅演出时,总是座无虚席。当地票友戏班的演出也颇能招徕观众。但是特别受欢迎的却是由"马泽帕"组织的当地合唱团演唱世俗歌曲的音乐会。这个合唱团冬天在"里斯本"大厅演出,夏天在镇子上的公园里演出。

穿过镇子的那段河流的红黏土河岸用木桩加固了。沿着河岸兴建了镇上的一个长长的公园,那里种着稠密的白杨、槐树和菩提树。镇长和波基瓦伊科掏钱在公园的中心地带修建了一座漂亮的凉亭,亭子顶上竖着一根木杆,每逢节日国旗便在木杆上迎风招展。从凉亭到河岸修了两道台阶。夏天,河岸下边搭着游泳棚:蓝白条纹的棚子是福格利的,红色棚子是镇长的,用日晒雨淋褪了色的薄板搭成的灰色棚子是"公用"的。游泳棚倒映在河面上,呈现出五颜六色的斑点,河水轻轻地摇着这些斑点,犹如在揉洗花花绿绿的薄纱。

河对岸是平坦的沙地,上面盖满了后河人那些密密麻麻、杂乱无章的茅屋。茅屋陈旧得发黑了,腐朽的屋顶上长着斑驳的青苔。这些茅屋东倒西歪地立在沙地上,用病态的小眼睛绝望地注视着河水;窗户上小块小块的玻璃泛着白光,好像眼睛里的白翳。

在一片年久失修、被洪水冲得摇摇欲坠的平民们的房子中央,矗立着用红砖建造的亚历山大·涅夫斯基小教堂,它是已经绝后的地主布勃诺夫家的一位先祖修建的。此人因触怒了保罗一世而被流放到托博尔斯克,但途中被新沙皇的专使追上,命令他立即返回彼得堡,于是他就在专使追上他的地方修建了这座教堂。这座小教堂几乎有三分之一都被埋进垃圾和沙土里,许多砖瓦也被人们在斗殴或修建炉灶时拆走了,甚至一度是金光闪闪的铁十字架也弯曲了。如果不算旁边那座建在河流上游的"费莉察塔乐园",这个区就再没有任何像样的建筑物了。

每年河水泛滥的时候,后河区一带的房屋便被泡在水中,街上一片汪洋。于是后河人就爬上顶楼,从天窗口和屋顶上钓鱼,或者摘下门板当筏子,在街上和河里划来划去,你争我夺地打捞从林子里漂出来的木柴;夜晚,他们就去拆毁联结两区的桥上的栏杆。

春、夏、秋三季,后河人靠采集浆果、草莓,打猎捕鸟以及捆扎扫帚过活,往后就采蘑菇、越橘、绣球果、酸果。希汉区有人向他们收购这些产品。有三个人(其中包括西马·杰武什金)专做鸟笼和鸟舍。普什卡列夫一家织渔网。斯特列利佐夫家有一手绝技——用白桦树根做小匣子和小箱子。有七个人在苏霍巴耶夫的制毡厂做工,还有九个人是鞋匠。

制毡工人和鞋匠比其他人更能饮伏特加酒,因此受到所有人的瞩目和尊敬。逢年过节,那个最熟练的制毡工人,也是后河区最有力气的勇士之一格拉西姆·克雷利佐夫,往往会突然毫不留情地痛打他的崇拜者,并且放开嗓门喊道:

"你们要把我灌醉吗?该死的东西!我都快死在你们手里了,咳!"

于是,美男子兼头号好汉瓦维拉·布尔米斯特罗夫出来干预了。他把袖子一挽,教训格拉西姆说:

"住手,格拉西卡!你这个恶棍怎么能打那些喜欢我、尊重我的基督徒呢,嗯?你是舍不得酒钱还是怎么的?你可当心点!"

被制服了的格拉西姆哭着说:

"兄弟们,我不是舍不得钱,我是可怜自己,可怜我的命苦哇!"

镇里的希汉人和镇郊的后河人自古以来就互相仇视:吃得饱饱的希汉人认为后河人全是废物、醉鬼和小偷;而后河人却竭力用自己的实际行动去证实这一看法,并把镇里的希汉人叫做"守财奴"、"吝啬鬼"。

往往从米哈伊尔节①开始,双方就常常在冻结的河面上大打出手,这种搏斗要持续整整一个冬季,直到谢肉节②为止。后河区虽然有许

---

① 米哈伊尔节,在十一月八日。
② 谢肉节,在冬末大斋前的一周。

多知名的勇士,但是希汉人常常是一拥而上,以数量取胜,因而后河人总是吃败仗,在对方的追赶下从镇郊一直逃到掩埋死牲口的沙窝地"牝马谷"。

最常从镇里到后河区来的是警察:一发生盗窃案他们就来搜查,有时来收税,或查抄后河人的财产抵偿债务,有时是来制止频繁发生的殴斗。其他人只有在夜晚才来逛"费莉察塔乐园"。

这个"乐园"从前是沃耶沃金老爷家的庄园。它是一所破旧、黑暗、门窗都堵死了的住宅,断垣残壁占据了地面和空中的许多地方。靠河的一面,密密的白杨、柳树和桦树像一堵厚墙似的蔽掩着这所住宅;临街的一面围着石墙,墙上开有用橡木桩钉成的坚固的大门,大门的左边还有一扇笨重的耳门。耳门旁边用砖砌成的长凳上,有个大个子、红头发、没名字的人从傍晚开始就坐在那里,一直到天亮。后河人给他取了个外号叫切特赫尔。

切特赫尔之前的看门人是瓦维拉·布尔米斯特罗夫的弟弟安德列。可是他担任这个差事还不到两个冬天。因为天冷的时候,后河区的居民们像狼群一样跑到这座破破烂烂的住宅里来拆走一切能够烧炉子的东西,还糟蹋了许多物品,这主要不是因为有此需要,而是出于一种破坏的欲望,出于一种以可悲的恶作剧形式表现出来的朦胧的俄国式的绝望。安德列为了保护主人的财产,不得不挺身而出同自己的朋友,甚至同自己的亲哥哥作对,并为此肝脏被打伤而丧命。

临死时他沙哑地说:

"费莉察塔,我是为了你啊!永别了!"

费莉察塔用雪白的手掩住脸哭了。后来她体体面面地埋葬了她的保护人。在他的坟头上竖了一个很讲究的橡木十字架,长久地为上帝的奴仆安德列超度。不过,葬礼刚一结束她就不知到哪儿去了一趟,不久一个新来的看门人从此便稳稳当当坐在"乐园"的大门口了。这个人臂长腰阔,沉默寡言,刚来不久就同后河区的勇士克雷利佐夫、布尔米斯特罗夫以及佐西马·普什卡列夫交了手,并取胜了,使这些天不怕地不怕的后河人不得不对他那野兽般的力量表示佩服。

沃耶沃金家那带有阁楼、廊柱和阳台的宽敞的两层楼房坐落在杂草丛生的院子中央。房子的四周堆放着费莉察塔烧剩的木柴,园子里的树梢在废墟的上空凄凉地摇摆着。"乐园"在二层楼上,它那三扇窗的格子护窗板差不多总是关着。窗户上边被积雪压坏了的屋顶,活像老人胡须上边的鼻子。

隐藏在深院高墙后面的"费莉察塔乐园"的生活情况,后河人是无法看到的。夏天,镇里的希汉人从河对岸或者坐船到庄园里来,或者沿着河岸的灌木丛偷偷摸摸地溜过来;冬天,他们或者戴着长耳风帽,或者用大衣领子遮住脸,驾车穿过镇郊的街道而来。

人们知道费莉察塔家有三个姑娘——帕莎、罗佐奇卡和洛特卡,也知道希汉区那些阔佬当中来"乐园"最勤的一个是警察局局长帮办涅姆采夫,因为他的老婆有病,另一个是鳏夫,税务督察官茹科夫,再就是爱寻欢作乐的医生里亚欣。

人们还知道,当费莉察塔家的客人来得太多的时候,她就把后河区的妇女和姑娘找去帮忙;虽然人们都清楚常常被她找去的都有哪些人,但他们对自己的妻女干这种勾当却无所谓,因为可以用她们挣来的钱去买酒喝。

破衣庄、巴勒梅雷庄,以及县里其他村庄里那些大胡子庄稼汉都是些温驯的老实人,他们就是在白天也害怕从后河区的街上经过。要是非经过不可,他们就三三五五结伴而行。假如后河区的街上出现一辆大车,那些好奇的后河人往往不慌不忙地迎上前去,团团围住赶车的庄稼汉问:

"大叔,你卖的是什么东西?"

接着他们就上去看货,同时顺手牵羊,操走货物。如果庄稼汉叫嚷起来或口出怨言,就得挨一顿揍,当然不会太重。

夏天,每到傍晚后河人便来到同希汉区那个公园隔河相望的普塔尼察河岸的柳树下。他们在沙滩上躺的躺,坐的坐,不胜嫉妒地仰望河对岸那映着殷红色天空、轮廓格外清晰的教堂的淡蓝色圆顶,那灰色的、仿佛用铅浇铸的瞭望塔以及塔上的火警监视员的黑影,还有福格利家屋顶上那座被夕阳的余晖染成玫瑰色的小尖塔。公园里浓密的树荫像堵墙一样遮住了滨河街上那些五颜六色、令人羡慕的房屋的外貌,只让人看到屋顶和烟囱。不过,后河人透过树干和树枝的缝隙也能认出镇里那些希汉人,并以嘲笑的口吻懒洋洋地议论着希汉人生活中发生的事:谁打牌输了钱、谁赢了钱,谁昨天又喝醉了酒,谁这个礼拜打了老婆、为什么打、是怎么打的,等等。希汉区里的一切桃色新闻和买卖交易,一切争吵乃至人们的打算,他们都无所不知。

希汉人的生活情况是通过到那儿打短工的妇女们传开的。她们常去各家的菜园里锄草,去镇里各机关擦地板,到市场上出售或挨户兜售浆果、蘑菇。

后河人用含讽刺与敌意的口吻谈论和希汉区有关的各种事件,对他们自己的生活却很少议论,甚至懒得议论。他们最喜欢谈论的是那些一般性的、没有现实意义的、同奥库罗夫镇的生活风马牛不相及的各种话题。

他们喜欢唱歌。夏天,每当"马泽帕"的合唱团在公园里演出的时候,后河区的歌手瓦维拉·布尔米斯特罗夫和猎人阿尔秋什卡·皮斯托列特都要跟合唱团应和。

后河区的诗人西马·杰武什金有一次写了首诗来表达该区居民的感情:

　　　后面——森林蔽天,
　　　前面——沼泽遍地。
　　　上帝啊,可怜可怜我们吧!
　　　我们不愿再活下去。

> 烦闷,艰难,饥饿——
> 得不到一点慰藉!
> 许多人想长命百岁——
> 然而,这有什么意义?

> 如果能不愁吃喝,
> 也许还比较惬意……
> 可是活着竟是这样,
> 倒不如早见上帝!

大家公认后河区的第一号人物是亚科夫·扎哈罗维奇·季乌诺夫。

他是一个瘦骨嶙峋、青筋毕露的高个子,让人觉得他准是个动作迅速、口齿伶俐的人,不料他却行动迟缓,举止稳重,说话的声音平静而且有点喑哑。

他的经历是个谜:他在十四五岁时突然不知去向,有四五年没有露面,也没有给他父母和姐姐捎来任何音讯。后来,他突然被押解回来。他身体虚弱,阴沉干瘦的脸上只剩下一只左眼,牙齿也缺了。他背着一个背囊,里面有两本厚厚的皮面书。一本是《发明家的故事》,一本是《世界概况,又名小小剧场》。

那时,他的父母早已去世,他的姐姐把田产房屋卖掉后也到外地去了。亚科夫·季乌诺夫在产婆兼巫医达里尤什卡的家里住下来。这女人爱搬弄口舌,外号叫"风笛儿"。不知道亚科夫靠什么生活。他显然避免同人们来往,说起话来干巴巴的,好像不大愿意与人交谈;而且从不看别人的脸,总是眯缝着眼,神经质地甩着头,好像要把那只独眼藏起来。每天傍晚他独自在镇郊的田野里溜达,用一只黑眼睛凝视着大地,像所有瞎了一只眼的人那样,脑袋总是有点歪。

据达里尤什卡说,"独眼龙"在家里读他那两本厚书,有时自言自语。后河区的老太婆们称他是魔术家和巫师;年轻妇女们说他的心眼不正;男人们几次想追问他究竟是个什么人,但毫无结果。于是他们就向"独眼龙"要半桶烧酒,喝完了还想再要,被他拒绝了,他们就把他揍了一顿。几天以后,照"风笛儿"的说法,他又出去"找出路"了。

季乌诺夫再次回来时已经四十五岁。香瓜似的尖脑壳上已是白发苍苍;仿佛被烟熏过的皮包骨的脸上留着稀稀拉拉的花白胡子。这次,他那只乌黑的眼睛看人的时候不再像以前那样躲躲闪闪的了,而是一副严肃和若有所思的样子。

他仍然住在"风笛儿"家里。凡是人们聚集的地方他都去:冬天在蓝蝇酒家,夏天在河边。他会修锁,会焊茶炊,会翻改旧皮衣,甚至还会修理钟表。后河人当然用不着他效劳,即便有时要他干点什么,也只是款待一番作为报酬。但后河区的人都付给他现钱,因此他比后河区其他的人少挨饥受饿。

他的日子过得既有规律而又精细。清早,女人们喊醒她们的丈夫:

"起来吧,懒鬼!快八点钟了,'独眼龙'都到镇里去了!"大家还知道季乌诺夫总是晚上六点钟左右从希汉区回来。

每逢假日他都去做晨祷,接着去蓝蝇酒家喝茶,之后,在后河区的街道上到处都看得到他,直到深夜。他在街上慢慢走着,有时若有所思地用樱桃木手杖戳着沙地,东张西望地注意着每一个人,彬彬有礼地向所有的人问好,并且能够回答各种问题。他说的话都像是书上写的,这就增添了话的分量。

有一次,活泼的种菜女人菲姆卡·普什卡列娃被一位萍水相逢的情人痛打了一顿。她跑到季乌诺夫那里躲起来,痛哭流涕地向他诉说女人的苦命。"独眼龙"温和而感人地对她说:

"谢拉菲玛,你为什么像狗一样地又哭又叫呢!你应当保持做人的体面,不要跟那些野兽交朋友;你要挑一个比较温存、比较聪明的男人跟你过日子！你已经不是一个姑娘了，你应当明白：男人把任何同他们相好的女人都看作露水夫妻，所以你就得机灵一些，千万不要失身于男人，别让随便哪个过路人都来糟践自己，要珍视自己身上神圣不可侵犯的东西！"

后河区的女人把这番话牢记在心，她们说"独眼龙"是个正派人。由于这番话，他颇得妇女们的好感。

不过，他仍同过去一样，常常在月夜去镇郊的田野里溜达，歪着头喃喃自语。

后河区一些爱动脑子的人常常聚集在树荫下，向季乌诺夫提出各种各样刁钻古怪的问题。

总是由布尔米斯特罗夫开头。因为他感到自己在后河人眼中的地位快要被"独眼龙"取代了，所以毫不掩饰他对季乌诺夫的反感，挖空心思地要使他难堪。

"喂，季乌诺夫！听说你和制造假钱的案子有牵连，还因此吃了苦头，这是真的吗？"

"钱这玩意儿都是假的，""独眼龙"的一只眼紧盯着瓦维拉的眼睛，平心静气地说。

布尔米斯特罗夫不大自在，甚至有点发急了。

"怎么会是这样？如果我用锡混合玻璃粉做成卢布，再给它镀上水银，国家发行的卢布却是银子做的，那会怎么样？"

"那就会有两种卢布！"季乌诺夫声音有些喑哑地说。"不管是银的，还是锡的，作为卢布价格总是一样的。还有用纸做的卢布呢。这就是说，木头和泥巴也可以做卢布。可你要是用桦树皮做靴子，那就是骗人了！因为靴子是有用的东西，钱却是废物！"

他满有信心地说着，一只眼睛严峻地闪着光，周围的人不由得都沉思起来。

瘸腿小炉匠马尔克·伊凡诺夫·克柳奇尼科夫摸着自己光秃秃的额头和浮肿蜡黄的脸，声音沙哑地问：

"有时我想到俄罗斯,该怎样来认识俄罗斯呢?"

季乌诺夫不假思索地回答道:

"俄罗斯么?它无疑是一个很土气的国家。你算算看,它的省城只有四十来个,县城却有好几千!这就是俄罗斯。"

他沉默了一会儿,接着又补充说:

"然而,它是一个好地方。不过得弄清它究竟好在哪里,得看看它,看看俄罗斯,仔细地看看……"

"你是不是就因为看它才看瞎了一只眼睛?"布尔米斯特罗夫嘲讽地问。

克柳奇尼科夫眨巴着浮肿的眼睛,用手揉着鼻梁,像是在思考什么。

瓦维拉在地上躺不安稳,他翻了个身,又想出一个问题:

"喂,你常常谈论咱们小市民,"他严厉地说。"咱们小市民究竟有多少,你知道吗?"

"咱们就像天上的小星星,数不胜数。"

"胡说,六年前就有人数过!①"

"可能有人数过,谁数过谁知道。我可不知道。看来,咱们是难以得出结论啰?"他轻轻嘘了口气,微带嘲笑地补充了一句。

"为啥?"

"主要因为傻瓜都是天生的。"

布尔米斯特罗夫这下抓住找季乌诺夫碴儿的好机会,他委屈地叫道:

"难道我是傻瓜吗?"

克柳奇尼科夫、斯特列利佐夫和谦虚的、外号叫"和事佬"的佐西马·普什卡列夫出来劝这个美男子息怒。

克柳奇尼科夫使他安静下来以后,用一个手指抠着裤膝上的小窟

---

① 一八九七年俄国作过人口调查,被列入小市民阶层的有一千三百万人。

隆,关心地问:

"那么,比如说,莫斯科呢?"

"莫斯科又怎么样?""独眼龙"翻了个白眼,慢条斯理地说。"可以打这么个比方:你脚上穿的是破靴子,衬衣成年不洗,裤子勉强能够遮羞,肚子像个口袋,装的全是糠秕,然而,却给你戴一顶漂亮的帽子,比如说貂皮帽子,这就是莫斯科!"

克柳奇尼科夫呼哧呼哧地喘着气,仔细打量着"独眼龙",就像在圣诞节看被圈在白粉画的圆圈内的一只占卜用的公鸡,然后懒洋洋地说:

"也许这是对的!"

他们靠着柳树根躺着,好像被河水冲来的一堆垃圾。所有的人都穿着又脏又破的衣服,披头散发,无精打采;几乎全都装出一副目空一切的冷漠神情,好像已经老于世故,对一切都见怪不怪了。他们睡眼惺忪地望着普塔尼察河的浊流,望着河对面褐色的陡岸和公园上空奥库罗夫镇灰白色的天空。

潮湿的空气里充满沼泽中烂草散发出的热气;人们的心情烦闷而空虚。季乌诺夫用他那只黑色的独眼仔细观察和打量着他们,不停地转动着脑袋,就像他在挑选被虫蛀坏了的旧毛皮时那样。

不爱说话的巴维尔·斯特列利佐夫总是向季乌诺夫提出一些有实际意义的问题。

"亚科夫·扎哈罗维奇,如果把茶叶泡在烧酒里,会制成马德拉酒吗?"

"不会!"季乌诺夫安详而果断地说。"只要闻一闻气味就知道,马德拉酒是用麦芽浸泡的……"

"你胡说八道,独眼龙!"布尔米斯特罗夫说。"你以为别人啥也不懂,可以由你胡说!"

"信不信由你,""独眼龙"说。

"我就不信!你的话全有一股霉味儿。这一切简直叫人讨厌死了!"

大家叹着气,向沙地上吐唾沫,一边打哈欠,一边卷烟。傍晚,白柳那热烘烘的暗影柔和地伸展在河岸上。从"费莉察塔乐园"那边,隐隐约约地传来诱人的歌声。

唉,我亲爱的人,
我的情人……

这是罗佐奇卡尖细的声音;洛特卡却用甜润而富有感染力的声音应和道:

难道你们就那样规矩,
不进我的房门?

"这个罗佐奇卡喜欢爬屋顶!"斯特列利佐夫说。"这是为什么呢?"

"屋顶上望得远,"季乌诺夫解释道。

在柔和的黄昏的寂静中,能听到费莉察塔那低沉的、带着主人口气的声音。

"罗兹卡①!"

"嗯?"

"来喝茶!"

克柳奇尼科夫咂吧着嘴唇说:

"要是现在有点茶喝该多好!"

"就躺在这儿喝,"佐西马·普什卡列夫补充道。

布尔米斯特罗夫转过身来责备斯特列利佐夫:

---

① 即罗佐奇卡。

"前年你就想搞一只茶壶,好带到这儿来喝茶。喂,茶壶在哪儿?"

巴维尔的圆脸不安地皱了起来,锐利的小眼睛矍矍地眨巴着。他口齿不清地急忙辩解道:

"我当然可以做一只茶壶!我想做一只哨子的茶壶,放在火上就用不着去管它了!水一开,它就响起来,因为壶盖子上有哨子!"

他突然又产生了一个新的想法,于是高兴地对大家说:

"要不,也可以装个铃铛!把铃铛装在壶把上。壶里放个小圆板,圆板上插根小木棒,怎么样?壶盖上开个孔,把木棒或钉子,最好是钉子,从孔里穿出来。水一开,小圆板就晃动起来,钉子就叮叮当当地敲打铃铛,嘿嘿!"

"你真聪明!"佐西马惊讶地说,眯缝着大而浑浊、长着黄色长睫毛的眼睛。

希汉区的人们来到河对岸的公园里了,因为透过树丛可以看见公园里有一些浅蓝色、玫瑰色和白色的人影在浮动,那是太太小姐,还有灰色和黄色的人影,那是她们的男伴,还能听见响亮的笑声和"马泽帕"浑厚的叫喊声:

"是教堂的合唱指挥吗?就说我叫他来!"

后河人仔细观察着这些希汉人,谁要认出了某些人,便高声告诉大家。

"警察局局长来了!"布尔米斯特罗夫直起身来,笑着说。"不久前,把我从警察局放出来时,我们俩正正经经地谈过一次。他说:'你总是偷懒,胡闹,不觉得害臊吗?应当去干活儿,安安分分地过日子!'我说:'局长大人,我的爷爷是后河区的庄头,他干活,我父亲也干过活,我该替他们歇歇了!'他说:'那你会完蛋的。'……"

"照我看,"克柳奇尼科夫打着哈欠说。"你会同你的弟弟安德列一样,完就完在女人身上……"

"安德列的死是因为打架!"佐西马说。"加上酒也喝得太凶了……"

455

布尔米斯特罗夫用骄傲的目光望着大家,加重语气说:

"不是因为喝酒,也不是因为打架,是他爱上了费莉察塔!他要是不爱她,为什么要跟大伙作对呢?"

一个高个子大脑袋的小伙子,光头赤脚,拖着一双长腿摇摇晃晃地沿着河岸走来。他肩扛钓鱼竿,手提桦树皮编的鱼篓,瘦削的背上披着一件沉甸甸的破棉大衣;他脖子细长,奇怪地不住点头,仿佛在向他脚下的一切东西鞠躬。

巴维尔·斯特列利佐夫兴奋地冲着他叫道:

"西马,快来!"

他跪起身等着西马走近,望着西马的脚,仿佛在数他那又缓慢又不稳当的步子。

西马·杰武什金圆圆的脸显得有点呆滞,怯生生的眼睛暗淡无光,像山羊眼一样鼓着。

"喂,你写了些什么诗?朗诵一段吧!"斯特列利佐夫提议道。

克柳奇尼科夫也温和地笑着说:

"对,来一段吧!"

西马用脚在地上沙沙作响地敲着节拍,也不看大家,扯起嘶哑的嗓子像念绕口令似的朗诵起来:

上帝啊,我们都是你的儿女,
可仇恨却充满我们的心灵!
我们从生到死宛如野兽,
互相残害不留情!
　与我们同在吧,上帝!
　难道我们不是你的儿女?
　我们怀念宗教,怀念你,
　怀念你啊,我们的光明……

"得了,得了,不怎么样!"布尔米斯特罗夫打断了西马。

但季乌诺夫却用他那只乌黑的眼睛仔细端详着诗人,轻声细语地说:

"你不大会作赞美诗,杰武什金!赞美诗主要讲究音调和谐:

上帝啊,宽恕我吧,
主啊,宽恕我这个有罪的人吧……

这才是赞美诗的格调!可你却像是在弹三弦琴,不成调子!"

斯特列利佐夫也摇摇头说:

"是不怎么样……"

西马站在那儿一声不响,垂着沉重的头,嘴唇颤动着,不停地用脚指头抠着沙土。过了一会儿,便摇摇晃晃地走开了,走得很不稳,像随时都可能跌倒似的。

季乌诺夫望着他的背影,低声说:

"不过作得还不错。他看起来好像有些傻气,可这不会是他的本来面目!"

"听说写诗也能赚钱,是吗?"斯特列利佐夫憧憬地问。

"怎么不能赚钱?还给诗人修纪念碑呢,在莫斯科就给普希金修了一座纪念碑——虽然他在宫廷里干过事。喀山还有杰尔查文的纪念碑——他也是宫廷诗人!"

季乌诺夫若有所思地说着,不过情绪仍然愈来愈高,脖子也转动得更快了。

"像杰武什金这样出身卑贱的诗人是特别受人尊敬的!在亚历山大皇帝的时候,有个叫斯列普什金①的诗人——他是个种梨的人。陛下赠给他镶金边的长衫和金表。后来亚历山大皇帝向拿破仑夸耀说:

---

① 弗·尼·斯列普什金(1783—1848),俄国自学成才的农民诗人,著有《农村居民闲暇的时候》等诗集。

'拿破仑阁下,贵国只有混乱和流血的内讧,可是敝国却有会作诗的庄稼汉,别看他们是农奴!'"①

"这话说得倒是挺妙!"克柳奇尼科夫夸奖说。

布尔米斯特罗夫两手抱膝而坐,闭目静听着镇上的喧嚣声。他那漂亮的脸上愁眉紧锁,又高又直的鼻梁下,鼻翼微微翕动。他的头发是红中带黄色的、卷曲的,但眉毛却是深色的;毛茸茸的红须下边露出美丽丰满的深红色的嘴唇。衬衣敞着,袒露着长满金黄色毛的白皮肤;那结实匀称、富有弹性的身体很像某种幼嫩的野兽。

"这全是空话!"他眼也不睁地咕哝说。"诗也好,纪念碑也好,这些玩意儿对我有啥用?"

"你要的只是洛特卡!"克柳奇尼科夫笑容满面地说。

佐西马·普什卡列夫快活地嚷道:

"当然,他俩正好是一对儿!她可漂亮呢!不比瓦维拉差,真的……"

"为什么是空话?"季乌诺夫低声问,眼睛像钻孔器似的滴溜着。"如果诗歌能很好地表现它所描写的对象,它就可以牢牢地抓住人们的心!比方伏尔加河,你怎么描写它呢?"

他把一只手伸向前方,用他那喑哑的嗓子低声朗诵起来,朗诵时奇怪地把一些音节断开了:

"伏—尔加啊,伏—尔加!
尽管春江水涨时你也淹没田野,
却比不上俄罗斯人民那巨大的悲伤……

你们明白吗?

---

① 这段传说有误。斯列普什金于一八二六年因出版他的第一本诗集而得到沙皇尼古拉一世的奖赏(尼古拉一世奖的是镶金边的长衫,皇后奖的是金表),当时亚历山大一世已经去世,不可能同拿破仑谈话。

却比不上俄罗斯人民那巨大的悲痛

渗透着我们祖国的大地!①

俄罗斯的大地!这才是真正的诗!热情奔放!"

"你这是从哪儿听来的?"小炉匠走近他问道。

"在莫斯科的监狱里,大学生们唱过……"

"你在莫斯科坐过牢?"

"是的!"

"是因为造假钱吧?"

"不!说我造假钱,那是开玩笑;我是因流浪罪给抓去坐牢,流放的。有一次我被抓是因为认识了一个人——在酒馆里认识了一位先生,去他家过夜。这位先生很好。我在他家住了一个晚上,第二天晚上突然来了宪兵,我们就被捕了。原来他是搞政治的。"

"什么叫政治?"斯特列利佐夫奇怪地问。"听说,镇上有个妇女的儿子是当兵的,也坐牢了……"

"那是玛芙鲁欣娜的儿子!"

"女人们说她已经疯了……"

"什么叫政治,说法各不相同,"季乌诺夫平静地解释道。"有人说,政治就是全部土地归农民;另一些人说,不,最好把所有的工厂归工人;还有人说,应当把一切都交给咱们,咱们再公平合理地分配!总之,大家都在关心人们的幸福……"

"那么,对小市民呢?"

布尔米斯特罗夫转身冲着斯特列利佐夫严厉地说:

"政治跟小市民没有关系!"

季乌诺夫闭着嘴,没有作声。

---

① 这是根据涅克拉索夫的诗《官邸门外的沉思》编的一首歌的歌词,在当时的大学生中很流行。

一股潮湿的空气从河上升起,烂草味更加浓重了。天空变得昏黑起来,金星伴送着夕阳,在镇子上空闪着光。铅灰色的瞭望塔染成了淡红色。希汉人在公园里喧嚷着,笑着。可以清楚地听到"马泽帕"沙哑的声音:

"好,别再说话了!"

突然传来了合唱声:

> 从前有那么一次,
> 在同族的群山面前……①

"等着吧!"布尔米斯特罗夫朝河对岸晃着拳头说。"等阿尔秋什卡来了,让你们看看什么叫同族!"

"阿尔秋什卡——!"

巴维尔·斯特列利佐夫突然生气地嘟哝说:

"就拿糖来说吧,为什么白桦树汁不能熬糖呢?白桦树汁是甜的,白桦树又多的是!"

谁也不答理他。

"还有麻,为啥光用麻?香蒲和别的草也许都有用场?都应当试一试嘛!"

阿尔秋什卡·皮斯托列特背着手,吹着口哨走来。他是一个渔夫、养鸟人、兽毛和鸟羽爱好者。他颧骨很高,像个蒙古人;眼睛又细又斜,左脸有个很深很长的伤疤。伤疤把他的嘴角吊了起来,使脸上仿佛老带着轻蔑的微笑。

"开始了吗?"他朝着河对岸点点头说。"来,把他们搅乱,怎么样?"

布尔米斯特罗夫站起来,伸直身子,挺挺胸脯,龇牙咧嘴地命

---

① 这是用莱蒙托夫诗《争论》作歌词编的一首歌。

令道：

"开始！喂，同族们，可要坚持住啊！"

一支用高亢嘹亮的嗓音唱出的悲哀的曲子，冲破了黄昏时潮湿而沉闷的空气。

啊，是你呀，杜鹃……

阿尔秋什卡倚树而立，两手背在身后，仰起头，闭着眼睛。他两手抓着树干，挺起胸部；能看见喉结在动，歪斜的嘴唇也颤抖着。

瓦维拉背对着镇子，面对着伙伴，用优美柔和的男中音深沉地唱道：

唉，没有窝的鸟儿啊，
请不停地为我唱一个夏天吧！

瓦维拉是在演唱：时而使劲地甩着头，时而两手紧贴在胸前，用高昂而悲哀的调子唱着，时而又忧愁地望着天空，绝望地伸开两臂——全身的动作和谐地配合着歌词。他脸上的表情随时都在变化：一会儿悲哀，一会儿阴沉；时而严肃，时而温柔；有时脸色苍白，有时又变得红润起来。他全身都沉浸在歌子里，好像被歌声所陶醉，两腿也摇晃起来。

大家都聚精会神地欣赏着他的演唱，只有季乌诺夫凝视着河面；他的嘴唇微微动着，胡须在颤抖；斯特列利佐夫倒来倒去地把沙土从这只手撒到那只手上，低声咕哝说：

"再说这个沙土……沙土是啥东西呢？"

西马那弓背拱肩的身影从黄昏的暮霭中出现了。他扛着钓鱼竿，很像一个生着长触须的大虫子。他不声不响地走来，跪在地上，微微张着那张大嘴，转动着深陷的眼睛，望着布尔米斯特罗夫的脸。

瓦维拉那圆润的歌喉正痛苦地唱道：

　　唉，黑暗的路途啊……

当可悲的俄日战争①爆发的时候，起初它几乎没有引起奥库罗夫人的注意。市民们满有信心地说：

"咱们一定能打胜！"

波基瓦伊科本想英雄般地挺起胸膛，可是实际上是鼓起了肚子，脖子也缩进了肩里，他愤愤地说：

"日本人？在明白事理的人看来，连'日本人'这个字眼儿也是可笑的！"

福格利懒洋洋地反驳道：

"不能这么说，日本人仍然……"

波基瓦伊科生气了：

"仍然怎么样？"

他那胖鼓鼓的脸上露出一副怪模怪样的轻蔑神情。他总是用这句话来结束争辩：

"怀疑主义？我对你们说，一个人要持怀疑主义，倒不如不穿裤子活着好些……"

这些谈话传到后河区，后河人的反应是冷淡的，只是说：

"咱们一定能打胜！"

战争的失利，很长时间都没能动摇这种顽强的信念。

只有季乌诺夫一个人突然变得整洁起来，身子也挺直了，走路时，连步子似乎也加快了。他从希汉区回来得很迟，而且带着报纸，几乎每天晚上都能在蓝蝇酒家听到他那低沉而有感染力的声音：

"谁在打仗？是俄罗斯，是俄国人！谁是指挥官呢？德国人！"

---

① 指一九〇四至一九〇五年的日俄战争。

他用暗淡的目光环视听众,列举着指挥官的名字,仿佛受了屈辱似的紧紧咬住嘴唇。

"他们是什么样的德国人?"听众兴趣不大地反驳说。"他们大概已经吃了百把年的俄国面包了!"

"萝卜能把狼喂饱吗?"季乌诺夫严肃认真地问道。"你们最好听听镇上的绳匠科热米亚金关于德国人是怎么说的!我自己也知道一些!"

"你大概吃过德国人的亏,所以才不喜欢德国人!"

战争扩大了,失利的情况增多起来。希汉人越来越经常地聚集在"里斯本"大厅。他们互相讲着粗野的气话,也开始皱着眉头埋怨德国人;有一次竟把地方长官施特雷黑尔弄火了,他气得脸色发黄,冲着镇长和科热米亚金叫道:

"我对你们说,如果没有德国人,你们早就变成肮脏的鞑靼人了!以后你们要听我的……"

波基瓦伊科耸耸圆鼓鼓的肩头,走到地方长官的面前,快活地叫道:

"啊,我的贴心人!我亲爱的上帝!德国人也好,鞑靼人也好,莫尔德瓦人也好,对咱们奥库罗夫人来说不是一样么?咱们不是照旧有自己的土地吗?别发火了,请吧……"

他把好动肝火的施特雷黑尔小心翼翼地领到了牌桌边。

战争的失利在后河人当中渐渐引起一种迷茫的情绪,他们一方面隐隐约约地感到有点幸灾乐祸,一方面又模模糊糊地怀着某种希望。

"最好看看地图,看那儿究竟是什么样的地理形势,"巴维尔·斯特列利佐夫关切地建议道。"那儿有海,就让大海起点作用吧……"

"完了!"当大家都了解到战争的不幸结局时,季乌诺夫小心翼翼地说。"现在日本人会侵吞西伯利亚,而那些人,会从另一方向压过来!"

他指着西方,眯缝着一只独眼,仿佛在瞄准一个只有他能看到的东西。

瓦维拉·布尔米斯特罗夫沉思起来。很久以来,他已渐渐地留心听"独眼龙"的谈话了。有一次他把手搭在季乌诺夫的肩上,凝视着他说:

"喂,亚科夫,别无缘无故地折磨我,打开窗子说亮话吧:你的想法是什么?"

大概季乌诺夫不愿意回答,他晃动一下肩膀,想把瓦维拉的手甩开,然而那只手却牢牢地压在那儿。

"把手拿开!"季乌诺夫低声说,一面费劲地继续晃动着肩膀。

布尔米斯特罗夫有个习惯:他的愿望必须立刻实现。他皱起眉头,深深地嘘了口气,鼻孔里立即嗞地一声,仿佛把水洒在燃烧着的木炭上一样。然后,他不声不响地移动两臂和膝盖,把季乌诺夫按在屋角的椅子上,自己也在旁边坐下,并把一只粗大结实、长着金黄色茸毛的手放在桌子上。他仍然一言不发,只是带着期待的、严厉的神情死死盯着季乌诺夫的脸。

酒馆的常客们紧紧围住他们俩,也等待着。

"那么,"季乌诺夫环顾着周围的人,干咳了两声说。"咱们说些什么呢?"

"你知道什么就说什么!"布尔米斯特罗夫说。

"我知道得可多啦,你一辈子也听不完!"

"没关系,也许你比我先死呢!"瓦维拉答道,于是大家都明白了:如果"独眼龙"还不听从,美男子就会揍他。

季乌诺夫自己也明白这个危险。他坚决地昂起头,平静地说:

"好吧,我告诉你们一些简单的想法,告诉你们我为什么会产生这些想法。我在莫斯科的时候,曾经做过小买卖——卖馅饼……"

他开始详细地讲述一个鳏居的圣像画家把自己的全部收入用来周济囚犯的故事。他讲得很流利,但有些枯燥无味。他小心地选择着字眼儿,仿佛担心讲出某些重要的、听众还不能接受和理解的事。他没趣地望着大家,有点喑哑的声音显得懒洋洋的。

"你可别惹我生气!"瓦维拉恶狠狠地说。"我的脾气很好,可是,如果谁故意跟我作对,那我可不客气!"

"独眼龙"沉默了一会儿,然后突然严厉地盯住瓦维拉问道:

"你是什么人?"

"我?"

"对!你。"

布尔米斯特罗夫被这个问题难住了,他微微一笑,望了望周围的人,接着便不自然地哈哈大笑起来。

"你是小市民吗?""独眼龙"用平静而带着威胁的口气问。

"我?是小市民!"瓦维拉用拳头捶着自己的胸口说。"怎么样?"

"可你知道什么叫职业和身份相称的人吗?"季乌诺夫压低声音问。

"什么人?"

"独眼龙"小声地、一个字一个字地又重复了一遍:

"相—称的—人!"

在这种困窘的场面下,布尔米斯特罗夫再也控制不住自己了。他跳起来,掀翻桌子,牙齿咬得咯咯响,又把衬衣撕开,跺着脚,气得浑身发抖,接着便抓住季乌诺夫的衣领,一面摇晃他,一面吼叫道:

"亚科夫!你可别把我惹火了!"

大家都熟悉他这种狂妄行为:每当他给人驳倒的时候,就来这一套,这已引不起大家的同情了。

"别胡闹,疯子!"佐西马·普什卡列夫用粗大的手从背后把他抱住说。

"真像个大肚子女人!"皮斯托列特用鄙视的语气严厉地说,他的脸更加歪扭了。"你就会像个野兽一样地吼叫!你听听一个严肃认真的人说的话吧!"

布尔米斯特罗夫感到自己的较量失败了,他痛苦地摇摇头,仿佛疲倦已极,一下子趴在桌子上。

季乌诺夫一边整理上衣,一边小心地、一句一句地慢慢说:

"咱们都是小市民。为了容易明白,咱们就说得通俗点、简单点。比如说,与咱们小市民相称的职业是什么?说得更通俗点,在我们国家这片土地上,我们处在什么地位,该干什么工作?这是个问题!"

没有人回答这个问题。

"商人也好,贵族也好,甚至处在人类社会最底层的庄稼汉也好,他们全都有与自己的身份相称的这样那样的职业。可我们的职业是什么呢?"

演说者喘了口气,望了一下听众,胜利地笑了。

"我问过那些搞政治的学者和大学生,还问过一个神甫和一个军官,这个军官也是搞政治的。他们谁也回答不出:谁是俄国的小市民,与小市民相称的职业和地位是什么!"

克柳奇尼科夫推了一下瓦维拉的身子:

"听见了吗?"

"滚你的吧!"瓦维拉嘟囔道。

"可是,"季乌诺夫继续说。"我遇到过一个老头子,他在为咱们写历史,已经写了十三年,写的稿子看来有半普特重。"

"是科热米亚金吗?"瓦维拉闷闷不乐地问。

"这个老头子说,他写那些,主要就是要为小市民说话,""独眼龙"没回答瓦维拉,继续往下讲,"因为小市民受着想象不到的屈辱,被剥夺了享受大自然一切恩赐的权利。他说:'我要让大家看看,俄国的小市民是一个怎样被奴役的阶层,看看小市民一生的全部遭遇。'"

布尔米斯特罗夫又问:

"他写的历史你读过吗?"

"没有,没有读过。但是我知道其中某些简单的意思。就拿咱们这些人来说吧,咱们都姓什么?姓斯特列利佐夫、普什卡列夫、季乌诺夫,就是说,咱们的祖辈是射击兵、炮匠、庶务员①,是一些有用的人;咱们也全都是血统俄罗斯人,虽然只是些小百姓!"

"你想干什么?"瓦维拉第三次严厉地问。

"什么'干什么'?想取得与自己的称号相称的地位,别无他求!"

他目光炯炯地扫了大家一眼,发现许多人的脸上已露出倦容,便更加生动、更加大声地继续说:

"难道我不想知道,为什么地道的东正教小市民被排到后边去了,而什么福格尔、施特雷黑尔和各种各样的男爵②却成了头面人物?"

巴维尔·斯特列利佐夫叹了口气,突然跳起来,上气不接下气地喊道:

"说得对,就是这样!让我放手干,我一定会超过每一个男爵!……"

他的叫喊使季乌诺夫这番话更加引人注意了。大家用似懂非懂的目光怀疑地互相望了望,惊讶的脸上挂着冷笑。接着,他们开始回忆自己同警察局和官府的冲突,你一言我一语地大声谈论起来,相互开着玩笑,善意地打闹着。

他们感到高兴,因为"独眼龙"终于讲完了,同时还为他们互相聊天提供了一个颇为有趣的话题。

可是瓦维拉·布尔米斯特罗夫却不理会大家这种活跃情绪。他走到墙边,两手抱住脖颈,耷拉着脑袋,愁眉苦脸地注视着大家。他感到,"独眼龙"今后将成为后河区的第一号人物。他想起自己反对警察局的狂妄行为,想起自己对当官的说的那些数不胜数的粗鲁话以及被警察和消防队的毒打——这一切都是为了巩固自己英雄好汉的名声,

---

① 斯特列利佐夫、普什卡列夫、季乌诺夫这几个姓氏的俄文词义是"射击兵"、"炮匠"、"庶务员"。

② 福格尔、施特雷黑尔均系德国人的姓氏。这些德裔俄国人在沙皇俄国不少是有爵位的。

为此他付出了被打得头破血流的巨大代价。

但这个老滑头一来,只要耍耍嘴皮子,就把他这个英雄好汉从第一把交椅上推了下来。甚至他的好朋友阿尔秋什卡也退到墙角,一个人闷闷不乐地站着,不愿走到他跟前同他谈上两句话。布尔米斯特罗夫非常希望成为后河区人们注意的中心,但他的要求愈来愈高;由于得不到满足,他便常常莫名其妙地大发雷霆:撕破身上的衣服,赤身裸体在后河区的街上走来走去,在泥土里打滚,把活活的猫狗扔到井里,殴打男人,侮辱妇女,高声唱猥亵小调,吹恐怖口哨。他那匀称结实的身子在无形的精神重压下,也变得佝偻起来。在这样的日子里,他那漂亮、动人的脸庞变得呆板起来,某些轮廓似乎从脸上消失了;嘴唇上挂着茫然和愚蠢的笑容;因睡眠不足而发红的眼睛变得浑浊起来,用仿佛失去理性的目光,忧郁地、恶狠狠地观望一切。但是,只要后河人走到他身边,讲几句温柔的、称赞他勇敢的话,他立刻就会重新变得神采奕奕,像路边沾满灰尘的桦树久旱逢雨一般。他那美丽的眼睛又重新闪出温柔的光辉,佝偻的背脊挺直起来,用结实有力的双臂友爱地抱住朋友们,不停地唱好听的歌。在这样的日子里,他可以为任何人仗义打架,甚至乐于帮助人们做这样那样的事。

现在他看到所有的朋友都去找"独眼龙"谈话,而把他忘掉,谁也不注意他,谁也不同他谈话。他不止一次地想把椅子掷到人群里去。但是屈辱感越来越沉重地压迫着他,他的手没有力气了。他站了几分钟(这几分钟过得很慢),便头也不抬悄悄离开了酒馆。

第二天早晨,瓦维拉站在警察局局长的办公室里,用圆鼓鼓的眼睛望着沃尔姆斯那长着白色连鬓胡子的、气得发红的脸。他用拳头捶着自己的胸口,一种从未体验过的痛苦和道德堕落的感觉压抑着他,他说:

"他讲咱们小市民是俄罗斯人,贵族们却是德国人,他说必须改变这种状况……"

沃尔姆斯灰白色的眉毛一扬：

"用什么方式？"

"什么？"

"用什么方式改变呢？"

"这他没有说！"

警察局局长把食指举到鼻子跟前，瞧了瞧，不知为什么还闻了闻，不满意地皱起眉头。

"别的人呢？"他问。

"别的人？"布尔米斯特罗夫环视周围，压低声音说。"别的人没有说什么！别的人还有谁？只有他一个人在那儿发表议论……"

"小炉匠呢？他也在那儿，对吗？"

"他倒没有说什么！"瓦维拉闷闷不乐地说。

"讲完了吗？"

"完了！"

警察局局长把干瘦的身子靠在椅背上，用手指有节奏地敲着桌面说：

"你们那里所有的人都是醉鬼、小偷。应当像赶长疥疮的牲口一样，把你们全赶到西伯利亚去！你也是个强盗、畜生！……"

警察局局长干巴巴地说个没完没了，就像用舌头在那儿敲鼓一样。布尔米斯特罗夫背着手，眼睛一眨不眨地望着桌子上摆得井井有条的奇形怪状的玩意儿：黄铜猎犬、四方铁块、黑色短筒手枪、裸体女人瓷像、头盖骨似的骨碗——里面放着香烟、一大摞夹着文件的卷宗，在这些东西的上方，是一盏装在大理石灯柱上、配有方形灯罩的台灯。

警察局局长用手指着他威吓道：

"你给我当心点！"

接着，他把手插到口袋里，认真地补充道：

"今后你在那儿要留心听，把他们讲的话全部报告给我。给，把这个卢布拿去。以后还会给。拿去！"

瓦维拉把手掌摊着伸过去，同时愁眉苦脸地说：

"我可不是为了钱……"

"反正一样！"

警察局局长用手撑着椅子扶手，欠身向前，仿佛要跳过桌子一样。

布尔米斯特罗夫垂头丧气地问：

"我可以走了吗？"

"去吧！"

八月末，天空落着细雨，街上淌着泥水；凉风阵阵，吹得树木沙沙作响，黄叶纷纷飘落；乌鸦不知在什么地方呱呱噪叫，嗓子仿佛也被雨淋湿了；铃声叮当；箍桶匠把木桶敲得咚咚响。布尔米斯特罗夫可笑地噘起嘴，在烂泥里走着，好像是故意往那些泥多水深的地方踩。他左手紧捏着一个银卢布——这个卢布使他心里感到很不是滋味儿。他攥着它，就像女人提着一桶水似的，让它离身子远远的，全身微微向右倾斜。

昨天他恨"独眼龙"，可是今天他心里却产生了一种凄凉的空虚感。屈辱的回忆像针扎一样困扰着他。

希汉区的彼得保罗礼拜堂在过本堂的节日。穿戴漂亮的小市民们成群结队在林荫路上走着，那些有权有势的人物在人群中特别显眼。消防队和业余铜管乐队在高声演奏。

瓦维拉·布尔米斯特罗夫在公园旁边那条街的中心走着。他的两手被细皮带反绑在背后，疼痛难忍，嘴里有血的咸味，一只眼睛肿得什么都看不见。每当他的伤腿绊在石头上，身子一踉跄时，警察卡彭久欣便把皮带一勒，他那被牢牢反绑着的双手就痛得像刀割一样。警察局局长在后面什么地方问：

"这是谁？"

"后河区的布尔米斯特罗夫，局长大人！"

"犯了什么法？"

"在市场上捣乱。"

警察局局长呵斥道：

"回去给这个畜生一顿！"

"是，局长大人！"

这么办了。两个警察分别骑在瓦维拉的头上和腿上，另一个警察用马鞭抽了他一顿。

"你给我卢布就是为了这个吗？"瓦维拉站在雨里，喃喃地说。

当他从酒馆和酒摊旁边经过的时候，他回忆起一次又一次的屈辱。这些屈辱像斑斑污点一样充满了他的一生，引起他一种极大的生理上的厌恶情绪。这种情绪妨碍他思考，使他不由自主地往巫婆"风笛儿"的家中走去。当他发现自己竟来到季乌诺夫的窗下时，他甚至吓了一跳。他大张着口，好像要喊叫似的。但他突然果断地推开篱笆门，走进院子，在院子里看见了老巫婆，便把那个卢布塞到她的手里，说：

"去买两瓶酒，快！要点面包、黄瓜和牛杂碎，听见了吗？"

他走进季乌诺夫的房间，把湿漉漉的上衣扔在地板上，在屋里激动地走来走去，挥动着双手，还长吁短叹地用拳头捶打自己的胸口和脑袋。

"亚科夫，我来了！你惩罚我吧！真的！唉，人啊！我算什么人？是一粒灰土！是秋天的落叶！我的路在哪儿？我该怎么生活？"

他像是在做戏，但做得很真诚，全心全意地做：脸色发白，眼泪汪汪，内心极度悲痛。

他久久地倾诉着自己的悔恨和怨言，不听也不想听季乌诺夫说些什么；他完全沉溺在自己的表演中，甚至自己也从心灵中清醒的一角欣赏着自己的表演。

但他终于疲倦了，这时"独眼龙"的面孔清楚地显现在他的面前：亚科夫·季乌诺夫坐在桌旁，把他那颧骨突出的脸捧在瘦小干枯的手掌里，露着发黑的门牙，微笑地望着他的眼睛，这微笑使得瓦维拉炽热的情绪变凉了。

"你怎么啦?"他避开"独眼龙"的目光问道。"生气了吗?"

季乌诺夫长长叹了口气。

"唉,瓦维拉,你的灵魂到底还是纯洁的!"

"我的灵魂是完全自由的!"布尔米斯特罗夫高兴地说。

"你在这里会白白地葬送了自己!你最好到别的地方去碰碰运气!到莫斯科或者到省里去!"

"走掉吗?"瓦维拉怀疑地望着他那阴沉沉的、思虑重重的面孔叫道,心里想:"瞧你,真鬼!"接着又焦虑起来,说:"我不能走,不能走!你知道,爱情就是锁链!我走了,洛特卡呢?难道还能在别的地方找到这样的女人吗?"

"你把她带去。"

"她不会去的!"

布尔米斯特罗夫痛苦地用拳头捶了一下桌面,震得酒瓶直摇晃。

"我劝她说:'格拉菲拉,咱们到省里去吧!到一家阔气的娱乐园去,我就做你的叉杆①。'可她说:'不成,亲爱的!我上那儿去只能排得上第十位;可在这儿,我却是头一个。'的确,她在这儿是头号美人!"

"这算得了什么!"季乌诺夫低声而严肃地说。

瓦维拉望着他,困惑不解地摇摇头。

"你倒是宽慰宽慰我呀!"他又说了起来。"你说,我这是干了件什么事啊?"

"你这是指告密的事吗?""独眼龙"问。"没什么!他们要找我的麻烦是很困难的,我没有说过一点反对沙皇陛下的坏话。不谈这个吧!"

"你真好!"布尔米斯特罗夫说着把酒斟上。"来,为咱们的友谊干杯!唉,我不能控制我的感情!"

他们干了杯,接了吻,季乌诺夫使劲儿擦了擦嘴唇,谈话显得安详

---

① 靠妓女养活的人。

而友好起来。

"你想想看,"季乌诺夫慢条斯理地开导他说。"当你干着那既欺骗大家,也欺骗自己的事时,你的心为什么像钟摆一样摇摆不定呢?那是因为你赖于立足的土地是不牢固的,老弟,你是无土之木,也就是说,你是一个小市民!其实,应当叫'小杂民'①,因为这种人身上什么都有,混杂着各种东西……"

"不错!"瓦维拉晃着脑袋喊道。"唉,真的一点也不错!我身上什么都有!"

"就是没有骨气!咱们全都是这样的人,内心里掺杂着各种东西。无论受到谁欺侮,咱们都是逆来顺受!咱们没有任何天赋的权利,因而可以说,咱们是基督的出卖者!除了灵魂之外,咱们没有什么可出卖的。咱们的生活肮脏龌龊:年轻时玷污了大地,到老来就进修道院呀,去朝圣呀,一个劲儿往天上爬……"

"是的!咱们的生活是放肆的!"

"常言说,法律是匹马,要到哪儿就把马头往哪儿拨,可是,咱们伸出手去却拨不动这个马头!事情就是这样,老弟!"

季乌诺夫这番流利的谈话像根彩带一样在后河区这位浑虫的头顶上旋转,吸引了他的注意力,从而使他的心情平静下来。他甚至觉得同季乌诺夫没什么矛盾了,因为这个一口黑牙的"独眼龙"看来不会影响他在后河区的声望。望着亚科夫·扎哈罗夫那两撇抖动着的胡须,望着他脸上从眼角到太阳穴一条条像小蛇一样蠕动着的皱纹,布尔米斯特罗夫感到他身上蕴藏着一种发人深省的既有趣又可怕的东西。

"你瞧,"季乌诺夫盯着瓦维拉的脸说。"你告我的密……"

瓦维拉的肩头抽动了一下,就像打了个寒战一样。

"可我还是要坦率地告诉你:俄罗斯站起来了,各阶层的人民站起

---

① 俄语中"小市民"(Мещанин)与"杂乱的混合物"(Мешанина)谐音。

来了,他们全都在思考:为什么异族人会得到那样大的权力来统治我们? 这就是说,人们觉醒了,知道应当爱自己的国家,爱俄罗斯美丽的土地!"

季乌诺夫眯着眼斟上一杯酒,喝干后又斟上一杯。

"你能这样不停地喝吗?"布尔米斯特罗夫好奇地问。

这位久经世故的人平静地回答说:

"只要还有酒,就能喝下去,喝完为止……"

这回答使瓦维拉非常高兴,他哈哈大笑起来,跺着脚喊道:

"太妙啦!"

他们一直坐到深夜。从此以后,布尔米斯特罗夫见人便说亚科夫·扎哈罗夫是世界上最聪明的人。不过,虽然他对季乌诺夫非常尊敬,但在这个人的面前他总是感到不安,只要一想起告密的事,他就寻思:

"这个'独眼龙'不哼不哈!看来他是在寻找时机,好更巧妙地使我丢脸……"

在这种思想支配下,他的血沸腾起来,像匹纯种马一样呼哧呼哧地翕动着鼻孔,被一种使他惊惶不安的不祥的预感所控制。他到"乐园"去找洛特卡,找他的心上人和排遣自己的忧愁的地方。

洛特卡是个二十三岁的高个儿女人,体态丰满,有着软蓬蓬的胸脯、圆圆的脸蛋和灰蓝色的、显得天真而淫荡的大眼睛。她那浓密的栗色头发梳得溜平,精细地在中间分出一条直缝,扎成一条粗辫子垂在背上。头发的重量使洛特卡总是昂着头,从而使她的神情显得很傲慢。她的鼻子和脸盘不大相称,又小,又光,软骨突出。暗红色的小嘴轮廓十分清晰。她常常用舌尖舔着嘴唇,使嘴唇像涂了油一般老是在闪光。她的眼睛里也闪烁着一种对自己的生活感到心满意足、自知身价甚高的人那种惬意的微笑。

她走路像鸭行一样,摇摇摆摆,甚至坐着的时候,那软蓬蓬的乳房也左右摇晃。她这副样子刺激着那个闷闷不乐的酒鬼茹科夫。茹科夫常常用充血的眼睛望着洛特卡那不停地晃来晃去的身躯,恶狠狠地叫道:

"别晃了,魔鬼!安稳地坐着吧!"

茹科夫那圆脑袋和紫脸膛上的红色硬毛竖立起来,好像感到害怕似的眨巴着眼睛。

"奶油马林果!"乐天派医生里亚欣这样赞叹地称呼洛特卡。他那皮包骨的瘦脸上带着尴尬的微笑,小心翼翼地离开了洛特卡。他被那个爱唱爱闹、苗条纤瘦的罗兹卡迷住了。

罗兹卡像一头活泼的小黑狗:鬈发,调皮,噘起的嘴唇上长着像胡子一样的汗毛,牙齿细密。她对里亚欣粗鲁无礼,当面叫他"绿骷髅"。她给每个人都起个外号:管茹科夫叫"泔水桶耶维奇",把心绪不佳的凶恶的警察局局长帮办涅姆采夫叫做"醋罐子洛维奇"。

第三个姑娘是红头发、矮个子、沉默寡言、喜欢睡觉的帕莎。她常常大声打着长长的哈欠。她有一张大嘴和不整齐的大门牙,一双浑浊的绿眼睛是斜视的,看任何人都带着埋怨和厌恶的神情,可是看切特赫尔,却显得恐惧而好奇。

四十岁的费莉察塔·纳扎罗芙娜·沃耶沃金娜身躯高大而匀称。她待姑娘们很好,保护着她们的任人取乐的生涯,调解她们之间的纠纷,并能公正地使她们和解。她的脸孔美丽而和善,仿佛总是微醉的眼睛里闪烁着奇异而愉快的微笑。她自己也接客:非常美妙地跳舞,娴熟地弹奏吉他,还会唱情歌。她的嗓音不大,却非常柔和、娇媚,像蜜糖一样陶醉着人们,使他们除了情欲之外丧失了一切感觉。费莉察塔梳的是垂到耳际的发式。她穿戴讲究,订阅时装杂志。在喝醉酒的时候,她一定要给姑娘们和客人们朗诵诗篇《天使在夜空中飞翔》①。由于这一切,她的生意十分兴隆:人们都知道,不过三年工夫她就在银

---

① 莱蒙托夫的诗。

行里存了一千七百卢布。

当布尔米斯特罗夫走到"费莉察塔乐园"大门口的时候,相貌丑陋的切特赫尔用那只粗壮的罗圈腿一脚踢开了他面前的耳门。

"你好,鬼东西!"瓦维拉瞟了瞟看门人插在短皮大衣口袋里又粗又长的手臂说。

"你好,傻瓜蛋!"切特赫尔用低沉的声音冷冷地回敬。

布尔米斯特罗夫和这个看门人交过两次手,两次都吃了大亏。从那以后,他一看见这个胜利者,心里就充满苦恼和仇恨。

他怀着这种心情来到洛特卡跟前。洛特卡一边晃动着身子,一边舔着嘴唇走来迎接他。她那灰蓝色的眼睛变暗了;她像喝醉了酒似的微笑着,用懒洋洋的声音撒娇地对他说:

"叫我好等……"

"好等?"布尔米斯特罗夫没有看她的脸,冷冷地回答说。"前天我不是来过么!"

她不声不响地倚在他身上。不时呼出一股热烘烘的暖气。

"你弄错了人吧?"

"把你弄错了?"她低声问。

调情调够了以后,她便请他喝啤酒,瓦维拉一边歇息,一边埋怨道:

"瞧我不过三十岁,浑身是力气,却找不到精神寄托!"

"那你常到我这儿来吧!"洛特卡坐在床上说,一直执拗地望着他的眼睛。

他闷闷不乐地摇摇头,冷冷地说:

"你是我最大的欢乐!在我的眼里,所有的女人都不值一个大钱。你却不会使人厌倦!"

"难道我没有养活你,尽量给你钱花吗?"

"我说的不是这个,小傻瓜!我说的是精神上的寄托!你的银卢布对我管什么用?"

两个人懒洋洋地谈论着,他们早已习惯于这种互不了解的状况,彼此间也不作任何努力使对方了解自己的愿望和想法。

"那你想怎么样?"洛特卡满不在乎地晃动着身子问。

布尔米斯特罗夫闭上眼睛,他不想看这女人永不知足的肉体挑逗的晃动,不想看她垂在床沿的又黄又结实,像萝卜一样的光腿。

"想怎么样?"他喃喃地说。"想走!"

"你走吧!"她轻薄地笑着回答道,"谁拦你啦?"

"大伙!也有你!"

房间里散发着陈腐的鸭绒被褥、生发油、啤酒和女人的气味。护窗板关闭着,硕大的青蝇在又热又暗的屋子里嗡嗡乱飞。在屋角里的喀山圣母像前毕剥作响地亮着蓝色的玻璃灯,好像一只因恐怖而变了形的眼睛。两个人在这不透风的屋里热得浑身是汗。毫无意义的谈话就像快要烧尽的篝火,有气无力地进行着。

布尔米斯特罗夫来这儿时,常常是很漂亮地披散着头发,穿一件破衬衣,眼睛充满豪壮而郁闷的神情。

"格拉菲拉!"他擂着胸脯吼叫道。"我是你的一块肉!贪婪的野兽,来,你把我吃掉吧!"

这时洛特卡的眼睛里便烧起绿色的欲火。她扭摆着弯下身子,仿佛一个相信会得到慷慨施舍的乞丐,贪婪而高兴地用响亮的鼻音说道:

"亲爱的,你太痛苦了!我的亲兄弟,所有的人都欺侮你,你到我这儿来吧,我会给你安慰,我会心疼你这个孤苦伶仃的人……"

"格拉菲拉!"瓦维拉兴奋地叫道。"你把我的心摘去吧,摘去吧!它活不下去了,它空虚,空虚啊!"

这个时刻他显得特别美,他自己也意识到这一点。他那结实的身体在洛特卡强壮的臂膀里显得那么柔软;他忧郁的目光燃起了她的欲火和女性温柔的怜惜之情。

"我没有毅力,我没有自由!"瓦维拉哭诉着,自己也相信这一点;

她却望着他那睫毛上带着泪水的眼睛,用贪婪的目光望着,对着他的脸急促地喘着气,像雨云拥抱被炎热晒干的土地一样地抱着他。

有时这样闹腾一番之后,布尔米斯特罗夫小心翼翼地把头从枕上抬起来,久久地审视着洛特卡疲倦而苍白的面孔。她眼睛闭着,嘴唇在甜蜜地颤抖,能听见心脏急促的跳动声,雪白的脖子上靠耳根的地方有个什么活的东西在颤动。他轻手轻脚溜下床——他突然间想快点离开这里,悄悄地,别叫醒她。

有时会成功,但常常是这个女人忽然惊醒,猛地坐起来,严厉而胆怯地问:

"你想干什么?"

"我要走了,"他连看也不看她,平淡地说。

她用失神的目光沮丧地看着他穿衣服。

"什么时候再来?"

"来了你就知道了!"

"好,再见!"

"再见!"

有时他突然对这个女人感到极端憎恨,便揪住她,咬牙切齿地说:

"唉!如果不是你,我的魔鬼,我就完全自由了……"

她先是笑着叫道:

"啊咦,我怕痒!"

但是,当他被洛特卡的叫声、笑声和反抗所激怒,动手打她的时候,她便从他的手里挣脱开,跑到窗前高声喊道:

"库兹马·彼得罗维奇!"

切特赫尔跑来。可是这时他们总是又和好了。切特赫尔看见的光景是:布尔米斯特罗夫和洛特卡正拥抱着站在或坐在那儿。于是洛特卡无耻而天真地微笑着说:

"请原谅,库兹马·彼得罗维奇,我这是胡闹,因为我太蠢!喝杯酒吗?请吧,这是下酒菜!"

切特赫尔不声不响地把烧酒或啤酒倒进大嘴里,望望布尔米斯特罗夫,意味深长地咳嗽一声,走了出去。可是浑身汗淋淋的瓦维拉却感到自己全身软弱无力。他嘟囔道:

"傻瓜,连开玩笑都不懂!"

她笑嘻嘻地舐着嘴唇,喘了口气之后又来拥抱他,用挑衅的目光望着他的眼睛。

当瓦维拉向她谈起季乌诺夫以及他讲的那些话时,洛特卡打着哈欠说:

"电报员科利亚也这么说:很快会发生暴乱!涅姆采夫也很担心。可是那个医生却不信!"

"暴乱分子!"瓦维拉嘟嘟囔囔地说。"那些吃饱饭没事干的人才想暴乱呢!"

洛特卡漠不关心地说:

"我去把'独眼龙'的事告诉涅姆采夫,你说行吗?"

"你准备怎么说?"

洛特卡编着辫子,诱人地晃动身子答道:

"我不知道!你教我说吧。"

瓦维拉考虑了一下,闷闷不乐地说:

"不,不必。别管这种事儿,这跟你有什么相干?我也只是跟你说说。一句话,我对一切都不在乎!"

过了一会儿,他叹了口气补充道:

"关于小市民,'独眼龙'讲的大概是对的。关于暴乱可能讲得也对。当然,暴乱是件蠢事。可我还是想去参加暴乱!"

"瞧你,总是这样!"洛特卡抱住他说。

"是的,我要露一手!"布尔米斯特罗夫激动地说。

一天傍晚,三个女友在花园里散步:洛特卡和罗兹卡在两旁疯长着马林丛的小路上走着;帕莎钻进矮树丛里采摘残留的浆果,嘴里咯咯作响地嚼着黄瓜。

罗兹卡热心地背诵着一些诗句。洛特卡晃动着身子,惬意地舔着嘴唇,不时急匆匆地问道:

"什么,什么?"

接着又惊讶地说:

"你的记性真好!"

"他像鹦鹉学舌一样地教我!"罗兹卡解释道。"让我坐在他的膝盖上,拉着我的耳朵,直对着我的嘴、我的眼,念了一遍又一遍!"

洛特卡叹了口气,沉思地说:

"当医生的什么秘密都知道!噢,他是一个勇敢的人,什么也不怕!"

"真的什么也不怕!要不怎么还教我这样的诗……"

她又急速地背诵起来。当她们从红发姑娘帕莎身边走过时,帕莎睡眼惺忪地望了她们一眼,咕哝道:

"这两个小淫妇!"

"你就啃你的黄瓜吧!"罗兹卡一边走一边回敬道。

"是啊——"洛特卡颤抖了一下,沉思地拖长声音说。"他多么勇敢啊!连圣母和天神也不怕……"

黄蜂和蜜蜂在马林丛的上空嗡嗡叫。小乌鸦在柳树的绿荫里忙乱地跳来跳去。老乌鸦却稳重地蹲在树梢,警惕地叫着,同时注视着小鸦的活动。希汉区传来晚祷凄凉的钟声;不知什么地方沉闷而有节奏地响着噗噗的排气声;河边上却响着捣衣声和婴儿的哭啼声。

"你喜欢莳萝的香味吗?"洛特卡低声问她的女友,但女友没有回答,而是骄傲地继续说:

"对他来说什么都一样,他什么也不怕!我念给你听……"

她环视了一下四周,小声地开始背诵:

"'有一次,上帝睡醒起来……'①你瞧,西马偷偷地看着我们呢!"

---

① 法国革命诗人贝朗瑞的诗《仁慈的上帝》中的第一句。

洛特卡眯缝着眼睛一望。

"果然是他！他也会做诗呢。"

"得了！"罗兹卡鄙夷地摇摇头说。"傻里傻气的家伙！"

"咱们找他去，怎么样？"

"好吧，嘲笑嘲笑他！"罗兹卡同意了。

高高的西马拿着钓鱼竿站在花园石墙的豁口上，用直愣愣的目光执拗地望着两个姑娘，眼睛眨也不眨一下，像瞎子望着太阳。两个姑娘媚笑着向他走去。马林丛和野草不时钩住她们的衣服。为了避开刺钩，她们柔美地扭动着身子，忽左忽右，有时候还往后仰，发出低低的尖叫声。

"是去钓鱼吗？"洛特卡亲切地问。

西马一动不动地回答：

"是的。"

"现在还早了点！"

"很快就到鱼最爱咬钩的时候了，"小伙子解释道，一双无神的眼睛始终盯住姑娘们的脸。

罗兹卡捏了女友一下，问西马：

"你听见我念的诗了吗？"

西马点了点头。

"最好听听你的诗，"皮肤黝黑的罗兹卡寻衅地说。

"不，"杰武什金低声回答道。

这下可把罗兹卡惹恼了。

"瞧瞧！"她失望地喊道。"多么骄傲的家伙！你压根就不会作诗！你只不过会咿咿呜呜一通得了！"

"我很想把诗写得像祈祷诗一样美，"西马低声对洛特卡说。

洛特卡每次看到这个年轻人的时候，她那蛮横无理的目光就消失了，眸子变得既大且黑，不再是原来的灰蓝色，而且凝然不动了，一股令人发痒的凉气流入她的胸膛。她不断地舔着嘴唇，全身感到一种使

481

人不安的干渴。今天她这种感觉比往日更加强烈了。

"生得多丑啊!"当她仔细观察他那张带着菜色的面容,打量他那佝偻的身子、荆条般的长臂和一动不动像没有知觉似的手指时,她不得不这样想。可是,她的目光融进了西马的眼睛,仿佛愈来愈深地进入了一个明亮的地方。令人不安的吸引力迫使她走到这个年轻人的面前,不禁想去摸摸他。

他不止一次地把自己的诗念给她听。听到他那低沉、急速而有节奏的朗读时,她总是产生一种类似烦恼的惶惑心情,不知道对他讲什么好,只是叹着气默不作声。但每次她都不由自主地问:

"你又作诗了么?"

"嗯,"西马低着头回答。

"去你们的吧!我要走啦。"罗兹卡大声说,用嘲讽的目光看着他们。"格拉菲拉,你最好吻他一下,让他走算了……"

她笑了笑便往灌木丛里走去,一面响亮地唱道:

我呀,我痛苦不堪,
从桥头跳到河中间……①

"什么诗,你念念吧!"洛特卡舒了口气,请求道。

他抬起头,感激地对她一笑,脸上泛起了红晕,无神的眼睛潮湿了。洛特卡往后退了一步。

最最崇高的圣母,
至尊我主的母亲!
请用你仁慈的目光,
关注孩子们不幸的命运!

---

① 俄罗斯民谣。

他的下巴颤抖着,声音低沉,不大清楚。他一动不动地站在那儿念,像乞丐一样胆怯地望着洛特卡的面孔。洛特卡皱着眉,随着诗的韵律频频点头。她的右手扶在石墙上,左手下意识地玩弄着短上衣的钮扣。

在昏暗的农舍里,
饥寒交迫的孩子奄奄一息,
无情的病魔折磨着他们,
凶恶的死神将让他们的小眼永闭!
他们很少得到父母的爱抚,
幼小的心灵从来无人怜惜,
当他们得到爱抚时已经闭上了眼睛,
当他们被人怜惜时已经走向了墓地……

"够了!"洛特卡说,又往后退了一步。

西马望着她的面孔,郁郁不乐地住了口。他以为她生气了,因为她两颊苍白,目光变得暗淡了,嘴唇也紧闭着。于是西马抱歉地解释道:

"因为斯特列利佐夫家的莉莎死了,我才作了这首诗。那孩子病了很久,可她母亲每天得去打零工,母亲生她的气,说她妨碍了她的工作。可是莉莎死了以后,她母亲马丽娅·纳扎罗夫娜哭了三天三夜!"

"这我知道!"她苦恼地低声说。"我也埋葬过两个孩子……"

她环视四周:花园里笼罩着淡红色的暮霭,透过秋叶索索的树杈可以看见闪着猩红色光芒的夕阳。

"跟我来!"她突然对西马说。年轻人放下钓鱼竿,顺从地跟在她身后,迈着不灵巧的脚步。她走得很快,仿佛怕被人看见似的佝着身子。她把他领到花园里一个黑暗的角落,指着一堆枯枝低声对他说:

"坐吧!"

他坐下后,她便抱住他的脖颈,小声而急促地问:

"你爱我,对吗?"

"是的,"他哆嗦了一下,回答道。

"喏,我也爱你!"她说得很快。

他惊恐地瞧了瞧她的脸,身子往后一缩。

"这是撒谎,您是故意……"

"啊,上帝!"女人低声喊道。"我起誓!你瞧,我不是画十字了吗?"

他激动地扑到她身上,把头扎在她的膝间,高兴地啜泣着喃喃说:

"我老早就爱您了!我是这样地爱您……"

她推开他,耳语般地说:

"喂,快点,咳,快点吧……"

西马不明白她的意思。她便粗野地抱住他,急匆匆地献出了自己的肉体,完事后立刻平静下来,深沉而均匀地喘着气说:

"就是这样!现在你会常上我那儿去了。你去吗?我告诉看门人放你进去!"

她用胳臂肘把他推开,站起来,显得又高又美。

"你知道我有丈夫吗?"她试探地望着他那又惊愕又茫然的脸孔问。

"知道!"西马非常小声地说。

"还有情人……"

他望着她的脸,不知如何是好地笑了笑,摇晃着身子没有开口。

"怎么样?你现在怎么办呢?"她好奇地问。

"我告诉他说……"

洛特卡颤抖了一下,挺起了胸脯。

"告诉什么?告诉谁?"

"告诉瓦维拉。不要紧!"年轻人快活地安慰她说。"我自己去讲,您别害怕……"

一种温柔的、几乎像母亲般的目光在洛特卡的眼睛里闪烁着。

"不许你讲，"她严厉地说。"小傻瓜，那怎么行？！"

她把沉甸甸的手放在年轻人的肩上，温柔地说：

"他会打死你的，你这个小傻瓜！你不能讲！"

她扳转他的身子，轻轻地推了他一下，小声说：

"喏，现在你走吧！走吧，再见！小心，别讲！不然他会打死你的，记住！"

他想转过身来拥抱她，但当他转过来的时候，她已经头也不回地快步走开了。他在一堆半腐朽的垃圾上一动不动地站着，迷迷糊糊地微笑着，用湿润的眼睛望着灌木丛；她那像云彩一样轻柔的白裙就是在那儿消失的。

洛特卡走得飞快，仿佛害怕哪个讨厌的人会拦住她似的。她三蹦两跳上了楼，跑进自己的房间，锁上房门，才抓住床栏深深地舒了一口气。

圣像前的油灯在昏暗的屋里忧郁地眨着蓝色的眼睛，圣母像周围像在祈祷似的摇晃着一个个暗影。

洛特卡长久地望着屋角，然后不声不响地跪了下来（仿佛要躲藏在高高的床栏后边），两手交叉放在胸前，虔诚地高声叨念道：

"最崇高的圣母啊，宽恕你的仆人，宽恕罪恶深重的格拉菲拉吧！"

西马·杰武什金的名声传到了河对面。地方长官下令把这个诗人找去，闭着眼睛，晃着脑袋，长时间地谛听西马朗诵诗，然后说：

"你应当学习，你文化太低！你喜欢读书吗？"

西马念诗已念得精疲力竭，加上害怕地方长官那副严厉的面孔，所以没有吭声。

施特雷黑尔用手抚摩着刮得光光的脸颊，仔细地打量着站在门边的这个身材不匀称的年轻人，重复道：

"你应当学习，我的老弟！应当读读普希金的诗！你知道普希金吗?"

"不知道。"

"怎么?"地方长官吃了一惊。"那么你记得在小学里学过的这样一首诗吗:

> 朝霞升起,小贩沿街逛,
> 马车一辆辆驰向停车场……①

这就是普希金的诗!你是在哪儿上的学?"

"在教堂附属小学。"

"啊,怪不得!不过你应当知道普希金!我可以给你订购几本普希金的诗,现在我手头没有,我到省城里去订购。怎么,你的身体不好?"

"不好,"诗人漫不经心地回答。

"要治一治!节假日你可以到切列穆欣松林去散散步,那里到处是松树,这对你的身体很有益处。"

他给了西马半个银卢布,亲切地把他一直送到前厅。

伊赛亚·库德里亚夫斯基神甫也很赞赏西马的诗。

"不错,西缅②,不错!"他晃着他那端庄的头说。"我十分赞赏。深刻的思想和朴素的风格——激动人心!努力吧,年轻人,别把上帝赐给你的天才埋没了,你一定会凭借你的祝福人——抱过耶稣基督的西缅③的帮助,从黑暗中走出来,取得很大成就。你喝酒吗?"

---

① 普希金的长诗《叶甫盖尼·奥涅金》中的诗句,但原诗是"商人起床,小贩沿街逛,马车一辆辆驰向停车场……"
② 西缅即西马;西马是西缅的小称。
③ "抱过耶稣基督的西缅",出自圣经故事:耶路撒冷人西缅受圣灵感应,预先知道自己在死之前一定能见到耶稣。后来有一天,当耶稣的父母抱着还是婴儿的耶稣进入圣殿时,他马上过去抱了抱耶稣。西缅·杰武什金和这个西缅同名。俄罗斯人有时用圣徒的名字命名,认为这样可以受到圣徒的保佑,所以神甫在这里称"抱过耶稣基督的西缅"为杰武什金的祝福人。

"不喝,"西马叹了口气。"喝酒对我有害。"

"好!这也值得称赞!"伊赛亚神甫说,当诗人走过来接受祝福的时候,他往诗人手里塞了三枚五戈比的大钱币,解释道:"这是你所需要的,也是对你朗诵诗的酬谢。我再说一遍,你那些诗非常非常好,怎么夸奖也不过分!"

希汉区其他那些有学问的人也邀请西马去朗读诗。他匆匆忙忙地、胆怯地朗诵着,把一些音节,甚至把整个儿整个儿的词都念漏了,走的时候,常常得到十戈比或二十戈比的赏赐。

连市场上的商人有时也把他叫到小铺里去,认真地听他朗诵诗,末了赏他三五个戈比。有些年纪轻一点的人劝他:

"小伙子,你最好写些有趣味儿的诗,要不太枯燥了!你能写些有趣味儿的诗吗?"

"不能,"西马带着歉意忧郁地回答。

"太遗憾了!"

医生里亚欣听诗人读过诗之后,笑着喊道:

"这又是一个被埋没的牺牲品!"

接着他记下了几首诗,答应把它们寄到什么地方去发表,但同时又搓着他那双干瘦的手说:

"我的高个儿年轻人!这些诗也许都是不错的,只是现在未必是时候!我不能给你什么许诺,但是我一定把它们寄到各个地方去。"

他没有给西马钱。

杰武什金开始躲避人们,到希汉区去的次数愈来愈少,除非不得已才去。他清楚地看到,那儿谁也不喜欢他,大家都在好奇地看着他,没有一个人可以推心置腹。他那长长的身躯,畸形的细脖子上蠢笨的脑袋,颧骨突出的蜡黄脸和无神的眼睛,怯弱的性格,嘶哑尖细的声音和僵硬的仿佛是多余的手,这一切都引不起人们的好感。

一件使他同希汉人断绝关系的事终于发生了。有一次,税务督察官茹科夫在离西马不远的地方钓鱼,他突然命令西马说:

"喂,丑小子!给我写首诗,我给你三十戈比。听到了吗?你知道罗兹卡吗?你就写一首讽刺她的诗!懂吗?明天晚上你到费莉察塔那儿去念一念——我告诉他们放你进去!"

西马没有理他,坐了一会儿,趁茹科夫不注意的时候溜掉了。他不喜欢这个小眼睛、大耳朵、长着满头红发的胖家伙。他知道茹科夫是个大流氓,喝醉酒的时候喜欢捉弄人和动物。后河区的庄稼汉没有不恨他的。自从西马同洛特卡要好以后,他对茹科夫更加厌恶了:每当他想象着这个人怎样用又红又胖的手去触摸他的女友的身体时,一股刺人的凉气便流入他的胸膛,他两腿发颤,像疯了似的瞪着眼睛,痛苦得哼哼唠唠。

他编了一首关于茹科夫的长诗,常常独自小声朗读,有一次还读给洛特卡听了。她听了后,解恨地笑了很久,并且再三再四地亲吻西马,说:

"该骂,这头猪!骂得好!"

几天之后,茹科夫的文书,赌棍伊凡纽科夫碰见了西马,对他大声嚷道:

"嘿!我正要找你!你这个坐不住的家伙,叫我好找!走,上督察官那儿去,他有事找你!"

"我不想去,"西马说着想溜。

可是伊凡纽科夫抓住他那件破大衣的袖子高声问:

"怎么,我的老爷,您想吃耳光吗?"

西马只好去见茹科夫。督察官躺在沙发上,满脸笑容,沙哑着嗓子对西马说:

"畜生,你为啥写了诗到处念,我却一点也不知道?这可是我向你订的诗,不是吗?"

西马又恐惧,又厌恶,又痛苦。突然,连他自己也感到意外,竟高声尖叫道:

"叶夫谢伊·茹科夫大人……"他喘了口气,仿佛浮游在云雾里一样,身子摇摇晃晃地解释说。"我省略了父称,是因为这个词不能入诗,利奥多罗维奇——没人叫这个名字!"

"什么?"茹科夫奇怪地问。"你倒是念你的诗呀,木头桩子①!"

西马开始念道:

> 要说出您的实情,
> 我怎么也没有那样的胆,
> 为了这件事
> 您会把我的脖子拧断。

"蠢东西!"茹科夫嘟囔道。

> 要是我跟您地位平等,
> 那我就不会担心,
> 我可以毫不费力地
> 把您嘲笑一通。

茹科夫抬起头,咳嗽着从沙发上吃力地坐起来——这个动作把西马吓坏了,他停止了读诗,也咳嗽了一阵。

"喂,怎么啦?"茹科夫吐了口痰,嘶哑着嗓子问。

西马慢吞吞地往下念:

> 看见您我都觉得可耻,
> 觉得可耻又恶心……

税务督察官把眼睛一瞪,微微颤动着手指,威胁地低声说:

---

① 对又高又瘦的人的蔑称。

489

"什—么?"

诗人哆嗦了一下,佝着身子迅速从房间里逃了出来,不知在什么地方几乎躲了三个星期。后来他对后河人说,当时茹科夫冲着他大叫:"我宰了你!"并把靴子朝他扔去。

这件事在希汉区也传开了。

"大家都称赞这个小伙子,他就骄傲起来了!"希汉人说。"后河人一个比一个坏,对他们殷勤款待是危险的!"

但是在奥库罗夫和后河区的七千居民当中,有一个人对待诗人的态度是严肃认真的:当西马每次在洛特卡那儿得到片刻例行公事式的温存,从"乐园"出来的时候,肩阔腰粗的切特赫尔便在门口叫住他。

"是你?"切特赫尔虽然知道是他,并看见从耳门里局促不安、笨手笨脚地走出来的是一个细长的身影,可他还是问了这么一句。

"喂,坐坐吧!"他说。

当西马同他一起坐在长凳上的时候,他便把宽大的手掌放在诗人的肩上或膝上,低声请求道:

"喂,念首诗吧!"

西马念了。切特赫尔叹着气悄悄画了个十字,又请求道:

"再念一首吧!"

年轻人很高兴给这个人念自己的诗,而且用特殊的方式为他念:不慌不忙,声音轻柔,尽量把自己喜爱的词句念得特别意味深长,有时念到他认为特别重要的词句时,诗人就暗暗地碰他一下,以示强调。

在这曾经充满另一种生活的古老院子的大门口,西马仿佛觉得他毫不遗憾、心甘情愿地放弃了自己的想法,仿佛觉得对待他这些想法的不是玷污他的灵魂的冷漠的好奇心和怜悯心,而是一种别的态度,这种态度唤起了他愉快的自豪感。

从那至今还很威严的贵族宅邸的深处,不时传来女人的尖叫声、电报员科利亚的男高音、高利贷者的儿子万卡·赫里亚波夫洪钟般的说话声、菲姆卡·普什卡列娃愉快的歌声和吉他声,但是,这醉生梦死的生活的所有声音都没有干扰西马和他那惟一的听众。

"再念一首吧!"切特赫尔请求道。他那红色浓眉下的眼睛一直注视着夜空闪着银光的天河、愉快地眨着眼的繁星、徐徐移动的铜盘般的满月和静静地飞驰着的云彩。切特赫尔望着、听着,不时耸耸肩膀,悄悄地画着十字。

被贫穷所腐蚀、吞噬和被粗野行为所破坏的后河区那些黑压压的小木屋痛苦地沉睡着,它们紧紧地包围着沃耶沃金家的庄园,就像一堆垃圾包围着一件破碎了的玩具。西马紧靠在木头大门上,不知疲倦地念着。

但是,有时他想起洛特卡那急匆匆的、恩赐般的爱抚时,年轻人就仿佛受到凌辱一样感到恶心。他想起那女人匆匆忙忙的谈话和熟练的动作,难过地想:

"哪怕能让我欣赏她一次也好啊!其他的人……"

他不想念诗了,声音变得有气无力,心也不在诗上了。

"好,就到这儿吧,谢谢你!"切特赫尔说,并把三个或五个戈比塞在他的手里。

"不用了!"西马缩回手去。

"得了,你拿去吧!我就一个人,够用的!"

西马怕惹切特赫尔生气,便接过钱往田野里走去。

黄昏日落时和静静的夜里,诗人喜欢坐在靠近大路的小丘上,用他那长长的手臂抱住膝头,默默地倾听那壮阔、喧腾的生活之波如何平静地、不知疲倦地从他的身旁流过:忙碌的纺织娘吱吱地叫着,田鼠匆忙地奔跑着,鸟儿归巢了,丘陵间移动着一个个阴影,野草索索作响,空气里散发着金篮花、蜜蜂花和淡水海绵甜滋滋的气味儿,星星在淡青色的天空中闪烁。

就在这样一个月夜里,季乌诺夫突然悄悄地出现在诗人面前。他用手杖敲打着靴子问:

"怎么,在作诗吗?"

"是的,"西马不大好意思地回答。

季乌诺夫转动着头把诗人打量了一番,然后亲切地赞许道:

"好,那你作吧,上帝会帮助你的!"

季乌诺夫又悄悄地离开了。西马觉得他是一个善良的、自己所需要的人,便站起身,吃力地跟着他走去。

"独眼龙"转过身来,等了一会儿,又打量了西马一番。

"我很想知道你是怎样作诗的!"

年轻人高兴起来,他愉快而轻松地说:

"开始时,我思考。我甚至总在思考,亚科夫·扎哈罗维奇。可能把心都思考碎了,因为又压抑,又悲痛。可有时候它又跳动起来,像小鸟儿一样,但突然间又不跳了。"

"是这一样!"季乌诺夫说,不停地用手杖敲打斜映在他脚下的自己影子的头部。"小伙子,你究竟想些什么呢?"

"各种各样的事儿,亚科夫·扎哈罗维奇!"年轻人仿佛做错了事似的说。"碰见了或记起了什么就想什么,人呀,狗呀,鸟儿呀……"

"嗯,是这一样!"

季乌诺夫搔着鼻梁,慢慢地往前走。西马在他身边一面走,一面说:

"除了鸟儿以外,所有的生物都憋闷在一个地方。一个人在路上走,低头望着地面,想着什么事……冬天的狼在吼叫——它们也是饥寒交迫啊!大概谁也会觉得可怕——他周围全是狼啊!当狼吼叫的时候,我仿佛变成了醉汉,简直不忍听下去!"

月光从他们的身后照过来,在他们前面投下两个移动着的影子:一短一长,但两个影子都很细。一个影子的头部是尖的,在前面一步一步有节奏地移动着;另一个影子时而盖住了它,时而又闪到了一边去。不一会儿两个影子又重新合成一个不成形状的黑影,痉挛似的在地上缓缓移动。

西马一边磕磕绊绊地走着,一边说:

"我甚至还作了一首关于狼的诗!"他停住脚步,念了起来:

> 狼群在旷野和森林里徘徊,
> 不时仰望苍穹厉声哀叫。
> 怀着巨大悲痛的我啊,
> 同狼相似得就如骨肉同胞。
> 我不能讨任何人的欢心,
> 也不为任何人所需要!
> 我艰难地活在世上,
> 一声不响,静静悄悄!
> 我就像一只灰狼,
> 忍着怨恨,不敢大声哀号!

季乌诺夫挥了一下手杖,望望天空和远方,又望望自己的脚下。

"为什么你就不能作些愉快的诗呢?"他叹息着问。

西马也环视了一下四周,带着歉意回答道:

"我作了一首关于税务督察官茹科夫的诗,可是写得不好。阿尔秋什卡唱的

> 在咱们后河区
> 住着些坏心肠的人……

就是我作的诗!还有关于镇子的诗……"

"什么,关于镇子的?"

"对!"年轻人摘下破旧的便帽,不知为什么把它举在面前押了押,然后低声念道:

唉，我真想唱几支快乐的歌啊！
可在咱们这地方谁去听它？
又闭塞又拥挤的镇子哪谈得上快乐，
何况镇里的人还彼此敌视，互相倾轧。
住在咱们镇上如同住在坟地，
所有的人都有一个现成的墓穴。
弟兄们啊！抛开仇恨的纷争吧，
让我们在世上能生活得愉快一些。

他沉默了。

"完了吗？""独眼龙"盯着年轻人的脸，笑着问。"这有什么愉快的呢？傻小子！"

他沉默了一会儿，又说：

"唉，傻小子！"

年轻人对这忧郁而亲切的感叹不仅没有生气，反而笑着说：

"亚科夫·扎哈罗维奇，本来我也没有说这是愉快的诗呀。"

"难道你没说吗？"

"没有呀！"

"嗯，那好吧！"

在他们左边，沼泽地上黑压压的云杉林里，一只枭鸟咻咻地叫了两声，静静的夜的沉寂被划破了，但立即又像奶油似的凝结起来。前面远方的田野里亮起了一团火，接着，很快地燃烧起来，闪动着红色的火苗。

"瞧，""独眼龙"说。"看来是巴勒梅雷村的庄稼汉点起了过夜的篝火。夜晚有点凉啊！"

"亚科夫·扎哈罗维奇，我用诗句思想比较容易，可是要写一些简单的句子，反倒比较困难。我总想把诗写得像祈祷诗一样，但该怎么写呢，不知道！如果把诗句写长，也许就比较像祈祷诗，是这样吗？我

再念一首,也是关于镇子的:

> 沼泽上空奔驰着灰蒙蒙的乌云,
> 深沉的静寂笼罩着整个市镇。
> 忧虑重重的人们已沉入睡梦,
> 在他们头顶上高悬着独眼的天空。"

"什么样的天空?"季乌诺夫奇怪地问。

"独眼的天空,"西马不好意思地回答,并往后退了一步,用抱歉的口气解释道。"天空本来在任何时候都只有一只眼睛:白天是太阳,夜晚只有月亮。"

"独眼的,就是说,跟我一样啰?"季乌诺夫笑着说。"这没什么,很好嘛!不过你忘记了星星。"

"月圆的时候哪儿来的星星呢?"

"嗯……不错,月明星稀!对!可你不是说有乌云吗,怎么还有月亮?"

"这是常有的事!乌云奔驰,云缝间露出了月亮,整个天空都在颤抖,仿佛要塌下来似的……"

季乌诺夫沉默了;西马却小声地补了一句:

"我说天空是独眼的,根本就没想到你,真的!"

"没关系!""独眼龙"说。

"下面的诗句是这样的:

> 天空里乌云追赶着失明的月亮,
> 大地上不知谁的影子在我身后蹑足而行……"

"说来说去总离不开你!"季乌诺夫突然说。"你呀,我呀,总是讲这些!不是饥饿就是死亡!"

年轻人很想把自己的诗读给季乌诺夫听；可是，看来"独眼龙"不想听下去了。他挥动着手杖，慢慢往前走，并对西马说：

"当然，这一切在生活中是存在的，既有贫穷，也有死亡，但这吓不倒人！我爷爷挨过饿，我父亲也挨过饿，我自己也只是凑合过日子。不错，他们已经死了，我也会死！"

西马回想着自己的诗，没有吭声。

"是的，我也会死。我死后什么也留不下！"季乌诺夫令人信服地说。"一个恶棍死了，人们会说：嘿，他多么可恨啊！一个善良的人死了，人们会追念他的好处。对一只死去的狗表示惋惜也是常有的事。有人也常常记起那些死去的猫：真是只好猫，又聪明，又可爱，逮起耗子来可灵呢！可是亚科夫·季乌诺夫或者西马·杰武什金死了，谁也不会说什么！有咱们或者没有咱们，大家是无所谓的。你倒是想想这个问题吧，年轻人！对，想想吧！这很重要！你是一个孤独的人，而孤独的人也是最优秀、最忠于大众的仆人。"

西马默默不语。季乌诺夫平静而温和的谈话并没有干扰年轻人正在推敲适当词句的纷乱思绪。

"你应当成为一个不是使人悲伤，而是使人欢乐的人，你应当怀着欢乐去爱人！小伙子，悲伤是不值钱的东西，人要沉浸在悲伤里，就像囚徒穿上灰色的囚衣一样，所有的人都成了一个样子，贵族也好，小市民也好，毫无区别。你应当去寻找欢乐，并让人们看到欢乐，看到这只珍奇的小鸟——极乐鸟。你有，比方说，你有才华，你就要珍视你的才能！老弟，应当爱惜一切：如果你干活的工具是凿子，那你也要爱惜它！虽然它只是一块铁，但它会理解你；而一旦它爱上你的手，就会在工作中很好地帮助你。"

田野里走着两个人——
一个年老，一个年轻……

西马的脑子里出现了这样的诗句。他磕磕绊绊地走着,把又直又长的两臂伸向前方。

>在他们面前的地上
>像烟一样晃动着两个黑影……

在昏暗的脑海里,在记忆中,像火花一样迸发着各种各样的词句,它们像蜜蜂一样飞旋着,一些消失了,另一些结成了活的锁链,组成了歌曲;西马觉得又可怕,又愉快,心里暗自感到高兴。

"喂,你瞧!"季乌诺夫忧郁地说。"在俄罗斯有一种人,即所谓的小市民。你想想,还有什么人比他们更不幸呢?有一种吉卜赛人,他们总是流浪,在集市上骗庄稼人的马,在乡下偷人家的鸡。也许他们没有干这类事情,可是人们都这么说他们。虽然小市民大都定居在一个地方,但他们也是世界上最无用的人……"

年轻人用无神的圆眼睛望着前边,两只脚擦得地面沙沙响,他觉得自己似乎正轻松地往高处走。

>老人对年轻人
>谈着什么,
>前面远远的地方
>闪亮着一堆篝火……

远方,浓重的乌云在"黑色云杉林"的上空升起,星星被吞没了。篝火显得更加明亮,更加旺盛。

"小伙子,我是快五十岁的人了,而且经历了那么多的事情——我经历的事一个大教堂也装不下!我过过各式各样的生活,可是,大部分生活过得不好!经历过这一切之后,我的心这样告诉我:傻瓜,活着就应当爱一切,没有爱的生活——那不是生活!"

西马微笑着,心里暗自作着诗:

> 他们在狭窄的小路上
> 艰难地行走,
> 影子遮住了
> 路上的坑沟。
> 两个人跌跌撞撞
> 不时掉在坑里边,
> 但他们仍然慢慢走着,
> 朝着远方勇往直前。
> 上帝啊,万能的主!
> 请你给他们指出:
> 在这茫茫的黑夜里
> 怎样才能走上去天堂的路!

他停住脚步,抓住"独眼龙"的袖子,高兴地叫道:
"亚科夫·扎哈罗维奇,我这又作了一首诗,真的,刚刚作好!我念给你听!"
西马念完他的诗后,"独眼龙"用他那只暗黑的眼睛盯着他的脸,称赞道:
"啊,这就对啦!瞧,你本来……"
"咳,我的天!"西马小声叫道。"您知道吧,当你作成了一首诗的时候,那是多大的欢乐啊,简直高兴得快哭了……"
"好哇!这正是人们所需要的——欢乐!咱们该回去了。瞧,咱们走了多么远啊!"
他们转过身来。路越走越亮了,影子落在后边。他们紧紧地挨在一起走着。
"小伙子,"静夜里响着季乌诺夫安详的声音。"最主要的是,你要爱惜自己的才能！你的躯体对你来说，并不是重要的东西，而你的才能，却是献给人世间的礼物！关于上帝那几句，当然，写得也很好！不过要记住这句俗话：上帝是上帝，自己也应当努力！而最主要的就是要懂得爱！没有爱的人是蠢人！"

秋天的征兆——黑压压的乌云在他们身后追赶着他们，用天鹅绒般的暗影遮住了田野和沼泽；可在他们前面，一轮满月却闪着柔和的光芒在迎接他们。

"唉，西马呀西马！"季乌诺夫喑哑的声音颤抖着。"我见过多少人，受过多少人世间的痛苦啊！人爱悲痛，但却加倍地爱欢乐！我真心实意地告诉你一句话：在世界上，俄罗斯人民是很好的人民！当然，他们粗野，备受煎熬，很不幸；然而他们很好，很善良，有才干！只要你仔细地观察观察他们，你就会爱他们！喂，老弟，那时候你就会唱起歌来！"

西马笑了，用他那皮包骨的肩膀碰了"独眼龙"一下。

季乌诺夫沉默了片刻，很有感染力地又说了一句：

"多么好的人民啊！阿门！"

红发姑娘帕莎在"乐园"里除了那专门的营生之外，还担任相当于侍女的差使：厨娘最早把她叫醒，她就得去收拾大厅——一个像棚舍一样的大屋子，有五扇尖顶窗户，其中两扇紧闭着，挂着彩色毯子。

大厅的天花板上画着红红绿绿的花环，花环里画着黄色和绿色的大头鸟和两个已经模糊不清的爱神：一个爱神的脸褪了色，另一个的腿和一部分肚子剥落了。

厨娘玛特列娜·普什卡列娃告诉帕莎说，这天花板上的画是一八一二年一个法国俘虏画的。几乎每天早上，当帕莎拿着扫帚和抹布走进大厅的时候，她都要站在门口，仰起头，认真地观察到处是斑斑水渍、裂缝和油灯烟的天花板上的彩画。

有时玛特列娜向她喊道：

"你怎么啦,怪物,又瞪着眼睛在那儿看什么?快收拾吧,大家都已经起床了……"

帕莎笑着回答:

"马上就好!这个法国人多么手巧啊!他是怎么画的呢,大婶?除非他躺着画,对吗?"

玛特列娜生气了:

"只有你才整天躺着过日子!等着瞧吧,你会睡死的,肥猪,你会把背都躺出趼子来!"

"这个可怜的法国人如今在什么地方?"帕莎叹息地想着。

帕莎经常欣赏这个法国人的画,看忘了形,连园主和姐妹们恶狠狠的呵斥声也听不见。她们宿醉未醒,像猫扑乌鸦一样气势汹汹地向她扑过来,乱揪乱打,把大厅里的尘土弄得她满身都是。

帕莎挨打的时候并不反抗,只是闭着眼睛呼哧呼哧地喘气。她们打得疲倦了,她才哭起来,可是并不马上诉苦。她先看看她的衣服什么地方被撕破了,然后走到院子里,在那儿用男低音号啕痛哭,大声叫骂。

她一哭叫,切特赫尔的大脑袋便从外边伸进耳门,长时间不声不响地听着帕莎哭诉。大概他终于听得不耐烦了,这时才蔑视地劝她道:

"喂,你别哭了!不要脸的!你在那儿大哭大叫,人家会听见的!喂,我说人家会听见的!"

"我想必是觉得痛了!"帕莎渐渐安静下来,解释道。

切特赫尔说得很有道理:

"就是要你痛,她们才打你呢。"

一天夜晚,在狂喝滥饮中喝得醉醺醺的涅姆采夫和万卡·赫里亚波夫糟蹋了帕莎。她脱身以后,跑到院子里,靠着大门号啕大哭起来。

"又哭?"切特赫尔从外面推开耳门问。

"好大叔!"她边哭边叫。"我为什么这样不幸啊?天哪!"

"算了,别哭了!"切特赫尔劝说了一句。

可她还是哭。

切特赫尔听她又哭叫了一阵,沉痛地叹息道:

"唉,听听你那声音吧! 你呀,可别哭死了! 到这儿来!"

他把她拉到门外,环顾了一下四周,然后让她坐在长凳上,他坐在她身旁,劝说道:

"喂,别哭了! 就在这儿坐会吧。你瞧,多么温暖的夜晚。周围一个人也没有。谁欺侮你啦?"

帕莎一边哽咽,一边讲述他们是怎样糟蹋她的。可是切特赫尔厌恶地制止了她:

"咳,得了! 我不愿意听这些龌龊的事。别说了!"

她顺从地闭口不讲了,用肩膀靠着他。他想躲开她,可又没有地方躲。于是他把一双长长的手臂夹在自己的膝盖间,低着头,看也不看她,喃喃地说:

"听,马尔库申家的狗在叫。听见了吗? 狗被套上链子,也不喂,这样做是为了让狗更凶狠些。你瞧,夜晚在户外多好啊! 一个人也没有……真好! 瞧,一颗星星掉下来了。等世界末日到来的时候,那些星星会像雪花一样从天上落下来。活到那一天瞧瞧多好啊……"

他讲了很久很久。他的眼睛有时不由自主地往右边瞟一下,这时便看见姑娘的脸,看见她那溜圆的胳膊肘和半袒露的胸脯。他感到她的笨重的身体愈来愈沉地靠在他身上,他觉得又暖和又舒坦。他的两膝没有动,只把右手抽出来想搂住帕莎,但突然听到了呼噜呼噜的鼾声。

"怎么,睡着啦?"他奇怪地小声问。

她没有回答。

"喂!"切特赫尔扭了扭肩膀说。

她甜滋滋地咂了咂嘴唇,平静而深沉地呼吸着。切特赫尔看了看姑娘那垂着几绺红发的脸孔,只见帕莎的嘴奇怪地半张着,两颊闪着尚未全干的泪珠,手臂无力地垂着。

切特赫尔笑了,摇着头喃喃地说:

"唉,傻瓜!真是个傻丫头!"

她那香甜的睡眠和孩子般无人保护的身体引起他一种善意的惊叹。他从侧面望着她,止住自己那双长胳膊正要做出的下意识的动作,长久而安静地坐在她身边,一直坐到天明,一面听着屋里醉汉们的吼叫。当镇里教堂的钟声打四点时,他叫醒了她:

"喂,到我的看守房去吧!哎,去吧!那些家伙就要出来了……"

"我是怎么睡着的?"帕莎奇怪地环顾着四周问。

"你眼睛一闭就睡着了呗!"

"哎呀,我的天……"

"去吧,去吧……"

他推开她面前的耳门,目送着她那白色的身影,直到她走进厨房旁边的他那间小屋子,才嘭的一声把门关上,然后便撇开两腿坐在那儿,久久地望着地面,摇着头。

这一夜,帕莎和切特赫尔之间的关系没有一点改变。但是过了不久,姑娘又挨了一顿打。

有一天,洛特卡烂醉之后在中午醒来了。醒来时身子不适,烦躁,因为心里烧得慌,干燥的皮肤好像生了锈一样,眼睛也疼。她把两只腿垂到地上,用一只脚的后跟敲着地板叫人;过了一会儿,敲得更响了,接着就用两只脚在地板上发疯似的乱跺起来,眼睛发黑,闪着凶光。

当帕莎跑来的时候,她把鞋子掷到帕莎的头上,粗野地叫骂着,撕破帕莎的上衣,把她从楼梯上推下来。

帕莎又哭了,切特赫尔又出现了——看来他是刚刚醒来,头发蓬乱,表情严肃。

"怎么回事儿?"他问。

"格拉菲拉打我……"

"为什么?"

"天哪,我怎么知道……"

"天哪!"他模仿着帕莎的粗嗓音,然后用主人般的口气命令道。"去吧,去洗洗脸!"

她小声抽泣着走进屋里。切特赫尔往前伸出手臂,用手指头指着帕莎的背影,阴沉着脸说:

"我给她们点颜色看看!"

他猛地一踢,把一片碎瓦踢得老远,然后毅然走进厨房。厨房里正响着费莉察塔和厨娘的争吵声,他把门一开,宽宽的身躯便把门整个儿堵住了。他打断园主的话说:

"我说,你们怎么总是无缘无故地打佩拉格娅……"

"你要干什么,库兹马?"园主不明白他的话是什么意思,用疲乏的嗓音问。

"我问你们为什么打佩拉格娅?"切特赫尔两手抓着门框,又说了一遍。

肥胖的玛特列娜·普什卡列娃和费莉察塔·纳扎罗芙娜·沃耶沃金娜奇怪地睁圆了眼睛:这个人在大门口安安静静几乎坐了三年,总是沉默不语,谁的话他都听,什么事也不干预,可瞧,现在却跑来了,好像他有什么权利似的,竟在这儿教训主人。

"不应当打她。她像个孩子,什么也不懂。"

费莉察塔·纳扎罗芙娜低声笑了起来,她点了点头,走到他身边。今天她的头发盘得高高的,像戴着一顶王冠,把身材衬得更高了;她身穿宽大的红色长外衣,手戴镯子和指环,腰里的钥匙串叮当作响,细密的牙齿微露,嘲讽地眯缝着眼睛——这一切把看门人制服了,他低下了头,垂下了手。

"你在这儿是干什么的?"费莉察塔挖苦地问。

他张着口哼哼哈哈地不知说了些什么。

"滚出去!"园主把手一挥叫道。

切特赫尔艰难地转过身子走了,只听见她在背后说:

"嘿,老爷子!看来你还没有睡醒!"

他停在台阶上,抓住楼梯栏杆摇了摇,木栏杆发出脆弱的咯咯声。厨房里玛特列娜还在令人厌恶地向费莉察塔谄媚:

"他怎么滚蛋了,真—怪!"

"那还不简单!"

"啊,您真够大胆的!"

"我的大娘,咱是贵族啊!"

"真的,你是将军夫人嘛!"

"贵族是天不怕地不怕的!我只消告诉涅姆采夫一声,这家伙就会完蛋!镇里对一些鸡毛蒜皮的事儿议论纷纷,看来这儿也听到了什么消息。所以切特赫尔胆子才大起来了。嘿,亲爱的,咱是不怕吓唬的,不怕!"

切特赫尔回头看了看,像头病牛似的大声喘息着走到院子里,一双罗圈腿在乱草、朽木头和碎瓦片上一搂一搂地走着,仿佛在翻耕荒废了的土地。

洛特卡没穿好衣服就去洗了脸,喝了一杯浓茶,然后又倒在床上。她觉得胸口像针刺的一样痛,仿佛有个硕大的黑水蛭正附在她的心脏上吸她的血,身体胀得鼓鼓的,然后又往她的喉头上爬,使她感到呼吸困难。

那折磨人的夜晚有几个场景总是浮现在她眼前:身体虚胖、浑身是疮的酒鬼茹科夫想跳舞,结果像只面口袋一样沉重地摔倒在地,跌了个仰面朝天。他张着两手,沙哑着嗓子恐怖地叫道:

"快搀起我来!快!"

兴奋的涅姆采夫在费莉察塔面前跳着俄罗斯舞,一面用骨瘦如柴的脚后跟跺得地板咚咚响,一面尖声怪气地叫道:

"喂!这是咱们最后一点钱了!尽情地玩吧,贵族夫人!"

酒喝得脸色发青的医生总是缠着罗兹卡,搞一些可怕的恶作剧,

把她弄得大哭起来。电报员科利亚不知为什么哭了,用拳头捶着桌子吼道:

"死尸,你们都是死尸!"

大家用冷水浇他,用酒精擦他的耳朵。不久,他就把头放在费莉察塔的膝头上睡着了。连那个总是快活温厚的万卡·赫里亚波夫也变得阴郁起来,不断对着谢拉菲玛·普什卡列娃的耳根低语着什么。她一边听他说,一边悄悄地擦着眼泪,在万卡的额头上吻了好几次,显得又可笑,又悲愁。

今夜的寻欢作乐不同寻常,人们都不吝啬:大家仿佛突然发了横财,挥金如土。他们买了最名贵的酒,对待姑娘们比往日更加粗野,大家相互说着粗鲁而费解的话。

应付这些人真是困难,而且非常可怕。园主低声警告洛特卡和罗兹卡:

"你们自己可要少喝一点!客人们今天心情不好!"

门轻轻地开了。洛特卡抬起头,只见西马苍白的脸正温柔地笑着向房间里张望。

"你没睡吗?"

洛特卡不高兴地睁开眼睛,低声回答:

"我觉得不好受。"

他踮着足,小心地走到她跟前,弯下身子望着她的眼睛。

"我可以在你这儿坐坐吗?"

她点点头同意了。西马轻轻地坐在床边,把洛特卡白皙的手放在自己的膝盖上,用自己的手掌爱怜地从肘弯到手腕抚摩她那汗毛茸茸的发烧的手臂。

"昨天我坐在大路旁又作了一首诗,念给你听听好吗?"

"是写圣母的吗?"洛特卡无精打采地问。

"不,是写一般的生活的。念念行吗?"

"嗯,念吧。"她吁口气答应了。西马开始低声念道:

上帝啊,饶恕我们吧!
我们是你的仆人啊!

洛特卡带着教训的口吻指出:
"你总是这么老一套!总是老一套有什么难。"
西马苦笑一声,顺从地低下头,不念了。
"怎么不念了?"洛特卡闭上眼睛问。
他又用刚能听到的声音快速地念起来:

上帝啊,饶恕我们吧!
我们是你的仆人啊!
我们从哪里获得力量,
去对付邪恶的命运
和可诅咒的穷困?
我们有什么罪过?
我们顺从你,
没有和你争论,
你却以不幸的死亡
和沉重的苦难
每时每刻
毁灭着我们!

"你为什么老是诉苦?"洛特卡皱着眉头厌恶地打断他。"你还不如给我作首爱情诗呢。老是上帝呀,上帝呀!你怎么,是教堂执事还是怎么的?你爱我,可你就想不到写写爱情诗!"
西马不再抚摩她的手臂,摇了摇头。
"我不会写女人的诗……"
"你学会了爱,那你也学会写爱情诗吧,"她认真地说。

她起身坐在床上,两手抱住膝盖,摇晃着身子沉思起来。年轻人悲哀地环视房间;这里的一切都是那么熟悉,但一切他都不喜欢:糊着淡红纸的墙壁,洁白发光的、糊壁纸裂了缝的天花板,带穿衣镜的梳妆台,脸盆,十分显眼地突露在床铺前的大肚的老式五屉柜,还有那屋角里满是黑烟的破炉子。这间屋子里不分日夜总是那样昏暗气闷。

"你瞎说!"洛特卡沉思地、慢吞吞地说。"你说不会写女人的诗,那是骗人。有一次你怎么写过圣母的诗呢:

> 为了使世人摆脱灾难,
> 你把儿子赐给了人间。

对!"她突然不知怎的怀着敌意兴奋起来,把舌尖弄得啧啧响,眯缝着眼睛说:"是的,可是那些受过教育的畜生们,却把圣母的诗写得那么龌龊!哼,这些猪猡!"

西马侧目瞥见她那袒露的胸脯,无可奈何地动了动两只手,这两只手仿佛突然成了他的什么障碍。

"你听听那个令人作呕的鬼医生念了些什么样的圣母诗吧!"

她伸开两腿,轻轻地把西马扳倒在她的膝头,弯下身子,胸脯几乎触到他的脸颊。年轻人心里甜滋滋的,又不大自在——背很痛:他颀长的身体快滑到地板上了,他用两只脚交替撑住地板,竭力不滑下去,可是撑不住。

"我要跌倒了,"他难为情地说。

"唉,真是笨蛋!嗯?"

她扶他坐好,搂住他,温柔地望着他的眼睛问:

"写一首吧,啊?"

"写什么?"

"写首好笑的。"

"有什么好笑的事呢?"年轻人低声问。

"写我的事儿。要不……"

她沉默了,长久地审视着他那双明亮而无神的眼睛,然后用轻软的手掌捂住它,叹息道:

"不,你做不到!你胆小。可是他们——他们什么事都能拿来取笑!"

"不能取笑上帝!"西马轻声强调说。

洛特卡又沉默了一会儿,粗暴地推了他一下,用调皮的声音说:

"不要搔我的痒!你的手怪凉的,别碰我!"

年轻人抬起头,她的手从他的额头上滑了下来。他用乞怜的目光望着她的脸,悲哀地笑着说:

"你不爱我。你不喜欢我。"

她两手扳着头的后部,望着天花板说道:

"要是我会写诗,我就总是写好笑的诗、快活的诗!让大家害臊。我什么事都写——嘿!"

西马用手抚摩着她的胸脯,又重复了一句:

"你不爱我。"

"嚆,瞧你想到哪儿去了!"她平静地说。"我怎么不爱你?我不是不向你要钱吗?!"

说罢,想了一下,眨眨眼又说:

"我爱每一个男人——这是我的职业!"

年轻人叹了口气,把两脚垂到地板上,坐着抱怨道:

"如果你多少有一点爱我,就应当把这件事告诉瓦维拉!不然我在他面前总觉得有愧……"

她不安了,灵活地跳起来,搂住西马,语气坚定地劝解说:

"你别这么想,千万别这么想!听到了吗!我只爱你一个人!可是瓦维拉……他呀,他这样的人是很独特的……"

她闭上眼睛,显出心往神驰的表情。

"我为什么跟他来往呢?"她更加平静而自信地说。"因为害怕!

你不依着他,他就会杀死你!是的!啊,他会干得出来!可我爱你,是真心,我心里舒坦,明白吗?"

她把年轻人瘦弱笨拙的身子抱得更紧,用越发深沉的目光注视着他的眼睛,一面亲吻一面审慎地表白:

"为了这纯洁的爱情,我所犯的许多罪过可以得到宽恕,这我是知道的!我怎能不爱你呢?"

她的亲吻使西马颤抖了,像一只受伤的仙鹤。他感到全身炽热,于是闭上眼睛,用自己的嘴唇去寻觅她的嘴唇。

她比以往更加匆忙地委身于他,没有欢乐和愿望,并认真地说:

"你不用担心!"

事后,她温柔妩媚地喃喃说:

"西穆什卡,你试试,作一首诗叫人们都害怕你!你要勇敢!你要知道,什么事情都可以怎么想就怎么说。你看,那些受过教育的人说得多么大胆!大家就都尊敬他们。他们还嘲弄天使呢,真的!"

她的眼睛睁得很大,闪烁着淡绿色的光芒,脸上泛着红潮。她呼吸紧促,乳房像两只小白鸽一样地颤动着。

年轻人用颤抖的手抚摩她的脸颊,望着她天真无邪的眼睛,听着她温柔的低语,又重新燃起了激情。

"我爱你是我的义务……我知道我是一个罪恶深重的女人,我整个生命都……"

整个镇子充满了小心谨慎的窃窃私语——居民们和当局诸公都在小声谈论,只有电报员科利亚一个人大声说话,而且一天比一天说得更加胆大。

衣着漂亮、机灵瘦削的科利亚,无所畏惧地翘起戴着夹鼻眼镜的鼻子,在镇子上东游西逛,到处散布令人担忧的传闻,人们问他:"你怎么知道的?"他意味深长地回答:"这是确实的呀!"还豪迈地拉正他那豪华的短外衣。

医生里亚欣咳嗽着劝说他：

"老弟，您用不着激动。您应该从哲学观点来考虑考虑：人既不能加速，也不能阻止事情的发展，正如不能阻止地球转动，不能阻止蔓延性麻痹症的发展一样。再有，比方这讨厌的淫雨，你也无法阻止。应该发生的事，一定会发生，不可能发生的事，不会发生，您怎样奔走都没有用！老弟，这是被马克思所证明了的，就是说，再没什么可说了！"

"可是，阿列克谢·斯捷潘诺维奇，"科利亚朝着天花板，挺挺身子，大声说。"人总应当有所作为吧？"

"照他的示意，你们就管生育、繁殖，在地球上住着吧，其余的事全用不着你们去操心！真的，人只能做这些简单而又惬意的事，更复杂的事，人是无能为力的，亲爱的，您也不例外！"

"上帝呀！从您的谈话可以看出您是一个多么悲观的人！"

"城镇的人对生活的态度就是这样，因为各种地理教科书上都是这么说的——俄国城镇的居民全都是酗酒、赌博和厌世的人。可你东跑西颠，这有什么用？您不是希望有宪法吗？亲爱的，您等着吧，会有宪法的，也会有其他各种幸福的。您安静地坐着，谈谈列夫·托尔斯泰，其余的一切都用不着管！重要的是托尔斯泰：他知道生活的意义——什么也用不着去做，一切事情会自然改变，会使您高兴。老弟，这就是城镇居民最好、最有用的哲学。"

"您的话完全跟季乌诺夫一样！"科利亚沮丧地叫道。

"季乌诺夫？啊，那个装订工人？"

"他其实是个钟表匠。城镇居民行行都干，但是什么也干不好。"

"唉，我的上帝！"年轻人伤心地叹了口气，走开了，他觉得自己完全被人家说服了。

科利亚不很了解这个害着性病的医生。但是他的幽默讥讽的谈吐经常在这个年轻人的脑子里唤起锐利大胆的想法，使他十分迷恋。医生的外貌也很使他喜欢，这外貌像装在漂亮盒子里的一件精巧的外科器械。他喜欢医生把领带结成华丽的蝴蝶结的本领。喜欢他的轻软的衬衣,缝得很合身的大礼服,尖头的皮靴和灵巧的白手臂优雅的动作。喜欢看他那贪婪的薄嘴唇在苍白的脸上颤抖,看他眯缝着眼睛嘲笑地戏谑。医生的嘲讽有时使科利亚感到悲伤,但更多的时候是这些谈吐使这个年轻人产生一种骄傲感:他在朋友面前重复这些谈吐,使大家不胜惊讶,他便觉得自己是个了不起的人物——知识渊博,头脑锐敏。

但是在医生劝他冷静的谈话之后,科利亚仍然感到并看到,镇子里到处是惊慌阴沉的好奇心;大家都心神不宁地预感到要发生什么事。三个居民订阅了最流行的报纸,摆出一副政治家的关切神情,在集市上匆匆行走,碰在一起便激烈地争论,一争就是两三个钟头,周围聚起一群人恭敬地倾听着。

科利亚加入争论:

"我们不能像现在这样继续生活下去了!"

"为什么?"有几个人不解地认真问道。

"因为太愚蠢了!"科利亚托住从鼻梁上滑下来的夹鼻眼镜,解释说。

"请问,是谁太愚蠢了?"

"整个俄国!你们大家都愚蠢!"年轻人记起医生说过的话,大声说道。

一些人生气了。

"小伙子,你要小心点!你这是什么话?"

镇上那些小人物聚精会神地听着科利亚的话,向他问这问那。但是他们问的都是一些很细小很实际的事,年轻人回答不出,他害怕出丑,只好离开他们溜走了。

总而言之,镇上开始了这样的生活:仿佛大家都准备出门似的,当妻子提出要买这买那以备过冬时,丈夫的回答都是含含糊糊的:

"等等再说吧!还不知道会发生什么事情呢。"

镇上那些有权有势的人常常聚在一起,诡秘地谈论着什么,最后,居民们终于知道了：伊赛亚神甫在晚祷时要借布道说明并消除各种惊慌不安的情绪，还有，施特雷黑尔要在"里斯本"大厅举行一次特别的演出，警察局局长将向省里要求派三个警察，如果可能，再派一些士兵。

"士兵！"经常醉醺醺的裁缝米纳科夫眨着眼睛惊呼。突然他恍然大悟了："我明白啦。嘿！"

他没有说他究竟明白了什么，这使大家纳闷了很久。最后他终于说：

"一定是要把我们镇改为县辖镇！"

大多数人表示怀疑，但是也有许多人说：

"可也是，咱们这儿只是名义上算个市镇，可是只有一条街和一个集市广场铺了石头。"

晚上米纳科夫坐在尼古拉教堂对面的泥泞里，流着眼泪痛苦地说：

"仁慈的圣徒啊！我们完蛋了！"

警察卡彭久欣站在旁边，安慰裁缝说：

"喂，叶戈尔，别像个女人一样号叫了！也许什么事也不会发生呢！"

当局想安定人心的谣传被证实了：警察局局长把科利亚传去，大概把他申斥了一顿。从此以后这个活泼大胆的电报员便再也不到街上东奔西跑了。

卡彭久欣找到米纳科夫，严厉地对他说：

"喂，叶戈尔，到局里去。"

"为什么？"

"叫你不要散布谣言。"

一个旅游者被逮捕了。瓦维拉·布尔米斯特罗夫和小炉匠克柳奇尼科夫失踪了。

戏剧爱好者们开始准备演出。但是在这种慌乱之中，市民们一眼便可看出：这是故作镇静。

礼拜天做晚祷的时候，教堂里挤得满满的。奥库罗夫镇的居民们汗流浃背地注意着伊赛亚神甫动人的布道：讲押沙龙①和彼得大帝，讲所罗门王②的智慧，讲一八一二年和塞瓦斯托波尔战役，讲废除农奴制，讲列强嫉妒俄罗斯的富强以及轻信谣言的害处。

市民们在回家的时候想：

"看来真的要发生什么变革了——教堂里是不会讲鸡毛蒜皮的小事的！"

惊慌不安的气氛加强了。大家彼此更加注意对方的讲话。人们聚在一起，纷纷揣测：

"外国人总是想向俄国挑衅，这是为什么？"

有人解释得很有道理：

"主要是他们的地方小：人口无限增加，可是无处安身！你打开地图看看，立刻就会明白：咱们把他们都挤到海边上去了。他们在海岸边拥挤不堪，啥东西也没有，只有沙子和盐水！他们都是穷光蛋……"

"如果这样，当然他们要嫉妒俄国人……"

传来了季乌诺夫的声音：

"当局决定召请血统俄罗斯人来管理事务，这是早已宣布过了的！"

居民们彼此询问着：

"这是谁说的？"

"后河区的'独眼龙'说的。"

安分守己的人挥挥手走开了：

"听他的！"

"诸位正教徒，举荐好人吧，要聪明诚实的……"

---

① 据《圣经》记载，押沙龙是大卫王的儿子，曾发动叛乱反对父王，后战败被刺身死（见《旧约·撒母耳记下》第十五至十八章）。
② 以色列犹太国国王（前960—前925）。

身材高大、生着大胡子的老头,桶匠库卢古罗夫问:

"咱们这里哪有这样的人?"

大家同意他的看法:

"不错,没有见过这样的人。"

"有人吃馅饼吗?"

"吃馅饼的时候到了。"

"枉费心机!"桶匠挺挺身子说。"你要明白,后河人!即便有,哪怕是些聪明人吧,在千里之外讨论咱们的事,对咱们有什么用呢?离着那么远,他们能看到什么?不,你得在本地给我权利!就在我住家的本地给我权利,让我能对骗子手苏霍巴耶夫镇长依照法律去反抗,叫他不要用苛捐杂税压迫我,我要的是这个权利!远在天边的事,跟咱们没有什么相干!"

桶匠的眼睛很小,好像两道缝,里面是动荡不安的黑洞洞的深渊,永远沸腾着一种不可抑止的激动,常常迸发出绿色的、愤怒的火光。他的手臂也显得不安:奇怪地摇晃着,仿佛要挣脱他那魁梧的身体,两只手掌啪啪地拍着,弯曲的手指相互交叉着,摩擦着。这两只手的动作和他的说话很少协调一致。

"唉,可尊敬的老人!"季乌诺夫闪着独眼,刚想说话。

"你唉什么!"桶匠打断他,一转身走开了,另外一些人也跟他走了。

"诸位正教徒!"季乌诺夫对留下来的十来个人说。"我说的是,我们小市民……"

可是季乌诺夫选的时机不巧:这个时候家家户户都烤好了馅饼在等着他们——每礼拜只烤一次,趁热吃才更香甜。再者,季乌诺夫忘记了,他面前的这些人,早就习惯于孤独生活和独自思考,自古以来他们就互不信任。他们到街上人群里来,不是为了把自己的想法告诉别人,而是为了把别人的想法抓住并带回家去,把它在脑子里同那些年复一年的刻板生活的习惯的忧思混合,轧碎,碾成齑粉。每个居民的家庭就是一座监牢,抓来的新思想在牢狱里狭小黑暗的囚室中长久地挣扎,最后精疲力尽,静静地死去,不再产生什么结果。就像被风吹到泥淖里的花籽,在那里它无力发芽、成长、开花、欢快地面向蓝天微笑,只会无影无踪地烂掉。

"独眼龙"面前只剩下玛芙鲁欣娜老太婆一人了。她那双充满混浊液体的红眼睛望着季乌诺夫的脸孔,在期待着什么。季乌诺夫不好意思避开她的目光。

"什么事,老大娘?"他小声地问。

"你听我说,我的儿子要去了!"老妇人说。

"到哪儿去?"

"到上帝那儿去……"

"瞧你!"季乌诺夫哀怜地笑着说。

"你听,他到底找到去上帝那儿的路了!"

老太婆颤抖着,两只手哆哆嗦嗦把衰弱的、饱受痛苦和岁月摧残的身体裹进肮脏的破烂衣服里。

"再见,老大娘!"季乌诺夫说着走开了。

她微笑着,独自一人留在广场上明亮的大教堂前面。

季乌诺夫用手杖敲着地面,不慌不忙往后河区走去,吧嗒吧嗒翕动着嘴唇,伸出右手,扳弄着手指,他大概在计算什么。

星期一这天天气平和而晴朗;昨夜的冷风吹干了街上的烂泥,镇子在淡青色天空衬托下,像新郎一样显得愉快清新。

桶匠打箍的声音有节奏地咚咚响着。河对岸苏霍巴耶夫工厂的排气管突突地喷着气。什么地方有狗吠叫,声音如同学生回答教师的提问时那样急促而担忧。

但是从清晨起,关于电报机坏了的消息便像残废乞丐蹒跚而行那样在镇里大街小巷渐渐传开。

像往常一样,九点钟的时候,修道院的四轮马车驶到邮局。车上坐着肥胖温和的列奥卡季娅嬷嬷;驭座上坐着爱笑的红脸蛋见习修女帕芙拉。白胡子警察卡彭久欣叼着烟斗,愁眉苦脸地站在紧闭着的邮局大门口。列奥卡季娅嬷嬷哼哧着下了马车,停在邮局台阶旁。当她看见她早就熟识的这位警察的善良面孔现在却露出异样的表情时,她吃惊起来。

"你好,尼丰特!上帝赐福与你!"

"谢谢您,"警察答道,那腔调仿佛在说:"哼,不,你骗不了我!"

说完,他鼓起腮帮,仰面望望天空。

"喂,你倒是开门呀!"女教士说。

卡彭久欣居高临下看看她,问道:

"干什么?"

"什么干什么?"女教士生气地说。"我来取信件呀,还要打两个电报……"

"邮局不办公!"

老嬷嬷焦急不安了。

"噢,主啊,救救我吧!——你怎么啦?昨天就没开门!莫不是路上出了什么事儿?"

卡彭久欣威严地举起手,阻止她说:

"列奥卡季娅嬷嬷,请您不要散布谣言!我已经对您说过了,邮局全部停止办公——就这些!"

"那么电报呢?"老嬷嬷畏缩而又有点生气地问。她为修道院办理邮件传递工作已经八年多了,从来没有出过麻烦。

"电报也不能打。"

"不能打?"

卡彭久欣以自己了解内情而扬扬自得。这种心满意足使他胡子拉碴的脸可笑地鼓胀起来。他长时间地挑逗着女教士的好奇心,故意激起她的惊慌。最后他突然兴奋地解释说:

"彼得堡的电报总机坏了。您知道,一颗彗星飞到那里,撞坏了架设着四通八达的电线的尖塔。哎,您是知道电报机是怎么回事的,不用我对您解释,您是个聪明的妇女!"

列奥卡季娅嬷嬷惊慌而怀疑地仰望着他,气得都哭了。

"哎呀,我不是什么妇女,我是女教士。拿我开心,这是罪过!"

她羞辱了警察一顿就走了。几分钟后,集市上的人们都知道了电报局发生的事。这引起了那些闲人的好奇心。商人们一个跟一个跑到邮局来观看,他们站在街道当中,仰面观望邮政局长公馆陈列着花草的窗户。人们纷纷询问事件的原委,弄得卡彭久欣很不耐烦。他生气了,大骂了一通,又掏出小本子来,不断舔着铅笔,在本子上写道:

> 局长大人阁下人群纠缠并散布谣言。无法维持肃静秩序破坏卡彭久欣上。

然后他突然揪住桶匠谢列兹尼奥夫的儿子、小淘气格里什卡的衣领,做出要揪他耳朵的样子,悄悄对他说:

"快到警察局去,把这张条子交给局长帮办,给你五戈比,快去!"

机灵的格里什卡像颗子弹一样从人群里钻出去就不见了,惹得市民们一阵哈哈大笑。

但是不久他们不得不认真思考了:警长希帕·沃皮亚利斯基在街上出现了,两个荷枪的士兵和两个骑马的警察跟在他后边。

镇上的人从小就认识这个老实怯懦的阿尔希普。大家都记得他是尼古拉教堂唱赞歌的教士,人们叫他希帕。他的父亲瓦西里·尼基季奇·科列涅夫是个温和的教堂诵经士。因为他在申请书上好几次用了"沃皮亚"①这个词,所以大主教阿加凡格尔就给他取了一个可笑的绰号,叫做"沃皮亚利斯基",这件事当时曾传为笑谈。

现在,这个又腼腆又无能的人手持马刀,跨着大步,老远就用威吓的声音喊道:

---

① 俄文"вопию"一词的译音,意为"哭泣"。

"喂,散开!"

这种奇怪的情景,使得卡彭久欣也觉得吃惊了。他挺直身子,把烟斗藏到口袋里,低声抱怨道:

"咳!何必这样!"

感到意外的居民们悄悄向街外走去。两个警察骑在瘦骨嶙峋的老马上摇晃着,静静地跟随着人们。有的人撒腿跑起来。稳重一些的人议论开了:

"他们这是对付什么人?"

"嗯,是在吓唬人!……"

"这是怎么回事,朋友们?"

大家什么也不明白。他们说着逗笑的话,指望用笑话掩盖不由自主的惊慌,谁也不愿被别人认为是愚蠢或胆怯的。但是也有些人已公开说出自己的担心:

"请问,这是怎么回事?拿我来说吧,我发了一封信,是订货的信,这封信被弄到哪儿去了呢?"

"不是今天就是明天,我应该收到省里汇来的钱……"

浓密的乌云早已从沼泽地升起,像灰蒙蒙的帐幕笼罩着镇子。一座座房屋仿佛在地面上蹲着,窗户像眼睛一样,既像是惊奇,又像是以阴沉、委屈的嘲笑望着自己的主人。不知从哪里传来桶匠低沉的敲击声:

"咚咚咚!咚咚咚!"

短暂的秋日像老人似的双眉颦蹙。街上充满了烦人的雾气。在这昏暗的迷雾中,暧昧而令人腻烦的谣言和忐忑不安的思虑像霉菌一样不知不觉地滋长着。

"听说财政局门口也安了哨兵……"

"真的吗?"

"鞋匠帕姆菲尔说的……"

"前不久,一大清早就把后河区那个好斗分子瓦维拉·布尔米斯特罗夫从警察局押到局长公馆去了……"

"也许在彼得堡又发生了像去年冬天那样的事情吧？……"

"暴动吗？"

"可是那次对咱们没有一点影响呀。"

有人沉思地说：

"后河区有个'独眼龙'……"

"自治局还有个驼背呢，听说也是很活跃的……"

"哑巴也好盘问吗？"

"聪明人大多身有残疾，这又不是我的过错！"

人们高声地、并非由衷地哈哈大笑，又试图说说笑话，但是这些笑谈并不惬意，人们的心里不知不觉产生一些新的问题需要解答。人们瞭望野外，觉得丘陵仿佛也变得高大了，它把镇子密密地包围得比以前更紧了。

田野里吹来阵阵冷风，带来远方细细的雨花。各家窗户已闪出黄色的灯光。是晚祷的时候了，可是却听不到钟声。可怕的寂静笼罩了镇子。只有冷风呼啸着，从静静地依偎在潮湿泥泞的大地上的房屋上空掠过。

一部分居民聚在"里斯本"大厅黑暗的楼下厅堂里，另一些人进入了市场的酒馆。他们在那里，直坐到深夜，等待发生什么事情。他们竭力把当天的疑虑和支离破碎地残留在记忆中的很久以前的谣言紧紧地联系起来思考。

"主要的是日本人！"

"前些天科热米亚金说，似乎德国人也……"

"科热米亚金这老魔鬼，他对女人的事才更在行呢……"

"嗯，不，各个时期的历史他都知道。据他说，德国人是彼得大帝招聘来的。"

"叶卡捷琳娜①也招来了一批。"

"朋友们，咱们国家招来了那么多的外国人呀？！"

---

① 叶卡捷琳娜二世，俄国女皇（1762—1796年在位）。

人们那迟钝的、不善于思考的头脑好像刚生下来没有睁眼的小猫一样，可怜巴巴地到处碰撞着。

"嗯，不错！确实有许多外国人是弄来对付我们的！"

"对付你，只需把棍子往地上一戳就行了！你一百年也不会动一动。"

"你胆子大！"

"算了吧，伙计们！你们胆子大又有啥用？"

几乎没有一个人喝醉。他们成群结队地往家走，在街上低声谈话，不时停住脚步，倾听着什么。风吹得枯枝瑟瑟作响。下着蒙蒙细雨。饥寒交迫的狗哀号着。

这镇子同整个国家的生活联系甚少。当这种联系存在的时候，人们并没察觉出它，但突然间人人都知道这种联系切断了、消失了。从前有许多事告诉人们：在这块土地上还有另外的一种生活，另外的城镇，另外的人——每天上午九点钟有一辆三驾马的邮车响着铃铛从省里开到这个镇子里来，邮差卡卢金从中午到晚上瘸着腿走街串巷，每天晚上省里的报纸就在酒馆里出现，在"里斯本"大厅甚至有两种报纸。可是突然间，一切都停顿了：小小的镇子被遗弃在森林和沼泽之中，镇上所有的人都感到自己是被遗忘了。

这样就产生了一种焦躁多疑和忧虑不安的情绪。人们倦怠无力，个个无心工作。天天做惯了的事情也仿佛失去了意义。

"咱们好像生活在海天之外似的！"库卢古罗夫嘟嘟囔囔，拄着粗手杖在市场上转悠。

"咱们的长官们哪儿去了？"

"嗯，好像都躲起来了……"

"他们在思索！"

"是思索的时候了！"

在精明能干的人们的眼里，他们从事的微不足道的工作时时都在变成某种巨大的、使全部生活蒙上阴影的东西，可是现在，这种生活的意义却遭到了一种不知来自何处、不可理解却又是明显的威胁。

据传说,警察局局长把各酒馆老板都传去,警告他们说,很可能不得不把酒馆统统封闭掉。

"亏他们想得出来!"老桶匠生气地叫道。"叫咱们在街上戳着吗?又不是夏天!"

"在家里蹲着吧!"有人对他说。

"在这样混乱的时候,每个人怎能待在家里呢?大家应该在一块儿,抱成一团!"

桶匠越来越气愤,张着大嘴、抖动着白胡子叫喊:

"岂有此理!有人在那里下一道命令,咱们就一点消息得不到啦!这一来,咱们都好像成了长官们的俘虏,任他们摆布!不,必须戳穿这种把戏!"

桶匠的话使奥库罗夫镇的居民们更加惊慌不安了。

季乌诺夫挥着手杖在街上走着,谛听每个人的谈话。他那乌黑的独眼一会儿盯住这个人的脸,一会儿盯住那个人的脸。他观察着每一个人,好像吉卜赛人在骡马市上观察马匹一样。

有人问他:

"出了什么事,你有没有听说?"

"没听说。一切工作好像都停顿了,什么原因不得而知!"他说,紧闭着嘴走开了。

他那独眼的、干瘦的脸显得惶惑不安,身上的衣服皱皱巴巴,怪难看,好像刚从一个狭窄的地方困难地爬出来。

科热米亚金那痛苦的脸,悲哀的眼睛,颤颤巍巍捋着白胡须的发黄的手一会儿出现在这里,一会儿出现在那里。

镇上的全部生活在一个看不见、摸不到的障碍物前面停了下来。人们一天又一天原地踏步。去找伊赛亚神甫请教吧,神甫病了;想找地方自治会主席吧,他又到省里去了。

人们根据各自的兴趣分成了几小群,互相怀疑和敌视地观望着。他们与其说是听,不如说是彼此探听对方未说出口的心事。

第三天一清早,镇上就传说有人要在市场上谢米扬尼科夫酒馆里对大家说明事情的真相。居民们像奔腾的流水一样,吵吵嚷嚷地拥到市场。

驼背统计师希什马廖夫站在酒馆里靠墙的一张桌子上,挥动两手喊道:

"俄罗斯终于觉悟了……"

他的大脑袋前后左右地摆动着,他的声音嘶哑,眼睛充满了恐怖,脸颊上闪着汗珠或泪花。酒馆里挤得水泄不通,桌椅挤得咯吱作响。人们从街上向门里挤,不时响起打碎玻璃窗的声音。谢米扬尼科夫用尖细的声音伤心地喊道:

"谁来赔偿我的财物啊?"

有几个声音固执地向希什马廖夫叫喊:

"喂,您说说,这日子会很长吗——没有邮局?"

"您讲讲正题,讲点实在的吧,可敬的先生!"

"他老谈俄罗斯有什么用,这个驼背的丑八怪!"

"他懂得什么实在事情?"

市场广场像一口大锅,人们像开水锅里的荞麦粒,翻腾旋转。天空像一顶沉重的灰帽子扣住镇子,遮挡了远方的景物,同时撒下灰蒙蒙、亮晶晶的细雾。

"自由、团结和进步的思想……"希什马廖夫高声喊着。

居民们从街上挤进门里,爬到挤掉了百叶窗的敞开的窗上,惊惶不安地请求道:

"大声一点!"

"驼背,听不见!"

"让他到外边来讲!"

"现在,"统计师声嘶力竭地喊着。"社会各个阶级终于……"

聚集了许多人,个个紧张而激动。这激动的情绪像森林中的烈火越烧越旺。人群里闪现着模糊的眼睛、蒙眬的恶意的微笑。裁缝米纳科夫像鳕鱼一样在人群里穿来穿去,低声地提醒说:

"我的朋友们,这些话是危险的!"他挤眉弄眼,狡猾地笑着。

瓦维拉·布尔米斯特罗夫在他前面挤挤撞撞。他卷起衬衣袖子,闪着高兴的目光,向大街吼道:

"算账吧!清算的日子到了!嘿!"

稳重的人们至今对这种混乱的局面仍抱旁观态度。他们叫住瓦维拉问:

"你喊叫什么?"

"喊叫什么?"他威严地重复了一句,突然兴高采烈地用结实的臂膀抱住问话的人。"亲爱的,难道这不好吗,啊?人们站起来了,对吧?这一天来到了!听见了吗?自由!想怎么生活就怎么生活,啊?"

居民们勉强地微笑着问:

"什么自由?"

"朋友们!"布尔米斯特罗夫用拳头捶着胸膛,上气不接下气地喊:"灵魂要自由!歌唱吧,灵魂,这足够了!"

"醉鬼!"稳重的人们躲开他,皱着眉头,互相说。

女人们望着这个美男子,紧闭着嘴唇,假惺惺地垂下眼睛,喃喃地说:

"不要脸的家伙!"

脸上长黑斑的米纳科夫总是跟在瓦维拉后边穿来穿去,不停地小声说:

"这才是真正的演说呢,啊,啊,啊!"

人们热得满身大汗,像烟囱里的浓烟一样,从酒馆里拥到街头,簇拥着驼背希什马廖夫,他像一个用破布潦潦草草缝起来又被人扯破的布球。

"把桌子搬出来!"

稳重的人们不愿意混在人群里，他们躲到围墙边，紧紧地靠在那里，像是被城镇遗弃的孤儿。

"他们吵闹得真凶呀！"

"一个警察也不来……"

"昨天总算来了两个骑警！"

尼古拉教堂的管理人，镇上最大的商人巴祖诺夫用奉承的、悲切的声音说：

"唉呀，朋友们，这是怎么搞的？突然钻出个不明来历的陌生人，就发表起演说来，啊？我们商人啊，各行各业的人啊，得靠边站，啊？镇子上到底以谁为主啊，啊？"

"这是怎么搞的？"库卢古罗夫谁的话也不听，只顾说。"日子过得好好的，忽然被抛弃了，孤孤单单的，形成这样一种混乱局面，这是怎么回事，啊？"

"后河区的人来了。瞧，那里恐怕有好几十人……"

希什马廖夫的头在门外的人群上面摇晃着，他张着大嘴巴，拼命喊：

"我们要同心协力，勇敢坚强……"

人们的发问打断了他的话。

"谁命令停止的？"

但驼背的身子颤抖了一下，他把双手高高一挥就走开了。他的位置上出现了蓬头袒胸、漂亮而令人生畏的布尔米斯特罗夫。

"同胞们！"他伸着胳膊吼道。"听着，我在这里！让我，让我的良心，痛痛快快地说说吧！"

人群似乎安静些了。不知是谁的尖细的声音像夜间凶鸟啼叫一样，用劲叫道：

"瞧这事！瞧这事！"

"警察局局长帮办涅姆采夫对我和米纳科夫说：伙计们，去听听，看谁讲些什么话，然后报告给我！如果有人讲有害的话……"

"好家伙！"有人嘲笑地喊了一声。

"信奉东正教的同胞们!"布尔米斯特罗夫喊道。"还有什么比咱们的生活更有害?现在,这一天来到了!让每个人自己去对付自己的命运吧,一对一,不要别人干涉,对不对?我们的束缚打破了,同胞们,你们随心所欲地施展自己的本领吧!起来反抗命运吧……"

"喂,我的朋友们,他这种话确实是有害的!"巴祖诺夫在围墙边的人群里惊慌不安地说。"后河人只要一开始行动起来……"

响起愤怒的叫喊声:

"把他赶走!"

"把他从桌子上拉下来!"

"为什么把他赶走?够了!我们再也不要这种迫害啦!"

稳重的人开始各自回家,他们小心而沮丧地低声感叹:

"真是的!"

"如果每个人都去……"

"朋友们,这是怎么啦,啊?"

库卢古罗夫高声喊道:

"咱们被抛弃、被遗忘了……"

季乌诺夫和科热米亚金远远离开人群,两个人拄着手杖在一边慢慢走着。

"怎么样,万事通?"绳匠不高兴地笑着问。

"没什么,马特维·萨韦利奇!嗯,您自己不是瞧见了吗?!"

"独眼龙"用手杖敲着自己的靴子,慢吞吞低声咬文嚼字地说:

"前不久您说过,黎民百姓六亲不认,您说得对……"

"你看,压迫来压迫去,好像是把人们活的灵魂压没了,只剩下一些碎块……"

"主要的是,无法理解这次罢工①是什么意思,是谁的主意!……"

"去我那儿喝杯茶吧……"

---

① 指一九〇五年十月全俄政治大罢工,后发展为十二月武装起义。

他们离开沸腾的人群,不慌不忙地在街上走着,两人都显得很严肃,心事重重。

有些人离开了人群,但是人群没有散开,而是越来越嘈杂了。留在市场的人相互拥挤着,这使他们更加激昂。女人们跑来了。她们的高嗓门同人群的喧嚣声汇合在一起,使吵嚷越发高昂紧张:喧嚣声像烈酒,泛起泡沫,使人更加忘乎所以,更加晕头转向。众人的惊慌不安没有消失,疑虑没有消除。没有一种力量能在这些人当中造成一种思想,一种感情。这些人固执,枯燥,各有各的特点,他们不能汇成一股活跃、理智、有统一意志的力量。

除了他们所熟悉的身边琐事之外,他们再没有别的话题。

妇女们把家里那一套也搬到街上来了;轻蔑的目光,奸诈的微笑,许多早已被遗忘的老调又开始死灰复燃,像恶毒的火星一样到处蔓延。

"不,我的老大姐,不!这件事你逃不过去!"

她们谈起从地窖里偷出来的三棵洋白菜,谈起万卡·赫里亚波夫不愿娶莉莎·马图什金娜,还谈到出纳员用鞭子抽打他的女儿等等。

有人暗地里殴打了米纳科夫。他走在街上,双手扶着墙壁,口吐鲜血,饮泣呻吟道:

"主啊!这是为了什么?"

风在镇子里呼啸嘶鸣,吹散了人们的喧嚣声,使得兴奋鼓舞的人群冷静下来,把他们从街头赶到家里和酒馆里去了。

树木呼呼作响,惊慌不安的狗不祥地嗥叫着。

季乌诺夫小心地用手杖探路,在黑暗中默默地走着。布尔米斯特罗夫脚下打滑,跌跌撞撞挥动着双臂跟他并肩而行,一面吼道:

"你懂的事并不很多,'独眼龙'!"

季乌诺夫害怕瓦维拉揍他,顺从地回答:

"我懂得很少。"

这个斗士抓住他的双肩,用责备的口吻说:

"你对什么人也不同情,对不对?"

"独眼龙"避而不答,只是注视着隐没在下面黑暗中的后河区的灯火。

"对!"瓦维拉更加果断地说。"我比你强!今天我同情每一个人,每一个老百姓我现在觉得都是自家人!你说的那些小市民,我真可怜他们!甚至可怜德国人!德国人怎么样?德国人也不是天天笑的。唉,'独眼龙',你是个独眼的灵魂!你对人是怎样想的,啊?你可以讲讲吗?"

季乌诺夫不想同醉醺醺的人讲话,但是沉默不语他又不敢。他咳嗽一声,谨慎地开言道:

"人们么?当然,大家都过得不好……"

"对啦!"瓦维拉凄切地叫了一声。

"不过,这事他们自己也不是没有责任……"

"就是呀!"布尔米斯特罗夫呜咽着喊道。"有多少人和我作对呀,啊?大家都说,布尔米斯特罗夫算老几?可是今天,看见了吧?我在众人之上,我讲话,大家都静静地听着,啊!我要求给我搬张椅子到桌子上来!我说:给我摆上一把椅子,我想坐着讲话!他们给我搬来了!我坐在椅子上,我想讲什么就向大家讲,可是他们在什么地方呢?他们比我低!他们站在地上。你要明白,我在他们的头上呀!所以我就可怜他们了……"

他们俩走到桥上,黑黝黝的河水冲击着木桩,在寂静中哗哗作响。他们不稳定的脚步踏在摇晃、肮脏的桥板上,隆隆作响。

"我可怜每一个人!"瓦维拉身子摇晃着喊道。"我讲话实在,我对大家都一样讲:给人们自由,让人们自己判断什么事是不能干的!让他们亲自去试试各种路子吧。哎!我现在真想唱支歌儿——就是这样!可惜阿尔秋什卡不在……"

他停在黑暗中,高声叫道:

"阿尔秋什卡!"

季乌诺夫快步往前走,随后他弯着身子,向后河区小步跑去。

"阿尔秋——什卡!"季乌诺夫听到身后沙哑的喊声,便把手杖夹在腋下,提起衣襟喘着气跑得更快了。

"'独眼龙'!扎哈罗维奇!"

季乌诺夫根据喊声知道离瓦维拉已经很远了,他才停留片刻,喘了口气,从桥上走到后河区的沙地上。他的脚陷在沙土里,拔不出来。漆黑的夜幕压迫着他的眼睛。

布尔米斯特罗夫的嗓子喊哑了,身上冰得发抖,酒也醒了一点,他委屈地喃喃说道:

"'独眼龙'这魔鬼跑掉了。好啊!"

他快步走在桥中心,脚下的桥板格格地响着。他突然停下来想道:

"万一他失足落水了呢?"

他走到桥栏边,望着脚下黑黝黝发光的河水,摇了摇头。

"噢,噢!"

他一摆手,唱起来:

　　嗨,让我的亲吻
　　灼热你白嫩的小脸蛋儿……

"跑了,这个'独眼龙'!你是瞧不起人吧?"他中断歌声,自言自语。

　　唉,亲爱的,没有你,
　　我简直没法活在世上!

布尔米斯特罗夫的脑子里闪烁着希汉人聚精会神的目光:所有的

人都仰面望着他,眼睛里发出类似教堂里圣像面前蜡烛的光芒。他胸中活跃着一种期待已久的感情,这使他陶醉,使他更加郁郁地渴望骚乱和喧嚣。

瓦维拉走在冰凉的沙地上。虽然几乎已完全清醒,可是他还在叫喊,挥动双臂,故意放松肌肉,像一根柔软的树枝,迎风摇摆。

后河区有些窗子仍然亮着。"费莉察塔乐园"高耸在后河区茅屋的上空,这些茅屋黑黝黝的一团,像凸凹不平的田野上的一堆干草,黑暗中不见窗子透出一丝亮光。

"找她去,找我的好朋友,亲爱的洛特卡去!"布尔米斯特罗夫下了决心,心里突然觉得温暖起来。"告诉她一切。除了她,谁还爱我?'独眼龙'这狗东西,他逃跑了……"

他绝望地一挥手,望着沃耶沃金庄园的那幢房子想道:

"那儿一个人也没有。全都躲起来了。"

瓦维拉来到大门口,像往常一样,切特赫尔迎面走来。但是今天他站在耳门前,挡住了他。

"让我进去,喂!"瓦维拉粗暴地说。

"洛特卡有客,"切特赫尔说。

"你胡说吧?"

看门人不回答。

"你说,没有人吧?"

"有客。"

阻拦使布尔米斯特罗夫冒火了。他整个身心都憧憬着柔软暖和的床铺。他打了个寒战。

"是茹科夫吗?"他闷闷不乐地问。

他突然觉得切特赫尔在笑。他注目细看,看到切特赫尔的肩膀在颤抖,头在抖动。

"你怎么啦?"他吼叫了一声,忘记了这个看门人比他的力气大,他竟挥起了握紧的拳头。但是他的手腕子落到了切特赫尔有力的手掌里。

"喂,别发疯,别喊叫,混蛋!"库兹马·彼得罗维奇平静地、甚至似乎高兴地说。"你别着急。我放你进去,狗东西!可是得说清楚:杰武什金在她那儿……"

"谁?"瓦维拉抽出手,闪开一步,问。

"什么'谁'!我说了,西马·杰武什金。"

"西马?"布尔米斯特罗夫重复了一句,一股冷酷的惊讶之情涌上心头。

"如果你要动他一下,"切特赫尔明白地说。"等着瞧,我可要对不起你!为了面子吓唬他一下,或者打他一两下可以,不过要轻轻地!听到吗?洛特卡倒是可以揍一顿,好好教训教训她,是她自作自受!打这个无情无义的畜生的臭嘴脸!可是打西马要轻轻地。好了,去吧!"

切特赫尔推开耳门,可是布尔米斯特罗夫仿佛被拴住了一样,低着头,倒背着两手,仍站在门口。

"喂,进去呀!"切特赫尔推推他说。

瓦维拉像一匹受伤的马,高高地抬起脚,走进院子,在黑暗中走上台阶,蹲在潮湿的楼梯上沉思起来。

"我亲爱的人儿,我那孤苦伶仃的人儿!"他想起洛特卡那些甜言蜜语。

一阵愤怒激动得他浑身疲软,头晕脑涨,两手颤抖,他觉得恶心起来。

"切特赫尔在胡说!"他强迫自己这样想。"他胡说!"

他脑子里首先把那个身体笨拙、丑陋可笑的年轻人同洛特卡摆在一起,然后又把他自己——一个人人惧怕的年轻力壮的美男子同她摆在一起。

"西马大概不会是个魔法师吧?"布尔米斯特罗夫无精打采地想。他想起西马那空虚无神的眼睛,竟至咬牙切齿。

瓦维拉摇摇头站起来，向楼上走去，他用力踏着楼梯板，把栏杆抓得咯吱作响，咳嗽着，竭力弄出威吓人的声音。他停在门口，用脚把门一踢，高声喊道：

"开门！"

传来洛特卡平静的声音：

"谁呀？"

"开门！"

布尔米斯特罗夫口干唇燥，舌头发涩。

"是你？瓦维拉？"

瓦维拉用肩膀顶门心板，毫不费力就把它顶掉了。薄薄的木板落到洛特卡的脚下，她赶忙把门上的挂钩摘下来，躲到一边喊道：

"你这是怎么啦？怎么啦？"

布尔米斯特罗夫在门口站了片刻，接着走到洛特卡身边，睁圆两只大眼睛，盯住她那苍白、阴沉、凶恶的面孔。她光着脚，穿着内衫和短裙，右手藏在背后，左手支住脖颈，直挺挺地站着。

"格拉菲拉！"瓦维拉摇着头，用沙哑的声音慢吞吞地说。"你这个魔鬼在干什么？"

他的手颤抖着，不由自主地举了起来，眼睛死死盯着像琴弦一样挺直呆立的女人那固执的目光。他没有说完话，也没有来得及动手打人，床底下便发出很响的沙沙声。接着，西马蓬头散发的头伸了出来。年轻人慌张地喊道：

"等等，瓦维拉……"

洛特卡恶狠狠地尖叫一声，立刻冲了上去。布尔米斯特罗夫仿佛觉得她用一种又软又重的东西一下子打中了他的全身。他的眼前闪着红红绿绿的彩圈。他茫然地瞧了一眼黑洞洞的门，两只手顺着身体垂下来，开始审视西马：年轻人艰难地拖着脱得精光的长长的身子从床底下爬出来，活像一只大蜥蜴。

"请你原谅我吧！"他用颤抖的声音惊慌地喃喃说。"她是可怜我,真的!除了她,谁还可怜我?瓦维拉,你是个好人……"

瓦维拉像个双目失明的人一样睁圆眼睛,慢慢朝西马弯下腰去伸手抓他。当年轻人坐到地板上的时候,瓦维拉一把卡住他细长的脖颈,把他拖到自己的面前,注视着他的眼睛。西马发出嘶哑的声音,用指甲去抓掐在他喉咙上的结实的手臂,向后仰起头,仿佛逗乐似的,奇怪地蠕动着舌头,眼睛也突了出来。瓦维拉用左手猛击西马的心窝,用十个手指掐紧他的脖子,手指越掐越紧,手下的脖颈软骨咯吱作响。西马的两臂顺着身体垂下来,好像掏口袋似的在身体两侧摸索着。他越来越沉重了。布尔米斯特罗夫几次把他从地板上提起来摇晃一阵,然后松开手,把他扔到一边。西马软绵绵地倒在他的脚下,手掌落在地板上,沉重的头碰在地上。布尔米斯特罗夫摇晃了一下,用麻木了的手指抓住床栏倒在床上。

当切特赫尔走进来,费莉察塔、厨娘和姑娘们长长的白色身影也出现在门口时,布尔米斯特罗夫正咬紧嘴唇呆呆地坐着,木然注视着他脚下的杰武什金的头。

"你干的好事,狗崽子!"切特赫尔说。

布尔米斯特罗夫盯他一眼,跳了起来,像锁在链子上的狗一样向前一窜。看门人对准他的胸膛击了一拳,把他推开了。瓦维拉往后退去,在尸体上一绊,跌坐在地上。

女人们又哭又叫。切特赫尔大声喊着把长胳膊向布尔米斯特罗夫伸过去。这时,除了看门人之外,所有的人都突然不见了。

桌上将要燃尽的蜡烛颤抖着,影子在灰色的桌布上悄悄移动,越来越紧地围住铜烛台。房子里寂静而阴冷。

瓦维拉从地上站起来,坐在床上,擦着胸口,低声问:

"莫非他死了?"

"你这只野狗,我对你说过:你只能打她,可不能动他!"切特赫尔责备说。

"我没有打!"瓦维拉吞吞吐吐说。

看门人的眼睛盯着他,弯腰摸了摸西马的身体,直起身来说:

"像是断气了!用水浇浇看,怎么样?"他摊开两手,不解地继续说:"你这混账东西,狗杂种!你打死了一个多么好的小伙子?在你们这些游手好闲的人当中,只有他是合乎上帝心意的人!应当把你绑起来!"

布尔米斯特罗夫双手撑在床上,不声不响地坐着。看门人走近他,拿起桌上的蜡烛,照亮他的脸,看见他的额头上渗出大滴的汗珠、呆滞的眼睛和微微颤抖的下颏。

"怎么啦?混账东西,害怕了?"他把蜡烛放回桌上。"你要是发了疯,那才好呢!"

切特赫尔侧身谛听:房子里一片凝滞的、无法打破的寂静,外边也没有一点声响。他在房子中央长时间地、默默地站着,把手插在口袋里,皱眉望着布尔米斯特罗夫——他弯着腰、低着头,一动不动地坐着。

楼梯上传来轻轻的脚步声,有人在黑暗中喘着气走来。

"谁?"

"我,"帕莎低声回答。

"怎么样?"

"警察全不在!"

"应当到镇上去一趟。"

过了一会儿帕莎悄悄地说:

"我到哪儿去呢,库兹马大叔?我害怕!"

"到楼梯上去坐着吧!有我呢!"

"你在跟谁说话?"布尔米斯特罗夫突然低声问。

"这关你什么事?"

"你最好跟我说说话……"

"跟你有什么好说的?"切特赫尔嘟囔着,但是他立刻严厉地问道:"你为什么要杀人?"

"我哪里知道呢?"瓦维拉做梦似的回答。"这是想不到的事!就好像他跌到了车轮下边……我跟他有什么过不去的!"

布尔米斯特罗夫在床上蠕动起来,痛苦地叹了口气,小声接着说:

"你把他弄到门外去好吗?"

"那还行!好家伙!"切特赫尔严厉地叫道。"警察没来以前,这能动吗?"

"警察快来吧,唉……"

"怎么,良心不安了吧?"

"不!"布尔米斯特罗夫没有立刻回答。"不知怎么……是的,他不是个坏人……"

烛火啪啪爆几下,摇一摇,熄灭了。

"瞧,烛又灭了,见鬼,"切特赫尔嘟囔着。

瓦维拉盘起两腿坐在床上,两臂交叉在胸前,用手指抓住自己的肩膀。他嘚嘚地磕打着牙齿,呻吟着。

"关上门吧……"

"为什么?"切特赫尔问。没有得到回答,他就闷闷不乐地说:"你当心,别想逃跑!你要老老实实坐着!"

"你什么都不懂。我能跑到哪儿去?要不要我自己去警察局?"

"算了,坐着吧……"

"你以为发生了这样的事我会高兴吗?"瓦维拉大概是害怕沉默,喃喃地说。"格拉莎为什么做出这样的事?"

"你们都不是好东西!"

"我把自己的一生断送啦!"

切特赫尔平静地说:

"你还以为怎么样?当然是断送了!"

他们俩又沉默起来。门外的黑暗淡薄了,走廊里已经透出淡灰色的微光。

楼梯发出懒洋洋的、但却是响亮的吱吱声,有人慢慢地登上了楼梯。

"什么人?"切特赫尔问。

"猎人!"帕莎在门外低声回答。

在门口,切特赫尔的头顶上闪出一道火柴的光亮,照出阿尔秋什卡·皮斯托列特的歪脸。看门人困难地站起来,高兴地说:

"嘀,带着枪来了……"

"我到林子里去,"阿尔秋什卡解释说。"可是玛特列娜·普什卡列娃喊住我:'到我们这儿来!'瓦维拉在哪儿?"

"我在这儿!"布尔米斯特罗夫用漠然的声音说。

"怎么啦,老弟?"

瓦维拉扭动着身子气愤地说:

"库兹马,为什么不弄个亮?应该把灯点起来?"

在透出淡淡微光的昏暗中,可以看到瓦维拉正跪在床铺的中间,挥动着两只手。

"阿尔秋什卡,我的劫数到了,为了一个女人,我遭难了,我是命该如此……"

"胡说些什么!"切特赫尔轻蔑地训斥道。"帕莎,真的,去拿盏灯来吧!"他认真地对阿尔秋什卡说:"只有我们俩时,即使有灯光也还挺害怕的呢……"

布尔米斯特罗夫委屈地急忙继续说:

"我就知道我跟她不会善罢甘休——果真是这样!可是西马,我发誓,真不知道怎么碰上了,他完全是个局外人!库兹马说得对,应该打死洛特卡!"

"我什么也没有说过!"切特赫尔粗暴地斥责道,向他走过去。

"在门口你说什么来着?"

"谁听见了?证人在哪儿?"

"我听见了!不,你逃不掉……"

"嘿,人们会相信你?!"

他们俩开始愤怒地争吵,这时帕莎悄然无声地走来,把端着灯的手伸到门里。切特赫尔接过灯,举在头上,依次照照两手交叉在胸前、头发蓬乱地坐在床上的布尔米斯特罗夫,蜷着身子躺在地板上的西马的尸体,和靠近炉子的阿尔秋什卡。阿尔秋什卡站着,两只手捂在枪口上,脸上凝滞着他那惯常的撇嘴的笑容。

"大概我们再也不能在一块儿唱歌了吧?"布尔米斯特罗夫用渴望的目光注视着他的朋友,探询地说。

阿尔秋什卡咬着牙啐了一口:

"要是能够代替的话,我倒愿意替你去西伯利亚,真的,那有什么?在那儿打猎才真像打猎的样子。在这里只是白白地浪费火药!听说那里人烟稀少,那就更好了!"

"对!"切特赫尔打了个哈欠说。

"我的朋友们,唉!"布尔米斯特罗夫低声地叫道。"我确实可怜自己呀!还要开庭审判……这样那样的摆样子!干脆把我赶走不就算了!"

皮斯托列特又不慌不忙地说起安慰他的话:

"你不是喜欢摆样子吗?在这个地方生活真没意思——你该这么想。怪不得西马作了这样的诗:'我们不愿再活下去。'当然,每个人都在幻想着什么——如此而已!"

"他的诗作得真好,"切特赫尔望着尸体回忆说,不由自主地在胸前画了个十字。

"在这个地方逛荡,也只能作作诗!"阿尔秋什卡有残疾的脸颊奇怪地抽动着,他叹了口气。"我今年二十七岁了,可有时候脑子里出现的那些想法——真不得了!简直可怕!说真的,我离开人们过着孤独的生活,就是因为我常常担心我会闯什么祸……"

"对!"切特赫尔表示同意。"夜间你在大门口蹲着蹲着,有时突然会想:唉呀,你们这些鬼东西,天上打雷怎么不把你们劈掉!"

他端着灯,不断转动灯芯旋钮,火苗一会儿小,一会儿大,这使得墙上、天花板上和地板上的灰色影子随之忽大忽小。

"你们这是干什么,好像念葬经似的!"布尔米斯特罗夫沮丧地嘟囔道。

阿尔秋什卡像西马一样注视着切特赫尔,负疚地微笑着说:

"是的,有时候我突然觉得自己是个老人,仿佛活了一百年,什么都知道,明天会怎么样,一年以后又会怎么样,真的!"

"镇里好像不大平静?"切特赫尔心事重重地说。

"嗯,是不大平静,昨天和前天我到过那儿。大家都在吵吵嚷嚷,可是,喊的是什么呢?瓦维拉也叫喊了,说什么要'自由',让每个人自己为自己去奋斗。这种自由是有的!要多少有多少!可是这种自由对我有什么用。我不想斗,斗什么?争什么?我希望的是安静,让我安安静静,我喜欢的是这个……"

他冲着尸体点点头。

"这算什么自由?不,咱们要自由有什么用?问题就在这里!巴维尔·斯特列利佐夫可是高兴哪,他说:'我弄到各种身份证,一个月当贵族,一个月当商人。'"

"他很像死了的西马,"切特赫尔说。

皮斯托列特考虑了一下,表示同意说:

"看来是很像!"

他们都沉默起来。

又有人小心谨慎地爬上楼梯。皮斯托列特抬起头,嗅了嗅空气。

"库兹马!"罗兹卡小声叫道。

"嗯?"

"警察不肯来。"

"怎么?"

"他们不肯来。"

"那怎么办?"

"我不知道。"

"不来就算了!"布尔米斯特罗夫严厉而抱屈地说。"我自己也能找到他们。"

"出了凶杀案,警察必须到场!"切特赫尔闷闷不乐地说。"我知道这规矩,我在消防队干过事……"

"你们干吗还点着灯?"罗兹卡望着门外,奇怪地问。"天已经亮了!"

切特赫尔疑惑地看了看她,把灯吹灭,代替黄色灯光的是灰蒙蒙的晨曦。

"真的天亮了,"切特赫尔说,他犹豫片刻,沉重地喘着气,建议道:"你走吧,瓦维拉,用不着在这儿待着了!"

"我走!"布尔米斯特罗夫表示同意,但没有动窝。

"让我把你的胳膊绑起来!"切特赫尔说,一面解开腰带。

瓦维拉从床上站起来,看也不看地迈过尸体,走到看门人跟前,转过背去,把胳膊搭在身后。但是切特赫尔又合上短大衣,牢牢地束上腰带;他的脸歪扭着,吧嗒着嘴说:

"咳,不用了!反正你也跑不了。"

"他不会跑的,"皮斯托列特低声说。

"我不会跑!"布尔米斯特罗夫说。"可是千万别碰到她!"

"怎么会呢?"看门人喃喃说。"她大概正躲在哪个地窖里发抖呢。嗯,走吧!"

切特赫尔从楼梯上走下来,喘息着,擤擤鼻涕,叹息道:

"我可怜西马——愿他安息!也可怜你这个混蛋!唉,你这个鸡身上的虱子!"

楼梯上传来响亮而惊慌的低语声:

"库兹马大叔!"

帕莎俯身在栏杆上,用手比画着结绳子的手势。

"嗯,算了吧,小母鸡!"切特赫尔向她挥了挥手。

走到外边,切特赫尔笑着对犯人说:

"帕莎这个小母鸡要我把你绑起来!"

"我干了什么对不起她的事?"瓦维拉闷声闷气地说。"我碰都没有碰过她。"

"她并不是对你,她是替我担心!"切特赫尔扬扬得意地说,然后转身对阿尔秋什卡说:"她是个孩子! 不懂事。她应该进修道院,可是却到了这儿!"

皮斯托列特同瓦维拉并肩走着,但是没有看他。他把猎枪枪口冲着地面夹在腋下,双手插在破旧、短小的蓝色厚呢上衣的口袋里。他戴着皮帽子,大帽檐遮着眼睛,帽檐的黑影映在他的脸上。

他们长时间默不作声地走着,只有脚下踩碎的薄冰在咯吱作响。天气很冷。家家户户的小窗子睡意蒙眬地望着大街——后河区还沉睡在梦乡中。

"好啦,"皮斯托列特停住脚步说。"我不再跟你们走了。我要到林子里去,本来我只是顺便来看一下,怕弄错了。原来是真的! 那么,瓦维拉,咱们还能不能再见呢?"

布尔米斯特罗夫期望地注视着他,伸出手来。阿尔秋什卡抓住那只手,左右摇一摇,突然转过身去,径直走开,再没有回头看一眼。

布尔米斯特罗夫皱着眉,长久地目送他。接着,回头瞥了一眼,从人行道上走到大街的中央。

"到哪儿去?"切特赫尔像牧人叱吓羊群似的对他喊道。

"你看见还问!"瓦维拉生气地回答。

"你希望像个真正的犯人那样?"

切特赫尔停了一下,温和地说:"就是说,你自己饶不过自己?"

布尔米斯特罗夫摇晃着身体沿大街走去。他的脚有时踏碎薄冰,陷进泥里,可是他仍然照直走,并不绕过已结了灰暗薄冰的水洼。

当他们走到桥上的时候,高处那排不同颜色的房屋注视着他们——窗户被百叶窗遮蔽着,镇里那条漂亮的街道好像恐怖地眯缝起了眼睛。

过了一会儿,一只狗追上了他们。狗夹着尾巴,不慌不忙地走在前边,不时抖抖身上的毛,用它那瘸腿一摇一拐地走着。

"去!"瓦维拉没有恶意地低声对它说。

狗像季乌诺夫一样用一只眼望了望他,停下来想了一下,夹紧尾巴,迈着小偷似的轻步子躲到一边去了。

雄鸡此伏彼起地啼叫,在迎接秋天的早晨。

洛特卡由房子里冲出来以后,悄悄地下了楼,很快跑到院子里。到了院里她换成了小心谨慎的步子,生怕在黑暗中碰坏或扎伤她的脚。夜间的潮气冷冰冰地拂着她的胸脯和肩头;洛特卡向前伸着手朝大门走去,正想喊叫切特赫尔,突然有个明确的想法阻止了她:

"糟糕,这事是西马,而不是别人!人们会因为西马嘲笑我的,唉,一定会嘲笑我!"

耳门嘭的一声关上了,沉重的脚步声在地上沙沙响着。

"是您,库兹马·彼得罗维奇?"

"啊,你逃跑啦!"切特赫尔走近她,嘲笑地说。

"快去,他会把西马打死的!您为什么把他放进来?"

切特赫尔突然抓住她的内衫,拖着她,闷声闷气冲她喊道:

"我叫他好好揍你一顿,就是这个道理!要他像你揍帕莎一样揍你……"

他还没有来得及揍她,洛特卡便从他的手里挣脱开,躲到一边,尖声喊道:

"费莉察塔·纳扎罗芙娜!"

"好吧!"切特赫尔边走边低声说。"我饶不过你!"

房子里响起了开关屋门的声音,能听到园主惊恐不安的说话声和细碎的脚步声,仿佛有人在跳舞。

洛特卡冻得发抖,用两手揪住被撕破的内衫和往下滑的裙子,悄悄地向门廊走去,她不再害怕,只是胸中燃起越来越强烈的屈辱感。

洛特卡忐忑不安,很想知道楼上发生了什么事情,她停在楼梯口,罗兹卡正叫喊着跑下来:

"上帝呀!"

后面紧接着是园主的哭声:

"快点去找医生,亲爱的!帕莎,快去叫警察!"

洛特卡不声不响地溜到走廊的角落里。等了一会儿,当姐妹们跑到院里去以后,她来到费莉察塔的房间,脱掉她的破内衫,呆立了一会儿,仿佛准备纵身往哪里跳似的。

"应该走!"

她看见镜子里自己的影像,浑身一抖,开始匆匆忙忙地穿起园主胡乱扔在房间里的衣服。

几分钟以后,她已走在后河区的街上。她决定到谢拉菲玛·普什卡列娃家去躲躲。她走着,脑子里闪过一个个委屈不平的念头:她不得不躲躲藏藏,不然切特赫尔会扒掉她身上的衣服,用殴打威胁她;人们会因为她同杰武什金有瓜葛而嘲笑她。

她一面考虑自己的事情,间或也想到瓦维拉那么大的力气很可能把西马打个半死。想到这里,她的脚步缓慢下来,她把厚实的披巾围紧,更加清楚地预感到,今后她会遇到许多的麻烦和痛苦,而且无法避免。

她不知不觉走过了普什卡列娃家的小胡同。她停在不知谁家的大门口。听了听,希汉区尼古拉教堂的钟声怯懦而悲哀地在空中荡漾。

后河区的房屋像一座座黑黝黝的小丘。从沼泽那边吹过来的潮湿的风,在房屋之间的街道上呼呼掠过。什么地方的树枝划在墙壁或屋顶上沙沙作响。狗仿佛在梦中狺狺叫着。

"最好到那个猪猡那儿去,"洛特卡突然下了决心。

她急忙往桥上走去。此时此刻,她认为到税务督察官茹科夫家去过夜是最聪明的办法:瓦维拉不敢到他那里去,警察局即使有事,也不会在夜间来打扰这位显要人物。

但是,当她顶着风往前走的时候,她想起了税务督察官的样子:他那软弱无力的身体,胆小怕事的癖性,粗野凶残的举动——她知道,这后面隐蔽着窝囊性格。想起茹科夫这些讨厌的习性,她厌恶得踌躇了一下。但是一种不太明确的决心在她心中增长起来,她不觉温柔狡狯地笑起来。

她来到茹科夫家的门廊下,用力拉了拉门铃。当哑嗓子老太婆在门里惊慌地问是谁、找什么人的时候,洛特卡高声而威严地说:

"找叶夫谢伊·利奥多罗维奇!"

老太婆又问是谁,为什么半夜三更里来找人,洛特卡顿着脚严肃而生气地回答了她。

"实在对不起!"老太婆开开门,鞠了一躬。"夜间只有送紧急电报的人才来。现在兵荒马乱的,应当小心一点!"

"好啦,别说啦,老妖婆!"客人说。

茹科夫端着蜡烛,到前厅迎接洛特卡。他肩下披着一件棉大衣,嘴里衔的一支粗粗的雪茄在冒烟。他高兴地睁圆了眼睛,慢吞吞地说:

"哈,稀客!你还想到我了?外衣都没有穿,嗬!"

"想你了!"她活泼地说。

"快,快,到这儿来!彼得罗芙娜,拿茶炊来,快点!"

他抓住洛特卡的手,领她进去。他脚步慌乱,在地毯上磕磕绊绊,洛特卡舔舔嘴唇,眼睛四处张望着,呼吸十分平静均匀。

"请坐!我去点灯。你来得正好,嘿!你知道,这一个多礼拜我就像猫头鹰一样蹲在洞子里。无聊得难受,恨不得大哭一场!啊,见鬼,手指给烧痛了!"

他从来没说过这么多的话。洛特卡望着他,感到奇怪。以往他总是粗暴多疑,不信任地冷笑。今天他一反常态,温文尔雅,语声轻柔,并且用一种奇异的注意力向窗外探望。

"外边怎样,平静吗?"

"这是夜间呀。"

"夜间也是一样!现在……这种日子天好像很短,白天吵闹不休,夜晚也还听得见。昨天深更半夜,突然有人敲窗户!真的!先是敲这一扇,后来又敲另一扇。我躺在那里想,要是他们突然钻进来可怎么办,真不得了!"

他一扣灯罩,灯熄灭了。可是他没有生气,他越来声音越低地讲着:

"你一上街就可以看到,到处都是一些厚颜无耻的面孔!人人都在叫喊,都像要闹事的样子,现在可不正是动荡的十月!"

他点着灯。用大衣的下摆擦了擦他那肮脏的颤抖的手,穿着睡衣和大毡拖鞋,吃力地移动着笨重的脚步走到角落里。

"这种小镇子真像是一只鼠笼子,的确!"他低声说。"一个人来到这样的小镇子,就算完了,完了!"

房间里散发着烟、酒和酸黄瓜的气味。所有的东西仿佛都移动了位置。甚至那个用白瓷砖砌的暖炕炉子,也好奇地钻到了房间中央。炉子上的放热孔像一只闪光的黄眼睛注视着房间。

"你是看床铺在什么地方吧?"茹科夫站在屋角橱柜前边,弄得玻璃杯叮当作响。"床就在旁边。我睡在这里,在长沙发上。我的床很讲究,是双人床……"

"您在那儿干什么?"洛特卡走到他的身边问。"准备吃东西吗?那是什么?拿到这儿来。"

"这个吗?别忙,好像是甜酒,也许是白兰地。我来尝尝看。老婆子总是打开酒瓶,把两个瓶子的酒倒在一个瓶子里……"

他拔开瓶塞,把瓶子送到嘴边,可是洛特卡把酒夺了过去。

"等一会儿再喝!要先把一切都摆好,庄庄重重地。然后像夫妻一样对坐在桌前。就仿佛是妻子回来了。"

茹科夫把手掌遮在额头上,望着洛特卡莫名其妙地问:

"今夜你是怎么回事儿?"

"没什么!"洛特卡温柔地说。"很简单,您这儿来了个客人,是个年轻的女人,可是您却巴望着马上喝酒……"

茹科夫突然高声大笑起来。

"女人!"他笑着喊。"是的,真见鬼,你是女人!"

她一边往桌上摆茶具和酒瓶,一边巡视着屋里每个角落。有时顺手用指头敲敲放在写字台上的白色金属墨水瓶,悄悄地用手掂量一下茶匙,不以为然地摇摇头。

茹科夫坐在沙发上,眯缝起眼睛,捻着胡子,注视着她,把嘴唇弄得唧唧作响。

"您这家里太不像话!"洛特卡严厉地指出。

"太不像话,"税务督察官不知是同意,还是发问,这样重复了一句。

"到处是破烂东西,到处是灰尘,也不收拾一下,哎呀呀!"

"这都是那个老婆子干的!"

"您还是个受过教育的人呢!"洛特卡责备道。"难道一个受过教育的人房子里应该是这样乱七八糟吗?"

茹科夫皱皱眉头说:

"算了吧!你来了,我实在高兴!不管怎么样,不孤独了。我想养只猫,可哪儿也找不到一只好猫!"

她坐在他身边。当他拥抱她的时候,她闷闷不乐地望着他的面孔说:

"您怎么显得这么老?"

"烦闷呀,格拉莎!"

"眼皮下面都长肿泡了!"

"不许再说了!肿有啥关系。我常喝点酒,就长肿泡了。是的!我总是这么想:在俄国,人真不值钱!对谁也没用处,的确!"

"哎,叶夫谢伊·利奥多罗维奇!我怎么也不能忘记,有一次您跌倒了,吓得那个样子!您怕死吧?"

茹科夫全身一怔,压低声音惊叫道:

"你是怎么回事?你要干什么?"

"我?不干什么!"她惊奇地说,一面用轻柔温暖的手掌体贴地抚摩他那浮肿的脸。

"你干吗唠唠叨叨?"他嘟囔着。"来了,就乖乖坐着,怎么说来着?这么说吧:规规矩矩。要不你就走,回家去!"

"上帝!想必我是可怜您!"她毫不生气地喊道。"我看您的身体一天一天地在坏下去……"

他不以为然地摇摇头。

"你胡说!"

"我干吗胡说?"

"我不知道。你一点儿也不会可怜别人,你胡说!"

他说得很肯定。洛特卡难为情了,她半闭上眼睛。

可是税务督察官望了望她,变得温和了。

"没有你,我就够烦闷了。就是说,你要是快快活活,当然就不烦闷了,可是你这样……"

他突然不说了。眨眨眼睛,断断续续地笑了:

"见鬼,我话都不会说了!"

老太婆送来了茶炊。她瞪着又圆又黑的老鼠眼睛瞅瞅客人,气愤地哼着鼻子走开了,半路上她的膝盖碰在家具上。

"好,喝茶吧!"茹科夫沙哑地说。"是啊!我会拉大提琴,可是现在忘了。我的妻子很爱听——她是个很好的女人!"

"就是说,您不相信我?"洛特卡坐在桌边问。

他斟满两杯酒,倦怠地默默一笑说:

"喝吧!"

"为什么不相信我能够同情您呢?"洛特卡固执地说。"我看您一个人孤孤单单,病恹恹的,而且离死不远了,不是这样吗?"

545

税务督察官当的一声把空酒杯放到桌上,用手抓住椅背。他的眼睛可怕地突出来,脸也发青了。

"你!"他恼恨得喘不过气来,喷着唾沫星子喊道。"你是干什么来了?"

她毫不惧怕。一点一点喝着酒,舔舔嘴唇,摇晃着身子,又温和又无礼地望着茹科夫的面孔。

"嘘——!您别害怕,别生气,趁着您还清醒,您最好再好好听一听……"

"我不想听!你敢再说!"

"这是为什么……"

他几次向她粗野地喊叫。但是洛特卡清楚地看到,他这一堆臭肉是那样的衰弱无力。她感到,这堆肉充满了对她的恐惧,于是她变得更加安静、更加温存了。

"我老早就想着您啦,叶夫谢伊·利奥多罗维奇,"她娇媚地带点鼻音说。"您有病,您过着孤单的生活,您衰老得那么快……"

"我叫你别再讲下去了。"

他想严厉地对她讲话,但是他说得很无力,只好皱皱眉头,困难地喘口气,又倒了一杯酒。

"您又没有亲戚……"

"胡说,怎么没有!"

"谁是您的亲戚?"

"我有侄子。"

"您侄子在什么地方?"洛特卡疑心地问。

"在喀山。他是个大学生。怎么样?"

茹科夫大模大样坐在椅子上,十分得意地哈哈大笑。他又给自己斟了一杯酒。

洛特卡探询地注视着他的眼睛,说:

"您可从来没有谈起过这个大学生!"

"反正是有！这错不了！"

他抬起手掌把膝盖一拍，胜利地抽抽鼻子。

洛特卡闷闷不乐地沉默片刻。突然在她内心里产生了一个新的快活的念头，她眯缝起眼睛，密密的牙齿闪着光，她悄悄地笑了。

"啊！"茹科夫不知为什么叫了一声。"怎么回事？"

"哼，有个大学生，好嘛！"她顽皮而随便地说。"可是大学生又有什么用？大学生不是女人！他怎么能服侍您呢？一个年轻人只会碍您的事。您在他面前还会害羞呢……"

她撒娇地朝他身上倒去。可是他却垂下眼睛，提了提衣襟，缩起了身子。

"况且他住在这儿也很危险。"

"为什么？"茹科夫喃喃地说。

洛特卡靠着安乐椅的椅背，把两手放在桌面上，兴奋地解释道：

"您不是说人们愤怒了吗？就是因为这个！是的，正是这样。您为什么这样看我？有人敲您的窗户，是吧！他们对谁愤怒？就是对你们这些受过教育的人！这我知道！"

"你胡说八道！"茹科夫用圆溜溜的眼睛望着她，轻声说。他想起了什么，翘起一个手指，认真地说："您怎么敢讲这样的话？你是什么人？鬼才知道你是什么人呢！"

"我？"洛特卡叫了一声。"不，对不起！我信仰上帝，我不是下流人，我可没有嘲笑圣母！"

她慢条斯理地搜寻那些最有力最粗暴的话，然后向茹科夫投去。

"当然，您是个有学问的人！是谁嘲笑加百利①天使的？是你们这些有学问的人——医生、科利亚和您！不是吗？头等的下流人也是你们！如果现在到市场上去，告诉人们说，您念过些什么诗——那会怎么样？"

---

① 据《圣经》记载，天使加百利在这天（俄旧历三月二十五日）告知童贞女马利亚（即圣母），她将生耶稣（见《新约·路加福音》第一章第二十六至三十一节）。

547

茹科夫困难地转动着脖子，望了望她，环顾一下四周，沉默不语了。他眼前的一切都浮动起来：装满公文、茶具和酒瓶的橱柜，扔着信封的写字台，斜面的办公桌，放着呢毯和枕头的长沙发和两只巨大的眼睛——黑洞洞的窗户和窗上死气沉沉的玻璃——通通活动起来。

白瓷砖炉子上闪闪发光的放热孔，仿佛也在旋转，射出黄澄澄的光芒。

洛特卡记起了这个人和别的男人给她带来的无数屈辱。她不停地述说，感到有一股强有力的大无畏的热潮不断涌上心头。那个瘫坐在椅子上的软绵绵的身体，仿佛在不断地膨胀，失去了人形。洛特卡的眼睛明亮起来，声音也更加响了。

"镇上有个虔诚的老太太济诺韦娅。如果暂时不要廉耻，毫不隐瞒地告诉她您在报喜节同帕莎干的那些勾当……"

"够了！"茹科夫勉为其难地把杯子给她递过来，央求道。"好啦，喝吧！你是不是已经喝醉了？"

"啊，对不起，我没喝醉！"洛特卡推开他的手，从桌边站起来说。

"你要干什么！"茹科夫三番五次地问。他心中烦闷，觉得酒不能使他醉倒。

"我什么也不干。只是想报复一下。大家都认识济诺韦娅，大家都相信她……"

她考虑了一下，几乎是诚恳地补充说：

"我真的是可怜您！您是个多么不幸的人啊！何况您又快死了。"

"洛特卡！"茹科夫两手交叉，吼叫起来。"嗯，不要再说了，啊，我……"

"您要仰面跌倒，那您当真就完了！"

他向她伸过手去，想说些什么。但是他的嘴唇颤抖了一下，眼睛闭起来，睫毛下淌出了眼泪。

她默默地望了他几秒钟，接着走过去抓住他的手，放在自己的大腿上，又牢牢地揪住他的耳朵，使他的头向后仰。这样，他的发红的喉结,隔着肥肉尖尖地突露出来。

"您的年纪还不是那么大,"她清晰地说。"大概有四十五岁吧?可是您多么丑啊!可我,就是哭的时候也是漂亮的!"

"唉,你这是……这是干什么?"他喘息着沙哑地说。他扭动着头,想从她的手里挣脱开自己的耳朵。

她坐到他的膝盖上去,茹科夫深深叹了口气,脸颊紧贴在她的胸上,开始责备道:

"唉,多不好啊!你真是个顽皮的女人!真的,为什么?你来了,我很感谢你!我是你的仇人吗?我们闹着玩儿的那些事,你提它干什么?"

他用颤抖的手解开她的衣服,触摸她温暖的身体,他感到一股兴奋的活力充满了胸膛。他的恐怖消失了。

"亲爱的格拉莎!我们做朋友好吗?做个稍微要好一点的朋友,好么?侄子,那是乱弹琴!"

"我知道!"她摆脱开他的手说。"嗯,该哄我睡觉啦。也许天快亮了。起来!"

他站起来,讨好地嘻嘻笑着。他向隔壁房间的门扬扬头,像一只受宠若惊的老狗,喃喃地说:

"端着灯。"

在寝室里,她一面脱衣服一面问:

"那个老太婆偷您的东西吧,啊?"

"嘿,嘿!"茹科夫用湿手巾擦干他眼上的泪水说。

洛特卡赤身裸体,两只手掌爱抚地摸着自己洁净的身体,摇着美丽的头,厌恶地哼着鼻子说:

"哼,到处都乱七八糟,还是受过教育的人呢!灰尘,肮脏,哎呀呀!"

税务督察官望着她,搓搓手,油腔滑调地嘻嘻笑着。

他很快就睡着了。洛特卡翻过身去,想把灯吹熄,可是墙壁上一个女人的大照片在看她;长圆脸干巴巴的,鼻梁上戴着眼镜,左鼻孔下有一颗黑痣。

"多么丑啊!"洛特卡捻着灯想。

相片慢慢地在黑暗中消失了。

"是妻子还是母亲?大概是妻子……"

她对着照片伸了伸舌头,把灯熄灭了。

墙壁、天花板和杂物都沉浸在昏暗之中,死一般地静止了。

在这灰蒙蒙的昏暗中茹科夫发红的脸变黑了,很像死人的脸,而且显得更加肿胀。他的鼻子在颤动,发出轻轻的哨音。红色的硬胡子弯进嘴里,被鼻息吹得微微抖动。没有刮的脸颊上汗毛直立着。下嘴唇张开,露出马一样的大牙齿。茹科夫的整个脑袋像一个奇形怪状的大刺果,把粗硬的钩刺深深地扎在枕头上。

"圣母,宽恕吧!"洛特卡充满忧伤和憎恶,默默地想。

不一会儿,她裹紧被子倦怠地想:

"那个野兽大概在拘留所里过夜了……"

她蒙眬睡去,心中怀着这样的心思:

"应当赶走那个老婆子。把克拉夫季娅·斯特列利佐娃找来。她是个瘸腿的叫花子……"

……她做了个梦,梦见她很快地从山上跑下来。山越来越陡,洛特卡不由地越跑越快。她停不住脚,大声地喊叫起来,觉得立刻要跌下去摔死。

她出了一身冷汗,睁开眼睛一看,茹科夫正在粗暴地用力摇动她的肩膀。

"哎,你睡得真死呀!简直像个死人。"

"别这样!我还没睡多久呢……"她生气地说,也不看他的脸。

税务督察官咳了口痰,固执地说:

"起来,起来!快十一点了,说不定有人来。要是熟人来串门,瞧!有这样一位女客……"

她抬起头,望了他一眼,慢慢地舔舔嘴唇。她觉得茹科夫的脸色很可怕:又黄又青,两眼充血,像两个伤口。他半赤着身体站在床边,正龇着牙齿刷牙。

"打后门出去,别走前门,听见吗?"

洛特卡裹着毯子坐起来说:

"出去……"

她本来想说句别的话,但是她的喉咙气得发抖了。

税务督察官不慌不忙地走到隔壁房间。这里很明亮,收拾得干干净净,茶炊嘘嘘地叫着。

"老婆子一定会很得意!"她穿上衣服,不连贯地想。"赶我出去……"

她觉得她的身体酸痛难受,仿佛睡觉时被一个又重又软的东西打了一顿,除了胸口憋闷,没有留下任何痕迹。

"赶我出去!"她重复地想。"原来是这样!"

她的手颤抖起来,从脸盆里拿起的漱口杯从她的手里滑掉,落到地上当的一声摔碎了。

"嗯?"茹科夫走到门口,喊了一声。"你醒醒吧!"

"好像马车夫赶马一样!"洛特卡想,开始匆匆忙忙地收拾东西。"好嘛!"她疑心重重地环顾了一下,在心里威胁这里的主人说:"你赶走我,烂脏狗?老妖婆可算开心啦。随便吧!我要打坏你的窗玻璃。对!"

她把披巾围在头上,只露出恶狠狠的眼睛,走到隔壁房间,看也不看茹科夫一眼说:

"好,再见,叶夫谢伊·利奥多罗维奇……"

他笑嘻嘻地向她伸出拿着绿色钞票的手,她小心地从那粗手指里取过钞票,说:

"谢谢您!"

"够不够?"

"够啦!"

"打左边走,穿过厨房。再见!"

她在厨房门口深深地叹了口气,把披巾紧紧地裹住脸。推开门,像经过火堆一样,很快地穿过厨房,跑进院子,到了街上。她紧咬牙齿,抑制着心跳,匆匆沿着人行道走去。

那个龇牙咧嘴的红面孔,松弛颤抖的脸颊,直立的红发,在她面前固执地浮现。

"首先,"她眯起眼睛想。"我到济诺韦娅那儿去。她会把你告诉她的一切传遍全镇!等着瞧吧,傻家伙,你等着瞧吧!"

她一边在心里同茹科夫说着,一边坚定而自信地往前走去。

希汉区笼罩在一种不牢靠的、有所期待的寂静中。只有后河区的什么地方桶匠在工作,敲击声在寒冷的空气中有节拍地三声两响交替着:

"咚、咚、咚……咚、咚……"

布尔米斯特罗夫倒在拘留所的床上,呆呆地望着那画有莫名其妙的花纹、到处是污渍的墙壁。他在这儿不是第一次了。在这个狗舍里他不止一次地挨过打。大概墙壁上的污渍中就有他的血迹。

他处于一种衰弱无力和迟钝昏聩的半醒半睡状态:他的思绪互相纠结在一起,突然陷入灵魂中黑暗的深渊。这深渊里埋藏着贪婪和忧愁,狠毒与痛苦像烈性的毒汁一样,从那深渊流进他身上每条血管。

他差不多不再考虑西马的事情了。但是那个年轻人清澈的眼睛有时仍在他的记忆中浮现。他怀着一种恐惧的好奇心望着那双空洞的眼睛,困窘地对死者说:

"怪人——你也到那儿去!哼,你还敢跟我较量?我哪能不是你的对手?"

他有时觉得这一切只不过是一场噩梦,洛特卡的胸脯当然为瓦维拉所有,那个傻头傻脑的疯小子怎么能占有它。

但是他一想起洛特卡那不知疲倦的身体,她在说话时那柔和的鼻音和沉醉的蓝眼睛里诱人的目光,他就握紧拳头,咬牙切齿,气愤得要大声吼叫。他心如刀绞,激动得浑身冒汗。他像瞎子一样跌跌撞撞地在拘留室里走来走去,透过牙缝快速地说着:

"难道不是我爱你吗?除了你,我还爱谁呢?可恶的东西!"

他觉得这确是事实:他真心实意地挚爱着洛特卡,他的整个一生,每时每刻都充满着这种爱情。为了她,他总是不离开这个镇子,没有任何别的希望,不去寻找更好的命运。为了她,他想尽一切办法尽量巩固自己在后河区的头号勇士的名声。

他喜欢自己装出这样的姿态,他愤怒地重复着:

"我一辈子都是为了你!"

他竭力煽动自己,就像要把皮球吹胀,以便在碰着现实时就跳起来,超越其上。

这种努力使他疲倦后,他突然无可奈何地环顾了一下牢房,不由感到自己好像一匹被使唤得疲惫不堪的马被关在马厩里。

"大家把我忘了。谁也不来看我,"他站在铁窗前想。"我跟我的命运斗得难解难分了……"

从窗子里可以望见警察局的院子。院子里铺着被践踏的发黄的草皮。当中有几辆放着水桶和火钩的救火车,车辕向上翘着。在开着的马棚门里几匹马摇晃着头。其中一匹骨瘦如柴的灰马不时向上扬起嘴唇,仿佛在疲倦地苦笑。它的眼睛上方有两个深窝,左前腿包着黑绷带。它显得有点孤独和虚伪。

为了防治马疾,在草棚门上用钉子钉着一只鸟的骨骼,棚顶的横木上,竖立着一个带角的羊头骨,被雨水冲洗得干干净净。在棚顶的上空,光秃秃的树梢不断地摇曳着。

走在院子里的人们愁容满面,显得心事重重。他们讲话声音不高。可是可以看出,都是脚步匆忙,好像要办什么事。

瓦维拉打开通风小窗。于是一股肥料、焦油和皮革的强烈气味冲进拘留室。从镇子的各个地方传来奇怪的鸣鸣声,仿佛有人在捣毁果园里所有的乌鸦窠。

"人们在吵闹!"布尔米斯特罗夫羡慕地想。他回想起他在人群里的那种情形,痛苦地叹息着。他想起那件事时,一次比一次觉得它更加了不起,更加漂亮,这使他很想再到人群里去,同人群一起喧嚣和奔忙。

他对着墙壁。又饥饿又兴奋地重新想起洛特卡,威吓地想道:
"好吧,母狗!"
他记起季乌诺夫,皱皱眉头想:
"大概他一天到晚在咬文嚼字,独眼鬼!把人们的头脑搞昏……"
但是他一想到西马、审判、西伯利亚,就又倒在床上,陷入麻木之中。

把他关进拘留所的第三天中午,卡彭久欣来到拘留室。他门也不关,坐在床上,捅了一下瓦维拉的腰,说:
"躺着呢?"
"是不是很快要审判我了!"布尔米斯特罗夫生气地问。
"这我不知道,老弟!"卡彭久欣叹口气说。
他的胡子乱蓬蓬地垂下来,眉毛拧得很高,脸上露出悲哀和委屈的表情。
"现在已经顾不上你了!"他慢吞吞地说。他那暗淡无神的大眼睛盯着墙壁。"你知道出了什么事儿吗?"
不等对方回答,他又摇摇头说:
"所有的人都得到自由了!"[①]
"谁?"布尔米斯特罗夫漠不关心地问。
"所有的老百姓。"

[①] 指一九〇五年十月十七日宣言。沙皇政府迫于全俄十月大罢工及表明革命形势不断高涨的其他事件的压力发表宣言,虚伪地答应给予人民以言论、集会等自由。宣言受到自由资产阶级的热烈欢迎,但未能阻止人民群众革命运动的发展。

警察从大衣的袖口上掏出烟袋,从衣袋里摸出烟斗,开始抽着鼻子装烟。

"是的!到底有了自由!今天教堂里有祈祷仪式。每个人都得到了豁免!大家都在大喊大叫。"

瓦维拉看了他一眼,慢慢欠起身,挪到他身边坐下。

"这是谁宣布的?"

"除了皇帝陛下,还有谁呢?"

"豁免所有的人吗?"

"我说过了……"

"我呢?"

"也有你!为啥没有你?如果是所有的人,当然你也在内。"

"我应当受审判!"布尔米斯特罗夫垂头丧气地说。"自由!偏偏在这个时候宣布,真见鬼。"

他怀疑地倾听着自己的话,有点摸不着头脑:过去一谈起或想到自由,他的内心便产生一种特别的感觉,这个词儿能唤起一种虽是模糊不清,但却是甜蜜的希望。可是现在这个词在他的心灵里只有一种平淡无力的反响,一点也没有触动他,就消失了。

警察抽着烟,冲墙上吐着唾沫,平静地说:

"很快就会出现这样的情况——嘀!每个人都会向对方提起自己所受到的凌辱!"

瓦维拉站起来,挺起胸膛说:

"好啊,放我出去吧!"

"等一等!"卡彭久欣不同意地摇摇头,回答说。"我不能放你出去,我没有得到命令。我来你这儿是因为朋友关系,随便坐坐。上边命令我把你送进警察局,我就照办。有命令就照办。如果命令我把布尔米斯特罗夫放出去,那我就会告诉你说:'喂,布尔米斯特罗夫,你出去吧!'难道不是这样的吗?"

"杰武什金怎么办?"瓦维拉不大相信地望着警察问。

"这是你的事情。同我有什么相干？我不是他的兄弟，也不是他的老子。我不能为他去追究。"

"喂，那就把我放出去吧，"布尔米斯特罗夫走到门口，坚决地说。

警察没有阻止他，他从烟斗里磕出烟灰，用无可奈何的声音说：

"你往哪儿去？你这个怪物！躺着躺着，突然爬起来了。你到哪儿去？"

如果卡彭久欣阻止瓦维拉，瓦维拉大概就会离开拘留室走掉了。可是瓦维拉没有遇到阻拦，所以突然软化了。他靠着墙，困惑莫解地愣在那里。由于这种困惑，他的头晕眩起来，腿也颤抖了。警察用手指揉搓着膝盖上的烟灰，懒洋洋地谈论着居民们怎样胡作非为，他们什么人的话也不听，秩序无法维持了。

"那情形就仿佛所有的男男女女都长了秃疮似的，真的！每个人都像犯人一样，有什么罪恶。要么就是有人用树枝抽打了他们，他们坐不住，到处乱跑。这都是因为长官们已经懒得关心老百姓了。长官们说：脏东西们！见你们的鬼吧，给你们自由！让你们过过看，我要在一边看看，到底会怎样……"

他生气地鼓胀着脸，啪的一声把门关上，就出去了。

布尔米斯特罗夫望了望门口，用脚一踢，沉重的门开了。他望了一下黑暗的走廊，严厉地喊道：

"喂，你们把门锁起来呀！"

没有人回答。瓦维拉露出牙齿，在拘留室门口站了一会儿，仿佛觉得有个看不见但却很有力量的人抱住了他，顽强地往前推他。他半掩上门，不慌不忙地顺着走廊走去。这条路他十分熟悉。他的耳朵颤动着，他一步比一步更加小心地向前走着，竭力不出声响，同时他又想走快点。当宽敞的消防队的院子展现在他面前的时候，出去已成为一种不可抑止的愿望。

他迈开大步，跳到马棚旁边，沿梯子爬上屋顶，从屋顶跳到不知是谁家的菜园里，蹲下来回头望了望，直起身迅速跳过堆放冻白菜叶和马铃薯秧的菜畦。

他累得喘着气,扑在两间草棚之间的一个角落里,跪了下来。栅墙外,惊慌不安的人声像风吹电线一样单调地低声吼叫着。

布尔米斯特罗夫回头望一望,从一堆木柴里抽出一根木头,向前伸直身子,把脸贴在篱笆缝上;篱笆外死胡同里站着十五六个人——都是他的熟人。

这些人簇拥成一堆,语声低沉而严肃。人群里,库卢古罗夫白发苍苍的大脑袋特别突出。虽然没有下雪,但是大家都穿得很厚实,有些人甚至穿着毡靴。他们踩着泥草冻结的草地,相互小声地交谈着:

"好啦,我说,你去睡吧!"库卢古罗夫目光闪闪地说。"我的老伴刚刚躺下,就听到咕咚一声!大概有人把一块石头扔到护窗板上了。"

"他们组织了两伙,"巴祖诺夫用一种小心翼翼的试探口气报告说。"科热米亚金和后河区的'独眼龙'是一伙儿,另外是电报员和地方自治局那个驼背……"

"对,对,就是这些人!"

"咱们怎么办呢?啊?"

布尔米斯特罗夫冷得发抖。"怎么办?"这个被人们经常重复的问题降临在他的头上,把他像锁在链子上的狗一样阻留在这个角落里。他不喜欢这些有钱的人,他知道这些人也不喜欢他。但是今天在他的心里各种情感像浮云似的融汇成模糊而沉重的一团。偶尔闪出一点蓝色的沼气般的火花,又立即熄灭。

当他听到人们把季乌诺夫和科热米亚金的名字联在一起的时候,内心的嫉妒刺痛了他。他悲哀地想:

"'独眼龙'这魔鬼跟他们搭上了!"

他立刻又这样考虑起来:

"如果那时他在桥上不丢开我,我什么事情也不会发生!"

死胡同里人越来越多。他们的谈话越来越显得不安,布尔米斯特罗夫越加听不清楚。

一个人用隆重庄严的声音,像读传记一样地说:

"穷老太婆济诺韦娅跟一个来历不明的女人在镇上走动,听说那女人是从省里来的,她们俩俨然像受过教育的人那样谈论着……"

"后河区的人来了!"

"教堂里有五六百人!"

"后河区的人一来,那可要坏事!"

"一个暴徒瓦维拉·布尔米斯特罗夫就能顶十个人……"

瓦维拉吓得不由地身子一闪,但是他听到希汉区的人这样谈论他,他还是觉得很高兴。他忽然闪过一个强烈的念头:跳过篱笆,一直跑到这群人中间——唉,他们一定会四散奔逃的!

他撇嘴笑了,闭上眼睛,身上的筋肉自然地紧张起来。

篱笆外那伙希汉区的人一窝蜂似的嗡嗡叫着。

"这些学者认为上帝、我们神圣的教堂和东正教神甫都是人民的保护者,所以他们就决定封闭教堂……"

"科热米亚金昨天安慰人们说,不会发生什么坏事……"

"宣布给大家自由,这还不错吧?"

"那些人有了自由,镇子就要破产了!"

"一切事情都停顿了,那损失会有多大,啊?如果我是镇长,唉,上帝,我就派人到各地方去送信……"

"朋友们,怎么办呢?"

"他们都害怕了,这群鬼东西!"瓦维拉露着牙齿想道。

市民们的惊慌不安使他很开心。这使他感到振奋,仿佛一股暖流传遍全身。他仔细地观察着这些人关切的面孔,清楚地看到这些仪表堂堂的人像羊群失掉了领头羊一样束手无策。

突然,在他身上燃起一股他所熟悉的忘乎所以的热情,迫使他行动起来。他跳过篱笆,像一块燃烧着的火炭落到人群里,毫不费力地把人们干枯的心燃烧起来了。

"同胞们!"他扬起双手,在惊恐的人群中间旋转着身子喊道。

"我布尔米斯特罗夫在这里,你们打吧！亲爱的！我明白了,我希望开诚相见,让我说说心里话吧！"

人们向四面八方闪开。有人在惊恐中用手杖狠狠捅了捅他的腰,有人大吼大叫。瓦维拉扑通一声跪下,两手向前伸着,毫不惧怕地喊道：

"打吧,伙伴们,打吧！现在自由了！你们打我,可是打你们的是他们,那些……"

他不知道他指的究竟是哪些人。他无话可说,停止了。

"住手！"库卢古罗夫挥着手喊道。"不要动他,等一等！"

"朋友们,难道我不爱自由吗？"

居民们小心谨慎地把他团团围住。布尔米斯特罗夫目光闪闪,觉得胜利就在眼前,更加兴奋了。

"自由对于我有什么用？我杀了人还有自由？我偷了东西还有自由？"

"对啦！"库卢古罗夫跺着脚喊道。"你们听听吧！"

有人恶狠狠地、很有力量地说：

"是的,听听吧,他自己确实在大前天杀了人！"

"他自己说的就是这件事！"老桶匠喊道。

"大家看到了吧？"巴祖诺夫跳着喊道。"这就是自由！连杀人强盗也都明白了！嘿！这就是俄罗斯的良心！嘿！"

瓦维拉有点恐惧了。他怀着悲哀、绝望的心情兴奋地说：

"我杀过人这是确实的！可是我逃跑了吗？没有！审判我吧,我在这里！我杀的是个什么人啊？"

他的舌头又停止不动了,喉咙哽咽了,两手抓住胸口,可怕地沉默了一会儿,不知道说什么好。

周围的人含混不清地喃喃道：

"他忏悔了！"

"看来他是出于诚意！"

"普通百姓总是记着上帝！可是那些受过教育的人,嗐,你听吧,还嘲笑上帝呢……"

"不过他到底是杀人犯……"

"我杀的是什么人啊?"瓦维拉喊道。"是叛乱分子季乌诺夫的徒弟……"

他对自己的话感到很惊奇,又沉默了片刻。但他立刻明白了意外失言的好处,于是高兴起来,更加热情高涨了:

"我为什么要杀死他呢?是因为他那些肮脏的诗,朋友们,因为他亵渎上帝!我知道那是造假钱的'独眼龙'教他的!我的良心不能忍受对上帝的冒犯,所以我打了西马。只打了他一下,朋友们!我什么也不隐瞒,我这只胳膊有这么大的力气,这是上帝赐给我的!还有,我打死他是在哪儿呀,是在一个婊子家里!那里是好人去的地方吗?"

小市民们阴沉沉地望着他。库卢古罗夫恳切的声音淹没了瓦维拉的叫喊:

"咱们不是这件事的公断人,这些杀人案件跟咱们无关!可是他反对自由,这一点咱们可以同意!"

"不,'独眼龙'吗?"有人恶意地喊了一声。"这种人到处都有!"

"造反的魔鬼!"

"把老婆子济诺韦娅和跟她在一起的那个女人都找来。让她们讲一讲反基督的计谋吧……"

有个惊慌不安的声音喊道:

"你们瞧,他们有多少人拥到教堂里来了!他们会把咱们捣碎的,真的!朋友们!"

"咱们也到那儿去!"库卢古罗夫大声叫道。"莫非咱们不是镇上的公民吗?如果大家不保护咱们,丢开咱们不管,怎么办?去拼吗?瓦维拉跟我们一起去吧。去对他们说说这一切关于自由的话,走!"

他把外衣袖子卷到胳膊肘,推撞了几下,使大家结成密密的一群。人们从后边抓住布尔米斯特罗夫的胳膊,怂恿他说:

"你要直截了当地说……"

"别怕,有我们支持!"

"警察局也没有了……"

"我们保护你……"

"要好好讲讲'独眼龙'的事儿!……"

瓦维拉又感动又喜悦,仿佛长了翅膀,在人们的前边飞跑着。人们用自己的身体紧紧地包围着他的身体,拍拍他的肩膀,摸摸他那结实的胳膊。有人甚至吻吻他,流着泪在他耳边低声说:

"你是去受难,哎呀!"

"放开!"瓦维拉抖动着肩膀说。

虚弱无力的小市民从瓦维拉身上跌落下来,就像叶子从树上飘落下来一样,一面夸奖说:

"嘿,力气真大!"

市民们又靠紧了他那兴奋的、汗流浃背的身体。

布尔米斯特罗夫明白了自己的作用,他挥动着裸露的双臂,吼叫道:

"我要揭露他们!揭露每一个人!"

他还从来没有这样充分而强烈地感到自己是个英雄。他用热情的目光注视着人们的面孔。这些人已经十分爱他,崇拜他,他心中闪着一个激动的思想:

"这就是自由!这就是自由啊!"

这伙人像楔子一样插入广场上的人群里。他们把人们推开,快步走到教堂的门廊里。他们不超过五十人,但他们知道他们想干什么,因此人群给他们让开了道路。

"瞧!"有人对布尔米斯特罗夫说。"这就是那些人!"

在圆柱之间的门廊里有一小堆人仿佛隐藏在那里。其中有一个人挥动着一块破白布,叫喊着令人莫名其妙的话。

透过人群的吼叫传来斯特列利佐夫,克柳奇尼科夫,佐西马等人的熟悉的叫喊声……

"我们的人在这儿!"瓦维拉露出沉醉的笑容想。他想象得出后河区的人马上就能很清楚地看到他了。

他跳到门廊上,用力挥动胳膊,把人们赶到两边,转身对着广场,鼓起整个胸腔的力量喊道:

"诸位东正教徒!你们全都集合起来了……是我在讲话,我!我!"

应和着他,响起一阵低沉的听不清的喧闹声。瓦维拉全身的皮肤都觉得,这喧闹声是敌视他的,反对他的。广场上是密密麻麻的人们的面孔。大地仿佛活了,摇动了。几千只眼睛注视着一个人。

布尔米斯特罗夫的胸中仿佛有什么东西绷断了,心头感到一阵可怕的冰凉,他提高嗓音,紧张而绝望地吼叫着。但是数百人的胸中又喊出一个更强大有力的声音:

"滚开!不许你讲!"

他身边的什么地方,有人在很平静地讲话。有力的语句十分清晰:

"他们这是把什么人推出来反对真理呀?你们知道这个人是谁吗?……"

布尔米斯特罗夫的内心里又一次拉紧了那根弦,接着,弦嗡的一声断了。

"他在扯谎!"他对着自己面前那个很有生气的大脸喊了一声,他一转身,看见向他伸过来一只干瘦的手,看见一双乌黑的眼睛和香瓜似的秃头顶。他扑过去,抓住季乌诺夫,把他推到下面,吼道:

"揍他!"

"他们要打咱们的人啦!"奥库罗夫镇的小市民们吼叫道。

人们像被旋风卷起的秋天的垃圾一样急急地旋转着、相互冲撞着。大部分人吼叫着涌到街头,倒的倒,跳的跳,靠近门廊掀起了一场紧张密集的搏斗。

"好啊!"老桶匠库卢古罗夫挥舞着教堂楼梯上一块绿色的破挡板吼道。"自由!"

瓦维拉不作声地胡乱打人:他咬紧牙齿,把手举得高高的,照着人们的脸上打去。打倒了这一个,又不慌不忙地去打另一个。

人们并不抵抗,只顾跑开。有的自己倒在他的脚下。但是瓦维拉捶打他们时,既不感到高兴,也不满意,他感到郁闷而疲倦,坐到地上,伸开两腿,回头一望:他坐在教堂外边人行道的绿石旁边,对面是什么人家的锁着的红漆大门。

不远的地方站着一小群人,有十来个,其中有衣服被撕破、蓬头散发的库卢古罗夫。他用大手掌抚摩着被打伤的脸,高声说:

"那个独眼魔鬼,被揍得够戗!"

在尼古拉·米尔利基斯基教堂彩色斑斓的塔顶上,集聚着成群的寒鸦,刺耳地呱呱叫着。布尔米斯特罗夫望望它们,深深地叹了口气。

他仿佛要睡着了。他极端疲倦,迟钝地望着地上,在石头上用脚揉踩着不知是谁的一顶皱褶的帽子。

"暂时大家都被赶走了!"桶匠喊道。"原来是这样!喂,回去吧!"

他用手指捏着擤了擤鼻子,同伙伴们一起走到瓦维拉的跟前。

"现在把我弄到哪儿去?"当他们走过来围住他的时候,布尔米斯特罗夫低声而阴郁地问。

"怎么,你受了伤吗?"桶匠没有回答,这样问了一声。

"把我弄到哪儿去?"

瓦维拉这句话还没有说完,就觉得有人紧紧地抓住了他的胳膊,把他从地上扶起来。

"我们嘛,"库卢古罗夫认真地说。"既然你自己向我们承认你杀了人,这是第一。其次,又打了这场架,我们要把你送到警察局……"

有人补充道:

"朋友,我们不能宽恕你,不能!"

瓦维拉望了那人一眼,沉默不语。

他们去了。布尔米斯特罗夫望着地面,看见他的脚下有破碎的衣物,折断的棍棒,丢弃的套鞋。当这些东西离他很近的时候,他狠狠地用脚踩它,似乎想把它踩到结了冰的地里去。他总是觉得地上有成百双眼睛在闪烁,觉得他就在人们的脸上走着。

他模模糊糊地听到镇上惊慌不安的呜呜声和桶匠庄严的讲话:

"今年的殴斗开始得这样早——到米海伊洛夫节还有两个礼拜呢……"

突然,天下雪了。一切都被雪掩没了,一切都沉没在沉重、均匀的积雪里。

"在警察局里我会上吊的!"瓦维拉用低沉的声音沉思地说。

"邪教徒一辈子还是邪教徒!"旁边有人回答他。

"我不愿去!我不去!"布尔米斯特罗夫突然停住脚步叫喊道。他企图挣脱抓住他的人,但是他感到他不会成功,他对付不了这些人。

他们开始恶狠狠地拽他,打他,像群狗对付一只落在狼群后边的狼一样,大吼大叫着,像一团黑魆魆的东西在地上滚动。鹅毛大雪纷纷扬扬地落在他们身上,给整个镇子蒙上一幅长久的无聊的严冬的白色盖布。

在暴风雪的蒙蒙白雾中,不时闪过像黑色斑点一样的寒鸦。

大概在佩图赫丘岗上的什么地方,那个不知疲倦的人总是在工作着;他仿佛要给整个镇子打上一个坚固的紧箍,顽强而自信地敲打着:

"咚、咚、咚……咚、咚……"